Eli Amir

Der Taubenzüchter von Bagdad

Aus dem Englischen von Karina Of, Petra Post
und Andrea von Struve

ELI AMIR

Der Taubenzüchter von Bagdad

ROMAN

EUROPA VERLAG MÜNCHEN · WIEN

Die Deutsche Bibliothek – CIP-Einheitsaufnahme

Amir, Eli:
Der Taubenzüchter von Bagdad : Roman / Eli Amir.
[Aus dem Engl. von Karina Of ...]. –
München ; Wien : Europa-Verl., 1998
ISBN 3-203-75250-6

Die deutsche Übersetzung basiert auf der autorisierten Übertragung
aus dem Hebräischen ins Englische von Hillel Halkin

Originalausgabe:
Mafriach Hayonim
Am Oved Publishers Ltd, Tel Aviv 1992

Lektorat: Afra Margaretha

Titelillustration und Umschlaggestaltung: Wustmann und Ziegenfeuter, Dortmund

Herstellung: Bercker, Kevelaer
Printed in Germany
ISBN 3-203-75250-6

KAPITEL I

In jener Nacht wehte ein heißer Wüstenwind. Obwohl wir eigentlich längst auf dem Dach hätten schlafen sollen, wie wir es in Bagdad im Sommer immer zu tun pflegten, mußte meine Mutter die Betten erst noch herauftragen, die Moskitonetze darüber anbringen und den Wasserkrug zum Kühlen auf den Balkon stellen. Vielleicht wollte sie den Wechsel der Jahreszeit nicht wahrhaben oder fürchtete die späten, den Himmel über der Stadt rot färbenden Frühlingssandstürme.

Mein Vater fürchtete andere Stürme. Sie hatten seit der Hinrichtung des reichen jüdischen Händlers Shafik Addas wie ein wirbelndes Schwert getobt. Nacht für Nacht durchsuchte die irakische Geheimpolizei Häuser nach Waffen, Sende- und Empfangsgeräten und hebräischen Lehrbüchern, die die »Bewegung«, wie der zionistische Untergrund von uns genannt wurde, unter die Leute verteilte. Hunderte von Juden wurden in Folterkammern verschleppt und in Schnellverfahren des Militärregimes zu Geständnissen gezwungen.

Shafik Addas war kein gebürtiger Iraker, sondern Syrer. Er hatte sich eines Tages in Basra, der Stadt der Dattelpalmen, niedergelassen, war ins Autoimportgeschäft eingestiegen und hatte damit ein auf mehrere Millionen Dinar geschätztes Vermögen gemacht. Zu den regelmäßigen Gästen in seiner Villa gehörten Wesire, Emire, Scheiche, Offiziere und sogar der Regent Abd Allah. Addas war für Basra, was der Große Imari, der Cousin meines Vaters, für Bagdad war. Seine übermäßige Selbstsicherheit wurde Shafik Addas schließlich zum Verhängnis. Statt wie der Große Imari einen Moslem aus einer prominenten Familie zum Geschäftsführer zu ernennen, damit der mit den Regierungsbeamten verhandelte und diese, wenn nötig, bestach, leitete er sein Geschäft selbst und führte sich auf, als sei er einem Araber ebenbürtig. Er wurde beneidet und machte sich Feinde, und weder die Tatsache, daß er zu seinen jüdischen Glaubensbrüdern Distanz wahrte, noch die Tatsache, daß er den Lebensstil eines waschechten Irakers annahm, konnte ihn letztendlich retten.

In jener Nacht wehte ein heißer Wüstenwind. Ich lag im *kabishkan,* meinem kleinen Dachzimmer, und konnte nicht einschlafen. Es war heiß und stickig, und ich machte mir Sorgen. Die noch dadurch verschlimmert wurden, daß uns Miss Sylvia am darauffolgenden Tag über Hamlets »Sein oder Nichtsein« zu prüfen gedachte und ich unbedingt besser sein wollte als George. »Sein oder Nichtsein.« Was gab es da für eine Wahl? Ich war zu jung, um über den Tod nachzudenken, doch das Schicksal von Shafik Addas ließ mir keine Ruhe. Eine kurze Drehung des Glücksrads und selbst ein *muhtashem* wie er, ein einflußreicher Mann auf dem Gipfel seiner Karriere, war nichts weiter als ein x-beliebiger, am Strick baumelnder Jude. Ich konnte mir den johlenden Pöbel auf dem Platz vorstellen. Sowohl der alte Hiyawi als auch mein Onkel Hizkel waren dort gewesen und hatten mir davon erzählt.

Es war vor knapp einem Jahr geschehen, unmittelbar nach dem Passahfest – während der Verhaftungswelle nach der Gründung des Staates Israel. Der neue Verteidigungsminister Sadik al-Bassam – oder Sadik al-Bassam Verdammt-sei-seine-Seele, wie wir Juden ihn zu nennen pflegten – hatte uns eine Lektion erteilen wollen. Shafik Addas war für ihn ein Geschenk des Himmels. Der Chefredakteur der Basraer Zeitung *An-Nas* hatte ihn um einen »Beitrag« von tausend Dinar gebeten, und Addas hatte sich diesem Erpressungsversuch widersetzt. Was, hatte er gedacht, konnte ihm ein kleiner Journalist anhaben, wenn er selbst mit sämtlichen Regierungs- und Polizeibeamten befreundet war?

Während ich nun also im Bett lag, ließ mich der Gedanke nicht los, daß die Wahl zwischen Sein oder Nichtsein manchmal unbewußt getroffen wird. Zwei Tage später veröffentlichte der Chefredakteur einen hinterhältigen Artikel, in dem er Addas beschuldigte, Waffen an die »Zionistenbanden« zu verkaufen sowie für *ad-dowla al-maz'uma*, den »Phantomstaat«, wie Israel genannt wurde, zu spionieren. Die Zeitung verlangte eine Untersuchung, und kaum hatten die ersten Exemplare Bagdad erreicht, wurde lautstark seine Enthauptung gefordert. Es war praktisch ein heiliger Krieg; das ganze Land sprach von nichts anderem. Der einzige, den das nicht bekümmerte, war Addas selbst, dem – so schien es jetzt zumindest – der Überlebenstrieb abhanden gekommen war. Am Abend vor seiner Festnahme stattete ihm Fahri el-Tabakchali, der Provinzgouverneur, heimlich einen Besuch ab und drängte ihn, in einem bereitgestellten Schnellboot, das ihn binnen einer halben Stunde sicher über den Shatt-el-Arab und aus der Gefahrenzone bringen würde, in den Iran zu fliehen. Addas wollte davon nichts wissen. »Sie haben nichts gegen mich in der Hand«, sagte er jedesmal, wenn der Gouverneur das Sprichwort *El-hazima ranima* – »Wer um sein Leben rennt, nimmt es als seine Beute mit« – zitierte.

Tags darauf wurde Addas verhaftet. Der Prozeß dauerte drei Tage. Seine drei Anwälte gaben einer nach dem anderen auf, weil der Richter, Abdallah en-Na'san, ein Offizier der Armee und ein Judenhasser, es ablehnte, Entlastungszeugen anzuhören. Ohne zu fackeln unterschrieb Sadik al-Bassam das Todesurteil, und der Regent versuchte sich danach drei Tage lang in Ausflüchte zu retten. Er war Addas' Freund und wußte besser als jeder andere, was für ein Patriot der verurteilte Mann gewesen war. Doch als sich Addas' Ehefrau vor ihm auf die Knie warf, starrte er nur auf den Boden und erklärte, daß die Angelegenheit nicht mehr in seiner Hand liege.

»Kabi, mein Junge«, sagte der alte Hiyawi, »was soll ich dir erzählen? Am Tag vor der Hinrichtung fuhr ich mit deinem Onkel Hizkel nach Basra, um dort mit den Juden zu fasten und zu beten, wie Rabbi Bashi es uns aufgetragen hatte. Unterwegs, in Chifl, wollte ich am Grab des Propheten Hesekiel ein Gebet sprechen. Ich befürchtete, dein Onkel würde mich davon abhalten wollen – du weißt ja, wie ungeduldig er immer ist –, doch er willigte nicht nur ein, sondern erklärte sogar, er habe ebenfalls daran gedacht. Als wir in Basra ankamen, waren auf den Straßen Massendemonstrationen im Gange. Selbst kleine Kinder trugen Bildnisse von Addas und forderten lautstark seinen Kopf. Und am nächsten Tag – weh den Augen, die es mit ansahen! – wurde er vor seinem Haus gehenkt. Einmal reichte ihnen nicht; nein, sie haben ihn zweimal aufgeknüpft. Ich bin ein alter Mann, doch so etwas habe ich noch nie zuvor gehört oder gesehen. Die wütende Menge tobte, als wäre der Prophet Mohammed wieder zum Leben erwacht. Es waren Tausende von Moslems aus Basra und Umgebung da, und einige waren sogar aus Bagdad gekommen. Ganze Familien. Sie wachten die ganze Nacht durch, tanzten und riefen immer wieder *Allah akbar*. Wir wagten nicht hinauszugehen und spähten durch die Ritzen in den Fensterläden nach draußen. Kabi, was soll ich dir erzählen? Wir leben in einem Land, in dem sich die Richter über die Gerechtigkeit hinwegsetzen und die Herrscher keine Gnade kennen.«

In jener Nacht machten er und mein Onkel in ihrem Hotel kein Auge zu. Hizkel, der mir die Geschichte ebenfalls erzählte, sagte, Addas' Prozeß erinnere ihn an die Dreyfusaffäre, die Herzl zu seiner Schrift *Der Judenstaat* inspiriert hatte. Mein Onkel war ein leidenschaftlicher Anhänger des Zionismus und kannte sich in der Geschichte der zionistischen Bewegung bestens aus. Nach Addas' Tod verfaßte er einen Leitartikel mit dem Titel »Bekenntnisse des Henkerseils«, nach dessen Erscheinen die von ihm herausgegebene Zeitung verboten wurde. »Der Prozeß von Shafik Addas«, hieß es darin, »war der Prozeß eines jeden Juden. Wenn ein Addas gehenkt werden kann, wer wird uns schützen?«

Von der Wüste wehte ein heißer Wind herüber. Ich warf mich auf meiner Holzpritsche hin und her, bis ich das Gefühl hatte, in einer Hängematte zu schaukeln. Ich träumte von purpurroten Feldern und von einem großen Adler, der mich zu den sagenhaften Toren von Jerusalem trug und mit seinem Schnabel daran klopfte. Doch plötzlich wurde mir zu meinem Entsetzen bewußt, daß die Klopfgeräusche von unserem Hoftor kamen. Ich versuchte, sie zu ignorieren, indem ich mir die Decke über den Kopf zog, doch es war zwecklos. Ich kletterte aus dem Bett und starrte blind in die Dunkelheit. Sie sind hier. Sie werden die Waffen finden. Sie werden meinen Vater festnehmen.

Ich gab mir einen Stoß und stieg hinunter zum Zimmer meiner Eltern. Es brannte Licht, und meine Mutter stand mit kreidebleichem Gesicht neben dem Ehebett, in dem mein Vater lag. Er hatte seit drei Tagen Fieber und dunkle Ringe unter den geröteten Augen. Aus seiner Wollmütze hingen dicke graue Haarsträhnen heraus, und sein dünner Schnurrbart fiel in dem unrasierten Gesicht kaum noch auf.

»Sie sind hier!« flüsterte meine Mutter mit zittriger Stimme. »Was sollen wir tun, Abu Kabi?«

»Kabi, öffne ihnen das Tor«, sagte mein Vater.

Ich schlich mich in Richtung Hof und blieb am Ende des langen Korridors stehen, um nach dem Lichtschalter zu tasten. Mein Atem ging kurz und stoßweise. Das Geklopfe am Tor machte mich zittern. »Ich komme schon, ich komme schon«, versuchte ich mit moslemischem Akzent auszurufen, doch die Worte kamen in jüdischem Dialekt heraus. Ich drehte den großen Schlüssel herum, schob den schweren, erst kürzlich von meinem Onkel Hizkel geschreinerten Holzriegel zurück und wurde im gleichen Augenblick an die Wand gedrückt. Vier Soldaten stürmten herein und zerrten Hizkel, der in unserer Nachbarschaft wohnte, hinter sich her. Sein Gesicht war blutverschmiert und völlig zerschlagen. Seine Frau Rashel lief händeringend hinter ihnen her.

»Schau, was sie ihm angetan haben!« jammerte sie.

»Dafür wird er baumeln«, sagte einer der Soldaten, indem er mit einem Finger über seine Gurgel strich.

»Nein!« Sie schrie auf, streckte die Hand nach Hizkel aus und klammerte sich an seiner Schulter fest.

»Geh aus dem Weg!« herrschte der Soldat sie an.

KAPITEL II

Die Verwüstung dauerte über eineinhalb Stunden. Um vier Uhr morgens war ich wieder draußen auf dem Hof und begleitete die Soldaten zum Tor. Hizkel lag neben der Abortgrube. Er schien mich mit seinen geschwollenen, zerschlagenen Lippen anlächeln zu wollen. Rashel saß mit angsterfülltem Blick neben ihm und strich über seine Wunden, als könnte sie dadurch die Schmerzen lindern. Einer der Soldaten, ein Mann namens Adnan, kochte vor Wut, weil eine Petroleumlampe in seinen Händen zerplatzt war, während er den Keller durchsucht hatte. Er hieb mit dem Gewehrkolben auf die *jalala*, die Holzschaukel, ein, bis sie der Länge nach zerbarst, und regte sich erst wieder ab, als er Hizkel einen Tritt in die Rippen versetzt hatte. Rashel versuchte verzweifelt, ihn zu schützen, und wurde mit einem Schlag auf die Brust zurückgedrängt. Ihre Augen füllten sich mit Tränen.

Im Hof tauchte ein Offizier auf und befahl, Hizkel abzuführen. Ehe dieser auf die Füße kommen konnte, wurde er zu einem vor dem Tor stehenden Jeep geschleift. Das Weiße seiner Augen leuchtete in der dunklen Gasse wie zwei kleine Lichter. Adnan beäugte den Ölfleck auf seiner Uniform. Ich hätte am liebsten ein brennendes Streichholz darauf geworfen. Würde ich jemals eine meiner Phantasien in die Tat umsetzen? Nicht vor dem Tag, da ich meine Angst vor diesen Soldaten überwunden hätte.

»*Kus um-el-yahud*, steh auf, verdammt nochmal!« brüllte Adnan.

Hizkel, dessen Arme mit Handschellen gefesselt waren, versuchte sich aufzurappeln, brach zusammen und versuchte es abermals. Mit Rashels Hilfe gelang es ihm schließlich, auf die Füße zu kommen. Als er mich erblickte, wurde er ganz starr. Er drehte den Kopf von den Soldaten weg, damit sie seine Grimasse nicht sahen, mit der er mir zu bedeuten schien: Psst, kein einziges Wort. Du weißt von nichts. Vielleicht sollte Rashel, die in das Geheimnis nicht eingeweiht war, seine Miene ebenfalls nicht sehen. Während sie ihn stützte, stierte Adnan im grellen Scheinwerferlicht ihren gutgebauten Körper an. »Statt uns mit diesen Juden abzugeben, sollten wir besser ihre Frauen vögeln«, sagte er.

»Nimm dich in acht«, sagte der Offizier mit warnend erhobenem Zeigefinger, als er auf den Beifahrersitz des Jeeps stieg. »Allah hat dich diesmal glimpflich davonkommen lassen.« Zwei Soldaten stießen Hizkel auf den Rücksitz und ließen sich rechts und links von ihm nieder.

»Hizkel, Hizkel«, jammerte Rashel. Der Jeep verschwand hinter einer Kurve und ließ eine Abgaswolke zurück. Rashel warf den Kopf in den Nacken, schlug die Hände vors Gesicht und fing an zu schluchzen. »Sie werden ihn wie Shafik Addas hängen«, jammerte sie, am ganzen Leib zitternd. Sie biß sich auf die Lippen.

»Sowas darfst du nicht einmal denken«, sagte ich und legte meine Hand auf ihre Schulter. »Er wird zurückkommen, da bin ich mir sicher. Komm ins Haus.«

»Ich gehe lieber heim«, entgegnete sie. Ihre Augen hatten einen unheimlichen, starren Ausdruck. »Ich muß allein sein.« Sie tappte davon und ließ mich stehen.

Erst jetzt spürte ich, wie erschöpft ich von der ganzen Anspannung und der durchgestandenen Angst war. Wer wußte schon, was sie als nächstes unternehmen oder was sie Hizkel antun würden? Sie würden mit Sicherheit wiederkommen, um meinen Vater zu holen. Sie nahmen stets die Familienoberhäupter fest. Ich verriegelte das Tor und rannte hinauf ins Schlafzimmer meiner Eltern. »Sie sind weg!« schrie ich, als wollte ich dadurch die lähmende Angst vertreiben.

»Und Hizkel?« Mein Vater setzte sich im Bett auf.

»Sie haben ihn mitgenommen.«

»Gott gebe ihm Kraft«, murmelte meine Mutter mit Tränen in den Augen.

»Haben sie ihn verletzt? Sag mir die Wahrheit«, verlangte mein Vater zu wissen.

Ich schwieg.

»Haben sie den Keller durchsucht?«

Da ich wußte, daß meine Mutter nicht eingeweiht war, schnitt ich eine Grimasse, mit der ich ihm zu vestehen geben wollte: Nur ein bißchen. Sie haben nichts gefunden.

»Ich hätte runtergehen und versuchen sollen, sie zu bestechen.«

»Dann hätten sie auch dich mitgenommen«, sagte meine Mutter.

»Wenn die es auf mich abgesehen hätten, würden die mich selbst von meinem Sterbebett herunterzerren. Er ist mein eigen Fleisch und Blut, verdammt nochmal. Ich hätte es versuchen sollen. Wer weiß, ob wir noch einmal eine Gelegenheit bekommen. Es ist die verdammte Angst, die einen daran hindert, klar zu denken.«

»Ich gehe zu Rashel«, sagte meine Mutter, indem sie den Gürtel ihres Hauskleids zuband.

»Tu das, Frau. Und sag ihr, sie soll sich mit Menashi Zleiha, dem Anwalt, in Verbindung setzen und ihm meinen Namen nennen. Er kann die Rechnung an mich schicken. Kabi, geh mit deiner Mutter hinüber und komm gleich wieder zurück.«

Ich begleitete meine Mutter. »Warum sind wir bloß in dieses verdammte Viertel gezogen, wo wir dieses verdammte Leben führen müssen«, murmelte sie, während wir über den Hof gingen. Sie meinte damit, daß wir niemals von unserem alten Haus in dem moslemischen Viertel el-Me'azzam in das jüdische Viertel Taht-el-Takya hätten ziehen sollen. Meine Mutter machte diese Entscheidung für alles verantwortlich. Wären wir dort geblieben, hätte sich mein Vater niemals einem Haufen windiger Zionisten angeschlossen, die wie kleine Jungen die Helden spielten. War das vielleicht ein Leben für einen vierzigjährigen Mann mit Frau und Kindern? »*Waweli,* sie sind alle verrückt geworden: die Juden, die Moslems, alle!«

Es war ihr einfach unbegreiflich. Die Moslems waren stets gute Nachbarn gewesen. Sie hatten sich um uns gekümmert und uns beschützt. Wir hatten alle aus dem gleichen Brunnen getrunken. Aber dann, vor zehn Jahren, war es zum Ausbruch der Farhud, zu anti-jüdischen Ausschreitungen gekommen, und seitdem war nichts mehr so wie früher. Doch das tägliche Leben hatte sich danach wieder normalisiert, und warum sollte man Untergrundorganisationen gründen und für ein weit entferntes jüdisches Land Risiken eingehen? Das konnte nur zu noch mehr Hinrichtungen und verstärkter Verfolgung führen. »Allah, hab Erbarmen«, sagte meine Mutter mit lauter Stimme und küßte die Mesusa an Hizkels Hoftor, als wir es durchschritten.

»Warum ist es so dunkel im Haus?« fragte sie Rashel, die wie in Trance auf der Marmorbank im Hof saß. Sie knipste das Licht an und führte Rashel hinein. Der Hof sah aus wie ein Schlachtfeld. Überall lagen Scherben und die Federn aus den Steppdecken herum. Daß man letztere aufgerissen hatte, war irgendwie nachvollziehbar, warum man jedoch das Geschirr zerschlagen hatte, war mir schleierhaft, obwohl ich miterlebt hatte, wie unser eigenes Heim durchsucht worden war. Ich ging ins Haus und blieb entgeistert in der Tür zum Arbeitszimmer meines Onkels stehen, als ich die zerfledderten und zertrampelten Bücher und die auf dem Boden liegenden Schreibtischschubladen sah, deren Inhalt von der Tinte zerbrochener Tintenfässer bekleckst war. Rashel und meine Mutter setzten sich auf das Bett im Schlafzimmer.

»Haben sie was gefunden?« fragte meine Mutter.

»Woher soll ich das wissen? Sie haben alle möglichen Bücher und Papiere mitgenommen.« Rashels Augen hatten noch immer den fassungslosen, entsetzten Ausdruck.

»O mein Gott, wo sind wir da bloß hineingeraten?« murmelte meine Mutter.

Rashel rang verzweifelt die Hände. »Was soll ich denn jetzt tun?«

»Abu Kabi sagt, du sollst Menashi Zleiha, den Anwalt, aufsuchen.«

»Wo hat er denn gesteckt? Warum ist er nicht heruntergekommen, um seinem Bruder zu helfen?«

»Ich habe ihn zurückgehalten. Er ist krank. Er hat seit drei Tagen hohes Fieber. Wenn er verprügelt worden wäre, hätte ihn das umbringen können.«

»Hizkel hat seinen Kopf völlig eigenmächtig riskiert. Jetzt werden sie ihn hängen wie Shafik Addas.« Rashel murmelte die Worte wie mechanisch vor sich hin.

»Du darfst so nicht reden«, schalt sie meine Mutter. »Der Prophet Hesekiel wird ihn beschützen.«

Blusen, Büstenhalter und ein lila Slip lagen verstreut auf dem Bettvorleger. Meine Mutter merkte, wie ich die Sachen anstarrte.

»Geh nach Hause zu deinem Vater, Kabi«, sagte sie. Ich lief rot an und verzog mich.

Als ich unser Haus betrat, kam mein Vater gerade die Kellertreppe herauf. »Du kommst genau richtig«, sagte er zu mir. »Ich habe vergessen, eine Glühbirne mitzunehmen. Geh eine holen und komm dann herunter.«

Wir schraubten die Birne ein, und als wir das Licht anknipsten, verzogen sich die Fledermäuse in ihre Löcher. Von der zersprungenen Lampe roch es durchdringend nach Öl. »Schnell«, sagte mein Vater. »Wir müssen fertig sein, ehe deine Mutter zurückkommt. Es ist besser, wenn sie nichts weiß.«

Wir mußten unsere ganze Kraft aufbieten, um den alten gußeisernen Ofen beiseite zu schieben. Wir hoben die darunterliegenden Fliesen hoch und öffneten die von Hizkel gebaute Holzkiste. Mein Vater zog einen flachen Kasten mit den Teilen einer Thompson-Maschinenpistole und ein paar Magazinen heraus. Ich mußte daran denken, wie stolz ich vor ein paar Monaten gewesen war, als mein Vater eines Tages, als meine Mutter und meine kleinen Brüder fort gewesen waren, mit mir in den Keller gegangen war und mir dieses Versteck gezeigt hatte für den Fall, daß etwas Unvorhergesehenes geschah und ich die Waffe fortschaffen müßte.

»Ich bringe das woanders hin«, sagte mein Vater.

»Laß mich das machen«, sagte ich. »Sag mir, wohin.«

»Nein. Ich möchte, daß du zum Suk gehst und vorsichtig auskundschaftest, ob sich Soldaten oder Polizisten in der Gegend herumtreiben.«

Sämtliche Fenster unserer Straße waren erleuchtet. Fragende Augen starrten zu mir heraus. Farha, die schielende Witwe, die mit dem Taubenzüchter schlief und über alles Bescheid wußte und tratschte, war außer sich. »Was ist passiert?« fragte sie, indem sie mich nervös betätschelte. »Warum haben sie Hizkel mitgenommen?«

»Das geht dich gar nichts an«, erwiderte ich.

»Hört euch den Bengel an!« schrie sie den Nachbarn zu. »Und dabei hat er vor kurzem noch in die Hosen gemacht!«

Ich überhörte die Bemerkung und ging weiter.

Der erste graue Schein der Morgendämmerung am Himmel war zu schwach, um die engen Gassen zu erhellen, die sich zwischen den dicht an dicht stehenden Häusern hindurchschlängelten. Ich hatte inzwischen den äußeren Rand des Viertels erreicht und war kurz vor der Abzweigung zum Suk. Die Bäcker, die Obst- und Gemüsehändler und die *chai'ikhana*, die Teehausbesitzer, waren noch nicht da, obwohl sie für gewöhnlich um diese Zeit eintrafen; sie hatten wohl von Hizkels Festnahme gehört und trauten sich nicht heraus. Ich dachte an Rashel, wie sie in ihrem demolierten Heim saß, einen lila Slip zu ihren Füßen. Sie war halb eine Frau und halb noch ein Mädchen, doch selbst wenn sie weinte, fand ich sie anziehend. Du Idiot, sagte ich zu mir selbst, wie kannst du jetzt an sowas denken? Ich rannte nach Hause. Mein Vater war angekleidet und gekämmt, an seinem Arm hing ein Einkaufskorb. »Ist die Luft rein?« fragte er.

»Sie sind fort. Ich habe weder einen Soldaten noch einen Polizisten gesehen.«

»Warte hier auf mich«, sagte er, »ich bin gleich wieder zurück.«

Als er zwanzig Minuten später unversehrt und ohne die Pistole wieder zurückkam, atmete ich erleichtert auf.

»Merk dir folgendes, Kabi«, sagte er zu mir. »Wenn mir jemals etwas zustoßen sollte, geh zu Abu Saleh, dem Bäcker. Er wird sich um alles weitere kümmern.«

Als meine Mutter von Rashel zurückkam, hatte er wieder seinen Schlafanzug und seinen grauen Bademantel an.

»Ich durfte ihr nicht einmal beim Aufräumen helfen«, klagte meine Mutter. »Sie muß immer alles allein machen.«

KAPITEL III

Als die Straßenlaternen ausgingen, zog ich wie üblich los, um Brot und Kemar einzukaufen. Unterwegs begegnete ich dem alten Hiyawi, der, eine Tasche mit seinem Gebetsmantel und dem Gebetsriemen unter dem Arm, zur Synagoge ging.

»Ah, Kabi«, sagte er. »Warum kommst du nicht mit? Nach dem, was letzte Nacht geschehen ist, müssen wir beten.« Er wies mit dem Kinn zu Hizkels Haus. »Das arme Ding.«

»Wer?«

»Als ob du das nicht wüßtest. Sie ist eine prächtige, eine wirklich prächtige Frau. Die Plagen des Pharao mögen über sie kommen, verflucht seien ihre Seelen! Es ist heute schlimmer als unter den Türken.« Hiyawi sprach immer mit Wehmut von der türkischen Herrschaftszeit. Er tätschelte mit seiner knochigen Hand mein Gesicht. »Mach dir keine Sorgen, mein Junge. ›Denn der Herr wird sein Volk nicht verstoßen und niemals sein Erbe verlassen.‹«

»Amen«, murmelte ich, aus Furcht, er könnte mich mit Speichel besprühen.

»Ich gehe heute vormittag zu Rabbi Bashi, Gott sei mit ihm. Ich will sehen, was er für Hizkel tun kann.«

»Allah gebe dir ein langes Leben«, sagte ich.

»Nur der Rabbi kann uns da heraushelfen. Er ist unser Führer und unser Fürst. Keiner eurer rebellischen Besserwisser ist auch nur soviel wert wie der Staub auf seinen Füßen.«

»Mein Onkel Hizkel ist kein Besserwisser.«

»Spiel nicht den Ahnungslosen, Junge. Du weißt genau, daß dein Onkel den Rabbi nicht achtet. Aber seine Frau tut mir leid. Komm mit in die Synagoge. Gebete wirken Wunder für die Seele. Sie lassen einen Menschen wieder zu seinem Gott zurückfinden.«

»Das hast du mir schon öfter gesagt.«

»Und deine Antwort ist wieder Nein, was? Du hast wohl Dringenderes zu tun.«

»Allerdings.«

»Na gut, dann kauf mir zwei Pittabrote, und der Herr möge deinen Tag segnen.« Hiyawi zog ein paar Münzen aus seinem Kaftan. »Aber gib acht, daß sie weich sind, Junge«, sagte er und wies auf seine verfaulten Zähne.

»Ja, ja«, sagte ich. »Daran brauchst du mich nicht jedesmal zu erinnern.«

Ich ergriff meinen Korb und ging weiter, ohne mich noch einmal umzusehen. Falls mir jemand folgte, war es das beste, so zu tun, als rechnete ich nicht damit. Auf dem kleinen gepflasterten Platz vor dem Suk hielt ich nach Ismail Ausschau, dem Anführer der moslemischen Straßenbande. Ich hatte irgendwie das Gefühl, daß er für die Polizei arbeitete. Vielleicht, weil er immer so viele Fragen stellte, wenn er in unserem Viertel auftauchte, um uns zu Gürtelkämpfen herauszufordern, die er übrigens stets gewann.

Ich wäre am liebsten gerannt und mußte mich zu Gelassenheit zwingen. Am Eingang zum Suk kam ein langer Begräbniszug an mir vorbei. Die Männer mit den dunklen Gewändern und den getüpfelten Keffiyehs sowie die Frauen mit ihren Schleiern und düsteren langen Kleidern kamen mir vor wie Geister aus der Unterwelt, die mich umdrängten wie ein Schwarm schwarzer Krähen. Schwarzverhüllte Klageweiber, die Gesichter geschminkt und Asche auf den Häuptern, glitten wie nächtliche Schatten vorüber. Auf ein Zeichen ihrer Anführerin hin ließ ein Chor weiblicher Stimmen markerschütternde Klagelaute und Angstschreie vor dem Tod erschallen. Ich mußte an das alte Hutzelweibchen denken, das während der siebentägigen Trauerzeit für meinen Großvater die Totenklage geführt hatte. Mit ihrem schrillen Schreien hatte sie mir eine solche Angst eingejagt, daß ich mich in den Keller verkroch und mich nicht einmal von den Piepsern der Fledermäuse verscheuchen ließ.

Auf den Dächern standen neugierige Zuschauer, darunter auch ein paar Juden, und starrten auf den schwarz umhüllten Sarg hinab, der gefährlich auf den Händen der Träger hin und her schwankte. Na ja, ein Araber weniger, sagte ich mir, mußte jedoch sogleich schuldbewußt an Miss Sylvia denken, die in ihren Unterrichtsstunden über englische Literatur so gerne von Humanismus und Menschenliebe sprach. Der Begräbniszug bewegte sich weiter. Eine stämmige, unverschleierte Frau, vermutlich die Mutter des Toten, taumelte wie eine blinde Taube hinter dem Sarg einher und schlug und zerkratzte dabei mit den Händen ihr Gesicht. Die Klageweiber schlugen sich leicht auf die Brust, klopften mit den Fäusten daran und schrien, als würden ihnen sämtliche Glieder ausgerissen. Ich mußte mich beherrschen, um nicht laut herauszulachen. Mir war sehr wohl bewußt, daß sie mit ihrem Geheul die Trauernden aufzuwühlen hatten, doch es erstaunte mich, wie überzeugend ihnen das gelang – geradezu als trauerten sie um ihre eigenen Söhne. Ihre Schreie verhallten allmählich in der Ferne, und alles ging seinen gewohnten Gang weiter.

Der Suk Hinuni, der jüdische Basar, hielt selten inne, um Atem zu holen. Das geschäftige Treiben dort setzte bereits vor Sonnenaufgang ein und währte bis weit nach Sonnenuntergang. Allein das fehlende elektrische Licht hinderte die meisten Händler daran, ihre Stände bis Mitternacht offen zu halten. Es waren Hunderte von Ständen, jeder mit seinen eigenen Farben und Düften. Lastenträger mit Körben voll Obst auf den Köpfen schrien den Einkaufenden zu, ihnen Platz zu machen; Esel brüllten in die Menschenmenge hinein, die ihren Karren den Weg versperrte; überall hörte man hitzig feilschende Kunden; sich lautstark unterhaltende Passanten; vor Freude über ein Wiedersehen mit alten Freunden aufkreischende Frauen; fluchende, in dem Gedränge steckengebliebene Petroleumwagenfahrer; das Gezisch der Gaskocher in den Teeläden; das tiefe Prasseln der Backöfen – ohne diese Sinfonie von Klängen wäre der Suk so öde und ausgestorben gewesen wie am Sabbat und an jüdischen Feiertagen, wenn er geschlossen war.

»Heiße Sambusiks, heiße Sambusiks!« Der Duft nach Kreuzkümmel und Kichererbsen in sprudelndem Öl kitzelte meine Nase. Wie jeden Morgen stellte ich mich an den Sambusik-Stand, setzte meinen Korb ab, dehnte meine steifen Schultern, rieb mir mit ausgestreckten Fingern die Hände, streckte die Hand nach einer der heißen, gefüllten Teigpasteten aus, biß hinein und dachte dabei zum zigsten Male: So muß das Paradies schmecken. Als ich das Wechselgeld in die Tasche gleiten ließ, sah ich einen Polizisten auf mich zukommen. Ich verschluckte mich und versprühte wie der alte Hiyawi Spucke und Kichererbsenstücke in alle Richtungen.

»*Ala keifak, ibni,* immer langsam«, brummte der Sambusik-Verkäufer, während er seinen Tresen mit einem dreckigen Lumpen abwischte. »Rück ein Stück zur Seite, mein Junge. Andere wollen auch drankommen.«

Der Uniformierte stellte sich neben mich. Ich war vor Schreck wie gelähmt. Statt meinen Korb zu nehmen und weiterzugehen, blieb ich wie festgenagelt stehen und hatte dabei das Gefühl, mein brennendes Gesicht sei ebenfalls in heißem Öl gebacken worden. Warum war ich nicht ohne Umweg zur Bäckerei gegangen? »*T'fadl azizi.* Bitte sehr, mein Freund«, sagte der Sambusik-Mann und reichte dem Polizisten eine Pastete. Obwohl dieser sie eindeutig zu nehmen gedachte, musterte er sie zunächst nachdenklich. Auch als er in die knackige Kruste biß, mit den Lippen schmatzte und mir ein Lächeln zuwarf, hatte ich das Gefühl, daß er mich argwöhnisch beäugte, und mein Versuch, mit abgeklärter Miene »Gut, was?« zu sagen, endete mit einem Frosch im Hals.

Erst als er sich von mir abwandte und eine zweite Portion verlangte, wurde mir bewußt, daß mir das schlechte Gewissen keineswegs ins Gesicht geschrieben war. Ich ergriff den Korb, ging weiter und warf, ein flaues Gefühl im Magen, den letzten Brocken der Pastete weg. Obwohl mir war, als müßte ich mich niederknien und auf der Stelle übergeben, ging ich weiter zur Bäckerei und drängelte mich zwischen den vor der Tür stehenden Käufern hindurch. Flammen schossen aus dem gußeisernen Ofen, vor dem Abu Saleh el-Hibaz, der Bäcker und Held unseres Viertels, stand, eine weiße Keffiyeh auf dem Kopf. Abu Saleh war ein hochgewachsener, muskulöser Kerl mit einer schwarzen Pelzmatte auf der Brust, einem bullenartigen Hals, mit dem er, wenn er bei seinen Bewunderern

Eindruck schinden wollte, einen Mehlsack hochheben konnte wie eine Feder. Er hatte braune, schalkhafte Augen und ein dunkelhäutiges, gutmütiges Gesicht, auf dem immerzu ein strahlendes Lächeln lag. Das rechteckige Backbrett neben ihm war voller Teigkugeln. Er nahm eine nach der anderen in seine großen Hände, drückte sie unter lautem Klatschen flach, klopfte und dehnte sie und warf sie solange zwischen den Handtellern hin und her, bis sie die Form dünner Scheiben hatten. Sobald er eine davon auf ein kleines, an den Kanten angesengtes Backkissen gelegt und mit einem Ruck an die Ofenwand geschleudert hatte, machte er mit der nächsten Teigkugel weiter. Wenn im Ofen kein Platz mehr war, begann er mit seiner tiefen Baßstimme zu singen:

Heiße Pitta hier!
Eile und hol sie dir!
Komm geschwind und kauf,
ich hebe keine auf!

Ich wußte, daß es keinen Sinn hatte, ihn jetzt anzusprechen. Glücklicherweise war Mi'tuk, der Reimschmied, nicht da, denn wenn er kam, brachten die beiden es fertig, den ganzen Tag lang Verse über das duftende Bäckerbrot zu ersinnen. Als Abu Saleh mich erblickte, zwinkerte er mir zu. Wußte er etwa Bescheid? Er nahm eine große Brotzange und hob die dampfenden, knusprigen, nach prallem Leben duftenden Pittabrote mit flinken Bewegungen von der Ofenwand. Während er sie auf dem Ladentisch auslegte, betrachtete er sie so erstaunt, als sähe er dergleichen zum ersten Mal, und stieß einen Pfiff der Bewunderung aus.

Jemand klopfte mir auf die Schulter. Es war Amira, die hinreißende Schwester meines Freundes Edouard, die mir einen guten Morgen wünschte. Sämtliche Jungen des Viertels waren in sie verliebt. Auch Abu Saleh, und der wollte sie heiraten. Ich nickte grüßend, meine Augen auf ihre Granatäpfel von Brüsten gerichtet.

»'Morgen, Prinzessin«, sagte der Bäcker strahlend. Als Amira ein kleines Mädchen gewesen war und er ein Lehrling, hatte er für sie winzige Tonpüppchen und -figuren geknetet und im Ofen gebacken. Als sie älter wurde, buk er eigens für sie eine *hunana*, eine kleine, blättrige Pitta. Und irgendwann begann er ihr dann Verse vorzuträllern und ermunterte seine Kundschaft dabei zum Mitsingen:

Dort am Fenster saß Amira
und machte ihre Stickerei.
Sechs Locken schmückten ihre Stirn:
Drei und nochmals drei.

Ein schmucker Bursche die Gass' raufkam
und heimlich an ihr Fenster trat.
Sechs Haare zierten seinen Bart:
Drei und nochmals drei.

Amira schaute aus dem Fenster,
Und sein Herz brannte lichterloh.
Sechs heiße Küsse gab er ihr,
Drei und nochmals drei.

Dem Vater kam das gleich zu Ohren,
Und Zornesröte stieg ihm ins Gesicht.
Sechs Backpfeifen gab er dem armen Wicht:
Drei und nochmals drei.

Große Scham befiel den Knaben
Und färbte seine Wangen rot.
Sechs Tränen rannen über sein Gesicht:
Drei und nochmals drei.

Abu Saleh el-Hibaz hatte um Amiras Hand angehalten, doch ihr Vater, Abu Edouard, der Taubenzüchter, fand, daß seine Prinzessin etwas Besseres verdient habe. Seit sich beide Männer um den Erwerb der Bäckerei beworben hatten, konnte Abu Edouard den

Bäcker nicht mehr ausstehen. Amiras Vater hatte die Bäckerei kaufen wollen, weil sich dahinter ein großer Hof befand, der einen idealen Platz für sein Gerümpellager abgegeben hätte. Abu Saleh – so erzählte es Abu Edouard meinem Vater, der zwischen den beiden zu vermitteln suchte – habe ihm das Geschäft vermasselt, indem er dem moslemischen Verkäufer weismachte, daß er, Abu Edouard, die Raten nicht pünktlich würde bezahlen können. Doch obwohl er geschworen hatte, sich an dem Bäcker zu rächen, und er kein Wort mehr mit ihm sprach, ließ er sich dessen Brot und vor allem die Gerstenpittas weiterhin schmecken, denn es gab in dem ganzen Viertel keine besseren.

Abu Saleh kleisterte die Ofenwände aufs neue mit Teigplatten voll, trug seinem Gehilfen Sami auf, die Kunden zu bedienen, und winkte mich in den Hof hinaus. Nachdem ich mich umgeblickt hatte, um mich zu vergewissern, daß niemand mithörte, sagte ich: »Sie haben Hizkel festgenommen.«

»Ich weiß«, sagte Abu Saleh, setzte sich auf einen Stuhl und wischte sich den Schweiß von der Stirn. »Dafür werden sie bezahlen müssen. Und außerdem werden wir Hizkel da rausholen. Du hast ja keine Ahnung, wieviel er mir bedeutet. Als ich ihm zum erstenmal begegnete, war ich noch ein dummer Junge. Er nahm mich in seine eben eröffnete Berufsschule auf, ich war ein Schüler der ersten Abschlußklasse. Du glaubst gar nicht, wie stolz er war, als er sah, wie ich, der gedacht hatte, aus mir würde nie etwas, den Ladenbesitzern in der Nachbarschaft, die selbst nicht lesen konnten, seine Zeitung vorlas! Nach der Farhud forderten er und dein Vater mich auf, der *Shabbab el-Inkath*, der Selbstschutz-Jugendbrigade, beizutreten, die zur Verteidigung des jüdischen Viertels gegründet worden war. Ich war bereits ihr Führer, als wir die Bewegung ins Leben riefen. Ich weiß noch, wie Hizkel bei unserem ersten Treffen sagte: ›Wir werden das Königreich Juda wieder errichten – wir werden dafür sorgen, daß unser einstiger Glanz wiedergeherstellt wird – wir werden Geschichte machen!‹ Es war, als würden wir von Engelsflügeln getragen. Wir, meine ganze Klasse, folgten ihm geschlossen. Und in meinem Keller feierten wir den ersten Jahrestag des Staates Israel, leisteten wir den Treueeid und rezitierten wir Psalmen, als wäre der Messias erschienen. Ich wollte schnurstracks dorthin, um in der jüdischen Armee zu kämpfen, doch Hizkel war dagegen. Er wollte mich hierhaben, falls es zu weiteren Pogromen kam. ›Wir sind die Kapitäne dieses Schiffs‹, sagte er, ›und wir werden es nicht verlassen, bevor wir nicht alle unsere Passagiere an Land gebracht haben.‹«

Abu Saleh wischte sich abermals über die Stirn, stöhnte und fuhr fort:

»Gott, wer kann jetzt in seine Fußstapfen treten? *Waweli*, der Ofen ist voller Brot!« Er rannte zurück in die Bäckerei, aus der ein Geruch nach Angebrannten kam, stocherte die Pittas aus dem Ofen, warf die versengten in einen rostigen Eimer und legte die guten auf den Ladentisch. Als der Käuferandrang nachließ, reichte er mir unsere tägliche Bestellung und gab noch zwei weiche Pittas für Hiyawi und vier für Rashel dazu. »Sag ihr, sie soll den Kopf hochhalten«, flüsterte er. »Und daß ich bei allem Brot der Welt schwöre, Hizkel zu befreien. Wir werden alle gemeinsam nach Jerusalem gehen.«

Auf dem Boden vor der rechten Wand der Bäckerei saß Fathiya, die hübsche beduinische Kemar-Verkäuferin. Im Winter setzte sie sich immer vor die andere Wand, um näher am Ofen zu sein. Im Schneidersitz hockte sie auf einem dünnen Kissen und lauschte dem melodischen Geknister der backenden Pittabrote und Abu Saleh, wie er schmachtend beduinische Liebeslieder sang:

Eine goldene Kette sein möcht ich,
deinen Hals zu umschmeicheln.
Manchmal fiele auf dein Herz ich,
manchmal würd' ich deinen Busen streicheln.

Hin und wieder trafen sich ihre Blicke, und wenn sich die Bäckerei geleert hatte, warf sie ihm ein Lächeln zu, bei dem eine Goldfüllung aufblitzte, die – so glaubte sie zumindest – der Reihe weißer Zähne einen zusätzlichen Reiz verlieh. Dann stiegen sie in den Keller hinab und trieben mit ihrem Liebesgestöhne die Ratten aus ihren Löchern.

Fathiya war von Kopf bis Fuß in ein schwarzes Gewand gehüllt, so daß außer den rissigen Fußsohlen nichts von ihr zu sehen war. Sie hatte ein dünnes schwarzes Kopftuch umgebunden, das ihre Wüstenschönheit mit den pechschwarzen, mit Kohlstift geschminkten Augen und dem goldenen Nasenring noch betonte. »*Ya ayuni, ya Kabi*«, sagte sie zu mir. »Du bist heute morgen spät dran. Aber ich habe etwas Kemar für dich zurückbehalten.« Mit einer langen Nadel, wie sie zum Nähen von Matratzen benutzt wird, schnitt sie eine große Scheibe des nach dem Aufkochen und Abkühlen gelierten Butterschmalzes ab, hob es aus der flachen Holzschale und legte es auf das Servierbrett, das ich mitgebracht hatte.

»*Mashallah*, der Kemar ist heute besonders gut geworden«, sagte sie wie jeden Morgen. Ihre Haut war wie der Kemar: glatt, weich und seidig.

»Kabi«, fragte sie mit ihrer sanften Stimme, »*ichar bich el-yom ya huya*? Du bist heute irgendwie anders als sonst.«

»Ich habe nicht sonderlich gut geschlafen«, sagte ich.

Sie grinste mich schelmisch an. »Wer hat dich denn wachgehalten? Amira?«

»Du«, antwortete ich. Wir prusteten beide los.

Ein Polizist trat heran und fragte schmeichelnd:

»Was verkaufst du denn da, Schwesterchen?«

»Den Kemar deiner Träume«, entgegnete Fathiya.

»Wie du, mein Schätzchen. Ist sie nicht eine echte Schönheit?« fragte er mich.

»Na und ob«, sagte ich.

Der Polizist wiegte seinen Kopf hin und her. »Hör sich das einer an! Der Junge ist noch ein Kind und wirft schon ein Auge auf die Frauen. Gib bloß acht, wenn er älter wird.«

»Er ist schon längst ein Mann, *mashallah*«, sagte Fathiya und spuckte zur Seite, um den bösen Blick abzuwehren.

»Wie heißt du?« fragte der Polizist.

»Kabi.«

»Nachname?«

»Imari.«

»Kommt mir doch irgendwie bekannt vor. Warte mal … ist nicht letzte Nacht jemand mit diesem Namen verhaftet worden?«

Ich holte tief Luft und versuchte, ruhig und gelassen zu erscheinen, obwohl ich nichts lieber getan hätte, als mich aus dem Staub zu machen.

»Ein Verwandter?« fragte er.

»Nicht daß ich wüßte.« Ich lächelte Fathiya an und wünschte ihr einen guten Tag. Das Wichtigste, hatte mein Vater gesagt, sei es, stets ganz natürlich dreinzuschauen.

KAPITEL IV

Hiyawi stand vor Rashels Haus und sah aus wie ein gescholtenes Kind. Ich schwenkte seine weichen Pittabrote in der Luft. »Der Herr segne dich und behüte dich«, sagte er, den Priestersegen zitierend, und legte dabei seine Hand mit einem traurigen Lächeln auf meinen Kopf. »Der Herr lasse sein Angesicht über dich leuchten und sei dir gnädig.« Er küßte seine Fingerspitzen, legte sie an seine Augen, tätschelte dann mein Gesicht und fragte: »Was hat sie bloß gegen mich? Warum läßt sie nicht zu, daß ich ihr helfe?«

»Woher soll ich das wissen?« entgegnete ich. Als ich auf unser Tor zuging, hielt er mich zurück und reichte mir ein paar Geldscheine. »Hier, die sind für sie.«

»Sie hat genug Geld«, sagte ich und gab sie ihm zurück.

Seine Unterlippe zitterte. »Gib es ihr. Sie kann jeden Dinar brauchen.«

»Na gut, wie du meinst.« Ich stieß das hölzerne Tor zu Rashels Hof auf.

»Kabi!« rief sie erleichtert aus, als sie mich erblickte. Durch das weiße Kleid, das sie trug, zeichnete sich ihr schmucker, vollbusiger Körper ab. Von ihren honigfarbenen Augen fixiert, deren Ausdruck ich nie zu deuten vermochte, griff ich, um meine Verlegenheit zu verbergen, schnell in meinen Korb. »Die Pittas hier sind von Abu Saleh el-Hibaz«, sagte ich und legte sie auf die Marmorbank. »Das Geld ist von Hiyawi.«

»Der eine wird der Tod meines Mannes sein und der andere meiner«, sagte sie.

»Ich dachte, Hizkel hätte Abu Saleh angeworben.«

»Hizkel ist der Kopf und Abu Saleh der Körper. Der eine kann ohne den anderen nicht auskommen.«

»Und Hiyawi?«

»Das ist eine lange Geschichte. Ich erzähle sie dir ein andermal. Gib dem geilen alten Bock sein Geld zurück.« In ihrer Stimme schien ein erstickter Schrei mitzuschwingen. »Du bist zu jung, um das zu verstehen«, fügte sie hinzu, als sie meinen neugierigen Blick gewahrte.

»Genau zweieinhalb Jahre jünger als du!«

An der Tür ertönte ein lautes Klopfen. »Sie sind da«, sagte Rashel und erstarrte. Mir rieselte ein kalter Schauer über den Rücken. Sie war unfähig, sich zu rühren, und so stellte ich meinen Korb ab und ging das Tor öffnen. Alles war verloren: Jetzt würden sie auch meinen Vater festnehmen. Wir hätten diesen verdammten Ort verlassen sollen, solange noch Zeit dazu war!

Es war Abed, der am Tor stand. »Du bist es?« stieß ich keuchend hervor.

»Der schwarze Sklave höchstpersönlich.« So pflegte er sich immer zu bezeichnen.

»Warum hast du angeklopft?«

»Soll ich etwa ohne anzuklopfen zu einer Frau hineinspazieren? Hat dir niemand Manieren beigebracht?«

»Aber du kommst doch ständig hierher.«

»Zu Hizkel, nicht zu ihr.«

Rashel atmete auf, als sie ihn erblickte.

»Was mit Hizkel geschehen ist, tut mir sehr leid«, sagte Abed. »Abu Kabi hat mir aufgetragen, dich zum Anwalt zu bringen. Wann wäre es dir recht?«

»Ich brauche niemanden, der mich hinbringt«, sagte Rashel mit einem Trotz, wie ich ihn bei ihr noch nie erlebt hatte.

Abed bewegte sich mit einem unterwürfigen Lächeln zum Tor zurück. »Es ging ja nur darum, dich durch das moslemische Viertel zu begleiten«, sagte er entschuldigend. Er hatte meiner Mutter den ganzen Vormittag über geholfen, das von den Soldaten angerichtete Chaos zu beseitigen.

»Das schaffe ich schon allein«, sagte Rashel. Als er das Tor hinter sich geschlossen hatte, sagte sie zu mir:

»Wofür hält dein Vater mich eigentlich, daß er mir seinen Gehilfen schickt?«

»Wenn er selbst gekommen wäre, hätte man ihn womöglich festgenommen«, entgegnete ich. Begriff sie nicht, in was für einer heiklen Lage er steckte?

»Und warum ist er gestern nacht nicht heruntergekommen, um nach seinem Bruder zu sehen, mit der Polizei zu reden und zu versuchen, sie zu bestechen?« Die Frage, die sie eindeutig quälte, schien mehr an sie selbst gerichtet zu sein als an mich.

Das schreckliche Bild, wie Hizkel von den drei Soldaten wie ein Sack Reis herumgeschleift und neben die Abortgrube gestoßen wurde, ging mir wieder durch den Kopf. »Behalt ihn im Auge!« hatte der Offizier mit der mit Orden dekorierten Brust einem seiner Männer befohlen. »Du bleibst hier«, hatte er Rashel angeherrscht. Während er auf das schwache, von unserem Haus auf den Hof fallende Licht starrte, hatte er mich gefragt: »Wo ist dein Vater?«

»Oben«, stammelte ich. »Er ist krank.«

»Beweg dich, du Hurensohn!« fuhr mich einer der Soldaten an.

Ich stieg, von dem Mann mit den genagelten Stiefeln gefolgt, die Treppe hinauf. Meine Mutter stand in der Tür. »Guten Abend«, grüßte sie den Offizier mit einem Kopfnicken.

»Es ist fast Morgen«, erwiderte er mit einem Blick auf meinen Vater, der sich die Decke bis ans Kinn gezogen hatte. »Ihr Juden macht uns fix und fertig. Jeden Abend ein anderes Haus. Wo sind die Waffen?« Mein Vater zuckte mit keiner Wimper.

»Ich hab Sie was gefragt«, sagte der Offizier.

»Was haben Sie gesagt?« entgegnete mein Vater mit heiserer Stimme.

»Wo sind die Waffen?«

Mein Vater schüttelte verständnislos den Kopf.

»Wir werden sowieso bald alles wissen. Ihr Bruder wird reden. Er liegt gerade draußen im Hof. Möchten Sie ihn sich nicht ansehen? Ich gebe Ihnen eine letzte Chance, um ein unangenehmes Verhör zu vermeiden.«

Mehr brauchte er nicht zu sagen. Bei der bloßen Anspielung auf die irakische Geheimpolizei überlief uns alle ein eiskalter Schauer. Mein Vater schüttelte weiter den Kopf. »Was immer mir auch zustoßen mag«, hatte uns Hizkel gesagt, »ihr wißt von nichts.«

Der Offizier zündete sich mit einem silbernen Feuerzeug eine Zigarette an und hielt meinem Vater eine hin. Mein Vater wurde von einem trockenen Husten geschüttelt. Der Offizier verzog das Gesicht, machte einen Schritt zurück, als hätte er einen Schwindsüchtigen vor sich, und wandte sich an meine Mutter. Meine zwei kleinen Brüder, die von dem Lärm aufgewacht waren, klammerten sich an ihrem Kleid fest und starrten ihn angstvoll an.

»Wenn Sie erlauben, Ma'am«, sagte er mit übertriebener Höflichkeit, »würde ich gerne eine kleine Hausdurchsuchung vornehmen.«

»Bitte, tun Sie das«, sagte meine Mutter, die in ihrer Angst den spöttischen Unterton in seiner Stimme nicht bemerkte.

Unser Haus wurde in ein Schlachtfeld verwandelt. Hätten sie sich von meinem Vater bestechen lassen? Die sinnlos angerichtete Verwüstung hatte jedenfalls wie eine Einladung ausgesehen. Auch er räumte ein, daß ein Versuch nicht hätte schaden können. Jeder, der damals im Irak lebte, hätte einem das sagen können …

»Er war von Anfang an gegen unsere Heirat«, sagte Rashel nun wütend über meinen Vater. »Er hat Hizkel gesagt, daß meine Familie kein Geld hätte, daß wir Niemande seien.«

»Wo hast du denn diesen Blödsinn gehört?«

In ihren Augen standen Tränen. »Seit ich ihn gebeten habe, Hizkel nicht zu bedrängen, die Führung der Bewegung zu übernehmen, ist er nicht mehr gut auf mich zu sprechen.«

»Komm, hör auf. Ich könnte dich doch auch zum Anwalt begleiten«, schlug ich vor.

»Vielen Dank. Ich brauche niemanden. Ich komme schon allein zurecht.« Ich war mir nicht sicher, ob sie damit mich zu beruhigen suchte oder sich selbst, hatte aber das Gefühl, daß es besser war, wenn ich ging. Am Tor drehte ich mich noch einmal um. »Geh nicht ohne mich«, sagte ich und bemühte mich, entschieden zu klingen. »Die Anwaltskanzlei hat jetzt sowieso noch nicht auf.«

Abed stand draußen und wartete. »Was soll ich Abu Kabi sagen?« fragte er. »Er wird wütend sein.« Normalerweise zwinkerte er ständig mit den Augen, doch jetzt blieben sie starr.

»Überlaß das mir und geh den Laden aufschließen. Mein Vater möchte, daß wir ganz normal weitermachen.«

»Gott sei Dank haben sie ihn nicht auch mitgenommen.« Abed ließ seine großen Hände neben dem Körper baumeln, senkte demütig den Kopf und bleckte dabei sein Pferdegebiß. »Kabi, begleite mich zum Laden«, sagte er, legte einen Arm um mich und führte mich zurück zum Suk. »Und möge Allah Erbarmen mit deinem Urgroßvater haben.«

Hiyawi war bereits in seinem Tabakladen. Er hockte in seinem abgewetzten alten Sessel und trank, rhythmisch auf die Tasse klopfend, seinen Morgenkaffee, den er sich bei einem Kaffeeverkäufer geholt hatte. Der Laden meines Vaters befand sich in unmittelbarer Nähe, genau im Zentrum unseres Viertels. Er hatte ihn einem Stoffhändler abgekauft, der sein Geschäft Hals über Kopf zugemacht hatte und nach Indien ausgewandert war. Über eine dreistufige Treppe gelangte man von der Straße in einen großen Innenraum. An der Frontseite stand eine prächtige, durch das Schaufenster sichtbare antike Glasvitrine, in der die besten Zeitmesser meines Vaters – Exemplare, auf die er besonders stolz war – ausgestellt waren. Dahinter standen zwei Arbeitstische, sein eigener und der von Abed. Im hinteren Teil des Ladens befanden sich ein grüner Tresor und eine Gästeecke mit einem Sofa, einem Couchtisch, zwei Stühlen und ein paar Topfpflanzen, die nach Meinung meiner Mutter unbedingt sein mußten. An der Wand hingen drei gerahmte Fotografien. Die mittlere und augenfälligste war ein Bildnis von König Faisal. Rechts davon hing ein Erinnerungsfoto des heiligen Rabbi Yosef Hayyim, das dem Geschäft – nach Ansicht meiner Mutter – Glück bringen würde, und links davon ein Foto meines Urgroßvaters.

Der Laden hatte kein Telefon. Es gab nicht viele Telefone in Taht-el-Takya. Mein Vater hatte zwar eins beantragt und den Postbeamten Schmiergeld gezahlt, doch nie eins bekommen. Der einzige Laden mit einem Telefon war der von Hajj Yahya Abd el-Hak, dem

Metallwarenhändler gegenüber, der zufälligerweise auch der einzige Moslem im ganzen Viertel war. Hajj Yahya war ein buckliger, finsterer alter Mann mit pergamentartiger Haut und einem Spitzbart. Er trug stets einen weißen Kaftan und einen weißen Turban und hatte – vom vielen Aufstoßen auf dem Boden beim Gebet – auf der Stirn eine braune Beule. Ich betrachtete ihn gerne in seinem schneeweißen Gewand, das niemals Flecken aufwies, obwohl er sich den ganzen Tag über seine Werkbank beugte. Er hatte zwei Söhne. Der ältere, Ghassan, war Oberst in der irakischen Armee und ein Judenhasser; er hatte '48 als Freiwilliger in Palästina gekämpft und bedrängte seinen Vater, in ein moslemisches Viertel zu ziehen. Zweimal wöchentlich kam er mit seinen Leibwächtern im Gefolge, um den alten Mann in seiner Werkstatt zu besuchen. Wenn er sich auf den einzigen Stuhl setzte, von dem aus er mit stolz zurückgeworfenem Kopf die Passanten auf der Straße beobachtete, zog er seine Hosenbeine stets ein Stück hoch, damit sie an den Knien nicht ausbeulten. Seine Ankunft erregte in unserem Viertel jedesmal Aufsehen. Abu Saleh el-Hibaz kam immer herüber, um ihn sich anzuschauen. Er pflanzte sich vor dem Laden meines Vaters auf und starrte mit kindlichem Staunen auf Ghassans Uniform mit den goldenen Knöpfen und den Abzeichen. Bevor er wieder zu seiner Bäckerei zurückstapfte, schwor er jedesmal, daß er in Israel ebenfalls ein hoher Offizier sein würde.

Hajj Yahyas zweiter Sohn Karim war kräftiger gebaut und ganz anders als sein düsterer Bruder. Er gehörte verschiedenen Organisationen an, die sich dem Schutz von Minderheiten verschrieben hatten, und betrachtete sich als Freund der Juden. Bevor er ein berühmter und vielbeschäftigter Rechtsanwalt geworden war, war er fast täglich nach Taht-el-Takya gekommen und hatte in den Laden meines Vaters, der eine Art zentraler Treffpunkt war, hereingeschaut, Kaffee getrunken, eine torpedoförmige Bulgur-Kubba von Baruch, dem kurdischen Kubba-König, gegessen und sich mit Hizkel und meinem Vater über die Politik des Nahen Ostens unterhalten, über die Machenschaften der Briten, die regionalen Interessen der Amerikaner und die von den Kommunisten ausgehenden Gefahren. Auch mit den anderen Ladenbesuchern stand er auf freundschaftlichem Fuß und hielt häufig bei einer Tasse bitterem Kaffee oder süßem Tee einen freundlichen Plausch mit ihnen.

Am Spätnachmittag saß ich oft in einer Ecke des Ladens und tat so, als lese ich oder als mache ich meine Hausaufgaben, während ich in Wirklichkeit den Gesprächen der Erwachsenen lauschte und mir wünschte, einer von ihnen zu sein. Hizkel war meist schon vor mir da, lag auf dem Sofa und machte ein Nickerchen oder rauchte eine aromatische Pfeife und erzählte meinem Vater die neuesten Nachrichten. Danach besprachen sie die politischen Entwicklungen und versuchten die Motive von »Abu Naji«, wie die Engländer genannt wurden, zu ergründen oder das schleimige Gehabe des englandfreundlichen Premierministers Nuri es-Said, der von allen »der Pascha« genannt wurde. Zu Hizkels und meines Vaters Besuchern zählten auch Juden aus wohlhabenderen Gegenden wie beispielsweise Bab-esh-Shargi, Ilwi und el-Kerada. Einige von ihnen kannten meinen Vater von seiner ehemaligen Lehrertätigkeit her, während andere einfach nur die Gesellschaft des Uhrmachers mit der juristischen Ausbildung genossen, der dem berühmten Imari-Clan angehörte.

Mein Vater, dem klar war, daß niemand gleich am frühen Morgen Uhren kaufte, war kein Frühaufsteher, und Abed, sein kurdischer Gehilfe, schloß stets den Laden für ihn auf. Abed liebte den Laden und den Betrieb darin genauso wie mein Vater, der ihn oft fortschickte, um Waren abzuholen, Schulden einzutreiben, Zahlungen zu erledigen, auf dem Suk einzukaufen oder um meiner Mutter und uns Kindern zu helfen. Abed kam regelmäßig in der Mittagspause zu uns. Während meine Mutter den *safartas*, den mehrstöckigen Essenstornister, für die Nachmittagsstunden mit kühlen Früchten und Wassermelonenstücken füllte, aß er mit uns anderen zu Mittag. Wenn er fertig war, rülpste er herzhaft und rauchte genüßlich eine von Hiyawis kostbaren Zabana-Zigaretten. Meine Mutter behandelte ihn, als gehörte er zur Familie, lud ihn zu Feiertagen und Festen ein, schenkte ihm die abgelegten Hemden und Anzüge meines Vaters und versuchte sogar, eine nette jüdische Ehefrau für ihn zu finden. Zum Dank machte er kleine Botengänge für sie, begleitete sie zum Suk, trug ihre Körbe und ging, wenn sie irgendein Obst oder Gemüse vergessen hatte, sogar ein zweites Mal los. Außerdem kümmerte er sich wie ein älterer Bruder um uns Kinder, alberte und ulkte mit uns herum, schalt uns auch manchmal und gab uns Ratschläge. Wenn ich an kalten, regnerischen Tagen keine Lust hatte, mein warmes Bett zu verlassen, um die Pittabrote und den Kemar für das Frühstück einzukaufen, übernahm er das für mich, brachte meine kleinen Brüder zur Schule und trug mich sogar auf den Schultern, damit ich nicht auf der matschigen, von Wagenrädern, Eselshufen und den nackten Füßen der kurdischen Lastenträger zertrampelten Straße laufen mußte. Er war nicht nur unheimlich fleißig, sondern auch vielseitig begabt. Er konnte eine Mauer niederreißen, ein undichtes Rohr oder einen tropfenden Wasserhahn reparieren, eine kaputte Steckdose ersetzen oder eine zerbrochene Bodenfliese auswechseln, konnte Wände verputzen und anstreichen. Er arbeitete flink und geschickt, und es gab nichts, was ich lieber tat, als ihm zuzusehen.

Das einzige, was Abed nicht gern tat, war Uhren reparieren. Seine großen, kräftigen Hände sträubten sich gegen die Präzisionsarbeit, bei der man des öfteren auch englische Handbücher konsultieren mußte. Mein Vater, der ein Perfektionist war, überließ ihm nur die einfachsten Arbeiten. Abed himmelte ihn an. Er war ihm ewig dankbar dafür, daß er ihn, den Waisenjungen, eingestellt hatte, und obwohl mein Vater nicht im Traum daran dachte, ihn jemals zu entlassen, fürchtete er ständig, daß dies geschehen könnte. Er arbeitete nun schon seit sechzehn Jahren für meinen Vater, wagte jedoch noch immer nicht, ihm direkt in die Augen zu sehen, und es wäre ihm nie in den Sinn gekommen, daß mein Vater ihn genauso brauchte wie er meinen Vater.

Mein Vater hatte Abed den Besuch von Hizkels Berufsschule finanziert, und er hatte die gleiche Klasse besucht wie Abu Saleh el-Hibaz. Die beiden hatten sich auch gemeinsam der Bewegung angeschlossen, und Abu Saleh mochte Abed und vertraute ihm. Wie viele arme Juden zweifelte Abed nicht daran, daß er in Israel wie ein

König behandelt werden würde. Er wohnte in einem billigen Zimmer in Tatran, im Haus einer Witwe und Mutter von sechs Kindern, die sich manchmal nachts in sein Zimmer schlich, um ihm Nachhilfe in Liebesdingen zu erteilen. Was er allerdings kaum nötig hatte, denn er suchte jeden Freitagabend Fauzia, seine arabische Hure, auf. Sobald der Segenspruch über den Wein und das Sabbatmahl gesprochen worden war, wusch und parfümierte er sich, rieb sich die Haare mit billigem Haaröl ein, zog sich einen der abgelegten Anzüge meines Vaters an und band sich eine Krawatte um, die schon bessere Tage gesehen hatte. Dann steckte er sich noch eine *rib'i*, eine Viertelliterflasche Arrak, in die Innentasche seines Jacketts und zog los, um sie mit Fauzia zu kippen und ihr dabei zu erzählen, was er unter der Woche erlebt hatte, ehe sie sich bis zum Morgengrauen auf ihrer Matratze tummelten. Fauzia, die ihre Freitagabende ausnahmslos für ihn freihielt und, wenn er sich verspätete, die anderen Freier an der Tür zum Bordell gereizt abwies, hatte ihn wirklich gern. Er gab einen Gutteil seines Lohnes für sie aus, was die Witwe sehr verdroß, hoffte sie doch, er werde sie heiraten und ihr mehr als nur die Brosamen seiner Männlichkeit zukommen lassen.

KAPITEL V

Mein Vater ließ sich in seiner Lieblingsecke der Küche nieder, unter dem farbigen Bogenfenster, um zu frühstücken. Er schöpfte die Haut von der Milch ab, die meine Mutter ihm gekocht hatte, verstrich sie auf seiner Pitta und bestreute sie mit Zucker.

»Baba«, sagte ich, »ich werde mit Rashel zum Anwalt gehen.«

»Sie hat mir gesagt, sie möchte allein hingehen«, entgegnete meine Mutter.

»Aber warum?« fragte mein Vater.

»Hast du Angst, sie könnte gekidnappt werden? Der Anwalt ist Jude, und seine Kanzlei ist nicht weit von hier.«

»Ich verstehe nicht, warum sie nicht tun kann, was man ihr sagt«, sagte er mürrisch und erhob sich.

»Wo gehst du hin? Bleib daheim und hör auf, dir Ärger einzuhandeln. Du bist krank.« Meine Mutter stellte ein Porzellantablett mit einem weichgekochten Ei, Kemar, Quittenkonfitüre und ein paar Würfeln in warmer Salzlake eingelegtem Käse auf den Tisch. »Iß, das wird dir Kraft geben«, sagte sie. Mein Vater brach sich ein Stück von der Pitta ab, stippte es in die orangefarbene Marmelade und legte es auf das Tablett zurück.

»Ich habe keinen Hunger«, sagte er, während er zusah, wie sich die Bienen auf der Marmelade niederließen.

»Dann trink wenigstens etwas.«

»Wir müssen dieses Land verlassen!«

»Das ist nichts für uns. Überlaß das den jungen Leuten.«

»Willst du etwa behaupten, ich sei zu alt?«

»Trink etwas Tee. Das ist gut für deinen Hals.«

»Es sind schon viele Familien über die Grenze geschmuggelt worden. Ich wollte dieses Land schon nach der Farhud verlassen.«

»Und wer hat dich daran gehindert?«

»Du.«

»Ich? Du warst viel zu sehr mit deinen Uhren und deinem Prozeß gegen den Großen Imari beschäftigt. Du hast zwar dahergeredet wie ein Zionist, doch das einzige, woran du wirklich interessiert warst, war Geldverdienen.«

»Wie kannst du so etwas sagen!«

»Es ist die Wahrheit. Das einzige, woran du je gedacht hast, bist du selbst. Wenn du das Land wirklich hättest verlassen wollen, hättest du es ohne weiteres tun können.«

»Ohne dich und die Kinder?«

»Tu bloß nicht so, als läge dir etwas an uns. Wärst du sonst bereit, uns in ein Land zu bringen, über das so viele Horrorgeschichten erzählt werden?«

»Diese Geschichten werden von unseren Feinden verbreitet, Frau. Wenn es dort tatsächlich so schlimm wäre, würde niemand dort bleiben. Aber es kommt niemand von dort zurück, und Dutzende von Juden machen sich täglich dorthin auf. Du glaubst an Gott, an den Propheten Hesekiel, an die Bibel, an das Gebetbuch ... warum möchtest du nicht im Heiligen Land leben?«

»Das Heilige Land ist ein Traum für die Tage nach dem Erscheinen des Messias.«

»Die Erde unter unseren Füßen brennt, Frau! Wer hätte je geglaubt, daß es so weit kommen würde? Sobald ich herausgefunden habe, was mit meinem Bruder geschieht, werde ich dieses Land verlassen. Je früher, desto besser.«

»Ich aber nicht. Schreib dir das hinter die Ohren.«

Meine Mutter hielt nichts von meines Vaters Träumen von Israel. In ihren Augen war das nichts weiter als ein durch persönliche Unzufriedenheit hervorgerufener typischer Männertraum von fernen Eroberungen und Abenteuern. Er hatte es sich nie verziehen, sich seinem Freund Abu Yosef nicht angeschlossen zu haben, der nach dem Ausbruch der Farhud nach Palästina ausgewandert war. Statt dessen hatte er gemeinsam mit Hizkel und Abu Saleh el-Hibaz die Jugendbrigade ins Leben gerufen, aus der wiederum die Bewegung hervorgegangen war. Sie sammelten Gelder für Palästina, und als Berichte über die Vernichtung der Juden in Europa nach Bagdad drangen und Rabbi Bashi einen allgemeinen Fasten- und Gebetstag ausrief, waren mein Vater und Hizkel die ersten, die öffentlich über die dringende Notwendigkeit sprachen, Hebräisch zu lernen und sich auf eine Emigration vorzubereiten. Doch als andere schließlich auswanderten, blieben sie. Vielleicht hatte meine Mutter recht, wenn sie behauptete, daß nicht allein sie es war, die meinen Vater zurückhielt, sondern daß er einfach Angst vor dem endgültigen Absprung hatte. Irgend etwas band ihn fester an Bagdad, als er sich bewußt war, ein Band, das er nie zu zerreißen vermochte. Was das war, konnte er sich selbst nicht erklären.

»Laß dir eine Geschichte erzählen, Frau«, sagte er und hielt inne, bis sie sich ihm zuwandte. »Es lebte einmal ein Mann, der eine halb verhungerte, fast erfrorene Schlange fand. Er nahm sie mit nach Hause, fütterte sie und legte sie auf seine Bettflasche, damit sie auftaute. Dann steckte er sie zu seinem einzigen Sohn ins Bett. Der Junge und die Schlange wurden gute Freunde und spielten miteinander. Doch eines Tages trat der Junge der Schlange versehentlich auf den Schwanz, und sie biß ihn. Als der Vater die Schreie seines einzigen Sohnes vernahm, kam er mit einer Axt herbeigerannt, doch die Schlange glitt so schnell davon, daß er nur ihren Schwanz abhackte. Der Junge starb, und nach der Trauerwoche kam die Schlange aus ihrem Loch und sagte zu ihrem Herrn: ›Es ist Zeit, daß ich gehe.‹ – ›Mein Sohn ist tot‹, erwiderte der Mann, ›und ich bin ganz allein in diesem Haus. Bleib hier und leiste mir Gesellschaft.‹ – ›Nein, Herr‹, sagte die Schlange, ›das wäre ein Fehler. Immer wenn du mich siehst, wirst du an deinen Sohn erinnert werden, und immer wenn ich dich sehe, werde ich an meinen Schwanz denken.‹ Das ist die Geschichte von uns und den Moslems. Sie erinnern uns an die Farhud, und wir erinnern sie an Palästina.«

»Du und deine Geschichten«, sagte meine Mutter verächtlich. »Warum gehst du nicht zum Großen Imari? Er wird deinen Bruder aus dem Gefängnis holen.«

»Fängst du schon wieder damit an? Ich habe seit vierzehn Jahren kein Wort mehr mit ihm gewechselt.«

»Das Leben deines Bruders steht auf dem Spiel, und du denkst an nichts anderes als an deine Würde!«

Er erhob sich, ging zur *jalala* und strich mit dem Daumen über den sich weitenden Spalt. »Mögen die Hände, die das getan haben, abgeschlagen werden, Sohn«, sagte er zu mir. »Es wird Zeit, daß du dich auf den Weg zur Schule machst.«

»Heute?«

»Heute ganz besonders.«

Edouard, der Sohn des Taubenzüchters, stand am oberen Ende der Straße, über der einen Schulter seine Schultasche, über der anderen seine Rollschuhe. Er war der Anführer unserer Straße und wartete normalerweise nicht auf mich, doch heute war kein normaler Tag.

»Wer wird uns jetzt Steinschleudern bauen?« fragte er zur Begrüßung.

»Wovon redest du?« fragte ich.

»Willst du etwa behaupten, du wüßtest das nicht?«

Ich brauchte eine Minute, bis mir einfiel, daß mein Onkel Hizkel versprochen hatte, uns Jungen Steinschleudern zu bauen. »Ist das im Moment deine einzige Sorge?«

»Glaubst du, die Soldaten kommen auch zu uns?«

»Wieso sollten sie?«, fragte ich mit gespieltem Erstaunen, »ist dein Vater etwa Zionist geworden?«

»Es reicht schon, daß wir eure Nachbarn sind.«

»Jetzt redest du wie ein Zionist.«

Der alte Doppeldeckerbus war proppenvoll mit Schülern. Wir stiegen zum offenen Oberdeck hinauf, wo sich Edouard an die Außenseite setzte und ich mich auf den Platz daneben. Als der Schaffner auftauchte, mußte ich ihm wie immer ein Zeichen geben, damit er sich unter dem Sitz verkriechen konnte, um nicht bezahlen zu müssen.

Während die Schüler Marschlieder sangen, bahnte sich der Bus langsam an Hunderten die Straße verstopfenden Wagen und Kutschen vorbei seinen Weg. Die schmalen Straßen von Taht-el-Takya sahen aus wie in vielen anderen heruntergekommenen Stadtvierteln. Zehntausende Menschen hausten dort, eingepfercht in ein buntgewürfeltes Sammelsurium aus braunen und weißen Kästen, die beinahe genauso verwahrlost waren wie in dem nahegelegenen moslemischen Slum Bab-esh-Sheikh. Über beiden Vierteln hing der gleiche durchdringende Uringestank.

Mit zunehmender Entfernung wurden die Straßen breiter, änderte sich das Stadtbild. Wir fuhren jetzt durch Bab-esh-Shargi, Batawin, Baghdad-el-Jedida und Ilwi, den vornehmen jüdischen Teil des modernen Bagdads mit seinen Villen, Rasenflächen, Blumenbeeten, Palmen, Kakteen und langen, von rot- und weißblühenden Oleandersträuchern gesäumten Alleen. Es war eine ganz andere, friedvolle Welt, und selbst die Luft schien hier klarer zu sein und besser zu riechen. Wir fuhren an der Villa von Menashi Dahud Imari, besser bekannt unter dem Namen Großer Imari, vorbei. Hinter den hohen Mauern war vom Oberdeck des Busses aus ein großer grüner Park auszumachen.

Meine Mutter hatte das Anwesen des Großen Imari bisher nur ein einziges Mal gesehen. Seitdem hatte mein Vater mit ihr Schwierigkeiten, denn sie konnte nun nicht mehr verstehen, wie man es hatte zulassen können, daß sein Cousin das gesamte Familienvermögen geerbt hatte. Welcher Mann gab sich mit dem Leben eines Uhrmachers zufrieden, wenn er ein Tycoon hätte sein können? Seine Darstellung, derzufolge mein Urgroßvater seine Söhne zur Ausbildung von Imara nach Bagdad geschickt hatte, während der Große Imari dort blieb und die Reisfelder an sich riß, nahm sie ihm einfach nicht ab. Wer brauchte eine Ausbildung, wenn er so viel Geld besaß? Mein Vater, so kam es mir manchmal vor, war dazu verdammt, ihr dies bis an sein Lebensende erklären zu müssen.

Bei der Frank-Ini-Schule in Ilwi strömten alle aus den Bussen heraus. An den Toren hatten sich Straßenhändler eingefunden. Schüler, die es nicht erwarten konnten, ihr Taschengeld loszuwerden, waren bereits dabei, sich Süßigkeiten und in *amba*, scharfes, süßsaures Mangochutney, getunkte Brötchen zu kaufen, obwohl sie vor kurzem erst gefrühstückt hatten. Ich selbst hob mir mein Taschengeld meist für die Pause auf, und wenn es mir gelang, es bis zum Tagesende nicht auszugeben, steckte ich es zu meinen geheimen Ersparnissen.

Ich blieb noch eine Weile auf dem Oberdeck des Busses sitzen und sah hinunter. Unsere Oberschule, die bereits in der ganzen Stadt einen guten Ruf hatte, obwohl meine Klasse die erste Abschlußklasse war, bestand aus einer Reihe neuer, weißgetünchter zweistöckiger Gebäude in L-Form. Eine kleine Synagoge, eine Turnhalle, Tennisplätze, ein großer Schulhof sowie eine Bibliothek und ein Lesesaal gehörten dazu, und sie stand in keinem Vergleich zu meiner schäbigen alten Grundschule mit den zerbrochenen Fliesen, den ständig unter Wasser stehenden Gängen und den wackeligen Treppen, der schlechten Beleuchtung, der drangvollen Enge und dem modrigen Geruch.

Lautes Gehupe riß mich aus meinen Träumen. Der Bus fuhr ein Stück weiter, um einer funkelnden schwarzen Limousine Platz zu machen. Der livrierte Chauffeur hielt die Tür auf, und George, der Sohn des Großen Imari, stieg aus. In seinem weißen Anzug sah er aus wie ein englischer Lord. Er schlenderte gemächlich auf das Schultor zu, während der Chauffeur ihm mit der Schultasche folgte. Weil er so klein war, nannten wir ihn *dandah* – Zwerg. Er streckte seinen schmächtigen Brustkorb heraus und reckte den Kopf in die Höhe wie ein Pfau. Als er an dem einäugigen arabischen Pförtner vorbeiging, verneigte sich dieser tief – eine Geste, die er mit einer lässigen Handbewegung erwiderte.

»Ein Viertel des Stadtgebietes von Bagdad gehört ihnen«, hatte mein Vater einmal während eines Spaziergangs leicht übertrieben über Georges Familie gesagt. Ich wußte, daß ihr unermeßlicher Reichtum von den Reisfeldern herrührte, deren Verlust meine Mutter betrauerte, und daß in ihrer Villa bedeutende Persönlichkeiten empfangen wurden. Angeblich nahm sogar der Regent Abd Allah an den Festen des Großen Imari teil, um der bezaubernden Frau mit der goldenen Stimme, der jüdischen Sängerin Salima Pasha, zu lauschen, seine Augen an den unvergleichlichen Körperformen der

Bauchtänzerin Bahia und den rhythmischen Bewegungen ihrer Hüften zu weiden, die göttlichen Melodien des Zitherspielers Avraham Siyyon Da'abul zu hören und sich wie auf Schwingen von der grandiosen Gedichtrezitation von Salim Shibath und Hizkel Kissab hinwegtragen zu lassen. Diese sagenhaften Nächte in der imposanten Villa waren in ganz Bagdad Stadtgespräch.

Obgleich George ein hervorragender Schüler war, hielt man ihn allgemein für eine Primadonna, einen verzärtelten und zugeknöpften Jungen, der alles bekam, was er wollte, unter anderem auch den Chefredakteursposten unserer Schülerzeitung, den ich selbst gern gehabt hätte. Es wurde ihm eine große literarische Zukunft prophezeit, und selbst mir gefielen seine Gedichte mit ihren eleganten, fließenden Reimen und den schlichten Versen, die so ganz anders waren als der Kram, der normalerweise von Schülern veröffentlicht wurde. Sie hatten etwas erstaunlich Frisches, einen Mut zur Direktheit, der möglicherweise auf den Einfluß französischer und englischer Lyrik zurückzuführen war, die er mit seinen Privatlehrern studierte.

Obwohl ich mich ebenfalls an Gedichten versuchte, versteckte ich meine Ergüsse in einer Schublade; es war aussichtslos, George auf seinem Spezialgebiet Konkurrenz machen zu wollen. Statt dessen füllte ich den Manuskriptkasten mit Kurzgeschichten und anderer Prosa. George veröffentlichte alles davon. Die Zeitung war unser einziges Gesprächsthema. Als wir uns vor drei Jahren in der Schule zum ersten Mal begegneten und er meinen Nachnamen hörte, hatte er mit seiner schrillen Stimme gesagt: »Wer nennt sich heutzutage nicht alles Imari?« Diese Worte brodelten seitdem wie Gift in meinen Adern. War er vielleicht ein besserer Imari als ich, nur weil er mit einem silbernen Löffel im Mund geboren worden war? Ich wollte seinen Dünkel unbedingt zerschmettern und begann deshalb einen unausgesprochenen, aber keineswegs unbemerkten Rivalitätskampf. Obwohl er von den besten Privatlehrern Bagdads unterrichtet wurde, bemühte ich mich, bessere Noten zu bekommen als er. Wenn ich George Imari wäre, redete ich mir ein, würde ich mich nicht so verhalten wie er; wie ich mich verhalten würde, war mir allerdings alles andere als klar.

Ich stieg aus dem Bus, knipste mir von einer Myrtenhecke zwei weiche Zweige ab, rieb sie zwischen meinen Händen, sog tief den Duft ein, den ich so mochte, murmelte mechanisch einen hebräischen Segensspruch und eilte durch das Tor. Meine Klasse hatte sich für den allmorgendlichen Fahnenappell bereits an ihrem gewohnten Platz aufgestellt. Uns gegenüber standen die Lehrer, in der Mitte unser verehrter Direktor Stad Nawi. Einen Schritt vor ihm stand Rahamim Salim Imari, sein Stellvertreter, von uns allen Salim Effendi genannt; ein hochgewachsener, kräftig wirkender Mann – ein Kommunist und Cousin meines Vaters und des Großen Imari –, der keine Minute brauchte, um uns zur Ruhe zu bringen. Es war immer wieder erstaunlich, wie er mit einem einzigen Blick aus seinen stechenden Augen – ein Blick, der durch die markante Nase, das energische Kinn und die schwarzen, buschigen, über der Nase zusammenwachsenden Augenbrauen noch verschärft wurde – selbst den größten Rüpel zum Schweigen bringen konnte.

»Gott schütze den König in Krieg und Frieden« sangen wir zu Ehren König Faisals , und anschließend ertönte aus Hunderten Kehlen die Nationalhymne. Dann zog Latif, der Schultrommler, die irakische Flagge hoch und bewegte dabei die Lippen, als spräche er ein Gebet. Als ich ihn einmal gefragt hatte, was er da beim Hissen der Flagge murmele, hatte er geantwortet: »Den Kaddisch für die Toten.«

Nun hielt Salim Effendi seinen allmorgendlichen Appell ab, in den er wie immer unauffällig kommunistisches Gedankengut einflocht. Gewandt sprach er von Gerechtigkeit, menschlicher Würde, dem Recht auf Freiheit und von der Pflicht, sich gegen jegliche Unterdrückung aufzulehnen – lauter Dinge, die in unserem Lehrplan nicht enthalten waren. Obgleich dem Direktor diese Ansprachen nicht behagten und er befürchtete, sie könnten den Zorn der Regierung erregen, ließ sich Salim Effendi nicht beirren und stachelte uns weiterhin unverdrossen jeden Morgen damit auf. »Die Menschen sind gleich geboren und haben Anspruch auf die gleichen Möglichkeiten«, erklärte er, während ich an George dachte, der zwergenhaft in der Reihe vor mir stand und vor dem alle katzbuckelten, einschließlich Stad Nawi, der genau wußte, wieviel Menashi Dahud Imari unserer Schule jährlich stiftete.

Ungeachtet seiner glühenden Reden erteilte selbst Salim Effendi George private Sprach- und Literaturstunden und half ihm, seine Verse zu polieren. Er war einer der besten Sprachlehrer der Stadt, und obwohl er und der Große Imari nicht gut aufeinander zu sprechen waren, hatte George auf ihm bestanden. Salim Effendi und seine Mutter waren wie mein Vater um ihren Anteil an den Reisfeldern unseres Urgroßvaters geprellt worden, und die marxistischen Grundsätze, die er beiläufig in Georges Unterrichtsstunden einfließen ließ, stellten seine Rache dar. Skrupel, von einem Kapitalisten Geld anzunehmen, hatte er offensichtlich keine, und zudem erhöhte er ständig sein ohnehin hohes Honorar, das der Große Imari zähneknirschend bezahlte. Nachdem die Flagge gehißt worden war, überlegte ich hin und her, ob ich Salim Effendi von Hizkels Verhaftung erzählen sollte, ließ es aber bleiben, weil seine Ansichten über den Zionismus vollkommen anders waren als die meines Onkels.

In der ersten Stunde hatten wir Englisch bei unserer Lehrerin Miss Sylvia Perlman. Sie war eine assimilierte britische Jüdin mit strahlend blauen Augen, zarter Haut und goldblondem Haar, das so seidig war wie Fathiyas Kemar. Und sie hatte schöne Beine und einen tollen Hintern, der meist in einer engen Hose steckte. Keine Irakerin würde es wagen, so etwas zu tragen. Stad Nawi hatte ihr angeblich nahegelegt, auf das Tragen von Hosen zu verzichten, weil sie damit unsere pubertären Phantasien entzünde, doch Miss Sylvia hatte es kategorisch abgelehnt, sich ihre Menschenrechte beschneiden zu lassen. Was wir selbstredend begrüßten. Nichts an ihr war konventionell, nicht einmal ihre Schuhkollektion. Jeden Tag, so kam es uns jedenfalls vor, trug sie ein anderes Paar.

Miss Sylvia konnte kein Wort Arabisch, zumindest tat sie so. Zwei der fünf Wochenstunden waren Shakespeares *Hamlet* vorbehalten. Sie legte großen Wert darauf, daß wir das Stück in einwandfreiem Oxfordenglisch deklamierten, und demonstrierte uns die richtige Aussprache, indem sie mit ruhiger, strenger Stimme aus unserem Lehrbuch vorlas. Unseren arabischen Akzent fand sie entsetzlich, vor allem den des mürrischen Edouard, den sie mit zusätzlichen Hausaufgaben traktierte und immerzu aufforderte, laut vor der Klasse vorzulesen. Er empfand das als so demütigend, daß er den Englischunterricht so oft wie möglich schwänzte.

»Wenn du hören könntest, wie du klingst«, schalt sie ihn auch heute.

»Wie ein arabischer Jude«, erwiderte er schlagfertig. Gott weiß, wie er darauf kam.

»Es gibt keinen Grund, warum Bewohner des Orients wie du kein ordentliches Englisch lernen könnten. Nimm dir Herrn Salim Effendi als Beispiel.«

»Ich bin aber nicht Stad Salim«, sagte Edouard pampig.

»Nächstes Schuljahr, nach den Sommerferien«, teilte uns Miss Sylvia mit, »werden wir uns ein anderes Stück von Shakespeare vornehmen, und zwar *Julius Caesar.* Wie viele von euch sicherlich wissen, war Julius Caesar ein berühmter Römer. Damit ihr den historischen Hintergrund dieses Stückes versteht, möchte ich, daß ihr in den Ferien ein wenig darüber recherchiert. Ich empfehle allen, sich den Eintrag ›Caesar, Gaius Julius‹ in der *Encyclopaedia Britannica* zu Gemüte zu führen. Den Text des Dramas könnt ihr euch während der Ferien im Schulbüro besorgen. Ich habe veranlaßt, daß die MacKenzie-Buchhandlung eine ausreichende Anzahl von Exemplaren bestellt. Mister Edouard Griesgram, statt mit Mister Sasson zu schwätzen, empfehle ich Ihnen, Ihre Energie für die Verbesserung der englischen Aussprache zu nutzen, indem Sie laut und korrekt vorlesen. Daheim natürlich.«

Edouards Gesicht lief vor Betroffenheit und Zorn rot an. Er gab mit der Hand ein Signal, und als hätte ein Dirigent den Taktstock gehoben, fing die ganze Klasse an, mit den Füßen zu trampeln. Das Getöse wurde immer lauter und drang schließlich bis in den Gang hinaus. Eine Woge des Mitleids mit der armen Engländerin stieg in mir hoch. Sie wollte doch nichts weiter, als zivilisierte Menschen aus uns machen, europäische, treu zu einem dahinschwindenden Weltreich stehende Gentlemen. Wir hatten ihr Engagement, ihre umfassende Bildung, ihre klare Ausdrucksweise, ihr Oxfordenglisch, das Salim Effendi so hoch lobte, nicht verdient. Wir verdienten vielmehr eine Tracht Prügel von unseren Tutoren oder Hilfa, ihrem brutalen Assistenten. Ich hatte nicht den Mut, die anderen aufzufordern, mit dem Radau aufzuhören, schämte mich aber zutiefst für uns alle.

Zufälligerweise ging der stellvertretende Direktor gerade durch den Gang. Die Klassenzimmertür wurde aufgerissen, und Salim Effendi erschien. Mit gespitzten Lippen sah er uns einen nach dem anderen forschend an. Niemand wagte es, einen Mucks zu machen.

»Sie hat sich über mich lustig gemacht«, platzte Edouard in Arabisch heraus.

»*Man alamani harfan, malakani abdan*«, wies ihn Salim Effendi ruhig zurecht. »Lehre mich einen einzigen Buchstaben, und ich werde für immer dein Sklave sein.« Nachdem die Ruhe wieder hergestellt war, nickte er Miss Sylvia zu und verließ den Raum.

»Wie gesagt, Mister Edouard«, fuhr Miss Sylvia fort, als wäre sie nie unterbrochen worden, »mit ein wenig Mühe kann ein jeder die richtige Aussprache erlernen.«

Auch Adnan, der Bauerntölpel, der mitgeholfen hatte, unser Haus auf den Kopf zu stellen?

Nachdem sie die letzte Schublade ausgeschüttet und fast alles, was irgendwie von Wert gewesen war, zertrümmert hatten, bellte der Offizier: »Adnan, geh in den Keller runter!« »*Yallah, ya ibn kalb*«, wandte sich Adnan daraufhin fluchend an mich, »wo ist der Keller?« Ich erstarrte vor Schreck. Jetzt geht's uns an den Kragen, dachte ich. Aber wenn sie wußten, was dort unten versteckt war, warum waren sie dann nicht gleich hinuntergegangen? Ich machte die Kellertür auf. Der Lichtschalter funktionierte nicht, da mich mein Vater angewiesen hatte, die alte Glühbirne nicht auszuwechseln, als sie durchgebrannt war. Adnan stand auf der Schwelle zu dem düsteren, unheimlich wirkenden Raum und versuchte, die dunklen Schatten von übereinandergestapelten Betten, ausrangierten Möbeln, zerbrochenem Spielzeug, Reissäcken und Notvorräten an Lebensmitteln und Speiseöl auszumachen.

An der gegenüberliegenden Seite befand sich ein bis zum Dach verlaufendes Ofenrohr. Die Pistole in der von Hizkel gebauten Kiste steckte in der hinteren linken Ecke unter den Fliesen. Wir hatten lauter schwere Gegenstände daraufgestellt, unter anderem den alten gußeisernen Ofen.

»Was ist mit dem Licht?« sagte Adnan nervös. »Der Strom ist weg, Sir«, sagte ich. Er zerrte mich beiseite und versuchte, den Lichtschalter selbst anzuknipsen. »Geh eine Kerze holen!« befahl er – und dann, als ich die Treppe hinaufzusteigen begann: »Nein, besser eine Lampe!« Ich ging zurück ins Schlafzimmer meiner Eltern. »Was geht dort unten vor?« fragte meine Mutter leise. Mein Vater bekam unter der Decke einen Hustenanfall. »Betet«, sagte ich. Ich nahm die neben dem Bett meines Vaters hängende Lampe herunter und zündete sie an. Die Sorgen der ganzen Welt schienen in seinen Augen konzentriert zu sein. Wie ein Mann, der auf den Galgen zugeht, stieg ich langsam die Treppe hinab. Adnan riß mir die Lampe aus der Hand. Während ich vor Furcht wie angewurzelt dastand, drängte er sich, Möbel beiseite stoßend und zertrümmernd, zum Ofen vor. Er weiß Bescheid, dachte ich. Der Saukerl weiß Bescheid. In diesem Augenblick stolperte er und stürzte. Die Lampe zerbarst, und alles wurde dunkel. Ein Schwarm Fledermäuse kam auf uns zugeflattert. »He, was ist das?« schrie Adnan, leichte Panik in der Stimme. »Keine Ahnung«, sagte ich. »Vielleicht ein Dschinn. Der Keller hier wimmelt davon.« Die Fledermäuse flogen unter schrillem Gekreisch von einer Ecke in die andere. »Wo zum Teufel bist du?« brüllte Adnan. »Bring mich hier raus!« – »Ich komme schon«, schrie ich zurück und führte ihn wie einen Blinden hinaus. »Hast du was gefunden?« fragte der Offizier. »Einen Haufen Fledermäuse«, sagte Adnan.

Als ich mir Adnan jetzt vorstellte, wie er Miss Sylvia blöde anstarrte und dabei versuchte, in akzentfreiem Englisch »Sein oder Nichtsein« zu deklamieren, bekam ich vor Lachen eine Art Schluckauf, bei dem die Ängste der vergangenen Nacht, die ich zu verdrängen versucht hatte, hochkamen. Edouard wurde von dem Gegluckse angesteckt, und kurz darauf johlte die ganze Klasse.

»Raus! Raus!« kreischte Miss Sylvia. »Ihr braucht den Test über Hamlet gar nicht zu schreiben! Ihr bekommt alle eine Sechs!«

Edouard und ich machten uns rasch aus dem Staub, um ja nicht von einem der beiden Schulleiter gesehen zu werden. Aus reiner Gewohnheit blieb Edouard kurz am Fußende der hölzernen Wendeltreppe stehen. In den Pausen wartete er dort immer, bis Miss Sylvia herunterkam, um unter ihren Rock linsen zu können. Anschließend beschrieb er uns genüßlich ihre rosa Spitzenhöschen, doch als ich einmal selbst einen Blick darauf zu erhaschen versuchte, konnte ich nicht das geringste erkennen.

»Los, verschwinden wir, bevor uns Salim Effendi erwischt«, drängte ich ihn. Er rannte auf den Ausgang zu, und ich folgte ihm dicht auf den Fersen. Zwischen ihm und unserem kommunistischen Schulleiter bestand ein ganz spezielles Verhältnis. Anfangs konnte ich nicht verstehen, was Salim Effendi an Edouard fand, mit dem er stundenlang über die Sowjetunion reden konnte – seiner Ansicht nach das einzige Land der Welt, in dem es wahre Freiheit und Gleichheit gab und das die Menschheit von »dem Misthaufen der Ausbeutung« errettet und jegliche Diskriminierung der Juden untersagt hatte. Wenn Salim Effendi von Lenin und Stalin sprach, strahlte er wie der alte Hiyawi beim Lesen des Buches Jesaja. Edouards Augen funkelten beim Zuhören, und manchmal verschwand er nach Unterrichtsschluß, um für seinen Lieblingslehrer geheimnisvolle Botengänge zu machen.

»Laß uns ins Kino gehen«, schlug Edouard vor.

»Einen Tag nachdem mein Onkel verhaftet worden ist?« Abermals versuchte ich, das Gefühl von Übelkeit zu vertreiben, das mich beim Anblick von Hizkels geschwollenem Gesicht befallen hatte, als er in Handschellen zu unserem Haus gezerrt und neben die Abortgrube gestoßen wurde. Hätte er den Soldaten, die ihn mit Fußtritten traktierten und ihn anschrien, verraten, wo die Pistole versteckt war, wäre das unser Ende gewesen.

»Und wenn du nicht ins Kino gehst, wird er freigelassen?«

»Dies ist nicht unser Tag. Der Test über Hamlet ist ja auch schon gelaufen.«

»Jetzt werd bloß nicht abergläubisch«, sagte Edouard.

Ich mochte die Vormittagsvorstellungen im Kino nicht, in denen man von fiesen alten Kerlen angelabert wurde, aber ich wollte auch nicht heimgehen und mich von meinem Vater ausschimpfen lassen, der meine Schulausbildung über alles andere stellte.

»Los, ich lade dich ein«, sagte Edouard und fing an, ein Liebeslied von Abd el-Mutallib, dem ägyptischen Schnulzensänger, zu trällern. Er konnte keinen Ton halten, und es tat mir jedesmal in den Ohren weh, wenn er falsch sang.

»Hör auf«, flehte ich ihn an.

»Hör zu«, sagte er. »Als ich ein Baby war, war ich dunkel und behaart und brüllte die ganze Zeit. Meine Mutter ging mit mir zu einem Wahrsager, um ihn zu fragen, was mal aus mir werden würde. Der Wahrsager sah mich an, berührte meine Stirn und sagte: ›Er wird entweder ein Sänger oder ein Dieb.‹« Er lachte selbstgefällig. »Und darum darf ich mit dem Singen nicht aufhören.«

»Du wirst nie und nimmer ein Sänger«, erwiderte ich. »Aber ein Dieb bist du jetzt schon.«

Er wußte, worauf ich anspielte. »Du glaubst doch nicht etwa, ich zahle diesen dämlichen Moslems Eintritt, oder?«

»Um Himmels willen, heute nicht«, sagte ich. »Ich bezahle für uns beide.«

»Du brauchst keine Angst zu haben. Die sind zu blöde, um mich zu schnappen.«

Edouards Masche war es, entzweigerissene Eintrittskarten vom Boden aufzusammeln und zusammenzukleistern. Die zusammengeklebten Hälften hatten natürlich unterschiedliche Nummern, doch das fiel den Platzanweisern nie auf, vor allem deshalb nicht, weil Edouard sie mit unflätigen Bemerkungen ablenkte. Mit dieser Methode waren wir bisher umsonst in *Zorro, der Held* mit Tyrone Power, *Flash Gordon*, Johnny Weissmüllers *Tarzan* und *Dick und Doof* reingekommen.

»Heute läuft Antara Ibn Shaddad«, sagte Edouard und drängelte sich vor mich in die Reihe. »Mann, Sie hätten die Engländerin in Männerhosen sehen sollen, die mir heute begegnet ist!« Der Platzanweiser ließ uns hinein, während er mit offenem Mund zuhörte, wie Edouard Miss Sylvias Hinterteil beschrieb.

Im Innern des vollbesetzten und ohrenbetäubend lauten Kinosaals hatten wir Mühe, zwei freie Plätze nebeneinander zu finden. Während eine lange Abfolge von Werbespots gezeigt wurde, liefen die Verkäufer mit Coca Cola, Süßigkeiten und englischem Kaugummi die Gänge auf und ab, und die Kinobesucher kämpften keifend und einander anrempelnd um freie Plätze. Dann wurde das Licht gedämpft, und auf der Leinwand, vor der irakischen Flagge stehend, erschien der junge Kronprinz. Wir erhoben uns, um die Nationalhymne zu singen.

Dann ging das Licht ganz aus. Die Spannung stieg. »Antara, Antara«, ertönte ein wilder, rhythmischer, von bedrohlichen Gebärden begleiteter Sprechchor. Edouard ließ sich mitreißen und begann ebenfalls wie in Trance mitzubrüllen.

Die schreiende Menge hatte etwas Beängstigendes. Ich hatte mich noch nie zuvor so unwohl in meiner Haut gefühlt. Ich mußte wieder an Hizkel denken und begann ebenfalls »Antara« zu grölen, teilweise auch, um die in der vorangegangenen Nacht aufgestauten Ängste abzureagieren. Und ich schien sogar übernatürliche Kräfte zu haben, denn bei meinem ersten Schrei kam Antara Ibn Shaddad auf seinem Schimmel auf die Leinwand geritten, die Zipfel einer schwarzen Keffiyeh um seinen Hals flatternd. Er wurde mit triumphierenden Pfiffen begrüßt, als wäre er mit seiner Kavallerie erschienen, um das Publikum in einen heiligen Krieg gegen die Engländer, die Zionisten, die häretischen Schiiten und all die anderen Ungläubigen der Gegenwart zu führen. Augen glühten im Dunkeln; Hände klammerten sich um imaginäre Schwerter; aus den Kehlen ertönte der Kriegsschrei, als wäre jeder einzelne der Zuschauer der sagenhafte Antara persönlich. Wie in einem bösen Traum hörte ich, wie eine Stimme ausrief: »Schnappt euch die jüdischen Hunde!« Oder waren es nur meine Nerven? Könnte ich doch nur sein wie Edouard, der sich gemeinsam mit den anderen die Kehle aus dem Hals schrie. Doch es war kein Traum. Ein Hagel von Schlägen prasselte auf uns nieder.

»Laßt mich das machen!« schrie der Platzanweiser. Aber die Bande von Antaras Anhängern versperrte ihm den Weg.

»*Behiyyat Muhammed*, wir sind Moslems!« rief Edouard mit dem moslemischen Akzent, den er immer nachzuahmen versuchte.

»Juden!« schrie die Bande und spuckte uns an. »Ausländer!« Mir ging plötzlich auf, daß wir mit unseren europäischen Kleidern und unserer hellen Haut tatsächlich so aussahen. Wir bemerkten es selbst nicht, aber sie wußten es. Zum erstenmal wurde mir klar, daß ich für sie genauso auffällig war wie sie für mich, daß sie mich genauso herausriechen konnten wie ich einen von ihnen.

»Laßt mich mal vorbei!« schrie der Platzanweiser. Unsere Angreifer versuchten, unsere Schultaschen und Rollschuhe an sich zu reißen, und drängten uns dabei in die Ecke bei der Toilette ab. Jetzt ist es soweit, dachte ich. Sie würden uns die Kleider vom Leib reißen und sich an uns vergehen, wie in den Geschichten, die ich gehört hatte. Mir wurde schwarz vor Augen.

»Antara! Antara! Antara! Antara!« Es war kaum zu glauben, daß wir ausgerechnet von dem großen Reitersmann persönlich von einem grausamen Schicksal errettet wurden. Drohend schwang er jetzt das Schwert des Islam und streckte in einem blinkenden Tanz von Metall seine Feinde nieder, und als die faszinierte Menge sich von ihren Sitzen erhob und der Balkon über uns dabei unter ihrem Gewicht einzustürzen drohte, packte uns der Platzanweiser und flüsterte: »Lauft was ihr könnt, ihr kleinen Bastarde, bevor sie euch abschlachten und ich es in die Schuhe geschoben kriege.« Er schob uns hastig hinaus, und wir rannten ohne anzuhalten durch das christliche und das moslemische Viertel, bis uns die Puste ausging. Dann hielt Edouard vor einem Schild an, auf dem in schwungvollen Lettern URINIEREN GEGEN DIE WAND VERBOTEN geschrieben stand, und schickte sich mit einem teuflischen Ausdruck in den Augen an, genau dieses zu tun. Ich blieb in größtmöglicher Entfernung von ihm stehen. Das Schild war wahrscheinlich von Schiiten angebracht worden. Sie verabscheuten jeglichen Kontakt mit uns unsauberen Juden und machten, wenn sie auf ihrem Weg zur Moschee an uns vorbeikamen, einen weiten Bogen um uns. Sie waren solche Reinlichkeitsfanatiker, daß sie sich nach dem Urinieren mit einem Stück Kreide abwischten, das sie zu diesem Zweck ständig in der Tasche trugen.

»Bist du wahnsinnig? Du riskierst, daß wir beide umgebracht werden!« schrie ich Edouard zu, der den Nervenkitzel liebte und süchtig nach Schlägereien und brenzligen Situationen war. Mehr als einmal hatte mich unsere Freundschaft in Schwierigkeiten gebracht, aus denen ich nicht immer ungeschoren davongekommen war. Obwohl ich mir eingebildet hatte, daß mir die Furcht vor den Moslems genauso vertraut war wie die Farbe meines Blutes, fing ich mitten auf der El-Rashid-Straße an zu zittern. Vielleicht hatte mein Vater recht. Wir brauchten Waffen, um uns verteidigen zu können. Ich hatte ein blaues Auge und Edouard eine blutige Nase. Ich spürte, wie sehr es ihn wurmte, nicht als ein Moslem durchgegangen zu sein.

»Und was hältst du nun von der Masse, Genosse?« fragte ich.

»Sie sind alle unterdrückt und ungebildet. Sie müssen aufgeklärt werden.«

»Über die Juden! Sie haben dich schließlich nicht angegriffen, weil du Kommunist bist.«

»Sie werden von den Imperialisten provoziert.«

»Und du, Genosse, gedenkst bis an dein Lebensende in ihrer Mitte zu wohnen?«

»Dies ist mein Heimatland.«

»Gott stehe dir bei.«

Ich mußte nach Hause, mich waschen und mich umziehen. Erst nach meiner Bar-Mizwah hatte ich meinem Vater die Erlaubnis abringen können, nicht sofort nach der Schule nach Hause kommen zu müssen, damit ich Zeit in der Bibliothek oder mit Freunden verbringen konnte. Deshalb war es besser, wenn er mich jetzt nicht sah. Am liebsten war es ihm, wenn ich mich in seinem Laden aufhielt, wo er mich im Blick hatte, während ich mich in ein Buch vertiefte oder der Unterhaltung mit seinen Kumpanen lauschte, und es wäre zu dumm gewesen, wenn ich meine hart errungene Freiheit wegen einer Schlägerei mit ein paar Moslems wieder eingebüßt hätte.

Als wir Taht-el-Takya erreicht hatten, suchten Edouard und ich rasch das öffentliche Armenhaus auf, wuschen uns, kämmten uns die Haare und versuchten, uns halbwegs annehmbar zurechtzumachen. Als wir uns unserer Straße näherten, schickte ich ein Stoßgebet zum Himmel, daß Hizkel freigelassen worden und daheim war. Ich fing an zu rennen und wurde rasch eines Besseren belehrt.

Als ich abends im Bett lag, bekam ich wieder einen Lachanfall. Meinen steifen Schwanz heiß in der Hand, vertrieb ich meine Furcht vor einem Schicksal wie dem des Shafik Addas, indem ich mich tröstlichen Wachträumen von Miss Sylvia hingab und mir vorstellte, wie sie Arabisch sprechen lernte – mit dem Akzent eines Moslems aus Bagdad.

KAPITEL VI

Als Miss Sylvia vor über einem Jahr Stad Nawis Telegramm erhalten hatte mit der Nachricht, daß sie an der Frank-Ini-Schule eingestellt würde, war sie sehr aufgeregt gewesen. Der Gedanke an Bagdad, die sagenhafte Stadt der Kalifen, rief die Erinnerung an den Geruch der orientalischen Gewürze in ihr wach, die ihr Vater in ihrer Kindheit aus Transjordanien mit nach Hause gebracht hatte. Obwohl Bagdad im Vergleich zu ihrer Heimatstadt London ein Provinznest von knapp einer halben Million Einwohnern war, konnte sie es nicht erwarten, all die Moscheen, Basare und Minarette zu sehen, die sie aus Reiseführern kannte. Binnen eines Monats war sie reisefertig, und ungeachtet ihrer Angst vor dem Fliegen begab sie sich mitsamt ihren zwei Koffern an Bord einer Maschine der BOAC.

Als sie in Bagdad von Bord ging, schlug ihr die Hitze wie aus einem Backofen entgegen. Dieselben Araber, die ihr mit ihrem lautstarken Geplapper den ganzen Flug verleidet hatten, folgten ihr nun dicht auf den Fersen und schubsten sie die Gangway entlang. Die weiße Sonne blendete sie, ihre Haut fühlte sich an wie Glas. Im Abfertigungsgebäude war die Hitze genauso drückend, ein in Stad Nawis Telegramm genannter Mr. Effendi war nicht wie versprochen zur Stelle, um sie abzuholen, und sie wurde in einer für sie unerklärlichen Weise von allen Seiten begafft. Nach der Zollabfertigung und der Paßkontrolle ließ sie sich mit einem Taxi zum Hotel Semiramis fahren.

Im Hotelfoyer standen ausnahmslos Männer herum. Einer – groß und schlank, mit dunklem Haar, einer markanten Nase und einem Clark-Gable-Schnurrbart – Miss Sylvia hatte Clark Gable einmal persönlich gesehen, als er während des Krieges nach Northampton gekommen war und sie und ihre Studienkolleginnen einen Blick auf ihn erhaschen konnten – kam zu ihr herüber und sagte:

»Mein Name ist Salim Effendi. Sie sind gewiß Miss Sylvia Perlman.«

Miss Sylvia lächelte erleichtert, schüttelte ihm herzlich die Hand und sagte, sie freue sich riesig und würde sich das exotische Bagdad liebend gern auf der Stelle ansehen. Ihr neuer Bekannter erwiderte ihr Lächeln, indem er seine makellosen weißen Zähne entblößte, riet ihr, sich auszuruhen, bis es etwas abgekühlt habe, und versprach ihr, in zwei Stunden wieder dazusein.

Miss Sylvia ging auf ihr Zimmer und duschte. Dann legte sie sich hin, um ein Nickerchen zu machen, was ihr aber nicht gelang. Schließlich stand sie wieder auf, zog sich eine weiße Hose und eine dünne, fast durchsichtige Bluse an und ging ins Foyer hinunter. Als Salim Effendi eintraf, musterte er sie verblüfft und mit einem rätselhaften Lächeln unter dem Schnurrbart. Sie bemerkte, daß er auf der rechten Wange eine rötliche Narbe hatte.

Auf der El-Rashid, Bagdads Hauptverkehrsstraße, waren nur wenige Frauen zu sehen, und wenn, dann waren sie von Kopf bis Fuß in Schleier und schwarze Gewänder gehüllt, wie sie Miss Sylvia bislang nur in Filmen und im Flugzeug gesehen hatte. Außerdem blieben die Frauen zwei Schritte hinter ihren Ehemännern zurück. Letztere starrten Sylvia mit einem blöden Grinsen an und ließen ihre weit aufgerissenen Augen von ihrem Gesicht über ihren Busen bis hinunter zu ihren Oberschenkeln gleiten, hielten kurz an ihrem Hintern inne und ließen den Blick dann bis zu ihren Füßen weiterwandern. Obwohl sie das Gefühl hatte, von diesen Röntgenblicken ausgezogen zu werden, fand sie die Aufmerksamkeit, die sie erregte, auch schmeichelhaft. Sie lächelte höflich zurück, was dazu führte, daß sich die Männer noch dichter um sie scharten. Sie kicherten und rempelten sich gegenseitig an, redeten mit lauten Stimmen und drängten Salim Effendi beiseite, bis Miss Sylvia von einem sich ständig vergrößernden Ring eingekreist war, der bis auf die Fahrbahn hinausquoll und ihr wie eine gewaltige Prozession folgte. Es kam ihr allmählich vor, als rissen die Männer in den langen Gewändern mit ihren Blicken ganze Stücke aus ihr heraus. Der Ring um sie herum verengte sich, und die scharfen, widerlichen Gerüche von saurem Schweiß und billigem Tabak, die die Männer ausströmten, nahmen ihr den Atem. Einige trugen Turbane. Die meisten waren barfuß.

»Mister Effendi, bitte helfen Sie mir«, bat sie ihn. Erst auf diese Aufforderung hin tauchte er in den Kreis von Männern ein und redete lächelnd, mit heiserer Stimme und beschwichtigenden Gesten auf sie ein. »Die Menschen hier sind Frauen in Hosen und dünnen Blusen nicht gewöhnt«, erklärte er ihr, als er wieder neben ihr einherschritt. »Sie kennen blonde, hellhäutige Personen nur aus dem Kino.«

Während er sie von der auf dem Gehweg versammelten Menge weg auf die Straße dirigierte, erklärte er ihr, daß es eine Tautologie sei, wenn sie ihn mit »Mister Effendi« anredete. Halb verdurstet und halb erstickt von der Hitze bat sie Salim Effendi, mit ihr ein Café aufzusuchen. Er lächelte. »Es gibt nicht viele Cafés in Bagdad, in denen Frauen willkommen sind«, sagte er, ohne anzuhalten.

Miss Sylvia warf Salim Effendi einen bittenden Blick zu, doch der starrte nur geistesabwesend vor sich hin. Trotz seines tadellosen Englischs mit dem erstaunlichen, wenn auch etwas gekünstelt wirkenden Akzent der englischen Eliteschulen begann auch er ihr ein wenig unheimlich zu werden. Sie konnte einfach nicht glauben, daß er nie in London gewesen war und nicht in Oxford studiert hatte, sondern seine gesamten Sprachkenntnisse vom Britischen Institut in der Al-Wazariyya-Straße, von der Lektüre populärer Zeitschriften und Shakespeares Werken herrührten. Und weshalb ging er, obwohl er ihr keineswegs als ein Feigling erschien, einfach lächelnd und ohne zu ihrer Verteidigung auch nur einen Finger zu heben weiter?

Miss Sylvia folgte Salim Effendi in ein Labyrinth von schmalen Gassen, in denen sich die Balkone der Häuser über ihren Köpfen beinahe berührten und jede scheinbare Sackgasse sich im letzten Augenblick in weitere Gassen verzweigte, die manchmal wiederum in kleine Plätze mündeten, auf denen alles mögliche verkauft wurde: Matten, Stoffe, kleine Teppiche, Gewürze, Gemüse, Obst, Fleisch, Geflügel, Fisch – eine Warenfülle, wie sie sie in London nie gesehen hatte. Männer, denen Frauen mit Körben auf den Köpfen und völlig undurchsichtigen Schleiern folgten, feilschten aus vollem Halse um die Waren. Überall waren halbverhungerte, verkrüppelte, blinde und gelähmte Menschen zu sehen – herzzerreißende und abstoßende Anblicke. Würde Salim Effendi den Weg zurück zur Hauptstraße finden? Irgendwo hatte sie von den Palästen der Kalifen gelesen, die zwar Eingänge, aber keine Ausgänge hatten, und es befiel sie auf einmal eine lähmende Müdigkeit.

Die Beine bleischwer und von Schwindelgefühl ergriffen, hakte sich Miss Sylvia bei Salim Effendi unter, lehnte sich zu seinem Erstaunen an ihn und erklärte, daß sie Durst habe, während teils überraschte, teils böse Blicke in ihre Richtung geworfen wurden. Salim Effendi rief einem Mann etwas zu, der daraufhin herankam und eine Blechtasse mit einer braunen Flüssigkeit aus einem großen, auf seinem Rücken festgeschnallten Behälter füllte. Miss Sylvia versuchte, den Geschmack und den Geruch zu ignorieren und sich allein auf die erfrischende Kühle zu konzentrieren. Salim Effendi ging währenddessen zu einem Verkaufsstand, feilschte um ein paar Datteln, Äpfel und Bananen und bezahlte sie. Im Nu war er von einer schreienden Meute Jungen umzingelt, die sich darum stritten, seine Einkäufe tragen zu dürfen. Ein Junge mit Triefaugen ging als Sieger hervor und ließ seine vorstehenden Zähne aufblitzen, als er vor Freude über den Auftrag breit grinste.

Dann machten sie sich auf den Rückweg. Während Miss Sylvia sich zu orientieren suchte, fragte sie sich, wie man sich in dieser Gegend zurechtfinden konnte, in der es weder Straßenschilder noch Hausnummern gab. Panik befiel sie. Was um alles in der Welt suchte sie hier? Sie verspürte eine verzweifelte Sehnsucht nach London. Vor ihr lag ein Junge und schlängelte sich zu den wilden Klängen einer Trommel auf dem Boden herum. »Das ist nichts im Vergleich zu Bahia«, sagte Salim Effendi und versprach ihr, sie zu einer Vorstellung der berühmten Bauchtänzerin mitzunehmen. Als sie das Hotel erreichten, dunkelte es bereits. Im Hotelrestaurant wurde ihnen Hammelfleisch und eine fette, scharf gewürzte rote Suppe vorgesetzt – Dinge, die Miss Sylvia noch nie gegessen hatte.

Während Salim Effendi sein Essen gierig und unter lautem Schmatzen verschlang, nahm Miss Sylvia nur vom dünnen, runden Pittabrot. Anschließend wünschte er ihr eine gute Nacht und versprach, er werde sie am nächsten Morgen abholen, um sie zur Frank-Ini-Schule zu begleiten.

Von ihrem Zimmer aus hatte sie einen Blick auf eine sich bis zum Tigrisufer erstreckende Rasenfläche. Selbst der Fluß roch anders als die Themse. Und die Sterne funkelten hier so intensiv, daß sie sich daran nicht sattsehen konnte. Vom anderen Flußufer her vermeinte sie unheimliches Hundegejaule zu hören, das in Wirklichkeit das klagende, heisere Geheul von Schakalen war. Da sie Angst hatte, beschloß sie, das Licht anzulassen, und vergewisserte sich mehrere Male, ob die Tür verriegelt war. Um vier Uhr morgens wurde sie von den Rufen der Muezzins aus dem Schlaf gerissen, die von den Minaretten der Moscheen ihr *Allah akbar* riefen. Sie konnte nicht wieder einschlafen und saß am Fenster bis zum Morgengrauen, als fremdartiges Vogelgezwitscher und das Gurren von Tauben durch die Luft getragen wurde. Das einzige Geräusch, das ihr von London her vertraut war, war das Pfeifen einer Lokomotive.

In den darauffolgenden Tagen bemühte sich Salim Effendi nach Kräften, Miss Sylvia an ihr neues Zuhause zu gewöhnen. Stad Nawi, der Direktor, hatte ihn gebeten, sich um sie zu kümmern. »Ich möchte nicht, daß sie wie diese britischen Kolonialherren denkt, wir seien erst kürzlich von den Bäumen heruntergeklettert«, sagte er. Salim Effendi begleitete sie zu MacKenzie's, dem britischen Buchladen, und kaufte ihr mehrere englische Bücher über die Geschichte des Irak. Er nahm sie mit ins Nationalmuseum, um ihr die archäologischen Exponate zu zeigen, unternahm mit ihr Bootsfahrten auf dem Fluß, bummelte mit ihr durch die öffentlichen Parks, die nicht anders aussahen als in England, und begleitete sie zu den besten Geschäften – Orozdi Bag, Hasu Ahwan und auch zu Spinny's, dem britischen Warenhaus, in dem es teure Lebensmittel und Getränke aus London gab. Abends gingen sie ins Kino oder besuchten die Touristenshows irakischer Künstler im Hotel Semiramis. Dort sah

Miss Sylvia auch zum erstenmal die Bauchtänzerin Bahia. Ihr weiblicher Instinkt sagte ihr sofort, daß Salim Effendi in sie verliebt war. Abend für Abend besuchte er mit Miss Sylvia die Vorstellungen der berühmten Bauchtänzerin, und obgleich sie wußte, daß er ihre Gesellschaft schätzte – welcher Iraker hatte schon Gelegenheit, sich in der Öffentlichkeit mit einer blonden Engländerin zu zeigen? –, gab sie sich keinen falschen Vorstellungen hin, aus welchem Grund er das tat.

Was Miss Sylvia an Salim Effendi bewunderte, war sein scharfer Verstand. Er war auf sozialem und wirtschaftlichem Gebiet sehr beschlagen und besaß fundierte Kenntnisse über den Irak und den Nahen Osten. Ihn entzückte an ihr, daß sie mit dem Kommunismus sympathisierte und den Irak vom Joch des britischen Imperialismus befreit sehen wollte. Als er mehr über sie erfahren wollte und darüber, was sie veranlaßt hatte, in dieses Land zu kommen, erzählte sie ihm, daß ihr Vater seine Militärzeit in Transjordanien abgeleistet habe und sie ihn in ihrer Kindheit mit ihrer Mutter und ihrer Schwester dort besuchte. Sie war von der Sonne, dem Licht, den Kamelen und den exotischen Kleidern ganz hingerissen gewesen. Sie hatte die Datteln und die Orangen geliebt und hatte fasziniert den Geschichten ihres Vaters gelauscht – über Lawrence von Arabien und die Enttäuschung der Araber, als ihr Aufstand nicht zur Unabhängigkeit führte. Als sie wieder zurück in England war, begann sie Bücher über diese Region zu lesen, die sie eines Tages wieder besuchen wollte.

Miss Sylvia machte zu Beginn des Zweiten Weltkriegs ihren Schulabschluß, belegte einen zweijährigen Intensivkurs, in dem sie zur Lehrerin ausgebildet wurde, und unterrichtete eine Weile an einer Mädchenschule, ehe sie sich an der Universität einschrieb und sich dort einer Gruppe kommunistischer Studenten anschloß. Die Sowjetunion erschien ihr wie eine Fackel im Kampf gegen den Faschismus; es war die Zeit von Stalingrad, hohen Idealen und den flammenden Reden von Emmanuel Sheinwell auf dem Trafalgar Square. Es gefiel ihr, die Zukunft auf ihrer Seite zu haben. Manchmal stimmten sie und ihre Freunde voller Inbrunst russische Lieder an, und eines davon, ein Lied über eine Blume im Schnee, sang sie Salim Effendi jetzt vor. Sie hatte immer nach einer Möglichkeit Ausschau gehalten, in den Orient zurückzukehren.

Salim Effendi erzählte seinem moslemischen Freund Tarik von Miss Sylvia, und die beiden beschlossen, sie für die Mitarbeit an ihren revolutionären Aktivitäten zu gewinnen. Erst dann vertraute Salim Effendi ihr an, daß er ein Führer der verbotenen Kommunistischen Partei sei. Er vermied sorgsam jeglichen körperlichen Annäherungsversuch, um das Risiko, das er eingegangen war, nicht noch zu vergrößern, und außerdem hing er gefühlsmäßig ohnehin viel zu sehr an Bahia. Doch er ging weiterhin mit unserer Englischlehrerin aus und versprach ihr, sie in eins der Konzerte des berühmten ägyptischen Sängers Muhammed Abd el-Mutallib in Bagdad mitzunehmen, sobald es eine Vorführung gab, zu der Frauen zugelassen waren.

Einen Schäferstab in der Hand und mit einem langen weißen Gewand und einer *takyyeh* oder Bauernkappe angetan, stand Muhammed Abd el-Mutallib in der Mitte der Bühne, die Augen in die Ferne gerichtet und die tiefe Stimme aus dem Land am Nil auf die Sehnsüchte der Bewohner am Tigris eingestimmt. *Ya habibt el-'alb, irga'i,* »Oh, du Liebe meines Herzens, komm zurück zu mir«, sang er, und als er voller Inbrunst in seinem unnachahmlichen volkstümlichen Stil *Ya leyli, ya eyni* herausschmetterte, wandte das Publikum die feuchten Augen zur Tür, als erwarte es, jeden Augenblick seine Geliebte aus der Wüste auf einem bunt geschmückten Kamel hereinreiten und in seine Arme springen zu sehen. Der *kamanjati* oder Geiger strich ein herzzerreißendes Vibrato. Man konnte den fernen Zauber beinahe riechen. Schweiß tropfte von Abd el-Mutallibs glühendem Gesicht und Hals auf sein Gewand, und nachdem er ein letztes Mal seinen Stab geschwungen hatte, verschwand er von der Bühne.

Es herrschte einen Moment lang Schweigen, dann wurden verzückte Seufzer laut. Salim Effendi hatte schon seit langem auf das Gastspiel des Ägypters gewartet, davon geträumt, es sich im Geist ausgemalt, doch die Wirklichkeit hatte alle Vorstellungen übertroffen. Er hatte wie gebannt zugehört und dabei ein Glas Arrak nach dem anderen hinuntergekippt und mit ägyptischem Akzent *tbarrak allah,* Bravorufe, ausgestoßen, den Arm um seinen Freund Tarik, der ebenfalls wie in Trance vor und zurück schaukelte. *Ya habibt el-'alb, irga'i,* murmelte Salim Effendi selbstvergessen. Die kritische Distanz, wie er sie beim Hören westlicher Musik gewohnt war, hatte er ausnahmsweise einmal abgelegt. Er war eins mit dem Publikum, war ein arabischer Jude. Die Söhne von Moses und Mohammed waren Brüder. Sie hatten denselben Gott, waren beide der Same Abrahams – war nicht alles andere unwichtig? Der stechende Schmerz, nicht dazuzugehören, war wie weggeblasen. Zum wiederholten Mal deklamierte er für Tarik die Worte des hebräisch-andalusischen Gedichts:

Ja, wir erwachten trunken von der Freundschaft Wein,
Ermattet liegend in der Felder Blütenduft,
Nichts über uns als der Sonne Schein,
Gekleidet in des Himmels blaue Luft.

Wieviel Schönheit und wieviel Kraft, die Herzen zusammenzubringen, steckte in diesen einfachen Versen! Und wie gut er sie ins Arabische übertragen hatte, geradezu als wären das Original und die Übersetzung Bruder und Schwester! *Tbarrak allah*, lobte er sich selbst.

»Wer hat das geschrieben?« fragte Tarik. Aus irgendeinem Grund konnte er sich das einfach nicht merken.

»Musa Ibn Ezra. Wann wirst du mit mir seine Gedichte lesen, *ya* Tarik?« fragte Salim Effendi und klopfte seinem Freund auf den Rücken.

»Irgendwann, irgendwann«, entgegnete Tarik.

Als nächstes würde Bahia auf der Bühne erscheinen. Die Pause schien endlos lang. Ungeduldig wartete Salim Effendi auf den Auftritt der Frau, nach der er sich Tag und Nacht verzehrte, fuhr sich mit der Zunge über seine Lippen, die der beißende Rauch im Saal ausgetrocknet hatte. Als müßte er eine innere Flamme löschen, kaute er unentwegt Eiswürfel, und die schwarzen Oliven, die ihm die Bedienung gebracht hatte, blieben unberührt. Plötzlich leuchteten seine Augen auf. Mit kleinen trippelnden Schritten, die die Volkslieder von Abd el-Mutallib zu Staub zerstampften, kam Bahia auf die Bühne gestürmt. Ihre Brüste quollen aus dem mit Pailletten besetzten Oberteil, ein Anblick, der die Herzen entflammte und hungrige Tiger aus ihren Käfigen ausbrechen ließ. Blumensträuße landeten zu ihren Füßen. Salim Effendi saugte ihr Bild so gierig ein wie einen Schluck kühlen Quellwassers; seine Augen glitten über die Rundungen ihrer Beine, über ihre weichen, gewölbten Oberschenkel und den festen Bauch mit seinen rhythmischen Bewegungen, die gleichzeitig lockten und abwehrten. Purpurrote Troddeln, zart wie die Morgendämmerung, baumelten darüber, verhüllten und offenbarten zugleich. Ah, könnte man doch nur eine davon sein und sterben! Könnte man doch der Boden unter ihren flinken Füßen sein! Ihren Schweiß lecken, in ihr moslemisches Becken eintauchen. Nur so könnte er die Ketten sprengen, die ihn, den Juden, ins Abseits zwangen.

Wie jeden Abend erhob sich jetzt der hochgewachsene, stämmige Scheich Jassem von seinem Stuhl, zog seinen goldenen Kopfring herunter, wickelte eine Kette aus Goldmünzen darum und schleuderte ihn vor Bahias Füße. Dann zog er sein Schwert aus der Scheide, fegte mit einem einzigen Streich seinen Tisch leer, sprang hinauf, drückte die Klinge an seine Stirn und begann rhythmisch zu rufen: »O Bahia, wir sind dein!« Das Publikum erhob sich wie in Ekstase und stimmte in den Sprechgesang mit ein. Salim Effendi starrte durch einen Nebel aus Alkohol auf das blinkende Schwert. Allah hatte sein Leben gerettet! Er war drauf und dran gewesen, auf die Bühne zu klettern, doch hätte er Bahia auch nur berührt, wäre er jetzt einen Kopf kleiner. Nein, sie ist mir nicht bestimmt, dachte er, seinen Brummschädel an die Schulter seines Freundes lehnend, der mit geschlossenen Augen dasaß.

»Tarik, warum laden wir Bahia nicht zu einer Fahrt auf dem Tigris ein?« fragte er.

»Wir?« Der Moslem kam wieder zu sich.

»Ja, wir«, sagte Salim Effendi kühn. Arm in Arm torkelten die beiden Männer hinter die Bühne, wo ein großes Gedränge herrschte. Die Musiker hatten ihre Instrumente bereits beiseite gelegt, sich ihrer Krawatten und Jacketts entledigt und standen da und streckten sich, während weißgekleidete Kellner sich mit vollen Tabletts zwischen ihnen hindurchschlängelten. Salim Effendi hielt nach Bahia Ausschau und war enttäuscht, als er sie nicht finden konnte. Eine von dem hitzigen Jassem angeführte Gruppe von Scheichs hatte sich um Abd el-Mutallib geschart, der sein schweres Gewand und die Filzkappe abgelegt hatte und mit offenem Hemd dasaß, an einem Glas starkem Tee nippte und ein ums andere Mal »Danke schön« sagte. Salim Effendi wankte hilflos in der Menge umher und reichte, nachdem er Tarik noch einen Blick zugeworfen hatte, dem Ägypter den Blumenstrauß, der eigentlich für Bahia bestimmt war. »Ein Geschenk von deinen irakischen Brüdern«, sagte er. Scheich Jassem warf ihm einen verächtlichen Blick zu. Er hatte noch nie erlebt, daß ein Mann einem anderen Mann Blumen überreichte. Abd el-Mutallib blickte auf und dankte ihm mit einem herzlichen, aufmunternden *Shukran, shukran, ahlan wa-sahlan.*

»Wir würden Sie gern zu einer Fahrt auf dem Tigris einladen«, sagte Salim Effendi.

»*Willak,* verschwinde!« fauchte ihn der Scheich an.

»Scheich Jassem hat mich bereits eingeladen, aber mit seiner gütigen Erlaubnis können Sie gern mitfahren«, erwiderte Abd el-Mutallib taktvoll.

»Wie Sie wünschen«, sagte der Scheich, indem er dem aufdringlichen Menschen einen giftigen Blick zuwarf. »Sie sind mein Gast.«

Der Leibwächter des Scheichs flüsterte ihm etwas ins Ohr.

»Bahia wird auch mitkommen«, fügte Scheich Jassem frohlockend hinzu.

»*Ya salaam*«, seufzte Abd el-Mutallib.

Salim Effendis Herz machte vor Freude einen Satz. Da die Gesellschaft noch nicht aufbruchbereit war, suchte er rasch die Toilette auf. Mehr als nur ein Betrunkener mußte danebengepinkelt haben, so durchdringend stank es dort nach Urin. Er rückte seine Krawatte zurecht, zog einen frischen Scheitel in sein Haar und musterte seine große Nase, die eindeutig nicht in sein Gesicht gehörte. Auch mit diesem verdammten roten Striemen auf seiner Wange mußte etwas geschehen! Er warf einen letzten Blick in den Spiegel und setzte, als hätte er sich in sein Schicksal gefügt, sein Clark-Gable-Lächeln auf, kämmte sich seinen Clark-Gable-Schnurrbart und ging wieder hinaus.

Am Ausgang wartete eine große Menschenmenge darauf, auf Bahia einen Blick aus der Nähe erhaschen zu können. Hochgewachsen, würdevoll und vollkommen frisch wirkend, kam sie heraus. Ihr weißes Gewand umschmeichelte ihre Körperformen und ließ die Rundungen ihrer Oberschenkel erkennen. Die Umstehenden verneigten sich leicht und machten ihr Platz. Welch eine Macht sie hatte! Von ihrem Anblick überwältigt, wagte kein einziger der Bewunderer, Geldmünzen in ihr tiefes Dekolleté zu werfen oder ihr seine Leidenschaft zu erklären. Salim Effendi erzitterte, als sie an ihm vorbeiging. Noch nie zuvor war er ihr so nah gewesen. Er wandte sich nach rechts und versuchte, sein vor dem Spiegel trainiertes, die Frauen so betörendes Lächeln aufzusetzen, doch es gefror zu einem verkrampften, verzerrten Grinsen. Bahia schüttelte Abd el-Mutallib herzlich die Hand und sagte zu ihm: »Oh, Sie Nachtigall der Wüste! Sind sind eine große Inspiration für mich.«

»Und Sie, o Prinzessin des Tanzes, waren einfach hinreißend.« Die beiden verschwanden in der großen Equipage des Scheichs. Salim Effendi schluckte schwer und stieg zusammen mit Tarik und den Musikern in eine zweite Kutsche. Er zog eine silberne Taschenflasche mit Arrak aus seiner Brusttasche und reichte sie Tarik. Sein Freund nahm geräuschvoll einen Schluck, wischte sich mit dem Handrücken über den Mund und gab Salim die Flasche zurück, der zwei kräftige, in der Kehle brennende Züge tat. Nur Mut, sagte er zu sich. Du bist ein Revolutionär, und sie sind barbarische Wüstenscheichs. Er klappte das Verdeck zurück, um die kühle nächtliche Luft hereinzulassen, und dachte dabei an Bahia, wie sie eingezwängt zwischen zwei Scheichs in dem Wagen vor ihm saß und sich nichts anderes wünschte, als der schraubstockartigen Umklammerung ihrer Knie, dem Tabakgestank aus den Mündern der beiden Männer und der flachen Seite der im Gürtel ihrer Gewänder steckenden Schwerter zu entfliehen. Sie wußte, was für eine Art Männer sie waren und wozu sie imstande waren. Salim Effendi war überzeugt, daß sie Scheich Jassem haßte, der dicht an sie gepreßt an ihrer rechten Seite saß. Sie konnte doch nichts anderes als Abscheu empfinden vor seiner unbeherrschten Lüsternheit, vor den rachedurstigen Giften, die in seinen Adern brodelten, und der Hitzigkeit, mit der er vor einem Jahr, als sie in demselben Hotel aufgetreten war wie heute, einen Mann umgebracht hatte. Obwohl sie beim Anblick des blutenden Opfers starr geworden war wie eine Schlange, hatte der Scheich sie aufgefordert, weiterzutanzen, und erst danach gestattet, daß die Leiche hinausgeschleppt wurde. Die Polizei, die wußte, daß er ein guter Freund des Innenministers war, hatte weder gewagt, sich einzumischen, noch ihn festzunehmen, und Bahia hatte weitergetanzt.

Ihr Beruf verlangte es Bahia zwar oft ab, die Launen reicher Scheichs zu erdulden, doch sie weigerte sich standhaft, einen von ihnen in sein Zelt zu begleiten und eine Nacht mit ihm zu verbringen. Nicht einmal Scheich Jassem, der nach jeder Vorstellung auf sie wartete, hatte ihren Widerstand brechen können. »Die Jungfrau«, nannte er sie, und ihr Privatleben war in der Tat ein undurchdringliches Geheimnis, das ihn zwang, seinen Stolz jede Nacht aufs neue zu zügeln.

Bahia, dachte Salim Effendi, konnte gewiß Scheich Jassems Tochter Suham nicht vergessen, die unsterblich in den libanesischen Sänger Bashir Saman verliebt gewesen war, einen Mann christlichen Glaubens. Nach einer seiner Abendvorstellungen in Bagdad war es Suham gelungen, sich in sein Hotelzimmer zu schleichen, wo der zügellose, in freieren Gefilden aufgewachsene Christ ihrem Charme erlegen war. Die am nächsten Morgen sichtbaren Blutflecken auf den Laken waren ein eindeutiger Beweis für den Verlust ihrer Unschuld, und einer ihrer zahlreichen Brüder streckte sie, als sie aus dem Zimmer zu fliehen versuchte, mit seinem Schwert nieder. Ihre Leiche war noch warm, als eine Meute ihrer Stammesgenossen hereingestürmt kam, dem libanesischen Sänger die Kleider vom Leib riß und ihn vergewaltigte; alle vierzig machten noch einen zweiten Durchgang, verstümmelten ihm danach sein Glied und sperrten ihn in seinem Zimmer ein. An Körper und Seele gebrochen, gelang es ihm schließlich zu fliehen und in den Libanon zurückzukehren. Seitdem hatte er nie wieder gesungen und war nie wieder öffentlich aufgetreten. Die libanesische Regierung legte offiziell Protest ein und machte einen Monat lang für irakische Staatsbürger die Grenzen dicht, und obwohl seitdem drei Jahre vergangen waren, war Salim Effendi überzeugt, daß sich Bahia beim bloßen Anblick des brutalen Scheichs der Magen umdrehte.

Als sie dann aus ihren Kutschen kletterten und an Bord des weißen Schiffes gingen und Salim Effendi sah, wie sich Bahia mit der Hand durch das Haar fuhr und Abd el-Mutallib anlächelte, deutete er das als eindeutige Zeichen, daß sie sich zu beruhigen versuchte und sich trostsuchend an den Ägypter wandte. Scheich Jassem befahl der Besatzung, vor einer der Inseln im Tigris vor Anker zu gehen, auf der ein Fischer über einem Feuer riesige Flußfische grillte. Ein scharfer Currygeruch vermischte sich mit dem heißen, penetranten, von dem Fisch aufsteigenden Dunst, aus dessen wabbeligem, fettigem Bauch sich der Scheich ein Stück herausriß und es geräuschvoll verschlang, ehe er das große Tablett weiterreichte. Fettropfen sammelten sich in seinem sorgsam frisierten Bart. Bahia, die neben Abd el-Mutallib auf der anderen Seite saß, verzog angewidert – so glaubte Salim Effendi – den Mund. Er blickte unentwegt zu ihr hinüber und versuchte der Unterhaltung der beiden zu folgen. Als sie den Namen der berühmten ägyptischen Bauchtänzerin Samiya Jamal nannte, zuckte er zusammen. Im Geist hörte er sie dem Ägypter erzählen, daß sie davon träume, in Kairo zu studieren, wo sie entdeckt werden und von diesem erbärmlichen Leben mit Scheichs und Hotels errettet werden würde. Vielleicht bat sie ihn sogar, sie dorthin mitzunehmen und im Palast von König Faruk eine Vorstellung zu arrangieren oder ihr eine Hauptrolle in einem ägyptischen Film zu vermitteln.

Salim Effendi ließ sein heftiges Verlangen ersatzweise an einem Fischschwanz aus, indem er die fettige Haut ableckte und an den Gräten lutschte und dabei ungeduldig darauf wartete, daß Bahia zu tanzen anfing. Er wollte sie sehen, wie sie am Feuer ihre Hüften kreisen ließ, und sehnte das Ende ihres Zwiegesprächs mit dem Ägypter herbei. Nach einer Weile goß er sich Arrak über die Hände, um den Fischgeruch zu neutralisieren, sog tief die feuchte Flußluft ein und ging zu den beiden hinüber. Er zählte die Namen sämtlicher ägyptischen Künstler auf, die ihm einfielen, sowie die Namen all jener Personen, mit denen diese den neuesten Klatschgeschichten zufolge gesehen worden waren. Diese Art von Unterhaltung mißfiel Scheich Jassem jedoch sehr, und obwohl Bahia und Abd el-Mutallib gern weitergeplaudert hätten, bestand er darauf, daß die Nachtigall der Wüste noch einmal sang. Der Ägypter gab den Musikern ein Zeichen, und während das Schiff langsam im Schein des Vollmonds den Tigris hinabglitt, begann er zu singen.

»Du fragtest mich, warum ich dich liebe – oh, diese seltsame Frage beantworte ich nicht«, sang Abd el-Mutallib mit dem schmachtenden Vibrato in der Stimme, das er allen Folkloresängern der Levante voraus hatte. Salim Effendi hatte den Eindruck, als sänge er nur für Bahia. Der unverdünnte Arrak in den Gläsern der Scheichs wirkte wie Wasser auf einen Wüstenwind, und Scheich Jassem grunzte genüßlich und kniff Bahia in die Wange. Sie zuckte zurück, und Abd el-Mutallib forderte sie aus Furcht vor etwaigen Folgen rasch auf, zu seinen Liedern zu tanzen. Bahia sprang auf, schlang sich die Keffiyeh, die der Scheich um ihre Schultern gelegt hatte, um die Taille und bewegte ihren Hals so geschmeidig, als hätte er ein eigenes Leben. Während sie kokett ihre Brüste schüttelte, bewegte sie in der nachtblauen Luft ihre Finger vor dem Gesicht des Scheichs hin und her, der sich ihr daraufhin so begehrlich zuwandte wie ein Säugling der mütterlichen Brust; dann wich sie zurück und entwand sich seinen ausgestreckten Armen. Die Jungfrau! Keine Frau konnte sich ihm widersetzen – doch sie hatte sich auch nach zwei Jahren noch nicht herumkriegen lassen und spielte jeden Abend von der Bühne aus mit ihm, um sich ihm dann wieder zu entziehen. Eines Tages wird er sie umbringen, dachte Salim Effendi, als er den Ausdruck in den Augen des Scheichs gewahrte.

»Das ist das Paradies«, sagte Salim Effendi laut. Gott des Tigris, betete er, mach, daß diese Nacht ewig währt. Er, Salim Effendi, von dem Großen Imari verachtet und um seinen Erbanteil geprellt, befand sich gemeinsam mit einem Wüstenscheich, einem berühmten ägyptischen Sänger und Bahia auf einem Vergnügungsboot! Endlich war er einer von ihnen. Seit Jahren hatte er von diesem

Augenblick geträumt, und jetzt war er hier und warf Sünden wie das Anderssein, die Farhud, die Ermordung der Juden in einem Europa, in dem er nie gewesen war, und das ihn verfolgende neue jüdische Land in den Fluß. Dies war sein Volk; diese Lieder waren seine Lieder, und Bahias Rhythmen waren die seines eigenen Blutes. Diese Nacht war der Beweis dafür, daß die Kinder von Moses und Mohammed gemeinsam eine neue Welt erbauen konnten. Hätten doch nur diese Hurensöhne in Jerusalem nicht ihren eigenen Staat ausgerufen und alles ruiniert! Endlich war er bei Bahia. Vielleicht würde sie sogar für einen Tag oder für eine Nacht ihm gehören. War es nur der Arrak, der alles so einfach erscheinen ließ? Wenn sich sein Körper, das Fleisch Isaaks, mit ihrem, dem Fleisch Ismaels, vereinte, wäre die Versöhnung vollkommen. Er warf ihr einen sehnsuchtsvollen Blick zu, und während der Ägypter aus voller Kehle *Ya leyli, ya eyni* sang, formte er mit den Lippen unhörbar einen Psalmenvers: »Herr, wende dich mir zu und errette mich.« Plötzlich fing das Schiff heftig an zu schwanken. Das ist nur ein Wasserwirbel im Fluß, dachte er, wir werden gleich daran vorbei sein. Doch das Schiff schaukelte weiter heftig hin und her. Gläser und Flaschen fielen mit dumpfem Aufprall zu Boden. Bahia hörte auf zu tanzen und stemmte sich breitbeinig auf die Planken, um das Gleichgewicht zu halten. Abd el-Mutallib stellte seinen Gesang ein und sagte: »*Ma'alesh, ya ihwan.* Das ist nichts Besonderes, Brüder. Im Nil gibt es auch solche Strudel.«

»Ohne Zweifel«, sagte Salim Effendi und bückte sich, um die Glasscherben aufzusammeln, damit sich Bahia nicht die Sohlen zerschnitt.

»Wie heißt mein Bruder?« fragte Abd el-Mutallib.

»Rahamim«, antwortete Tarik für seinen Freund.

»Ein Jude? Auf meinem Schiff?« Scheich Jassem sprang auf und zog sein Schwert. »Du Hund und Hundesohn!«

Abd el-Mutallib und Bahia stürzten nach vorn, um den Scheich zurückzuhalten. Salim Effendi kauerte auf dem Schiffsboden und war so gelähmt vor Schreck, daß er nicht einmal imstande war, in den dunklen Fluß zu springen.

»Laßt mich zu ihm, damit ich ihn in Stücke hauen kann!« schrie Scheich Jassem.

Salim Effendi wußte, daß er einem Todesengel im Beduinengewand ins Auge sah. Es wäre für den Scheich ein leichtes gewesen, seine zwei Beschützer ebenfalls niederzustrecken.

Bahia legte eine Hand auf Scheich Jassems Arm. »Es wäre schade, o Scheich«, sagte sie, »wegen eines erbärmlichen Juden einen so wundervollen Abend zu verderben. Laß uns ihn an Land bringen und dann weiterfahren.«

KAPITEL VIII

In den wenigen Minuten, die das Schiff für die Rückfahrt benötigte, war Salim Effendi halb ohnmächtig vor Angst. Als sie den Anlegeplatz erreichten, rappelte er sich auf und sprang, bis in die Tiefen seiner Seele gedemütigt und ohne sich umzublicken, an Land. Tarik kam nicht mit. Und warum sollte er auch? Er war ein Moslem, ein Blutsbruder, kein unterwürfiger Jude. Wie recht Hizkel Imari gehabt hatte, als er in seinem langen Essay über »Tolerierte Minderheiten und tolerierende Mehrheiten« schrieb: »Allein der Tatbestand, daß etwas toleriert wird, stellt eine Form der Diskriminierung dar.« Und daß Tarik auf dem Schiff blieb, bewies auch, daß Hizkel recht gehabt hatte, als er sagte, daß die Toleranz den Tolerierenden einen moralischen Tribut abverlange. Hatte Tarik auch nur die geringste Ahnung, wie sehr er ihn gedemütigt hatte?

Salim Effendi ging bis zur Hauptstraße und bog dann ab, um die König-Faisal-Brücke zu überqueren. Erst dahinter blieb er stehen, lehnte sich an das Geländer und blickte zu dem hell erleuchteten, den Fluß hinabgleitenden Schiff zurück. Abermals sah er den Tod vor seinen Augen tanzen, und seine Lider flatterten auch dann noch weiter, als er sie mit den Händen bedeckte. Die Nacht, die als eine der schönsten seines Lebens begonnen hatte, hätte leicht zu seiner letzten werden können. Und das nur, weil er Jude war. Ein Außenseiter. Ein Schiff ohne einen Fluß. Seine Zugehörigkeit zum Judentum war wie ein unauslöschliches Muttermal. Keiner würde ihm jemals gestatten, es zu vergessen. Keiner von ihnen – weder die ungebildeten Scheichs noch die leicht aufzuwiegelnde Masse und nicht einmal seine eigenen Parteigenossen. Nicht einmal sie. Irgendjemand würde immer dafür sorgen, daß er an die Religion erinnert wurde, die er geerbt hatte wie andere die Farbe ihrer Augen.

Absurderweise konnte er dafür sogar getötet werden, obwohl ihm die jüdischen Bräuche und Gebote längst nichts mehr bedeuteten. Er war schon vor langer Zeit zu dem Schluß gekommen, daß das Küssen einer Thorarolle oder das Blasen des Widderhorns am Neujahrstag nichts anderes waren als primitive Riten – etwas ähnliches wie die indianischen Kriegstänze, die man im Kino sah. Er nahm zwar noch immer hin und wieder an einem Festmahl bei Abu Kabi teil – hauptsächlich wegen des guten Essens und vielleicht auch wegen des eigenartigen Gefühls von Einsamkeit, das ihn an solchen Tagen befiel –, doch er hatte seit Jahren keine Synagoge mehr betreten, an Jom Kippur nicht gefastet, geschweige denn am Sabbat aufs Rauchen verzichtet. War es möglich, daß sein neuer Glaube ein ebensolches Hirngespinst war, sein Glaube an Gleichheit, Brüderlichkeit und die Wandlungsfähigkeit der Menschen ebenfalls ein Trugbild? War der Mensch dem Wesen nach stammesgebunden und nicht gewillt, mit anderen zu teilen? In diesem Augenblick kam es ihm so vor, als seien auch die gewichtigsten kommunistischen Dogmen nichts weiter als Spreu im Wind. Vielleicht sollte er alles hinwerfen und weit fortgehen, in die Tschechoslowakei oder nach Bulgarien; vielleicht würde dieser Osten, in dem er lebte, niemals so reif für eine Revolution sein wie jener.

Ein nach Nachtschwärmern Ausschau haltendes Taxi hielt neben ihm, auf der Brücke, die in die El-Rashid-Straße führte, doch er winkte ab und ging zu Fuß weiter. Die Geigenklänge und Abd el-Mutallibs sehnsuchtsvolle Lieder klangen noch immer in seinen Ohren. *Ya habibt el-'alb, irga'i*: Warum hatte Tarik gesagt, daß er Rahamim hieß? Er selbst hatte den jüdischen Namen, den Namen seines Urgroßvaters, so gut wie vergessen gehabt. War es ein Versprecher gewesen? Der Arrak? Oder vielleicht Eifersucht, weil er auf Bahia Eindruck gemacht hatte? Vielleicht war es auch ein Ausbruch unterschwelligen Judenhasses gewesen. Er mußte ihn fragen. Nein, das würde er nicht tun. Wenn er nicht einmal Tarik vertrauen konnte, wem dann? Er hatte das Gefühl gehabt, sie seien wie Brüder. Seine Mutter seligen Angedenkens hatte recht gehabt. Ein Goi war und blieb ein Goi.

Salim Effendi versuchte gegen diese ketzerischen Gedanken anzukämpfen, die sich für einen Kommunisten wie ihn nicht schickten. Die Nacht war fast vorüber. Er beschleunigte seine Schritte und hatte bald darauf den Eingang zum jüdischen Stadtviertel erreicht. Vom Suk drangen die frühmorgendlichen Geräusche herüber: das Geblubber der Gasöfen in den Teehäusern, das Knacken der angeheizten Öfen in den Bäckereien, das Rädergeklapper der Wagen mit den frischen Waren der Obst- und Gemüsehändler. Die ersten Frühaufsteher, darunter auch sein Tabakwarenhändler Hiyawi, waren zum Morgengebet in die Synagoge unterwegs. Wäre er doch nur ein Gläubiger wie sein Vater, dann würde er sich ihnen anschließen und den *hagomel* sprechen, den Segen, den man nach der Errettung aus großer Gefahr betete. Er mußte lächeln bei dem Gedanken, daß er die Bedeutung der hebräischen Worte noch kannte und ihren Inhalt beim Rezitieren verstehen würde. Sein Talent für Sprachen war ihm als Junge in der jüdischen Schule sehr zugute gekommen, und er hatte sogar Extrastunden in Lyrik und Philosophie erhalten – Fächer, in denen die anderen Schüler nicht unterrichtet wurden. Doch dann waren seine Eltern gestorben, als er noch jung war, und, wütend auf Gott, hatte er seinen Glauben verloren.

Nein, es war mit Sicherheit nicht Allah, der heute nacht sein Leben gerettet hatte. Wenn er jemandem danken sollte, dann Bahia. Das Verlangen, sie zu besitzen, war jetzt heftiger denn je. Das wäre die beste Rache an Scheich Jassem gewesen. Und an Tarik. Salim Effendi bog in die Hurengasse ein, die Straße, in der er wohnte. Während er die Treppe zu seiner kleinen Wohnung hinaufstieg, lockerte er seine Krawatte und öffnete den obersten Hemdenknopf, warf dann seine Kleider auf das Bett und stellte sich lange unter die kalte Dusche. Ob er wollte oder nicht, er mußte zur Arbeit gehen. Ein Drückeberger war er nämlich nicht. Er rasierte sich, zog sich den hellen Anzug an, der seine Stimmung stets zu heben pflegte, suchte das Teehaus an der Ecke auf und trank wie gewöhnlich seine zwei Tassen heißen, süßen Tees. Nach einem Blick auf die Uhr befand er, daß die Zeit noch reichte, um seinen Kopf auszulüften, indem er die recht weite Strecke bis zur Schule zu Fuß zurücklegte.

Salim Effendi saß im Najwa Café, in dem er sich fast jeden Tag nach der Arbeit mit Tarik traf. Er hatte sich zwar geschworen, nach dem, was in der letzten Nacht vorgefallen war, nicht hinzugehen, fand sich aber zur gewohnten Zeit an seinem gewohnten Tisch wieder. Wieso fühlte er sich so stark mit Tarik verbunden? Wegen der Partei, zu deren zukünftigen Führern sie gezählt wurden? Dem gemeinsamen Traum von einem revolutionären Irak? Der gemeinsam in der Stadt und ihren Bordellen durchzechten Nächte ? Oder brauchte er Tarik, weil er ein Moslem war und er sich durch ihn wie ein richtiger Iraker fühlen konnte?

Er war sich nie sicher, ob Tarik die gleiche Verbundenheit empfand oder ob es ihm einfach nur genehm war, einen jüdischen Freund zu haben, der ihn gerne einlud und ihn mit Lob und Herzlichkeit überschüttete. Möglicherweise bedeutete die Tatsache, daß er Jude war, für Tarik, daß der in ihm keinen ernsthaften Rivalen zu sehen brauchte.

Salim Effendi erinnerte sich, wie er seinem Freund zum ersten Mal begegnet war – in den Büros der El-Hisb el-Watani el-Dimokrati, der Nationaldemokratischen Partei, deren Ziel es war, den Irak von der britischen Vorherrschaft zu befreien und ein parlamentarisches System einzuführen. Nachdem er sich durch lange, harte Arbeit von der Basis hochgearbeitet hatte, mußte er, als ihm eine hohe Position verweigert wurde, zu seiner Überraschung feststellen, daß die Juden in dieser Partei genauso gehaßt wurden wie die Engländer. Obwohl er sich der Gefahren, die durch nationalistische Überheblichkeit hervorgerufen werden, durchaus bewußt war, wäre es ihm nie in den Sinn gekommen, daß seine demokratischen Gesinnungsgenossen ein ganzes Volk – falls die Juden das überhaupt waren – verachten könnten. Und als die Zionisten dann in den Krieg zogen, um in Palästina einen Staat zu gründen, und sich die NDP der anti-jüdischen Agitation der nationalistischen Rechten anschloß, fand er, daß die Atmosphäre dort unerträglich geworden war. Nur ein Moslem konnte sich in einer solchen Organisation zu Hause fühlen, in der einem Juden auch der Besitz sämtlicher irakischen Pässe der Welt nichts genutzt hätte, und obgleich Kamel el-Chadirchi, der Vorsitzende der NDP, ein echter gutherziger Liberaler war, beschloß Salim Effendi, aus der Partei auszutreten.

Es war reiner Zufall, daß Tarik zu jener Zeit mit el-Chadirchi aneinandergeriet und neue politische Ansichten zu entwickeln begann, die er Salim Effendi darlegte. Er erzählte ihm von der Oktoberrevolution, dem Klassenkampf, der Ausbeutung der Arbeitskraft durch die Kapitalisten, den Schriften von Marx und Engels, der Führerschaft von Lenin und Stalin und wie sie das Nationalitätenproblem in der Sowjetunion gelöst hatten. Salim Effendi hatte von diesen Dingen zwar schon gelesen, sich darüber jedoch noch nie ernsthafte Gedanken gemacht.

Eines Nachts, nachdem sie so lange im Hotel el-Jawahiri gezecht hatten, daß der Hoteldirekter sie hinauswerfen mußte, beschlossen sie, zu Fuß nach Hause zu gehen. Während sie Arm in Arm durch die menschenleeren Straßen torkelten, quoll Salim Effendi das Herz über vor brüderlicher Liebe, und damals deklamierte und übersetzte er für Tarik zum erstenmal sein Lieblingsgedicht von Ibn-Ezra. Mitten in der ersten Strophe hatte Tarik ihn plötzlich umarmt und ihm zugeflüstert, daß er ihm ein schreckliches Geheimnis verraten müsse, und Salim Effendi müsse bei Moses, Jesus und Mohammed schwören, niemals ein Sterbenswörtchen davon verlauten zu lassen. Erst nachdem der dreifache Geheimhaltungsschwur getan war, verriet ihm Tarik – im lauten Tonfall eines Betrunkenen, der glaubt, daß die ganze Welt schwerhörig ist –, daß er der verbotenen Kommunistischen Partei beigetreten war und daß Salim Effendi das gleiche tun sollte. Salim Effendi sagte weder Ja noch Nein. Trotz der Unmengen Arrak, die er konsumiert hatte, war er viel zu sehr ein Imari, um die Katze im Sack zu kaufen. Da sie aber Brüder seien, so versprach er Tarik, würde er sich mit der neuen Lehre und ihren Propheten vertraut machen, vor allem deshalb, weil er von den alten Lehren, an die er bis vor kurzem geglaubt habe, zutiefst angewidert sei. Tarik war daraufhin in hysterisches Gelächter ausgebrochen und hatte erklärt, daß Lenin nicht nur der größte Prophet seit Mohammed, sondern auch der von Gott am meisten geliebte sei.

In den darauffolgenden Wochen las Salim Effendi die marxistischen Klassiker und wurde von ihrer Erlösungsvision überwältigt. Er kam zu dem Schluß, daß es seine patriotische Pflicht sei, der Kommunistischen Partei beizutreten, und daß er durch diesen Schritt zu einem echten Sohn des Irak werden und damit seinen Beitrag für das Wasser, das er trank, die Datteln, die er aß, das Zuhause, das ihm das Land bot, leisten würde. Er fühlte sich dazu verpflichtet, mitzuhelfen, sein Land sowohl vom Imperialismus der Briten als auch von dem üblen Regime von Pascha Nuri es-Said und dessen Lakaien wie dem Großen Imari zu erretten. Tarik und er feierten den Erhalt seines Parteiausweises, indem sie die ganze Nacht auf dem Tigris verbrachten. Seit dem darauffolgenden Morgen erledigte er gewissenhaft jede ihm übertragene Aufgabe.

Eines Tages machte Tarik ihn mit ihrem Vorsitzenden, dem Roten Armenier bekannt. Diese Begegnung veränderte Salim Effendis Leben. Er war sofort von dem herzlichen, väterlichen Wesen des Armeniers gefesselt, von dem Charme und der Autorität, die dieser ausstrahlte. Er fühlte sich wie neugeboren, wie von einem göttlichen Geist beseelt, der ihn zum Gleichen unter Gleichen machte, zu einem, der genauso wichtig war wie all die anderen. Alles, was er sich vom Leben erwünscht und nie bekommen hatte, schien ihm nun durch jene einmalige Begegnung gesichert zu sein. Zum ersten Mal glaubte er fest daran, daß das Land seiner Vorfahren, das Land Abrahams, genauso sein Land war wie das eines jeden Moslems, und er war überzeugt, daß dies in der neuen Welt, die auf den Ruinen der alten erbaut würde, so bleiben würde.

Der Armenier betraute Salim mit der Aufgabe, vielversprechende junge jüdische Intellektuelle anzuwerben. Bald darauf gab es eine blutige Demonstration, in der die Kommunisten sowohl mit der Polizei als auch mit der NDP aneinandergerieten und bei der Salim Effendis einstige Freunde auf der anderen Seite standen. Obwohl er an Schulter und Wange verletzt wurde, ließ er sich nicht entmutigen und war fortan mehr denn je bereit, den Anordnungen des Armeniers zu folgen. Trotz der unausgesprochenen Rivalität zwischen Tarik und ihm selbst wurden beide schnell befördert und außerdem zu den speziellen Protegés ihres Führers. Doch nun, da sie angestrengt auf das Kommen des roten Messias hinarbeiteten, hatte ihn Tarik beinahe um sein Leben gebracht. Warum? Obwohl er sich geschworen hatte, sich zurückzuhalten und ihn nicht danach zu fragen, kam ihm dies als erstes über die Lippen, als sein Freund das Café betrat.

»Ich wollte dich bremsen«, war Tariks Antwort. »Ich merkte, daß du drauf und dran warst, die Beherrschung zu verlieren.«

»Aber er hätte mich dafür umbringen können!«

»Und dafür, daß du hinter ihrem Arsch her bist, etwa nicht? Du weißt doch, daß diesen Hurensöhnen ein Menschenleben völlig schnuppe ist. Ich komme einfach nicht darüber hinweg, daß du in diese Schlampe verschossen bist.«

»Wie kommst du darauf, daß sie eine Schlampe ist?«

»*Wihyatak*«, sagte Tarik. »Eine Bauchtänzerin wie sie soll keine Schlampe sein?«

»Da siehst du, wie tief wir gesunken sind. Für eine Europäerin wie Miss Sylvia, die unser aller Vorbild ist, ist Bahia eine ehrbare Künstlerin, aber für dich ist sie eine Schlampe! Beim Anblick von Maria Montez und Hedy Lamarr kriegen wir doch auch ’nen Ständer! Ist Ginger Rogers denn auch eine Schlampe, weil sie eine Tänzerin ist?«

»Dein Problem ist«, sagte Tarik, »daß du ein Naivling bist. Du lebst im Nahen Osten, wo sich Sängerinnen und Tänzerinnen an den Meistbietenden verkaufen.«

»Und du willst ein Kommunist sein?«

»Was hat denn das damit zu tun? Ein Kommunist ist ein Kommunist, und eine Schlampe ist eine Schlampe!«

»Schau, ich stamme genau wie du aus dem Land der Araber. Ich bin aus dem gleichen Dreck gekrochen, und meine jüdischen Eltern, und erst recht ihre moslemischen Nachbarn, haben mir eingebleut, daß Frauen Geschöpfe zweiter Klasse sind, daß Bauchtänzerinnen Huren sind, daß die Jungfräulichkeit alles ist und daß die Familienehre vor Gottes Ehre kommt. Aber ich versuche, gegen all das anzukämpfen. Tief in meinem Inneren kämpfe ich gegen meine eigenen Eltern an. Ich bemühe mich, Frauen gerecht zu beurteilen und nicht etwa zweierlei Maß anzulegen. Hat uns das der Armenier nicht gelehrt – daß Frauen in allen Dingen gleichberechtigt sind?«

»Nun mach mal einen Punkt. Hältst du etwa alles, was in der Kommunistischen Bibel geschrieben steht, für die absolute Wahrheit? Such dir ein nettes jüdisches Mädchen und vergiß Bahia.«

»Ich liebe sie, du Idiot«, sagte Salim Effendi. »Ich möchte, daß sie von mir Kinder bekommt.«

»Sag deinem Schwanz, er soll sich um seine eigenen Angelegenheiten kümmern«, gab Tarik bissig zurück. »Eine Bauchtänzerin und ein Intellektueller? Eine Moslemin und ein Jude?«

»Gib acht, was du da sagst! Das widerspricht allem, woran wir glauben, jedem Wert, den wir unseren jungen Leuten zu vermitteln suchen. Willst du mir weismachen, du glaubst noch immer an Religion? An Nationalismus?«

»Niemand heiratet eine Ideologie. Wir haben genügend Werte, die wir den Jugendlichen vermitteln können, ohne all dieses feministische Zeug aufs Tapet bringen zu müssen.«

»Aber es gehört dazu, du kannst es nicht einfach unter den Tisch kehren. Habe ich dir schon einmal von Edouard erzählt, dem Jungen, den ich anwerben wollte? Er hat einen Freund namens Kabi, der Sohn eines meiner Cousins aus dem Imari-Clan. Ich habe einmal rein zufällig ein Gespräch zwischen den beiden mit angehört. Es ging dabei um nichts anderes als darum, wer wen vögelt – als wäre das einzige, was bei einer Frau zählt, ihre sexuelle Verfügbarkeit. Willst du auf diese Weise Gleichberechtigung lehren?«

»Hör doch auf! Zeig mir einen einzigen pubertierenden Jugendlichen, der nicht so daherredet. Hör auf meinen Rat und vergiß Bahia. Und was immer du auch tust, geh in den nächsten paar Tagen auf keinen Fall ins Semiramis. Es ist besser, wenn dich dieser Scheich nicht sieht. Ich werde aus proletarischer Solidarität ebenfalls wegbleiben. Wir werden ins Hotel el-Rafidayn gehen. Ich habe gehört, die haben dort eine neue Tänzerin engagiert, bei der selbst 'ne Leiche 'nen Ständer kriegt.«

»Eine wie du vermutlich«, sagte Salim Effendi.

Tags darauf setzte er sein Leben aufs Spiel und suchte Bab-el-Sheikh, das moslemische Viertel, auf, in dem Bahia wohnte und um das ein Jude tunlichst einen großen Bogen machte. Er hatte nicht nur vor, sich ihr vorzustellen und die Erinnerung an seine Demütigung auszulöschen, sondern wollte Bahia auch ein großzügiges Geschenk überreichen, ihr seine Liebe gestehen und einen Heiratsantrag machen. Er malte sich aus, er wäre mit ihr verheiratet, und sah im Geist das Haus vor sich, in dem sie leben würden, ja sogar das Schild, das davor hängen würde. *Bahia, darstellende Künstlerin & Salim Effendi, Lehrer,* stünde darauf. Obwohl seine Schüler den ehrerbietigen Titel »Effendi« ursprünglich spaßeshalber an seinen Namen angehängt hatten, fand er ihn jetzt durchaus angemessen. Sie würde frei sein, er würde sie auffordern, ihre Karriere weiterzuverfolgen; sie hatte unbedingt das Recht, auf die Erfüllung ihrer Träume hinzuarbeiten, und er würde sie respektieren, wie auch immer sie aussahen. Außerdem würde er sich mit Leib und Seele bemühen, sie mit den Früchten vom Baum der Erkenntnis zu nähren. War er nicht Lehrer? Gab es eine größere Befriedigung, als seine eigene Liza Doolittle zu haben und sie unterrichten zu können? Die ganze Welt würde einmal die Geschichte erzählen, wie einst weitab in der Stadt der Kalifen ein glückseliger jüdischer Romeo und eine glückselige moslemische Julia lebten. Bei Allah, welch ein schöner Gedanke! Er hatte ihr so viel zu sagen.

Doch als er Bab-el-Sheikh erreicht hatte, wagte er nicht einmal, jemanden nach ihrer Adresse zu fragen. Er hatte – absurderweise, wie er zugeben mußte – gehofft, ihr zufällig irgendwo auf der Straße zu begegnen oder sie auf ihrer Terrasse sitzend zu erblicken; ein moslemischer Mann schneite schließlich nicht einfach bei einer Frau herein, auch dann nicht, wenn sie eine Bauchtänzerin war, und schon gar nicht, wenn er weder ihre Familie kannte, noch die Leute, bei denen sie wohnte. Niedergeschlagen streifte er durch das Viertel, bis er merkte, daß er Verdacht erregte. Voller Verdruß machte er sich daraufhin wieder auf den Heimweg.

Ganze zwei Wochen blieb er ihren Auftritten fern. Dann wurde die Sehnsucht größer als seine Angst, und als Tarik in einer geheimen Mission nach Prag geschickt wurde, suchte er das Hotel Semiramis wieder auf und setzte sich weit hinten an einen halb von einer Säule verdeckten Tisch. Der Saal war voller denn je, denn Bahia und Abd el-Mutallib traten seit neuestem gemeinsam auf und zogen mit ihrer Show eine große Zahl von Zuschauern an. Waren sie in jener Nacht auf dem Fluß auf diese Idee gekommen, als sie seine Lieder mit ihrem Tanz begleitet hatte? Während er beobachtete, wie sich die beiden auf der Bühne bewegten wie zwei Turteltauben, tat er Soda und Eiswürfel in seinen Arrak, um das Gift der Eifersucht zu verdünnen. Es war undenkbar, versuchte er sich einzureden, daß ein verheirateter Mann wie der Ägypter wegen Bahia – die in Ägypten neben weltbekannten Berühmtheiten wie Tahya Karioka und Samiya Jamal verblassen würde – seine Familie und Fans aufs Spiel setzte. Die Bühne hatte ihre eigenen Regeln, und nicht alles, was darauf aussah wie Liebe, war es auch.

Salim Effendi war hochbeglückt, als Bahia zu ihm herüberzuschauen schien. Er war sich sicher, daß sie wußte, daß er da war, vielleicht sogar, daß er nachher auf sie warten würde, und er war überzeugt, daß nur ihre Furcht vor Scheich Jassem – der, sein Schwert an die Stirn gepreßt, gerade wieder seinen Tanz auf dem Tisch vollführte – sie davon abhielt, ihm offen zu zeigen, daß sie ihn bemerkt hatte.

Am darauffolgenden Abend begab er sich abermals in das Hotel. Schon in der vorangegangenen Nacht war ihm bewußt geworden, daß er nicht mehr wie bisher johlen, mit den Füßen stampfen oder sich aufführen konnte wie eine liebeskranke Taube und daß er von nun an jegliches selige Stöhnen unterdrücken mußte. Obwohl er schrecklich gerne hinter die Bühne gegangen wäre, um ihr sein übervolles Herz auszuschütten, wagte er das nicht, und jedesmal, wenn er am Ausgang auf Bahia wartete und betete, daß sie allein erscheinen würde, kam sie mit Abd el-Mutallib heraus und manchmal auch mit den Scheichs. Bei dem bloßen Gedanken, sich ihnen anzuschließen, befielen ihn Todesängste. Ja, im Grunde seines Herzens war er noch immer derselbe kleine Junge, der vor dem Großen Imari Angst hatte! All sein revolutionäres Gehabe hatte den furchtsamen Juden in ihm nicht verdrängen können, den eingeschüchterten Waisenjungen, der nach einer Vaterfigur suchte, die ihn vor den brutalen Cousins in seinem Clan beschützte.

Irgend etwas mußte er tun. Er mußte beweisen, daß sich ihm keine Macht in den Weg stellen konnte. Er mußte Bahia heiraten. Doch das einzige, was er tat, war daheim zu sitzen und sich nach ihr zu verzehren. Auf der letzten Seite einer Zeitung von dem Stoß, den er im Auftrag der Partei täglich durchsah, entdeckte er ein Foto von ihr und Abd el-Mutallib, ein Mann mit einem groben, dreieckigen Gesicht und einem Schnurrbart, der darin viel zu schmal wirkte. Wie konnte eine schöne junge Frau sich in so einen Kerl verlieben? Salim Effendi blickte in den Spiegel. Er sah eindeutig besser aus. Ja, wenn die verdammte rote Narbe auf seiner Wange nicht wäre, konnte er mit seiner Clark-Gable-Frisur mit dem seitlichen Scheitel und dem zugleich glatten und ungebärdigen Haar als Kinoidol durchgehen. Was sah Bahia bloß in dem fettleibigen Sänger, der doppelt so alt aussah wie sie selbst? Tarik irrte sich. Seine Liebe für sie war alles andere als hoffnungslos. Er lehnte sich in seinen Sessel zurück und begann die Bildunterschrift zu lesen.

Während er das tat, stockte ihm das Blut in den Adern. »Die berühmte irakische Tänzerin Bahia«, hieß es darin, »wird in Kürze nach Kairo übersiedeln. Gerüchten zufolge gedenkt sich der ägyptische Sänger Abd el-Mutallib von seiner dritten Frau scheiden zu lassen, um die ledige Bauchtänzerin zu heiraten.« Die Buchstaben verschwammen vor Salim Effendis Augen, und er ließ die Zeitung sinken. Mit Mühe und Not brachte er seine Beine dazu, ihn in das Hotel zu tragen. Nicht einmal das gewohnte Glas Arrak vermochte ihn aufzumuntern. Nach der Vorstellung ging er zum Direktor.

»Ist das wahr?« fragte er und schleuderte die Zeitung auf dessen Schreibtisch.

»Sie kennen doch die Journalisten, oder etwa nicht, *ya* Ustaz Salim?«

»Kein Rauch ohne Flamme.«

»Schon möglich, aber das wird schon bald wieder vorbei sein. So sind diese Künstler nun mal. Heute ist es der eine, morgen ein anderer.«

»Wenn sie fortgeht, kann Ihr Hotel dichtmachen.«

»Ein kleines Feuer läßt sich mit einem kurzen Atemzug ausblasen. Glauben Sie, Scheich Jassem läßt sie gehen? Eher würde er sie umbringen. Sie wissen doch sicher, was für eine Sorte von Mensch er ist, *ya* Ustaz Salim.«

»Haben Sie mit ihm gesprochen?«

»Über solche Dinge spricht man nicht, *ya* Ustaz Salim.«

»Aber geht sie nun nach Ägypten oder nicht?«

»Vielleicht auf einen kurzen Besuch. In zwei oder drei Monaten vielleicht. Sie wissen doch, wie das ist.«

»Ich muß sie sehen.«

»Hören Sie, Sie sind doch Jude, nicht wahr? Sie kennen bestimmt den Großen Imari.«

»Was hat das damit zu tun?«

»Sie tritt manchmal in seinem Haus auf, und der Pascha ist dann auch immer da. Ein Wort vom Pascha, und sie wird das Ganze vergessen. Sie wissen doch, wie das ist, *ya* Ustaz Salim.«

KAPITEL IX

Meine Mutter saß schaukelnd auf der *jalala*, eine Zigarette mit Goldfilter im Mund. Wenn sie morgens rauchte – einer der wenigen Genüsse, die sie sich gönnte –, war das ein untrügliches Zeichen dafür, daß ihr ein harter Tag bevorstand.

»Wo ist Baba?« fragte ich, als ich mit den Pittabroten aus der Bäckerei kam.

»Beim Taubenzüchter«, sagte sie und wies mit dem Kinn zum Dach. »Der Vogelzüchter hockt mit dem Spatzenhirn zusammen.«

Ich stieg hinauf. In seinen Seidenkaftan gehüllt, saß mein Vater mit Abu Edouard neben dem Taubenschlag. »Ich soll euch von Abu Saleh grüßen«, sagte ich zu ihnen.

»Um Edouard, bring uns drei Tassen Tee«, rief der Taubenzüchter zu seiner Gattin hinunter, einer dicken Frau mit einem fügsamen, gutmütigen Gesicht. Als ich einen Blick über die Balustrade warf, sah ich Amira unten im Hof ihre Gymnastikübungen machen. Der Taubenschlag, der über die gesamte Breite des Daches ging, war noch geschlossen, und das Gurren der eingesperrten Vögel klang wie eine liebliche Melodie. Abu Edouard war ein stämmiger Mann mit einem runden, fleischigen Gesicht, einem breiten Mund voller Goldzähne, Ohren, aus denen dichte Haarbüschel wuchsen, einem Charlie-Chaplin-Bart, schmalen Augenbrauen, die aussahen, als wären sie wie die einer Frau gezupft, und mit der nervtötenden Angewohnheit, sich mit der Hand den Nasenschleim abzuwischen und die Nase hochzuziehen, um einen ständigen Niesreiz zu unterdrücken. Ein Arzt christlicher Religionszugehörigkeit hatte ihm einmal gesagt, daß er eine Allergie gegen Federn habe, und ihm geraten, seine Tauben abzuschaffen, doch Abu Edouard hatte davon nichts wissen wollen. »Neben Amira«, hatte er gesagt, »sind sie das, was ich im Leben am meisten liebe.« Fachmännisch vermischte er eine Portion gemahlene Mohrenhirse mit zerspaltenen Linsen, füllte ein paar flache Trinknäpfe mit Wasser und fragte, an meinen Vater gewandt:

»Aus welchem Grund haben sie Hizkel denn nun festgenommen? Wo Rauch ist, da ist auch Feuer.«

»Ist es nicht ein hinreichender Grund, ein Jude zu sein?«

»Ich bin auch einer. Aber mir haben sie kein Haar gekrümmt. Eure Bewegung allein ist schuld daran, daß die Moslems kein Vertrauen mehr zu uns haben. Eine Katastrophe ist das.«

Mein Vater sah ihn an, zog die *masbaha*, seine Kette mit bernsteinfarbenen Gebetsperlen, aus der Tasche und begann sie klickend durch die Hände zu bewegen. Als er bei der letzten Perle angekommen war, fing er bei er ersten von vorne an. Amira, umwerfend wie immer, brachte ein Tablett mit Tee und einer Schale Zuckerwürfel, schenkte uns ein und warf mir ein Lächeln zu, das, so redete ich mir ein, voll geheimnisvoller Versprechungen war. Obwohl ich mich liebend gern an sie rangemacht hätte, hatte ich gegen Abu Saleh, der nur darauf wartete, daß sie erwachsen wurde, keine Chance – geschweige denn bei ihrem Vater, der darauf hoffte, daß ein Prinz auf einem weißen Roß dahergeritten kam, um seine Prinzessin vom Tigris zu heiraten! Als er bemerkte, daß ich sie ansah, strich er ihr liebevoll über die Hand, legte sich dann nach Art der Perser zwei Zuckerwürfel auf die Zunge, nahm geräuschvoll einen Schluck Tee, schmatzte mit den Lippen, brummte genüßlich und sagte:

»Wir leben hier wie die Könige. Weshalb sollte man das zerstören?«

»Auch eine goldene Schale kann voller Skorpione sein«, sagte mein Vater.

»Schuld an allem ist nur euer blöder Banditenstaat. Er hat alles kaputtgemacht.«

»Und die Leute, die meinen Bruder festgenommen haben, waren perfekte Heilige!«

»Wer Radieschen sät, muß auch Radieschen essen«, sagte Abu Edouard.

»Hast du die Farhud vergessen?« fragte mein Vater. »Hunderte von Toten, Tausende von Verletzten – läßt dich das völlig gleichgültig?«

»Wenn ein Jude nicht vergessen würde, könnte er gar nicht leben. Meine Güte, die Christen haben sechs Millionen getötet! Wenn auch die Moslems ein paar von uns umbrächten, wäre das nicht mehr, als sie ständig von ihren eigenen Leuten umbringen.«

Mein Vater biß sich auf die Unterlippe. »Sie werden uns bald alle aufknüpfen.«

»Glaubst du, Israel ist sicherer als Bagdad? Dort kann jederzeit ein neuer Krieg ausbrechen.«

»Ein Jude kann dort Selbstachtung haben. Er hat eine jüdische Armee, eine jüdische Regierung, einen jüdischen Staat.«

»Glaubst du etwa, die Araber werden Palästina vergessen? Jerusalem ist dort, die heilige Moschee, der heilige Felsen. Hussein, der Enkel des Propheten, wurde vor eintausenddreihundert Jahren getötet, und die Schiiten trauern noch heute um ihn.«

»Genau darum ist unsere Lage ja so gefährlich«, sagte mein Vater, indem er Abu Edouard das Wort im Mund herumdrehte.

»Wir werden auch das überleben. Wir werden jeden schmieren, der geschmiert werden muß, und abwarten, bis sich alles gelegt hat. Das Militärregime wird schneller weg vom Fenster sein, als du denkst.«

»Wenn der Hund stirbt, nehmen die Bastarde seinen Platz ein«, sagte mein Vater. »Wir Juden wollen unsere Lektion einfach nicht lernen. Es heißt, wir seien ein weises Volk, aber ich bin mir dessen nicht mehr so sicher. Seit zweitausend Jahren träumen wir nun schon von unserem eigenen Land, und nun, da wir es haben – «

»Wir können es uns nicht erlauben, solche Risiken einzugehen«, fiel ihm Abu Edouard ins Wort. »Wir sind ein kleines Volk. Wir sind nichts weiter als ein bißchen Spucke in einem Fluß.«

»Glaubst du nicht an den Sieg des Zionismus?«

»Welchen Sieg? Unsere gesamte Geschichte ist ein einziger langer Trauertag.« Abu Edouard öffnete die Tür des Taubenschlags. Dutzende von rucksenden, gurrenden Tauben drängten heraus. Einige flatterten über seinem Kopf umher und stritten sich um den Sitzplatz auf seinen Schultern. Strahlend und mit geröteten Wangen streichelte er die Tauben zärtlich, als wären es seine Kinder, und streute mit seitlichen Armbewegungen Futter auf dem Dach aus. Sie stießen darauf nieder, pickten gierig mit ihren Schnäbeln danach und hüpften zänkisch von einem Körnerhaufen zum anderen. Abu Edouard taxierte sie alle mit einem einzigen Blick – die braunen, die grauen, die gesprenkelten und die weißen. Eine seiner zwei schwarzen kam auf ihn zustolziert, kletterte auf seine Schulter und von dort weiter auf seinen Kopf. Er hob sie herunter und hielt sie in seiner Hand, strich ihr, die seidige Beschaffenheit ihres Gefieders sichtlich genießend, mit einem Finger über den Kopf und den langen Hals. »Es gibt einfach nichts Schöneres oder Edleres als eine Taube«, sagte er zu mir. »*Wallah*, du solltest lernen, wie man sie aufläßt.«

Ich streute eine Handvoll Futter auf dem Dach aus und hoffte, eine Taube würde sich auf meine Schulter setzen, aber keine einzige kam. Als mich im Alter von sieben Jahren jemand fragte, was ich einmal werden wollte, wenn ich groß wäre, hatte ich geantwortet: Taubenzüchter. Allein der Gedanke an eine so typisch moslemische Beschäftigung genügte, daß meine Mutter – die kein Hehl daraus machte, daß sie Abu Edouard nicht ausstehen konnte – einen Anfall bekam. Mein Vater hingegen hatte nichts dagegen einzuwenden und beobachtete nun gemeinsam mit mir, wie Abu Edouard eine Jungtaube hochhob, ihre Flügel untersuchte, diese mit einer Salbe aus zerstoßenen Samen einrieb und sie an ihren Platz zurück setzte. Ein paar Augenblicke lang geriet die übrige Welt in Vergessenheit, gab es nichts weiter als die gurrenden, flatternden Tauben und die Singvögel, die sich unter sie gemischt hatten. Ich tat einen tiefen Atemzug, sog die Morgendüfte ein und beschloß dann, die Schule zu schwänzen. Ich wollte Rashel zum Anwalt begleiten und anschließend vielleicht einen Spaziergang am Fluß machen, gebratene Milz mit scharfem Chutney essen, dann erschöpft und nicht mehr an Hizkels Verhaftung denkend heimkommen und mich mit *Jean Christophe* auf meinem Bett ausstrecken, bis das Buch langsam auf mein Gesicht herabsänke und ich in einen süßen Schlummer fiele.

»Wir müssen dieses Land verlassen«, sagte mein Vater und schlug sich dabei energisch aufs Knie.

»Weshalb? Du hast hier den Fluß, Datteln, Brot, einen Friedhof. Was braucht ein Mensch mehr?«

»Besser in Ehren sterben, als in Schande leben«, zitierte mein Vater.

»Was treibt dich von hier fort? Verlangt etwa jemand von dir, Pyramiden für den Pharao zu bauen? Die Moslems bearbeiten das Land, und die Kurden reinigen die Latrinen. Wer wird das dort drüben für uns tun?«

»Wir.«

»Wir?«

»Ja, wir. Wenn einem das Land gehört, muß man sich auch selbst darum kümmern.«

»Ein Jude braucht kein Land«, behauptete Abu Edouard.

»Ein landloses Volk ist wie ein sternenloser Himmel«, sagte mein Vater.

»Das ist es ja gerade. Wir sind kein normales Volk.«

»Wir sind ein auserwähltes Volk, das – «

»Das soll ein auserwähltes Volk sein, das Gott Tausende von Jahren hinterherrennen muß? Und je mehr wir ihm hinterherrennen, desto mehr rennt er vor uns davon. Wir sollten uns glücklich schätzen, daß die Moslems uns überhaupt dulden.« Abu Edouard wischte sich den Schleim von der Nase und anschließend die Finger an seiner Hose.

»Hast du denn nicht von Nuri Saids Umsiedlungsplan gehört? Er möchte uns gegen die Palästinenser austauschen, wie das die Türken und die Griechen vor dreißig Jahren gemacht haben.«

»Das ist doch nur Gerede«, sagte Abu Edouard. »Drängt dich etwa jemand, von hier fortzugehen?«

»Das ist nur eine Frage der Zeit«, bemerkte mein Vater, zog seine Zigaretten heraus und zündete sich eine an.

»He, was ist mit mir?« fragte Abu Edouard lächelnd, nahm sich wie immer zwei Zigaretten und steckte sich die eine in den Mund und die andere hinters Ohr. Dann ergriff er einen langen Holzstab mit einem Netz am Ende und ließ einen langgezogenen Pfiff ertönen. Im Nu stieg der Taubenschwarm unter lautem Flügelschlagen zu seinem ersten Flug an diesem Tag in den Himmel auf. In immer höher und größer werdenden Kreisen zog er über dem Dach seine Bahnen. Wie Segelboote auf dem Wasser glitten die Vögel in der Luft dahin und vermischten sich mit anderen Schwärmen. Abu Edouard folgte ihnen mit den Augen. Sein Schwarm war der größte in Taht-el-Takya, und keines der anderen Taubenhäuser konnte es mit dem seinen aufnehmen. Jahrelang, schon damals, als wir in dieses Viertel gezogen waren, hatte er sich mit anderen Mietern um das Dach gestritten. Mein Vater hatte ihm beim Bau des Taubenschlags geholfen und ihm dafür sogar Geld geliehen – das er trotz der Proteste meiner Mutter nie zurückerhalten hatte. Ein entspannendes Glas Tee mit seinem Nachbarn allmorgendlich auf dem Dach war alles, was er an Rückzahlung verlangte. Das verhelfe ihm dazu, sagte er, jeden Tag vor Arbeitsbeginn einen klaren Kopf zu bekommen.

Abu Edouard und mein Vater diskutierten häufig über Dinge wie Palästina und den Irak. Man hatte den Eindruck, mein Vater – der der Meinung war, daß die Juden ihre langes Dasein im Exil beenden und Bagdad aus ihren Herzen reißen sollten – halte es für seine wichtigste Aufgabe, Abu Edouard zu bekehren. Vielleicht hoffte er tief in seinem Inneren, dadurch seine eigenen Zweifel überwinden zu können. Meistens verfolgte ich ihre Diskussionen gar nicht, sondern wartete nur darauf, daß Amira den Tee brachte. Während ich ihn dann schlürfte, genoß ich den Anblick ihrer Augen, die geheime Botschaften auszusenden schienen. Manchmal kam sie mir vor wie ein reifer Dattelbaum, der sich wundert, warum man seine Früchte nicht erntet. Nachdem sie nun in den Hof zurückgegangen war, drängte ich meinen Vater zum Aufbruch.

»Gleich, mein Sohn«, sagte er. »Ich möchte sehen, wie die Tauben herunterkommen.«

»Ja, ganz recht«, sagte Abu Edouard. »Wir sollten tunlichst auf unseren Taubenschlag achtgeben. Wir haben nur den einen.« Er steckte seine Finger in den Mund und ließ seinen langgezogenen Pfiff ertönen. Auf dieses Signal hin schloß sich der Schwarm, daß er aussah wie ein bunter Teppich vor einer tiefblauen Wand, und kam wieder heruntergesegelt. Um von der grellen Sonne nicht geblendet zu werden, hielt sich Abu Edouard die Hand an die Stirn und spähte hinauf wie ein General, der die Aufstellung seiner Truppe überwacht. Ich staunte oft darüber, wie die Vögel trotz der Höhen, die sie erreichten, jedesmal zu ihm zurückkehrten. Die Liebe zu ihnen hatte er von seinem Vater, der sich nur zum Zeitvertreib Tauben gehalten hatte, während Abu Edouard damit Geld verdiente, indem er sie für die Tafeln der Reichen der Stadt mästete – einschließlich der des Großen Imari. Meistens hatten die Tauben bei ihrer Rückkehr Zuwachs aus anderen Schwärmen bekommen. Abu Edouard zählte sie gleich nach der Landung jedesmal ab, um festzustellen, welche Tiere fehlten und welche neu waren.

»Wir haben ein bißchen dazugewonnen«, verkündete er und fachte damit unwillkürlich den Streit mit meinem Vater wieder an.

»Aber nicht so viel, wie wir verloren haben«, erwiderte dieser.

»Das haben wir euren Zionisten zu verdanken.«

»Du redest wie ein Moslem.« Mein Vater wischte sich mit einem Zipfel seines Kaftans den Schweiß vom Gesicht.

»Euer jüdischer Staat hat uns nur Ärger eingebracht«, gab Abu Edouard scharf zurück. »Obwohl er nicht unser Baby ist, sind wir alle mit seiner Kacke beschmiert.«

»Israel ist das größte Wunder, das uns je widerfahren ist«, sagte mein Vater.

»Und wir sind sein größtes Opfer«, sagte der Taubenzüchter.

»In Israel kann ein Jude leben, ohne gehaßt zu werden. Man kann dort als ein stolzer Jude leben.«

»Wir sind immer ein Teil des Irak gewesen und werden es immer bleiben. Ich bin ein Iraker. Wir führen hier ein gutes Leben. Der Irak ist unser aller Heimat. Welcher Religion ein Mensch angehört, geht nur Gott etwas an.«

»Ein Volk ohne ein Land ist kein Volk.«

Abu Edouard machte eine weit ausholende Handbewegung über den Horizont. »Ich habe ein Land. Es heißt Mesopotamien, und es war auch das Land unseres Vaters Abraham.«

Die Erde, den Fluß, den Himmel: Abu Edouard liebte dies alles. Der Wanderstab oder der Jude mit zwei Ländern – einem zeitweiligen Zufluchtsort, an dem er wohnte, und einem festen Zuhause, in dem er nicht wohnte –, das war nichts für ihn. Ein Mensch war kein Zugvogel; wo er geboren wurde, da lebte er auch, und wo er lebte, da starb er. Abrahams erster Fehler, erklärte Abu Edouard meinem Vater, sei gewesen, daß er nach Kanaan ausgezogen sei. Bereits damals, lange vor der Zerstörung des Tempels, seien die Juden zu einem Nomadenstamm geworden. Und was noch schlimmer sei: er suchte sich ein verfluchtes Land aus, ein Land, von dem es in der Bibel hieß, daß es seine eigenen Bewohner verschlinge. Kaum hatten sich die Juden darin niedergelassen, wurden sie schon wieder daraus vertrieben, und diesmal würde das gleiche geschehen. Da sei es doch besser, weiterhin ruhig und friedlich im Irak zu leben und sich mit den Arabern nicht anzulegen.

KAPITEL X

Da es dem Anwalt Menashi Zleiha nicht gelang, Hizkel aufzuspüren, da Rabbi Bashi Angst hatte, in die Geschichte hineingezogen zu werden und Rashels Verzweiflung zunahm, beschloß meine Mutter, Ezra A'aa, den Kaffeesatzleser, aufzusuchen. A'aa war ein Lastenträger, der auf seinem Rücken Mehlsäcke zu den verschiedenen Bäckereien transportierte. Sein Haar und seine Wimpern waren immer weiß gepudert, so daß er aussah, als sei er vorzeitig gealtert. Doch er liebte seine Arbeit, die ihn von morgens bis abends auf Trab hielt, und er genoß es viel zu sehr, von einer Bäckerei zur anderen zu ziehen, mit den Bäckern ein Schwätzchen zu halten und dabei mit seinem heilen Auge nach den Kundinnen zu schielen, als daß er an eine Veränderung gedacht hätte. Auch als ihm Abu Saleh el-Hibaz eine Stelle in seiner Bäckerei anbot, lehnte er ab. Ezra A'aa's Mutter war in seiner Kindheit an einem regnerischen Wintertag von einem Fuhrwerk überfahren worden, und allein der Kunst des Kaffeesatzlesens, die sie ihm beigebracht hatte, verdankte er es, daß die Leute von seiner Existenz Notiz nahmen. Er war so häßlich, daß nicht einmal der geschickteste Heiratsvermittler eine Braut für ihn finden konnte. Mittlerweile war er bereit, sich mit jeder beliebigen zufriedenzugeben – ob geschieden, verwitwet, verkrüppelt oder glatzköpfig –, Hauptsache, sie war imstande, ihm eine Tochter zu gebären, die er nach seiner Mutter benennen konnte. Diese erschien ihm ständig in seinen Träumen und bedrängte ihn zu schwören, daß er ein guter jüdischer Ehemann werde und Badriya, die Hure, zu der er regelmäßig ging, aufgebe. Doch obwohl ihn keine der in Frage kommenden Frauen haben wollte, mochte ihn auch keine beleidigen – ging er doch in den Häusern der Damen ein und aus und weissagte ihnen, daß sie einen reichen Ehemann finden würden und ihnen eine glänzende Zukunft bevorstand – in der heimlichen Hoffnung, daß ihn eine von ihnen heiratete. Sein Lohn für diese Dienste bestand aus einem üppigen Mahl – das stets bis zum nächsten vorhalten mußte – und manchmal auch aus etwas Bargeld.

Meine Mutter bereitete eine Okra-Kubba-Suppe und verschiedene Früchte und Gemüse vor, denn ehe Ezra A'aa anfing, den Kaffeesatz zu deuten, mußte er sämtliche Tischgebete rezitieren, die es gab. Erschöpft und von der Last der Mehlsäcke verschwitzt traf er ein, wusch sich Hände und Gesicht, brach sich ein Stück von seiner Pitta ab, schlang die süßsaure Suppe und die anderen Speisen hinunter, und nachdem er alle seine Segenssprüche gesagt hatte, wandte er sich an meine Mutter und bat sie um eine Tasse bitteren Kaffees. Mit seinem heilen Auge, dem ohne grauen Star, verschlang er währenddessen Rashel, ließ es ein ums andere Mal von ihrem Kopf bis zu ihren Zehen und wieder zurückgleiten, wobei er wie ich jedesmal an den sich unter ihrem dünnen Sommerkleid abzeichnenden Brüsten innehielt.

»Setz dich neben mich«, befahl er ihr.

Mit einem halb ängstlichen, halb angewiderten Blick tat sie, wie ihr geheißen.

»Trink den Kaffee und stülpe dann sofort die Tasse um«, wies er sie an. Um ihr zu demonstrieren, wie sie es machen sollte, packte er ihre Hand und drehte sie herum, wobei er mit seiner eigenen Hand ihre Brüste streifte. Sie errötete und blickte hilfesuchend um sich, doch er hielt ihre Hand nur um so fester und schimpfte:

»Läßt du mich nun meine Arbeit machen oder nicht?«

»Na los, laß ihn weitermachen«, drängte unsere schielende Nachbarin Farha, die Frau, die mit dem Taubenzüchter schlief.

»Trink!« befahl Ezra A'aa. Rashel hob die Tasse an den Mund, um sie in einem Zug zu leeren. »Langsam, langsam«, sagte er. »Warum so eilig?« Als sie fertig war, hielt er ihre Hand fest, atmete schwer, murmelte mit geschlossenen Augen unverständliches Zeug vor sich hin und drehte dann mit seiner großen Hand die Tasse mit einem Ruck um.

Schweigen legte sich über den Raum. Die Nachbarsfrauen starrten mit ehrfurchtsvollen Blicken zu den beiden hinüber.

»Licht! Ich brauche Licht.«

»Ist er am Leben?« fragte Rashel.

»Licht, sagte ich!« rief Ezra A'aa und hauchte dabei auf Rashels Wange. Meine Mutter ging die Nachttischlampe holen und stellte sie neben ihn auf einen Stuhl. Er drehte die Tasse nach allen Seiten, um den an den Seitenwänden haftenden Kaffeesatz zu studieren. Er schluckte, sog die Lippen ein, drückte sich enger an Rashel heran und stöhnte und ächzte, als ringe er mit dem Teufel. Rashels Hand ließ er dabei nicht los, und mit dem Ellbogen stieß er an ihre Brüste.

»Nun mach schon!« trieb ihn die schielende Farha an.

Ezra A'aa stellte die Tasse ab und warf ihr einen so vorwurfsvollen Blick zu, daß sie zusammenzuckte. Dann musterte er sein Publikum wie ein Sultan, der im Begriff ist, das Schicksal eines Königreichs zu verkünden. Sein blindes Auge wurde beinahe sanft, und sein heiles Auge funkelte, als er sagte:

»Siehst du den Hügel da?«

Rashel starrte verständnislos in die Tasse, in der sie weder Hügel noch Täler sah. »Bist du blind?« fuhr Ezra sie mit erhobener Stimme an. »Was ist mit deinen Augen los? Siehst du nicht die Palme auf dem Hügel?«

Meine Mutter stellte sich auf die Zehenspitzen, um besser zu sehen. Rashel, das Gesicht kreidebleich, murmelte etwas Unverständliches.

»Nächsten Mittwoch«, sagte A'aa, indem er Rashels Hand endlich losließ, »wird ein Bote mit guten Nachrichten kommen.«

»Allah sei deiner Mutter und deinem Vater gnädig«, sagte meine Mutter.

»*Masel tow*«, riefen die Frauen und brachen in Freudengeträller aus.

»Mögen deine Worte direkt an Gottes Ohr dringen«, sagte Farha und reichte Ezra A'aa ihre Tasse. »Möge Allah dir eine prächtige Frau schenken.«

»Wie wär's denn mit dir?«

»Mit mir?« Als sie an seinem Blick merkte, daß er es ernst meinte, fuhr Farha vor Schreck zusammen. »Nein, lieber nicht.«

»Wie soll ich dir wahrsagen, wenn du mich verschmähst? *Nas takul el-tamar wa'anni el-nuwaya h'siti*, die ganze Welt ißt Datteln, aber ich kriege nur die Kerne.«

»Deute meine, deute meine«, riefen die Frauen und streckten ihm ihre Tassen entgegen.

»Ich kann nicht, ich muß mich ausruhen«, sagte der Kaffeesatzleser. Meine Mutter gab ihm ein paar Geldmünzen, und er stapfte in eine Ecke des Hofs, zog einen Stein aus seinem Jutesack, legte ihn sich unter den Kopf und schlief auf der Stelle und unter grauenvollem Geschnarche ein. Am nächsten Morgen war er fort, und am darauffolgenden Mittwoch war weder von einem Boten noch von Ezra A'aa eine Spur zu sehen.

Auch der Anwalt hatte nichts von sich hören lassen, und Farha erzählte meiner Mutter von einem anderen Wundertäter – Scheich Abu el-Tanag, einem Schiiten, der sich weigerte, jüdische Häuser zu betreten.

Meine Mutter bearbeitete meinen Vater solange, bis er, durch Rashels Tränen erweicht, schließlich nachgab. Hiyawi, der sich keine Gelegenheit entgehen ließ, Rashel nahe sein zu können, begleitete uns, und so machten wir uns in das moslemische Viertel Bab-el-Sheikh auf, das wir seit der Farhud nicht mehr betreten hatten. Die Ausschreitungen hatten sich nach einer Hetzpredigt in der Moschee Abd-el-Kadar el-Gailani von dort aus ausgebreitet, und als wir das Viertel nun betraten, schlug mein Herz bis zum Hals. Daß wir uns allmählich sicher zu fühlen begannen, war allein dem alten Hiyawi zu verdanken, den man in seinem gestreiften Kaftan und mit seinem schwarzen Turban für einen moslemischen Würdenträger hätte halten können. Barfüßige Kinder kamen hinter uns hergerannt und bettelten uns mit ausgestreckten Händen an. Meine Mutter lächelte, tätschelte ihnen den Kopf, wie es die ausländischen Touristen zu tun pflegten, zog eine Handvoll Bonbons aus ihrem Korb und warf sie ihnen zu. Unter lautem Geschrei stürzten sie sich darauf und rissen sich darum, während wir unseren Weg ungehindert fortsetzten.

Wir bogen in eine schmale Gasse mit niedrigen Häusern aus Lehmziegeln ein. Stinkende Abwasserbäche, über denen Schwärme von Fliegen und Mücken tanzten, flossen mitten hindurch. Wir blieben stehen, um eine verschleierte Frau, die trotz ihrer rissigen Fußsohlen ohne Schuhe umherlief, zu fragen, wo der geheimnisumwobene Scheich wohnte. Mit schwerfälligen, aber sicheren Schritten führte sie uns zu einem Hof, in dem ein Mann, der ein melancholisches Lied sang, das die Seele mit einer Taube verglich, von einem blinden Hund beschnuppert wurde. Nachdem wir eine ziemlich lange Weile gewartet hatten, wurden wir in ein längliches Zimmer mit niedriger Decke geführt. Es war warm und düster, duftete angenehm nach Kräutern aus der Flußmarsch des Tigris und strahlte, so kam es mir mit meiner lebhaften Phantasie zumindest vor, etwas Magisches aus. Tief in Gedanken versunken, saß am anderen Ende des Raumes der Scheich – dünn wie ein Schilfrohr, mit einer Hakennase wie ein Jude und in fürstlichem Aufzug. Er trug ein weißes, kragenloses Hemd und hatte sich wie ein Pirat ein großes rotes Halstuch um den Kopf gebunden. Obwohl ich Durst hatte, wagte ich nicht, mich aus dem Wasserkrug auf dem schwarzen Tisch zu bedienen. Neben dem heiligen Mann standen eine Wasserpfeife und eine flache Kohlenpfanne. Obgleich es ein heißer Sommertag war, hielt er seine Hände darüber, als wollte er sie wärmen. Er erhob sich, ging in eine Ecke, zündete zwei große Kerzen an, murmelte etwas, das sich anhörte, wie wenn meine Mutter beim Anzünden der Sabbatkerzen den Segensspruch sagte, setzte sich wieder hin, zog an seiner Wasserpfeife und fragte:

»Was bringt euch hierher?«

»Mein Mann ist verschwunden«, sagte Rashel.

»Schweig, Frau!« wies sie der Scheich zurecht. »Hier sprechen nur die Männer.«

»Er ist mein einziger Bruder«, sagte mein Vater.

»Gehört ihr dem Glauben Moses' an?«

»Dem Glauben von Moses und Aaron.«

»Ein *dhimmi*, der verschwindet, ist nicht leicht aufzufinden«, erklärte der Scheich.

»Gott segne jedes deiner Worte, o Scheich«, warf der alte Hiyawi ein. »Hier im Land zwischen den zwei Strömen pflegen die Starken die Schwachen zu verschlingen.«

Wenn jemand wußte, was in einer solchen Lage zu sagen war, dann Hiyawi. Die Miene des Scheichs wirkte auf einmal nicht mehr ganz so streng. »Hat ihn der Pfeil der Liebe getroffen?« fragte er. Seine geschwollene Ausdrucksweise reizte mich zum Lachen, doch die anderen blickten todernst drein.

»Schaut hier seine Geliebte«, antwortete mein Vater genauso geschwollen.

»Vielleicht hat er jemanden getötet?«

»Eine untadelige Seele«, entgegnete mein Vater rasch.

»Aber warum ist er dann verschwunden?« fragte der Scheich, obwohl das genau die Frage war, die er uns eigentlich beantworten sollte. Er stellte seine Wasserpfeife ab, öffnete eine Tabakschatulle, verstreute ein paar zerkleinerte Blätter, drehte zwei Zigaretten und bot sie meinem Vater und Hiyawi an, der sich eine davon notgedrungen aus Höflichkeit in den Mund steckte. Nachdem der Scheich abermals ein paar Blätter über der Kohlenpfanne zerkrümelt hatte, lehnte er sich in seine Kissen zurück, steckte sich die Wasserpfeife wieder in den Mund und starrte nachdenklich auf die glühenden Kohlen. Der den Blättern entströmende Duft war so intensiv, daß ich beinahe in Ohnmacht fiel. Alle starrten den heiligen Mann an, dessen Lippen fest aufeinandergepreßt waren. Hiyawi zog eine Schnupftabaksdose aus seinem Kaftan, klopfte leicht an die Seiten, hob vorsichtig den Deckel ab und hielt sie dem Scheich hin. »Eine von mir selbst zusammengestellte Mischung«, sagte er.

Der Scheich nahm sich eine Prise. »*Tabarrak Allah*«, sagte er anerkennend. »Der Duft des Paradieses.«

»Ehre sei der Nase, die weiß, was sie riecht«, erwiderte Hiyawi und überließ dem Scheich die Tabaksdose. Der ergriff jetzt meines Vaters Hand und hielt sie eine Zeitlang fest, als versuche er, auf diese Weise eine Verbindung zu seinem verschollenem Bruder herzustellen. »*Allah, akbar, Allah akbar, la illaha illa Allah*«, sang er, das moslemische Glaubensbekenntnis rezitierend.

»Die Polizei hat ihn mitgenommen, und er ist seitdem nicht wieder aufgetaucht«, sagte mein Vater.

»Verflucht seien sie«, sagte der Scheich. »Sie sind die Pest Satans.«

»Sie sind von Gott und seiner Religion abgefallen«, erklärte Hiyawi.

»Und die Religion ist die Stimme der Gerechtigkeit und der Tugendhaftigkeit«, fügte der Scheich hinzu, als führe er den Gedanken weiter.

»*Sadaka Allahu el-azim*«, murmelten mein Vater und Hiyawi im Chor. »Gott ist groß und gerecht.«

»Ich werde den Dschinn herbeirufen«, sagte der Scheich. Mein Nacken war von kaltem Schweiß bedeckt. Mit Dämonen zu verhandeln, war kein Scherz. Vielleicht stellte er uns aber auch eine Falle. Aus welchem Grund hätte er sonst die Polizei verfluchen sollen?

»Bitte mach meinen Mann ausfindig«, platzte Rashel flehend heraus.

»Schweig, Frau, oder du mußt hinausgehen«, schalt sie der Scheich. Er zog eine Handvoll Blätter aus einem Gefäß mit breiter Öffnung und streute sie über den Kohlen aus, nahm ein Glas Wasser von einem Schemel, schüttete ein weißes Pulver hinein und bedeckte es mit einem schwarzen Tuch. Dann erhob er sich, schloß die Augen, hob einen Arm in die Höhe und flüsterte mit unheimlicher Stimme in das Halbdunkel:

»O du Weiser, o du Dschinn, komm und gib uns Kunde.«

Ein leises Rascheln ging durch den Raum. Ich hatte keine Ahnung, woher es kam. Der Scheich hob seinen Daumen, an dem ein dicker Goldring steckte, und der dunkle Lappen flog vom Glas, als tanzten im Wasser Dämonen. Er klemmte den Daumen in die Faust seiner anderen Hand, und die Dämonen kamen wieder zur Ruhe.

»Der werte Name?« fragte er.

Mein Vater verstand die Frage nicht, und Hiyawi mußte für ihn antworten.

»O du Weiser, o du Dschinn«, sagte der Scheich. »Ist Hizkel Moshi Imari unter den Lebenden?«

Die Dämonen in dem Glas begannen abermals zu tanzen, und ein Geräusch, das wie schrilles Vogelgezwitscher klang, erfüllte den Raum.

»Er atmet noch immer die Luft des Tigris und des Euphrat«, verkündete der Scheich, und seine Miene hellte sich auf.

»Möge Gott Euch ein langes Leben geben«, segnete ihn meine Mutter.

»Still, Frau! Weibliche Wesen erschrecken den Dschinn.« Der Scheich hob seine Stimme. »O du Weiser, o du Dschinn, vergib uns und sag uns, wie der Mann aussieht.« Abermals wurde das schrille Gezwitscher laut. »Von mittlerem Wuchs und mit scharfen Augen«, erklärte er, als stünde Hizkel direkt vor ihm. Rashel starrte entgeistert vor sich hin.

»O du Weiser, o du Dschinn, geh nun fort und komme wieder«, sagte der Scheich abschließend. Niemand rührte sich. Wir hätten gerne mehr gehört, doch der Scheich griff wieder nach seiner Wasserpfeife und zog den Rauch so tief ein, als hätte er eine große Anstrengung hinter sich. In dem Zimmer breitete sich ein angenehmer Duft aus. Rashel hatte Tränen in den Augen.

»*Tabarrak Allah*, er ist euch gnädig. *Tabarrak Allah*«, sagte der Scheich.

Mein Vater zog seine Brieftasche heraus.

»Ich begehre keinen Mammon, sondern Barmherzigkeit für sämtliche Geschöpfe Gottes«, rief der Scheich aus, als sei er gekränkt. Dafür nahm sein Sohn, der neben der Tür stand und wartete, das Geld.

Von den Worten des Scheichs mit neuer Hoffnung beseelt, machten sich mein Vater und Rashel schnurstracks zur Anwaltskanzlei auf. Menashi Zleiha holte sie jedoch schnell wieder auf den Boden der Tatsachen zurück. Es gab keine Neuigkeiten. Über Hizkels Verbleib war noch immer nichts bekannt.

Die Tage vergingen langsam. Rashel schwankte zwischen Hoffnung und Verzweiflung. Ich suchte nach allen möglichen Ausreden, um in ihrer Nähe zu sein, machte Besorgungen für sie und versuchte sie mit lustigen Geschichten aufzumuntern, doch sie hatte anderes im Kopf und guckte durch mich hindurch, als wäre ich Luft. Als wir an einem dieser Tage auf der Steinbank in ihrem Hof saßen, ging sie in Hizkels Zimmer und kam mit einem Fotoalbum wieder heraus. Ich wußte, daß sie während der Farhud, im Alter von zehn Jahren und hinter einem Vorhang versteckt mit angesehen hatte, wie ihre Eltern von Plünderern umgebracht wurden; während sie nun ihre Fotos anschaute, verschränkte sie die Arme vor ihrem Körper und massierte sich, als müßte sie einen körperlichen Krampf bekämpfen, und ich war mir sicher, daß sie dabei an damals zurückdachte. Ich hätte am liebsten selbst meine Arme um sie geschlungen, doch ich blieb steif und reglos auf der Steinbank hocken, klammerte mich daran fest und starrte zu Boden.

Auf einmal erwachte Rashel aus ihrer Apathie. Sie warf mir einen verwunderten Blick zu, als begreife sie nicht, was ich hier tat, und die ganze Nähe und Vertrautheit, von der ich geglaubt hatte, daß sie zwischen uns bestand, war mit einem Schlag wie weggeblasen. Ich erhob mich, um zu gehen, doch sie ergriff meine Hand, bedeutete mir, mich wieder zu setzen, ging in die Küche und kam mit einer Schüssel zäher *tehini*, Sesampaste mit Dattelsirup, wieder heraus. »Dies hier war eine von Hizkels Lieblingsspeisen«, erklärte sie. Mir schnürte es beim bloßen Gedanken an ihn die Kehle zu. Am Tor war ein zaghaftes Klopfen zu hören. Ich ging aufmachen und erblickte Hiyawi. Rashels honigsüße Augen wurden schlagartig eiskalt. Mit zaghaften Schritten kam er über den Hof getappt und legte einen Umschlag auf die Bank.

»Für den Anwalt«, sagte er.

»Das ist nicht nötig«, sagte Rashel kühl.

»Dann eben für dich.«

»Ich sagte, das sei nicht nötig.« Ihre Stimme war schneidend. Dann wurde sie weicher. »Hat Rabbi Bashi etwas unternommen?«

»Die Sache ist nicht so einfach.«

»Wozu brauchen wir ihn dann überhaupt?« Obwohl Hiyawi gerade erst gekommen war, erhob sie sich ungeduldig, als habe er ihre Gastfreundschaft zu lange in Anspruch genommen. Als er sich zum Gehen wandte, reichte sie mir den Briefumschlag und sagte:

»Gib ihm das zurück.«

Ich holte Hiyawi am Tor ein und stopfte ihm den Umschlag in die Tasche.

»Warum tust du das?« fragte er sie. Das hätte ich ebenfalls gerne gewußt.

Rashel sah ihn an und strich sich über das Haar. »Er denkt, ich bin ...« Sie hob an, etwas zu mir zu sagen, hielt inne, sah mich mißtrauisch an, ging in ihr Zimmer, kam nach ein paar Minuten wieder heraus und sagte zornig:

»Gott möge sie verfluchen! Sie haben Hiyawis Weihnachtsgeschenk mitgenommen – die Kette und die Armreife.«

Als ich am nächsten Tag aus der Schule kam, rief mich der Alte vom Laden aus zu sich. »Was hat sie zu dir gesagt, nachdem ich fort war?« fragte er, während er zwei Tassen mit Tee füllte.

»Was soll sie schon gesagt haben?« entgegnete ich.

»Nun sag schon!«

»Sie sagte, daß sie die Kette und die Armreife mitgenommen haben, die du ihr geschenkt hast.«

»*Waweli*, die waren von Tifaha!« rief er und schlug die Hände zusammen. »O meine Liebste, hab Mitleid mit mir! Ich habe einen Fehler gemacht. Ich hätte sie ihr niemals geben sollen.«

Das ganze Viertel kannte Hiyawis Geschichte. Viele hatten sie von ihm selbst gehört, stets in der gleichen Version und mit den türkischen Wörtern durchsetzt, mit denen er seiner toten Frau in glücklicheren Zeiten Liebesgedichte geschrieben hatte. Als sie sich am 15. Av, einem Tag, an dem traditionell ein Volksfest stattfand, zum erstenmal begegnet waren, war sie zehn Jahre alt gewesen – genauso alt wie Rashel bei ihrem Umzug nach Taht-el-Takya. An diesem Tag begaben sich die Juden aus allen Teilen Bagdads in den großen Stadtpark, damit sich die jungen Leute beiderlei Geschlechts beäugen und vielleicht ein bißchen miteinander plaudern konnten. Das erleichterte den Heiratsvermittlern ihre Aufgabe, außerdem wurde dadurch die peinliche *ma'aina*-Zeremonie überflüssig, bei der Mädchen im heiratsfähigen Alter den Männern vorgeführt wurden wie Pferde auf einem Basar. Trotz des großen Altersunterschieds hatte sich Hiyawi bald darauf mit Tifaha verlobt, und vier Jahre später hatte er sie geheiratet.

Bei seiner Hochzeit trug Hiyawi die Uniform eines türkischen Kavallerieoffiziers. Eine große Anzahl türkischer und irakischer Offiziere war seiner Einladung gefolgt und zur Hochzeit gekommen. Er war so stolz auf sein Judentum gewesen, daß er den anderen unbedingt vorführen wollte, wie man nach jüdischem Ritual heiratete. Die Trauung wurde von Rabbi Bashi vorgenommen, der damals bereits ein berühmter rabbinischer Richter war, und seine kurze, in türkischer Sprache gehaltene Predigt fand allerseits großen Beifall. Tags darauf waren die frisch Vermählten zu ihrer Hochzeitsreise aufgebrochen – nach Mosul, der »Stadt der zwei Quellen«, und überall, wo sie unterwegs halt machten, hielt man Hiyawi für einen türkischen Offizier und brachte ihm große Hochachtung und Respekt entgegen.

Nach der Rückkehr zu seinem an der russischen Grenze stationierten Regiment begann ihn jedoch heftig die Sehnsucht zu plagen, und er bereute es beinahe, dem Einberufungsbefehl der Armee des Sultans Folge geleistet zu haben, statt sich mit einer kleinen Bestechungssumme freizukaufen. Er hatte bereits vier Jahre lang an einer Militärakademie in Konstantinopel studiert und an abgelegenen Orten an den äußersten Zipfeln des Osmanischen Reiches gedient, und nun war er nicht nur abermals weit weg von zu Hause, sondern auch weit weg von seiner geliebten Frau.

Nachdem er zehn Monate lang von Tifaha getrennt gewesen war, wurde Hiyawi nach Bagdad abkommandiert. Nun stellte sich jedoch heraus, daß sie nicht schwanger werden konnte, obwohl sie in ihrer Verzweiflung alles nur Erdenkliche ausprobierte. Sie suchte Kaffeesatzleser auf, Tarock-Kartenleser, Wahrsager und Geisterbeschwörer; griff zu Zaubertränken, legte sich nachts Talismane und Zaubersprüche unter das Kopfkissen, trug Amulette und schluckte Beschwörungsformeln; sie rieb sich mit dem Urin von Säuglingen ein und aß die zermahlenen Nachgeburten von Frauen, die schon mehrere Kinder geboren hatten; sie suchte Rabbis und Kabbalisten auf, um sich von ihnen segnen zu lassen, und einmal reiste sie sogar für eine Woche in eine andere Stadt, um die Hilfe eines berühmten Fruchtbarkeitsheilers in Anspruch zu nehmen. Es war alles vergebens. Als sie schließlich alle Hoffnung aufgegeben hatte, wusch sie sich mit Wassermelonenseife, reinigte sich in einem großen Wasserbecken, zog sich ein weißes Kleid an und ertränkte sich im Fluß. Sie wurde gesehen, wie sie in der Dunkelheit von einer Brücke sprang, doch ihr Leichnam wurde nie gefunden.

Hiyawi zerriß unter lautem Klagen seine Kleider und hockte mehrere Monate lang untröstlich zusammengekauert im Innenhof seines Hauses. Rabbi Bashi war der einzige, der ihn besuchen durfte. Er trug Hiyawi auf, als Buße für die während seiner Armeezeit begangenen Sünden, als es ihm nicht immer gelungen war, koschere Speisen zu essen oder die anderen Gebote einzuhalten, ein ganzes Jahr lang zweimal wöchentlich zu fasten, doch nicht einmal das vermochte sein Leid zu lindern. Nachts schlief er draußen, den Kopf auf einen Stein gebettet, und tagsüber las er Psalme, studierte das Buch Sohar, nahm kalte Waschungen vor, rang mit Gott und seinen Engeln und flehte den Allmächtigen an, ihn sterben zu lassen und von seinem Elend zu erlösen, wenn er ihm seine Ehefrau nicht zurückgeben konnte.

Gott tat nichts von alledem, und da Tifahas Leiche nie gefunden wurde, verfiel Hiyawi auf allerlei seltsame Marotten. Er fing an, an den Ufern des Tigris entlangzuwandern und über seine Brücken zu gehen und dabei laut Tifahas Namen zu rufen. Eines Tages kam er nach Hause, sammelte ihre ganze Habe und – bis auf ihre Armreife, den Ehering und die Goldkette – ihren gesamten Schmuck ein, steckte die Sachen in die *jihaz*, die Aussteuertruhe, die sie aus Damaskus mitgebracht hatte, und warf alles in den Fluß.

»Vielleicht schämt sie sich, unbekleidet zurückzukommen«, erklärte er, doch sie und ihr Körper blieben dennoch verschwunden. Er bezeichnete sie zwar als »meine liebe Verstorbene«, konnte sich mit ihrem Verlust jedoch niemals abfinden und ging, von Gram verzehrt, oft zum Fluß hinunter und erzählte ihr von seinem Leid. Sein Haar wurde erst grau, dann weiß, und schließlich fiel es ganz aus. Manchmal sah er Tifaha bei seinen Spaziergängen am Tigris mit dem Gesicht nach oben im Wasser schwimmen, das Haar offen hinter ihr hertreibend und die Augen wie ein den Tiefen entspringendes Leuchtfeuer glühend. Oder er vernahm ihre Stimme, die mit ihm sprach und abwechselnd lachte und weinte. Wenn er dann wieder in seinen Tabakladen in Taht-el-Takya zurückgekehrt war, zermarterte er sich das Hirn in dem vergeblichen Versuch, sich ihrer Worte zu erinnern.

»Sie ist in ihr wiedergeboren worden«, sagte er jetzt, als er aus seinen Tagträumen erwachte.

»Wer?« fragte ich.

»Rashel«, flüsterte er mit unheimlicher Stimme. »Dieselben Augen, derselbe Daumen, genau das gleiche Haar, so dick und so weich – sie ist in ihr wiedergeboren.« Ich war überzeugt, daß er verrückt geworden war.

KAPITEL XI

Feiglinge!« schrie Ismail uns zu.

»Wer hat euch in Palästina geschlagen, hä?« brüllte Edouard.

»Die Engländer!«

»Die Juden!« schrie Edouard triumphierend.

»Die Juden? Palästina? Was ist denn in dich gefahren, Herr Kommunist und Revolutionär?« neckte ich ihn leise.

»*Yallah*, wer macht mit?« rief Ismail und musterte uns dabei so verächtlich, als verbuche er bereits seinen Sieg. »Wo ist euer bester Mann?« Als er sah, daß Edouard, unser Anführer, zögerte, fügte er hinzu: »Sprecht die Schahada, und ich lasse euch in Frieden.«

Was für ein Trottel, dachte ich. Glaubte er wirklich, wir müßten nur »Ich bezeuge, daß es keine Gottheit außer Gott gibt und daß Mohammed der Gesandte Gottes ist« herunterleiern, und unser Judentum würde daraufhin verschwinden wie ein Fleck beim Waschen?

Rabbi Bashi hatte uns in seinen Predigten von den zwangsgetauften Marranen in Spanien erzählt, die heimlich über Generationen hinweg am jüdischen Glauben festhielten – und dieser Schwachkopf hier glaubte, daß wir innerhalb einiger Sekunden zu Moslems werden könnten!

»Du willst, daß wir die Schahada sprechen?« fragte Edouard.

»Ja.«

»Nur über deine Leiche!«

»Haut ab, dies ist nicht euer Land!« schrie Ismail. »Ihr seid Verräter. Ihr habt hier nichts zu suchen!«

»Wir waren viel eher hier als ihr Moslems«, schrie Edouard zurück. »Wir sind hier geboren, und wir gehen nirgendwo anders hin.«

Doch mein Vater war ebenfalls fürs Abhauen, und ich selbst fühlte mich zwischen beiden Möglichkeiten hin und her gerissen. Warum sollte ich das Land verlassen müssen? wandte ein Teil von mir ein. Weil dies nicht dein Land ist, antwortete ein anderer. Und genau das war es, was uns Ismail, der mindestens einmal die Woche in unserem Viertel auftauchte, um uns zu einem heiligen Krieg herauszufordern, dauernd weismachen wollte. Der alte Hiyawi ließ es ebenfalls nicht zu, daß wir vergaßen, wer wir waren. »Wenn man euch vor die Wahl stellt, zu konvertieren oder zu sterben«, pflegte er uns zu erinnern, »sagt die Bibel: Wählt den Tod!«

Ich nahm Ismails Drohungen ernst. Erst kürzlich hatte ich gesehen, wie er eine Katze am Schwanz packte, sie über dem Kopf herumwirbelte und gegen eine Wand prallen ließ. Beim Gedanken an den dumpfen Aufschlag lief mir jedesmal ein kalter Schauer den Rücken hinunter. Es gab etliche Geschichten über seine Heldentaten, und mit seiner eigenen Bande ging er genauso tyrannisch um wie mit uns. Die einzige jüdische Person, mit der er etwas zu tun hatte, war Amira, obwohl sie Edouards Schwester war. Sie besuchte den Mädchenflügel des moslemischen Gymnasiums, in dem auch er zur Schule ging. Ihren Aussagen zufolge interessierte er sich brennend für die Geschichte des Iraks und verehrte dessen Helden. Er erzählte ihr, daß er einmal geträumt habe, der babylonische König Nebukadnezar sei siegreich zu Pferde aus einem Krieg zurückgekehrt, begleitet von Tausenden seiner Soldaten, die ihm durch das Tor der Göttin Ishtar gefolgt seien. Er, Ismail, der getreue Adjutant des Monarchen, ritt neben ihm einher, und Nebukadnezar, der den ägyptischen Pharao Necho gerade vernichtend geschlagen hatte, führte ihn zur Ehrentribüne, überreichte ihm den Zeremonienbogen und verkündete: »Ismail, mein Sohn, ich kröne dich zum König des Irak. Du wirst viele Länder erobern und sogar bis nach Jerusalem vordringen.«

Ismails Traum war eigentlich beruhigend, ließ er doch keinen Zweifel daran, daß er verrückt war. Man stelle sich vor, ich wäre herumgelaufen und hätte überall erzählt, ich hätte geträumt, ich sei der König der Juden und hätte das Königreich Davids wieder errichtet.

»Er ist nicht älter als ihr, und ihr könnt ihn schlagen«, ermutigte uns Hizkel. »Wo ist euer jüdischer Stolz?« Als mein Onkel den nächsten Gürtelkampf beobachtete, mußte er jedoch wieder mit ansehen, wie wir von Ismail besiegt wurden. Daraufhin hatte er beschlossen, uns alle zusammenzurufen, um uns in die Kunst des Steinschleuderschießens einzuweisen.

Mit den Steinschleudern gelang es uns, Ismail und seine Bande völlig zu überrumpeln, und während sie vor unserem unvermuteten Steinhagel auseinanderstoben, juchzten wir vor Freude und machten dabei Luftsprünge wie die Ziegenböcke. Der alte Hiyawi schwenkte seinen Turban in der Luft, spendierte jedem von uns eine Portion Baklava, zeigte uns ein altes türkisches Armeeschwert und sagte: »Die kommen garantiert nicht wieder.«

Doch am darauffolgenden Tag war die Bande in voller Stärke wieder da, jedes Mitglied mit einer eigenen Steinschleuder bewaffnet, und sie wußten auch damit umzugehen. Diesmal waren wir es, die Wunden leckten und schmachvoll den Rückzug antraten. Hiyawi hob ratlos die Arme und sagte mit einem traurigen Kopfnicken: »Was für eine Welt! Nicht mal auf die Gojim ist noch Verlaß. Allein Gott weiß, was uns von seiten dieser Ismails noch bevorsteht. Sie und ihresgleichen sind es, die den Irak einmal regieren werden.«

Hizkel ließ es nicht zu, daß wir klein beigaben. »Ihr könnt sie schlagen«, beharrte er. Ein paar Tage später wurde er festgenommen. Aus irgendeinem Grund war ich überzeugt, daß Ismail ihn denunziert hatte.

Wenn Ismail, der islamische Rabauke mit dem unergründlichen, arroganten Lächeln, in den schmalen Gassen von Taht-el-Takya auftauchte, mußte man sich immer auf Ärger gefaßt machen. Und womit ich besonders rechnen mußte, war Amiras Bewunderung, denn sie saß gerne lesend und an bunte Kissen gelehnt auf ihrem Fenstersitz, von dem aus sie unser Schlachtfeld überblicken konnte und ihr kein einziger unserer Kämpfe entging. »Er ist mutiger und stärker als jeder einzelne von euch«, verhöhnte sie uns, indem sie ihre spitzesten Pfeile auf ihren Bruder Edouard abschoß, bis er zum

Gegenschlag ausholte und ihr eine Ohrfeige verpaßte, woraufhin sie nur die Zunge herausstreckte und ihn noch stärker verhöhnte. Die Mehrzahl ihrer Freundinnen waren Mosleminnen, und sie sprach Arabisch genau wie sie. Sie träumte davon, ein Staatsstipendium zu erhalten, um in Amerika Bauingenieurwesen studieren zu können. Dann würde sie von dort zurückkehren und eine Superbrücke über den Tigris bauen. Seit dem Tag, da Ismail ihr zu Hilfe gekommen war, als ein arabischer Junge seine Hand in ihre Bluse zu stecken versuchte, sah sie ihn nicht mehr als einen Feind an. Unsere Steinschleuder- und Gürtelgefechte waren für sie eine Art Gladiatorenkampf, die sie mit großem Vergnügen von ihrem Logensitz aus verfolgte.

Ich mußte neiderfüllt eingestehen, daß Ismail groß und schlank und gutaussehend war, mit großen, glühenden Augen und einem Kopf voller schwarzer Locken. Er hatte etwas Stolzes und Reserviertes, und er war der einzige in seiner Bande, der Schuhe trug – alle anderen liefen stets barfuß. Manchmal hatte ich das Gefühl, ihn schon mein Leben lang zu kennen, vielleicht sogar von einer früheren Existenz her. Während er uns jetzt verhöhnte und beschimpfte wie ein Goliath, rief er Edouard – der meinen Vorschlag, den Bäckerlehrling Sami in unsere Gruppe aufzunehmen, unproletarischerweise eindeutig aus Furcht vor einem neuen Rivalen abgelehnt hatte – zu:

»*Ya yahud*, welche Waffe ist heute dran: Gürtel, Steinschleudern, Steine oder Messer?«

»Messer, Messer!« brüllten Ismails Bandenmitglieder.

»Gürtel!« bestimmte Edouard, indem er seinen abnahm.

»Feiglinge!« schrie Ismail verächtlich. »Ich hab doch schon immer gesagt, daß die Juden Schlappschwänze sind.«

Als Edouard in Kampfstellung ging, schob sich seine Zunge zwischen seine Lippen – ein untrügliches Zeichen, daß er nervös war. Die zwei Gürtel pfiffen durch die Luft, und unser aller Augen waren auf die verzierten Gürtelschnallen gerichtet, die aufblitzten, noch ehe deren Besitzer aufeinander losgingen. Auf einmal knallten die Gürtel aneinander und verwickelten sich. Wäre

Edouard ein wenig schneller gewesen – so stellte ich mir das jedenfalls vor –, hätte er Ismail umhauen können. Doch die Gürtel wickelten sich wieder auseinander, und das spannende Ballett begann von vorn.

»Tiefer, Edouard, ziel auf seinen Bauch!« brüllte ich, indem ich mit der Faust auf meinen Handteller schlug. Auch die anderen riefen ihm zu, was er tun sollte. Eine Sekunde später lag Edouard auf dem Boden und blieb unterwürfig dort liegen. Solange man bei einem Gürtelkampf auf den Füßen blieb, hätte man seinen Gegner umbringen können, ohne daß dies als unfair gegolten hätte. Sobald man aber unten lag, verlangten die ungeschriebenen Regeln, daß man den Gegner schonte. Ismail stand da und wartete auf sein nächstes Opfer.

»Feigling!« schrie Amira.

»Er ist dein eigener Bruder, du Hexe«, brüllte ich zurück. »Geh lieber den Fußboden schrubben.«

»Halt die Klappe, Kabi«, rief sie zu mir herunter. »Das einzige, was du zu bieten hast, ist ein großes Maul.«

Bevor ich wußte, wie mir geschah, stand ich Ismail gegenüber. Er hob die Hand, und die anderen traten zurück und bildeten einen Kreis um uns. Was tat ich da? Es war bereits zu spät, um ihm zu erklären, daß das alles ein Mißverständnis war. Als wäre ich eine andere Person, die von mir selbst durch einen Nebel beobachtet wurde, war mir nur undeutlich bewußt, daß ich meinen Gürtel herumwirbelte, einen Satz nach vorn machte, zur Seite hin auswich und blitzschnell zurücksprang. Doch trotz meiner vor Angst getrübten Sinne hörte ich Amira schreien: »Du Clown, du!« und erkannte, daß damit ich gemeint war. Unsere Gürtel prallten aneinander, Ismail riß meinen mit einer schnellen Bewegung fort, und ich stand mit leerer Hand da. Eine Sekunde später pfiff sein eigener Gürtel über meinen Kopf hinweg, wobei mir die Schnalle gefährlich nahe kam. Gleich würde ich umgebracht werden. Hätte er mich umgehauen, wäre ich in Sicherheit gewesen, doch jetzt müßte ich mich aus freien Stücken auf den Boden werfen. Und das auch noch vor Amira!

Ismail maß mich mit den Augen. Im ersten Moment glaubte ich, darin Verachtung zu lesen, schien der Blick zu sagen, ich sei es nicht einmal wert, geschlagen zu werden. Doch als er mich weiter anstarrte wie jemanden, von dem einem einfach nicht einfallen will, wer er ist, hatte ich wieder das Gefühl, ihn von irgendwoher zu kennen.

»Hau ab«, sagte er schließlich mit tonloser Stimme.

Lieber hätte ich mich auspeitschen lassen, als eine solche Demütigung einzustecken. Meine Angst verwandelte sich blitzartig in Trotz. Ich hatte nichts mehr zu verlieren. Wie pflegte doch Hiyawi zu sagen: »Wenn du einmal naß bist, brauchst du den Regen nicht mehr zu fürchten.«

»Hey, Zombie!« rief Amira.

»Du Flittchen du, hoffentlich kriegst du mal 'nen schielenden Krüppel zum Mann!« gab ich mit der Heftigkeit, die der Verzweiflung entspringt, zurück. Ein für allemal würde ich ihr zeigen, daß ich kein Feigling war. Ich hob meinen Gürtel auf und knallte blindlings drauflos.

Ismails Gürtelschnalle traf mich knapp oberhalb der Schläfe, und ich blieb, von der Erschütterung in meinem Kopf benommen, reglos stehen.

»Ich sagte dir doch, du sollst abhauen, *ya Id.*« Er stand ganz dicht vor mir.

Trotz der Schmerzen, die mich durchzuckten, schaute ich ihn erstaunt an.

»Ihr Juden werdet immer unsere Sklaven bleiben«, rief er, als fände er gerade seine Selbstbeherrschung wieder, und gab seiner Bande ein Handzeichen. Einen Moment später waren sie fort.

Von meinen Freunden umringt, stand ich benommen da, während einer von ihnen die Beule auf meiner Stirn untersuchte und darauf drückte, um die Schwellung zu unterbinden. Es dauerte eine Minute, bis ich wieder zu mir kam. Dann ersetzte ich die fremden Finger auf meiner Stirn durch meine eigenen, murmelte den anderen zu, daß ich gehen müsse, und folgte Ismail durch die gewundenen Gassen des Suk.

Ich wußte, daß er auf die Razi-Straße auf der anderen Seite des Marktplatzes zusteuerte, und kam gerade rechtzeitig dort an, um zu sehen, wie er hinten auf eine vorbeifahrende Kutsche sprang und heimlich mitfuhr. Obwohl mich mein Vater ermahnt hatte, so etwas auf keinen Fall zu tun, hatte kein Junge meines Alters, der etwas auf sich hielt, das Schwarzfahren nicht wenigstens einmal ausprobiert. Ich schwang mich auf die nächstbeste Kutsche und drückte mich an deren Rückwand. Vom Hörensagen, aber auch aus ein wenig eigener Erfahrung wußte ich, daß man es geschafft hatte, wenn einen der Kutscher nicht gleich beim Aufspringen bemerkte. Doch er bemerkte mich und schlug mit der Peitsche nach mir, verfehlte aber meinen Kopf, da dieser von dem hohen Hinterrad geschützt wurde. Ab und zu lugte ich vorsichtig nach vorn, um festzustellen, ob Ismail noch vor mir war. Inzwischen waren wir südlich von Taht-el-Takya im moslemischen Viertel el-Dehidwana und ratterten an dessen Läden und Kaffeehäusern vorbei.

Komischerweise verspürte ich, obwohl ich der Anweisung meines Vaters zuwiderhandelte, nicht die geringste Angst. Er hatte mir nie gestattet, mich weit von zu Hause zu entfernen. Seit ich alt genug war, um allein losziehen zu können, hatte er mir strenge Grenzen gesetzt, wo ich hingehen durfte und wo nicht. Als jüdischer Vater hatte er es außerdem für seine Pflicht gehalten, mir – wie sein eigener Vater es mit ihm getan hatte – jede Nebengasse zu zeigen, durch die ich fliehen konnte, falls ich auf dem Weg zur Schule oder in den Suk von einer moslemischen Bande in die Enge getrieben wurde. Später hatte er mich durch die Razi-Straße begleitet, durch die El-Rashid-Straße, nach el-Dehidwana und nach Bab-el-Sheikh und mir dabei vorgemacht, wie sich ein Moslem ausdrückte und verhielt und woran man einen Moslem von einem Juden unterscheiden konnte. Als ich geboren wurde, gab er mir neben meinem jüdischen Namen Ya'akov Kabi den arabischen Namen Sa'id, was mir sehr gefiel, obwohl ihn niemand je gebrauchte; als ich älter wurde, ermahnte er mich, niemals allein in ein moslemisches Viertel zu gehen; und wenn ich irgendwohin ging, flüsterte er mir – als zweifle er an meinem Gehorsam – stets ein »Gott sei mit dir« zu.

Ohne die mir von meinem Vater eingebleuten Ängste hätte ich gegen Ismail vielleicht einen besseren Kampf liefern können, aber immerhin war ich hier und setzte mich über alle seine Anweisungen hinweg. Die Kutsche ratterte weiter, und ich hielt den Blick auf Ismail gerichtet, der auf die unter ihm vorbeiziehende Fahrbahn starrte. Dachte er gerade über seine Fehde mit uns nach? Konnten sich Moslems wie er wirklich von einer kleinen Minderheit von Juden bedroht fühlen? Wir sahen aus wie sie, wir waren beschnitten wie sie, wir sprachen ihre Sprache, wir sangen ihre Lieder und tanzten ihre Tänze – wodurch unterschieden wir uns? Warum verfolgten sie uns fortwährend mit drohenden Blicken und habichtartigen Augen – uns, die Fremden, die tolerierten *dhimmi*, auf die die Herren des Landes hinuntersahen?

Ismail sprang von seiner Kutsche und wandte sich nach rechts, und ich folgte ihm. Sein Gang war unregelmäßig, mal wurde er schneller, dann wieder langsamer – so als ließe es seine stürmische Natur nicht zu, gleichmäßig zu gehen. Einstöckige Lehmhäuser mit schmalen Fenstern säumten die Straßen, in denen es nach brennendem Dung, aufgekochter Butter aus Schafmilch, fettigem Essen und üppiger, mit Abwasser gedüngter Vegetation roch. Ismail blieb vor einem Fleischerladen stehen und setzte sich neben einem dickbäuchigen Mann auf den Boden, der breitbeinig auf einem kleinen Schemel hockte, auf dem Kopf die rote Keffiyeh der Mudschaheddin, der palästinensischen Freiwilligen. Ich ging indessen auf die andere Straßenseite und versteckte mich hinter dem großen Maulbeerbaum, der mir vorkam, als sei er geschrumpft. Wie viele Stunden hatten wir beide darunter verbracht, von seinen Beeren gegessen und unsere Kleider mit ihrem dunklen Saft bekleckert!

Auf einmal fügte sich alles zusammen: die Geschichten meiner Mutter über die kleinen Häuser in el-Mu'azzam – die Fleischerei mit den Fleischhaken – die dicke Hairiyya mit ihrem Sohn Ismail. Die Erinnerungen schossen mir durch den Kopf wie ein Bild, das unvermittelt ins Blickfeld rückt. Es war so lange her: vor der Farhud, vor der Entstehung der zionistischen Bewegung und der Gründung des Staates Israel – ehe Moslems und Juden verrückt geworden waren und aufgehört hatten, friedlich miteinander zu leben. Hier war ich geboren worden, in dem kleinen Haus, vor dem ich jetzt stand, als wäre es erst gestern gewesen. Das Haus mit den anderthalb Stockwerken, dem Keller, dem flachen Dach und den drei Treppenstufen bis zu dem hölzernen Eingangstor, dessen verrostete, von meinem Vater in unregelmäßigen Abständen geölte Angeln in ständig wechselnden Tonhöhen gequietscht hatten – ein Geräusch, bei dem einem gegen Abend, wenn jedes unerwartete Klopfen etwas Neues und Überraschendes verhieß, ein wohliger Schauer über den Rücken lief. Nur die Farbe hatte sich verändert. Das Haus selbst sah trist, fast bedrückend aus und war viel kleiner, als ich es in Erinnerung hatte; der ihm entströmende Geruch – eine Mischung aus Basilikum und Ziegendung – war hingegen noch immer derselbe. Ich brannte darauf, hineinzugehen, den schmalen Flur entlangzulaufen, die Treppen zu meinem Zimmer hochzusteigen, mich auf meinen kleinen Hocker zu stellen und vom Fenster aus auf die Straße hinabzublicken – oder aber auf das Dach zu steigen und von dort in Hairiyyas und Mihsins Hof zu linsen, obwohl meine Mutter mir das verboten hatte.

Ismail und ich waren beide die erstgeborenen Söhne unserer Eltern und waren im Abstand von zwei Tagen geboren worden, ich am letzten Tag des Laubhüttenfestes und er mittendrin. Hairiyya und meine Mutter hatten uns abwechselnd gestillt. *Fidwa ya ibni, ya Id,* sang Ismails Mutter mir immer vor, wobei sie den Namen *Sa'id* zu *Id* verkürzte, das arabische Wort für »Feiertag«. Nur weil Ismail mich heute bei diesem Namen genannt hatte, war mir all dies wieder eingefallen.

Manchmal waren wir beide, Ismail und ich, zwischen den Palmen in dem duftenden Rosengarten in der Nähe unseres Zuhauses umhergestreift oder hatten zwischen den Oleandersträuchern Verstecken gespielt, während wir dem langgezogenen Gurren der Tauben lauschten. Einmal hatten wir uns verlaufen, und Ismails Mutter und Abu Ismail, der Metzger, waren uns suchen gegangen. »*Ya wiladi, ya Ismail, ya Id, weynkum?*« hatte sie gerufen. »Wo seid ihr, meine Söhne?« Als sie uns fand, stieß sie einen triumphierenden

Trillerlaut aus und gab uns als Mittel gegen die giftigen Oleanderblüten, die wir gegessen hatten, Basilikumwasser zu trinken.

Meine Mutter liebte unser Haus und war ständig damit beschäftigt, irgend etwas sauberzumachen, zu schrubben, anzustreichen oder zu verschönern. Freitags wurde ich in Hairiyyas Garten geschickt, damit meine Mutter ungestört die Vorbereitungen für den Sabbat treffen konnte. Danach wurde ich in der großen Wanne gebadet, in eine *dishdasha* gehüllt, ein weißes, hemdartiges Gewand, wie auch Ismail es trug, und durfte zusehen, wie die Sabbatkerzen angezündet wurden. Sie standen auf der Fensterbank, wo ich sie nicht erreichen konnte, und ihre weißen Dochte schwammen in kleinen Öllachen. Meine Mutter hatte den Kopf mit einem Spitzentuch bedeckt. Ihr Atem brachte die gelbe Flamme zum Zittern, während sie den geheimnisvollen Segensspruch in der fremden Sprache murmelte, himmelwärts blickte und betete – wofür, wußte ich nie. Doch wenn sie geendet hatte, erstrahlte das Haus in einem großen Licht, und alle, die sich darin aufhielten, verspürten eine große innere Ruhe.

Samstagvormittags, wenn die Sabbatgesetze uns verboten, den Gasofen anzuzünden, kam Hairiyya mit Ismail, um uns Tee zu machen und die frische Milch von ihrer braunen Kuh zu kochen. Manchmal verbrachte Ismail den Tag mit uns und lauschte, ein weißes Käppi auf dem Kopf, wenn mein Vater den Kiddusch sprach und zu den Melodien des irakischen Sängers Abd el-Wahab die Sabbathymnen sang. Nach dem Essen rannten wir zur *jalala* und stritten uns jedesmal, wer gewonnen hatte und als erster schaukeln durfte. Am Ende unseres letzten Passahfestes in el-Me'azzam brachte uns Hairiyya heißes, köstlich duftendes Brot. Ich hatte seit acht Tagen keins mehr gegessen und fiel wie ein Wolf darüber her, ohne die Manieren zu beachten, die mir meine Mutter beigebracht hatte.

Im Sommer schliefen wir nachts auf dem Dach, und meine Eltern liefen dann immer in einer komisch gebeugten Haltung herum – aus Angst, unsere moslemischen Nachbarn auf dem niedrigen Balkon gegenüber zu sehen, wenn sie sich gerade auszogen.

Damals wurde mir zum ersten Mal bewußt, daß es Vorteile hatte, klein zu sein. Ich schlief gerne unter freiem Himmel. Manchmal wurde ich in der Nacht vom Ruf des Muezzin geweckt, der mich lehrte, daß es sowohl einen moslemischen als auch einen jüdischen Gott gab. Mein Vater hörte den moslemischen Gebetsruf gerne. Wie ein moslemischer Gläubiger rief er, sobald der Ruf verklungen war, mit heiserer Stimme: »*Sadaka Allah el-azim.* Gerecht ist der große Gott.«

Und dann begann etwas – ich bin nicht sicher, was genau es war – schiefzulaufen. Mein Vater hörte sich im Radio auf einmal nicht mehr die Musiksendungen an, sondern ausschließlich Nachrichten, indem er von einem Sender zum anderen schaltete. Mit Abu Ismail unterhielt er sich über Kämpfe in fernen Ländern, von denen ich nicht das geringste wußte. Eines Tages hörten wir im Radio, daß ein großer Krieg ausgebrochen sei. Alle hatten Angst. Und da waren neue Namen, die ich nicht aussprechen konnte, Namen wie Hitler, Stalin, Churchill und Mussolini.

Kurz darauf tauchten australische Soldaten mit großen, ulkigen Hüten bei uns auf, und es wurde gemunkelt, daß an weit entfernten Orten Juden umgebracht wurden, während ich nicht einmal gewußt hatte, daß dort Juden lebten. Mein Vater und Abu Ismail fingen an, sich zu streiten. Manchmal schrien sie einander an. Mein Vater war für Churchill, Abu Ismail war für Hitler. Ich war überzeugt, daß er nur darum für Hitler war, weil der einen Schnurrbart hatte wie die Iraker. Das Leben war nicht mehr so wie früher. Das Viertel el-Me'azzam auch nicht. Fremde tauchten auf, die Juden verprügelten und mit Steinen bewarfen. Eine alte Frau wurde niedergestochen. Wie sehr meinen Vater das alles beunruhigte, merkte ich daran, daß er seinen Teller mit Safranreis mit dem Handrücken wegschob, ohne etwas gegessen zu haben.

Eines Nachmittags warf jemand eine brennende Fackel in unser Haus. Meine Mutter konnte sie gerade noch rechtzeitig löschen. Ein paar Tage später versammelte sich eine Horde Moslems vor dem Haus und brüllte: »Juden raus!« Hairiyya stand am Eingangstor und schrie: »Schämt ihr euch gar nicht? Die Juden wohnen schon seit

Ewigkeiten unter uns.« Aus irgendeinem Grund verzogen sie sich wieder, doch obwohl das mitten im regenlosen Sommer geschah, sagte mein Vater mit kreidebleichem Gesicht zu meiner Mutter: »Frau, da brauen sich Sturmwolken zusammen. Wir müssen el-Me'azzam verlassen.« Meine Mutter grub die Nägel in ihre Wangen und weinte lautlos vor sich hin. Ihre zu einem straffen Bogen gespannten Lippen machten mir angst. Tags darauf halfen uns Hairiyya und Abu Ismail, unsere Habseligkeiten auf einen Lastwagen zu laden. Die beiden Frauen küßten und umarmten sich unter Tränen. Kurz bevor wir abfahren wollten, setzte sich Ismail auf die *jalala* und weigerte sich herunterzusteigen. Meine Mutter bat mich, sie ihm zu überlassen. »Sie ist zu groß und zu schwer«, sagte sie. »Und außerdem kommen wir nach dem Krieg sowieso wieder hierher zurück.« Ich bockte und schrie wie am Spieß. Schließlich nahmen wir sie mit und ließen Ismail statt dessen anderes Spielzeug von mir da.

Damit begann ein neues Kapitel in unserem Leben. Zunächst zogen wir nach Kahwit-el-Kebiri, einem jüdischen Viertel, in das Tausende von Flüchtlingen geströmt waren. Seine häßlichen, farblosen, charakterlosen Häuser waren mit Blechplatten gedeckt und so ineinander verschachtelt, Dach an Dach, daß jeder jedem bei jeder Tätigkeit zusehen konnte. Den ganzen Winter hindurch klapperten die rostigen Blechdächer und drohten vom Wind weggerissen zu werden. Abwässer rannen offen über die Straßen, verwandelten sich im Winter in gefrorene Kothaufen und im Sommer in matschige Jauchesümpfe. Hungrige Kinder rannten durch die verdreckten, stinkenden, lauten und heruntergekommenen Gassen. Meine Mutter haßte diese Gegend und flehte meinen Vater an, nach el-Me'azzam zurückzukehren. Ich betete darum, daß mein Vater zustimmen würde. »Wenn der Krieg zu Ende ist«, war seine Standardantwort. Doch der Krieg zog sich in die Länge, und dann kam die Farhud mit ihren Verwundeten, Vergewaltigten und Toten. Die Welt war verrückt geworden. »Es gibt kein Zurück, Frau«, sagte mein Vater. »Kein einziger Jude wohnt mehr in dem alten Viertel.« Er weigerte sich sogar, es zu besuchen, und die beiden lagen sich deswegen dauernd in den Haaren.

Und nun war ich es, der hier zu Besuch war. Ich überlegte, ob ich Hairiyya begrüßen und sie herzhaft umarmen sollte. Sie hatte mich gestillt, ich war wie ein Sohn für sie. Doch ich hatte Angst. Vielleicht hatte auch sie sich verändert.

Ismail erhob sich. Er ging aber nicht nach Hause, sondern die Straße hinunter – vielleicht, um für den *majjahed* eine Besorgung zu machen. Der scharfe Geruch nach brennendem Dung rief mir eindringlich ins Bewußtsein, daß ich mich in einem moslemischen Slum befand. Alles an mir – mein Gesicht, meine kurzen Hosen, das Hemd europäischen Zuschnitts, die Ledersandalen – konnte mich verraten. Ein Esel schrie laut, als wollte er meine Anwesenheit herausposaunen, und ich beschloß, mich auf den Heimweg zu machen. Vergebens versuchte ich, meinen Blick stur geradeaus zu halten. Ich war umgeben – so hatte man es mir von klein auf zumindest beigebracht, mit der Folge, daß die schreckliche Angst vor ihnen so fest in mir verankert war wie meine Muttersprache – von einem Haufen fremdartiger, rachsüchtiger Killer und widerwärtiger Sodomiten. Was suchte ich hier? Ich konnte gewaltsam entführt, meine Leiche verschleppt und in den Fluß geworfen werden. »Wenn du je allein unter Moslems bist«, hatte mir mein Vater gesagt, »zieh bloß keine Aufmerksamkeit auf dich. Versuche dich so natürlich zu benehmen, als wärst du ein waschechter Araber.« Und ausgerechnet jetzt mußte ich aufs Klo. Aber wehe, ich würde es wagen, an die Wand eines Schiiten zu pinkeln – er würde mit dem Messer auf mich losgehen!

Ich versuchte, den Harndrang zu unterdrücken. O Gott, gib mir Kraft, betete ich. Der Schmerz in meiner Blase wurde stärker. O Gott. Ein heißes Rinnsal rann von meinen Shorts bis zu meinem Knie hinab. Der Druck ließ nach, aber dafür wies jetzt meine Hose einen peinlichen Fleck auf. Ich brauchte gar nicht erst versuchen, ihn zu verbergen. Mein einziger Trost war, daß mich hier niemand kannte.

Ich fing an zu laufen. Die Razi-Straße war zwar noch weit weg, aber ich hatte jetzt eine neue Sorge. Wie sollte ich bis nach Hause gelangen, ohne daß jemand meine Hose sah? Angenommen, Amira saß noch immer an ihrem Fensterplatz! Und selbst wenn es mir rechtzeitig gelang, meine Hose zu wechseln, müßte ich zumindest die Beule auf meiner Stirn erklären, die mittlerweile bestimmt schon grün und blau schillerte.

Die Sonne hing tief über dem Horizont vor einem Teppich glutroter Wolken. In der Ferne wurde die Razi-Straße sichtbar wie eine verheißene Rettung. Mit letzter Kraft beschleunigte ich meine Schritte und überquerte sie; dann versiegte mit einem Schlag das Vertrauen in mein Durchhaltevermögen, und ich versuchte, mich an eine vorbeifahrende Kutsche zu hängen, verfehlte sie jedoch. Auf dem Weg nach el-Me'azzam war mir das so einfach vorgekommen. Erst jetzt wurde mir bewußt, was für eine Verrücktheit ich da begangen hatte. Heimlich auf einer Kutsche mitten ins Herz des moslemischen Bagdad mitzufahren! Wie war es möglich, daß ich gar keine Angst empfunden hatte, wo ich jetzt beim bloßen Gedanken daran erschauderte!

Tatsache war – und das war mir ehrlich gesagt die ganze Zeit über bewußt gewesen –, daß mein Mut auf Ismail zurückzuführen war. Tief in meinem Inneren hatte ich die Gewißheit, ich müßte ihn nur zu Hilfe rufen, falls ich in Schwierigkeiten geriet, und er würde mich erretten. Selbst wenn er mich mit seiner Gürtelschnalle absichtlich getroffen hatte, hatte er das nur getan, weil ich ihn herausgefordert hatte. Ich war ihm in einer Art Rauschzustand nach el-Me'azzam gefolgt, der erst jetzt der Erkenntnis wich, daß Ismail zwar überrascht gewesen war, mich direkt vor sich zu sehen, daß er aber in seinem Leben keinen Platz mehr für mich hatte. Er hatte mir das zugestanden, auf das ich hatte hoffen können, und war dann – stark, einsam, unerbittlich wie ein Führer – fortgegangen und hatte mich für immer verlassen. Und ich war – von dem Verlangen nach seinem Schutz durchdrungen – trotzdem hinter ihm hergerannt! Vielleicht hatte mein Vater recht. Der Irak hatte Sklaven aus uns gemacht. Es war Zeit, zu verschwinden.

KAPITEL XII

Über seinen Arbeitstisch gebeugt schnippelte der alte Hiyawi mit einem sichelförmigen Messer dünne, knisternde Tabakblätter in schmale Streifen. Ab und zu goß er eine weiße Flüssigkeit aus einer dunklen, schmutzigen Flasche darüber, deren geheime Zutaten von seinem Vater und Großvater an ihn weitergegeben worden waren und die seinen Kautabak so berühmt machten. Irgendwann hatte er mal zu mir gesagt, daß ein Mann ohne Geheimnisse wie ein offenes Buch sei, an dem man bald das Interesse verlor, doch in letzter Zeit beschwerte er sich häufig darüber, daß nun, da seine Kräfte nachließen, niemand da war, an den er sein Handwerk weitergeben konnte. Dabei hätte er die besten Tabakhändler aus Bagdad als Schüler haben können, denn seine Tabakmischungen waren sehr begehrt, und trotz des Gejammers über seine Gesundheit waren seine langen, dünnen Zabana-Zigaretten mit den hohlen Mundstücken so aromatisch wie eh und je. Mit dem Verkauf dieser Zigaretten bestritt er seinen Lebensunterhalt, während er den aus Resten hergestellten Kautabak an Freunde und Verwandte, vor allem meinen Vater und Abu Edouard, verschenkte. So knickrig letzterer auch sein mochte, trug er seiner Frau auf, Suppen aus Taubenfleisch für Hiyawi zu kochen, die ihm nicht nur Kraft geben, sondern auch seiner von Rauch und Tabak angegriffenen Kehle guttun sollten.

Es machte mir Spaß, Hiyawi bei seiner Arbeit zuzusehen, die er mit der Hingabe eines Künstlers verrichtete. Die weißglühende Morgensonne Bagdads beleuchtete seine konzentrierten Gesichtszüge und seine schwarzen Augenbrauen, die sich nach oben bogen, als sträubten sie sich gegen das Alter. Während er auf seinen Lippen herumkaute, verknetete er den Tabak mit seinen knochigen, von braunen Flecken übersäten und mit hervortretenden Adern durchzogenen Händen und schmeckte ihn mit der Zungenspitze ab. Erst wenn er mit der Mischung zufrieden war, entspannten sich seine Züge, glätteten sich seine Augenbrauen wieder und erschienen rosige Äderchen auf seinen Wangen. Mit flinken Fingern verteilte er die Mischung dann auf dem Tisch, damit sie nachtrocknete, gab die Reste in seine kleine goldene Dose, füllte den übrigen Tabak in einen weichen Lederbeutel, putzte den Tisch und das Messer mit einem dunklen Lappen und wischte sich an seinem Kittel die Hände ab.

Wenn der alte Mann seine Morgenarbeit verrichtet hatte, stellte er einen Schemel hinaus und setzte sich vor seinen Laden, nahm eine Prise Tabak aus seiner Dose, steckte sie sich zwischen die Oberlippe und das braune Zahnfleisch, lutschte den Saft aus, spie einen braunen Strahl aus, zündete sich eine Zabana an und inhalierte genüßlich den Rauch. Kurze Zeit später brachte ihm Mahmoud, der Dienstbote, der ihm stündlich Tee holte, seine morgendliche Wasserpfeife. Hiyawi zog ein silbernes Mundstück aus der Tasche seines Kaftans, steckte es auf, wischte es mit dem Daumen ab und begann wie ein hungriges Baby an der Wasserpfeife zu nuckeln. Er war süchtig nach Wasserpfeifen, Zigaretten, Kau- und Schnupftabak, und wenn er irgendwohin ging, waren die diversen Düfte schon zu riechen, ehe er selbst sichtbar wurde.

Gedankenverloren strich er nun mit der Hand über ein Büschel Tabakblätter am Türrahmen seines Ladens. Ich stellte mich neben ihn und wartete darauf, daß mein Vater mit Rashel zurückkam. Als Hiyawi sie aus einer Nebenstraße herankommen sah, gab er Mahmoud durch ein Zeichen zu verstehen, daß er Tee und eine zweite Wasserpfeife bringen sollte. Rashel ging grußlos vorbei, als sei er Luft. Mein Vater schüttelte Hiyawi die Hand und ließ sich erschöpft auf einen Schemel neben ihm sinken.

»Gibt's was Neues?« fragte der alte Mann.

»Nicht das geringste.«

»Du meinst, er ist einfach verschwunden?«

»Wie vom Erdboden verschluckt«, sagte mein Vater. »Ich habe gehört, du hattest kein Glück bei Rabbi Bashi.«

»Die Sache ist nicht so einfach«, sagte Hiyawi zu ihm. Das hatte er Rashel auch schon gesagt.

»Er wird uns nicht erretten können«, sagte mein Vater. »Seine Zeit ist abgelaufen. Morgen wird eine Demonstration gegen ihn stattfinden.«

»Gott schütze ihn und erhalte sein Leben!« Hiyawi sprang auf. »Das würde er womöglich nicht verkraften. Abu Kabi, laß das nicht zu! Unternimm etwas. Sprich mit dem Bäcker, mit der Bewegung. Er ist ein heiliger Mann. Es darf ihm kein Leid geschehen.«

Er war ernstlich beunruhigt.

»Ich kann da nichts tun«, sagte mein Vater. »Erinnerst du dich denn nicht mehr daran, wie er gesagt hat, daß wir an erster Stelle Iraker seien und erst an zweiter Stelle Juden? Wie kann ein geistlicher Führer der Juden so etwas sagen?«

»Abu Kabi, sei vernünftig. Was hätte er denn sagen sollen? Und was hätte das schon geändert? Du weißt so gut wie ich, daß die verdammten Moslems Herzen aus Stein haben. Ihre Unabhängigkeit ist ihnen in den Kopf gestiegen. Die Türken und die Engländer haben sie in Schach gehalten, aber nun, da die Pferde die Zügel in der Hand haben, sind sie wild geworden. Entschuldige mich, Abu Kabi. Ich gehe Rabbi Bashi warnen.«

Hiyawi erhob sich und schickte sich an, seinen Laden abzuschließen.

Tags darauf berichtete er mir von seinem Besuch im Büro des Rabbis im jüdischen Gemeindehaus in der El-Samwel-Straße am Fluß. Während er darauf wartete, in das Büro eingelassen zu werden, konnte er die Spannung in der Luft förmlich spüren, obwohl die vor der Tür anstehenden Juden sich durch nichts von den üblichen Bittstellern unterschieden: eine Frau, die um eine Spende bat, um eine vaterlose Tochter unter die Haube bringen zu können, eine andere, die sich von einem verschwundenen Ehemann scheiden lassen wollte, ein Mann, der darum bat, bei einem Minister ein gutes Wort einzulegen, damit sein Sohn ins College aufgenommen würde. Als ihnen allen Audienz gewährt worden war, trat Hiyawi ein und sagte:

»Rabbi Bashi, morgen wird eine Demonstration gegen dich stattfinden.«

»Gewaltig ist die Zahl der Gedanken in den Herzen der Menschen, doch der Wille des Herrn wird obsiegen«, entgegnete der Rabbi, einen Psalm zitierend.

»Vielleicht solltest du die Polizei benachrichtigen«, schlug Hiyawi besorgt vor.

»Und meine Kinder anzeigen? Sie den Gojim ausliefern? Man sollte besser für sie beten!« Rabbi Bashi blickte durch das Fenster himmelwärts. »O Herr, beschütze die Taube, die für dich eine Träne der Liebe vergießt«, sang er leise und erklärte Hiyawi, daß das Volk Israel wie eine Taube sei, die auf ihren Erlöser wartet. Sämtliche Schicksalsschläge, die es erlitt, jede ihm zugefügte und von ihm duldsam ertragene Beleidigung und Demütigung seien Vorstufen der Erlösung. Wie immer, wenn er ein Gespräch für beendet hielt, schlug er mit der flachen Hand auf den Tisch, erhob sich und sagte:

»Komm, laß uns zur Synagoge gehen.«

Rabbi Bashi sprach die Nachmittags- und Abendgebete nur selten in der Öffentlichkeit. Er zog es vor, diese in seinem Büro zu verrichten, und kaum war er – angeführt vom Träger seines Amtsstabs und gefolgt von Hiyawi, der wie ein Jünger zwei Schritte hinter ihm blieb – auf die Straße hinausgetreten, verbreitete sich die Nachricht, daß er zur Synagoge unterwegs sei. Die Juden legten ihre jeweilige Arbeit nieder, verließen ihre Werkstätten und Arbeitsplätze und säumten die Straßen, um der hochgewachsenen, breitschultrigen Gestalt, deren stattlicher Bauch unter einem leuchtend blauen, von einer goldbestickten weißen Seidenschärpe umgürteten Kasel verborgen war, ihre Ehrerbietung zu erweisen. Seinen schwarzen, verzierten Insignienstab in der einen Hand, musterte der Rabbi sie wie ein König seine Untertanen. Viele von ihnen ergriffen seine weihevoll ausgestreckte rechte Hand, um sie zu küssen und an ihre Stirn zu legen, und Frauen schoben ihre Kinder in seinen Weg, um sicherzugehen, daß sie seinen Segen abbekamen.

Auch Christen und Moslems grüßten den heiligen Mann, der an der Kreuzung bei der Rabbi-Hesekiel-Synagoge halt machte und zu der in unmittelbarer Nähe stehenden Moschee und der Kirche hinüberblickte. Zu bestimmten Tageszeiten und Anlässen kam es vor, daß der Muezzin den Gläubigen sein *Allah akbar* zurief, während der Kantor und die Gemeinde in der Synagoge freudig ihr »Wie schön sind deine Zelte, o Jakob« sangen und obendrein die Kirchenglocken läuteten. Vielleicht war das der Grund, warum Rabbi Bashi die Hesekiel-Synagoge allen anderen vorzog und am Sabbat, an Feiertagen sowie am Morgen seine Gebete stets dort verrichtete. Dort empfing er auch Gäste wie den Großen Imari, der an kirchlichen Feiertagen, wenn man keine Fahrzeuge benutzen durfte, den ganzen Weg von seiner Villa in Neu-Bagdad zu Fuß dorthin zurücklegte – nur um der Ehre zuteil zu werden, neben dem Rabbi sitzen und die Thora segnen zu dürfen.

Auch seine Predigten hielt Rabbi Bashi in der Hesekiel-Synagoge ab – Predigten, deren tiefgründige Anspielungen zwar nur ein paar gelehrte Seelen verstanden, deren Heiligkeit jedoch niemand bezweifelte. Seine mit volkstümlichen Redensarten und Sprichwörtern gespickten Predigten zogen große Menschenmassen an. Einmal kam sogar König Faisal in die Synagoge, um seine Grüße zum Passahfest persönlich zu überbringen. Rabbi Bashi kam ihm auf der Treppe des Gebäudes entgegen und psalmodierte: »Gesegnet seist du, o Herr, unser Gott, König der Welt, der seine Herrlichkeit auf Fleisch und Blut übertragen hat«, übersetzte dem Monarchen den hebräischen Segensspruch und erklärte, indem er auf die Moschee und die Kirche wies: »Wie Euer Majestät sehen, haben wir tatsächlich einen gemeinsamen Vater. Einen Herrn, der uns alle erschaffen hat.« – »Rabbi, bete auch für mich«, entgegnete der König und küßte ihn vor sämtlichen Leuten.

Als Rabbi Bashi eintraf, war die Synagoge mitsamt der Frauengalerie bis auf den letzten Platz belegt. Alle erhoben sich ehrerbietig, um ihm die Hand zu küssen, seinen Segen zu erbitten oder ihn einfach nur ehrfurchtsvoll zu betrachten. Die meisten Anwesenden waren ältere Männer, die sich regelmäßig in der Synagoge versammelten und die ihre Tage damit zubrachten, inmitten des Geruchs alter, heiliger Bücher zu studieren und zu plaudern. Während sie seufzend den unwiederbringlichen Herrschaftszeiten der Engländer und der Türken nachtrauerten, streckten sie sich manchmal auf den gepolsterten Bänken aus, machten dort ein Nickerchen oder ließen sich dort nieder, um die Mahlzeiten zu verspeisen, die ihnen gütige Seelen wie meine Mutter brachten. Wie tief sie auch schlummern mochten, einigen von ihnen gelang es immer, sich rechtzeitig aufrecht hinzusetzen, um Rabbi Bashi respektvoll zuzunicken. Dieser ließ sich nun auf seinen Samtstuhl sinken, warf einen kurzen Blick in die Menge, beugte sich zu Hiyawi hin und flüsterte ihm zu:

»Sieh, wie mich mein Volk ehrt und liebt.«

»Fürwahr, Rabbi«, sagte Hiyawi. »Wir haben ja auch keinen Größeren als dich.«

»Sollen die jungen Leute rebellieren und sich verweigern«, sagte der Rabbi, »das ist der Lauf der Welt. Es ist normal, daß sich jede Generation gegen die vorherige erhebt.«

»Sie gehen nicht einmal mehr in die Synagoge«, wandte Hiyawi ein und ließ sich neben dem Rabbi nieder.

Der Kantor verneigte sich und begann mit der Rezitation der Gebete. Rabbi Bashi atmete tief ein, schloß die Augen und betete mit großer Inbrunst. Sein Gesicht, das zuvor dem eines stolzen Engels geglichen hatte, zeugte nun von gottesfürchtiger Demut. Trotz seines Alters beugte er die Knie mit jugendlicher Gelenkigkeit, und jede Kniebeuge zeugte von Frömmigkeit, dem Erflehen göttlicher Gnade und der Freude über das Einssein mit seinem Schöpfer. Hiyawi, der das mystische Licht von Gottes Schöpfung zu erblicken vermeinte, war überzeugt, daß der Rabbi sich seines Körpers entledigt hatte und auf die Stufe des reinen Geistes gestiegen war, von der aus er für das Wohl seines Volkes betete. Als Rabbi Bashi die Synagoge verließ, erhoben sich alle wieder, um ihm Platz zu machen.

»Hiyawi, komm und iß mit mir«, sagte der Rabbi, wie immer, wenn er das Bedürfnis verspürte, seine Einsamkeit durch die Gesellschaft des alten Tabakwarenhändlers zu vertreiben.

»Mit großem Vergnügen«, sagte Hiyawi und folgte Rabbi Bashi mit beinahe tänzelnden Schritten in das christliche Viertel, in dem

seinen Kaffee und rief Mi'tuk an, den Leiter der Beerdigungsbruderschaft, um sich zu erkundigen, wer in der Nacht gestorben war und wann die Beisetzung stattfinden würde. Er ließ sich Informationen über die Verstorbenen und ihre Familien geben, notierte sich die Adressen der Trauernden, nahm seinen Terminkalender zur Hand und trug die Termine für seine Kondolenzbesuche ein; dann rief er Rabbi Yosef an, um nachzufragen, wer geheiratet oder sich verlobt habe, und anschließend Rabbi Ya'akov, um in Erfahrung zu bringen, was es in der rabbinischen Welt und ihren Akademien an Neuigkeiten gab.

Als er dann auf dem neuesten Stand war, machte er sich mit Hiyawi zum Frühgebet auf. Unterwegs machten sie in Abu Samirs Teehaus halt, das nicht viel mehr war als ein länglicher, niedriger Verschlag neben der Synagoge. Abu Samir stand schon wartend in der Tür und brachte dem Rabbi sein erstes Glas Spezial-Tee. Nach dem Gebet bekam er ein zweites Glas serviert, und dann begleitete Hiyawi Rabbi Bashi zu seinem Büro und kehrte nach Taht-el-Takya zurück.

Ich begegnete ihm, als er gerade die Taubengasse heraufkam. Er tätschelte meine Wange mit seiner großen Hand, bat mich, auf ihn zu warten, während er sich umzog, und kam kurz darauf in seinen besten Kleidern wieder heraus. Ich hatte gehofft, daß Rashel auftauchen würde, doch obwohl sie tags zuvor erklärt hatte, sie wolle an der Demonstration teilnehmen, war sie nirgends zu sehen.

Wir machten uns zum Gemeindezentrum auf. Während der alte Mann neben mir einherging, musterte ich ihn aus den Augenwinkeln. Der bekümmerte Ausdruck auf seinem Gesicht war wie weggeblasen. Er hoffte offenbar, daß die Protestveranstaltung abgesagt worden war und der Tag friedlich verlaufen würde. Es war allerdings noch früh am Tag, und es dauerte nicht lang, da kamen Dutzende, ja Hunderte von Frauen und Mädchen, viele davon in schwarzen Gewändern, aus Häusern und Gassen geströmt und setzten sich schweigend in Marsch: Ehefrauen von inhaftierten Ehemännern, Mütter von entführten Söhnen, Verlobte von spurlos verschwundenen jungen Männern. Die schmalen

Straßen wurden voller und voller, und bald darauf erreichten die Frauen den Hof des Gemeindezentrums und steuerten auf das Büro des Rabbis zu.

Rabbi Bashis Sekretär, der Hiyawi kannte, bahnte uns einen Weg zum Büro. Ich stellte mich auf die Zehenspitzen und suchte die Menge nach Rashel ab, doch Hiyawi zog mich mit in das Büro. Ich hatte den Rabbi zwar schon häufig im Freien gesehen und auch seine Predigten in der Hesekiel-Synagoge gehört, doch so nah wie jetzt war ich ihm noch nie gewesen. Mit angehaltenem Atem starrte ich ihn an, als hoffte ich, das göttliche Licht zu erblicken, das er meiner Mutter zufolge ausstrahlte. Als man mich aufforderte, Platz zu nehmen, setzte ich mich steif und verkrampft auf die Stuhlkante, die Augen auf den Leberfleck auf der grauen, fleckigen, von einem dichten weißen Bart eingerahmten Wange des Rabbis gerichtet. Hin und wieder betupfte oder putzte er sich mit einem blauen Seidentaschentuch die Nase. Die dicke schwarze Brille, hinter der seine Augen unsichtbar waren, schien eine unüberwindliche Distanz zu uns zu schaffen, und mit seiner *imama*, der reichverzierten Kopfbedeckung, wirkte er so groß, daß er den ganzen Raum auszufüllen schien.

»Sind das alles Frauen, die da protestieren?« fragte er Hiyawi scharf und trommelte dabei mit den Fingern auf den Schreibtisch.

»Die Zeiten haben sich geändert, Rabbi.«

Der hochgewachsene Sekretär kam herein und blieb im hinteren Teil des Büros stehen. »Hast du das Innenministerium angerufen?« fragte ihn der Rabbi.

»Sie haben gesagt, sie würden umgehend zurückrufen, Rabbi.«

»Was wollen die Demonstranten?«

»Den Messias«, sagte Hiyawi.

»Alles liegt in Gottes Hand«, erklärte Rabbi Bashi.

»Und in deiner«, sagte Hiyawi ehrerbietig.

»Wer ist dieser Junge?«

»Der Sohn von Salman Moshi Imari.«

»Grüße deine fromme Mutter von mir«, sagte Rabbi Bashi lächelnd. Dann verdüsterte sich seine Miene wieder. »Hast du etwas von deinem Onkel Hizkel gehört? Ist es nicht möglich, ihn zu besuchen?«

»Ja«, sagte ich verwirrt. »Ich meine, nein. Wir wissen nicht, wo er ist.«

»Ich kann dir gar nicht sagen, wie oft ich mit dem Minister über ihn gesprochen habe. Wenn sie wenigstens gestatten würden, daß man ihn besucht! Versuch es noch einmal beim Ministerium«, forderte er seinen Sekretär auf. Im gleichen Moment klingelte das Telefon. Der Sekretär hob ab.

»Hallo … hallo … Euer Exzellenz? Ja, Rabbi Bashi … Ist das nicht Euer Exzellenz? … Aber hier ist eine große Demonstration.« Er senkte die Stimme. »Ich verstehe … Ich verstehe … Hallo?« Er legte den Hörer auf und starrte darauf hinab. »Der Minister …«

»… will nicht mit mir sprechen?« fiel ihm Rabbi Bashi ins Wort.

Der Sekretär blickte zu Boden. Hiyawi erhob sich und ging zur Tür, als sei es ungehörig, den Rabbi in seiner Verzweiflung anzusehen. Ich ging mit ihm hinaus.

»Gibt es Neuigkeiten?« fragte uns eine der draußen stehenden Frauen, einen Hoffnungsschimmer in den Augen.

»Der Herr erlöset uns bald«, sagte Hiyawi. Sein Gesicht war aschfahl.

Die Demonstrantinnen zwängten sich in das Büro des Rabbis, und der Gestank ihres Schweißes vermischte sich mit dem Geruch von Holz und Büchern. Ihre Anführerin, eine korpulente Frau mit einem roten Muttermal auf der Wange, stand plump, wie ein rauchender Vulkan neben dem Bücherschrank. Plötzlich warf sie den Kopf in den Nacken, streckte die Brust vor und kratzte mit den Fingernägeln über das mit Schnitzereien verzierte Holz. »Allah!« schrie sie. »Sie haben mir meinen einzigen Sohn weggenommen. Allah, warum läßt du das zu?«

Die anderen fielen schreiend und wehklagend mit ein. Auf einmal entdeckte ich Rashel draußen unter den Frauen, doch als ich mich zu ihr vorzuarbeiten versuchte, wurde ich von einem neuen Ansturm in das Büro drängender Frauen zurückgeworfen. Sie scharten sich von allen Seiten um den Rabbi.

»Du bist gegen die Bewegung«, rief ihm die Frau mit dem Muttermal anklagend zu. »Es ist dir gleich, was mit unseren Kindern geschieht.«

»Was fällt dir ein!« rief der Sekretär empört.

»Deinen Sohn hat ja niemand angerührt«, zischte sie ihn an und stieß ihn beiseite.

Rabbi Bashi sah schweigend zu.

»Bist du ein Rabbi oder ein Handlanger der Moslems?« rief eine andere.

Der Sekretär versuchte, sie zum Schweigen zu bringen. »Tu etwas!« rief die Frau. Rabbi Bashi erhob sich, klopfte mit seinem Ring auf den Schreibtisch, streckte seine Arme vor, als wollte er eine Predigt beginnen und verkündete: »Ich erkläre diesen Tag zum Bet- und Fastentag!« In der Stille, die daraufhin eintrat, bahnte er sich einen Weg durch die Demonstrantinnen, die rechte Hand wie üblich huldvoll vorgestreckt. Niemand küßte sie. Die Frau mit dem Muttermal folgte ihm dicht auf den Fersen und rief:

»Wir sind nicht hierher gekommen, um zu hören, daß wir fasten sollen. Auf zum Palast!«

»Auf zum Palast! Zum Palast!« riefen die Demonstrantinnen und scharten sich um Rabbi Bashi.

»Habt ein wenig Respekt vor dem Rabbi«, flehte sie Hiyawi mit erstickter Stimme an. »Habt Respekt vor der Thora!«

»Allah hat uns im Stich gelassen«, rief die stämmige Frau und pflanzte sich vor Rabbi Bashi auf. »Du auch?« Sie stieß ihn mit ihrem massigen Körper rückwärts in eine Ecke und fegte ihm mit einer heftigen Bewegung die *imama* vom Kopf. Es wurde schlagartig still. Mit bebenden Nasenflügeln musterte der Rabbi die außer Rand und Band geratene Menge. Einige Frauen erwiderten seinen starren Blick. Hiyawi bückte sich, hob die *imama* auf, klopfte sie ab, blies den Staub weg und reichte sie dem Rabbi, der sie sich mit bleicher Miene auf den Kopf setzte und sich wortlos aufrichtete. Hiyawi küßte ihm die Hand. »Habt Respekt vor dem Rabbi!« murmelte er mit erstickter Stimme. »Habt Respekt vor der Thora!«

»Auf zum Palast!« rief die stämmige Frau, und die aufgebrachte Menge drängte hinter ihr her. Rashel war mittendrin. Ich rief ihr etwas zu, aber sie hörte mich nicht. Der hochgewachsene Sekretär schob Rabbi Bashi vor sich her, geleitete ihn aus dem Büro, indem er ihn mit seinen langen Armen abschirmte. Während sich die Menge hinauswälzte, gingen die Glasscheiben des Bücherschranks zu Bruch, und heilige Bücher und Bildnisse von berühmten Rabbis fielen zu Boden. Hiyawi hielt meine Hand fest und lehnte sich kraftlos und mit fassungslosem Blick an eine Wand. Als alle draußen waren, hob er eine Fotografie von Rabbi Yosef Hayyim vom Boden auf und küßte sie. Ich wußte, daß ihn nichts davon abbringen könnte, jedes einzelne Buch aufzuheben, sauberzuwischen und zu küssen, ehe er es mit einem Segensspruch ins Regal zurückstellte, hatte aber keine Geduld, solange zu warten. »Geh nicht zu der Demonstration«, sagte ich zu ihm und machte meine Hand los. »Sonst wirst du womöglich verletzt. Warte hier auf mich. Ich gehe Rashel suchen.«

Ich ging.

Die Meute draußen wurde immer aggressiver. Den Frauen und Mädchen hatte sich eine Flut von Büroangestellten, Arbeitern, Studenten, Krämern und Straßenhändlern aus den jüdischen Vierteln Kahwit-el-Kabiri, Kahwit-el-Zghiri, Tatran, Kuchit Bahr und Taht-el-Takya angeschlossen und die Masse in eine riesige Krake verwandelt. Die wenigen, wild an ihren Fangarmen herumdreschenden Polizisten wurden weggeschubst und verloren ihre Knüppel, und die Protestierenden steuerten auf die El-Rashid-Straße zu.

Auf einmal ertönte Sirenengeheul. Lastwagen kamen herangefahren und entluden Hundertschaften von Polizisten. Die Anführerinnen des Protestmarsches wurden in einen khakifarbenen Ring eingeschlossen, und die Polizisten knüppelten wahllos auf sie ein. Schüsse wurden in die Luft abgegeben, Männer und Frauen in gepanzerte Fahrzeuge gestoßen. Unter den Demonstranten breitete sich Panik aus, und sie verloren ihren Schwung. Ich wurde von der Menge mitgerissen und an ein Regenrohr gedrückt. Ich klammerte mich daran fest und kletterte bis zur Mitte hinauf. Von oben konnte ich sehen, wie die Meute wie ein Strudel auf dem Tigris herumwirbelte, an den äußeren Rändern abbröckelte und auf den engen Eingang zu unserem Viertel zustrebte, der von einem Polizeitrupp verstellt wurde. Ich hatte nicht nur vergeblich nach Rashel Ausschau gehalten, sondern machte mir auch Sorgen um Hiyawi. Vielleicht hätte ich ihn nicht allein zurücklassen sollen. Am Ende hatte er womöglich beschlossen, selbst herauszufinden, was da vor sich ging.

In eben diesem Moment erblickte ich Amira, die jemandem zuwinkte und etwas schrie. Hatte sich ihre Familie etwa der Demonstration angeschlossen? Ich kletterte bis ans obere Ende des Regenrohrs und lief die Dächer entlang, bis ich auf eine Gruppe von Männern traf, die von dort oben auf die Straße heruntersahen. In ihrer Mitte stand Abu Saleh el-Hibaz. »Wir haben's geschafft, Kabi!« rief er mir triumphierend zu. »Wir haben die Juden der ganzen Stadt auf die Straße gebracht. Ein Hoch der Bewegung!« Die anderen Männer fielen in seinen Jubel ein.

»Warte nur, wie sie bald in Massen nach Israel aufbrechen werden«, sagte er, während er die Szene dort unten wie ein General überwachte. »Lauf schnell zu deinem Vater, Kabi. Er ist am oberen Ende der Gasse. Sag ihm, er soll dafür sorgen, daß sich seine Männer zerstreuen, und dann selbst abtauchen, denn die Polizei könnte nach ihm suchen. Schnell!«

Ich spurtete von Dach zu Dach, konnte ihn jedoch nicht finden. An seinem Laden, dessen Metallrolläden heruntergelassen waren, kletterte ich wieder auf die Straße hinab, doch da war er auch nicht. Fathiya, die beduinische Kemarverkäuferin, stand besorgt davor und suchte die Menge mit den Augen ab. »Hast du Abu Saleh gesehen, Kabi?« fragte sie mich. »Um Gottes willen, sag doch was.«

»Mach dir keine Sorgen«, sagte ich. »Ich hab ihn vor einer Minute gesehen, und ihm geht's blendend.«

»Schwörst du das beim Propheten?«

»Ich schwöre es bei Gott. Wo ist mein Vater?«

»Er hat den Laden abgeschlossen und ist da lang gegangen«, sagte sie und wies in Richtung Razi-Straße.

Die Läden waren alle geschlossen. Hier und dort war ein Verkaufsstand umgekippt worden, und von einem Sambusik-Stand tropfte gelbes *amba* herab. Da erblickte ich Rashel, die inmitten der Menge auf mich zugelaufen kam. Ihr Haar war zerzaust, und sie hielt ihre Schuhe in den Händen.

»Rashel!« brüllte ich und kämpfte mich zu ihr durch.

»Ich bin fast niedergetrampelt worden«, rief sie entsetzt.

»Hast du Hiyawi gesehen?«

»Nein.«

»Ich gehe ihn suchen.«

»Bist du verrückt? Sie werden dich auch noch festnehmen. Ist ein Familienmitglied nicht genug?« Sie ergriff meine Hand und zog mich hinter sich her. »Komm mit zu mir.« Auf dem Weg dorthin entdeckte ich endlich meinen Vater, der den Leuten riet, sie sollten ihre Häuser öffnen und die fliehenden Demonstranten einlassen. Ich rief ihm zu, was Abu Saleh mir aufgetragen hatte, und folgte Rashel. Sie schloß das Tor hinter sich und ging ins Haus. Als sie mit einem Teetablett aus der Küche kam, bemerkte ich, daß sie sich umgezogen und ihr Haar in Ordnung gebracht hatte. Der Kardamomduft des Tees machte mich wieder munter.

»Diesmal haben wir noch Glück gehabt«, sagte sie. »Hizkel wird weder durch Rabbi Bashi noch durch Demonstrationen befreit werden. Das einzige, was uns helfen kann, ist ein guter moslemischer Anwalt mit Verbindungen.«

»Ich gehe mal Hiyawi suchen«, sagte ich zu ihr.

»Sei nicht töricht«, sagte sie. »Er kann selbst auf sich aufpassen.«

Doch ich war schon wieder draußen auf der Straße. Die Juden stoben noch immer in alle Richtungen. Hiyawi, seinen Turban schief auf dem Kopf und den Kaftan zerrissen, stand vor seinem Laden und versuchte, den Metallrolladen hochzuziehen.

»Alle anderen haben dichtgemacht, und du willst aufmachen?« schrie ich aus voller Kehle, um meine Schuldgefühle zu betäuben. »Geh lieber nach Hause. Warum sich Ärger einhandeln?«

Er antwortete nicht. Ich packte mit an und half ihm, den Rolladen hochzuziehen.

»Die Welt spielt verrückt«, sagte Hiyawi. »Wir haben uns die Gnade Gottes verscherzt. Allah, wo bist du? Warum muß ich auf meine alten Tage so etwas erleben?«

Während er weiter vor sich hin brummelte, betrat er seinen Laden und wusch sich mit Wasser aus einem Krug die Hände. Dann öffnete er ein Schränkchen, nahm ein uralt aussehendes Psalmenbuch heraus, wischte mit seinem Ärmel über den Einband und küßte es, als wäre es ebenfalls auf Rabbi Bashis Fußboden gefallen. Er ließ sich in seinen Sessel sinken, setzte seine Lesebrille auf, öffnete das Buch und begann in einem beruhigenden Singsang mit seiner krächzenden, aber klaren Stimme zu lesen:

»Glücklich ist, wer nicht gefolgt ist dem Rat des Bösen, noch eingeschlagen hat den Pfad der Sünde ...«

Seine Gesichtszüge wurden weich und glätteten sich, als wäre er plötzlich jünger geworden. Ich stand da und staunte, was für eine Wirkung ein schäbiges altes Buch auf einen Juden haben konnte.

KAPITEL XIII

Immer wenn sie sich vorstellte, wie die Vernehmungsbeamten Hizkel folterten – ihm die Fingernägel oder das Haar ausrissen, ihn an Fleischhaken aufhängten, weißglühende Schürhaken in sein Fleisch stießen –, konnte Rashel vor Entsetzen nicht einschlafen. Sie lief dann die ganze Nacht an der Mauer ihres Hofes entlang, um die Steinbank herum und in entgegengesetzter Richtung wieder zurück. Je dunkler und stiller es wurde, um so lauter klapperten ihre Holzschuhe auf den Steinplatten, hielten auch uns unbarmherzig vom Einschlafen ab und sorgten nachdrücklich dafür, daß mein Vater seine gramerfüllte Schwägerin nicht vergaß, deren Ehemann er noch immer nicht gefunden hatte. Dabei hatte er doch alles Menschenmögliche versucht, war von Büro zu Büro gezogen, von Polizeirevier zu Polizeirevier, von Gefängnis zu Gefängnis! Er war jedem Indiz nachgegangen, hatte die besten Anwälte engagiert, Rabbi Bashi um Hilfe gebeten und auch sämtliche prominenten Gemeindemitglieder, jeden einzelnen, der ihm eingefallen war! Er war ja selbst viel zu besorgt, um gut schlafen zu können, doch Rashels Protestwache unter seinem Fenster – anders ließ sich das nicht bezeichnen – raubte ihm auch das letzte bißchen Ruhe. Jede Nacht wälzte er sich ruhelos im Bett hin und her, bis er schließlich aufstand und, um uns nicht zu wecken, barfuß und auf Zehenspitzen die Treppe hinunterstieg und auf unserer Seite der Hofmauer, parallel zu Rashel, auf und ab schritt. Doch all die Zigaretten, die er dort rauchte, vermochten seine Ängste nicht in Luft aufzulösen oder die peinigenden Holzpantinen zum Schweigen zu bringen. Du Miststück, hätte er am liebsten zu ihr hinübergeschrien, bildest du dir etwa ein, nur weil du vor Kummer nicht schlafen kannst, dürfen es andere auch nicht tun?

Er wurde jedoch von Reue und Mitleid ergriffen, als er hörte, daß Rashel geträumt hatte, wie Hizkel unter einem mit großen Steinbrocken gefüllten Fischernetz auf dem Boden lag, das die Vernehmungsbeamten auf ihn fallen zu lassen drohten, wenn er nicht verriet, wo die Waffen versteckt und wer seine Komplizen waren. Obwohl sie Angst davor hatte einzuschlafen, war sie gegen Morgen eingenickt, krampfhaft an die Steinbank im Hof geklammert. Kurz darauf jedoch war sie wieder hochgeschreckt und hatte geschrien: »Hilfe, Hilfe, sie haben ihn begraben!« Meine Mutter eilte zu ihr hinüber.

»Du hast nur geträumt, mein Kind, beruhige dich«, sagte sie und streichelte Rashels Kopf.

»Warum geht Abu Kabi nicht zum Großen Imari?« jammerte Rashel.

»Der Große Imari haßt Abu Kabi und Hizkel. Er würde keinen Finger für sie rühren.« Es war schwer, Rashel davon zu überzeugen, daß dies der Wahrheit entsprach, wenn meine Mutter ihre Worte selbst nicht glaubte. Keine von beiden sagte etwas, und meine Mutter ging den Wasserkessel aufsetzen und kam nach einer Weile mit einer kleinen, mit süßem Tee gefüllten Tasse mit Goldrand wieder heraus und reichte sie Rashel.

Inzwischen hatte sich mein Vater, ungekämmt, unrasiert und den Schlafanzug bis zum Hals zugeknöpft, auf dem Bambusstuhl vor unserer Küche niedergelassen. Als meine Mutter zurückkam, nahm sie sich aus einer auf dem Diwan liegenden Schachtel eine Zigarette und versuchte, sie mit dem silbernen Feuerzeug anzuzünden.

»Da ist kein Gas mehr drin«, sagte mein Vater und zündete ein Streichholz für sie an.

»Wann wirst du zum Großen Imari gehen?«

»Begreifst du nicht, daß ihn nur sein eigener Kopf interessiert? Er will auf keinen Fall mit der Bewegung in Verbindung gebracht werden. Er wird uns genausowenig helfen wie Rabbi Bashi; warum also sollte ich mich lächerlich machen?«

»Rabbi Bashi ist nicht dein Cousin. Der Große Imari und du, ihr seid Blutsverwandte. Komm, geh zu ihm hin. Siehst du nicht, was die arme Frau durchmacht?« Sie wies mit dem Kinn in die Richtung von Rashels Haus.

»Glaubst du vielleicht, ich möchte Hizkel nicht retten? ›Ehemänner werden gefunden und Kinder werden geboren, ein verlorener Bruder jedoch bleibt für immer verloren‹ – ich kenne dieses Sprichwort sehr wohl. Wie viele Brüder habe ich denn außer ihm?«

»Warum willst du dann nicht gehen? Was soll dieser blödsinnige Stolz?«

»Weißt du was?« sagte mein Vater sarkastisch. »Du hast recht. Es ist tatsächlich blödsinniger Stolz. Wir Imaris sterben nun mal gerne mit hocherhobenem Kopf.«

»Zum Leben gehört mehr als Stolz. Manchmal muß man ihn schlucken. Vielleicht würde dir dein Cousin sogar etwas von dem wiedergeben, das er dir gestohlen hat.«

»Aha, endlich ist die Katze aus dem Sack! Das Geld ist es, um das es dir geht. Der Teufel soll ihn und seine Millionen holen!«

»Als wäre Geld nicht wichtig. Besser reich als arm, wenn einem das Wasser bis zum Hals steht.«

»Schlag dir das aus dem Kopf, Frau«, sagte mein Vater leise. »Ich werde übrigens ständig beschattet.«

»*Waweli!* Du?«

»Was glaubst du, warum sie mich noch nicht festgenommen haben?«

Meine Mutter schlug resigniert die Hände aneinander. »Und was werden wir tun?«

»Wir werden einfach abwarten. Dies ist ein Nervenkrieg. Manchmal ist es das beste, gar nichts zu tun.«

Sie ging in die Küche und kam mit zwei Tabletts mit Pittabroten, Quittenmarmelade, frischem Kemar, in Salzlake eingelegtem Käse und Kaffee wieder heraus. Sie stellte das größere Tablett vor meinen Vater und blieb mit dem anderen, für Rashel bestimmten, stehen.

»Fütterst du sie jetzt etwa auch noch?« fragte mein Vater gereizt. »Nimm ihr nicht alles ab; es ist besser, wenn sie etwas zu tun hat.«

»Ach was. Sie braucht jetzt so viel Hilfe wie möglich.«

Meine Mutter fühlte sich für Rashel verantwortlich. Die Heirat mit Hizkel war nämlich ihr Werk gewesen. Er war am Sabbat oft zum Essen zu uns gekommen. Es gab dann immer einen Eintopf, der die ganze Nacht lang auf kleiner Flamme warm gehalten wurde, so daß die Schalen der hartgekochten Eier ganz braun wurden. In jenem Jahr hatte sie ihn aufgefordert, einen Blick auf die hübsche junge Frau zu werfen, die bei der alten Frau im Haus nebenan wohnte. Zunächst winkte er ab. Einer, der im zionistischen Untergrund aktiv sei, erklärte er meiner Mutter, lasse besser die Finger vom Heiraten; niemand wisse, was die Zukunft bringen würde. Es sei besser, wenn er solche Dinge aufschob, bis er in Israel war. Irgendwann beschloß er jedoch, ihr spaßeshalber ihren Willen zu lassen, und an einem winterlichen Samstag ging er hinauf, um sich auf unserem Dach an der Sonne zu wärmen und einen Blick auf Rashel in ihrem Hof zu erhaschen. Er blieb eine ziemlich lange Weile dort oben, und obwohl sein Gesicht keinerlei Gefühlsregung verriet, als er wieder herunterkam, waren die beiden Frauen am darauffolgenden Sabbat bei uns zu Gast.

Das Essen zog sich in die Länge. Auch die Unterhaltung. Mir selbst war es peinlich, in Rashels Gegenwart den Mund aufzumachen, da ich gerade im Stimmbruch war und nie wußte, was für ein Ton – ein männlicher Bariton oder ein kindlicher Alt – als nächster herauskommen würde. Hizkel fuhr tags darauf nach Basra, wo er oft Geschäftliches erledigen mußte, und blieb einen Monat lang weg. Rashel stellte zwar keine Fragen zu seiner Person, verbrachte seitdem aber viele Stunden in unserem Haus, in denen sie sich mit meiner Mutter unterhielt und unsere Freunde kennenlernte.

Als Hizkel aus Basra zurückkehrte, arrangierte meine Mutter ein zweites Treffen. Da Rashel Vollwaise war und außer einem entfernten Onkel niemand hatte, der sie dem Bräutigam hätte übergeben können, machte Hizkel ihr selbst einen Heiratsantrag, geradezu wie im Kino. Mein Vater reagierte gelassen auf die Heirat, Hiyawi hingegen war am Boden zerstört. Er pflegte ständig und so aufdringlich um Rashel herumzuscharwenzeln, daß sich alle fragten, was ein alter Witwer mit einem Mädchen anfangen wollte, das seine Urenkelin hätte sein können. Trotzdem erklärte er sich bereit, Rabbi Bashi zu bitten, die Trauung vorzunehmen. Meine Mutter war überglücklich, als der Oberrabbiner sich bereit erklärte, der Ehe seinen Segen zu geben, und sah dies als ein gutes Omen an.

Erst nach der Hochzeit merkten wir, daß Rashel kühl und reserviert und außerdem verwöhnt und faul war. Es paßte ihr nicht, daß zwischen Hizkel und meinem Vater eine so enge Beziehung bestand, und sie wollte nach Ilwi, einem vornehmeren Viertel, ziehen. Hizkel weigerte sich jedoch und kaufte das Haus, in dem sie wohnten, sowie die kleine Einheit daneben und baute beides zu einem großen, schönen Heim aus. Er hatte sich das Schreinern selbst beigebracht und baute sämtliche Möbel selbst: das große Ehebett, die mit Schnitzereien verzierten Truhen, die kleinen Beistelltische, die Bücherregale für die Bibliothek sowie für sein Arbeitszimmer den langen Schreibtisch mit den vielen Schubladen, in denen er all seine Manuskripte und Buchentwürfe aufbewahrte. Obwohl er Rashel sozusagen mit ihrem Hochzeitskleid als einziger Mitgift geheiratet hatte, erfüllte er ihr nun jeden Wunsch und kochte sogar für sie.

Meine Mutter erklärte immer wieder, sie begreife nicht, wie zwei so vollkommen gegensätzliche Männer wie Hizkel und mein Vater aus demselben Mutterleib stammen konnten, denn letzterer rührte im Haus keinen Finger, kochte sich nicht einmal eine Tasse Tee. Rashel könne von Glück sagen, meinte sie, daß die beiden Brüder sich nicht ähnlich seien. Meine Mutter hatte insgeheim gehofft, Rashel würde zu ihr aufsehen wie zu einer großen Schwester, doch die dachte gar nicht daran. Sie nahm auch nicht mehr an unserem Sabbatmahl teil, hielt sich so wenig wie möglich in unserem Haus auf und ignorierte den Rat meiner Mutter, ihr erstes Kind möglichst nicht viel später als neun Monate nach ihrer Hochzeitsnacht zur Welt zu bringen, wie es sich für eine gute jüdische Ehefrau gehörte. Nur aus Respekt vor Hizkel schluckte meine Mutter ihre Verärgerung herunter; doch jetzt, da er verschwunden war, hatte sie Mitleid mit Rashel und unterstützte sie nach Kräften. War das arme Kind doch noch nicht einmal zwei Jahre verheiratet und bereits verlassen! Wäre sie doch wenigstens so gescheit gewesen, schwanger zu werden, dann könnte sie jetzt zum Trost zumindest ein Baby an ihr Herz drücken. Meine Mutter war des öfteren versucht gewesen, Hizkel auf dieses Thema anzusprechen, hatte es aber bleiben lassen, um nicht taktlos zu erscheinen. Als sie jetzt mit dem Essenstablett bei Rashel auftauchte, saß diese mit ungekämmten Haaren da und starrte mit leerem Blick auf die Steinbank.

»Hier, Schwesterchen. Geh dich waschen und iß ein paar Happen«, sagte sie, stellte das Essen auf die Bank und zog sich zurück.

Rashel trug das Tablett in die Küche, öffnete den Speiseschrank mit den Glasscheiben und nahm die Sesam-Honig-Paste heraus, die Hizkels Spezialität gewesen war. Mit gemischten Gefühlen stellte sie fest, daß das Glas fast leer war. Obwohl draußen die Morgensonne schien, war es in der Küche düster. Bisher hatte sie dieses Halbdunkel immer als angenehm empfunden, denn so konnte sie in aller Ruhe zu sich kommen und schweigend dasitzen und lauschen, wie sich die Rädchen der Zeit langsam weiterdrehten, während Hizkel und sie selbst ihren mit Kardamom gewürzten Tee tranken. Er hatte einmal vorgeschlagen, in die Wand ein Fenster einzubauen, doch sie war dagegen gewesen. Nun jedoch verstärkte die Dunkelheit ihr Gefühl von Einsamkeit. Sie verschlang die Sachen auf dem Tablett mit einem Heißhunger, wie sie ihn seit Hizkels Festnahme nicht mehr verspürt hatte, setzte sich dann mit ihrem Kaffee wieder in den Hof und fragte sich, wie sie den Tag verbringen sollte. Diese Frage stellte sie sich jeden Morgen und war nie imstande, sie zu beantworten. Manchmal blieb sie einfach dösend auf der Bank sitzen und ließ sich von der Sonne bestrahlen, bis ihre Haut anfing zu brennen.

Doch heute hatte sie das Bedürfnis, irgend etwas zu tun. Die Frage war nur, was. Sie erhob sich, streckte Arme und Beine und begann instinktiv mit Aufwärmübungen. Dann ging sie zu den Gymnastikübungen über, die Hizkel jeden Morgen mit ihr gemacht hatte – Übungen für die Beine, die Arme, die Hüften und den Hals –, und achtete darauf, keinen Muskel zu überdehnen, da sie schon länger nicht mehr geturnt hatte. Sie holte ihr Springseil und hüpfte so lange, bis es in ihren Händen kribbelte und sich ihre Wangen leicht gerötet hatten. Sie genoß das wohlige Gefühl, ihr Blut durch die Glieder strömen zu spüren, während ihr der Schweiß aus den Haarwurzeln trat und sich ihr Gesicht und ihr Körper entspannten. Doch dann befiel sie auf einmal ein schlechtes Gewissen, sich einem solchen Vergnügen hingegeben zu haben, und sie setzte rasch wieder ihre ernste Miene auf.

Ja, sie würde heute zu Karim Abd el-Hak gehen, dem moslemischen Anwalt, den ihr Schwager kürzlich beauftragt hatte. Er war der Sohn von Hajj Yahya Abd el-Hak, dem Inhaber des Metallwarenladens gegenüber von Abu Kabis Uhrmacherwerkstatt. Sie brauchte keine Begleitung und würde niemandem erzählen, wohin sie ging. Auf diese Weise könnte sie endlich die Wahrheit herausfinden und feststellen, ob Abu Kabi und seine Frau sie ihr verschwiegen. Sie war es leid, wie eine Gefangene daheim herumzusitzen und den ganzen Tag lang die Wände anzustarren. Seit Hizkels Festnahme wußte sie nicht mehr, was sie mit sich anfangen sollte. Sie konnte sich nicht einmal mehr auf die aus anderen Sprachen übersetzten Romane und Kriminalromane konzentrieren, die sie früher regelrecht verschlungen hatte, und wenn sie einmal – was selten vorkam – Lust hatte auszugehen, wurde sie so scharf beobachtet, daß sie das Gefühl hatte, an dem Mitgefühl der anderen beinahe zu ersticken. Was würden die Leute sagen, wenn man sie in der Stadt sah, während ihr Ehemann von der Polizei gefoltert wurde? Man konnte in Bagdad keinen Schritt tun, ohne sich Gedanken darüber machen zu müssen, was irgend jemand dachte. Hizkel und sie hatten sich oft darüber unterhalten. »Du mußt dir einfach sagen, die können mich mal«, hatte er ihr geraten. Über den eigenen Schatten zu springen war allerdings leichter gesagt, als getan.

Nun jedoch verspürte sie plötzlich eine Aufwallung von Energie und hatte das Gefühl, daß es an der Zeit war, Hizkels Rat in die Tat umzusetzen. Sie duschte kalt, kleidete sich an und musterte im Spiegel zufrieden ihren jungen, weiblichen Körper. Seit Wochen hatte sie sich keiner so kritischen Selbstprüfung mehr unterzogen und nur flüchtige Blicke in den Spiegel geworfen. Da sie abgenommen hatte, traten ihre hohen Wangenknochen jetzt zwar vorteilhaft hervor, doch ihr mißfiel sowohl die Farbe ihrer Wangen als auch der ängstliche Ausdruck ihrer Augen, und zum erstenmal seit Hizkels Verhaftung trug sie ein wenig Lippenstift auf. Sollten Um Kabi und die anderen doch gucken wie sie wollten! Sie wollte vor dem moslemischen Anwalt nicht verhärmt aussehen. Sie wollte nicht von ihm bemitleidet werden. Was sie wollte, war Respekt, denn allein das würde ihn dazu bewegen können, seine Beziehungen für sie spielen zu lassen. Sie würde in ihm den Wunsch wach werden lassen, sein Bestes für sie zu tun. Es war allgemein bekannt, daß moslemische Männer auf jüdische Frauen standen. Sie waren selbstbewußter, kecker und gebildeter als die moslemischen Frauen, die sich unter ihren langen Gewändern und Schleiern versteckten und niemals ohne ihre Männer das Haus verließen oder sich auch nur an einer Unterhaltung mit Männern beteiligten, weil das als höchst unschicklich galt. Die Gesellschaft einer jüdischen Frau konnte man genießen, besonders dann, wenn man Juden ohnehin mochte. Rashel hatte gehört, daß Karim Abd el-Hak während seines Jurastudiums viele Stunden im Laden ihres Schwagers zugebracht und dort mit ihm und den anderen über alles mögliche geplaudert hatte.

Obwohl es noch früh am Morgen war, beschloß sie, sich gleich auf den Weg zu machen, um nicht erst wankelmütig werden zu können. Als sie an Hiyawis Tabakladen vorbeikam, beschleunigte sie ihre Schritte, doch als sie sich umwandte, merkte sie, daß er hinter dem Fenster gar nicht zu sehen war. Auch Abu Kabi war noch nicht in seinem Geschäft, nur sein Gehilfe stand bereits über einen Tisch gebeugt. Als sie sich Abu el-Izingulas Parfümladen näherte, stieg ihr der betörende Duft von Rosenwasser und sprudelndem Öl in die Nase, und sie nahm sich vor, auf dem Rückweg bei ihm vorbeizuschauen. Auf der El-Rashid-Straße hielt sie eine Pferdedroschke an und ließ sich zur Anwaltskanzlei fahren. Dort traf sie den Anwalt allein an und stellte sich ihm vor.

Karim Abd el-Hak erhob sich überrascht von seinem Sessel, um sie zu begrüßen. Erst nachdem er sich vergewissert hatte, daß ihr kein männlicher Begleiter folgte, bot er ihr einen Sitzplatz an. Um seine Befangenheit zu überspielen, blätterte er zunächst ein paar sich dessen Wohnsitz befand. Wie immer warteten vor dem Haus des Rabbis mehrere Bittsteller, und die vor der Tür postierten Polizisten, die perfekt Arabisch mit jüdischem Akzent sprachen, verneigten sich tief vor ihm. Rabbi Bashi empfing alle in seinem Arbeitszimmer, und nachdem der letzte von ihnen gegangen war, trat er in den riesigen Innenhof hinaus, atmete die Nachtluft ein und hob seine Arme zum Himmel, als führe er mit ihm eine Debatte. Dann wuschen sich die beiden Männer und ließen sich zum Essen nieder, während der Diener des Rabbis die Speisen auftrug. Anschließend sprachen sie das Tischgebet und zogen sich ins Arbeitszimmer zurück. Rabbi Bashi beugte sich über ein geöffnetes Exemplar des Sohar und fing an, laut daraus vorzulesen. Zwischendurch erläuterte er den Text und gab dabei schmatzende Laute von sich, als säße er über einem köstlichen Mahl. Der glückselige Tabakhändler vergaß alle seine Sorgen, und nachdem die beiden Männer Tee und Kaffee getrunken hatten, gefolgt von einem Glas Arrak, das der Rabbi verlangt hatte und an dem er schlückchenweise nippte, wurde er so heiter und gelöst, daß er mit melodiöser Stimme zu singen begann:

O erbaue die Tore mit Silber und Karneol.
Nach dir sehnt sich meine Seele,
und heftig ist ihr Sehnen.

Während er ganz entrückt sang, klopfte er mit einem Fuß auf den Boden, trommelte mit den Fingern auf den Tisch und klatschte verzückt in die Hände. Hiyawi fiel mit seiner heiseren Stimme ein. Als sie geendet hatten, zog der Tabakhändler eine seiner edlen Zabanas heraus, und Rabbi Bashi, der nur selten rauchte, nahm sie und paffte daran wie ein Junge an seiner ersten Zigarette.

Als sie zu Bett gingen, war es Mitternacht. Von seinem Zimmer aus hörte Hiyawi, wie der Rabbi jede Stunde aufstand und zur Toilette ging. Er hatte seit einiger Zeit Probleme mit der Blase, aber noch keine Zeit gefunden, einen Arzt aufzusuchen. Um drei Uhr morgens stand Rabbi Bashi wie gewohnt auf, wusch sich, trank

Akten durch, lächelte verkrampft und bot ihr aus einem goldenen Etui eine Zigarette an. Er war um die fünfunddreißig, etwas älter als Hizkel also, von kräftigem Wuchs, hatte eine hohe Stirn und schwarze, vom Haaröl glänzende Locken sowie einen gepflegten Schnurrbart. Seine warmen braunen Augen hatten etwas so Vertrauenerweckendes, daß sich Rashels Unbehagen, allein mit ihm zu sein, schnell legte. Doch obwohl sie unbedingt wissen wollte, ob auch er ihren Mann für einen Verräter hielt, wagte sie ihm diese Frage nicht zu stellen.

»Ich bin froh, daß Sie gekommen sind«, sagte Karim Abd el-Hak und klopfte dabei leicht mit einem Lineal auf seine linke Hand. »Es gibt da ein paar Sachen, die ich Sie fragen möchte.«

Er ergriff das Glöckchen auf seinem Schreibtisch und klingelte. Ein schwarzer Diener in einer weißen Tunika erschien und sagte: »Ja, Exzellenz?«

»Was möchten Sie trinken, Madame Imari?«

»Das ist mir gleich.«

»Tee?« Rashel nickte, und der Anwalt sagte zu seinem Diener: »Tee für Madame und Kaffee für mich, bitte.«

Der Diener verneigte sich und zog sich zurück. Der Anwalt begann Rashel über die Imaris und Hizkel auszufragen, über die Leute, mit denen sie Umgang hatten, und über sie selbst – obgleich er einige der Antworten aufgrund seiner langjährigen Bekanntschaft mit Abu Kabi und Hizkel bereits kennen mußte. Rashel erzählte ihm von Hizkels Dattelhandel; von der Abendschule für Berufstätige, die Hizkel gegründet hatte; von der *Daily Mail*, seiner Zeitung, die nach dem Prozeß von Shafik Addas verboten worden war, aber auch von seiner Liebe zur Poesie und Literatur und daß er diesen Dingen mehr Zeit widmete als seinen Freunden und seiner Familie. Sie war überzeugt, daß der Polizei ein dummer Fehler unterlaufen war, und hatte das Gefühl, mit ihren Worten nicht nur den Anwalt von Hizkels Unschuld zu überzeugen, sondern auch seine Vernehmungsbeamten und Richter.

Doch auf einmal stieg in ihr die Frage auf, ob Karim der Fall tatsächlich am Herzen lag oder ob er einfach nur neugierig war, was für ein Leben ein jüdisches Ehepaar führte. Sie hielt inne und bereute, daß sie gekommen war. Der Anwalt wurde konkreter.

»Madame Imari, Sie wissen, daß ich Ihrem Mann häufig im Geschäft Ihres Schwagers begegnet bin, und ich muß sagen, daß ich von ihm sehr beeindruckt war. Nach all dem, was Sie mir soeben erzählt haben, bin ich es noch mehr. Aber sind Sie vollkommen sicher, daß er nicht in Waffengeschäfte verwickelt war?«

»Waffen? Das ist mir neu«, sagte Rashel. Der eindringliche Blick des Anwalts machte sie nervös. Wußte er mehr als sie? Als er sie hinausbegleitete, sagte er:

»Bitte verzeihen Sie, daß ich Sie so ausgequetscht habe. Aber ich muß über bestimmte Dinge genau Bescheid wissen, um eine hieb- und stichfeste Verteidigung aufsetzen zu können.«

»Abu Kabi sagt, daß all diese Dinge nur geschehen, um die jüdische Gemeinde unter Druck zu setzen.«

»Mag sein. Mag sein. Die Geheimpolizei ist nicht nur brutal, sondern auch durchtrieben. Aber das ist sie überall. Sie wird vor nichts zurückschrecken. Sie dürfen sich nicht entmutigen lassen. Ich glaube, daß Ihr Mann am Leben ist.«

Seine Stimme war warm und beruhigend, und auf dem Heimweg klammerte sich Rashel an die Hoffnung, daß alles gut werden würde. Er lebt, er lebt, sagte sie sich ein ums anderemal. Bald würde er heimkommen, und sie würden ihr gewohntes Leben wieder aufnehmen. Hizkel würde wie zuvor früh aufstehen, sie bei der Hand nehmen und in den Hof führen, wo sie beide ihre Frühgymnastik machten. Anschließend würden sie in der Küche frühstücken – schäumende Milch, frisch von der Kuh, Zwei-Minuten-Eier, Hizkels Sesampastete mit Dattelsirup und *gaurag*, die harte, trockene Pitta, die Abu Saleh extra für ihn buk. Anfangs hatte sie das Brot nicht gemocht und noch weniger, daß ihr Mann dabei so geräuschvoll kaute. Doch seine Freude beim Essen war ansteckend, und es dauerte nicht lange, da hatte sie sich angewöhnt, genauso laut und mit weit aufgerissenem Mund zu schmatzen wie er.

Wenn Hizkel zur Arbeit gegangen und es im Haus still geworden war, schlüpfte Rashel noch einmal in ihr Bett und gönnte sich noch eine wohlige Runde Morgenschlaf. Danach las sie, trank Kaffee und begab sich auf den Suk, um sich an den mannigfachen Düften zu ergötzen, die Leute zu beobachten und *zingula* oder irgendeine Süßigkeit von einem der Stände zu kosten. Wenn sie wieder daheim war, ruhte sie sich aus, bis Hizkel am Spätnachmittag heimkam und es an der Zeit war, ihm, dem Küchenchef, beim Kochen zu helfen, indem sie Beilagen wie gefüllte Milz und mit Knoblauch gewürzte Auberginen zubereitete. Nach dem Essen duschte und rasierte er sich, und am Abend gingen sie aus. Manchmal fuhren sie mit einer Kutsche zur König-Faisal-Brücke am Rande von El-Kark, hielten dort, um den glitzernden Lichtzauber auf dem Fluß zu bestaunen, unternahmen eine Rundfahrt durch Bagdads vornehme Wohnviertel, kehrten über eine zweite Brücke bei El-Risafa in das Stadtzentrum zurück und fuhren weiter zum Casino, wo sie sich holländisches Bier, Eiskrem, Sahnetörtchen und Schalen voll Pistazien schmecken ließen, um anschließend langsam zu Fuß nach Taht-el-Takya zurückzuschlendern. In der Dunkelheit der schmalen, unbeleuchteten Straßen drückte Hizkel sie an sich und bedeckte sie mit süßen, verstohlenen Küssen, die um so erregender waren, weil so etwas in der Öffentlichkeit als unziemlich galt. Sie raubten ihr den Atem und entfachten in ihr eine Glut, daß sie sich seinen Armen entwand und ihn drängte, schnell nach Hause zu eilen, um sich mit ihr auf das große Holzbett zu werfen und eine Nacht nicht enden wollender Liebe zu verbringen.

Ihre Erinnerungen waren so intensiv, daß sie den herben Geruch seiner Achseln förmlich riechen und ihre schmerzliche Sehnsucht nach ihm, ihre Begierde körperlich spüren konnte. Allah! Erst jetzt wurde ihr bewußt, wie glücklich sie gewesen war, welch wonnevolle Nächte sie miteinander verbracht hatten. Die verdammte Bewegung! Sie war an allem schuld, war dafür verantwortlich, daß sie Hizkel letztendlich verloren hatte. Sie hatte von Anfang an gespürt, daß die Sache ein böses Ende nehmen würde, vor allem in den Nächten, in denen er sie allein gelassen hatte, um nach Basra oder weiß Gott wohin zu fahren. Dabei hatte seiner Untergrundarbeit durchaus etwas Romantisches angehaftet, sie hatte ihrem Leben zusätzlichen Reiz verliehen; Israel war für sie aber dennoch ein fernes und gefährliches Land geblieben. Hizkel hatte sich zwar große Mühe gegeben, sie mit seiner Begeisterung anzustecken, doch sie hatte ihm nur widerwillig versprochen, irgendwann mit ihm dorthin auszuwandern. Sie hätte sich das Land lieber erst einmal angesehen. Er mochte ihr noch so oft erklären, daß er als Führer ein Beispiel setzen müsse – sie wußte, wie schwer es ihr fallen würde, das Leben in diesem Zweistromland aufzugeben, in dem ihre Eltern und Vorfahren gelebt hatten und gestorben waren. Ihre ganze Welt war hier! Außerdem hatte sie irgendwie das Gefühl, daß das Feuer ihrer beider Leidenschaft leichter in Bagdad in Gang zu halten wäre. Wenn Hizkels Fahrten nach Basra schon jedesmal so ein Loch in ihr Leben rissen, was stand ihr dann erst in seinem Traumland bevor? Nach allem, was sie gehört und gelesen hatte, war sie überzeugt, daß ihr das Land noch mehr von ihrem Mann rauben würde als die Bewegung im Irak.

Wie die meisten Juden in Bagdad hatte auch Rashel gehofft, daß ein jüdischer Staat durch den Kompromißvorschlag der Vereinten Nationen, Palästina zu teilen, auf friedliche Weise entstehen würde; sie hätte es sich niemals träumen lassen, daß die ganze arabische Welt, der Irak eingeschlossen, deshalb einen Krieg anfangen würde. Dieser Krieg hatte Hizkels Enthusiasmus jedoch keineswegs gedämpft. Im Gegenteil: so wie der Taubenzüchter fanatisch seine Tauben hegte, war er zu einem noch fanatischeren Anhänger der Bewegung und seine Arbeit für Rashel zu einem Rivalen seiner Liebe geworden. Ihr weiblicher Instinkt sagte ihr, daß ihm seine Träume wichtiger waren als seine Frau, wichtiger sogar als er selbst. Mochte er sie nachts in ihrem Ehebett auch noch so leidenschaftlich lieben und ihr den Himmel versprechen – am Morgen danach war er mit seinen Gedanken schon wieder ganz woanders. Um einen Mann, der so beschaffen war, müßte sie ständig verbissen kämpfen.

Und dann war in einer einzigen Nacht alles zusammengebrochen. Die Hoffnungen und Träume hatten sich in Alpträume verwandelt, bei denen sich ihr Magen ständig umzudrehen drohte. Sie bereute es, daß sie sich von Hizkel hatte überreden lassen, noch nicht schwanger zu werden. Sie hätte auf Um Kabis Rat hören sollen, daß jede Frau ihren Mann herumkriegen könne.

Als sie in Taht-el-Takya ankam, war sie den Tränen nahe. Die freudige Zuversicht, die der Anwalt in ihr geweckt hatte, war verflogen, und sie fühlte sich einmal mehr wie eine kleine, schutzlose Waise. Sie bereute es jetzt, Karim Abd el-Hak ohne Begleitung aufgesucht zu haben. Vielleicht hatte sie zuviel gesagt. Sie überlegte, ob sie gleich zu Abu Kabi gehen und ihm von der Unterredung erzählen sollte. Er würde von dem Anwalt ohnehin davon erfahren.

Sie stand am oberen Ende der Straße und überlegte hin und her. Sie hatte keine Lust, nach Hause zu gehen, wo alles sie an Hizkel erinnerte, und so schlenderte sie eine Zeitlang über den Suk, als versuchte sie, sich in der Menge zu verlieren. Die lebhaften Schreie der mit den Käuferinnen feilschenden Händler hatten etwas Tröstliches. Eine hagerer junger Mann sah sie verträumt an und seufzte: »Ah, diese Brüste sollten in Marmor gehauen werden!« Sie warf ihm zwar einen zutiefst empörten Blick zu, fühlte sich aber innerlich geschmeichelt und warf reflexartig den Kopf in den Nacken wie ein stolzer Schwan.

Sie überlegte, ob sie Abu Saleh in seiner Bäckerei aufsuchen sollte, ließ es aber bleiben. Seit Hizkels Festnahme war der Bäcker nicht mehr bei ihnen gewesen. Vielleicht hatte er ein schlechtes Gewissen oder glaubte, wie Abu Kabi bespitzelt zu werden. Vielleicht hatte er auch Angst vor dem Geschwätz der Leute, das entstehen würde, wenn er, der einst in ihrem Haus ein- und ausgegangen war, in Hizkels Abwesenheit bei ihr hereinschaute. Doch sie wollte unbedingt bei ihm in Erfahrung bringen, ob Hizkel tatsächlich in Waffengeschäfte verwickelt gewesen war. Die Pittabrote, die er ihr durch Kabi überbringen ließ, waren nicht genug.

Aber warum hatte Hizkel ihr nicht selbst die Wahrheit gesagt? Selbst wenn er bei seiner Untergrundarbeit zur Geheimhaltung verpflichtet war, hatte er zu ihr nicht genügend Vertrauen, um bei ihr eine Ausnahme zu machen? Schließlich liebte und verehrte ihn niemand mehr als sie! Sie würde ihr Leben für ihn geben, das würde er schon noch sehen! Hatte er von den Frauen etwa insgeheim dieselbe niedrige Meinung wie andere Männer? Aber er war doch ganz anders als die anderen, ganz anders sogar als sein eigener Bruder. Vielleicht war er ja tatsächlich in Waffenschiebereien verwickelt gewesen und hatte ihr das nur zu ihrer eigenen Sicherheit verschwiegen. In den letzten Monaten war er manchmal mitten in der Nacht mit seinem Handwerkszeug und in seinem Zimmermannsoverall aus dem Haus gegangen. Möbel für ihr eigenes Heim zu bauen war schön und gut, aber warum, so hatte sie sich gefragt, arbeitete er als Schreiner, übernahm er sogar Nachtarbeit, wenn sein Dattelhandel so florierte? Er müsse Vorbereitungen für ihr neues Leben in Israel treffen, hatte seine Standardantwort gelautet. Fertigkeiten im Zimmermannshandwerk würden ihm dort gut zustatten kommen, hatte er gesagt, und sie hatte es für das beste gehalten, nicht weiter in ihn zu dringen. Sowohl aus eigener Erfahrung als auch von ihrer Schwägerin wußte sie, wie stur die Imaris sein konnten, und sie hoffte, daß Hizkel seinen neuesten Tick schneller wieder ablegen würde, wenn sie ihm nicht hineinredete. Hatte er etwa die ganze Zeit über Waffen geschmuggelt? Geistig und körperlich erschöpft, ließ sie sich von ihren Füßen nach Hause tragen. Doch nachdem sie den Schlüssel ins Schloß gesteckt und eine Weile zögernd vor dem Tor stehengeblieben war, zog sie ihn wieder heraus und ging zu meiner Mutter hinüber.

»Ich habe dich schon gesucht«, sagte meine Mutter. »Wo hast du denn gesteckt?«

»Bei Karim Abd el-Hak.« Ehe sie sich's versah, waren die Worte über ihre Lippen gekommen.

»Allein? Ohne Abu Kabi?«

»Ja.«

»Das hättest du nicht tun sollen. Eine Frau wie du allein mit einem Moslem! Was werden die Leute sagen?«

»Er ist der Anwalt meines Mannes.«

»Ein Moslem ist ein Moslem, und Männer sind Männer. Was hat er dir erzählt?«

»Nichts Neues.« Sie streifte ihren Ehering ab, hauchte darauf und rieb ihn an ihrem Kleid blank.

»Du mußt Gott vertrauen.«

»Vielleicht könntest du mir sagen, wo er zu finden ist.«

»Scht! Gelobt sei sein Name«, sagte meine Mutter mit vorwurfsvoller Stimme. »Wir müssen Vertrauen haben in den Heiligen Vater im Himmel und in Rabbi Bashi auf Erden. Du bist so blaß. Hast du schon gegessen?« Ohne eine Antwort abzuwarten ging sie in die Küche und kam mit einem Teller reisgefüllter Fleischbällchen, einer von Rashels Lieblingsspeisen, zurück.

Meine Mutter konnte Rashel nicht einmal dazu bewegen, das Grab des Hesekiel aufzusuchen. »Hizkel el-Nabi wird uns beschützen«, behauptete sie von dem Propheten, nach dem mein Onkel benannt war und der in Chifl, einer kleinen Stadt am Euphrat, begraben sein sollte. Jedes Jahr machte sie eine Wallfahrt zu seiner Grabstätte, die mein Urgroßvater vor der Zerstörung bewahrt hatte, indem er die türkischen Beamten bestach, damit das Grab und das daneben stehende Gasthaus nicht abgerissen wurden.

Die Imaris waren schon seit ewigen Zeiten die Patronatsherren dieser Grabstätte. Wenn Hizkel Zeit hatte, begleitete er meine Mutter auf ihren Fahrten dorthin. Diese schufen jedesmal eine große Nähe zwischen ihnen, denn unterwegs unterhielten sie sich über Gott, die Propheten und die Religion – Dinge, die meinen Vater nicht interessierten. Als Hizkel vor seiner Heirat mit einer schweren Gelbsucht einen Monat lang in unserem Haus darniederlag und sowohl die Ärzte als auch mein Vater um sein Leben bangten, flößte ihm meine Mutter frischen Wassermelonensaft ein, pflegte ihn Tag und Nacht und setzte ihr ganzes Vertrauen auf den heiligen Propheten. Es war auch an diesem Grab in Chifl gewesen, wo mein Onkel beschnitten worden war. Meine Großmutter hatte ihn danach in geweihtem Quellwasser gebadet und ihn auf den blauen Samtbehang des Grabes gelegt und laut zu dem Propheten Hesekiel gebetet: »Dies ist dein Sohn. Gib nun gut auf ihn acht und gib ihm ein langes Leben!«

Als Hizkel klein war, unternahm meine Großmutter zweimal jährlich diese Wallfahrt mit ihm. Von dem Qualm und dem Geruch der Wachskerzen in der mit Bittstellern gefüllten Kapelle wurde ihm zwar immer schlecht, doch während er auf den Samtüberzug starrte, bildete er sich ein, den Propheten mit dem weißen Bart und den leuchtenden Augen sehen zu können, und er sah genauso aus, wie ihn seine Mutter beschrieben hatte. Er wurde so fest in dem Glauben erzogen, den Propheten um Gesundheit und Erfolg bitten zu müssen, daß er auch später stets in der Gewißheit lebte, daß der Heilige über sein Leben wachte. Selbst nach der Farhud, einem Ereignis, das die religiöse Überzeugung vieler erschütterte, machte er auf dem Weg nach Basra häufig dort Zwischenstation, um an der Grabstätte ein paar Kerzen anzuzünden.

Meine Mutter, die niemals bezweifelte, daß Glaube belohnt würde, hatte die Hoffnung aufgegeben, daß Rashel sie wenigstens unter der Woche zur Thoralesung in die Synagoge begleitete. Deshalb überredete sie mich, mit ihr hinzugehen, in der Hoffnung, dort den alten Kabbalisten Shimeil Yosef Darzi anzutreffen. Als wir das Gotteshaus betraten, leuchteten ihre Augen vor Ehrfurcht. Wie gewohnt setzte sie sich in die erste Reihe der Frauengalerie, ein dünnes weißes Tuch über den Augen, die sie auf das Gebetbuch gerichtet hielt, während sie darauf wartete, daß sich der heilige Schrein öffnete wie die Himmelstore. Sie lauschte der Thoralesung mit einer solchen Verzückung, daß man hätte meinen können, sie stehe am Berg Sinai. Jedesmal, wenn die Schriftrolle aus dem Schrein genommen wurde, streckte sie instinktiv eine Hand vor und führte sie dann an ihren Mund, als hätte sie die heiligen Buchstaben geküßt. Aus Dankbarkeit darüber, daß der Schöpfer ihre Familie und ihr Volk von allen Drangsalen errettet hatte, stiegen Tränen des Glücks in ihre Augen.

Meine Mutter hatte ihren Glauben von ihrer eigenen frommen Mutter und von ihrem Vater, meinem Großvater Rabbi Moshi, der gemeinsam mit Rabbi Bashi an der Talmudakademie in Beit-Zilha studiert hatte und in jungen Jahren, schon vor meiner Geburt, an einer rätselhaften Krankheit gestorben war. Ihre Verehrung für Rabbi Bashi reichte bis in ihre Kindheit zurück, als ihr Vater ihr von dessen großer Gelehrtheit, seinem enzyklopädischen Gedächtnis und seinen geheimen mystischen Kräften erzählt hatte.

Da der Kabbalist Shimeil Yosef Darzi nicht aufzufinden war, riet eine Frau meiner Mutter, bei S'hak Limnashir eine Nachricht zu hinterlassen. S'hak Limnashir war als ein »Segenssprecher« bekannt, ein Mann, dessen gute Wünsche für Gesundheit, Wohlstand, Glück und Erfolg beim Studium, im Beruf und Eheleben von großem Wert und gegen eine kleine Spende oder manchmal auch ganz umsonst erhältlich waren. Meine Mutter suchte ihn oft in seiner heruntergekommenen Baracke neben der Synagoge auf und nahm uns manchmal mit dorthin. Da er allein lebte, brachte sie ihm stets einen Korb voll Essen mit, das er so gierig verschlang, daß die Reiskörner in seinem Bart hängenblieben und auf sein verdrecktes Gewand flogen. Obwohl er meine Mutter äußerst zuvorkommend behandelte und sich stets Zeit für ein Gespräch mit ihr nahm, versuchte ich ihm aus dem Weg zu gehen. Als sei der Teufel persönlich daran schuld, verlor ich ständig die Amulette, die er für mich schrieb, was dazu führte, daß die Ängste, die sie eigentlich vertreiben sollten, noch verstärkt wurden.

Meine Mutter unterhielt sich unter vier Augen mit S'hak Limnashir. Er gab ihr einen schriftlichen Segensspruch für Rashel mit und versprach ihr, sie zu benachrichtigen, wenn der Kabbalist, der in einer Mission für einen reichen Juden nach Basra gereist war, zurückgekehrt sei.

KAPITEL XIV

Du machst Rashel noch wahnsinnig mit deinen Wahrsagern!« rief mein Vater aus, als meine Mutter ihn von ihrem Vorhaben unterrichtete, Shimeil Yosef Darzi zu uns einzuladen.

»Er studiert den Sohar. Er kennt Geheimnisse.«

»Ich glaube nicht an Geheimnisse«, sagte mein Vater.

»Du willst nicht zum Großen Imari, du willst nicht, daß ich den Kabbalisten aufsuche ... Der einzige, an den du dich zu wenden geruhst, ist ein moslemischer Scheich!«

»Der Kabbalist wird genauso wenig nützen wie dieser Scheich«, brummte mein Vater, dem nichts anderes übrig blieb, als zuzustimmen.

Shimeil Yosef Darzi kam nicht allein. Er wurde von ein paar betagten Jüngern in weißen Gewändern begleitet, die sich essend, trinkend und geistliche Lieder singend in unserem Hof niederließen, während er selbst uns über Hizkel ausfragte, nach seinem Aussehen, seinen Interessen und seiner Verhaftung. An Shimeil Yosef Darzis grauem Gewand und dem roten Fes mit der Quaste als Verzierung merkte man, daß er auf sein Äußeres bedacht war. Sein Bart war sorgfältig gepflegt, und seine Stirn glänzte, als wäre sie poliert worden. Für seine Jünger, die um ihn her wuselten und auf den leisesten Wink herbeigeeilt kamen, schien er wenig Verwendung zu haben.

»Bring deine Kinder zu mir«, forderte er meine Mutter auf.

»Alle?« Verwundert rief sie uns zusammen. Der erste, der ausgemustert wurde, war ich. Dann kam mein jüngerer Bruder Nuri an die Reihe, und auch er wurde nach einer einzigen Frage mit einer abfälligen Handbewegung fortgeschickt. Somit blieb nur noch der achtjährige Moshi übrig. Der Kabbalist zog ihn zu sich heran, sah ihm prüfend in die Augen und verkündete:

»Hier ist die unbefleckte Seele, die ich gesucht habe.«

An diesem Abend nahm er Moshi mit in die Synagoge. Die Augen meiner Mutter glänzten vor Freude, Moshis Augen hingegen vor Tränen. Aus reiner Neugierde begleitete ich sie. Shimeil Yosef Darzi schien darüber nicht sonderlich erfreut, doch er konnte mir kaum verbieten, am Abendgebet teilzunehmen. Gleich nach unserer Ankunft begann einer seiner ältlichen Helfer mit Moshi die Buchstaben des hebräischen Alphabets durchzugehen. Da mir die Sache zu langweilig war, ging ich beim zweiten Mal nicht mehr mit; Moshi jedoch mußte fortan jeden Tag dorthin, um eine weitere Portion Wissen in sich aufzunehmen.

»Sie bringen den Jungen noch um den Verstand«, sagte mein Vater aufgebracht. »Womit hat er das verdient?«

»Er studiert die Thora«, entgegnete meine Mutter glückselig. »Mein Sohn wird einmal ein Gelehrter sein.«

Auch Hiyawi war verärgert. Shimeil Yosef Darzi, erzählte er meiner Mutter, sei weder ein Rabbi noch ein Kabbalist, sondern ein gieriger Scharlatan, den er seit den Zeiten kenne, da er mit ihm und meinem Großvater an Rabbi Bashis Akademie studiert habe. »Wie kannst du die beiden miteinander vergleichen?« rief er wütend aus, als meine Mutter erklärte, daß der Mann ein Schüler des heiligen Kabbalisten Rabbi Yihudah Moshi Ftaya sei. »Er kann Rabbi Ftaya nicht das Wasser reichen!« Rabbi Ftaya, so erklärte Hiyawi, verfüge über heilende und seherische Kräfte, könne die früheren Leben eines Menschen auslegen und mit Engeln und bösen Geistern sprechen. Wenn der Kabbalist am Samstag zum Sabbatmahl wieder in unser Haus kam, würde er, Hiyawi, sich jedenfalls nicht blicken lassen.

Meine Mutter brachte die ganze Woche damit zu, das Festmahl für Shimeil Yosef Darzi vorzubereiten. Sie trug meinem Vater und Abed auf, den großen Passahtisch aus dem Keller zu holen, breitete darüber ein weißes Tischtuch aus und deckte den Tisch mit ihrem besten Porzellan und Silberbesteck, als wäre der Pascha persönlich zum Essen eingeladen. Als der Kabbalist und seine Jünger nach dem Morgengebet des Sabbats eintrafen, fanden sie einen Tisch mit einem köstlichen Aufgebot pikanter Vorspeisen vor. Da war ein Salat aus diversen Gemüsesorten, in kleine Würfel geschnitten und mit Petersilie, Pfefferminz und dünnen Zitronenscheiben garniert; Schalen mit eingelegten Gurken, kleinen Auberginen und grünen Pflaumen; in Salzlake eingelegte Okras und Augenbohnen; in Currysoße marinierte persische Knoblauchzehen; süßsaures Mangochutney, von dessen Duft einem das Wasser im Munde zusammenlief; gehackte Zwiebeln in Zitronensaft und roter, süßsaurer Fischsauce; außerdem Schälchen mit Schalotten, Petersilie, Kresse, Pfefferminz, Basilikum und scharfen und milden Paprikaschoten, gesalzen und in Essig eingelegt. Dazwischen standen über die ganze Länge des Tisches verteilt Platten mit gebratenen Fischstreifen, dampfenden hartgekochten Eiern und angebräunten Kartoffeln aus dem Sabbateintopf sowie gebratene Auberginen- und Zucchinischeiben – und das alles war freilich nur als Appetitanreger gedacht.

Nachdem sich Shimeil Yosef Darzi die Hände gewaschen hatte, hob er den großen Silberkelch hoch, um den Segensspruch über den Wein zu sagen, worauf alle Anwesenden im Chor mit einem donnernden »Amen« einfielen. Dann segnete er Abu Saleh el-Hibaz' spezielle Sabbatpitta, belegte eine davon mit Fischrogen, persischem Knoblauch und Kresse, klappte sie zusammen und biß hinein. Ein genüßliches Lächeln zerknitterte sein Gesicht, und er nickte seinen Jüngern zu. Auf dieses Signal hin machten sie sich geräuschvoll über das Buffet her – ein Angriff, der nur von vorzeitigen Rülpsern unterbrochen wurde. Als der Kabbalist schließlich eine Pause einlegte, goß er sich ein Glas edelsten Arraks ein, vermischte es mit kaltem Wasser und brachte einen Trinkspruch auf das Leben und die Gesundheit von Hizkel Imari aus, bei dem Rashel die Tränen kamen. Dann rülpste er, wischte sich mit einer Leinenserviette den Mund ab und stimmte ein geistliches Lied an, das folgendermaßen begann:

Ich halte den Sabbat des Herrn,
Und der Herr hält mich,
Und so sind wir einander verbunden
ewiglich.

Nun kam der *tbit* an die Reihe, ein Eintopfgericht aus mit Fleisch und Reis gefüllten Hähnchen, garniert mit Tomatenscheiben, die mit duftendem Kardamom gewürzt waren. Dazu wurde *facha* serviert – der Magen und die Innereien eines Schafes, mit der gleichen Mischung gefüllt wie das Hähnchen und mit *numi basra*, der köstlichen, paradiesisch duftenden Zitrone aus Basra, gewürzt. »Das Gericht, das am längsten kocht, ist für den Sultan«, lautete das zu dem Eintopf und dem *facha* passende Sprichwort, denn beides hatte vierundzwanzig Stunden lang auf kleiner Flamme vor sich hin geköchelt. Der ätherische Duft, der den Gerichten entströmte, riß den Kabbalisten und seine Jüngerschar zu beifälligen Ausrufen hin, und unter lustvollem Gestöhn machten sie sich mit Händen und Zähnen an die Arbeit und schaufelten mehr in ihre Hälse und Wänste, als man für möglich gehalten hätte.

Der vorletzte Gang bestand aus einem meiner Lieblingsgerichte: einer kalten Okra-Kubba – einer dicken, rötlichen Brühe mit Klößen aus zermahlenem Reis, Hackfleisch und Zwiebeln, mit Basra-Zitrone gewürzt. Obwohl sich der Kabbalist kaum noch regen konnte, wurde er beim Anblick dieser Speise wieder so munter, als hätte er den ganzen Tag gefastet. Er aß jetzt allerdings langsamer als zuvor und schmatzte nach jedem Bissen mit den Lippen. »Gesegnet seien deine Hände, Um Kabi«, murmelte er grinsend und wiegte den Kopf entzückt hin und her. Meine Mutter hatte bislang übrigens noch keinen einzigen Bissen ihres Essens zu sich genommen, da sie, mein Vater, Abed und ich ganz davon in Anspruch genommen waren, die Gäste des Kabbalisten zu bedienen und dafür Sorge zu tragen, daß alles zu seiner Zufriedenheit war. Die genauen Zutaten für das Essen waren uns vorab angegeben worden. Wir trugen das Dessert und starken Tee mit Minze und Kardamom herein, und nachdem Shimeil Yosef Darzi das Tischgebet gesprochen hatte, hielt er eine Predigt über die Bedeutung des Sabbats, als sei er Rabbi Bashi persönlich.

Mittlerweile hatten sich in unserem großen Innenhof zahlreiche Nachbarn und neugierige Zuschauer eingefunden. Sie alle wollten den Kabbalisten hören, der seit einer Woche Hauptgesprächsgegenstand der ganzen Straße gewesen war. Sogar Hiyawi war gekommen, obwohl er doch verkündet hatte, daß er wegbleiben werde. Shimeil Yosef Darzi bat um eine Glasschüssel, die meine Mutter bereits auf Anweisung bereitgestellt hatte, füllte sie mit klarem Wasser, das auf seinen Befehl hin am Vortrag gekocht und abgekühlt worden war, und verlangte nach etwas Öl. Nachdem er ein paar Tropfen davon in das Wasser geträufelt hatte, hob er die rechte Hand und rief meinen Bruder Moshi herbei – der, in seinen besten Festtagskleidern, mit neuen Schuhen und einem goldenen Käppchen, verzagt inmitten der Jüngerschar des Kabbalisten gesungen und getanzt hatte.

»Komm hervor, o unbefleckte Seele, o reines Herz!«

Wie Isaak, der zum Altar gebracht wird, um geopfert zu werden, wurde mein Bruder nach vorne geleitet. Als der Kabbalist ihn bei der Schulter packte und ihn aus dunklen, glühenden Augen ansah, hätte man eine Stecknadel fallen hören können. »Was siehst du, mein Sohn?« fragte er.

Moshi blickte in die Schüssel. »Hebräische Buchstaben«, sagte er.

»Die heilige Sprache, die heilige Sprache«, tuschelten die anderen im Hof einander zu.

»Pscht!« rief einer der Ältesten.

»Lies, was da steht«, befahl der Kabbalist.

»Aleph, Lamed, Kaph, Zain, He«, sagte mein Bruder.

»Die Buchstaben von Hizkel!« sagte der Kabbalist. »Lies weiter.«

»Resch, Aleph, Yod, He, Samech«, las mein Bruder pflichteifrig.

Der Kabbalist und seine Jünger berieten sich flüsternd.

»*Asir! Hai!* Hebräische Wörter!« rief Shimeil Yosef Darzi triumphierend aus. »Am Leben! Ein Gefangener!«

»Hallelujah!« kam es freudig aus der Menge. »Ein Heiliger! Ein großer Heiliger!« Der Kabbalist bedeutete ihnen mittels einer erhobenen Hand zu schweigen, wandte sich an Moshi und fragte:

»Was siehst du sonst noch?«

Moshi starrte auf die schwimmenden Öltropfen und schwieg.

»Was sonst, mein Sohn?« Diesmal klang die Frage eindringlicher.

Moshi starrte weiter schweigend auf die Schüssel.

Der Kabbalist wurde puterrot. Er beugte sich zu Moshi vor, flüsterte ihm etwas ins Ohr und fragte mit seiner heiseren Stimme: »Wo ist Hizkel?«

Moshi starrte ausdruckslos in die Wasserschüssel, blickte dann wie ein Schüler, der beim Träumen erwischt worden ist, zu dem Kabbalisten auf, und der Schweiß brach ihm aus. Aller Augen waren auf sein Gesicht gerichtet, das aussah, als sei es den Tränen nahe.

»Laß den Jungen endlich in Ruhe«, empörte sich Hiyawi.

»Schämst du dich nicht, deine Stimme gegen den heiligen Kabbalisten zu erheben?« wurde er getadelt.

»Merkt ihr nicht, daß er ein Schwindler ist?« rief Hiyawi aus. »Er hält euch alle zum Narren.«

»Ketzer! Ungläubiger!« schalt ihn einer der Jünger des Kabbalisten. »Wie kannst du so zu einem Heiligen sprechen?«

»Wir sind für unsere Sünden mit dem Exil bestraft worden«, sagte der Kabbalist betrübt. »Es gibt keinen Glauben in unserem Lager. Deshalb weist der Himmel uns zurück.«

»Das ist ein trauriger Tag, wenn es mit der Kabbala so weit gekommen ist!« schrie Hiyawi.

»Wir halten den Sabbat nicht mehr ein. An den Türpfosten unserer Häuser sind keine Mesusot mehr angebracht. Die Gebote werden nicht befolgt. Wir sind elende Sünder!« klagte Shimeil Yosef Darzi, um seine Ehre zu retten.

»Du bist doch nur darauf aus, einen schnellen Dinar zu machen!« rief Hiyawi empört mit rotem Gesicht aus.

»Werft ihn raus!« rief einer der Jünger und ging mit geballten Fäusten auf Hiyawi los.

Drei weitere Mitglieder der Anhängerschar schubsten den Tabakhändler, bis er beinahe umfiel.

»Hände weg!« rief mein Vater. »Er ist mein Gast.«

Mit einem Schlag trat Stille ein.

Rashel biß sich auf ihre Lippen und fummelte nervös an ihrem Kleid herum. Sie hatte bleich dagesessen, von Gott und der Menschheit enttäuscht, und jetzt erhob sie sich mit einem Seufzer und ging. Moshi floh weinend vor der Schar alter Männer und vergrub sein Gesicht im Schoß meiner Mutter.

In der melancholischen Stimmung, die sich nun über den Hof senkte, verzogen sich der Kabbalist und seine Jünger so kleinlaut wie ein Trupp Akrobaten, denen der Auftritt mißlungen ist. Ich sah in die Schüssel mit dem Wasser hinein. Da war nichts, das auch nur im entferntesten an einen Buchstaben erinnert hätte, sondern lediglich ein paar schwimmende Öltropfen. Mein Vater legte seine Hand auf meine Schulter und bedeutete mir, ihm zu folgen. Ohne uns zu verabschieden, zogen wir los. Mein Vater lief langsam und mit eingezogenem Kopf. Nach einer Weile zog er ein Zigarettenpäckchen aus der Tasche.

»Baba, es ist Sabbat.«

»Zum Teufel mit dem Sabbat.«

»Baba, andere Juden werden dich sehen.«

»Zum Teufel mit den Juden!«

»Baba, warte wenigstens, bis wir in einem moslemischen Viertel sind.«

»Zum Teufel auch mit den Moslems!« Er zündete sich eine Zigarette an, nahm einen tiefen Zug und stieß langsam den Rauch aus, damit die auf ihren Flachdächern sitzenden Juden auch etwas davon hatten.

»Gott ist kein Buchhalter«, sagte er zu mir. »Kleine Leute stutzen ihn sich auf ihre eigene Größe zurecht. Religion ist Herzenssache.« Er sprach selten über Gott, und auch jetzt war ich nicht sicher, ob er an ihn glaubte oder nicht. Er sagte zwar manchmal Dinge wie »ich schwöre bei Gott« oder »ich wünsche bei Gott«, aber mir war nie klar, ob das wörtlich gemeint war. Ich wußte, daß ihn die Farhud verändert hatte und daß er seitdem wieder angefangen hatte, nicht koschere Speisen zu essen und am Sabbat zu rauchen – so wie er es auch vor der Heirat mit meiner Mutter, der Tochter von Rabbi Moshi, getan hatte. Vor ein paar Jahren hatte ich einmal gehört, wie sie ihm bei einem heftigen Streit vorwarf, vor seiner Heirat, als er »mit dieser Sängerin zusammengehaust« habe, alle nur denkbaren Abscheulichkeiten begangen und gegessen zu haben.

Ich wußte damals noch nicht, was »mit jemandem zusammenhausen« bedeutete, geschweige denn, daß meine Mutter dabei auf Salima Pasha anspielte. Ich stellte mir vor, daß mein Vater neben einer Frau wohnte, die ständig sang und ihm ekelhaftes Essen brachte.

Wir ließen Taht-el-Takya hinter uns, überquerten die El-Rashid-Straße und gingen an der El-Rafidein-Bank vorbei nordwärts in Richtung El-Watani-Kino. An dem Platz, an dem es stand, bogen wir rechts ab zur Brücke über den Tigris. Der niedrigstehende, wasserarme Fluß floß gemächlich zwischen den Ufern aus dickem rotem Lehm dahin, der an geschwollene Lippen erinnerte. Wie eine träge Geliebte plätscherte und strudelte das braune Wasser um die zahlreichen Inseln im Fluß herum. Wie anders sah es hier im Winter aus, wenn ein reißender Strom gegen die Brücke klatschte und sie jeden Augenblick mit sich fortzureißen drohte! Wenn es kalt war, gingen mein Vater und ich bei unseren Spaziergängen manchmal in das nahegelegene Café Farhat el-Mazlum, um eine Tasse glühendheißen Tee zu trinken und uns von dem Kohlefeuer auftauen zu lassen. Als ich ein kleiner Junge war, klemmte er mich oft zwischen seine Knie, so daß ich von seinem Körper gewärmt wurde, während er an einer Wasserpfeife zog und durch das Fenster den tosenden Fluß beobachtete. Später bekam ich dann einen eigenen Stuhl. Jeden Samstag pflegten wir dieses Café aufzusuchen, manchmal vor einem langen Spaziergang durch den Stadtpark und manchmal danach.

Seit Hizkels Verhaftung hatte sich mein Vater jedoch immer in der Nähe des Hauses aufgehalten, um sogleich zur Stelle zu sein, falls es irgendwelche Neuigkeiten gab. Er verzichtete seitdem sogar auf sein geliebtes morgendliches Bad im Fluß, und im Augenblick schien ihm auch das letzte bißchen Mut abhanden gekommen zu sein. Wir stiegen zum Flußufer hinab, mieteten uns ein Boot und fuhren an hellgrünen Papyrusstauden vorbei zu einer Insel. Im Fluß wimmelte es nur so von Fischen, und einer der Fischer hatte bereits ein Feuer gemacht. Die Zweige knisterten und spritzten Leuchtsignale in die Höhe, die bald darauf von den umliegenden Inseln erwidert wurden. Und schon war der Fluß ein romantisches Lichtermeer aus glühenden, an Bratspießen steckenden Fischen unter einem Baldachin aus blauem, mit roten Funken gesprenkeltem Rauch. Von dem Geruch lief mir das Wasser im Mund zusammen.

Mein Vater goß sich ein wenig »Weiße-Seelen-Milch« – Arrak, gemischt mit Wasser – auf die Hände wie ein Jude, der sich vor einer Mahlzeit die Hände wäscht. Er murmelte kaum hörbar etwas vor sich hin und leerte sein Glas – und dann, zum erstenmal in meinem Leben, goß er mir auch etwas ein. Ich nippte vorsichtig daran, an diesem Elixir der Kalifen, und spürte, wie die scharfe, bittere Flamme meinen Hals verbrannte. Den Geruch des Harzes, mit dem er parfümiert war und den mein Vater so mochte, fand ich widerwärtig. Mit meinen Freunden hatte ich zwar schon heimlich Arrak probiert, aber nie Geschmack daran gefunden. Da ich meinen Vater nicht enttäuschen wollte, tat ich so, als schmecke er köstlich, und murmelte ein paar anerkennende Worte.

Ein Musiker stimmte seine Laute, während ein anderer das Fell seiner Trommel straffte, indem er es über dem Feuer wärmte. Eine üppige, vollbusige, dick mit Rouge und Maskara geschminkte junge Sängerin wand sich zu der Musik wie eine züngelnde Flamme und stimmte Muhammed Abd el-Wahabs idyllisches *Mahlaha Isht el-Falah* – »Wie herrlich ist das Bauernleben« – an. Ich hatte noch nie zuvor eine nur spärlich bekleidete Frau aus so geringer Nähe gesehen – bis auf das eine Mal, als mich meine Mutter zu Rashel geschickt hatte, um dort etwas zu holen. Vielleicht war sie in Gedanken gewesen oder sie hatte geglaubt, es sei meine Mutter, die da geklopft hatte – jedenfalls öffnete sie die Tür und hatte nichts weiter an als einen hauchdünnen Chiffonslip. Sie hatte die Tür hastig wieder zugeschlagen und sich ein Hauskleid übergezogen, doch der flüchtige Blick auf ihre nackten Brüste und Schenkel hatte genügt, um mein Glied hochsteigen zu lassen wie die biblische Feuersäule. Auch jetzt, als der dampfende, nach Curry und Kreuzkümmel duftende Fisch auf unseren Tisch gelegt wurde, waren meine Augen gebannt auf die weibliche Gestalt vor mir geheftet.

Mein Vater riß dem Fisch Kopf und Schwanz ab, tunkte beides in *amba* und begann mit den Fingern zu essen. Zuerst verschlang er das Fleisch und die braune, knusprige Haut, und anschließend nagte er die Flossen ab. Während er sich ein trübes Fischauge in den Mund schob, sagte er lächelnd zu mir:

»Iß, Sohn. Sie wird so schnell nicht wegrennen.«

Ich tat wie geheißen und labte meinen Mund und meine Augen zugleich.

»Paß auf, daß du keine Gräte verschluckst«, warnte mich mein Vater. »Die sind tückisch.« Er zupfte die Wirbelsäule sauber, lutschte die Gräten des Fischkopfes ab, leckte sich die Finger und wusch sie sich mit scharfem Arrak. Nachdem er mit feierlichem Nachdruck gerülpst hatte, lockerte er seine Krawatte, lehnte sich in seinen Stuhl zurück, streckte die Beine aus und brummte genießerisch. Zusammen mit unserem mit Kardamom gewürzten Kaffee wurde ihm eine aromatische Wasserpfeife gebracht, und während er den blauen Rauch inhalierte, blickte er mit halbgeschlossenen Augen verträumt vor sich hin. Den Kaffee rührte er nicht an, trank dafür aber noch mehrere Gläser Arrak.

»Baba«, sagte ich und wies auf die sich leerende Flasche.

»Junge«, sagte mein Vater, »manche Männer trinken, um betrunken zu werden, ich hingegen trinke, um nüchtern zu bleiben.« Die Sängerin, deren kurvenreicher Körper nun in ein langes schwarzes Gewand gehüllt war, stieg wieder auf die behelfsmäßige Bühne und stimmte eine traurige, schleppende Weise an:

O sing meinem Bruder ein Wiegenlied,
denn er trägt den Duft meiner Mutter.
O erfreue ihn mit deinem Gesang,
denn er trägt den Duft meiner Mutter.
O wünsch ihm ein langes Leben,
denn er trägt den Duft meiner Mutter.

Mein Vater stieß einen unterdrückten Seufzer aus. Seine Augen verschleierten sich, und als er den Kopf abwandte, sah ich, daß sie hell glitzerten. Während das letzte schwache Abendlicht langsam verdämmerte, senkte sich das schwarze Gewand der Nacht auf uns, so daß nur noch die goldenen, im stillen Wasser blinkenden Feuer zu sehen waren. Der klagende Klang einer einsamen Hirtenflöte schwebte vom anderen Ufer zu uns herüber. Am Himmel wurden die ersten Sterne sichtbar. Der Mond überzog den Fluß mit silbrigem Glanz. Irgendwo in El-Kark ertönte die Stimme des Muezzins, der das Lob Gottes sang. *Allah akbar. Allah akbar.* Es gibt keine Gottheit außer Ihm.

»Allah«, seufzte mein Vater. »Was hast du mit meinem Bruder getan?«

KAPITEL XV

In einer Neumondnacht träumte meine Mutter, Rabbi Moshi, ihr Vater, habe Hizkel aus den Wassern des Tigris gezogen, ihn wiederbelebt, seinen nassen Körper abgetrocknet, ihn auf eine Matte gesetzt und ihm eine Handvoll Datteln gegeben. Früh am nächsten Morgen weckte sie meinen Vater und mich und verkündete, daß wir zum Grab von Großvater Moshi fahren würden.

»Und was ist mit meiner Prüfung?« fragte ich.

»Dein Großvater, möge er im Paradies ruhen, wird dafür sorgen, daß du eine gute Note bekommst.«

»Ich muß heute morgen etwas Wichtiges erledigen«, sagte mein Vater in der Hoffnung, sich drücken zu können – wohl wissend, daß es zwecklos war.

»Jetzt hör dir diesen Menschen an! Ist Hizkel mein Bruder oder deiner? Nun komm schon, beeil dich.« Wegen ihres Traumes glaubte meine Mutter, daß der Besuch der Grabstätte eine größere Macht als sonst verleihen würde. Mein Vater warf mir einen gespielt bekümmerten Blick zu, hob resigniert die Hände und sagte:

»Komm, mein Sohn. Es ist ohnehin an der Zeit, daß wir uns bei den Toten verabschieden.«

Ich sah ihn verständnislos an.

»Ja. Wir werden uns bald nach Jerusalem aufmachen, und sie werden hier zurückbleiben, bis der Messias kommt. Geh und hol Hiyawi.« Der Tabakhändler hatte uns einmal gebeten, ihn grundsätzlich immer mitzunehmen, wenn wir auf den Friedhof gingen.

»Rashel auch?«

»Die kommt sowieso nicht mit«, sagte meine Mutter. Inzwischen war Abed eingetroffen, um meine Brüder zur Schule zu bringen.

Wir frühstückten hastig und tranken unseren Morgentee, und meine Mutter zog sich ihr langärmeliges blaues Kleid über und band sich ein hellblaues Kopftuch um. Ihre Augen sahen zwar müde aus, doch ansonsten strotzte sie vor Energie. Mir waren diese Fahrten zum Friedhof zutiefst zuwider, und ich ging nur mit, weil mir nichts anderes übrig blieb. Meine Mutter besuchte die Gräber ihrer Familie bei jedem Neumond und vor Feiertagen, um Kerzen anzuzünden und Kieselsteine auf die Grabsteine zu legen. »Die Toten beschützen uns«, pflegte sie zu sagen.

In der Razi-Straße stiegen wir in eine Pferdedroschke. Ich setzte mich neben den Kutscher auf den Bock und kam mir vor wie der Kapitän eines Schiffes. In den Nebenstraßen durfte ich sogar die Zügel halten. Wir fuhren an weißen Häusern vorbei, deren Türen zur Abwehr des Bösen Blickes blau gestrichen waren, sowie an zahllosen schäbigen, ineinander verschachtelten Hütten, aus denen übelriechendes Kloakenwasser sickerte. Dann kamen wir durch einen Palmenhain, der mich an die endlosen Meilen waldartiger Dattelplantagen erinnerte, die mich in meiner Kindheit auf dem Weg zur Grabstätte des Propheten Hesekiel in Chifl immer so bezaubert hatten. Die dürren, klapprigen Gäule trotteten vor der Kutsche einher und bogen in eine Nebenstraße ein, die beidseitig von leuchtend bunten Blumenteppichen gesäumt war. Bauern in derben Baumwollkitteln standen mit Gießkannen zwischen den Blütenreihen, die sich in hintereinanderliegenden Wellen bis zu einer endlosen Ebene von dicht an dicht stehenden Grabsteinen erstreckten. Ich mochte und fürchtete diese Strecke gleichermaßen und hatte mich bei der Beerdigung meines Großvaters geweigert, hier entlangzufahren, obwohl ich ihn inniglich geliebt hatte.

Mein Vater erwachte aus seinen Tagträumen. Als bemerkte er den immer dicker werdenden Kloß in meinem Hals, sagte er zu mir:

»Der Tod gehört zum Leben, mein Sohn.«

Ich fand diesen Gedanken keineswegs tröstlich. Tod war Tod und auch dann nicht weniger furchterregend, wenn der Weg dorthin durch Blumenfelder führte.

Der alte Friedhof hatte sich im Laufe der Jahre kreuz und quer in alle Richtungen ausgedehnt und war jetzt eine wahrhaftige, unheimlich stille Totenstadt außer Hörweite des in Bagdad herrschenden Getöses. Manche Gräber waren von löchrigen Gittern umgeben, als sollten ihre Bewohner am Weglaufen gehindert werden. In einem großen, gewölbten Backsteinbau gleich neben dem Eingang waren die Opfer der Farhud beerdigt. Meine Mutter zog zwei Käppis aus der Tasche.

»Du denkst aber auch wirklich an alles«, sagte mein Vater.

»Wer würde es denn sonst tun, wenn nicht ich. Du vielleicht?«

»Nicht mal was Freundliches kann ich zu dir sagen«, entgegnete er verdrossen wie ein gescholtenes Kind.

Hiyawi war bereits zu ein paar kurdischen Arbeitern hinübergegangen und erteilte ihnen Anweisungen. Die Arbeiter kannten und respektierten ihn. »Jemand muß sich ja um diese Gräber kümmern«, pflegte er zu sagen. »Die Seelen unserer Vorfahren schweben über ihnen. Wenn wir alle auswandern, werden sie sich hier selbst überlassen sein.«

»Gott möge dir ein langes Leben geben«, sagte meine Mutter dann immer, wobei sie ihm einen dankbaren Blick zuwarf, während mein Vater unter seinem Schnurrbart ein zynisches Lächeln verbarg. Als er jetzt beobachtete, wie Hiyawi mit den Arbeitern davonzog, knurrte er:

»Manche Leute werden im Alter weise, andere dagegen geistesschwach. Das wird eines Tages doch sowieso alles zerstört werden. Die Moslems werden keinen Stein auf dem anderen lassen.«

Als Hiyawi mit den Arbeitern fertig war, lief er kreuz und quer an sämtlichen ihm bekannten Grabsteinen vorbei in Richtung des imposanten Grabes von Rabbi Yosef Hayyim. Um diesen Heiligen rankten sich viele Legenden. Einer zufolge unternahm er des nachts einen Rundgang auf dem Friedhof, um sich zu vergewissern, daß niemand ihn schändete. Als ein Moslem einmal versucht hatte, auf einem Grab Wasser zu lassen, hatte der fromme Rabbi den Urin angeblich zu einem Eiszapfen gefrieren lassen, an dem der Mann qualvoll verendet war.

Meine Mutter, die gerade Almosen an die Bettler verteilte, die ihr alle ein »Barmherzigkeit rettet vor dem Tod« zuriefen, gab mir ein paar Münzen, damit ich sie verteilte und ein gutes Werk tätigte. Ihre Füße führten uns zielsicher zwischen alten Grabsteinen und verfallenden Grabstätten hindurch zum Grab meines Großvaters, das so von Moos überwachsen war, daß ich seinen Namen kaum erkennen konnte. Das »sh« von Moshi war überwuchert, und die hebräischen Zeichen mit den Daten seiner Geburt und seines Todes waren nicht zu entziffern. Ich kam mir merkwürdig vor, während ich da stand. Konnte er uns sehen, uns hören? Wußte er, daß wir hier waren? Schwebte seine Seele tatsächlich schützend über uns, wie meine Mutter behauptete? Und würde seine Seele, wenn wir nach Israel gingen, mit uns kommen oder hier bei ihren Gebeinen zurückbleiben und für alle Ewigkeit zwischen den Grabreihen herumspuken? Aber vielleicht würde sie gar nichts tun, weil da gar nichts war – keine Seele, kein Leben nach dem Tode, rein gar nichts – außer den Würmern, die unsere Überreste auffraßen, wie es Salim Effendi Edouard gegenüber in seinen Tiraden gegen die Religion behauptete.

Hiyawi gesellte sich wieder zu uns, reichte uns Gebetbücher und begann ein paar Psalme zu rezitieren. Ich versuchte mitzulesen, doch die gemurmelten Worte ergaben keinen Sinn. Als dann das Kaddisch an der Reihe war, bemerkte ich, daß sich ein Minjan, den Hiyawi fraglos zuvor zusammengetrommelt hatte, um uns versammelt hatte. Obwohl ich das Gebet kannte und es viele Male gehört hatte, war ich so verwirrt, daß ich immer an den falschen Stellen »Amen« sagte. Die aramäischen Worte klangen so unheimlich nach Trauer und Tod. Ich betete zu Gott, daß ich sie niemals für meine eigenen Eltern würde sprechen müssen.

Meine Mutter zündete eine Kerze an und murmelte mit himmelwärts gerichtetem Blick etwas vor sich hin. Bei dem Gebet, in dem um ewigen Frieden für die Verstorbenen gefleht wird und das mit den Worten *El Malei Rahamim* – »O Gott voll Erbarmen« – beginnt, verschleierte sich ihr Blick. Als Hiyawi geendet hatte, legte sie ein paar kleine Steine auf das Grab und fing an zu weinen.

»Wie konntest du fortgehen und mich als Waise zurücklassen?«, rief sie aus und schluchzte dabei so heftig, daß mir selbst die Tränen in die Augen stiegen.

Ich ging zum Eingangstor zurück. An dem Massengrab der Opfer der Farhud standen weinende Frauen, und ein Kantor sang die Namen der Toten:

Chahla, Tochter der Rachel Mash'al.
Abraham, Sohn des Hatun Chiflawi.
Tifaha, Tochter der Maryam Me'allem.
Abraham, Sohn von Maryam Me'allem.
Farha, Tochter der Zbeida …

Farha, die Tochter von Zbeida? Der Name kam mir irgendwie bekannt vor, doch mir fiel nicht ein, woher. Ich starrte auf das Ziegelgewölbe. Hiyawi kam ebenfalls herüber und beugte sich über ein Grab, um die verrutschten Steine zurechtzurücken. Ich blickte zu dem alten Mann hin, dem freiwilligen Hüter eines Friedhofs, auf dem sich kein einziges Grab seiner eigenen Angehörigen befand, da seine Eltern unweit von Chifl in der Provinz Hila begraben waren und die Leiche seiner Frau nie gefunden worden war.

Schließlich trat Hiyawi auf mich zu, legte eine Hand auf meine Schulter und sagte:

»Kabi, möchtest du meine Grabstelle sehen?«

»Wir lassen dich hier nicht zurück«, entgegnete ich. »Du kommst doch mit uns.«

Der alte Mann schüttelte den Kopf. »Ich bin hier geboren worden, und hier werde ich auch sterben.«

Ich bekam eine Gänsehaut. »Ich will davon nichts hören«, sagte ich. Ich ging zum Tor, blieb wartend dort stehen und fragte mich, woher dieses mulmige Gefühl bloß kam.

»Hast du dir die Hände gewaschen?« fragte meine Mutter, als sie bei mir angekommen war.

»Nein.«

»Dann tu das. Dreimal, ohne sie zu trocknen.«

»Schon gut, schon gut.«

»Möge dir die große Tugendhaftigkeit deines Großvaters zugute kommen«, sagte sie, als ich von dem Waschbecken zurückkam. Schweigend stiegen wir in eine der vor dem Tor wartenden Droschken. Ich drückte mich in eine Ecke und merkte es kaum, als wir wieder an den Blumenteppichen vorbeikamen. Der Name Farha ging mir unaufhörlich im Kopf herum. Aus irgendeinem Grund hatte ich ein hölzernes Tor vor Augen und das Gefühl, es würde mir gleich einfallen … aber was?

Und dann, als wir an Abu Ya'akubs Café vorbeifuhren, fiel es mir ein. Ich war damals sieben gewesen. Mein Vater und Abu Yosef spielten in dem Café Backgammon. Ich leckte an einer Eistüte und sah dabei den schwarzfahrenden Jungen hinterher. Wie gern wäre ich einer von ihnen gewesen! Plötzlich kam ein Mann mit einem Quadratschädel und einer Keffiyeh hereingestürmt und brüllte:

»Gott verdamme die Juden!«

»Komm, gehen wir«, sagte mein Vater zu Abu Yosef.

»Nur wegen diesem einen Spinner?« Abu Yosef erhob sich, packte den Moslem beim Kragen und versetzte ihm einen Stoß. Der Mann taumelte, fand das Gleichgewicht wieder, zog einen blitzenden Dolch aus seinem Gürtel und schrie: »*Allah akbar!* Wir werden jeden einzelnen ungläubigen Hurensohn töten!« Mein Vater nahm mich bei der Hand und zog mich hastig aus dem Café. Die anderen Besucher folgten uns eilig, und wir liefen alle in Richtung des jüdischen Viertels Abu Sifin, in das wir gezogen waren, nachdem wir el-Me'azzam verlassen hatten. Auf der Straße wimmelte es von Fuhrwerken voller Moslems, die ihre Arme schwenkten und anti-jüdische Hetzparolen schrien. »*Allah akbar, Allah akbar!* Nieder mit den Ungläubigen! Erhebt das Schwert für Mohammed!«

Ich verstand nicht, warum sie uns Ungläubige nannten. Ging meine Mutter nicht an jedem Sabbat in die Synagoge, mein Vater manchmal auch? Der kurze Weg zu unserem Viertel schien endlos lang. Die Tore der jüdischen Häuser, an denen wir vorbeikamen, waren von den Aufrührern mit dem blutroten Symbol einer Hand beschmiert worden. Wenn wir Kahwit-el-Kebiri erreicht hätten, würden wir uns sicherer fühlen – wie ein Tier in seinem heimischen Territorium.

Mein Vater keuchte beim Rennen und lehnte sich hin und wieder an eine Mauer, um Atem zu schöpfen.

»Baba, wir haben Abu Yosef ganz allein dort zurückgelassen«, sagte ich. Ich hatte noch immer das Bild vor Augen, wie er dem Moslem einen Stoß versetzte, und war mächtig stolz auf ihn.

»Ich habe das deinetwegen getan«, antwortete mein Vater und verzog sich mit mir rasch in Abu Mrads Lebensmittelladen.

»Was ist los?« fragte der Kaufmann, als er uns sah.

Mein Vater erzählte es ihm.

»Ach, das hat nichts zu bedeuten«, sagte Abu Mrad.

»Ich hätte gern fünf Kilo Reis, drei Kilo Zucker und zwei Kanister Öl«, sagte mein Vater.

»Du kaufst ja meinen ganzen Laden leer«, sagte Abu Mrad. »Ich freue mich natürlich, wenn ich ein Geschäft mache, aber laß dir gesagt sein, Abu Kabi, daß nichts geschehen wird. Sie werden es nicht wagen, in das Viertel vorzudringen, und falls doch, dann wird die britische Armee hart gegen sie durchgreifen. Mach dir keine Gedanken, morgen ist Shavuot.«

»Die Sache gefällt mir nicht«, sagte mein Vater. »Ich habe ein ungutes Gefühl. Irgend etwas sagt mir, daß der Feiertag kein freudiger sein wird.«

»Dann fangen wir doch besser gleich zu feiern an«, sagte Abu Mrad und zog unter dem Ladentisch eine Flasche und zwei Gläser hervor. Er goß sie voll und sagte:

»Auf dein Wohl! Und auf Kabi!«

»Ich hoffe, ich irre mich«, sagte mein Vater und leerte sein Glas. Abu Mrad schaltete ein altes, auf einem Regal stehendes Radio ein. Die voluminöse Stimme von Salima Pasha erfüllte den Raum, doch im Gesicht meines Vaters bewegte sich kein Muskel, während er den Sack mit den Lebensmitteln schulterte. Als wir die Tür aufmachten, hörten wir Schreie, und er rief:

»Mach schnell den Laden dicht und geh nach Hause, Abu Mrad. Sie kommen!«

Wir machten uns davon, einen Schwarm schwarzer Heuschrecken mit weißen Keffiyehs auf den Fersen. Sämtliche Juden verschwanden von den Straßen, stürzten sich in Innenhöfe und Häuser wie ein Schwarm aufgeschreckter Vögel. Überall an den Läden wurden scheppernd die Rolläden heruntergelassen.

»Baba, sie sind dicht hinter uns!« schrie ich entsetzt. Mein Vater versuchte schneller zu laufen, doch der Sack auf seinem Rücken behinderte ihn. Wir bogen in unsere Straße ein, und er stieß mit dem Fuß so heftig das Tor zu unserem Hof auf, als sei es der letzte Zufluchtsort auf Erden. Als wir drinnen waren, ließ er den Sack heruntergleiten und rammte den Riegel ins Schloß. »Ist Nuri daheim?« rief er meiner Mutter zu.

»Ja. Was ist denn los?«

»Da sind Ausschreitungen im Gange.«

»Ausschreitungen?«

»Sie bringen Juden um.«

»Was redest du da?«

»Hör auf, so viele Fragen zu stellen und hilf mir, den Holzbalken zu holen.«

Er zerrte den Balken dann selbst zum Tor, verkeilte ihn und ging weitere Gegenstände holen, um sie dahinter aufzustapeln.

»Rühr bloß unsere Festtagstafel nicht an«, sagte meine Mutter.

Er blickte zu dem bereits gedeckten Tisch im Hof hinüber und sagte: »Es wird keinen Festtag geben, Frau.«

»Wo ist Hizkel?« fragte meine Mutter.

»In Basra.«

»Ausgerechnet dann, wenn wir ihn brauchen, ist er nicht da.«

»Hätten wir vielleicht ahnen sollen, daß es zu Ausschreitungen kommt?«

»*Waweli* um unser Leben!« rief meine Mutter und blieb unbeweglich wie ein Stein stehen. Ich half meinem Vater, das Sofa zum Tor zu schieben.

»Die roten Schonbezüge!«

»Sind die deine einzige Sorge?«

Sie nahm die teuren Seidenbezüge ab und lief damit in den Keller.

»Entweder wir retten unseren Besitz oder unser Leben«, rief ihr mein Vater hinterher. »Entscheide dich, Frau!« Doch während er weiter Möbelstücke vor dem Tor übereinanderstapelte, kehrte sie zurück und begann, ihr gutes Tafelsilber und das Porzellangeschirr einzusammeln. Sie argwöhnte, daß mein Vater auch den abgedeckten Tisch als Barrikade verwenden wollte, und hob gerade zum Protest an, als sie bemerkte, wie er zu der auf das Dach führenden Treppe hinstarrte.

»Was starrst du da hin?«

»Sie können auch von dort kommen.«

»Was sollen wir tun? Vielleicht sollten wir nach el-Me'azzam gehen. Hairiyya und Abu Ismail werden uns beschützen. Sie sind gute Moslems.«

»Und wer wird sie beschützen?«

»Was sollen wir denn dann tun?« Meine Mutter brach in Tränen aus.

»Hör auf zu heulen! Ich möchte, daß du sämtliches Öl, das wir im Haus haben, erhitzt. In dem Sack da sind auch noch zwei Kanister.«

»Wozu?«

»Um es über ihre Köpfe zu schütten.«

In ihre Stoßgebete zu Gott mischte sie Verwünschungen der Moslems.

»Spar dir deine Worte, Frau, und bring Nuri in den Keller«, sagte mein Vater. Das mit dem Öl hatte er schon wieder vergessen. Er ging in die Küche, kehrte mit einem scharfen Fleischmesser zurück und legte es auf den Tisch. Meine Mutter brachte Nuri hinunter. Überall waren, halb von *Allah-akbar*-Rufen übertönt, das Wehklagen von Frauen und die Schreie von Kindern zu hören.

»Geh hinauf aufs Dach und sag mir, ob du sie kommen siehst«, wies mich mein Vater an.

Ich legte mich auf das flache Dach und blickte hinab. Vom Nachbarhof sah der kleine Farid zu mir herauf, mit vor Angst glitzernden Augen. Sein Vater stand mit einem Holzknüppel am Tor. Ein junger Araber kam mit einer großen Kiste voll Sachen aus Abu Mrads geplündertem Laden gerannt. Ein anderer Araber versuchte sie ihm zu entreißen, und die beiden begannen, sich darum zu streiten. Immer mehr schwarze Gewänder kamen in das Viertel geströmt und rannten durch die Straßen. In den Händen schwenkten sie Schwerter, Dolche, Pistolen und in Pech getauchte Keulen. Ein dickwanstiger Mann mit einer Axt rutschte aus und fiel in eine Pfütze, und die ihm nachfolgenden Männer stolperten einer nach dem anderen über ihn. Als er sich aufgerappelt hatte, sah er aus wie eine Schlammsäule. Er wischte sich mit dem Ärmel über das Gesicht und begann, auf das unserem Haus gegenüberliegende Tor einzuhauen, hinter dem eine Witwe namens Farha wohnte. Als er es zertrümmert hatte, hastete sie kreuz und quer über ihren Hof und flüchtete sich schließlich in eine Ecke. Obwohl ich sie nicht mehr im Blickfeld hatte, konnte ich sehen, wie der Araber langsam auf sie zuging. Er sah aus, als pirsche er sich an ein Hühnchen heran. Dann ging er in die Knie und entschwand meinen Blicken. Ich wünschte, ich hätte nicht gewußt, warum Farha plötzlich nicht mehr schrie. Der Araber richtete sich auf, ordnete seine Kleider und machte sich davon.

Als wir nun vom Friedhof zurückkehrten, wurde mir bewußt, daß ich sie vollkommen vergessen hatte. Wäre bei der Aufzählung der Opfer der Farhud nicht ihr Name gefallen, hätte ich vielleicht nie wieder an sie gedacht. Und mit ihr kamen mir nach und nach auch die anderen Einzelheiten jenes Tages ins Gedächtnis zurück. Auf den Dächern ringsum konnte ich unsere jüdischen Nachbarn sehen, die sich mit den erstbesten Gegenständen, die sie hatten finden können, bewaffnet hatten – Stock, Stein, Messer, Axt. Einige waren aus den Höfen geflohen, in die die Randalierer eingedrungen waren. Auf einem Dach stand eine Gruppe von Männern, deren Anblick mich mit Zuversicht erfüllte; einen Augenblick lang bildete ich mir in meiner kindlichen Phantasie ein, ein General zu sein, der seine Streitkräfte hierhin und dorthin dirigierte.

Der Abend kam, und es wurde dunkel. Jetzt mußte man nicht nur vor den Aufrührern Angst haben, sondern auch vor Dschinns. Während die Schreie des wütenden Mobs schwächer wurden, brannten in den Höfen der geplünderten Häuser offene Feuer, und die Moslems tanzten um sie herum wie wilde Indianer. Von den Häuserdächern drang Gestöhne und Gejammer herüber. Meine Mutter zündete die Ölkerzen auf dem Feiertagstisch an und sagte mit erstickter Stimme den Segensspruch. Vielleicht hatte sie die Lichter aber auch schon angezündet, ehe sie in den Keller gegangen war; in meiner Erinnerung kam alles durcheinander. Einer Sache war ich mir jedoch sicher: mein Vater war barhäuptig. Ich auch. Mit haßerfüllter Stimme hörte ich ihn sagen: »Gieße deinen Zorn aus über die Heiden, die dich nicht kennen.« Ich wußte, daß diese Worte aus der Passah-Haggada stammten. An einem Sederabend hatte er einmal erklärt, daß wir sie hersagten, weil das unsere einzige Antwort auf die Ermordung von Juden durch die Gojim sei.

»Wir müssen etwas essen«, sagte meine Mutter.

»Ihr könnt ja essen, wenn ihr wollt«, sagte mein Vater. »Ich gehe hoch aufs Dach. Es ist jetzt zwar ruhig, aber von dort oben kann ich Ausschau halten, ob noch mehr kommen.«

Ich konnte mich nicht daran erinnern, das Festmahl verspeist zu haben, wußte aber noch, daß ich mit meinem Vater fast bis zum Morgengrauen auf dem Dach gestanden und schweigend auf die Funken herabgeblickt hatte, die noch immer aus den schwelenden Feuern in den Höfen zum Himmel stoben. Dann vernahmen wir Schüsse und Geknalle, und mein Vater sagte: »Vielleicht sind das regierungstreue Truppen. Vielleicht werden sie uns retten.« Es klang nicht sehr hoffnungsvoll. Ab und zu rannte er in geduckter Haltung zur Toilette am anderen Ende des Daches.

»Hast du Angst?« fragte ich.

»Ja.«

»Ich habe Durst.«

»Kannst du noch eine Weile warten?« Ehe ich antworten konnte, war er in den Hof hinabgestiegen und kam mit einem Wasserkrug zurück.

»Baba, meinst du, die kommen morgen wieder?«

»Ich weiß es nicht. Ich hoffe nicht.«

»Warum tun sie das?«

»Weil wir Juden sind.« Er murmelte noch etwas anderes, das ich aber nicht verstand.

»Was hast du gesagt?«

»Ein Gebet in Gottes Sprache.« Er drückte mich so fest an sich, daß ich sein pochendes Herz spüren konnte. Die Zeit schien einen Augenblick lang stehengeblieben zu sein.

Als die Straßenlaternen ausgingen und meine Mutter gerade »Gott sei Dank, jetzt sind sie weg« sagte, hörten wir sie wiederkommen.

»Pack das Allernötigste zusammen«, sagte mein Vater.

»Wozu?« fragte meine Mutter.

»Ich habe einen Plan. Du gehst jetzt über das Dach zu Rabbi Sasson Kirabas Haus.«

»Ohne dich gehe ich nirgendwo hin«, sagte meine Mutter, die unten auf dem Boden saß. »Allah wird uns hier an dieser Stelle beschützen.«

»Vielleicht kannst du mir verraten, wo dein Allah ist. Hält vielleicht nach dem Festmahl sein Verdauungsschläfchen, oder?«

»Möge er dir verzeihen in seiner großen Güte! Wie kannst du so etwas sagen?« Meine Mutter schlug die Hände zusammen. »Deinetwegen wird er uns jetzt alle bestrafen.«

»Was letzte Nacht in diesem Viertel passiert ist, war wohl ebenfalls meine Schuld.«

»Alle, die dafür verantwortlich sind, wird er ebenfalls bestrafen!«

»Ja, und wir schauen dann von den Gräbern aus zu, in denen wir liegen, nachdem sie uns niedergemetzelt haben. Allah und ich kommen schon ohne dich zurecht, Frau. Nimm die Kinder und mach dich auf den Weg. Hörst du nicht, daß sie kommen? Wir haben keine Zeit zu verlieren!«

Nuri klammerte sich an das Kleid meiner Mutter und begann zu weinen. Mein Vater schickte mich wieder aufs Dach, um auszukundschaften, was da vor sich ging. Unten auf der Straße sah ich eine dicke, stämmige Frau, die mit einer Keule schwerfällig auf unser Haus zugeschlurft kam. Sie sah aus wie Ismails Mutter Hairiyya. Sogar ihre Frauen wollen uns umbringen, dachte ich. Ich sah nochmal hin. Es war tatsächlich Hairiyya.

»Hairiyya ist hier!« rief ich.

»Wir sind gerettet«, rief meine Mutter aus.

»Tolle Retterin«, sagte mein Vater. »Die werden auch ihr die Kehle durchschneiden.« Und dann brüllte er: »Hairiyya, geh fort! Sie werden dich umbringen.«

»Das sollen sie mal versuchen!« antwortete Hairiyya und pflanzte sich vor unserem Tor auf. Sie hob ihre Keule in die Höhe und brüllte: »Wir haben mit den Juden länger zusammengelebt, als irgendeiner zurückdenken kann. Wage ja niemand, sie anzurühren!«

Seltsamerweise ließen die Randalierer unser Tor aus und flohen sogar davor. Eine Minute später traf die Armee ein. Im Nu war die Ruhe wieder hergestellt. Mein Vater öffnete das Tor und ließ Hairiyya herein. Sie schloß mich in ihre fleischigen Arme, schlang sie dann um meine Mutter und hielt sie lange fest. Dann setzten sich die beiden an den abgeräumten Tisch. Ich sah, daß sie etwas sagen wollte, die Worte jedoch zurückhielt.

»Ich gehe jetzt«, sagte mein Vater.

»Wohin?« fragte meine Mutter.

»Wir müssen uns um die Verwundeten kümmern und die Toten begraben.«

Gegen Abend kam er mit Abu Yosef zurück, dessen eine Schulter bandagiert war. Ihre Kleider waren blutverschmiert, und sie waren ganz grau im Gesicht. Wortlos setzten sie sich auf zwei Stühle. Meine Mutter war noch immer mit Hairiyya in der Küche. Eine Weile später sagte Abu Yosef laut:

»Ich wandere aus nach Palästina.«

»Weshalb die Eile?« rief meine Mutter aus der Küche.

»Ich habe keine Lust, auf den Messias zu warten.«

»Nicht jeder Moslem ist ein Mörder«, sagte Hairiyya.

»Das ist wahr. Aber wir sind hier nicht sicher.«

»Er hat recht«, sagte mein Vater.

»Sie haben den Boden des Irak für uns entweiht«, sagte Abu Yosef.

»Die waren nicht recht bei Sinnen«, sagte Hairiyya. »Jemand hat ihnen die Köpfe verdreht.«

»Wenn das einmal passiert ist«, entgegnete Abu Yosef, »kann es jederzeit wieder passieren.«

Mein Vater ging in den Keller, kam mit einem Schlüsselbund zurück und reichte ihn Hairiyya. »Hier sind die Schlüssel zu unserem Haus in el-Me'azzam. Behalte sie. Es ist ziemlich unwahrscheinlich, daß wir sie jemals wieder brauchen werden.«

KAPITEL XVI

Aufgrund meiner Erinnerungen an die Farhud erschien mir die Angst meines Vaters vor einer Wiederholung als schrecklich real. Jeder Moslem, dem ich ins Gesicht sah, hatte den Quadratschädel des Mannes, der in Abu Ya'akubs Café versucht hatte, Abu Yosef und meinen Vater zu erdolchen. Auch Ismail. Eines Tages würde auch Ismail Ausschreitungen gegen die Juden anführen, vielleicht sogar alte jüdische Frauen wie Farha vergewaltigen und mit der Axt erschlagen.

Ich schwänzte einen Tag lang die Schule und unternahm einen langen Spaziergang zu dem Haus in Kahwit-el-Kabiri, in dem wir gewohnt hatten, als die Farhud ausbrach. Meine Mutter, die nie über jene Tage redete, sehnte sich nur in unser altes Haus in el-Me'azzam zurück, nicht aber dorthin. Obwohl ich seitdem nie mehr dort gewesen war, hatte ich jetzt das Bedürfnis, die Gegend zu sehen, in der die Farhud ausgebrochen war. Nachdem ich den ganzen Tag lang das fehlbare Labyrinth der Erinnerungen durchstreift hatte, schaute ich in Hiyawis Tabakladen hinein.

»Hiyawi, wo bist du während der Farhud gewesen?«

»Kabi, mein Junge«, erwiderte er seufzend, »warum alte Wunden aufreißen?« Er schwieg eine Weile. Dann, nachdem er seinen Tee ausgetrunken und sich über das Gesicht gestrichen hatte, sagte er: »Was soll ich dir sagen? Es war nicht Gottes Werk, sondern das seiner Geschöpfe. Du kennst doch Hajj Yahya. Er ist einer der Moslems, die mit Juden nicht zu reden geruhen; obwohl sich sein Laden schon seit vierzig Jahren gegenüber von meinem befindet, läßt er sich nur darum dazu herab, mich zu grüßen, weil wir beide alte Männer sind, die nicht mehr lange auf dieser Welt sein werden. Ich möchte, daß du weißt, daß ich am Nachmittag vor der Farhud, als ich schon riechen konnte, daß es Ärger geben würde, auf mein Dach stieg, um mich mal umzusehen. Ich trug mich mit dem Gedanken, Hajj Yahya zu bitten, mir Zuflucht zu gewähren; wir kannten uns schon seit dem Tag, da er in dieses Viertel gezogen war, und er hatte mir immer den Respekt erwiesen, der einem alten, gottesfürchtigen Juden gebührt. Als ich am oberen Ende der Straße Stimmen vernahm, pirschte ich mich auf den Dächern soweit vor, bis ich eine große Gruppe Moslems ausmachte, die sich vor seinem Laden versammelt hatte. Soll ich dir sagen, was ich sah? Hajj Yahya stand auf der Treppe und wiegelte die Menge auf, die in einem fort *Allah akbar* schrie. Anfangs sprach er so leise, daß ich ihn nicht verstehen konnte, doch seine Stimme wurde immer lauter, bis sie schließlich dröhnte wie die des Predigers in einer Moschee. Ich hatte ihn noch nie zuvor solche Dinge sagen hören. Ich wußte nicht, ob ich träumte oder wachte.«

»Was hat er denn gesagt?«

»Kabi, mein Junge, was soll ich dir sagen? Es waren die üblichen anti-jüdischen Hetzreden: ›Die Juden sind dazu bestimmt, auf ewig elende Sklaven zu sein! Allah hat uns befohlen, sie zu töten und auszurotten! Sie sind Nichtmohammedaner, Ungläubige, die ärgsten Feinde des Islam! Moses, ihr eigener Prophet, nannte sie ein halsstarriges Volk! Der heilige Koran sagt, sie seien nicht besser als Heiden! Ein heiliger Krieg sollte gegen sie geführt werden! Sie zu töten, ist eine tugendhafte Tat, und wer es tut, bekommt einen Platz im Paradies!‹ Das waren seine Worte, und jedesmal, wenn er innehielt, um Atem zu holen, brüllte die Menge *Allah akbar*. Es gab keinen Ort, an den ich mich hätte flüchten können. Kabi, mein Junge, mir wurde ganz weich in den Knien. Ich betete zu Gott, daß er den Mann zum Schweigen bringen möge, doch der machte wutschäumend weiter:

›Was der Islam von den Juden hält, ist in Sa'ad bin Ma'ads Urteil über die Juden vom Stamm Kurayza festgehalten: Tod den kämpfenden jüdischen Männern! Tod den jüdischen Jungen! Gefangenschaft für alle jüdischen Frauen und Mädchen! Der gesamte Volksstamm möge von der Erde getilgt werden! So lautete das heilige Urteil des Islam. Es kann keinen Frieden mit den Juden geben. Es kann keine Versöhnung mit den Ungläubigen geben. Es kann solange nichts als Krieg geben, ehe nicht die letzten ihrer Leichname unter der Sonne verrottet sind! O ihr Gläubigen, spürt die Juden auf: auf der Straße, in den Gassen, auf den Märkten, in ihren Häusern, in ihren Kellern, in ihren Schränken, unter ihren Betten, hinter jedem Baum – überall! Stöbert jeden einzelnen von ihnen auf, wie es Mohammed in seinem Krieg gegen sie getan hat, als die Bäume und die Steine den moslemischen Kriegern zuriefen: Kommt her, hinter uns versteckt sich ein Jude. Tötet ihn! Schlachtet ihn ab! Und Allah sei mit euch!‹«

»Das«, sagte Hiyawi, »hat er gesagt. Und die ganze Menge schrie unablässig *Allah akbar, Allah akbar!* Und er –«

»Hör auf!« unterbrach ich ihn schaudernd. »Ich will nichts mehr hören.«

»Kabi, mein Junge, hör mir zu. Ich selbst stehe mit einem Bein im Grab, aber du und deine Kinder werden mit diesen Moslems zusammenleben müssen. Du mußt dir darüber im klaren sein, daß sie immer so gedacht haben. Laß mich dir erklären, worüber Hajj Yahya da geredet hat. Im siebten Jahrhundert, zu Mohammeds Lebzeiten, gab es auf der arabischen Halbinsel bei Medina zwei jüdische Stämme : den Stamm Nadir und den Stamm Kurayza. Sie waren Araber aus der Wüste und hatten dasselbe Blut und dieselben Traditionen wie die anderen Stämme. Der einzige Unterschied bestand darin, daß sie an den Gott Israels glaubten. Der Stamm Nadir gab klein bei und unterwarf sich dem Islam, doch der Stamm Kurayza, der sehr stark war und mächtige Verbündete hatte, blieb seinem jüdischen Glauben treu. So sehr Mohammed auch versuchte, sie zum Glaubenswechsel zu bewegen, sie weigerten sich. Er wollte von ihnen als der letzte Prophet anerkannt werden, doch sie entgegneten ihm, daß die Tage der Propheten seit der Zerstörung des Tempels vorbei seien. Am Ende beschloß er, sie zu vernichten, und umzingelte sie mit seiner Armee. Am Tag vor der entscheidenden Schlacht kamen ihre Führer überein, den Streit einem Schiedsspruch von Sa'ad bin Ma'ad zu unterwerfen. Dieser Sa'ad war ein Stammesführer und einer ihrer einstigen Verbündeten – und er entschied, daß sie alle sterben müßten. Das war das Urteil, auf das Hajj Yahya anspielte. Und Mohammed, der große Heilige, sagte zu seinen Anhängern: ›Sa'ad bin Ma'ad hat uns das Urteil des höchsten Gottes im Himmel offenbart‹. Er nahm sich Rihana bint Imar, die schöne Jüdin, zur Konkubine und riß außerdem ein Fünftel der bei der Vernichtung des Stammes Kurayza gemachten Beute an sich.

Kabi, mein Junge, damit du nicht denkst, ich sei ein alter, dummes Zeug daherschwatzender Tattergreis, besorg dir die Bücher, die Hajj Yahya gelesen hat, und überzeug dich selbst, was darin steht. Ich begreife einfach nicht, warum dein Vater dessen Sohn Karim Abd-el-Hak als Anwalt für Hizkel engagiert hat. Und dabei war er Dutzende von Jahren unser Nachbar! Wenn einer wie er – einer, der uns kannte, der unser Brot gegessen und unser Wasser getrunken hat – die Farhud mit angestiftet hat, wem können wir dann noch trauen? Herr, was geschieht nicht alles, weil die Menschen nicht das sind, was sie zu sein scheinen! Und laß dir von deinen Araberfreunden wie Abu Edouard oder von diesem Kommunisten namens Salim Effendi bloß nicht weismachen, das sei nur das Machwerk eines aufgehetzten Pöbels gewesen. Ist Hajj Yahya, der die heiligen Bücher der Moslems kennt, der nach Mekka gepilgert ist und einen hohen Armeeoffizier und einen berühmten Rechtsanwalt zu Söhnen hat, vielleicht Pöbel? Wenn dem so wäre, ist es jeder einzelne von ihnen.«

»Hast du ihn nie gefragt, warum er das getan hat?«

»Aber freilich. Das einzige, was bei diesem traurigen Gespräch herauskam, waren zahllose Koranverse. ›Es gibt keine Macht und keine Hilfe, außer von Allah.‹ ›Wir kommen von Gott, und zu Gott kehren wir zurück.‹ ›Allah ist groß, und der Sieg wird den Gläubigen gehören.‹ ›Möge Allah allen Sündern vergeben.‹ Das war unser letztes Gespräch, und es fiel dabei kein Wort der Reue oder des Bedauerns – nein, nichts als fromme Sprüche. Von dort aus bin ich direkt zum Friedhof gegangen, um beim Begraben der Toten zu helfen. Unterwegs summte ich den Psalm ›Du hast mich über meine Gegner erhoben, darum will ich dir danken‹, denn ich wußte, daß wir es waren, die am Ende siegen würden. Und so war es auch. Die Farhud kam, und die Farhud ging, aber wir Juden sind noch immer hier.«

»Und warum sind sie so?«

»Uff«, ächzte Hiyawi. »Diese Frage stellen wir uns seit dem Tag, da der erste Jude gehaßt wurde, und Gott allein weiß die Antwort. Das einzige, was ein schlichtes Gemüt wie ich dir sagen kann, ist, daß sie es uns niemals verziehen haben, daß wir keine Moslems geworden sind und Mohammed nicht als den größten Propheten ansehen. Sie beneiden uns darum, Gottes auserwähltes Volk zu sein, während sie selbst die Nachkommen von Hagar, der Sklavin unserer Mutter Sara sind, und sie können es nicht verwinden, daß ihr Koran von unserer Bibel abgeschrieben ist, aus der sie sogar ihren Glauben an einen einzigen Gott übernommen haben. Wir waren ihnen in allem voraus. Wir waren sogar vor ihnen im Irak. Und das Unverzeihlichste von allem ist, daß es ihnen, so sehr sie sich auch bemüht haben, nicht gelungen ist, uns am Überleben zu hindern. Es ist Neid, mein Junge, purer Neid – und nun, da die Freunde deines Onkels Hizkel fortgegangen sind und sich einen jüdischen Staat geschaffen haben, möge Gott uns beistehen!«

»Aber was gibt es da zu beneiden?« rief ich aus. »Die behandeln uns doch wie den letzten Dreck!«

»Mein Junge, in der Bibel steht geschrieben, daß Neid schlimmer ist als der Tod. Wenn ein Mann zwei Augen hat, ist das eine eifersüchtig auf das andere. Es ist schwer, das zu verstehen.«

»Aber wenn du das, was du da sagst, alles glaubst, Hiyawi, warum bist du dann noch in Bagdad?«

»Bagdad gehört uns genauso wie ihnen. Haben sie nicht selbst ein Sprichwort, das lautet: ›Der Himmel gehört Gott und die Erde allen Menschen.‹? Außerdem stammt unser Vater Abraham von hier, und es gibt keinen anderen Ort der Welt, an dem ich lieber wäre, während ich darauf warte, daß uns der Messias in Zion erlöst. Man kann mit den Moslems durchaus zusammenleben – vorausgesetzt, man redet ihnen nicht drein und findet sich damit ab, daß sie das Sagen haben. Das haben wir seit Generationen getan, und das sogar in besseren Zeiten als diesen. Vor dem Krieg, als es noch keinen Zionismus gab und kein Palästina und keinen Mufti von Jerusalem, der den Mob aufwiegelte, fühlten wir uns hier sicher. Der alte König Faisal, Gott sei seiner Seele gnädig, und der Pascha, den ich seit den türkischen Herrschaftszeiten kenne, und Ja'afar el-Askari, der Schwager des Paschas, und viele andere waren unsere Freunde. Früher habe ich die entlegensten Dörfer aufgesucht, um Tabak zu kaufen, Dörfer, in die ein Jude noch nie zuvor einen Fuß gesetzt hatte! Erst als Faisal starb und sein Sohn Ghasi den Thron bestieg, haben unsere Schwierigkeiten begonnen. Und nun, da wir Juden einen Staat haben mit einer eigenen Armee und Flagge und Nationalhymne, wo es direkt hier in Bagdad eine zionistische Untergrundbewegung gibt mit jungen Männern, die wissen, wie man sich verteidigt, ist es da verwunderlich, daß die Moslems aufgebracht sind? Es geht ihnen nicht in den Kopf, daß eine nichtswürdige Kreatur wie ein Jude plötzlich aufbegehrt. Wie können *dhimmis*, Untergebene wie wir, sich aufführen wie die Herren und einen gleichberechtigten Platz unter den Nationen fordern?«

»Hiyawi«, sagte ich, »du bringst mich ganz durcheinander. Einmal bist du auf unserer Seite, und dann wieder auf ihrer.« Ich erzählte ihm von Ismails Mutter Hairiyya, die auf ihren stämmigen Beinen mit einer Keule in der Hand den ganzen Weg von el-Me'azzam zurückgelegt hatte, um uns während der Farhud zu beschützen.

»Das ist die menschliche Natur, Sohn. Es gibt gute und es gibt schlechte Menschen. Es ist alles nur eine Frage der Anschauung.«

KAPITEL XVII

Kurz nach der Demonstration wurde Rabbi Bashi auf dem schnellsten Wege ins Meir-Ilias-Hospital gebracht. Einige sagten, es sei Herzversagen, andere, es sei ein Nervenzusammenbruch, den er erlitten habe, weil seine Herde von ihm abgefallen sei. Am gleichen Tag rief Abu Saleh el-Hibaz zu einem Generalstreik in den jüdischen Stadtvierteln auf. Schulen wurden geschlossen, Läden und Geschäfte dichtgemacht, und der Suk war menschenleer. Sogar jüdische Beamte riskierten es, daheim zu bleiben. Hiyawi hockte neben der Tür von Rabbi Bashis Krankenzimmer auf einem Schemel, rezitierte Psalmen und verweigerte jedem den Zutritt. Erst nachdem er lange mit sich gerungen hatte, beschloß er, dem Rabbi von dem Streik und der hermetischen Abriegelung des jüdischen Viertels durch die Polizei zu berichten.

»Sie haben den Verstand verloren! Ich muß sofort den Wesir aufsuchen«, rief Rabbi Bashi, den es keine Minute länger in seinem Krankenbett hielt.

Mit Mühe und Not gelang es Hiyawi, ihm zuzureden, wenigstens so lange zu warten, bis er selbst heimgegangen wäre, um sich einem solchen Anlaß gemäß einzukleiden – in seinen goldenen, nach Mottenkugeln riechenden Kaftan, seinen eleganten Turban und eine Seidenschärpe.

Gemeinsam suchten die beiden Männer das Büro des Innenministers auf. Während Rabbi Bashi lang und breit mit dem Wesir konferierte, wartete Hiyawi draußen auf dem Gang. Anschließend fuhren sie weiter zum Königspalast. Mit rotem Kopf und tief bestürzter Miene kehrte Rabbi Bashi zu dem Chevrolet zurück. Schwer atmend ließ er sich auf den Rücksitz sinken. Während sie durch die Straßen der jüdischen Viertel fuhren, beugte sich Hiyawi vor, damit der Rabbi die an die Wände geschmierten Parolen nicht sah, die seine Amtsniederlegung verlangten.

Als sie dann in Rabbi Bashis Arbeitszimmer saßen, nahm dieser seine dunkle Brille ab. Seine großen braunen Augen waren von Kummer getrübt. »Sie sind ein Haus des Widerspruchs, sie haben harte Köpfe und verstockte Herzen«, sagte er, den Propheten Hesekiel zitierend. »Glauben sie wirklich, wenn ich zurücktrete, könnten sie diese Gemeinde besser leiten, als ich es getan habe? Nun, sollen sie es doch versuchen! Was wissen sie schon von Machtmechanismen? Ein Führer muß über gesunden Menschenverstand verfügen. Sie glauben wohl, wir lebten in einer Demokratie wie in Großbritannien. Begreifen sie nicht, daß das Herz des Pharaos nicht verhärtet werden darf? Ich soll eine offene Erklärung abgeben, daß ich den Staat Israel befürworte. Wissen sie nicht, daß ich nichts lieber täte als das? Wenn ich könnte, würde ich vor Freude darüber, die Gründung eines jüdischen Staates miterlebt zu haben, auf den Straßen tanzen. Doch was soll ich dem König und dem Pascha sagen – daß sie bitte die Güte haben mögen, sich mit unserer geteilten Loyalität abzufinden? Unsere Rabbis seligen Angedenkens haben es vor langer Zeit gesagt, genau hier in Babylonien: *Dina de-malkhuta dina*, dem Gesetz des Landes muß Folge geleistet werden. Sie hätten die Standpauke hören sollen, die mir der Wesir verabreicht hat. ›Sie begünstigen und ermutigen die Verräter! Ist dies der Dank für unsere Unterstützung? Wenn der heimliche Schmuggel von Juden nach Palästina nicht aufhört, wenn uns die illegalen Waffen und die Leute, die Waffenlager anlegen, nicht ausgeliefert werden, müssen wir uns selbst darum kümmern. Auf die eine oder andere Art wird es uns schon gelingen, der Schlange den Kopf abzuhacken!‹ Genau das waren seine Worte an mich.

Höre, Hiyawi. Wenn die Mitglieder der Bewegung mit ihrem Leben spielen wollen, sollen sie es tun – wenn ich sie auch immer wieder davor warnen werde, als wären sie meine Söhne. Doch warum sollen sämtliche Juden in diesem Lande dafür büßen müssen? Wodurch hat sich meine Herde versündigt? Sollen sie weitermachen und Politik spielen, wenn sie es unbedingt wollen. Habe ich sie daran gehindert, die Bewegung ins Leben zu rufen? Habe ich ihnen verboten, junge Burschen im Gebrauch von Waffen auszubilden, Waffen in Wohnhäusern und Synagogen zu verstecken, das Leben von Frauen, Kindern und alten Männern zu gefährden oder unschuldige jüdische Mädchen als Waffenschmugglerinnen zu mißbrauchen? Großer Gott im Himmel! Weißt du, was die Moslems mit ihnen tun werden? Sie werden sie auf sämtlichen Dächern vergewaltigen und ihre Ehre mit Füßen treten. Und ausgerechnet die Frauen sind es, die gegen mich demonstrieren! ... Hat mich irgend jemand informiert? Hat mich irgend jemand konsultiert? Aber wenn das alles mit Festnahmen und Polizeiterror endet, zu wem kommen sie dann alle gerannt? Zu mir!

Sie wollen dieses Land verlassen? Ich wünsche ihnen eine gute Reise. Aber wenn sie selbst es so eilig haben, müssen darum sämtliche Juden von Babylonien, unserem allerersten Exil, verdammt werden? Sollen sie gehen, sage ich! Habe ich versucht, sie zurückzuhalten? Habe ich sie bei der Regierung denunziert? Ich habe sie gehütet wie meinen Augapfel. Ich liebe jeden einzelnen von ihnen wie ein eigenes Kind. Herr des Himmels, womit habe ich das verdient? Ist dies mein gerechter Lohn?

Und noch etwas. Ich gebe zu, daß ich bei der Ausrufung des Staates Israel schleunigst versichert habe, daß die jüdische Gemeinde der Krone und dem Land gegenüber loyal sei. Was hätte ich denn sonst tun sollen – den König und den Pascha zum Purimfest einladen? In einem Bagdad feiern, das dabei war, seine Toten zu begraben, die in Palästina gekämpft hatten, während Heerscharen von schwarzgewandeten Moslems durch die Straßen tobten und Racheschreie ausstießen? Der Tigris hätte sich rot gefärbt von jüdischem Blut! Wenn sie die Moslems bekämpfen wollen, steht es ihnen frei, die Helden zu spielen, doch sie sollen begreifen, daß wir bislang nur darum am Leben geblieben sind, weil wir zu schwach waren, um sie zu bekämpfen. Wissen sie nicht, daß sich stärkere Völker als wir auf einen Kampf mit der moslemischen Welt eingelassen haben und vernichtet worden sind? Diese Toren! Diese Einfaltspinsel! Wie soll ich für mein Volk vermitteln, wie soll ich der Regierung auch nur ein einziges Zugeständnis abringen, wenn ich mich mit ihr anlege? Dummköpfe und Dummköpfe hoch drei! Sie werfen mir vor, ich hätte 1936 den Zionismus verurteilt. Das habe ich tatsächlich getan, Gott ist mein Zeuge. Doch sie vergessen, daß das die Zeit dieses verfluchten Rebellen Bakr Sidki war; daß die Nazis – möge ihr Name getilgt werden – bereits an der Macht waren; und daß der Mufti – möge Gott sein Leben verkürzen – an die Tore von Bagdad klopfte. Am Horizont waren dunkle Wolken zu sehen. Wer außer einem Vollidioten wäre in einer solchen Zeit offen für den Zionismus eingetreten? Die Engländer waren machtlos. Hätten die Moslems beschlossen, uns alle niederzumetzeln, wer hätte sie davon abgehalten? Sag mir, Hiyawi: muß ich die Toren, die unsere ganze Existenz aufs Spiel gesetzt haben, um Verzeihung bitten? Herr des Himmels, womit habe ich dies alles verdient? Ist dies mein gerechter Lohn?

Und noch etwas. Mitten im Krieg, kurz bevor uns die ersten Berichte über unsere europäischen Brüder zu Ohren kamen, die so entsetzlich waren, daß mir das Herz blutete, zitierte mich der nazifreundliche Innenminister Yunis Sab'awi zu sich, einer der wichtigsten Anhänger von Premierminister Rashid Ali el-Kailani und ein Verbündeter des Mufti – mögen sein Name und seine Nachkommenschaft ausgelöscht werden. Er saß da, umringt von seinen Lakaien, warf mir ein süßliches Lächeln zu und sagte: ›Rabbi Bashi, der Mob fordert lautstark jüdisches Blut. Sag deinen Juden, sie sollen Kleidung und Nahrungsmittel packen und sich darauf vorbereiten, Bagdad zu verlassen und sich an einen geheimen Ort in der Wüste zu begeben, wo ich sie schützen werde, bis sich die Hysterie gelegt hat.‹ Er sah so engelhaft drein, daß ich ihm beinahe glaubte, und so sagte ich ihm, daß ich mich mit den Vorstehern der Gemeinde beraten müsse. Doch als ich nach dieser Begegnung nach Hause ging, erlitt ich einen Schwächeanfall. Mir wurde schwarz vor Augen. Jeder Schritt, den ich unternahm, schien mich meinem Ende näherzubringen, und als ich in meinem Büro ankam, verkündete mir mein Sekretär, was mir die Stimme meines Herzens bereits gesagt hatte – daß Yunis Sab'awi, der mit so honigsüßer Zunge geredet hatte, ein Konzentrationslager vorbereitete, eine Art Ghetto, in dem die Moslems mit uns tun könnten, was sie wollten.

Ich brach in Tränen aus, und sie waren noch auf meinen Wangen, als ich den Regenten Abd Allah aufsuchte. Hiyawi, du bist der erste, dem ich Einzelheiten von dieser Begegnung erzähle. Ich nahm meine *imama* ab, schleuderte sie auf seinen Schreibtisch und sagte: ›Hoheit, ich werde das Kleid des Oberrabbis so lange nicht mehr tragen, bis Ihr das Dekret widerrufen habt.‹ Er zeigte sich über meine Tränen höchst erstaunt und rief: ›Der Herr beschütze Sie, verehrter Rabbi Bashi! Ich kenne Sie nun schon seit Jahren, und noch nie habe ich Sie so aufgebracht gesehen.‹ Auf seine Aufforderung hin nahm ich Platz und sagte: ›Hoheit, ihr Moslems und wir Juden sind Vettern. Wir haben den gleichen Vater, sind beide vom gleichen Gott erschaffen worden – warum wird meinem Volk dann aufgetragen, ins Exil zu gehen und weiß der Teufel was sonst noch? Sind wir nicht immer loyale Staatsbürger gewesen? Sind wir nicht unseren Verpflichtungen nachgekommen? Zahlen wir nicht unsere Steuern? Möchtet Ihr als ein gemeiner Verunglimpfer der Juden in die Geschichte eingehen?‹ ›Mein lieber Rabbi Bashi‹, fiel mir der Regent ins Wort, ›im Namen Allahs, was ist bloß in Sie gefahren? Wovon reden Sie da?‹ Ich erzählte ihm von Sab'awis geheimem Plan. Er griff zum Telefon, wechselte mit jemandem ein paar Worte und sagte: ›Rabbi Bashi, beruhigen Sie sich. Sab'awis Plan wird niemals ausgeführt werden.‹ Als ich mir die *imama* wieder aufsetzte, lächelte er und sagte: ›Es ist mir noch nie aufgefallen, daß Sie so dichtes schwarzes Haar haben.‹

Seit damals, Hiyawi, ist es weiß geworden. Und weshalb? Wegen unserer Juden! Besagtes Gespräch fand Anfang 1941 statt. Am dritten April riß Ali el-Kailani die Macht an sich, der Regent Abd Allah floh außer Landes, und die Farhud brach aus unter der Führung des Muftis von Jerusalem, verflucht sei sein Name. Wer weiß, was geschehen wäre, wenn wir damals bereits in Lagern zusammengetrieben gewesen wären? Und dennoch demonstrieren die Frauen jetzt gegen mich! Was habe ich nicht alles getan, um mein Volk vor den steinernen Herzen der Moslems zu beschützen?

Habe ich nicht gekatzbuckelt, geschmeichelt, gedroht, um Schutz gefleht, bis die Gefahr vorüber wäre? Und als die Farhud ausbrach, setzte ich mein Leben aufs Spiel, indem ich mich hinauswagte, um mich um die Verwundeten zu kümmern und die Hinterbliebenen zu trösten. Ich habe mich der Waisen angenommen, habe Hochzeiten für vergewaltigte jüdische Mädchen arrangiert – und von wem werde ich jetzt beschimpft? Von eben diesen Frauen! Herr des Himmels, wie kannst Du nur schweigen? Habe ich all dies verdient? Ist dies mein Lohn?

Und noch etwas. Möge mir mein Vater im Himmel verzeihen und sämtliche Erdenbewohner ebenfalls – ja, ich habe sehr wohl das Recht auf ihre Vergebung. Seit dreißig Jahren bin ich nun als Geistlicher im Amt, und es hat in dieser Zeit nur eine einzige Farhud gegeben. Eine einzige! Und noch dazu während des Weltkriegs, kurz nachdem der Regent und der Pascha mit Hilfe Nazi-Verbündeter wieder an die Macht gekommen waren. Die Regierung hatte die Regierungsgeschäfte noch nicht richtig übernommen, da ging der Mob auf die Straße und metzelte uns nieder. Aber es gab auch Massaker an Assyrern, Armeniern und Christen und Turkmenen und an Schiiten und Sunniten, die sich gegenseitig abschlachteten. Wer kann so abgrundtief hassen wie ein Araber? Wer ist wilder als ein Araber, der einen heiligen Krieg gegen den Nichtmohammedaner führt? Und wen machen sie dafür verantwortlich? Mich! Herr des Himmels, wo bist Du?

Und noch etwas. Ich habe sogar unseren jüdischen Kommunisten, diesen abgöttischen Verehrern von Lenin und Stalin, geholfen. Hier, im Keller dieses Hauses, das zur Vergeltung leicht hätte niedergebrannt werden können, versteckten sie ihre Untergrundzeitung *al-Sharara.* Wußtest du das, Hiyawi? Ein junger Bengel namens Yosef Cohen wurde mit einem Stapel verbotener Zeitungen erwischt. Er hätte dafür lebenslänglich im Gefängnis landen oder sogar am Galgen enden können. Wer hat sich bei der Geheimpolizei für ihn verwendet? Ich! Und wem wird jetzt vorgeworfen, die jüdische Jugend nicht beschützt zu haben? Mir! Und wer demonstriert gegen mich? Frauen, Mütter! Herr des Himmels, hat mein Amt das verdient?

Ich habe alles Erdenkliche getan, um mit König Faisal auf bestem Fuße zu stehen, und als er starb, scheute ich keine Mühe, seinen launischen Sohn Ghasi für mich zu gewinnen, und als Ghasi ermordet wurde, klopfte ich an die Tore des Regenten, einem Schwächling und Homosexuellen. Tag und Nacht habe ich mich bemüht, ihnen Respekt vor der jüdischen Religion einzuflößen und sie glauben zu machen, ich würde von Gott gelenkt – ja, sie davon zu überzeugen, daß ich ein Heiliger sei, wenngleich niemand besser wußte als ich, wie unheilig ich bin. Oh, ich weiß, Hiyawi. Viele Juden in Bagdad, auch du, halten mich für einen Heiligen, und ich habe dem nie widersprochen. Habe ich das um meinetwillen getan? Jahrelang habe ich darum gekämpft, daß die Juden ernst genommen werden. Ich versuchte, die Herzen der Moslems mit Gottesfurcht zu erfüllen, sie davon zu überzeugen, daß sie sich den Zorn des Allmächtigen zuzögen, wenn meinem Volk auch nur das geringste Leid geschähe. Was habe ich nicht alles getan, mit welchen heidnischen Riten habe ich mich nicht beinahe versündigt, nur um ihnen Ehrfurcht einzuflößen? Amulette und Kristallkugeln und Sach- und Geldgeschenke – weswegen wohl? Und ausgerechnet ich werde nun ein Verräter genannt! Ja, ich habe in ihre nichtjüdischen Herzen so fest den Glauben eingeimpft, Gott erfülle jede meiner Bitten, daß König Faisal persönlich mich bat, für seine Gesundheit zu beten, und der Generalstabschef, verdammt sei seine Seele, bat mich, Fürbitte einzulegen für die Armee! Ich tat alles, damit man mich mochte, mich zu Rate zog, mir Vertrauen schenkte und mich aufforderte, ihre Auseinandersetzungen zu schlichten – weswegen wohl? Allmählich lernten die Moslems mich zu respektieren und hörten auf, auch nur dem geringsten Juden ein Leid anzutun. Und nun werfen mir diese Frauen vor, jüdische Häftlinge im Stich gelassen zu haben. Glauben sie, ich befehlige die himmlischen Heerscharen? Halten sie mich für Samson oder für Gideon? Man entziehe mir meinen Titel, man entziehe mir meine *imama* und mein Gewand, und ich bin ein gewöhnlicher Sterblicher. Herr des Himmels, weshalb fragen die Ungläubigen wohl: ›Wo ist ihr Gott?‹

Und noch etwas. Sie werfen mir vor, ich hätte mich zu sehr von der Gemeinde abgesondert, mich nicht genügend unters Volk gemischt. Aber wie soll man dreißig Jahre lang ein halsstarriges Volk führen und zugleich zu jedem einzelnen eine enge Beziehung haben? Sie behaupten, ich sei ehrsüchtig. Mag sein. Doch der Rabbi, der nicht verehrt wird, wird bald entehrt. War es meine persönliche Verehrung, nach der ich trachtete? Die Verehrung meines geistlichen Amtes ist gleichbedeutend mit der Verehrung dieser Gemeinde und jedes einzelnen Mitglieds, ob groß oder klein. Und von wem, bitte schön, wurde ich verehrt – von meinem eigenen Volk? Nein, von den Moslems. Den Moslems! König Faisal persönlich besuchte mich zu Hause, kam auf seiner weißen Stute angeritten und begab sich an Feiertagen in die Rabbi-Hesekiel-Synagoge, um mich und meine Gemeinde zu segnen. Moslemische Würdenträger, die um einen Verstorbenen trauerten, baten mich um Worte des Trostes. Sie, nicht die Juden, verehrten und liebten mich. Ja, liebten mich! Welcher Moslem hätte es gewagt, mir die *imama* vom Kopf zu hauen? Eine jüdische Frau jedoch hat das getan, und meine ganze Gemeinde hat zugesehen, und kein einziger von ihnen hat sie auch nur gerügt. Ja, ich weiß, Hiyawi, niemand außer dir. Darum bist du heute auch bei mir, und darum schütte ich dir mein Herz aus. Herr des Himmels, hab Erbarmen mit Deinem Volk! Behandelt man so einen Führer?

Und noch etwas. Die anderen Rabbis, mit denen du und ich vor langer Zeit studiert haben, haben niemals aufgehört, gegen mich zu intrigieren. Erinnere dich, Hiyawi – na, wer könnte das vergessen! –, wie sie mich meines Amtes als Oberrabbiner enthoben und mir dann einen Dolchstoß versetzten, indem sie meine Ordination für ungültig erklärten! Und weshalb? Weil ich ein Hähnchen für koscher erklärt habe, das mir eine mittellose, geschundene Frau zur Begutachtung brachte, die elf hungrige Mäuler zu stopfen hatte – ein ordnungsgemäß geschlachtetes Hähnchen, das ihr örtlicher Rabbi für nicht eßbar erklärt hatte, weil man in seinem Magen eine Nadel gefunden hatte! Ich musterte diese unglückliche, weinende Seele, die sich nicht mehr als einmal im Monat Fleisch für ihren

Sabbateintopf leisten konnte, und empfand ein solches Mitleid, daß ich ihr versicherte, sie könne es essen, nur den Magen nicht. Wo sonst auf der Welt außer in diesem von Neid beherrschten Babylon wäre wegen einer solchen Lappalie ein Aufhebens gemacht worden? Mißgunst und Machthunger – das war es, was sie trotz all ihrer Gelehrsamkeit dazu trieb, mich zu einem Entrechteten zu machen und mein Blut zu vergießen. Sie gaben sich erst zufrieden, nachdem sie die Regierung aufgesucht und aufgefordert hatten, mich des Amtes zu entheben! Nuri Pasha, der uns damals besser gesonnen war als heute, suchte mich mitten in der Nacht höchstpersönlich auf und bat mich – denn nicht einmal er war imstande, sich dem Druck zu widersetzen – zurückzutreten, bis sich die Gemüter beruhigt hätten. Und ich tat es. Und ohne meine Feinde zu verunglimpfen. Irgendwann kamen sie dann zur Besinnung und baten mich auf Knien, hier in diesem Zimmer, mein Amt wieder einzunehmen. Und danach versuchte ich nie, mich auch nur bei einem von ihnen für das mir zugefügte Unrecht zu rächen. Doch was behaupten die demonstrierenden Frauen? Daß ich machtlüstern sei! Herr des Himmels, wie lange noch willst du es zulassen, daß Deine Juden mich schmähen?

Und noch etwas. Ist es verwunderlich, daß keiner meiner Söhne in meine Fußstapfen treten wollte? Die lange Reihe von Rabbis in meiner Familie ist am Ende angelangt. Mein Sohn Sha'ul ist Agronom. Meir ist Arzt. Salman ist Ingenieur. Meine Tochter Victoria, mein ganzer Stolz, hat Psychologie studiert. Nichtjüdische Wissenschaften! Und wer ist daran schuld? Ich natürlich. Als hätte ich nicht schon genug Probleme! Aber ich kann zumindest sagen, daß meine Kinder im Gegensatz zu anderen noch immer den Sabbat einhalten. Und weißt du, warum? Weil ich ihnen verboten habe, ins Ausland zu reisen, da ich wußte, daß sie es in meiner Gegenwart niemals wagen würden, den heiligen Tag zu entweihen. Ihretwegen habe ich mit der jüngeren Generation meinen Frieden gemacht, habe ich ihre Jugendsünden ignoriert in der Hoffnung, sie blieben der heiligen Gemeinde treu und gingen unserem Volk nicht verloren. Ich sagte mir sogar: wenn wir vom Schicksal dazu bestimmt sind, nichtjüdisches Wissen zu studieren, dann sollten wir uns besser gleich darin hervortun. Sieh doch nur, was den Kindern der Moslems widerfahren ist! Generationen kommen, und Generationen gehen, doch die Juden von Babylonien, gepriesen sei Gottes Name, bleiben ewiglich. Herr des Himmels, hol uns zurück an Deine Brust, und wir werden zurückkehren!

Und noch etwas. Wer weiß besser als du, daß ich von dem Moment, da ich des Morgens aufstehe, bis zu dem Moment, da ich des Nachts ins Bett steige, nur die Bedürfnisse und Belange meines Volkes im Kopf habe. Glauben sie wirklich, ich hätte Macht über sie? Die Macht eines Sklaven, das ist es, was ich habe! Wann habe ich je meine persönlichen Interessen an erste Stelle gestellt? Seit dem Tag, da ich dieses geistliche Amt übernahm, habe ich keine einzige Seite mehr an meinem persönlichen Werk geschrieben. Ich hatte angefangen, zwei Bücher zu schreiben, eins über rabbinische Literatur und eins über die Erlösung, deren Fertigstellung, wie du, mein lieber Hiyawi, weißt, mein Lebenstraum ist. Beide liegen nun wie moosbewachsene Steine da. Daß ich keine Zeit habe, die Thora zu studieren, bricht mir das Herz. Ist mir vom Schicksal bestimmt, von dieser Welt zu gehen, ohne ein einziges Werk zu hinterlassen?

Ich bin seit zwanzig Jahren Witwer. Die Jahre sind gekommen und zerronnen, eine Jahreszeit ist der anderen, ein Fest dem anderen gefolgt, und ich bin allein geblieben und habe nie wieder geheiratet. Zwanzig Jahre ohne eine Ehefrau! Befrage unsere heilige Thora, und sie wird dir sagen, wie schlecht das ist. Meine Mahlzeiten sind keine Mahlzeiten. Mein Bett ist kein Bett. Kein einziges Mal habe ich Urlaub genommen, wie unsere wohlhabenden Juden es tun, und selbst an Feiertagen bin ich von Ort zu Ort gelaufen, von Begräbnis zu Begräbnis. Bin ich aus Eisen? Glaub mir, ich bin aus Fleisch und Blut, ich habe dieselben Bedürfnisse wie jedermann. Und dennoch habe ich den weltlichen Genüssen abgeschworen und die Höfe der Reichen gemieden. Kein einziges Mal habe ich dieses Land verlassen, bin nicht einmal viel im Land herumgereist. Nur dann habe ich eine Reise unternommen, wenn meine Anwesenheit eines tragischen Ereignisses wegen vonnöten war.

Wie Moses habe ich aus weiter Ferne auf das Heilige Land geschaut und es nur mit meinem geistigen Auge gesehen. Wie habe ich mich danach gesehnt, mich vor dem Grab unserer Mutter Rahel niederzuwerfen, in der Höhle von Machpela zu beten, die heilige Luft von Safed, der Stadt der Kabbalisten, einzuatmen, meinen Kopf an die Steine der Klagemauer zu lehnen, sie mit tränenfeuchten Küssen zu bedecken und dabei einen Zettel mit der Fürbitte eines Juden in eine ihrer Spalten zu stecken. Ach, Herr des Himmels, es kommt mir vor, als sei ich seit Jahrtausenden in das Heilige Land unterwegs und noch immer nicht angekommen! Glauben sie, nur die Anhänger dieser Bewegung sehnten sich nach Jerusalem? Es ist jedoch meine Pflicht, hier bei meiner Herde zu bleiben. Welcher Sache habe ich mein Leben verschrieben, wenn nicht der Kunst des Überlebens, jener jüdischsten aller Künste, und der heiligen Aufgabe, die uns von unserem Vater im Himmel bis zur Ankunft unseres Messias auferlegt wurde? Jeden Tag bete ich um ihn. Warum, Herr des Himmels, verschließt Du Deine Ohren? Die sechs Millionen in Europa haben vergeblich auf Dich gewartet, und jetzt warten auch wir, während Du weiterhin schweigst. Vergib mir, wenn ich durch meine Worte gesündigt habe.

Ja, es ist wahr, Hiyawi. Ich weiß, wir dürfen über Gottes geheime Wege keine Spekulationen anstellen. Doch ich bin nur aus Fleisch und Blut, und mag es auch Sünde sein, ein Mensch kann das Spekulieren doch nicht unterlassen. Hier in Babylonien hat die Geschichte unseres Volkes ihren Anfang genommen. In diesem Zweistromland war es, in dem Gott Abraham aufforderte, an den Ort zu ziehen, den Er ihm weisen würde. Und ich, der Oberrabbiner Bashi von Babylonien, sage dir – und mein großes Werk über die Erlösung wird dies beweisen –, daß der Messias auch von hier aus ausziehen und uns in unser Heiliges Land zurückbringen wird. Hier wird die Erlösung ihren Anfang nehmen, und hier werde ich sie erwarten! Eure Bewegung versteht mich nicht im geringsten. Jeden Tag sitze ich weinend an den Wassern von Babylon und denke dabei an Zion.

Ich bin alt geworden, Hiyawi. Ich bin nicht mehr der, der ich einmal war. Meine Tochter Victoria hat mich um Erlaubnis gebeten, nach Israel auswandern zu dürfen. Nächtelang habe ich zu den Sternen am Himmel aufgeblickt und fand mich außerstande, nein zu sagen. Sie ist gegangen.

Vor zehn Tagen kam mein Sohn Meir, meine letzte Stütze, zu mir. Er scherzte und redete belanglose Dinge, und je länger er das tat, um so klarer wurde mir, daß er mir etwas zu sagen hatte. ›Baba‹, sagte er schließlich, ›ich habe beschlossen auszuwandern. Hier gibt es keine Zukunft für mich. Die Gemeinde schrumpft immer mehr zusammen. Meine moslemischen Patienten haben kein Vertrauen mehr zu mir. Vor einiger Zeit, als einer von ihnen von dem Penicillin, das ich ihm verschrieb, einen Ausschlag bekam, wollte mich seine Familie umbringen. Hätte sich seine Frau nicht schützend vor mich gestellt, hätte man mir einen Dolch in den Bauch gestoßen. Und jetzt will mich das Gesundheitsministerium in die Provinz schicken, damit ich ein Landarzt werde, der nichts weiter tut, als Aspirin verteilen. Baba, auch du solltest gehen.‹ Das hat er gesagt, und ich brachte kein Wort heraus. Hätte ich nicht in diesem Sessel gesessen, Hiyawi, ich wäre zusammengebrochen. Wen habe ich noch außer Meir? Wer außer meinen Enkelsöhnen kann diese müden Augen noch zum Leuchten bringen? Und weißt du, was ich ihm sagte? ›Geh‹, sagte ich. ›Geh, mein Sohn, und Gott sei mit dir. Aber gib wenigstens deine irakische Staatsbürgerschaft nicht auf, damit die Moslems nicht sagen können, auch Rabbi Bashis Sohn habe in den Brunnen gespuckt, aus dem er getrunken hat. Reise über ein Drittland nach Israel, und küsse, wenn du dort ankommst, die Erde für mich, doch versuche nicht, Verbindung mit mir aufzunehmen. Wenn jemand weiß, daß du dort bist, könnte das unangenehme Folgen nach sich ziehen.‹

Ja, Hiyawi, was du da in meinen Augen siehst, sind Tränen. Meine Söhne haben mich verlassen und sind fort. Doch ich bin der Kapitän dieses Schiffes, und ehe nicht der letzte Jude gegangen ist, werde ich es nicht verlassen. Von jetzt an bin ich nur noch ein Rabbi der Juden. Und wenn sie wollen, können sie meinen Kopf auf einer Silberschüssel serviert bekommen. Ich habe bei der Regierung meinen Rücktritt eingereicht.«

Rabbi Bashi sank in seinen Sessel zurück und verstummte.

Hiyawi erhob sich, warf sich vor des Rabbis Füße und fing an zu schluchzen.

Seit jenem Tage trat Rabbi Bashi nur noch selten über die Schwelle seines Hauses. Sein Chauffeur machte sich aus dem Staub, die Synagogendiener ließen ihn ihm Stich, und die anderen Rabbis statteten ihm keine Besuche mehr ab. Nach und nach entschwanden alle seine Diener und Gefolgsleute. Nur ein paar letzte Getreue, allen voran Hiyawi, kamen ihn weiterhin besuchen, doch auch sie wurden freudlos empfangen.

Rashel war plötzlich von einem Sauberkeitsfimmel befallen. Es war, als müßte sie sich von einer großen Sünde reinwaschen. Sie wischte und schrubbte die Küche, die Schränke und die Fußböden, machte anschließend mit dem Hof weiter und sogar mit dem Dach, so lange, bis alles glänzte. Hin und wieder ruhte sie sich wohl einmal ein Weilchen auf der Steinbank aus und ließ dabei ihre Gedanken schweifen, aber dann stand sie auch schon kopfschüttelnd wieder auf und kehrte zu ihren Eimern und Wischlappen zurück. Doch wohin sie diese auch trug, ihre Ängste ließen sich nicht vertreiben. Manchmal lag sie barfuß in ihrem dünnen Kleid da, das offene Haar auf den Steinfliesen, in deren Ritzen noch Seifenwasser stand, starrte zu dem grünen Holztor hinüber und träumte, es würde sich öffnen und Hizkel käme herein, nehme sie stürmisch in die Arme und lösche die Flammen ihres Körpers. Doch das Tor blieb geschlossen. Sie biß sich auf die Lippen, bis sie bluteten, und rollte sich über den Boden, bis sie an der nächstgelegenen Mauer jäh zum Stillstand kam.

Sie starrte zum Himmel hinauf und dachte an ihre Kindheit. Sie erinnerte sich, wie ihre Mutter sie in ihrem schönsten Kleid in die Synagoge mitgenommen hatte, wie sie in der Frauengalerie auf ihrem Schoß saß und zu ihrem Vater, dem Kantor Moshi Habusha, hinabsah, der, in einen blauweißen Gebetsschal gehüllt, vor und zurück schaukelte und die Gebete sprach, in die die Männer mit einem inbrünstigen »Amen« einfielen. Am schönsten fand sie die dunkelroten hölzernen Kästen für die Thora mit den kleinen Silberglöckchen darauf. Granatäpfel nannte man diese Glocken, und wenn die Kästen geöffnet wurden, las ihr Vater das, was sich in ihrem Inneren befand, in einer fremden Sprache vor. Anschließend wurden sie herumgetragen, und die Männer berührten sie und küßten dann ihre Fingerspitzen, während ihre Mutter die Hand ausstreckte und irgend etwas Frommes murmelte. Die Synagoge, so hatte ihr Vater ihr erklärt, sei das Haus Gottes, welcher der König der Welt sei und der Vater der Juden. Dann kam die Farhud, und die Moslems brachten Rashels Eltern vor ihren Augen um.

Obwohl sie seitdem nie wieder eine Synagoge betreten hatte, nicht einmal am Sabbat oder an Feiertagen und in Begleitung von Hizkel, hatte sie – der meine Mutter ständig von Propheten, Kabbalisten und Gott predigte – sich nach Hizkels Festnahme bemüht, ihren Glauben wiederzufinden und sogar eine Wallfahrt nach Chifl unternommen. Doch nach dem Debakel mit Shimeil Yosef Darzi hatte sie alle Hoffnung fahren lassen und verließ seitdem nur noch sehr selten das Haus. Das führte dazu, daß Hiyawi, der großes Mitleid mit ihr empfand, noch besorgter um sie wurde. All seine Bemühungen, sie zu trösten, wurden jedoch nach wie vor brüsk zurückgewiesen, was ihn nur um so mehr anstachelte. Da ihm ihr Bedürfnis nach Einsamkeit nicht geheuer war, gewöhnte er sich an, während der heißen Nachmittagsstunden auf sein Dach zu steigen und wie ein eifersüchtiger Liebhaber in ihren Hof hinabzulinsen. Eines Tages, als er sie beobachtete, wie sie wieder einmal ausgestreckt auf dem Fliesenboden lag und zum Himmel hinaufstarrte, klopfte jemand an ihr Tor. Rashel ging nicht aufmachen. Sie blieb auf dem Rücken liegen, bis das Tor von der schielenden Farha geöffnet wurde, die ihr mitteilte, daß da ein Anwalt gekommen sei, der sie besuchen wolle. Zu Hiyawis Erstaunen war es Karim Abd el-Hak, und er sagte: »Bitte verzeihen Sie, daß ich so unangemeldet komme, Madame Imari.« Wie weit war es auf dieser Welt gekommen, wenn ein moslemischer Mann mir nichts, dir nichts ins Haus einer jüdischen Frau hineinspazieren konnte?

Rashel sprang auf und zog ihr Kleid glatt. »Gibt es Neuigkeiten?« fragte sie.

»Ja. Ich habe ihn gefunden! Er ist im Zentralgefängnis.«

»Ich fasse es nicht! Ich fasse es nicht!« Sie hüpfte wie ein kleines Mädchen auf und ab, schloß dann die Augen, blieb auf den Zehenspitzen stehen und breitete ihre Arme aus, als wollte sie den Anwalt umarmen. Einen Augenblick lang glaubte Hiyawi, sie sei verrückt geworden. »Das darfst du nicht!« hätte er um ein Haar ausgerufen und biß sich in die Hand, um die Worte zu unterdrücken. In diesem Moment jedoch öffnete Rashel die Augen wieder und sagte:

»Es gibt einen Gott im Himmel.«

»Solange es Geld auf Erden gibt«, entgegnete der Anwalt lachend.

»Ich werde das Haus verkaufen.«

»Das dürfte nicht nötig sein.«

»Haben Sie ihn gesehen? Geht es ihm gut?«

»Ja. Er hat mich gebeten, direkt hierher zu kommen und es Ihnen mitzuteilen.«

»Ich fasse es nicht! Ich fasse es nicht!« Als sei sie von der Botschaft erschöpft, ließ sie sich auf die Bank sinken und verschränkte die Beine. »Kann ich ihn besuchen?«

»*Allah karim*, Gott ist großmütig«, erwiderte Abd el-Hak geheimnisvoll. Er stellte seine Aktentasche ab, zupfte das Taschentuch in seiner Jackentasche zurecht, fuhr sich mit der Hand über sein pomadisiertes Haar und sah sie an.

»Wann ist die Verhandlung?«

»Das Datum steht noch nicht fest.«

»Was wird ihm vorgeworfen? Was werden sie mit ihm tun?«

»Das kann man zu diesem Zeitpunkt noch nicht sagen. Aber wenigstens haben wir ihn gefunden.«

»*Allah yihafdak*, Gott sei mit Ihnen.«

»Wenn Sie die Güte hätten, in zwei oder drei Tagen in mein Büro zu kommen, werde ich Ihnen mehr sagen können«, sagte der Anwalt und nahm seine Aktentasche wieder auf. »Verzeihen Sie, daß ich einfach so hereingeplatzt bin. Ich hätte das niemals getan, wenn ich Ihre Familie nicht kennen würde und nicht wüßte, wie besorgt Sie sind. Die Ehre steht bei uns an erster Stelle.«

»Gott segne Sie für Ihr Kommen!«

»Sagen Sie Abu Kabi, daß ich hiergewesen bin«, sagte Abd el-Hak beim Hinausgehen. »Er war vorhin nicht in seiner Werkstatt.«

Hiyawi erzählte mir diese Neuigkeiten, als ich nach der Schule in seinen Laden schaute. Er ergriff meine Hand und bat mich – mein Gesicht beim Sprechen mit Spucke besprühend – in Erfahrung zu bringen, was Rashel zu tun gedachte. Als ich in ihren Hof trat, kam sie sogleich auf mich zugerannt, bedeckte mich mit feuchten Küssen, legte ihre Hand an meine Hüfte und begann mit mir herumzutanzen wie in einem Kinofilm. »Hizkel ist am Leben, sie haben ihn gefunden!« rief sie, indem sie mich herumwirbelte und ich, den wippenden Schulranzen auf dem Rücken, Sprünge vollführte wie ein Ziegenbock, um mit ihr Schritt zu halten. Mir war das alles so peinlich, daß ich ihr dauernd auf die Füße trat, was sie jedoch gar nicht zu bemerken schien. Auf einmal ließ sie mich los, lief auf den Säulengang zu und drehte sich im Kreis, bis sie, Hände und Beine von sich gestreckt, auf den nassen Boden sank.

»Er kommt zu mir zurück! Ich brauche deinen Vater bald nicht mehr. Und ich werde Hiyawi, diesen alten Spinner, endlich vom Hals haben. Keine mitleidsvollen Blicke mehr, kein Geschwätz mehr, sondern nichts als Hizkel! Wir werden durch die Straßen wandern, werden in Hotels gehen, werden in den Tanzclubs Walzer tanzen. Ich werde frei sein, frei!«

Der Glanz in ihren Augen, ihr seidiges, welliges Haar, in dem die Sonne die Wassertropfen zum Glitzern brachte, das nasse, an ihrem Körper klebende Kleid, unter dem die Brustwarzen auf den runden Hügeln ihrer Brüste sichtbar waren, der lila Slip, der ihre Schamgegend abzeichnete, die goldenen Weizenhügel ihrer Schenkel: all das riß mich hinweg wie ein wilder Wirbelsturm. Ich hätte mich am liebsten hinuntergebeugt und sie berührt, mich auf sie gelegt, sie in meine Arme genommen und mit leidenschaftlichen Küssen bedeckt. Mein Gott, was ging da bloß in mir vor? Als wäre es nicht schon schlimm genug, wenn ich in meinen Tagträumen mit ihr, der Frau meines eingesperrten Onkels, wie mit einer der Huren in einer der sündigen Gegenden Bagdads umging! Ich nahm meinen Schulranzen ab und hielt ihn mir mit beiden Händen vor den Bauch, um die zeltförmige Wölbung in meiner Hose zu verbergen. Ihre Augen lächelten mich an, und ich fragte mich einen Moment lang, ob sie meine Gedanken lesen konnte. Während sie sich aufrappelte und ihre Hand auf meine Schulter legte – was bewirkte, daß mir ein wohliger Schauer über den Rücken lief –, sagte sie:

»Komm heute nachmittag wieder, dann gehen wir zusammen zum Gefängnis.«

Ich rannte nach Hause, doch es war niemand da. In seinem Laden brauchte ich meinen Vater gar nicht erst zu suchen. Er war mit Sicherheit losgezogen, um weitere Einzelheiten über Hizkels Aufenthaltsort in Erfahrung zu bringen. Falls er aber doch dort war, hatte ihm Hiyawi mit Sicherheit schon alles erzählt.

Als ich wieder in Rashels Hof trat, bemerkte ich, daß die Augenbrauen ihrer mandelförmigen Augen gezupft waren. Sie war wohl bei der *hafafa* gewesen, der Frau, die Bräuten vor ihrer Hochzeit mit einem speziellen Faden störende Härchen entfernte. Glaubte sie wirklich, man würde ihr gestatten, die Nacht bei Hizkel zu verbringen? Sogar ihr Kleid – weiß, enganliegend, mit einem hohen Kragen und Stoffknöpfen – sah fast aus wie ein Brautkleid. Sie hatte sich ein Seidentuch mit Blumenmuster über die Schultern gelegt, und sie trug schwarze Lackschuhe mit niedrigen Absätzen und eine weiße Lederhandtasche. Während ich dastand und überlegte, ob ich sie begleiten sollte – als gäbe es da etwas zu überlegen! –, bürstete sie sich die Haare, legte Lippenstift auf und parfümierte sich und war plötzlich in eine reife, energische Frau verwandelt. Ich war froh, daß mein Vater noch nichts wußte und unsere Pläne nicht gefährden konnte.

»Wohin?« flüsterte Hiyawi, als wir an seinem Laden vorbeikamen.

»Zum Zentralgefängnis«, antwortete ich leise.

»Seid ihr verrückt? Da findet heute eine Hinrichtung statt.«

»Von wem?« fragte ich. Er starrte vor sich hin, als hätte er mich nicht gehört. »Sag meinem Vater und Abu Saleh, daß Hizkel gefunden worden ist«, sagte ich überflüssigerweise.

»Paß gut auf sie auf, und möge Allah euch beide beschützen«, rief mir Hiyawi hinterher, während ich Rashel einzuholen versuchte, die mit großen Schritten weitergegangen war. Als wir die

El-Rashid-Straße erreicht hatten, versuchte ich, eine Droschke herbeizuwinken.

»Ich würde lieber laufen«, sagte Rashel. »Ich möchte die frische Luft atmen und Leute sehen.«

»Wir müssen aber durch moslemische Viertel.«

»Mir passiert schon nichts«, sagte sie zuversichtlich. Man hätte meinen können, sie bildete sich ein, sie bräuchte nur zum Gefängnis zu gehen und zu erklären, daß alles ein Mißverständnis sei, um ihren Gatten auf der Stelle zurückzubekommen.

Wir gingen an den jüdischen Läden von Taht-el-Takya vorbei. Die meisten waren über die Mittagszeit geschlossen, während ihre Besitzer in den Untergeschossen und kühlen Kellern Siesta hielten. Nur der Kleiderladen des dicken Abu Na'im war geöffnet, doch auch der lag – in einem weißen Anzug und mit seiner obligaten roten Krawatte – auf einer Weidenmatte und machte ein Mittagsschläfchen, während sein junger Gehilfe hinter ihm stand und träge einen Bambusfächer hin und her bewegte. Mein Vater hatte mich schon vor einiger Zeit aufgefordert, mir Stoff für einen Sommeranzug zu besorgen, doch ich hatte Angst, ausgelacht zu werden, besonders von Edouard, dem Klamotten völlig gleichgültig waren. Nun jedoch, an Rashels Seite, gab es nichts, das ich lieber besessen hätte als einen weißen Anzug und eine rote Krawatte wie die von Abu Na'im.

Je weiter wir gingen, um so mehr veränderten sich die Gerüche, die Gesichter und die Kleider, und statt der hellen Anzüge waren nun gestreifte Kaftane und dunkle Gewänder in der Überzahl. Vor einem Kaffeehaus schüttete ein buckliger alter Mann einen Eimer Wasser auf den Gehweg, dessen glühendheißer Asphalt daraufhin zu dampfen anfing. An der Straßenkreuzung vor dem Markt der Kupferschmiede wimmelte es von Käufern. Unwillkürlich zwängten wir uns durch eine enge Gasse auf den Suk, wo große Blasebälge in rotglühenden Öfen Funken entfachten und überall lautstarkes Gehämmer zu hören war. Ich mochte diesen Markt, dessen Kupfertabletts und Töpfe so schön anzusehen waren. Wie Rashel. Die Männer ließen ihre Augen über sämtliche Kurven ihres Körpers schweifen.

Ein schmächtiger junger Moslem sang mit einer hohen Fistelstimme, die kaum gegen den Lärm der Kupferschmiede ankam:

O meine Schwester, heb dein Kleid.
Zeig mir deine Knöchel, o Schwester.

Ich ergriff ihre Hand und zog sie zurück in die El-Rashid-Straße. Auf dem Gehsteig wimmelte es von Menschen. Teils anziehend, teils abstoßend, stiegen uns aus sämtlichen Richtungen die durchdringenden, schweren Gerüche der fetten Speisen, die die Moslems dieser Stadt zu essen pflegten, in die Nase. In den Eingängen billiger Restaurants standen Kellner und riefen die Namen der Gerichte aus, die drinnen serviert wurden, und versprachen den Passanten, daß sie alles kostenlos probieren könnten. Ich hatte noch nie in einem dieser Lokale gegessen, die mir einerseits irgendwie unheimlich waren, mich andererseits aber anzogen wie das Licht die Motten. In meinen Träumen betrat ich sie als ein schwarzgewandeter Moslem mit dem Kopfband eines Scheichs und einer langen Kette bernsteinfarbener Gebetsperlen. Ja, ich kannte und liebte die Geschichte der Moslems, ihre Kultur, ihre Poesie und ihre Musik mehr als sie selbst es taten! Wie herrlich wäre es, sich nicht mehr von ihnen bedroht fühlen zu müssen, ihre Schatten nicht mehr ständig im Genick zu spüren; einer wie sie, wie Ismail zu sein; sich gefahrlos und selbstsicher zwischen ihnen bewegen zu können, tun zu können, was ich wollte; das Salz der Erde zu sein – ihre Berufe, ihre Führer, ihre Regierung, ihr Gott, alles meins!

Im Augenblick hätte ich mich jedoch auch mit weniger zufriedengegeben. Ich wünschte mir nichts weiter, als in Azzam Abu el-Fachas Eßlokal hineinspazieren zu können, mir einen Teller fettigen Hammelfleischs zu bestellen und wie ein König dazusitzen, während ich vernehmlich rülpste, auf den Boden spuckte, eine Wasserpfeife rauchte, Witze über die Engländer riß, mich über die Christen lustig machte, die Kurden beleidigte und mir die lautesten Flüche für die Juden und Zionisten aufsparte. Als ich Hiyawi einmal von diesem Wunschtraum erzählt hatte, brachte er vor Entsetzen nichts weiter als ein »Hu!« über die Lippen. Mein Vater dagegen äußerte zu meiner Überraschung, daß er als Jugendlicher ebenfalls solche Gedanken gehabt habe, dies jedoch die typischen Phantasien einer verfolgten Minderheit seien. Ein Mensch müsse sich mit dem abfinden, was er war. Nur in einem eigenen Land würden wir nicht mehr verachtet werden. Wenn ein Jude im Irak für seine Rechte kämpfte, hielten ihn seine Glaubensbrüder für ein schwarzes Schaf und die Moslems für einen Spinner, und niemand zeigte für ihn auch nur das geringste Verständnis.

Ich wurde durch bewundernde Pfiffe aus meinen Gedanken gerissen. Rashel zupfte an ihren Ärmeln, um ihre nackten Arme zu bedecken, und ignorierte die an sie gerichteten Bemerkungen mit trotzig erhobenem Kopf. Ein junger Dandy stellte sich uns in den Weg, starrte sie aufdringlich an und seufzte:

»*Ya* Allah, was für ein Busen, was für Brüste!«

Sie warf ihm ein vorwurfsvolles Lächeln zu und sagte unerschrocken und mit jüdischem Akzent:

»Würde es einem Araber wie Ihnen gefallen, wenn jemand so etwas zu seiner Schwester sagte?«

»Nein, Ma'am«, gab er beschämt zurück und trat zur Seite, um uns vorbeizulassen.

Ich hielt mich dicht an ihrer Seite, verwundert über die Beherztheit, mit der sie sich in das Getümmel stürzte. Die Menschenmasse wälzte sich über die Bürgersteige und die Straßen. Kutscher brüllten ihre Pferde an, Autos hupten. Der anschwellende Lärm schien auf eine bevorstehende Lustbarkeit hinzudeuten, eine feucht-fröhliche Sommernacht in den sündigen Ecken der Stadt. Wie von einer großen Massenversammlung drang aus der Ferne Stimmengewirr an unser Ohr. Ich hatte noch nie eine Hinrichtung gesehen. Auf einmal bekam ich es mit der Angst zu tun. Die Straße mündete in einen riesigen Platz, an dessen gegenüberliegender Seite ein mächtiges, mir von Fotografien wohlbekanntes Backsteingebäude stand, auf dem in großen, verschnörkelten Lettern stand: »Irakische Regierung, Ministerium für Verteidigung.« Im Nu befanden wir uns inmitten einer schreienden Meute.

»*Idbahu es-Saha'ina!* Tötet die Zionisten!«

»*Idbahu esh-Shi'u'iya!* Tötet die Kommunisten!«

»*Idbahu el-kufar!* Tötet die Ungläubigen!«

Alle Augen waren auf ein Schafott in der Mitte des Platzes gerichtet, auf dem seit dem Zeitalter der Kalifen traditionell sämtliche Exekutionen in Bagdad vorgenommen wurden. In diesem Land der ständig wechselnden Herrscher war nur der Henker unvergänglich. Vor einem Galgen stand ein Gefangener in der Kluft des zum Tode Verurteilten, einen Sack über den Kopf gestülpt und die Hände auf dem Rücken gefesselt. Ein Stück weiter hinten stand eine Reihe bewaffneter Soldaten. Wir waren von der Menge mitgerissen worden und standen jetzt ziemlich nahe bei ihnen. Der Henker, ein vierschrötiger, derb aussehender Kerl mit einer schwarzen Keffiyeh, band dem Verurteilten einen Strick um den Hals, schritt feierlich um ihn herum wie ein Metzger, der ein Huhn begutachtet, hob die Hände in die Höhe und verneigte sich vor der johlenden Menge.

»Lang lebe der König! Lang lebe der Regent!« schrie er.

»Lang lebe!« hallte es aus der Menge wider.

»Lang lebe der Irak!«

»Lang lebe! Lang lebe!«

»Lang lebe die arabische Nation!«

»Lang lebe, lang lebe, lang lebe!«

Er reckte seine Arme, und die Menge verstummte. In der unheimlichen Stille waren nur die Schreie einer unmittelbar neben dem Schafott stehenden Frau zu hören. Bei jedem Schrei wickelte sie sich ihr Haar um den Arm und zerrte daran. Mein Blick trübte sich. Ich sah in eine andere Richtung. Rashel umklammerte meine Hand.

»Das ist wie bei der Hinrichtung von Shafik Addas, von der mir Hizkel erzählt hat«, flüsterte sie mit angstvoller Stimme. Die Stille wurde von Tausenden von *Allah-akbar*-Rufen durchbrochen, und die Menge stampfte dazu mit den Füßen und fuchtelte wild mit den Armen. Weil es mir vorkam, als würden wir mißtrauisch beäugt, fing ich ebenfalls an zu schreien und stieß Rashel, die von dem Galgen wie hypnotisiert war, in die Seite, damit sie auch mit einfiel.

Ich mußte ihr *Allah akbar* ins Ohr brüllen, bevor sie verstand, was ich meinte, und in den Todesgesang einstimmte. In ihren Augen standen Tränen. Der Henker trat auf den Verurteilten zu und machte eine geübte, rituelle Bewegung. Unter dem absackenden, in der Luft zuckenden und zappelnden Körper öffnete sich eine Falltür. Die schreiende Frau wurde ohnmächtig und sank zu Boden. Die sich über den Platz senkende Todesstille dröhnte in meinen Ohren. In meinem benebelten Hirn hörte ich Hiyawi sagen: »Wenn ein Moslem ›Gott ist groß‹ ruft, dann renn um dein Leben, Junge.« Ich ergriff Rashels Hände und zog sie wieder aus der Menge heraus. Es schien eine Ewigkeit zu dauern, bis wir uns hindurchgebahnt hatten.

»Ich muß ihn sehen«, sagte sie, totenbleich im Gesicht. »Unbedingt.«

»Jetzt?« krächzte ich. »Ich habe Angst.«

»Sie werden ihn aufhängen wie Shafik Addas.« Ihre starren Augen sahen aus wie Glassplitter. Ich zerrte sie zum Bordstein und schob sie in die erste Droschke, die anhielt.

»Nach Esh-Shorja«, sagte ich. Das war das an Taht-el-Takya grenzende moslemische Viertel.

»Ja, Sir.«

»So schnell wie möglich«, drängte ich ihn. Ich zog das Lederverdeck vor und lehnte mich zurück, indem ich wie mein Vater den Fuß hinten auf den Fahrersitz stellte. Ich fühlte mich durch und durch wie ein richtiger Mann. Auf der El-Rashid-Straße brannten bereits die Straßenlaternen, doch nach dem ohrenbetäubenden Lärm auf dem Platz schien es hier richtig ruhig zu sein. Das Geklapper der Pferdehufe klang, als sei es ganz nah.

Die ganze Nacht lang baumelte die Leiche des gehenkten Mannes über meinem Kopf und drohte jeden Moment auf mich herabzustürzen. Schließlich erhob ich mich nach diesem alptraumhaften Schlaf, schlich auf leisen Sohlen an meinem sich unruhig hin und her wälzenden Vater und meiner auf der Holzliege in ihrem Gewächshaus schlafenden Mutter vorbei bis zur Balustrade des flachen Daches und versuchte angestrengt, einen Blick auf Rashel zu erhaschen. Sie war nicht auf ihrem Dach. Ich stieg in den Hof hinunter, tastete mich in der Dunkelheit zum Schalter vor, knipste das Licht an und stapfte an unserer gemeinsamen Mauer auf und ab, indem ich mit dem Finger darüberstrich. Ach, könnte ich doch in Rashels dunkles Haus eintreten, wo sie, noch warm vom Schlaf, die Arme nach mir ausstreckte! Je mehr ich meiner Phantasie freien Lauf ließ, um so süßer waren die Qualen.

Am nächsten Morgen klopfte ich mit dem taubenförmigen, eisernen Türklopfer an ihr Tor.

»Mein Vater möchte mit dir zum Anwalt gehen«, erklärte ich, als sie öffnete. Sie trug ein Hauskleid, und ihr warmer Morgengeruch hätte geradewegs meinen nächtlichen Phantasien entstammen können.

»Ich wollte eigentlich Hizkel im Gefängnis besuchen«, sagte sie.

Sie bat mich herein und verschwand in der Küche. Der Duft von Kaffee zog über den Hof, und kurz darauf kam sie mit einem Tablett mit diesem Getränk und ein paar Dattelkeksen wieder heraus. Sie stellte es auf dem Palmenstumpf ab, den Hizkel als Tischersatz neben die Steinbank gestellt hatte.

»Bedien dich«, sagte sie. Ich nahm einen Schluck von dem starken, bitteren Gebräu und stellte mir Hizkel vor, für den das

Kaffeetrinken ein heiliges Ritual war, wie er das belebende Aroma einsog und dabei Allah leise lobte, daß er der Welt ein solches Geschenk gemacht hatte. Rashel ging noch einmal in die Küche und kam mit einem brennenden Gaskocher wieder heraus, stellte einen Kupfertopf mit zwei Ausgießern darauf, deren Form einem Paar verdrehter, federloser Flügel glich. Als das Wasser kochte, öffnete sie ein dunkles Gefäß, dem sogleich ein frühlingshafter Blumenduft entstieg. Nachdem sie getrocknete Blütenblätter in das brodelnde Wasser geworfen hatte, versiegelte sie den kuppelförmigen, an eine Moschee erinnernden Deckel mit Moskitonetzstreifen, die sie zuvor in einen dicken Tonbrei tauchte, und benetzte den Verschluß mit kaltem Wasser. Duftende Tropfen Rosenwassers begannen aus den Ausgießern in die daruntergestellten Flaschen zu tropfen. So also kamen all die Aromen von Rose, Basilikum, Nelke und Pelargonie in ihr Haar und ließen sie süß wie Weihrauch duften! »Hizkel mag gerne ein paar Tropfen Rosenwasser in seinem Tee«, sagte sie aufgekratzt, als vier Flaschen voll waren. Eine davon gab sie mir. »Die ist für deine Mutter.«

Als ich mit meinem Vater zurückkam, hatte sich Rashel ein langes schwarzes, bis zum Hals zugeknöpftes Kleid übergezogen. Sie sah bleich aus, beinahe gespenstisch. Mir fiel auf, daß sie ungeschminkt war und nicht einmal ihre Ohrringe angesteckt hatte.

Wir machten uns auf den Weg. Obwohl mein Vater im allgemeinen lieber mit der Pferdedroschke fuhr, winkte er auf der El-Rashid-Straße ein Taxi herbei. Ein schmächtiger Sekretär, der im Wartezimmer von Karim Abd el-Haks Büro mit zwei Fingern auf einer Schreibmaschine herumhackte, bat uns, Platz zu nehmen, und klopfte untertänig an des Anwalts Tür.

Karim Abd el-Hak trat heraus, schüttelte meinem Vater und mir die Hand, warf Rashel ein Lächeln zu, bei dem ihr das Blut in die Wangen schoß, und führte uns galant in sein vornehmes Büro. Ich stand da und musterte die orientalische Pracht: den Perserteppich, die Damaszenervase, die roten Samtvorhänge, das Ölgemälde von Haroun el-Rashids Palast. Ein Porträt von König Faisal, dem Vater des modernen Irak und dem Wohltäter der Juden, in königlichem

Aufputz blickte von der Wand hinter dem mit Schnitzereien verzierten Schreibtisch herunter. Bilder der derzeitigen Herrscher des Landes hingen keine daneben. Federhalter in verschiedenen Größen und Farben lagen auf dem Schreibtisch, doch obwohl ich für diese eine besondere Schwäche hatte, kam es natürlich nicht in Frage, daß ich einen davon stibitzte.

»Bitte, nehmen Sie Platz«, sagte Karim Abd el-Hak und wies auf ein paar wuchtige Ledersessel.

»Haben Sie ihn gesehen?« fragte mein Vater, noch bevor er richtig saß.

»Ganz kurz nur, aber es geht ihm gut«, sagte Karim el-Hak in zuversichtlichem Ton. Auf sein Läuten hin brachte ein Diener mit einem roten Fez ein Tablett mit Gläsern voll Tee und leeren Kaffeetassen herein. Mein Vater steckte sich einen Zuckerwürfel in den Mund und nippte vorsichtig an seinem Tee. Rashel rührte Zucker in ihr Glas, trank aber nicht davon.

»Gestern hat eine Hinrichtung stattgefunden«, sagte sie mit zitternder Oberlippe.

»*Wilad el klab*, diese Hundesöhne!« rief der Anwalt wütend aus. »Sie reden von Demokratie und hängen Menschen auf wie zu Zeiten der Kalifen.«

»Wo halten sie Hizkel gefangen?« fragte mein Vater.

»Ist das nicht gleichgültig? Hauptsache, wir wissen, daß er lebt.«

»Aber warum haben sie ihn eingesperrt?«

»*Wilad el klab!* Sie kennen kein Ehrgefühl und keine Scham. Sie machen den Arabern Schande, indem sie die Verpflichtungen nicht einhalten, die wir dem unter unserem Schutz lebenden Volk der Heiligen Schrift gegenüber haben.«

»Ich muß ihn sehen«, sagte Rashel.

»Die Geheimpolizei wird das nicht erlauben. Sie sagen, die Ermittlungen seien noch nicht abgeschlossen. Aber wir werden so bald wie möglich einen Besuch arrangieren. Es tut mir schrecklich leid, daß dies einem Mann widerfährt, den ich so schätze und respektiere wie Hizkel.«

»Sogar Mörder dürfen von ihren Familienangehörigen besucht werden«, sagte Rashel mit Tränen in den Augen.

»Ja, das ist wirklich unmenschlich. Leider ist so etwas typisch für unsere derzeitige Regierung. Ich habe mich bereit erklärt, diesen Fall zu übernehmen, weil ich ihn als einen Teil des Kampfes für Demokratie und Gleichheit vor dem Gesetz in diesem Lande ansehe. Wie wir mit Minderheiten umgehen, ist von entscheidender Bedeutung.« Karim redete mit dem im Irak üblichen Pathos.

»Wir danken Ihnen«, sagte mein Vater. »Wir sind stolz auf Männer wie Sie, die uns helfen zu glauben, daß Moslems und Juden zusammenleben können.«

»Dies sind schwierige Zeiten für uns alle«, sagte Karim. »Ich hoffe nur, wir sind imstande, sie durchzustehen. Ich finde es bedauerlich, daß so viele Juden außer Landes fliehen. Das ist ein Verlust für den Irak. Das Land wird bald nicht mehr das sein, was es einst gewesen ist.«

»Es tut gut, in Zeiten wie diesen solche Worte zu hören«, entgegnete mein Vater.

»Sie selbst tragen sich doch hoffentlich nicht mit der Absicht, nach Israel auszuwandern, oder?«

Die Frage brachte meinen Vater aus der Fassung.

»Nicht bevor ich meinen Bruder mit eigenen Augen gesehen habe.«

»Ihr Bruder befürwortet die Emigration der Juden. Ich habe vor seiner Verhaftung viele Gespräche mit ihm über dieses Thema geführt.«

»Es ist alles nicht mehr so wie früher. Wir Juden werden ständig schikaniert. Tausende von uns haben ihre Arbeitsplätze verloren. Es ist nicht leicht, Ustad Karim.«

»Dies ist Ihr Heimatland. Sie sollten Schulter an Schulter mit den fortschrittlichen Kräften kämpfen, um es zu verändern.«

»Wir stecken in einer Zwickmühle«, sagte mein Vater. »Ihre moslemischen Nationalisten haben uns zu ihren Prügelknaben gemacht.«

»Wegrennen ist keine Lösung. Ein Heimatland ist kein Hotel, das man verläßt, weil es einem nicht genügend Komfort bietet.«

»Man kann von einem Menschen nicht erwarten, daß er ständig in Angst und Gefahr lebt. Ständig als der Sündenbock angesehen zu werden, ist einfach unerträglich.«

»Sie übertreiben, Abu Kabi. Es hat auch gute Zeiten gegeben. Sogar nach der Farhud ist es wieder bergauf gegangen.«

»Das stimmt. Aber was ist mit heute?«

»Vor allem heute! Es wehen neue Winde, und es sind unterirdische Ströme am Werk. Es stehen uns politische Veränderungen bevor. Der Irak wird einmal eine Demokratie sein, und die Juden werden darin eine wichtige Rolle zu spielen haben.«

»Wie können wir mit den Moslems zusammenleben, wenn sie Israel zerstören wollen und jeden, der das Land unterstützt, einen Verräter nennen?«

»Die Regierung ist korrupt und unter Druck und versucht deshalb, den Juden für alles die Schuld zuzuschieben. Das ist eine alte Geschichte ...«

»... die immer mit den gleichen Opfern endet«, führte mein Vater den Satz zu Ende.

»Wir müssen uns bemühen, die uns bevorstehenden harten Zeiten so gut wie möglich durchzustehen«, sagte Karim el-Hak und hielt uns dabei ein schickes Lederetui mit Zigaretten hin. Rashel schüttelte den Kopf. Mein Vater nahm sich eine. Aus Achtung vor ihm wurde ich wie ein kleiner Junge übergangen. Der Anwalt strich eine Zigarette unter seiner Nase hin und her und zog dabei begierig den Duft des Virginia-Tabaks ein. Den Blick auf Rashel gerichtet, zündete der die Zigarette mit einem goldenen Feuerzeug an.

»Was wird meinem Mann vorgeworfen?« fragte sie.

»Mehrere Sachen. Die beunruhigendste davon ist jedoch, in Dattelsendungen Waffen geschmuggelt zu haben.«

»Sie machen wohl Witze«, gluckste mein Vater.

Mir fiel plötzlich ein, daß Hizkel jedesmal, wenn er eins seiner großen, mit aneinandergeknoteten Bambusstreifen verschnürten

Dattelpakete aus Basra bekommen hatte, damit in den Keller gegangen war und es dort allein geöffnet hatte.

Das monotone Surren des Deckenventilators war das einzige Geräusch im Raum. »Was gedenken Sie jetzt zu tun, Ustad Karim?« fragte mein Vater.

»Ich werde Beweise verlangen. Ich werde alle meine Verbindungen spielen lassen und meinen ganzen Einfluß geltend machen, damit er freigelassen wird, und mit Gottes Hilfe wird mir das auch gelingen.«

»*Inshallah,* so Gott will«, sagte mein Vater und erhob sich, obwohl der Kaffee noch nicht gebracht worden war – ein Zeichen, daß Karim uns noch nicht gehen lassen wollte. Ich stand ebenfalls auf. Nur Rashel blieb sitzen und nahm dem Anwalt das Versprechen ab, daß sie Hizkel würde besuchen können. Er spreizte mit einem verführerischen Lächeln die Hände, fummelte dann an seinem Schnurrbart herum und sagte zu ihr: »Dieses Gespräch war sehr aufschlußreich, aber ich würde Ihnen gerne noch ein paar weitere Fragen stellen. Bitte kommen Sie doch noch einmal vorbei, wenn Sie Gelegenheit dazu haben.«

»*Taht amrak*«, sagte Rashel. »Wie Sie wünschen.«

Als wir in der Tür standen, sagte der Anwalt noch:

»Ich werde Ihnen Bescheid geben, sobald es neue Entwicklungen gibt. Bleiben Sie zuversichtlich.« Und als er sah, wie sich Rashels Gesichtsausdruck daraufhin veränderte, fügte er noch freundlich hinzu:

»Ihr Gatte ist am Leben. Andere Männer sind dagegen spurlos verschwunden.«

»Gott schütze Sie.« Sie nahm eine Flasche aus dem Weidenkorb an ihrem Arm und reichte sie ihm. »Rosenwasser«, sagte sie.

Mein Vater, der auf der Schwelle stand und sich am Kinn zupfte, während er auf Rashel wartete, blickte zwischen den beiden hin und her. Als er ihr zur Treppe folgte, stolperte er und warf dem Anwalt ein verlegenes Grinsen zu. Draußen auf dem Gehweg sagte er bestimmt:

»Daß du mir ja nicht noch einmal allein hierher kommst.«

»Warum nicht?«

Er blickte um sich. »Einem Goi kann man nicht über den Weg trauen«, sagte er leise.

»Aber er ist ein Freund von Hizkel und dir! Sein Vater Hajj Yahya ist dein Nachbar.«

»Er ist besser als der Durchschnitt. Aber er ist trotzdem ein Goi.«

»Ich verstehe das nicht. Er ist ehrlich, er macht keine falschen Versprechungen, er ist auf der Seite der Gerechtigkeit ...«

»Und ein Goi.«

»Ich möchte das Gefängnis sehen.«

Mein Vater zögerte. Obwohl ein Blick auf die Gefängnismauern ziemlich nutzlos war, hatte er Verständnis für Rashels Wunsch. »Na gut«, sagte er. »Begleite du sie dorthin, Kabi.«

Mit der Kutsche waren wir im Handumdrehen beim Verteidigungsministerium. Anders als tags zuvor war der Platz fast menschenleer. Die wenigen Passanten blickten mit einer Mischung aus Faszination und Grauen zu dem noch immer an dem Galgen baumelnden Leichnam und der Urinpfütze darunter. Als Rashel zu ihr hinsah, fingen ihre Augenlider an zu flattern, und ihre Finger klammerten sich fester um meine Hand. Ich beugte mich vor und gab dem Kutscher zu verstehen, er möge einen großen Bogen um die Szene machen, doch er hörte nicht auf mich und fuhr einmal um den ganzen Platz herum, um alles besser in Augenschein nehmen zu können. Ich sagte ihm, er solle anhalten, und wir stiegen aus.

Rasch gingen wir an dem Gehenkten vorbei über den Platz auf das Eingangstor des Ministeriums zu. Die bronzenen Löwen mit den weit aufgerissenen Mäulern zu beiden Seiten des Tores wirkten noch bedrohlicher als sonst. Obwohl es bis zum Gefängnis nicht mehr weit war, blieben wir zunächst hinter einer dicken Steinsäule stehen, die uns vor der Sonne und den Blicken der Wachposten schützte. Das mehrstöckige Gebäude war von einem hohen Zaun umgeben. Davor befand sich eine Grünfläche mit aufdringlich riechenden blutroten Rosen. Motorräder fuhren unter lautem Geknatter heran und wieder ab. Bremsen quietschten. Beamte mit Aktentaschen gingen im Laufschritt ein und aus. Es war so viel Betrieb, daß man hätte meinen können, ein Krieg stehe bevor.

Wie Kinderspielzeug waren an einer Seite des Hofes vor dem Ministerium funkelnde Jeeps und Militärlastwagen in Reih und Glied nebeneinander abgestellt. Bei jedem Offizier, der in seiner frisch geplätteten Uniform, ein Offizierstöckchen neckisch unter dem Arm, durch das Tor ging, nahmen die Gardesoldaten zackig Haltung an und salutierten. Zinnsoldaten, dachte ich verächtlich. Wir haben ja gesehen, wie gut ihr gegen Israel gewesen seid. Zum Glück konnten sie meine Gedanken nicht lesen. Wir sahen aus wie ein Paar, das einen Ausflug in die faszinierende Welt der irakischen Armee unternimmt.

Auf einmal ertönte ohrenbetäubendes Sirenengeheul. Eine Motorradeskorte kam um den Platz gefahren, gefolgt von einer auf Hochglanz polierten schwarzen Limousine mit zwei Flaggen auf der Motorhaube – die der Regierung und die der Armee. Die Fahrzeugkolonne machte vor dem Tor halt, ein Offizier der Garde brüllte einen Befehl, und die Wachsoldaten nahmen Haltung an, die Köpfe erhoben, die Brustkörbe rausgedrückt. Der Offizier ging, besser gesagt watschelte mit geschwollener Brust, daß es aussah, als würde er gleich platzen, zu der Limousine, öffnete die hintere Wagentür, warf den Kopf in den Nacken und salutierte. Ein korpulenter Mann um die vierzig, dessen Gesicht ich aus Abbildungen in den Zeitungen kannte, stieg – in einem vornehmen blauen Anzug mit roter Krawatte und einer Rose im Revers – aus dem Auto. Mit hoheitsvoller Miene musterte der irakische Verteidigungsminister den Platz, rümpfte beim Anblick des Gehenkten die Nase und machte mit der Hand ein Zeichen. Aus dem Nichts erschien daraufhin ein schneidiger Adjutant. Der Minister sagte etwas, der Adjutant salutierte und marschierte davon. Der diensthabende Offizier zog blitzschnell die Hand von der Stirn und brüllte mit solcher Schärfe einen Befehl, daß der Minister zusammenzuckte. Die Gardesoldaten präsentierten die Gewehre.

»Ich muß mit ihm reden«, murmelte Rashel und machte einen Schritt nach vorn, als wollte sie zu dem Minister hinlaufen. Doch im gleichen Augenblick wurde das Tor hinter ihm zugestoßen, und er schritt, von zwei Offizieren flankiert, davon. Ich musterte seinen feisten Nacken. Was mußte das für ein Gefühl sein, wenn sich alle Welt vor einem verneigte und Kratzfüße machte? Er brauchte nur den Finger zu heben, um das Schicksal anderer Menschen zu besiegeln – konnte bestimmen, daß der eine aufgehängt und einem anderen das Leben geschenkt wurde. Wenn ich an seiner Stelle wäre, dachte ich, würde ich Hizkel begnadigen – allein, um die Dankbarkeit in Rashels Augen zu sehen. Ich wäre barmherzig ... aber ich war ja ein Jude, was bedeutete, daß ich gar kein Minister werden könnte. Um dergleichen für möglich zu halten, mußte man schon so blöde sein wie Edouard oder sein Idol Salim Effendi.

Ein paar Soldaten in khakifarbener Uniform nahmen die Leiche herunter und begannen den Galgen abzubauen. Die Ehrengarde marschierte in geschlossener Formation zurück in den Hof, und am Tor blieben nur zwei Wachsoldaten stehen.

»Laß uns gehen«, sagte ich und ergriff Rashels Arm.

»Ich warte, bis er rauskommt«, sagte sie störrisch und hockte sich wie ein bockiges Kind auf den Mauersims.

»Wofür hältst du ihn?« fragte ich sie. »Für Harun al-Rashid, der auf dem Marktplatz über seine Untertanen gerichtet hat?« Doch ich konnte sagen, was ich wollte, sie ließ sich nicht zum Gehen bewegen. Sie schien sich tatsächlich einzubilden, sich dem Minister nur vor die Füße werfen und seine Hand küssen zu müssen, und ihr Wunsch würde wie in einem Märchen in Erfüllung gehen. Schließlich kam uns ein dunkelhäutiger Wachsoldat zu Hilfe, indem er uns aufforderte zu verschwinden.

Wir gingen weiter zum Gefängnis. Ich war zwar schon häufig daran vorbeigegangen, doch nun, da ich ein persönliches Interesse daran hatte, kam es mir vor, als sähe ich es zum erstenmal. Es war ein riesiges Gebäude, und der Zugang dazu war durch eine Betonschranke versperrt, über der die irakische Flagge hing und in die links und rechts jeweils ein Tor mit der Aufschrift »Eingang« und »Ausgang« eingelassen war. Das Gebäude war nicht einmal durch einen Zaun vom Gehweg abgetrennt, doch die finstere Fassade wirkte auf Passanten abschreckend genug. Jeder im Irak hatte schon von den berüchtigten Folterkammern dieses Gefängnisses gehört.

Rashel ging direkt auf das Schilderhäuschen neben dem Tor mit der Aufschrift »Eingang« zu und sagte geradeheraus:

»Ich möchte meinen Mann besuchen.«

Der Wachposten wedelte mit der Hand, als wollte er eine Fliege verscheuchen. »Verschwinden Sie!«

»Aber warum? Mein Mann ist in diesem Gebäude. Lassen Sie mich hinein, und Allah wird Ihnen ein langes Leben geben.«

»Hier sind keine Juden drin«, sagte der Wachsoldat und machte eine Bewegung mit der rechten Hand, in der er ein Gewehr mit einem Bajonett hielt.

»Mein Anwalt hat mir gesagt, daß er dort ist.«

»Ich sagte, verschwinden Sie. *Yallah, yallah!*« Er erhob sich von seiner Holzbank und war auf einmal größer, als ich gedacht hätte.

»Bitte«, bettelte Rashel. »Ich habe ihn seit zwei Monaten nicht mehr gesehen.«

»Verdammte jüdische Hure!« Er trat aus dem Schilderhäuschen und spuckte sie an. »Ich lasse dich gleich selbst einsperren!«

Wir verzogen uns. Rashel war kreidebleich im Gesicht. »Ich habe dir doch gesagt, ich hätte mit dem Minister reden sollen«, sagte sie wütend, als wäre alles meine Schuld. »Warum hat er gesagt, Hizkel sei nicht dort?«

»Wenn du ihm ein bißchen Geld zugesteckt hättest, hätte er seine Meinung geändert.«

»Warum hast du mir das nicht früher gesagt?«

»Du hast mich nicht gefragt. Und seit wann redet man einen Moslem mit jüdischem Akzent an?« Sie war den Tränen so nahe, daß ich nichts mehr sagte. Sie zog ein Taschentuch hervor und wischte sich damit über die Augen.

Mittlerweile hatte ein heißer Ostwind eingesetzt und wehte mir um Hals und Gesicht. Obwohl ich wußte, daß dies nur der erste Anflug war und uns die volle Wucht wie beim ersten Knistern eines Feuers erst noch bevorstand, fühlte sich mein dünnes Hemd schon jetzt so unangenehm an, daß ich es am liebsten auf der Stelle ausgezogen hätte. Wir steuerten mechanisch auf ein Café zu, dessen düsterer Eingang in dem grellen Nachmittagslicht wie ein Versprechen von Kühle erschien. Drinnen saß eine mollige, freundlich dreinblickende Frau, die Beine gespreizt, mit bloßen Schenkeln. Sie trug goldene Fußspangen, und der Nagellack an ihren Zehen war knallrot wie ihr Lippenstift. *Ya Allah!* Wartete sie so früh am Morgen schon auf Kundschaft? Ihre rehbraunen, mit Kohlestift geschminkten Augen sandten mir einen einladenden Blick zu. Als ich durch die Tür schritt, murmelte sie zudem etwas, das sich nach einer Aufforderung anhörte. Das veranlaßte mich, schleunigst rückwärts wieder hinauszugehen. Dabei stieß ich mit Rashel zusammen, die uns beide anstarrte. »Laß uns woanders hingehen«, sagte sie. Ich drehte mich um, blickte die Straße hinauf und überlegte, wo wir sonst Schutz vor der Hitze finden könnten. Ich hatte mir eigentlich nichts weiter gewünscht, besann ich mich jetzt, als mit Rashel zusammenzusein, und nun, da ich es war, würde ich mich von ein bißchen Hitze nicht aus der Fassung bringen lassen. Was war das bloß an den Frauen, was mich so anzog und verwirrte? Zögernd wie zwei Kinder, die sich verirrt haben, liefen wir weiter, bis wir zu einer Nebenstraße mit einer großen Moschee gelangten, vor der eine Garküche stand.

»Wo willst du hin?« fragte Rashel.

»Rede bloß nicht mit jüdischem Akzent«, befahl ich ihr, obwohl man ihr ohnehin nicht abgenommen hätte, daß sie eine Moslemin war. Wir nahmen auf zwei Hockern unter einer großen Markise Platz, und ich bestellte ein Glas herben Tamarindensaft für mich und für Rashel eine Coca-Cola. Ohne Unterlaß strömten Männer durch das hölzerne Tor der Moschee, während sich andere am Brunnen dahinter die Füße wuschen und sich die Gesichter benetzten. Von drinnen, wo sich die Gläubigen zum Nachmittagsgebet eingefunden hatten, drangen *Allah-akbar*-Rufe nach draußen. Als der Gebetsgottesdienst begann, knieten sich wie auf Kommando alle nieder, beugten sich geschmeidig nach vorn und berührten mit der Stirn den Boden.

Wieder einmal mußte ich mir in dieser Stadt der unzähligen Moscheen die Schahada, das moslemische Glaubensbekenntnis anhören. Die zahllosen, in die Höhe gereckten Hintern und sich im Takt bewegenden Rücken machten mir angst. Was könnte ein redegewandter Agitator nicht mit einer solchen Menschenmasse anfangen! Ich dachte an die von Generation zu Generation von

Juden überlieferten Geschichten von grausamen Blutbädern, die mit solchen Szenen begonnen hatten. »Wenn sie sich den Turban des Imam aufsetzen, halte Ausschau nach dem Schwert des Scheichs«, pflegte mein Vater zu sagen. Wie war es möglich, daß derselbe Gebetsakt, der laut Hiyawi die Seele läuterte, einen Menschen außer Rand und Band geraten lassen konnte?

Rashel umklammerte ihre Knie und starrte ängstlich vor sich hin. *Ash'hadu alla illaha illa Allah, wa'ash'hadu anna Muhammadan rasulu-l-lah*, dröhnte es zu uns herüber. Im Namen Allahs und seines Propheten Mohammed waren sie bereit, den Juden die Kehlen aufzuschlitzen. Was war das bloß für ein Gott, den sie da hatten? Und was für einen Gott hatten wir, der es zuließ, daß wir in seinem Namen niedergemetzelt wurden? War es ein und derselbe? Oder hatte Salim Effendi recht, wenn er sagte, es gebe überhaupt keinen Gott, sondern lediglich Kriege, die um ihn geführt wurden?

»Ich habe Angst«, flüsterte Rashel.

Hatte ich auch, doch ihr Eingeständnis bewirkte, daß ich mich mehr wie ein richtiger Mann fühlte.

»Laß uns gehen«, sagte ich. Wir schlenderten zur Hauptstraße zurück. Der Anblick des Gefängnisses und seiner Wachsoldaten war nun beinahe beruhigend.

»Wollen wir nicht lieber heimfahren?«

»Nein«, sagte Rashel und steuerte auf das Ministerium zu. »Ich warte.«

Ich konnte sie lediglich dazu bewegen, wenigstens auf der anderen Straßenseite zu bleiben. Ich betete darum, daß der Minister nicht erscheinen würde. Wer konnte sagen, wozu sie in ihrem gegenwärtigen Gemütszustand in der Lage war?

An der Straßenecke befand sich ein Lederwarenladen, und da man von dort einen guten Überblick zu haben schien, traten wir in das kühle, dunkle Innere ein. Dutzende von Gürteln hingen von der Decke herunter. Ich beschloß, mir einen zu kaufen, und suchte mir einen weißen mit einer großen Schnalle heraus. Rashel verzog das Gesicht. »Bist du nicht zu alt für Straßenkämpfe?« fragte sie. Unwillkürlich hatte ich einen Gürtel ausgewählt, der ähnlich aussah wie der von Ismail und nicht etwa, weil er mir besonders gefiel. Ohne mit der Wimper zu zucken und ohne zu feilschen bezahlte ich den verlangten Preis.

Rashel seufzte. »Es ist so heiß draußen. Ist hier in der Nähe kein anständiges Lokal, in das wir uns hineinsetzen können?«

»Wer kann heutzutage schon sagen, was anständig ist, meine Schwester«, sagte der Ladenbesitzer mit näselnder Stimme. »Und ist Ihnen mein Laden etwa nicht gut genug? Hier, nehmen Sie doch bitte Platz, *ahlan wasahlan.* Ich lasse gleich Kaffee bringen.« Verstohlen ließ er den Blick über Rashels Körper gleiten. An seinem Gesicht und mit seiner Stimme stimmte irgend etwas nicht, und dann bemerkte ich auf einmal, daß er keine Nase hatte.

»Auf wen warten Sie, wenn ich fragen darf?«

»Mein Mann ...« Rashel spürte meinen Tritt und brach ab.

»Auf einen Freund von uns, einen Offizier«, sagte ich.

»Ich kenne sie alle«, sagte der Mann, indem er mit der Hand über seine Waren strich. »Sie kaufen alle bei mir ein. Gürtel, Brieftaschen, Sandalen, alles.«

»Er ist aus Imara«, erklärte ich unnötigerweise.

»Aus Imara? Ich kenne keinen, der von dort kommt.« Er sah mich mißtrauisch an. »Was wollen Sie denn von ihm?«

»Etwas Geschäftliches. Unsere Väter haben zusammen studiert.«

»Setzen Sie sich, meine Schwester«, sagte er zu Rashel, die sich ihr Taschentuch vor die Nase hielt. »Setzen Sie sich, bis die Hitze nachgelassen hat. Ist Ihnen der Ledergeruch unangenehm?« Er rückte den Ventilator dichter zu ihr heran, griff nach einem schmutzigen Krug und bot ihr ein Glas kaltes Wasser an.

Sie schüttelte den Kopf. »*Tislam ideyk.* Gesegnet seien Ihre Hände.«

»Ist arabisches Wasser für Juden nicht gut genug?« fragte er entrüstet.

Der verdammte Moslem hatte es natürlich gleich gemerkt. Um ihn zu besänftigen, blieb mir nichts anderes übrig, als den ekelerregenden Krug zu nehmen. Ich richtete die Tülle vorsichtig auf meinen Mund und trank, ohne sie mit den Lippen zu berühren, einen Schluck kalten Wassers. Er weckte meine Lebensgeister gerade soweit, daß ich spürte, wie müde ich war. Ich wünschte mir jetzt nichts anderes, als neben dem Ventilator eine Matte auf dem Boden ausrollen, mich darauf ausstrecken und in tiefen Schlaf sinken zu können.

Ich rückte meinen Hocker näher zu Rashel heran. Das Kinn in die Hand gestützt, saß sie da und starrte zum Eingangstor des Ministeriums hinüber. Ich hielt währenddessen den Blick auf das Gefängnis gerichtet. Somit war unsere Überwachung zwar perfekt, doch nichts geschah. Eine drückende Schwüle lastete über dem Nachmittag. Die Beine unter den Körper gezogen, saß der Gürtelmacher in einem mit einem zerschlissenen alten Teppich bedeckten Sessel. Von Zeit zu Zeit nuckelte er an seiner Wasserpfeife, und das Wasser gurgelte beruhigend. Obwohl er sich bemühte, nicht einzuschlafen und deshalb immer wieder mit einem Ruck hochfuhr, fielen ihm schließlich die Augen zu, und er fing an, fürchterlich zu schnarchen. Ich linste zu Rashel hinüber. Wir mußten beide die Hand vor den Mund pressen, um nicht laut herauszuprusten. Nun, da unser Gastgeber eingeschlummert war, ließ ich mich auf den Boden gleiten, streckte die Beine aus und lehnte mich an einen Stapel Lederhäute. Von ihrem Geruch wurde ich noch müder.

Als ich die Augen wieder aufklappte, starrte Rashel noch immer unverwandt auf das verschlossene Tor des Ministeriums. Der Gürtelmacher erwachte und glotzte uns an, als wisse er nicht, ob er wachte oder träumte. Er rülpste, gähnte laut, nahm ein paar Züge aus dem Krug, goß sich etwas Wasser über das Gesicht und sagte: »*Ya fatah, ya razak*, möge Allah uns erhalten.« Er ging hinaus, kam mit einem Kaffeeverkäufer wieder herein und spendierte jedem von uns eine Tasse des starken, anregenden Gebräus.

»Ist Ihr Mann Kommunist?« fragte er.

»Gott bewahre.«

»Zionist?«

»Nein.«

»Hat er jemanden umgebracht? Die Regierung bestohlen?«

»Natürlich nicht.« Rashel versuchte zu lachen, brachte aber lediglich eine teils komische, teils schmerzverzerrte Grimasse zustande.

»Wer keinen Knoblauch ißt, stinkt auch nicht«, sagte der Mann augenzwinkernd. »Man wird nicht wegen nichts eingesperrt, meine Schwester.«

»Wer hat hier etwas von eingesperrt gesagt?« fragte ich.

Er zog es vor, meine Frage zu ignorieren. Würden die moralischen Grundsätze der Araber mit ihrem Verhalten übereinstimmen, dachte ich, dann wären sie die reinsten Gentlemen.

»Woran mangelt es euch Juden denn hier, meine Schwester? Es ist doch alles in euren Händen: unsere Geschäfte, unser Geld, unser Besitz. Wozu braucht ihr ein eigenes Land?«

»Brauchen wir ja gar nicht«, widersprach ihm Rashel.

»Ja, nicht wahr, meine Schwester?«

Er zündete sich seine Wasserpfeife wieder an, zog ein paarmal daran, schlug die Beine übereinander und sagte nachdenklich: »Die Schuld liegt nicht bei euch. Sie liegt bei den Armleuchtern in der Regierung. Sie sollten sämtlichen Kommunisten die Köpfe abhacken und die Zionisten alle aufhängen. Dann hätten wir Ruhe und Frieden.«

Ich rückte näher an den Ventilator heran und öffnete die obersten Knöpfe meines Hemds, um den Schweiß auf meiner Brust zu trocknen. Obwohl mir bewußt war, daß er mich ansah, gab ich Rashel durch ein Kopfnicken zu verstehen, daß es Zeit war zu gehen.

»Wo wollen Sie in dieser Hitze so plötzlich hin? Die Tagschicht endet erst um vier Uhr, wenn der Proviantwagen kommt.«

Ich setzte mich wieder.

»Wann verläßt denn der Minister das Gebäude?« fragte Rashel.

»Seine Exzellenz? Was wollen Sie von ihm?« Der Gürtelverkäufer musterte sie argwöhnisch. »Er ist ein harter, grausamer Mann, meine Schwester.« Er rieb Daumen und Zeigefinger aneinander und flüsterte: »Das ist das einzige, was helfen könnte. Für Geld würde der seine eigene Ehefrau verkaufen ... Da ist der Proviantwagen.« Er sah auf seine Uhr. »Na, was habe ich Ihnen gesagt? Punkt vier! Der ist immer auf die Minute genau.«

Ein Lastwagen mit einem Planverdeck hielt vor dem Gefängnis. Ehe der Wachposten ihn hineinfahren ließ, kletterte er hinein und unterzog ihn einer gründlichen Inspektion.

»Jetzt gehen sie gleich alle nach Hause: die Offiziere, die Soldaten, die Bürokräfte – alle außer den Häftlingen und den Gefängniswärtern. Das ist der richtige Zeitpunkt, meine Schwester, um mit Hilfe von ein bißchen ...« Er machte wieder die Bewegung mit Daumen und Zeigefinger.

Rashel und ich warfen uns bedeutsame Blicke zu. Wir schienen stillschweigend zu der Übereinkunft gekommen zu sein, daß uns der Mann – gegen angemessene Bezahlung – von Nutzen sein könnte.

Wir bedankten uns überschwenglich, daß er uns Schutz vor der Hitze geboten hatte. »Allah segne Sie«, wiederholte Rashel mehrere Male, ehe wir gingen.

KAPITEL XXI

Als mein Vater und ich tags darauf in das Café kamen, saß die Frau mit dem gleichen einladenden Blick auf dem gleichen Stuhl. Es war drei Uhr nachmittags, eine Stunde, zu der die Cafés für gewöhnlich leer waren. Sie trug einem Kellner auf, uns Kaffee zu bringen, zog einen blauen Vorhang auf, trat in den Hof hinaus und kehrte kurz darauf noch kräftiger geschminkt zurück. Auch ihr Parfüm war noch intensiver. In ihrem hauchdünnen Kleid mit dem Blumenmuster, unter dem sich ihre runden Hinterbacken abzeichneten und das den Blick auf die wohlgeformten Knöchel in den Holzschuhen frei ließ, trippelte sie wie eine dralle Haremsprinzessin durch den Raum. Die Hände in die Hüften gestützt, blieb sie vor uns stehen, lächelte verführerisch und neigte den Kopf ein wenig zur Seite. Sie war so nahe, daß ich ihren Atem spüren konnte. Mit einem Lappen in der Hand tat sie, als wollte sie den Tisch abwischen, obwohl der sauber war, und beugte sich dabei so weit vor, daß ihre Brüste aus dem Kleid quollen und die dunklen Brustwarzen beinahe meinen Mund berührten. Mein Schwanz richtete sich in meiner Hose so schnell auf, daß ich hin und her rutschen mußte, um Platz dafür zu schaffen. Ich lief rot an, als ich ihren amüsierten Blick bemerkte.

Vor etwa zwei Jahren, als meine Freunde und ich ein erstes Interesse an den sündigen Ecken Bagdads zu entwickeln begannen, trugen mich meine Beine, die meinen Gedanken mehrere Schritte voraus waren, eines Tages zu einer heiß empfohlenen Adresse in einer Seitengasse der El-Rashid-Straße. Es war zu Beginn der Sommerferien, und ich schlenderte die Gasse entlang, bis ich zu einem riesigen osmanischen Tor kam, hinter dem sich – so wurde gemunkelt – eine große Karawanserei befand. Ich blieb in einiger

Entfernung davon stehen und wagte nicht weiterzugehen, obwohl ich genauso scharf darauf war, sie zu betreten, wie die anderen Jungen meines Alters, die, wie ich sehen konnte, einmal kurz um sich blickten und dann hineingingen.

Am nächsten Tag ging ich wieder dorthin und am übernächsten wieder, bis ich schließlich den Mut fand, näher heranzugehen. Ein Polizist, der an der Pforte stand wie der himmlische Wächter des Paradieses, durchsuchte meine Taschen, tastete meinen Körper und meine Beine ab, beklopfte mein Hinterteil, als wäre ich eine kleine Schwuchtel, und fragte mich, ob ich Jude sei. Erst dann stieß er das Tor auf und schob mich durch. Als ich drinnen stand, fragte ich ihn, wonach er gesucht habe.

»Nach einer Pistole oder einem Dolch«, sagte er. »Hier werden andauernd Blutfehden ausgetragen. Trotz aller Kontrollen vergeht keine Woche, in der kein Mord passiert.«

Die Karawanserei erwies sich als ein Durchgang zu einem regelrechten Wohnviertel. Läden, Cafés und Gruppen umherziehender Kinder waren dahinter zu sehen. Ein buckliger alter Mann bespritzte ein paar staubige Wege mit Wasser. In den Türen der Häuser räkelten sich auf Stühlen sitzende aufgedonnerte Mädchen mit tiefroten Lippen, geschminkten Augen und silbernen und goldenen Fußspangen an Füßen, deren Zehennägel rot lackiert waren.

»Ein Vierteldinar!« rief mir eine dürre Hure mit schönen Augen zu. Nervös blinzelnd ging ich an ihr vorbei. Je weiter ich ging, um so niedriger wurden die Preise. 200 Fils. 180. 150. Wenig später wurde ich von der Menge auf einen dichtbevölkerten Platz mitgezerrt, auf dem eine Gruppe beduinischer Scheichs stand. In der Mitte davon, auf einem hohen Stuhl, der an einen Leuchtturm erinnerte, saß ein schmächtiges Mädchen von elf oder zwölf Jahren mit knallroten Lippen und gepuderten Wangen. Unter ihrem Kleid waren ihre Knöchel zu sehen.

»Eine Jungfrau! Wer bietet mir dafür einen Dinar?« rief ein Auktionator.

»Zwei!« kam ein Gebot.

»Drei!«

»Fünf Dinar!« rief ein hochgewachsener Scheich. Ein Raunen ging durch die Menge.

»Fünf Dinar! Zum ersten, zum zweiten, zum dritten – verkauft für fünf Dinar!« schrie der Auktionator. »Meinen Glückwunsch«, sagte er zu dem Gewinner, während ihm die anderen Scheichs begeistert die Hand schüttelten, als wäre ihm nicht der Körper eines Kindes zugesprochen worden, sondern dessen ewige Liebe. Man half dem Mädchen von dem Stuhl herunter, und der Scheich nahm es in die Arme und trug es, von zwei jungen Männern mit Tabletts voll Obst, Reis und Brathähnchen gefolgt, wie eine Braut ein paar Treppenstufen hinauf in ein Zimmer. Die Zimmertür wurde verschlossen, und die Menge drunten wartete.

Bald darauf, unter den Klängen einer Musikkapelle, erschien der Scheich wieder im Hof. Eine Frau mittleren Alters kam mit einem Laken aus dem Zimmer, hängte es über einen hölzernen Balkon, und die Menge brach beim Anblick des Blutes in Jubelgeschrei aus. Bei derartigen Jungfräulichkeitsnachweisen, wie sie bei jüdischen Hochzeiten ebenfalls üblich waren, wurde mir stets kreuzübel. Meine eigenen spärlichen Kenntnisse über die Entstehung des Lebens waren in ein romantisches, geheimnisvolles Dunkel gehüllt und beschränkten sich auf das, was ich in Romanen zufällig aufgeschnappt hatte.

Ich verließ den Platz und suchte unter einer niedrigen Palme Schutz. Hinter mir war eine Wäscheleine aufgespannt, an der Kleider und Unterhosen in allen Farben hingen. Ein Tamarindensaftverkäufer blieb stehen, um mir ein Glas seines süßsauren Getränks zu verkaufen. Das brachte mich wieder auf die Beine. Wie in Trance streifte ich weiter durch die schmalen Gassen, und je weiter ich ging, um so dichter waren sie von Frauen aller Altersgruppen bevölkert. »Einhundert Fils, einhundert Fils«, sang eine von ihnen mit rauher Stimme. Eine andere, stämmig und mit langen Haaren, saß breitbeinig da, ihre Scham von einem glitzernden silbernen Stern verdeckt. Ich hätte sie für einen Dirham, fünfzig Fils, haben können. Doch obwohl ich vor Begierde brannte, wagte ich nicht, diesem Drang nachzugeben.

Während ich also nun neben meinem Vater saß, starrte ich die Versucherin an, die meinen Blick mit verführerisch geöffneten Lippen erwiderte. Sie glaubte wohl, er habe mich zwecks sexueller Initiation hierher gebracht, vielleicht gar mit der Absicht, selbst mitzumachen – wie ich es in manchen Geschichten gehört hatte.

Mein Vater lehnte sich in seinen Stuhl zurück und blickte mit einem amüsierten Lächeln zwischen uns hin und her. Obwohl ich in seiner Gegenwart aus Scham jedesmal rasch wegsah, wenn mein Blick dem der Hure begegnete, sah ich gleich darauf wieder zu ihr hin. Ich wußte selbst nicht, was ich lieber getan hätte – fliehen oder mich in ihr Fleisch versenken. In der Annahme, ich hätte angebissen, ging sie mit wackelndem Hintern und wogendem Busen zum Fenster, zog den blauen Vorhang weiter auf und blieb wie eine reife Frucht dort stehen. Du kannst sie haben, wenn du sie willst, sagte das teuflische Grinsen meines Vaters. Ja, Vater, wollte ich sagen, ich will sie haben. Ich will mit ihr ins Bett gehen wie ein richtiger Mann – wie Edouard, der mir alles über seine Nacht mit Lutfiyya erzählt hat. Aber ich möchte es aus eigenem Antrieb tun, ohne dazu gedrängt zu werden, und ich weiß, wo ich hingehen werde, wenn ich soweit bin.

Das waren meine Gedanken. Ich hätte niemals gewagt, sie laut zu äußern. Ich räusperte mich verlegen und zwang mich, zu dem Regal mit den Wasserpfeifen hinzusehen, deren rote Schläuche sich wanden wie Schlangenkörper.

Die Hure schien mittlerweile die Hoffnung aufgegeben zu haben und kümmerte sich wieder um ihr Café. Sie sagte etwas, das ich nicht verstand, zog den blauen Vorhang zu und schaltete das Radio ein, in dem gerade eine Sendung lief, in der Koranverse rezitiert wurden. Als sie nach einem anderen Sender zu suchen begann, hielt mein Vater sie davon ab.

»Seid ihr Juden oder Moslems?« erkundigte sie sich.

»Wir alle sind Söhne Allahs und Abrahams«, entgegnete mein Vater. »Hör gut zu, Kabi. Das ist Scheich Tewfik el-Mahdawi, der berühmteste aller Koran-Kantoren.« Er nahm seine Lieblingshaltung ein, das heißt, er schlug die Beine übereinander, lehnte sich in seinem Stuhl zurück, schloß die Augen und lauschte dem Singsang des Scheichs so inbrünstig, als sei es die wöchentliche Thoralesung. Ab und zu seufzte er verzückt oder murmelte etwas Zustimmendes, und am Ende verkündete er: »*Sadaka Allahu el-azim.* Gerecht ist der mächtige Gott.«

Der Gesichtsausdruck der Hure wurde weich, und sie ließ uns von ihrem Kellner Tee auf Kosten des Hauses bringen. Mein Vater drehte seinen Stuhl herum, um mit dem Gesicht zum Gefängnis zu sitzen, das wir ja schließlich beobachten wollten.

Wir kamen an drei aufeinanderfolgenden Tagen wieder. Die Hure gewöhnte sich an uns und behandelte uns wie Stammgäste. Sie hatte sich schnell gemerkt, daß mein Vater gerne zwei Tassen Kaffee hintereinander trank und immer Zucker in den Tee tat. Sie setzte sich zu uns und plauderte mit ihm über dieses uns jenes – und das, obwohl wir ihre Reize zu ihrer Verblüffung nicht zu würdigen wußten. Als ob sie nicht wüßte, was jüdische Männer von moslemischen Frauen hielten! Ihre häufigen Blicke in unsere Richtung waren freilich nicht ohne Mißtrauen – aber in ihrer Welt war Mißtrauen ohnehin gang und gäbe. In unserer ebenfalls. Beunruhigender war der Kellner, ein Klappergestell von einem Mann, der täglich um zwölf Uhr mittags eintraf und uns mit unverhohlener Abneigung musterte. Ich befürchtete, er sei vielleicht ein Agent der Geheimpolizei, und mein Vater sagte nichts, was diese Befürchtung zerstreut hätte.

Am vierten Tag drehten wir eine Runde um Gefängnis und Ministerium, inspizierten das Gelände zwischen beiden Gebäuden und jeden Pfad und jede Nebenstraße. Das hatte zwar keinen wirklichen, sondern eher einen psychologischen Nutzen, indem es in erster Linie dazu diente, mit dem unbekannten, unheimlichen Terrain ein wenig vertrauter zu werden. Erschöpft und durstig kehrten wir in das Café zurück, wo uns mit kaltem Wasser aus einem Krug und bitterem beduinischen Kaffee wieder auf die Beine geholfen wurde, ein Kaffee, der nach Meinung meines Vaters unvergleichlich war. Um Punkt vier traf wie üblich der Lastwagen mit dem Proviant ein. Mein Vater beschloß, so lange zu warten, bis der Muezzin die Gläubigen zum Abendgebet gerufen hatte, dann erhob er sich und legte eine 50-Fils-Münze auf den Tisch.

»Ich habe kein Wechselgeld«, sagte die Café-Inhaberin. »Geht mit Allahs Segen, und laßt den Kaffee auf mich gehen.« Als mein Vater davon nichts wissen wollte, sagte sie: »Dann bezahl es mir morgen, Bruder.« Er ließ ihr die Münze da und sagte ihr, sie solle das Wechselgeld vergessen.

Auf dem Heimweg machten wir bei Karim Abd el-Haks Kanzlei halt, und mein Vater bat mich, draußen auf ihn zu warten. Das Gespräch dauerte eine halbe Ewigkeit. Als mein Vater wieder herauskam, legte er den Arm um mich und teilte mir mit, daß ich in das Gefängnis geschmuggelt werden würde, um Hizkel zu besuchen. »Jemand wird das in die Hand nehmen«, sagte er. Ich wußte nicht, ob er damit den Gürtelmacher meinte, von dem Rashel und ich ihm erzählt hatten, oder ob er einen direkteren Weg gefunden hatte, um die nötigen Schmiergelder zu übermitteln. Der Plan, räumte er ein, sei zwar nicht vollkommen sicher, doch es gebe keine Alternative; die genauen Einzelheiten würde er mir zu Hause mitteilen. Und obwohl ich ihn bat, meiner Mutter nichts davon zu erzählen, war dies das erste, was er bei unserer Rückkehr tat.

»Sohn«, sagte er halb scherzhaft zu seiner Rechtfertigung, »sie ist schließlich deine Mutter, und eine Hälfte von dir gehört ihr.«

Meine Mutter fand das gar nicht witzig. »Willst du, daß sie Kabi ebenfalls einsperren?«

»Glaubst du, ich würde meinen erstgeborenen Sohn in Gefahr bringen? Es gibt keinen Grund zur Besorgnis. Es ist alles berücksichtigt worden. Ich habe es mit dem Anwalt in allen Einzelheiten durchgesprochen und -«

»Glaubst du Karim Abd el-Hak etwa? Hat Hiyawi dir nicht erzählt, was sein Vater während der Farhud getan hat? Weißt du nicht, daß sein Bruder ein Judenhasser ist und gegen Israel gekämpft hat? Wie kannst du so einem Mann vertrauen!«

»Karim ist ein Freund. Da sind gewisse Einzelheiten, die ich dir nicht erzählen kann. Wir haben sämtliche Möglichkeiten durchgesprochen.«

»Und die schlechteste gewählt! Wenn er entdeckt wird, werden sie ihn einsperren.« Ihre Stimme bebte.

»Hast du einen besseren Vorschlag?«

»Geh zum Großen Imari.« Sie zündete sich mit zitternden Händen eine Zigarette an. »Das ist besser, als deinen Sohn in Gefahr zu bringen.«

»Genug jetzt, Frau. Ich gebe dir mein Wort, daß ich weiß, was ich tue.«

Bis spät in die Nacht hinein hörte ich sie noch streiten. Ich wurde das Gefühl nicht los, daß meine Mutter recht haben könnte.

Obwohl Rashel die ganze Nacht mit der Zusammenstellung des Proviantkorbes zugebracht hatte, war sie erst gegen Mittag fertig. Am Vormittag war sie noch immer dabei, *silan wa-rashi*, die Dattelsirup- und Sesampaste, die Hizkel so mochte, anzurühren und abzuschmecken. Auch nachdem sie eine Handvoll gemahlene Walnüsse und eine Prise Kardamom dazugegeben hatte, war sie noch nicht zufrieden. Ich tauchte meinen Finger in die Masse, leckte ihn ab und sagte »köstlich« – in der Hoffnung, sie würde dann endlich zum Schluß kommen, obwohl mir meine Geschmacksknospen sagten, daß man das Zeug nicht im geringsten mit der Delikatesse vergleichen konnte, die Hizkel zustande brachte. Nach dem Mittagessen füllte sie einen Weidenkorb mit allem, worauf Hizkel in den vergangenen Monaten hatte verzichten müssen: Fleischbällchen mit Safranreis, gebratener Fisch, ein Glas *amba*, Obst, getrocknete Feigen, zwei Flaschen Rosenwasser, Hiyawis Zabana-Zigaretten und anderes mehr. Als der Korb voll war, drückte sie ihn an sich, als wäre er Hizkel persönlich, und ging sich dann umziehen.

Diesmal, in einem langen schwarzen plissierten Kleid mit Schulterpolstern, hätte man sie glattweg für eine Moslemin halten können. Obwohl sie nicht geschminkt war, sah sie so fabelhaft aus wie immer. Nur ihre flatternden Augenlider verrieten, daß sie nervös war.

Mein Vater hatte sich seinen grauen Anzug angezogen, von dem er meinte, er bringe ihm Glück, und sich eine rote Rose ins Revers gesteckt. Ich selbst trug die unkleidsame Kluft des arabischen Teeverkäufers. Welche abstrusen Überlegungen zu dieser Wahl geführt hatten, war mir schleierhaft, doch der Hauptgesichtspunkt war gewesen, eine Verkleidung zu finden, die nicht nur die Gefängniswärter täuschen würde, sondern auch deren Vorgesetzte. Die verließen das Gebäude zwar um vier Uhr, mußten aber dennoch einkalkuliert werden.

Das Taxi setzte uns in der Nähe des Gefängnisses ab. »Du bist jetzt ganz auf dich allein gestellt«, sagte mein Vater. »Gott sei mit dir. Wir warten hinter dem Ministerium auf dich.« Er bemühte sich, ruhig zu klingen, doch seine Stimme zitterte.

»Gott segne deinen Tag«, sagte Rashel und drückte meinen Arm. Ich versuchte das flaue Gefühl zu ignorieren, das sich einstellte, kaum daß ich allein war, und stand planmäßig um vier Uhr zwanzig vor dem großen Hof mit den halbkreisförmigen Gebäuden. Erst als ich am Vorabend mit meinem Vater zu Abu Saleh el-Hibaz gegangen war, hatte ich gemerkt, wie professionell alles geplant worden war. Abu Saleh zeigte mir eine detaillierte Karte des Gefängnisses, erklärte mir, wo die verschiedenen Gebäudeflügel und Zellentrakte lagen, und forderte mich auf, mir alles genau einzuprägen. Zum Glück hatte ich ein gutes Gedächtnis. »Du mußt dir ständig darüber im klaren sein, an welcher Stelle du dich gerade befindest und wo Hizkel von dort aus gesehen ist«, sagte er. Da Abu Saleh normalerweise gerne scherzte und herumalberte, flößte er mir mit seinem Ernst Vertrauen ein.

Doch als ich nun, Rashels Korb am Arm, vor dem Gefängnis stand, trat ich nervös von einem Fuß auf den anderen, als stände ich barfuß auf dem glühendheißen Pflaster. Ich überlegte gerade, ob ich nun das Tablett und die kleinen Teetassen herausholen sollte, als mir jemand heftig auf die Schulter klopfte. Ich fuhr herum. Es dauerte eine Sekunde, bis ich kapierte, daß der dicke Kerl, der da hinter mir stand und dessen Hand auf meiner Schulter lag, der Verbindungsmann war, auf den ich gewartet hatte. Ich war darauf eingestellt gewesen, daß er von vorn durch das Tor kommen würde.

»Suchst du was, Junge?« fragte er mit aufmunternder Stimme.

»Ich bringe Tee, *ya sidi*«, antwortete ich weisungsgemäß.

»Komm mit.« Er nickte dem Wachposten am Tor zu, und ich folgte ihm über den Hof zu einem Gebäude. Nummer drei, sagte ich zu mir, die Karte vor meinem geistigen Auge – und tatsächlich sah ich einen Augenblick später eine Drei über dem Eingang.

Wir betraten einen Gang. »Hast du deine Besuchserlaubnis?« fragte mein Führer mit einem verschmitzten Seitenblick.

»Ja ... äh ... hier ist sie ...« antwortete ich mit schriller Stimme und drückte ihm eine 100-Fils-Münze in die Hand.

»Laß mich mal den Korb sehen.« Er kramte darin herum, zog eine schwarze Dattel heraus, steckte sie sich in den Mund und spuckte den Kern auf den Boden.

»Zeig mir nochmal deinen Erlaubnisschein.«

»Hier.« Ich reichte ihm ein weiteres 100-Fils-Stück. Er betastete die beiden Münzen, steckte sie in seine Tasche und sagte:

»Komm mit.«

Er schritt gemächlich vor mir her und blieb hin und wieder stehen, um auf den Korb zu zeigen und um weitere Datteln zu bitten. »Wen willst du hier besuchen?« erkundigte er sich. Daß er das nicht wußte, wunderte mich, doch da fiel mir ein, daß Abu Saleh gesagt hatte: »Jedesmal, wenn er dir eine Frage stellt, mußt du ihm ein Geldstück geben.« Oder wie mein Vater es ausgedrückt hatte: »Wer zum König will, muß seinen Tribut entrichten.«

»Hizkel Imari«, flüsterte ich und reichte ihm nochmal 100 Fils.

»Wer ist das, ein Jude? Endlich ist die Katze aus dem Sack! Deshalb also bist du angezogen wie ein Teejunge«, höhnte er und zwickte mich dabei ins Ohr, bis es brannte. »Ein Jude! Aber einer, der nicht clever genug ist, um zu wissen, daß arabische Teejungen barfuß laufen und nicht etwa in Sandalen. Dachtest wohl, du könntest mich reinlegen, was?«

Ich gab ihm wieder ein Geldstück. Es war ja nur ein bißchen Kleingeld für einen kleinen Fisch. Das hohe Tier, wer immer es auch sein mochte, hatte seinen Anteil bereits erhalten.

Der Mann ließ mich stehen und verschwand hinter einer Tür. Der kahle Korridor war menschenleer. Jetzt verpfeift er mich, dachte ich. Er wird mich einsperren, und ich werde in der Schule ein Held sein. Alle werden von mir reden, sogar Ismail und Amira. Ein erstickter Schrei – von einem gefolterten Häftling? – hallte durch den Flur. Dann ein weiterer. Mir lief es eiskalt den Rücken runter. Ich wollte kein Held sein. Ich wollte nichts wie nach Hause. Der ausbrechende Schweiß brannte auf meinen Aknepickeln. Müßte ich mir die Haare ausrupfen, einen Fingernagel nach dem anderen ausreißen und den Hintern in Fetzen vögeln lassen, nur um Rashel zu beweisen, was für ein toller Hecht ich war?

Es war zu spät, um die Flucht zu ergreifen. Ich kauerte in der Hocke wie ein Araber, hielt den Korb umklammert und den Blick auf die Tür gerichtet. Was machte der Kerl da drin? Angenommen, Karim Abd el-Hak hatte gelogen, und Hizkel war gar nicht hier? Wieso hatte es ein erstklassiger Anwalt wie er nicht fertiggebracht, einen legalen Besuch genehmigt zu kriegen? Er war hinter Rashels Arsch her, das war's. Er würde sie solange hinhalten, bis sie sich mit ihm einließ. Ich hatte solche Geschichten schon gehört. Hizkel würde im Knast verfaulen, während sich Karim mit Rashel im Heu wälzte. Deshalb hatte er auch keinen Honorarvorschuß verlangt. »Jetzt nicht«, »Nicht jetzt« – hatte er jedesmal gesagt, wenn mein Vater ihm eine Vorauszahlung angeboten hatte.

Das Geklapper einer Schreibmaschine zeigte an, daß die Tür aufgegangen war, und rüttelte mich aus meinen Gedanken. Mein Begleiter kam freundlich lächelnd heraus und gab mir durch ein Handzeichen zu verstehen, daß er noch ein paar Datteln vertragen könnte. »Honigsüß«, erklärte er.

»*T'fadel*«, sagte ich. »Lassen Sie sich's schmecken.«

»Ist der Häftling dein Vater?«

»Mein Onkel.«

»Ein Kommunist, ein Zionist, ein Waffenschmuggler, ein Umstürzler, ein Verräter – und außerdem ein Jude. *Allah yistur! Allah yistur!*« rief er aus. »Nun gut, Herr Teeverkäufer, begeben wir uns zu dem Zellentrakt. Sie hätten nicht zufällig etwas Tee für mich, bevor wir losziehen?«

Er kicherte und kratzte sich am Kopf, und ich reichte ihm noch eine Münze und tappte dann neben ihm her. Nachdem wir ein paar Büros und Baracken passiert hatten, gelangten wir zu einer hohen rechteckigen Mauer mit Stacheldrahtspiralen obendrauf und Schilderhäuschen davor. Ich wußte von der Karte her, daß dies der Hochsicherheitstrakt war. Mein Führer klopfte in einem Rhythmus, der wie Morsezeichen klang, an eine Eisentür, und ein pockennarbiger Gefängniswärter lugte daraufhin durch einen Sehspalt in der Tür.

»Hier ist ein Besucher für Imari.«

»Für diesen Hurensohn? Der gehört an den Eiern aufgehängt.«

Mein Führer zwinkerte mir zu. Ich zog eine Münze heraus. Er zwinkerte abermals. Ich zog noch eine heraus. Eine davon gab er dem Wärter, die andere steckte er sich in die Tasche.

»Und was ist mit Zigaretten?« fragte der Gefängniswärter.

Ich holte ein Päckchen heraus und reichte es ihm.

»Und was ist mit mir?« fragte mein Begleiter.

Ich reichte ihm ebenfalls ein Päckchen.

Der Wärter machte den Sehspalt zu. »Nimm dich vor ihm in acht, er ist ein richtiger Schweinehund«, flüsterte mein Begleiter. »Und laß nächstes Mal die Sandalen weg.« Er machte kehrt und verschwand.

Der Wärter zerrte mich hinein, drückte mich an die Mauer, stieß mir die Faust in die Brust und sagte:

»Schreib dir das hinter die Ohren, Judenjunge: Wenn du versuchst, auch nur ein einziges verdammtes Ding hier reinzuschmuggeln, bring ich dich um!«

Ich deckte den Korb auf und sagte in dem weinerlichen, unterwürfigen Ton, den die Schwachen den Starken gegenüber anzuschlagen pflegen: »Hier ist nur Essen drin, *ya sidi*.«

»*Yallah*, na, los!« sagte er und gab mir einen Tritt.

Nach ungefähr fünfzig Metern kamen wir zu einer langen Baracke mit kleinen vergitterten Fenstern. Wir traten ein, und nachdem sich meine Augen an das trübe Licht gewöhnt hatten, erkannte ich, daß wir uns in einem Gang befanden, der beidseitig von Zellen mit in Betonmauern eingelassenen Gitterstangen gesäumt war. Der pockennarbige Mann blieb vor einer Zellentür stehen und schrie: »Hizkel Imari!«

Der aus dem dunklen Inneren ziehende gräuliche Zigarettenrauch konnte den Gestank von Moder und Urin nicht überdecken.

Ein kaum wiederzuerkennendes Gesicht schälte sich aus dem Dunst heraus.

»Kabi! Kabi!« Seine Stimme war ein gebrochenes Krächzen. In dem gestreiften, viel zu großen Sträflingsanzug sah er schrecklich mager aus, und eins seiner Augen war zugeschwollen. Seine Kopfhaare waren abrasiert, doch seine Wangen waren mit dicken Stoppeln übersät.

»Wie geht es euch allen?«

»Gut.«

»Und Rashel?«

»Gut.«

»Wenn du ein falsches Wort sagst, mach ich dich kalt!« sagte der Aufseher, indem er drohend die Hand hob.

Ich konnte die Zelle jetzt deutlicher erkennen. Sie war schmal und sehr lang. Auf dem Boden hockten, die Beine zur Raummitte hin ausgestreckt, um die zwanzig Häftlinge. Unmittelbar hinter den Gitterstäben lag – die Knie an seinen Körper gezogen und in dreckstarrender Unterwäsche – ein Mann mit wulstigen Lippen, den Sträflingsanzug zusammengerollt unter dem Kopf; einer seiner Arme war voller blauer Flecken, und schwarze Fliegen, die er nicht einmal zu bemerken schien, krabbelten auf einer eitrigen Kniewunde herum. Eine Sekunde lang öffnete er die Augen und warf mir einen trüben Blick zu. Er stank nach Verwesung. Ein schlaksiger Mann, dessen Kopf vor und zurück ruckelte wie der einer stolzen Taube, trat zu einem in der Ecke neben dem Mann stehenden Eimer hin, holte sein dickes, schwarzes Glied heraus und urinierte.

»Hast du keinen Respekt, du Hurensohn?« rief der Aufseher. »Du hättest gefälligst warten können, bis ich weg bin.«

»Hier, hol dir 'ne Ladung«, höhnte der schlaksige Häftling.

»Paß bloß auf, oder ich schneide dir den Schwanz ab«, entgegnete der Aufseher.

»Mußt mir nur sagen, ob du's lieber ins Maul oder in den Arsch hättest. Ich wette, du hast noch nie sowas Gutes gekriegt.«

»Fick doch deine Mutter!«

»Ich ficke lieber dich. Wofür hältst du mich, etwa für 'nen Juden?«

Der schlaksige Mann schüttelte die letzten Tropfen ab, beugte sich über den stöhnenden Mann auf dem Boden, verscheuchte die Fliegen von dessen Knie und wischte ihm das schweißnasse Gesicht ab.

»Allah segne dich«, murmelte der Mann auf dem Boden schwach.

»Er braucht 'nen Doktor«, sagte der schlaksige Häftling zu dem Wärter. »Wie oft müssen wir dir das noch sagen?«

»Was der kriegt, ist ein Besuch vom Todesengel«, sagte der Wärter und spuckte dicht neben meinen Fuß. Er riß mir den Korb aus der Hand und schubste mich beiseite.

»Laß den Jungen in Ruhe«, sagte Hizkel.

»Halt die Schnauze, du Dreckstück«, herrschte ihn der Wärter mit jüdischem Akzent an. »Du solltest mir dafür danken, daß ich ihn ohne Besuchserlaubnis reinlasse.«

»Arschloch!« rief der schlaksige Häftling. »Wenn's ums Rumkommandieren von Juden geht, bist du'n großer Held.«

»Seit wann bist du so dicke Freund mit 'nem Itzig?« fragte der Aufseher. »Du solltest dich schämen und auch die vertrocknete Fotze, die dich geboren hat.«

»Du kannst ja reden wie ein Jude«, höhnte Hizkel. »Wie wär's, wenn du auch einer würdest? Ich besorg dir 'nen Termin bei Rabbi Bashi.«

»Halt deine dreckige Zunge im Zaum! *Allah akbar, allah akbar*, ich bezeuge, daß es keine Gottheit außer Gott gibt und daß Mohammed der Gesandte Gottes ist.« Der Gefängniswärter murmelte rasch das Glaubensbekenntnis vor sich hin, diesmal mit moslemischem Akzent. »Wofür hältst du mich eigentlich, für 'nen Scheißatheisten wie diesen Kommunisten da?«

Er zeigte auf den schlaksigen Mann, der ihn anspuckte und sagte: »Wenn die Revolution ausbricht, werden sie dich an 'nem Fleischhaken aufhängen!«

»Vorher pisse ich auf dein Grab!«

»Dazu wirst du wohl kaum Gelegenheit haben, du scheißgesichtiger Speichellecker der herrschenden Klasse!«

Der Wärter wies auf mich. »Noch ein Wort, und ich schmeiße den hier raus.«

Hizkel lächelte und schüttelte den Kopf, um mir anzudeuten, daß die Worte nicht ernst gemeint waren.

»Will jemand 'ne Zigarette? Judenfraß?« Der Aufseher schwenkte den Korb in der Luft.

Kaum ein Häftling rührte sich. Nur zwei kamen zum Gitter vor. Der Wärter schloß das Tor auf und schleuderte den Korb in die Zelle, wo ihn jemand in der Luft auffing.

»Gib ihn Imari!« rief der schlaksige Häftling.

»Is' ja gut, schrei nicht so«, sagte der Mann, der den Korb aufgefangen hatte.

Hizkel deckte den Korb ab, breitete den Inhalt auf dem Boden aus und sagte: »Bedient euch, Jungs. Haut rein!«

Keiner nahm etwas. Nur ein Päckchen Zigaretten machte die Runde. Kurz darauf roch es in der ganzen Zelle nach dem Duft von Hiyawis Zabanas.

»Hey, Arrak!« rief ein Häftling und hielt eine Flasche in die Höhe. »Schnaps!«

Der Aufseher gab mir eine so deftige Ohrfeige, daß ich Sterne sah. Mein ganzes Gesicht brannte.

»Ich sagte doch, du sollst ihn in Ruhe lassen!« rief Hizkel.

»Du hast Alkohol mitgebracht?« kreischte der Wärter. »Das ist gegen die Vorschriften. Gib sofort her!« Er entkorkte die Flasche, hielt sie sich an die Nase und schnupperte daran. »Rosenwasser?« Er träufelte sich ein paar Tropfen auf die Hände und benetzte sein Gesicht, glücklich wie ein Kind, das ein Bonbon geschenkt bekommen hat.

»Behalte es«, sagte Hizkel.

»Willst wohl versuchen, mich zu bestechen, was?« sagte der Wärter. Die Häftlinge stießen Pfiffe und Buhrufe aus. »Wir sind viel zu nett zu dir, du Bastard!« sagte einer. Hizkel schnupperte an der zweiten Rosenwasserflasche. Seine Augen leuchteten auf, und er reichte sie dem hochgewachsenen Kommunisten, der sein Gesicht damit besprenkelte. Eine Woge wie von einem Wasserwirbel im Tigris lief über die Häftlinge, und viele von ihnen setzten sich auf, während sie die Flasche herumreichten und sich jeder ein paar Tropfen in die

Hand goß. Einen kurzen Moment lang wurde der Gestank der Zelle von etwas Stärkerem überdeckt. Und zwar, so wurde mir bewußt, von dem Geruch einer Frau an einem Ort, an dem keine Hoffnung bestand, jemals eine zu sehen.

An der Tür zu dem Zellentrakt ertönte ein lautes Klopfen. Der Wärter hastete zu ihr und begann lautstark mit jemandem herumzustreiten. Hizkel dirigierte mich währenddessen zu der Ecke hin, an der die Gitterstäbe in die Betonmauer eingelassen waren. Meine Wange brannte noch immer von der Ohrfeige.

»Wie bist du hier reingekommen?«

»Es ist alles organisiert worden.« Ich reichte ihm einen Umschlag mit Geld. »Wir entwickeln gerade einen Plan, dich hier rauszuholen und dir falsche Papiere zu besorgen.«

»Ist aus dem Keller alles draußen?«

»Alles in Butter.«

»Ich muß Rashel sehen.«

»Das werden sie nicht erlauben. Jedenfalls sagt das Karim Abd el-Hak.«

»Es ist toll, dich zu sehen.« Er lächelte und strich mir durch die Gitterstäbe hindurch über das Gesicht, zog jedoch verlegen den Kopf weg, als ich seins zu berühren versuchte. »Kabi, ich bin von Kopf bis Fuß verlaust«, sagte er. Wir mußten beide lachen. Der Mann auf dem Boden stieß einen Schrei aus, hob den Kopf und ließ ihn wieder auf den zusammengeknüllten Sträflingsanzug sinken.

»Haben sie dich gefoltert?«

Hizkels Antwort bestand aus einem vielsagenden Hochwerfen des Kopfes. »Wann ist die Gerichtsverhandlung?« fragte er emotionslos.

»Das weiß keiner.«

»Sucht nach einer Möglichkeit, nach Israel zu kommen, und nehmt Rashel mit.«

Ich nickte. Auf seiner Brust, unter dem Oberteil seines Sträflingsanzugs, bemerkte ich einen dunkelblauen Fleck.

»Sag Abu Saleh, er soll alles so machen, wie es geplant war. Ich will nicht, daß er oder andere von der Bewegung meinetwegen unnötige Risiken eingehen. Sag ihm, daß ich vollkommenes Vertrauen zu ihm habe und daß ich überzeugt bin, daß er alles richtig machen wird. Sag ihm, daß all die Jahre unserer gemeinsamen Zusammenarbeit hierfür eine Vorbereitung waren.«

Es war nicht schwer zu verstehen, warum gerade er ein Führer geworden war.

»Kabi, mein Junge, in dem Schreibtisch in meinem Arbeitszimmer befindet sich hinter der untersten linken Schublade ein Geheimfach. Du wirst darin meine Gedichte finden und darunter ein dickes blaues Notizbuch. Wenn es noch da ist, hol es heraus und bewahre es für mich auf.«

»Mach ich«, sagte ich stolz.

»Was ist aus meiner Berufsschule geworden?«

»Die Polizei hat sie dichtgemacht.«

»Das ist sehr bedauerlich.«

Hinter mir ertönte Kettengerassel. Ein hünenhafter Häftling mit lockigem roten Haar und Ketten an Fuß- und Handgelenken wurde in den Zellentrakt geführt.

»Das ist der Kommunistenführer«, sagte Hizkel mit Bewunderung in der Stimme.

»Der Rote Armenier?« fragte ich. Ich erinnerte mich, daß Edouard und Salim Effendi von ihm gesprochen hatten.

»Höchstpersönlich.«

Der Armenier ging aufrecht, lächelte und hob vor jeder Zelle, an der er vorbeikam, grüßend eine angekettete Hand.

»Lang lebe die kommunistische Revolution! Lang lebe die Sowjetunion!« rief der schlaksige Häftling.

»Nieder mit der Hurenregierung! Nieder mit der Ungerechtigkeit!« schrien andere.

Mit letzter Kraft rappelte sich der verwundete Mann auf, von Hizkel und dem hochgewachsenen Kommunisten gestützt, um einen Blick auf seinen Führer werfen zu können. Seine Schmerzen schienen vergessen, und mit kaum hörbarer Stimme fiel er in die Rufe der anderen mit ein.

»He, du, Armenier!« Der pockennarbige Aufseher fuchtelte drohend mit dem Gewehr vor ihm herum. »Bald knüpfen wir dich auf.«

Der Armenier schob ihn und seine zwei bewaffneten Wärter zur Seite, als wären sie nichts weiter als Spatzen.

»Lang lebe der große Armenier! Nieder mit dem Satansregime!« rief der schlaksige Häftling. Die Männer in den anderen Zellen nahmen seine Worte auf und stimmten einen rhythmischen Sprechgesang an, der die Gefängnismauern zu erschüttern schien.

»Ruhe!« schrie der Aufseher, doch seine Stimme wurde von dem Lärm übertönt. Er ging ein paar Schritte zurück, drückte auf einen Alarmknopf, und im Nu kamen Soldaten, eine Sondereinheit mit aufgepflanzten Bajonetten, in den Zellentrakt gestürmt. Die Männer legten die Gewehre an, ignorierten jedoch den Befehl des Aufsehers, den Armenier zu ergreifen, der sie bloß väterlich anlächelte. Die Häftlinge grölten noch lauter.

»Lang lebe der Rote Armenier! Nieder mit dem Satansregime!« schrie der schlaksige Häftling. Sämtliche Männer hämmerten gegen die Eisenstäbe.

Als eine zweite Einheit in den Trakt gestürmt kam, geriet der pockennarbige Aufseher in Panik und feuerte zwei Schüsse in die Luft ab.

»Runter mit dir!« brüllte mir Hizkel zu.

Ich warf mich auf den Boden. Einer der Soldaten stolperte über mich und trat mich hart in die Seite. »Was zum Teufel tust du denn hier?« brüllte er, während er sein Gewehr auf den Armenier richtete. Nach Luft schnappend kroch ich zu den Gitterstangen hin, lehnte mich dagegen und ergriff die Hand, die Hizkel nach mir ausstreckte.

»Werden sie ihn töten?« fragte ich.

»Das würden sie nicht wagen.« Als er jedoch die wilden Blicke der Soldaten sah, fügte er hinzu: »Man kann nie wissen.«

Der Armenier musterte die beiden Trupps, warf einen Blick auf die aufgebrachten Häftlinge und bedeutete ihnen zu schweigen. Als er zu seiner Einzelzelle am Ende des Ganges geführt wurde, trat eine tödliche Stille ein. Ehe er seine Zelle betrat, drehte der Armenier sich noch einmal um und winkte den anderen zu wie der Papst, wenn er die Gläubigen auf dem Petersplatz grüßt.

»Lang lebe Lenin! Lang lebe Stalin! Nieder mit dem Regenten! Nieder mit Nuri es-Sa'id!« rief der schlaksige Häftling. Als der Führer unversehrt wieder in seiner Zelle war, brach stürmischer Applaus los. Der pockennarbige Aufseher stieß hastig die Tür zu und verriegelte sie. Die beiden Trupps wurden angespuckt und ausgepfiffen, als sie sich durch den Gang zurückzogen.

Der Wärter bemühte sich zwar, wie ein Pfau herumzustolzieren, sah dabei jedoch eher aus wie ein geprügelter Hund. Als wäre ein Befehl von Zelle zu Zelle weitergegeben worden, war eine Zeitlang kein einziger Laut zu hören. Doch dann ertönte vom hinteren Ende des Ganges die tiefe Stimme des Armeniers, der ein sehnsuchtsvolles Lied in einer mir unbekannten Sprache sang. Erst Jahre später ging mir auf, daß es Russisch gewesen sein mußte. Oder vielleicht Armenisch. In welcher Sprache singt ein Mensch am Vorabend seiner Exekution? Ein paar Gefangene summten den Refrain mit. Über den Zellentrakt legte sich tiefe Melancholie.

Hizkel lächelte mich an und sagte: »Auf die Beine mit dir, Junge! Keine Angst, es passiert schon nichts.«

Ich klopfte mir den Staub ab und versuchte etwas Aufmunterndes zu sagen, doch mein Hirn war vollkommen benebelt.

»Zum Kuckuck! Bist du immer noch hier?« brüllte der Aufseher und kam aus seinem Kabuff herausgeklettert.

»Ich gehe jetzt«, sagte ich.

Er verpaßte mir einen Tritt in den Hintern.

»Bei jüdischen Kindern markierst du den großen Helden!« rief der hochgewachsene Kommunist.

Einen Augenblick später wurde ich am Hosenboden gepackt und rausgeschmissen.

Ich hatte es geschafft! Ich war ganz aus dem Häuschen. Das einzige Problem bestand jetzt noch darin, an dem Wachposten am Haupttor vorbeizukommen. Wäre doch nur mein dicker Führer hiergewesen, dann hätte ich nur eine 100-Fils-Münze herausziehen müssen, und schon wäre ich draußen gewesen. Aber da stand er ja, vor dem Gebäude Nummer drei. Ich reichte ihm ein Geldstück, und er geleitete mich durch das Tor.

Ich suchte schnurstracks unseren vereinbarten Treffpunkt auf. Mein Vater stand mit merkwürdig gebeugten Schultern da und trommelte mit den Fingern auf seine Oberschenkel. Als er mich erblickte, machte er hastig einen Schritt auf mich zu, doch dann überlegte er es sich anders. Er nahm Rashel bei der Hand, wandte sich um und schlenderte gelassen vor mir her, bis wir eine menschenleere Gasse beim Fluß erreicht hatten.

»Ich habe ihn gefunden!« rief ich. »Ich habe ihn gefunden!«

»Geht es ihm gut?« fragte Rashel.

»Ja.«

Wir fielen uns in die Arme und küßten uns, und sie überschüttete mich mit Fragen. Ich redete und redete, und sie hing an meinen Lippen und bettelte darum, ihr noch mehr zu berichten – wie ein Kind, dem eine Gute-Nacht-Geschichte erzählt wird.

»Was ist mit deinem Gesicht passiert?« fragte mein Vater. »Hat dich jemand geschlagen?«

»Ich hab ein paar Ohrfeigen und Tritte abgekriegt.«

»Weshalb?«

»Weil sie Scheißkerle sind.«

Er tätschelte mir den Kopf. »Mögen die Hände, die das getan haben, abgehackt werden.«

»Er möchte, daß du mit uns nach Israel kommst«, sagte ich zu Rashel. »Er möchte nicht, daß du hier auf ihn wartest.«

»Na, was hab ich dir gesagt?« rief mein Vater.

»Ohne ihn gehe ich nicht.«

»Laß uns ein andermal darüber reden. Gehen wir heim, damit deine Mutter sieht, daß alles gutgegangen ist, Kabi. Unterwegs kannst du rasch bei Abu Saleh reinschauen und ein paar Pittabrote holen.« Daß er dabei sein Knie an meines stieß, wäre nicht nötig gewesen. Er brauchte mich nicht erst daran zu erinnern, daß weder Rashel noch der Anwalt ahnten, daß Abu Saleh an der Aktion beteiligt war. »Und heute abend seid ihr alle zu einem Fischessen auf dem Fluß eingeladen.«

Rashel saß gedankenverloren in der Kutsche, mit vor Freude leuchtenden Augen.

»Baba, ich habe den Armenier gesehen«, sagte ich.

Mein Vater erbleichte. »Ist er im gleichen Zellentrakt?«

Ich versuchte, mir die traurige Melodie in Erinnerung zu rufen. Sie lag mir auf der Zunge, doch ich hätte keinen einzigen Takt davon singen können.

»Sie werden ihn hängen«, sagte ich.

»Was?« rief Rashel, jäh aus ihren Träumen gerissen.

»Morgen.«

»Hizkel?« schrie sie.

»Nein. Den Armenier!«

Nachdem Hizkels Arbeitszimmer in der Nacht seiner Verhaftung auf den Kopf gestellt worden war, hatte Rashel es wieder in Ordnung gebracht. Sie hatte die auf dem Boden liegenden Bücher aufgehoben und in die Regale zurückgestellt, und die Zeitschriften aus Ägypten, Syrien und dem Libanon, die ich mit seiner Erlaubnis wißbegierig verschlungen hatte, waren fein säuberlich übereinandergestapelt. (Er hatte mir auch die neuesten Romane von Taha Hussein und Tewfik el-Hakim und aus anderen Sprachen übersetzte Bücher ausgeliehen). Auch der Schreibtisch sah wieder aus wie vorher, nur der gerahmte Wahlspruch, der einmal dort gestanden hatte, fehlte aus irgendeinem Grund. Er hatte folgendermaßen gelautet: »Lebe für heute, als gäbe es kein Morgen, und plane für morgen, als gäbe es kein Heute.«

Ich fand das Notizbuch genau an der Stelle, die Hizkel mir beschrieben hatte – in einem Geheimfach, das seinem Ruf als talentiertem Schreiner alle Ehre machte.

KAPITEL XXIII

Bis zum Ausbruch der Farhud im Sommer 1941«, hieß es in Hizkels Notizbuch, »habe ich über die Juden, die von einem Staat in Palästina träumten, gelacht. Ich hielt sie für Exzentriker, wie es in unserer Geschichte so viele vor ihnen gewesen sind. Ihre Ansichten waren mir fremd, denn ich glaubte nicht an die Anziehungskraft der Macht, hielt nichts von der Anwendung von Gewalt. Wenn es den Juden gelungen war, so dachte ich, sich ihre moralische Überlegenheit und ihren angeborenen, von den Propheten ererbten Gerechtigkeitssinn zu bewahren, dann darum, weil sie ein Volk mit einer Heiligen Schrift waren, ein kleines Volk ohne Staat, ohne Flagge, ohne Nationalhymne, ohne Armee, ohne Kontrolle über andere. Dies allein machte es zu etwas Besonderem.

Dann kamen der Krieg und die Farhud, und danach war alles anders. Nächtelang saß ich diskutierend mit meinem Cousin Salim Effendi zusammen, und eine Zeitlang erwog ich sogar, mich den ›fortschrittlichen Kräften der Gerechtigkeit, Gleichheit und menschlichen Brüderlichkeit‹ anzuschließen. In der neuen Gesellschaft, so versprach mir Salim Effendi, wäre eine Farhud unmöglich. So verlockend mir diese Idee, die der Vision unserer Propheten so nahe zu kommen schien, auch vorkam, hielt mich irgend etwas davon ab, mich dazu zu bekennen. Damals erreichten uns gerade die ersten Berichte über die Massenmorde an Juden in Europa. Die Deutschen, die größten Feinde, die unser Volk je gehabt hat, waren im Irak sehr populär. Die Regierung von Rashid Ali el-Kailani versuchte ihnen nachzueifern und plante, uns in Sammellager in die Wüste zu deportieren, um uns dort zu liquidieren. Deutlicher denn je wurde klar, wie gefährlich es war, als Jude im Irak zu leben – weit gefährlicher als für einen Assyrer, einen Christen, einen Kurden oder einen Armenier. Ich mußte wohl oder übel einsehen, daß wir keine andere Wahl hatten, als unser eigenes Heimatland zu besitzen wie andere Nationen, selbst wenn das bedeutete, zu Waffen zu greifen und zu töten und getötet zu werden. Wenn wir schon sterben mußten, dann wenigstens mit gezücktem Schwert.

Mein Bruder Abu Kabi wurde damals ebenfalls Zionist. Wir begannen, nach einer Verbindung mit Palästina Ausschau zu halten, nach Handlungsmöglichkeiten, doch wir wußten nicht, wo wir anfangen sollten. Und dann, an einem warmen Abend Anfang Mai 1942 wurde ich Enzo Sireni vorgestellt, einem adligen Juden und Doktor der Philosophie aus Italien, dessen Vater Leibarzt von Königen gewesen war und der nun in einem Kibbuz arbeitete. Er war etwa Mitte vierzig, eine freie und fast schon irrsinnig mutige Seele, die sich von nichts unterkriegen ließ – kurzum, eine bewundernswerte Persönlichkeit. Obwohl er die arabische Mentalität nicht im geringsten kannte und mit jedermann über den Zionismus redete – vom einfältigsten arabischen Kutscher bis zum Großen Imari in seinem Büro und Ustad Nawi in seinem Wohnzimmer –, kam er mit allen gut zurecht; seine Augen leuchteten, wenn er von der Wiederherstellung der Ehre des jüdischen Volkes sprach, von der Arbeiterbewegung im Land Israel, dem Kommunismus in der Sowjetunion, dem Sozialismus in Europa, über Literatur und Philosophie, über Marx und Engels.

Ich lud Salim Effendi zu einem unserer Treffen ein. Enzo fand ihn auf Anhieb sympathisch und war von seinem Oxfordenglisch beeindruckt. Er erzählte ihm von seinem Bruder Emilio Sireni, Kommunist und Partisan in Italien, und bezeichnete ihn seither, wenn er mich irgend etwas über ihn fragte, als ›den Kollegen meines Bruders‹. Trotzdem sagte er bei besagtem ersten Treffen mit Salim Effendi am Ende einer langen Diskussion: ›Sowohl Emilio als auch du, ihr werdet eines Tages erkennen, daß ihr einen falschen Gott angebetet habt, einen Gott, dessen Reich einstürzen wird wie ein Kartenhaus‹.

Dieser bebrillte Mann, der nie ohne ein paar Bücher in mehreren Sprachen irgendwohin ging, entzündete in meinem Herzen ein

Feuer. Als er mir von den ermordeten Juden in Europa erzählte, spürte ich, daß ich Fleisch von ihrem Fleisch war. Am nächsten Tag hätte ich in meiner Schule eigentlich über den blinden ägyptischen Autor Taha Hussein sprechen sollen, doch statt dessen redete ich über die Massenmorde der Nazis. Meine Schüler brachen in Tränen aus. Am Abend des gleichen Tages begann ich Hebräisch zu lernen. Allein durch seine Ausstrahlung überzeugte mich Enzo davon, daß Leute wie ich imstande waren, ein neues Land aufzubauen. Wir, die Nachkommen von Rabbinern und Talmudisten, würden unseren Teil zur Verwirklichung des großen Traumes der Menschheit beitragen. Alles an Enzo war außergewöhnlich: seine Art sich auszudrücken, seine Art zu denken, unsere langen Gespräche über die Wiederbelebung der hebräischen Sprache, seine Ideen, wie jüdische Immigranten nach Palästina verbracht werden könnten, wie eine jüdische Verteidigungsmacht im Irak aufgebaut werden könnte. Verglichen mit der neuen, freien Welt, die er mir erschloß, kam mir mein bisheriges Leben arm und sinnlos vor. Selbst der langwierige Rechtsstreit mit dem Großen Imari erschien mir auf einmal lächerlich. Mein Dattelhandel, meine Träume, reich zu heiraten, meine Pläne, das Familienvermögen zurückzugewinnen: all das kam mir nun unwichtig vor.

Ich hatte das Gefühl, daß mein Leben sich vollkommen zu verändern begann, daß ich vor einer neuen Herausforderung stand, die in der Lage war, alles andere aufzuwiegen. Obgleich ich noch nie in Palästina gewesen war, wußte ich, daß ich dorthin gehörte. Ich wollte an der Gründung eines jüdischen Staates teilhaben, mich mit aller Kraft für die Unabhängigkeit engagieren. Je mehr ich mein Leben der zionistischen Pionierbewegung im Irak widmete, um so mehr hatte ich das Gefühl, an etwas Großartigem beteiligt zu sein, das wertvoller war als das Leben selbst. Es war ein Traum, der mir Flügel wachsen ließ und jeder Minute Bedeutung verlieh. Hier in den Straßen von Bagdad beobachtete ich nicht mehr neidisch, wie die Araber die Briten zu vertreiben suchten, wie sich die Kommunisten mutig den Kugeln der Ausbeuter entgegenstellten. Auch wir waren ein altes Volk mit einem eigenen Gott und einem großartigen

Buch, auch wir hatten ein Land und eine Sprache, die darauf warteten, erlöst zu werden! Die Bibel schien mir plötzlich ein realistisches, zeitgenössisches Dokument zu sein. Von diesem Land Mesopotamien aus war Abraham einst ausgezogen, um auf unser Land Anspruch zu erheben, vom Ägypten Taha Husseins hatte uns Moses einst aus der Sklaverei geführt. Nicht, daß ich mich solchen Männern ebenbürtig gefühlt hätte. Aber ich spürte, daß die innere Kraft, die mich antrieb, von ihnen herrührte. Jedesmal, wenn ich einer neuen Gruppe Freiwilliger für die Bewegung gegenüberstand und den Enthusiasmus in ihren Augen sah, hatte ich das Gefühl, die ganze jüdische Vergangenheit hinter mir und die ganze jüdische Zukunft vor mir zu haben.

Ich hatte mich und mein Lebensziel gefunden. Der verborgene Same war aufgegangen. Ich war ein anderer Mensch, ein Mensch mit nie gekanntem Selbstbewußtsein und Selbstachtung. Es war für mich der Zeitpunkt gekommen, zum Lehrer zu werden, zum Vater, zum Führer. Jahrelang hatte mich meine Mutter in dem Glauben erzogen, daß ich, der nach dem Propheten mit der Vision von der Erweckung der Gebeine benannt worden war, zu Großem bestimmt war. Jetzt hatte ich das Gefühl, es zu leben. Es war, als wäre ich von des Sehers Hand berührt worden und als hörte ich ihn sagen: ›Fürchte dich nicht, du Menschenkind! Mache dich auf zum Haus Israel und verkünde ihm mein Wort.‹

Ich sehnte mich nach dem Land unserer Väter. Ich hätte mich am liebsten sofort dorthin aufgemacht. Aber ich wußte, daß ich hier eine Aufgabe zu erfüllen hatte. Das sagte mir auch Enzo. ›Du mußt noch eine Weile bleiben‹, sagte er. ›Stärke die Fundamente, trommle mehr Menschen zusammen, gib ihnen Glaube und Hoffnung.‹ Ich wußte, daß er als italienischer Jude unmöglich soviel bewirken konnte wie ich. Es mußte von uns kommen, von innen. Wenn wir nicht die Fackel entzündeten und weitergaben, würde niemand es tun. Es konnte nur dann eine Bewegung zustande kommen, wenn wir selbst die Schritte des Messias hörten. Kein Abgesandter aus Jerusalem konnte Babylonien mit sich nehmen. Es war unsere Aufgabe …«

KAPITEL XXIV

Bereits vor einem Monat hatte unser Ustad Nawi – oder Stad Nawi, wie wir ihn mit unserem jüdischen Akzent zu nennen pflegten – mich aufgefordert, für einen vom Ministerium für Erziehung und Unterricht ausgeschriebenen Wettbewerb einen Aufsatz zum Thema »Patriotismus« zu schreiben, doch ich hatte noch nicht einmal einen Entwurf vorbereitet. Die Notizen, die ich mir dazu gemacht hatte, lagen noch immer auf einem Tisch in der Bibliothek. In letzter Zeit fiel es mir schwer, mich zu konzentrieren. Ich hatte die Schule vernachlässigt und ganze Tage blaugemacht, auch weil ich mit meinem Vater in Sachen Hizkel unterwegs war. Außerdem hatte ich mich während des Unterrichts rüpelhaft betragen, sogar bei Miss Sylvia, obwohl das meine Lieblingsstunden waren. Ich hatte mir zwar vorgenommen, mich zu bessern, doch bevor ich meinen Vorsatz in die Tat umsetzen konnte, wurde ich zu Stad Nawi zitiert.

Ich stopfte mir das Hemd in die Hose, kämmte mir die Haare, straffte die Schultern, die stets nach vorne fielen, wenn ich nervös war, und marschierte mit zugeschnürter Kehle zum Büro des Direktors. Ich wußte selbst nicht, warum ich vor ihm und vor Salim Effendi so einen Heidenrespekt hatte und mich beiden gegenüber wie ein demütiger Jünger verhielt. Höchste Zeit, daraus herauszuwachsen ... Doch auch diesmal blieb ich, nachdem ich an die offenstehende Tür geklopft hatte, stumm stehen und wartete darauf, hereingebeten zu werden, statt einfach einzutreten. Dabei war ich seit Jahren einer der besten Schüler seiner Schule! Ich hatte wegen meines Schwänzens ein schlechtes Gewissen und glaubte, daß er mich aus diesem Grund zu sich gerufen hatte. An allem war mein Vater schuld. Er hatte meine Schulausbildung immer für sehr wichtig erachtet, doch nun, da wir bereits mit einem Bein in Israel standen, nahm er sie nicht mehr ernst. Und Hizkel war sowieso wichtiger als alles andere.

Schließlich nahm Stad Nawi mich wahr und winkte mich herein, ohne von dem Buch auf seinem Schreibtisch aufzusehen. Ich setzte mich, legte die Schulmappe auf meinen Schoß und spielte nervös mit meinen Fingern, während er weiterlas. Er war ein hochgebildeter Mann, der mehrere Sprachen beherrschte, zahlreiche Lehrbücher geschrieben und Teile der Bibel und das *Reisetagebuch des Rabbi Benjamin von Tudela* (ein Buch, das ich bis dahin noch nicht ganz zu lesen geschafft hatte) ins Arabische übersetzt hatte. Außerdem und zuallererst war er ein bekannter irakischer Schriftsteller. Berühmt gemacht hatte ihn vor allem sein Werk *Aus der Feder eines Schreibers* – eine Sammlung von Kurzgeschichten, die laut Salim Effendi »zur Stilrichtung des Realismus« gehörten. Es war an den irakischen Schulen Pflichtlektüre und diente vielen jungen Schriftstellern als Vorbild, die die subtile Ironie und seinen prägnanten Stil nachzuahmen versuchten.

Obwohl Stad Nawi, der eine Zeitlang die Literaturbeilage der *Daily Mail* meines Onkels Hizkel herausgegeben hatte, von schmächtiger Statur war und mit seinen kleinen runden Brillengläsern und der stets unter den Arm geklemmten Aktentasche voller Bücher und Schnellhefter aussah wie ein Buchhalter, hatte man Respekt vor ihm. Und obgleich er äußerlich so ruhig wirkte, ging manchmal sein Temperament mit ihm durch, und er hatte schon mehr als einem Schüler eine Ohrfeige verpaßt. Nichts freute ihn mehr, als wenn er als »Ustad Nawi, der berühmte Autor« vorgestellt wurde – ein Kompliment, das er mit einem bescheidenen Abwinken abtat, dabei aber über das ganze Gesicht strahlte. Außerdem übernahm er gerne die Leitung literarischer Soireen, an denen so bekannte jüdische Autoren wie Anwar Sha'ul, Shalom Darwish und Ya'akub Bilbul teilnahmen, aber auch jüngere Dichter und Schriftsteller, viele davon ehemalige Schüler. Ein bekannter moslemischer Literat war stets als Ehrengast zugegen, um den Abend zu einem echt irakischen zu machen. Einladungen zu diesen Begegnungen waren sehr begehrt. Stad Nawi leitete sie in autoritärem Stil, und was er am meisten genoß, waren seine eigenen Auftritte auf dem Podium, wo er sich in der Bewunderung des Publikums sonnte und, seine Brille abwechselnd auf- und absetzend, ganze Strophen hebräischer, von ihm ins Arabische übersetzter Gedichte auswendig rezitierte.

Er war ein Meister der Überredungskunst, der es nicht nur glänzend verstand, bei den betuchten Mitgliedern der jüdischen Gemeinde für seine Schule und ihre bedürftigeren Schüler Geld lockerzumachen, sondern auch dem Erziehungsministerium Sand in die Augen zu streuen, indem er es mit Aufsätzen und Hausarbeiten seiner Schüler über die Herrlichkeiten des Irak, seine genialen Führer, sein prachtvolles Erbe, seine strategische Lage und seinen enormen Beitrag zur Weltkultur bombardierte. Im Zuge dieser Kampagne organisierte er Ausflüge nach Ninive, Babylon und in die Altertumssammlungen Bagdads und nahm zudem jedes Jahr den Kodex Hammurabi im Unterricht durch. »Keine andere Schule im ganzen Königreich erzieht ihre Schüler so zu Patrioten wie unsere«, brüstete er sich Gastlehrern gegenüber, von denen einige aus so weit entfernten Ländern wie Ägypten, dem Libanon oder gar Großbritannien kamen. Diese mußten außerdem Kaskaden von Lobpreisungen des Königs, des Regenten, des Paschas und des jeweiligen Erziehungsministers über sich ergehen lassen, die wirken sollten, als seien sie spontan.

Inzwischen hatte Stad Nawi vor der Nase eben dieses Ministers die Anzahl der »Religionsstunden«, wie der Unterricht in jüdischer Geschichte und Hebräisch an unserer Schule offiziell genannt wurde, verdoppelt und heimlich zu zionistischen Aktivitäten ermuntert. Er war zwar sorgsam darauf bedacht, jegliche Verbindung mit der Bewegung zu verheimlichen, doch es wurde gemunkelt, daß es sein größter Traum sei, einmal in Israel Kultusminister zu sein. Angeblich war es zwischen ihm und Salim Effendi vor kurzem zu einer Meinungsverschiedenheit gekommen, da letzterer dafür plädierte, im Lehrplan mehr Gewicht auf die irakische Komponente zu legen. Doch obwohl die beiden Männer angeblich erbitterte Auseinandersetzungen hatten, traten sie in der Öffentlichkeit weiterhin wie zwei Unzertrennliche auf.

Stad Nawis Büro war mit einem Perserteppich ausgelegt, auf dem ein schwerer, schwarzer, mit kunstvollen Schnitzereien verzierter Schreibtisch stand. Er war mit Büchern übersät, einige davon aufgeklappt. Darauf befand sich auch ein blaues Tintenfaß, das ein rosafarbenes Lichtdreieck auf den breiten, silbernen Lampenschirm der an einer Kette von der Decke herabhängenden Leselampe reflektierte. An den Wänden standen Bücherregale und in einer Ecke drei Ledersessel und ein kleiner Hocker, auf dem ein gläserner Aschenbecher lag.

Das Telefon klingelte und durchbrach die Stille. Stad Nawi nahm mit einer bedächtigen Bewegung den Hörer ab und sagte »Hallo ... Ja, Exzellenz«, schloß dann die Augen, lehnte sich zurück und lauschte schweigend der Stimme am anderen Ende der Leitung. Plötzlich verdüsterte sich seine Miene, und auf seiner Stirn bildeten sich tiefe Falten. Er strich sich mit einer Hand über den kahlen Schädel und ließ sie dann auf seinen Augen liegen. Schließlich sagte er:

»Wie Exzellenz wissen, ist unsere Schule dem Königshaus gegenüber loyal. Mir ist nichts über etwaige subversive Umtriebe zu Ohren gekommen. Ich muß vielmehr zu meinem Bedauern feststellen, daß unsere Schüler drangsaliert worden sind. Die Geheimpolizei hat einige von ihnen aus dem Unterricht geholt, um sie zu verhören ... Gestatten Sie mir, Sir ... Nein, nein, nein, ich versichere Ihnen, es gibt keine kommunistischen oder zionistischen Aktivitäten ...«

Er verstummte wieder, tauchte eine Schreibfeder in das Tintenfaß und notierte sich hastig ein paar Namen. Als er schließlich auflegte, zog er ein weißes Taschentuch aus der Brusttasche seines Jacketts, tupfte sich den Schweiß von der Stirn, schneuzte sich, blickte zu Boden, seufzte und sah – sich meiner erinnernd – wieder hoch, steckte das Taschentuch zurück und sagte: »Nun, mein Junge, wo waren wir stehengeblieben?« Und ohne eine Antwort abzuwarten, fragte er:

»Wie geht es deinem Onkel Hizkel?«

»Gut. Ich habe ihn im Gefängnis besucht.«

»Ich weiß.« An seinem Nicken merkte ich zu meiner Erleichterung, daß er mir keine Standpauke zu halten gedachte. Er wußte, was meine Familie durchmachte.

»Wann ist die Verhandlung?«

»Das steht noch nicht fest.«

»Grüße Hizkel herzlich von mir. Und versuche ihn aufzumuntern. Vergiß nicht, was für eine goldene Feder er führt.« Er hielt kurz inne, dann fuhr er fort: »Ich möchte dir mitteilen, daß wir beschlossen haben, dich zum Chefredakteur der Schülerzeitung zu ernennen, ein Posten, für den du von Salim Effendi und anderen Lehrern nachdrücklich empfohlen worden bist. Die Verwaltung ist überzeugt, daß du deine Sache gut machen wirst. Das Ministerium für Erziehung und Unterricht schreibt dieses Jahr einen Wettbewerb für die beste Schülerzeitung aus, den wir gerne gewinnen möchten. Wir warten übrigens noch immer auf deinen Aufsatz zum Thema Patriotismus.«

»Ja, Sir«, antwortete ich krächzend. »Die Stoffsammlung habe ich schon gemacht. Ich muß mich nur noch hinsetzen und alles niederschreiben.«

»Das ist großartig, mein Junge. Ich wußte, daß wir uns auf dich verlassen können. Ihr Imaris habt uns noch nie enttäuscht. Sollte es irgendwelche Probleme geben, kannst du dich an Salim Effendi und das übrige Personal wenden. Dieses Jahr ist es besonders wichtig, den ersten Preis zu gewinnen. Ich brauche dir wohl nicht zu erklären, warum.«

Sein Blick fiel auf die Namensliste der Schüler, die er gerade aufgeschrieben hatte.

»Nein, Sir«, murmelte ich.

»Warte in der Bibliothek auf George Imari«, sagte Stad Nawi und erhob sich zum Zeichen, daß unser Gespräch beendet war. »Er wird dir die Büroschlüssel und das ganze Material übergeben.«

Ich hätte vor Freude einen Luftsprung machen können. George Imari draußen, Kabi Imari drinnen: was für eine süße Rache! Ich war überzeugt gewesen, George würde den Posten noch ein weiteres

Jahr behalten können. Sein Vater stiftete der Schule so viel Geld, daß George alles hätte kriegen können, was er wollte. Nicht, daß er es nicht verdient hätte. Er schrieb so gut, daß es keineswegs übertrieben war, wenn Stad Nawi sagte, es gebe nicht viele Erwachsene, die es mit seinem Stil aufnehmen könnten, und er hatte der Zeitung neuen Schwung und Gehalt gegeben. Ich bekam auf einmal kalte Füße. Hatte ich überhaupt die geringste Chance, aus dem unerklärten Konkurrenzkampf zwischen uns als Sieger hervorzugehen?

Die Bibliothek war hell erleuchtet und sehr still. Ich konnte der Versuchung nicht widerstehen, zum Schreibtisch des Chefredakteurs zu gehen und mit der Hand über die darauf liegende Lederkladde zu streichen. Morgen würde er mir gehören.

Bereits vor einem Jahr, als einer der Redakteure, hatte ich mir ausgemalt, wie meine erste Ausgabe aussehen würde: sie würde dem Königshaus gewidmet werden, mit schmeichelnden Bildern und Karikaturen des Kronprinzen, der bald volljährig und als König Faisal II. den Thron besteigen würde. Ich fand die Idee immer noch gut. Salim Effendi wäre davon nicht sonderlich begeistert, Stad Nawi dagegen hochbeglückt, und er würde mich sogar mit einem Empfehlungsschreiben und dem Ersuchen, mir ein Interview zu geben, zum Palast schicken. Ich stellte mir schon vor, wie unter dem Artikel deutlich sichtbar mein Name stand.

Ungeduldig wartete ich auf George. Er kam und kam nicht, und ich mußte an Hiyawis Sprichwort denken: »Feiere die Hochzeit nicht, bevor die Braut eingetroffen ist.« Naja, es war ja eigentlich sein Problem. Weshalb machte ich mir Gedanken? Stad Nawi und Salim Effendi hätten mich nicht ausgewählt, wenn sie kein Vertrauen in mich gehabt hätten. Und sie hatten nicht George, sondern mich aufgefordert, unsere Schule bei dem landesweiten Wettbewerb zu vertreten. Noch nie zuvor hatte ich für einen einzigen Aufsatz soviel Material gesammelt. Doch obwohl ich ein Notizbuch voller Aufzeichnungen hatte, wußte ich einfach nicht, was ich schreiben sollte. Für welches Land empfand ich patriotische Gefühle: für das, in dem ich noch nie gewesen war, obwohl mein Vater behauptete, es sei meine richtige Heimat, oder für das, in dem ich geboren und großgezogen worden war und das er eine Zuflucht auf Zeit nannte? Das, aus dem Ismail mich vertreiben wollte, oder das, in das sich Abu Edouard nicht vertreiben lassen wollte? Salim Effendi zufolge würden Ismail und ich eines Tages gleichberechtigte Staatsbürger des Irak sein, aber ich wußte nicht, ob ich ihm glauben sollte.

Ich mußte mit meinem Vater reden. Manchmal hatte ich noch immer Zweifel, ob ich wirklich verstand, was unter Zionismus zu verstehen war. Hatte Hiyawi recht, wenn er sagte, daß ein Mensch zwei Heimatländer haben konnte, eins, in dem er tatsächlich lebte, und eines, das nur in seinem Kopf existierte? Und was war Patriotismus überhaupt? Die Menschen, die Erde, die Blumen, die Flüsse, die Gerüche des Irak – es gab Momente, da hatte ich das Gefühl, all dies umschließe mich wie ein Mutterleib; dann wünschte ich mir nichts anderes, als mich dem allen blind zu ergeben, mit Haut und Haar, mit einer reinen, selbstlosen Liebe. Der ungebildetste Bauer, der pflügte und säte und in engem Kontakt zu seinem Land lebte, darin verwurzelt war wie ein Baum, wußte mehr über Patriotismus als ich. Mein Urgroßvater war so einer gewesen; er hatte an den Ufern des Tigris Reis angebaut und Weizen und Gerste geerntet. Er mochte das Land Israel zwar besucht, seine Erde geküßt, die Wallfahrt zu den Gräbern der Patriarchen unternommen, an der Klagemauer gebetet und sogar ein paar Hektar Land gekauft haben – doch er war trotzdem in den Irak zurückgekehrt.

Ich wußte nicht, was ich schreiben sollte. Hätten sie doch bloß George mit dieser Aufgabe betraut. Für ihn stellte Israel kein Problem dar, und da er in einem Haus wohnte, in dem Wesire und Emire ein und aus gingen, wußte er viel mehr als ich. Doch wie sollte ich das Stad Nawi erklären? Er würde mir womöglich den Chefredakteursposten wieder wegnehmen.

Ich tauchte meine Feder in ein Tintenfaß und versuchte den ersten Abschnitt zu verfassen. Ich wußte, daß alles davon abhing, auf Anhieb den richtigen Ton zu treffen. Doch das einzige, was ich zu Papier brachte, waren ein paar gekritzelte Männchen und ein stümperhaftes Profil von Rashel. Wo blieb George nur? Er hatte offenbar beschlossen, mich zu versetzen. Eigentlich hätte ich mir denken können, daß er nicht einfach kampflos zurücktrat und auf das Prestige, auf die Ehre verzichtete, mit einem Foto in der Zeitung abgebildet zu sein, auf die traditionelle Zeremonie mit dem Erziehungsminister und auf das Recht, alle seine Gedichte zu veröffentlichen! Vielleicht hatte ich die Stelle ja vor allem darum haben wollen, um Rashel und Amira zu imponieren und meinem Vater sagen zu können, daß ich George Imari ausgebootet hatte.

Je länger ich wartete, um so mehr drohte ich das Gesicht zu verlieren. Der letzte Schulbus nach Taht-el-Takya war mittlerweile längst abgefahren, und ich würde bis Bab-esh-Shargi laufen und dort den öffentlichen Linienbus nehmen müssen. Da wir zu Hause kein Telefon hatten, konnte ich nicht einmal meine Mutter anrufen, damit sie sich keine Sorgen machte. Als ich mich gerade auf die Socken machen wollte, kam ein grinsender George hereinmarschiert.

»Entschuldige, daß ich so spät komme«, sagte er. »Wie wär's, wenn du mit zu mir kommen würdest?«

»Zu dir nach Hause?«

»Wär's dir lieber, wir gingen zu dir?«

»Wozu? Alles, was ich von dir brauche, ist das Material.«

»Das hab ich zu Hause. Na komm schon, der Fahrer wartet.«

»Ich kann nicht«, sagte ich. »Es ist schon spät.«

»Mein Chauffeur wird dich anschließend heimfahren.«

Seine Lordschaft machte auf dem Absatz kehrt und stürmte auf den Ausgang zu, als gelte es keine Zeit zu verlieren. Als ich auf den Schulhof heraustrat, saß er bereits auf dem Rücksitz seiner schwarzen Limousine, die aussah wie die des Verteidigungsministers. Es dauerte ein paar Sekunden, bis ich begriff, daß ich es war, für den der Fahrer die Tür aufhielt. Ich ließ mich in das schwarze Lederpolster sinken und machte es mir in der rechten Ecke bequem – ganz so, wie es der Regent bei einer Rundfahrt durch Bagdad zu tun pflegte. Wenn ich schon keine Wahl hatte, konnte ich die Sache wenigstens genießen.

Ich streckte die Beine aus und lehnte mich hoheitsvoll zurück. Wenn Edouard mich jetzt sehen könnte! Er war kein so fanatischer

Kommunist, um nicht Bewunderung, wenn nicht gar Neid zu empfinden. Auch wir hätten ein solches Auto haben können, wenn uns der Große Imari nicht um unser Erbe betrogen hätte. Bei dem Gedanken an ihn fing mein Herz wild an zu klopfen. Was tat ich hier bloß? Mein Vater hatte mir stets zu verstehen gegeben, daß ich zu ihm und zu George Distanz halten sollte – und jetzt dies hier!

Die Limousine war so geschmeidig wie Fathiyas Kemar, der Geruch der Lederpolster vermischte sich mit dem Duft von Georges Haaröl. Und schon bogen wir in die Auffahrt zu Imaris geheimnisumwobener Villa ein. Obwohl in Bagdad über dieses Herrschaftshaus viele Geschichten erzählt wurden – vor allem von meiner eigenen Familie –, hatte keiner von uns es jemals betreten, nicht einmal Salim Effendi, der George seine Privatstunden in der Schule erteilte.

Wir fuhren an einer Myrtenhecke vorbei durch einen eisernen, in die hohe Backsteinmauer eingelassenen Torbogen und gelangten in einen großen, duftenden Park. Als ich aus dem Auto stieg, kamen zwei riesige Hunde laut bellend auf mich zugesprungen. Ich blieb vor Angst wie angewurzelt stehen und hob abwehrend die Hand vors Gesicht. George wies auf seine Füße und rief:

»Platz!«

Die beiden Hunde ließen sich auf den Boden fallen und hörten auf zu bellen, beäugten mich jedoch weiterhin mit bösen Blicken und mit heraushängenden Zungen. George beugte sich hinab und streichelte sie. »Entschuldige, ich habe vergessen, dich zu warnen«, sagte er.

»Ihr Gebell ist bestimmt schlimmer als ihr Biß«, antwortete ich und bemühte mich, gelassen zu klingen.

»Offen gesagt ist ihr Biß schlimmer als ihr Gebell. Genau darum hat sie mein Vater auch aus London mitgebracht.«

Das Haus übertraf meine kühnsten Erwartungen. Das seidig schimmernde, mit Schnitzereien verzierte hölzerne Eingangsportal führte in eine große Halle, von der aus man in einen riesigen Salon gelangte, dessen schwarzer Marmorfußboden mit dunkelroten Perserteppichen ausgelegt war. Die Polstersofas und Sessel waren mit rotem Samt bezogen. Von der Decke hingen Kronleuchter, auf den dunklen Tischen standen Blumenvasen mit frischen Sträußen und in den Ecken mit Einlegearbeiten verzierte Schränkchen sowie die riesengroße Skulptur einer Taube mit elegant geschwungenem Schnabel aus rosarotem Alabaster. An den Wänden hingen Gemälde, Wandteppiche, antike Kunstobjekte, standen eine kunstvoll gearbeitete Standuhr aus Ebenholz und allerlei ungewohnte Nippes. Der Raum war so riesig und hatte eine so hohe Decke, daß ich die hektisch herumwuselnden Diener zunächst gar nicht bemerkte, die dabei waren, Möbel herumzurücken und eine so riesige Tafel zu decken, wie ich sie bisher nur bei prunkvollen Hochzeiten gesehen hatte.

»Wird das alles für mich vorbereitet?« witzelte ich.

»Für den Pascha.«

»Nuri es-Sa'id?«

»Keinen Geringeren. Er und der Regent Abd Allah sind heute abend bei uns zu Gast.«

»Aus welchem Anlaß?«

»Aus keinem besonderen.«

»Wirst du auch dabeisein?«

»Ja. Leider habe ich eine bestimmte Aufgabe.«

»Was für eine?«

»Frag nicht.«

Obwohl ich nirgendwo Ventilatoren sah, war es in dem Raum angenehm kühl. Vielleicht hatte Georges Vater aus Amerika Klimaanlagen mitgebracht. Mein Blick fiel auf ein mir bekannt erscheinendes Bild an der Wand – ein Ölgemälde nach der gleichen Fotografie von Großvater Imari, die bei uns zu Hause hing. Er war offenbar das einzige Familienmitglied, dem Georges Vater nicht die kalte Schulter gezeigt hatte.

George dirigierte mich einen anderen Flur entlang, öffnete eine Tür und sagte: »Komm rein, hier ist mein Arbeitszimmer.« Ein großes Klavier, ein Grammophon, ein Plattenschrank, ein Bücherschrank, eine Glasvitrine mit einer Sammlung Reitkappen, ein zierlicher runder Tisch mit einer Blumenvase und ein Schreibtisch mit einer Schreibmaschine standen darin. Die Außenwand bestand aus Glas und gab den Blick auf einen üppigen tropischen Garten frei. Eine Gardine flatterte an einem offenen Fenster. »Setz dich«, sagte George und wies auf eine Nische, in der ein paar Ledersessel um einen weißen Couchtisch gruppiert waren.

»Musik?«

Ich nickte.

Er legte eine Platte auf. Einen Augenblick lang war mir ganz unheimlich zumute. In der fünften Klasse war unser Lehrer mit uns einmal in den Film *Das Phantom der Oper* gegangen. Als der Titelheld, entstellt von der Säure, mit der er überschüttet worden war, in das unterirdische Kanalsystem der Stadt floh, hatte ein Klavier genau dieselben dramatischen Akkorde gespielt, die ich jetzt hörte.

»Kennst du das?« fragte George.

Ich nickte abermals und tat so, als hörte ich aufmerksam zu.

»Es geht einfach nichts über Chopin.« Er lehnte sich in seinen Sessel zurück, schloß die Augen und bewegte die Finger in der Luft, als spiele er eine ätherische Melodie. Also konnte er, verflucht nochmal, auch Klavier spielen! Als das Stück zu Ende war, schlug er die Augen auf und fragte:

»Spielst du ein Instrument?«

Ich nickte noch einmal. »M-hm.«

»Welches?«

»Zither«, log ich.

»Es wäre toll, ein Duett zu spielen.«

»Es gibt keins für Klavier und Zither«, sagte ich wissend. »Wirst du heute abend auf der Feier spielen?«

»Diese Idioten haben doch keine Ahnung von Musik. Macht, Frauen, Jünglinge und Geld, das ist alles, was sie im Kopf haben.«

Ein Diener in einer prachtvollen Uniform, der aussah, als käme er direkt von den Dreharbeiten in Hollywood, klopfte an und trat ein. George sah mich an und zog fragend eine Augenbraue hoch.

»Tee«, sagte ich zaghaft.

»Es ist furchtbar heiß. Darf ich für dich wählen?« Und ehe ich antworten konnte, sagte er zu dem Diener: »Einmal Mangosaft und das übliche für mich.«

Ich wagte nicht zu fragen, was Mangosaft war. »Worüber unterhält man sich mit dem Regenten?« erkundigte ich mich, während ich die Armlehne meines Sessels betastete.

»Politik. Tratsch.«

»Das hört sich ja amüsant an. Möchtest du über den Abend nicht einen Artikel für die Zeitung schreiben?«

»Kommt nicht in Frage. Das hätte meinem Vater gerade noch gefehlt.«

»Ich würde ihn in einer Sonderausgabe über das Königshaus oben in einem Kasten bringen. Dein Name würde in einer extragroßen Verfasserzeile abgedruckt werden.«

»Du willst ein Extraheft über die königliche Familie machen?«

»Ist das nicht genau das Thema, das jeden, egal, ob arm oder reich, interessiert? Wer träumt nicht davon, König zu sein?«

»Ich«, sagte George. Ich verkniff mir die Bemerkung, daß er das nur sagen konnte, weil er bereits einer war.

Der Diener kam mit einem Tablett mit Baklava und zwei Glaskrügen herein, einer mit einer weißen, der andere mit einer orangefarbenen Flüssigkeit gefüllt, und goß mir von letzterer ein Glas voll. Ich nippte vorsichtig daran. Es schmeckte eigenartig, aber gut, wie ein Gemisch aus Pfirsich- und Aprikosensaft. Ich bemühte mich, wie George in kleinen Schlucken zu trinken, statt das Glas in einem Zug herunterzuschütten. Als ich ausgetrunken hatte, schenkte mir George etwas von seiner Kokosnußmilch ein. So etwas hatte ich zwar schon getrunken, doch diese hier duftete und schmeckte viel süßer.

»Willst du nicht doch einen Artikel über die Dinnerparty heute abend schreiben?«, drängte ich ihn.

»Unter zwei Bedingungen.«

»Einverstanden.«

»Du bist ein miserabler Geschäftsmann.«

»Wie mein Vater.«

»Du solltest dir meine Bedingungen erst einmal anhören und sie anschließend entweder ablehnen oder so tun, als seist du nicht interessiert. Dann mußt du anfangen zu feilschen. Einverstanden erklärst du dich erst am Schluß – vorausgesetzt natürlich, du bist es auch.«

Die Sache machte ihm offensichtlich Spaß. »Also gut«, sagte ich grinsend.

»Meine erste Bedingung wäre, daß sämtliche Namen in der Geschichte geändert werden, auch meiner. Damit es aussieht, als hätte sich das alles in einem fremden Land zugetragen.«

»Und die zweite?«

»Wieso so eilig?«

»Meine Eltern erwarten mich.«

»Warum rufst du sie nicht an?« Er reichte mir ein Telefon.

»Unser Telefon ist seit drei Tagen kaputt.«

Er zog zwei rote Aktenmappen aus einer seiner Schreibtischschubladen.

»Hier sind genügend Aufsätze, Gedichte und Reportagen für die nächsten zwei Ausgaben drin.«

Er lehnte sich zurück und blätterte eine der Mappen durch. Der Diener klopfte an, verneigte sich und sagte zu George:

»Der Herr des Hauses wünscht Sie zu sehen.«

»Mein Vater ist daheim?«

»Er ist soeben angekommen«, sagte der Diener und zog sich zurück.

»Er will die Dinnervorbereitungen beaufsichtigen«, sagte George halb zu sich selbst. »Er traut niemandem. Komm.«

»Wer, ich? Nein, ich warte hier auf dich.« Ich klammerte mich an der Sessellehne fest.

»Na komm schon. Er legt Wert darauf, daß ihm meine Gäste vorgestellt werden.«

»Ein andermal. Heute nicht. Bitte.«

»Du kennst meinen Vater nicht«, sagte George. »Wenn wir nicht zu ihm gehen, wird er zu uns kommen.« Er blieb wartend in der Tür stehen.

Obwohl ich immer auf den Großen Imari gespannt gewesen war, dessen Name über unserem Haus schwebte wie eine dunkle Wolke, hatte ich jetzt Angst vor der Begegnung.

»Komm. Er ist kein Menschenfresser.« George lächelte geheimnisvoll.

Als wäre ich in Stad Nawis Büro zitiert worden, stopfte ich mir das Hemd in die Shorts, kämmte mir die Haare unter Zuhilfenahme des kleinen Spiegels, den ich in meiner Hemdentasche trug, seit ich mich für Mädchen interessierte, und griff nach meiner Schulmappe.

»Du kannst deinen Ranzen hierlassen. Und schau nicht so drein, als stehe dir eine Begegnung mit Winston Churchill bevor.«

»Genauso fühle ich mich aber«, sagte ich zu meiner Überraschung. »Du hast ja keine Ahnung.«

»Na klar doch. Mehr als du denkst.«

Wie ein Schaf lenkte er mich den breiten Korridor hinunter. Der Große Imari stand mit verschränkten Armen in der Mitte des Salons und erteilte den Dienern Befehle. Er war ein großer schlanker Mann in einem grauen Anzug und mit einer roten Krawatte. Als ich näher kam, gewahrte ich einen Kopf mit dichtem silberfarbenen Haar, tiefernsten, gebieterischen Augen und einer breiten, markanten Nase. An seiner rechten Hand trug er einen Goldring mit einem großen braunen Stein, der aussah wie der Siegelring eines Sultans. Neben ihm stand seine kleine Frau, wie eine Mumie in ein türkisfarbenes Kleid gezwängt. Sie hatte breite Hüften, eine Stupsnase und sorgfältig manikürte Hände. Sie trug eine Perlenkette und war stark geschminkt. George wartete, bis die Diener den Raum verlassen hatten, und sagte dann förmlich:

»Vater, Mutter, ich würde euch gerne Kabi Imari vorstellen, den neuen Chefredakteur unserer Schülerzeitung.«

Der große Imari zog eine Augenbraue in seinem ansonsten ausdruckslosen Gesicht hoch und musterte mich von Kopf bis Fuß mit einem Blick, der mich auszuziehen schien. Da ich nicht wußte, was ich tun sollte, ging ich zögernd durch das Zimmer, streckte die Hand aus und drückte seine schlaffen Finger. Ich kam mir dabei vor wie ein Idiot. Georges Vater ließ seinen betont verärgerten Blick zu seinem Sohn gleiten. Mir fiel auf, daß er das gleiche Grübchen im Kinn hatte wie mein Vater, Salim Effendi, George und ich selbst. Es ging auf meinen Urgroßvater zurück und war, so pflegte mein Vater zu sagen, das Markenzeichen der Imaris.

»Imari?« fragte Georges Mutter.

Ich nickte.

Sie betrachtete mich aus neugierigen grauen Augen. »Ich dachte, wir wären die einzigen«, sagte sie zu ihrem Gatten.

»Es wird Zeit, daß wir einen Stammbaum aufstellen«, sagte George.

»Das ist völlig unnötig«, sagte sein Vater, dessen Gesicht zu einer Maske erstarrt war.

»Wie heißt dein Vater?« fragte Georges Mutter.

»Salman.«

»Was macht er beruflich?«

»Mußt du dem Jungen ein Loch in den Bauch fragen?« sagte der Große Imari verärgert.

»Er verkauft Uhren«, murmelte ich und hatte das Gefühl zu schrumpfen. »Aber eigentlich ist er Lehrer und Rechtsanwalt.«

»Das klingt nicht nach den Berufen, die ein Imari normalerweise ausübt.« Georges Mutter wandte sich von mir ab.

»Ach ja, und Reis«, stammelte ich.

Sie drehte sich wieder zu mir.

»Wie hieß dein Großvater?« fragte George.

»Moshi.«

»Willst du deinen Gast nicht endlich in Ruhe lassen?«, sagte der Große Imari.

»Na so was, Vater«, sagte George, »so hieß mein Großvater doch auch!«

Der Große Imari zog ein goldenes Zigarettenetui aus der Tasche, nahm sich eine Zigarette und zündete sie an. Ein Diener kam herein, verbeugte sich und sagte lächelnd:

»Sir, ich habe soeben einen Anruf entgegengenommen mit der Nachricht, daß Ihr Pferd als erstes durchs Ziel gegangen ist, vor dem des Regenten. Meinen Glückwunsch.«

»Von wegen Glückwunsch!« schimpfte der Große Imari und bedeutete dem Mann mit einem Handwedeln, sich zu verziehen. »Was habe ich dir gesagt, George! Ich hätte diese Primadonna von einem Jockey feuern sollen. Der Idiot hat nicht genügend Grips, um zu kapieren, daß der Sieg dem Pferd des Königs gebührt.«

»Aber er ist doch einer: König der Jockeys«, bemerkte George.

»Er ist einer meiner Angestellten, der eine Tracht Prügel verdient. Ich habe ihm aufgetragen, das Pferd des Regenten auf keinen Fall zu schlagen. Der ist erledigt! Ich bin von lauter Schwachköpfen umgeben.«

»Reg dich nicht auf, Abu George«, sagte Georges Mutter. »Das ist nicht gut für deinen Blutdruck.«

»Wie soll ich dem Regenten heute abend gegenübertreten?«

»Morgen findet ein weiteres Rennen statt.«

»Ist dein Gedicht für den Pascha fertig?« fragte Georges Vater gereizt.

»Ja«, sagte George.

»Füge noch eine Strophe für den Regenten hinzu.«

»Habe ich schon.«

»Setz sie an den Anfang.«

»Das geht nicht, dann stimmt das Reimschema nicht mehr.«

»Glaubst du, das sei hier einer von Stad Nawis Wettbewerben? Dichter!«

»Schreibst du auch?« fragte mich Georges Mutter.

»Er schreibt ausgezeichnete Geschichten«, sagte George.

»Das scheint in der Familie zu liegen«, sagte Georges Mutter.

»Vater ist eine Ausnahme«, sagte George leise.

Der Große Imari zog eine Taschenuhr heraus, warf einen kurzen Blick darauf und steckte sie wieder weg. Ich preßte die Arme an meinen Körper und musterte ihn – den Mann, dessen Name für meinen Vater ein rotes Tuch war. Wie kam es, daß er so mächtig geworden war? Die beiden stammten aus dem gleichen Stall und waren trotzdem vollkommen verschieden. Ich hatte ihn noch kein einziges Mal lächeln sehen.

»Was starrst du da an?« fragte mich George.

»Ich kenne dieses Bild«, sagte ich, alle Zurückhaltung in den Wind schlagend. »Wir haben zu Hause einen Abzug des Originalfotos.«

»Wie ist das möglich?« George hielt den Blick auf seinen Vater gerichtet.

»Das erzähle ich dir ein andermal«, sagte ich.

»Nein, jetzt!«

Ich schaute verstohlen zum Großen Imari. »Es ist ein Foto meines Urgroßvaters.«

»Vater, dann sind Kabi und ich ja Cousins zweiten Grades.«

»George, wenn du wüßtest, wie viele Leute mir schon haben weismachen wollen, sie seien mit mir verwandt!«

Haltung bewahren! Ich zwang mich, ihm nicht die Geschichten von seinem Betrug ins Gesicht zu schleudern. Mein Vater hatte recht. Ich hätte seinem Haus fernbleiben sollen.

»Ich bin nicht gekommen, um irgend etwas zu erbitten. George hat mich mit hierhergebracht«, sagte ich und hätte mich im gleichen Augenblick ohrfeigen können. Ich hätte ihm eine wütende, ironische, sarkastische, naive Antwort geben sollen. Warum meinte ich, mich entschuldigen zu müssen?

»Vater«, fragte George, »wie kommt es, daß wir beide das gleiche Bild haben?«

»Ich habe keine Zeit für Erklärungen, und ich bin niemandem eine schuldig«, bellte der Große Imari und stampfte mit dem Fuß auf den Boden. Ich blickte auf meine Sandalen hinab. Sie waren staubig. Warum hatte ich mich auf das hier eingelassen? Hätte ich wenigstens eine lange Hose und anständige Schuhe angehabt! Ich hatte mir oft ausgemalt, Georges Vater eines Tages zu begegnen, wenn ich reicher und bedeutender wäre als er – und nun sah ich auch noch so schäbig aus!

»Das Mittagessen ist serviert, Sir«, meldete ein moslemischer Diener.

Georges Mutter warf rasch einen Blick von ihrem Ehemann zu ihrem Sohn. »Willst du deinen Freund nicht zum Essen einladen?« schlug sie vor.

»Aber natürlich.«

»Ein andermal«, sagte ich. »Ich muß nach Hause.«

»Du wiederholst dich«, sagte George. Und während ich dastand und den Kopf schüttelte, stieß er mich in die Seite und flüsterte mir zu: »Gebratene Taube à la Abu Edouard!«

Sein Vater sah mich scheel an. »Nun dränge ihn nicht«, sagte er und wandte mir den Rücken zu.

Als wir wieder in Georges Zimmer waren, reichte er mir die Mappen mit den Artikeln. Als ich mir den Schulranzen aufschnallte, fragte er:

»Willst du immer noch einen Artikel über den Pascha und den Regenten haben?«

»Natürlich.«

»Möchtest du nicht meine zweite Bedingung hören?«

»Vermutlich schon.«

»Ich möchte eine eigene Kolumne in der Zeitung.«

»Kriegst du, Großer Imari Junior«, sagte ich.

»Du auch?« fragte George.

»So wird dein Vater doch von jedem genannt.«

»Du müßtest mittlerweile gemerkt haben, daß ich aus einem ganz bestimmten Grund mit dir zu ihm gegangen bin, wenn die Begegnung auch nicht so abgelaufen ist, wie ich sie mir vorgestellt habe. Mein Vater hat mir nie von eurer Familie erzählt. Ich habe alles von Salim Effendi erfahren.«

»Willst du damit sagen, daß dies hier ein abgekartetes Spiel war?« Ich fragte mich plötzlich, ob es nicht auch Teil dieses Planes war, daß ich den Chefredakteurposten bekommen hatte.

Er klimperte mit einer Hand über die Klaviertasten. »Wo wohnst du eigentlich?«

»Im alten Judenviertel.«

»Ich bin noch nie dort gewesen.«

»Du bist herzlich eingeladen, es zu besuchen.«

»Mein Vater würde es nicht gutheißen.«

»Bist du etwa sein kleiner Junge? Wir sind eine Generation von Rebellen!« Das war Salim Effendis Lieblingsspruch, und wir mußten beide lachen.

Der Abend flog vorüber wie ein Taubenschwarm, und die leichte Brise seiner Flügel spielte in den Palmwedeln, glitt durch die Oleandersträucher und trug den Geruch des frischgesprengten Gartens heran. Ich hob den Kopf wie ein Vogel, der aus seinem Käfig befreit worden ist. Obwohl ich mir vorgenommen hatte, zu Fuß nach Hause zu gehen, widersprach ich nicht, als George darauf bestand, daß ich heimgefahren wurde.

Diesmal saß ich vorne neben dem Chauffeur, der ganz langsam fuhr, als wollte er mein Vergnügen in die Länge ziehen. Es wäre toll gewesen, wenn mich Rashel oder Amira oder auch die schielende Farha – nein, unsere ganze Straße! – in der Limousine gesehen hätten. Je weiter wir die noblen Teile von Neu-Bagdad hinter uns ließen, um so weniger Privatfahrzeuge waren zu sehen. Als wir das moslemische Elendsviertel Bab-el-Sheikh erreichten, waren wir auf der Razi-Straße die einzige Limousine. Ich hielt meinen schweren Schulranzen an mich gepreßt und zog mich in mich selbst zurück. Vielleicht hätte ich mich doch weigern sollen, gefahren zu werden. Ich wollte nicht, daß der Chauffeur George erzählte, in welch einem armseligen Viertel wir wohnten, und ich hatte Angst, mein Vater könnte mich sehen oder ein Nachbar könnte ihm erzählen, wie ich nach Hause gekommen sei. Und obwohl ich mir nicht sicher war, ob ich meinen Besuch beichten sollte, wußte ich, daß es zwecklos war, ihn zu verheimlichen.

Unter dem Vorwand, noch etwas einkaufen zu müssen, bat ich den Chauffeur, mich aussteigen zu lassen, bevor wir Taht-el-Takya erreicht hatten, und lehnte sein Angebot, auf mich zu warten, höflich ab. Ich streifte eine Zeitlang durch den jüdischen Suk, sog die Gerüche ein, nahm die Bilder in mir auf und rempelte ständig mit irgenwelchen Käufern zusammen. Ich war daheim.

KAPITEL XXV

Nachdem er die Tauben in den türkisblauen Abendhimmel hatte aufsteigen lassen, fegte Edouard den Taubenschlag und das Dach. Als Freund von Sauberkeit waren ihm der Dreck und der Gestank der Vögel ein Dorn im Auge, und so ignorierte er die Anordnungen seines Vaters und spritzte den Verschlag mit dem Schlauch ab. Er trug nur eine Unterhose, und mit seinem athletischen Körper, den kräftigen Armen und Oberschenkeln, dem sich verjüngenden Rücken, der schlanken Taille, dem muskulösen Bauch und der breiten, gebräunten Brust mit den dunklen, sommersprossigen Brustwarzen hätte er gut und gern für Bodybuilding Reklame machen können. Und insgeheim träumte er auch davon, eines Tages wie Mr. Irak, ein Christ namens Antoine, auszusehen. Jeden Morgen und jeden Abend stieg er in den Keller hinunter, wo er sich mit Hanteln, Gewichten und anderen Folterinstrumenten abmühte und die Anweisungen in seinen britischen Broschüren beherzigte, als wären sie die Heilige Schrift. Ich beneidete ihn um seine Figur und seine kupferne Haut; er kam mir vor wie eine wunderschöne Statue. Am liebsten hätte ich die Hand ausgestreckt und seine Brustmuskeln, die breiten Schultern und die schmalen Hüften berührt. Ich schämte mich über diesen Drang, der mir gleichzeitig angst machte. Wir lebten in einer Stadt, in der Homosexualität weit verbreitet war und häufig zu Witzen und Anspielungen Anlaß gab, und ich fürchtete mich anzustecken. Was sonst konnte der Schweiß bedeuten, der sich hinter meinen Ohren sammelte und meinen Nacken hinunterrann, sobald ich Edouards prachtvollen Körper sah? Als wäre es nicht genug, ständig von Gedanken an Frauen heimgesucht zu werden: Rashel, Miss Sylvia, Amira, die Nutte in dem Café beim Gefängnis, die Starlets in den Kinofilmen, jede zweite Frau auf der Straße!

In der Schule hatte uns Salim Effendi einmal einen Vortrag über »die Probleme des Erwachsenwerdens« gehalten, über die sexuellen Bedürfnisse, die einen übermannen konnten. Obwohl die ganze Klasse gebannt zugehört hatte, war er schon bald wieder zu seinem politischen Thema zurückgekehrt und zu unserer größten Enttäuschung nie mehr darauf zurückgekommen. Ich wünschte, ich hätte mit meinem Vater über solche Dinge reden können, aber allein schon der Gedanke schreckte mich ab. Zugegeben, seit Hizkels Verhaftung war mein Vater viel zugänglicher. Ich fühlte, daß er meine Nähe suchte. Er fragte mich um Rat und vertraute sich mir an, auch wenn es um Themen ging, für die ich eigentlich noch zu jung war. Er verließ sich auf mich wie auf einen Erwachsenen, schickte mich auf heikle Botengänge und behandelte mich wie den Bruder und Partner, den er an Hizkel gehabt hatte. Wenn es jedoch um Liebe, Sex oder die üblichen Probleme eines Teenagers ging, dann hätte ich ihm nie mein Herz ausschütten können. Wenn Hizkel nicht im Gefängnis gewesen wäre, hätte ich mich an ihn wenden können, jedenfalls dachte ich das, obwohl ich es nie getan hatte, als es noch möglich gewesen war; und was Edouard betraf, so traute ich ihm nicht. Er hatte eine zu dicke Haut und war ein zu großer Angeber und Spötter. Der einzige Mensch, der mich vielleicht verstanden hätte, war George Imari, aber ich bezweifelte, daß wir je so gute Freunde werden würden, daß ich mich ihm anvertrauen könnte.

Mir blieb also nichts anderes übrig, als selbst mit meinen Dämonen zu ringen. Ich versuchte mir einzureden, daß die Faszination, die Edouard auf mich ausübte, nichts weiter war als Bewunderung für seine Anmut und Kraft, die mir fehlten, und beschloß, meinen eigenen mageren Körper zu trainieren. Eine Zeitlang trainierte ich sogar mit Edouard in dessen Keller und versuchte, seine Übungen nachzumachen. Aber obwohl ich jedes Mal voller Energie loslegte, ermüdeten mich seine Folterwerkzeuge schon bald, und ich zog mich verschämt auf einen Hocker zurück, von wo aus ich zusah, wie er sein tägliches Trainingspensum absolvierte. Warum gelang es mir nicht, mit ihm mitzuhalten? Schließlich arbeitete ich für die Schule viel härter als er. Es lag wohl einfach daran, daß ich den Verstand und er die Muskeln hatte und daß jeder bei dem bleiben sollte, was er am besten konnte. Sprachen beispielsweise waren etwas, was mir lag, während für Edouard sowohl das komplizierte literarische Arabisch als auch die einfacheren Regeln des Englischen ein Buch mit sieben Siegeln waren, zwei Sprachen, die jeder gebildete Iraker beherrschte. Selbst seine britischen Broschüren mußte ich ihm übersetzen, was ich nicht ohne innere Befriedigung tat. Seine Abhängigkeit von mir war mir eine Genugtuung. Wenn er am Kellertisch saß, der spöttische Ausdruck aus seinem Gesicht verschwunden war und er mir zusah, wie ich etwas im englisch-arabischen Wörterbuch von Antoine Elias Antoine nachschlug – der in solchen Momenten Antoine, den Bodybuilder, in den Schatten stellte –, dann war das ein Triumph des Geistes über die Muskelkraft.

Aus irgendwelchen Gründen hatte Edouard während dieser Sitzungen das Bedürfnis, sich seinen Kummer von der Seele zu reden und sein trauriges Schicksal zu beklagen. Er litt darunter, daß er von seinem Vater nicht geliebt wurde, der seine Schwester Amira bevorzugte. Obwohl so etwas bei Mädchen in Bagdad unüblich war, war Amira von dem Tag an, an dem sie mit ihrem seidigen schwarzen Haar und den wunderschönen großen Augen das Licht der Welt erblickt hatte, der Liebling ihres Vaters. Der Name, den er für sie gewählt hatte, bedeutete »Prinzessin«, und nur ihr wurden die jungen Täubchen serviert, eine Delikatesse, die gewöhnlich für die Tafel von Brautpaaren oder Magnaten wie dem Großen Imari bestimmt war. Mit dem bißchen Geld, das er besaß, kaufte Abu Edouard seiner Tochter in den nobelsten britischen Läden die teuersten Kleider; er schickte sie in Fräulein Fathiyas exklusiven Kindergarten, legte jeden Pfennig für ihre Aussteuer zurück und tat alles für sie, während er Edouard vernachlässigte. Als Junge hatte sich dieser gerächt, indem er sie schlug oder sie in den Keller sperrte, wo es von Fledermäusen nur so wimmelte. Dafür war er dann hart bestraft worden, wenn sein Vater nach Hause kam. Selbst jetzt noch verpaßte Edouard Amira saftige Ohrfeigen, wenn sie ihn zu sehr hänselte.

Vielleicht hatte Edouard ja nur mit dem Bodybuilding begonnen, um die Anerkennung seines Vaters zu gewinnen. Es war sein Pech, daß sein Vater, ein zäher, feister Jude, der den lieben langen Tag nichts anderes tat, als seine Tauben fliegen zu lassen, Verstand mehr schätzte als Muskeln – und Amira war gescheiter als wir alle. Sie hatte bereits zwei Klassen übersprungen und war Edouard und mir ein Jahr voraus, obwohl ich acht und ihr Bruder vierzehn Monate älter waren als sie. Edouards Vater hätte nie gedacht, daß es Edouard je bis zur Oberschule schaffen würde, aber nachdem er von der renommierten Frank-Ini-Schule aufgenommen worden war – was er hauptsächlich den Bemühungen meines Vaters zu verdanken hatte –, stieg sein Sohn in seinem Ansehen, und er ließ davon ab, ihn zu verprügeln und auf ihm herumzuhacken. Aber da Abu Edouard Kommunisten ebenso haßte wie Zionisten, ärgerte ihn die Freundschaft seines Sohns mit Salim Effendi, der Edouard unter seine Fittiche genommen hatte. Ihm verdankte Edouard sein Wissen über Politik und Wirtschaft, zwei Fächer, in denen er zu meiner Überraschung Begabung zeigte und sogar etwas Intelligentes zu sagen wußte, wenn auch nur von seinem etwas eingeschränkten Horizont aus. Was Sprachen und Mathematik anbelangte, so brauchte er mich; ich gab ihm Nachhilfe und ließ ihn abschreiben. Amira um Hilfe zu bitten, empfand er als unter seiner Würde.

Jetzt stand er mit dem Schlauch auf dem Dach und erinnerte mich daran, daß wir am nächsten Tag einen Englischtest hatten. Als ich laut überlegte, daß ich eigentlich keine Zeit hätte, mit ihm zu lernen, spritzte er mich naß.

»Jetzt bin ich ganz sicher, daß ich keine Zeit habe«, rief ich.

»Warum nicht?«

»Darum. Und außerdem muß ich mit Rashel zum Gefängnis.«

»Wieso? Was ist denn passiert? Irgendwie werde ich das Gefühl nicht los, daß du scharf auf sie bist.«

»Du spinnst ja«, sagte ich angewidert. »Sie ist die Frau meines Onkels. Sie haben ihn mit ein paar Kommunisten in eine Zelle gesteckt«, fügte ich hinzu, indem ich das erstbeste Thema anschnitt, das mir einfiel, um ihn abzulenken. Sofort hatte ich das Gefühl, zuviel gesagt zu haben, wechselte wieder das Thema und fragte:

»Was macht ihr eigentlich bei diesen Parteiversammlungen?«

»Wir studieren die marxistische Dialektik«, sagte Edouard. »Dabei geht es um die Zerstörung der alten Welt und den Aufbau einer neuen, in der alle Menschen gleich sind: Reiche, Arme, Juden, Moslems, Christen, Armenier, einfach alle!«

»Kurz, ihr wollt Gott spielen.«

»Und ihr Zionisten? Was gibt es Dämlicheres, als immer nur über die Probleme eines kleinen Volks nachzudenken, das nicht mehr ist als ein Tropfen in einem Eimer voll Wasser? Was ihr nicht versteht, ist, daß wir Kommunisten für alle Minderheiten und für alle Völker kämpfen.« Wenn er in Fahrt war, hörte er sich an wie Salim Effendi.

»Gibt's bei euch auch irgendwelche gutaussehenden Mädchen?« fragte ich, um seinem Sermon ein Ende zu machen.

»Laß mich bloß in Ruhe! Meinst du vielleicht, wir hätten's nötig, mit sowas zu werben? Wir sind doch keine geilen Zionisten. Ein Kommunist kennt nur die zwei oder drei Menschen, die zu seiner Zelle gehören. Das ist wenigstens eine richtige Untergrundorganisation! Aber ja«, erinnerte er sich plötzlich. »Da ist dieses Mädchen, das ich mal getroffen habe, die Schwester eines meiner Genossen, die ist wirklich unglaublich. Sie heißt Gloria und ist Christin. Und was für einen Hintern die hat! Wie zwei Wassermelonen.« Edouard fuhr sich mit der Zunge über die Lippen, als würde er Honig schlecken. »Ich hab sie zufällig kennengelernt, und sie hat mit mir getanzt und mich sogar an ihr rumfummeln lassen. Ich hab natürlich so getan, als wär es keine Absicht gewesen. Du hättest das kleine Luder mal sehen sollen, wie sie's genossen hat! Oh Gott, sie macht mich noch ganz verrückt.«

»Würdest du eine Nicht-Jüdin heiraten?« fragte ich.

»Na klar! Und ich würd ihn ihr in jedes Loch stecken, das sie hat.« Ich sah, wie sich sein Penis in seiner Unterhose wölbte. »Runter mit dir, mein Junge, wart bis heute abend«, sagte er zu ihm, und als er ihm nicht gehorchen wollte, zog er seine Unterhose aus und stand splitternackt da, sein steifes Glied ragte aus einem Dreieck aus schwarzem Moos. Er machte es naß, seifte es mit einem Stück grüner Seife ein, spritzte anschließend den Schaum mit dem Schlauch ab und ließ es auf dem Wasserstrahl auf und nieder hüpfen. Dabei grunzte er, stöhnte, brüllte und beruhigte sich erst, nachdem er seinen Saft verspritzt hatte. Dann hielt er sich den Schlauch an den Mund und trank in großen Schlucken.

Mir war glühendheiß. Ich hätte große Lust gehabt, mich ebenfalls auszuziehen und es ihm nachzutun, aber ich schämte mich zu sehr, und so stand ich nur da und bestaunte seine Freizügigkeit. Lernte man das bei den Kommunisten?

»Warum kommst du nicht zu uns?« fragte Edouard. Es war, als hätte er meine Gedanken gelesen. »Du wirst eine ganz neue Welt entdecken.«

»Ich weiß nicht. Ich stamme aus einer zionistischen Familie.«

»Denkst du, wir würden jeden dahergelaufenen kleinen Scheißer aufnehmen wie ihr Zionisten?«

»Hast du schon mal den Roten Armenier getroffen?« fragte ich.

»Unseren kommunistischen Führer?« Seine Augen wurden groß. »Es gibt nicht viele, die ihn gesehen haben.«

»Ich hab ihn gesehen.«

»Du spinnst ja!«

»Soll ich ihn dir beschreiben?« Ich erzählte ihm, was ich gesehen hatte. Edouard sah mich so ernst an, daß ich mich plötzlich fragte, ob ich ihn tatsächlich kannte.

»Dann sind der Armenier und Hizkel im selben Flügel«, sagte er verwundert, als spräche er zu sich selbst.

»Du hast's kapiert, du Trantüte!«

»Das muß ich Salim Effendi erzählen.«

»Was ich dir erzählt habe, war nur für deine Ohren bestimmt«, protestierte ich. »Und außerdem kann es ja wohl nicht sein, daß die Partei nicht weiß, wo er ist. Das Gefängnis ist voll von Kommunisten. Irgend jemand wird die Nachricht ja wohl nach draußen geschmuggelt haben.«

»Schon möglich. Aber ich hab an was anderes gedacht. Vielleicht könnten die Kommunisten und die Zionisten zusammenarbeiten und sie beide rausholen. Warum redest du nicht mal mit deinem Vater, und ich spreche mit Salim Effendi.« Er hatte mehr Phantasie, als ich ihm zugetraut hätte.

»Bist du wahnsinnig? Wenn du das Salim Effendi erzählst, red ich nie wieder ein Wort mit dir.«

»Das hättest du dir vorher überlegen müssen«, sagte Edouard feixend und war wieder ganz der alte. Er fing an zu lachen. »Weißt du denn nicht, daß du es mit dem Sohn des Taubenzüchters zu tun hast?«

»Sag es ja nicht weiter«, flehte ich. »Mein Vater hängt mich sonst auf.«

Als Antwort ging er zum Balkon und rief in den Hof hinunter nach seinem eigenen Vater.

»Er ist nicht da«, antwortete Amira von unten. »Willst du, daß ich die Tauben runterhole?«

»Du glaubst wohl, daß du jetzt selber Taubenzüchter bist, du dumme Ziege!« Edouard stieß einen Pfiff aus, der unmißverständlich an seinen Vater erinnerte, und die ersten Tauben ließen sich auf dem Dach nieder. »Komm«, sagte er, nachdem er die letzte in den Taubenschlag bugsiert hatte. »Laß uns in Abu Ednans Café gehen. Wahrscheinlich ist mein Vater dort und deiner vielleicht auch. Ich muß ihm sagen, daß ich heute erst spät heimkomme.«

Edouard hatte recht gehabt. Mein Vater war wie gewöhnlich in Abu Ednans Café und entspannte sich bei einem Glas Arrak, während er einer Schallplatte von Salima Pasha lauschte. Neben ihm saß Abu Edouard in einem riesigen gestreiften Pyjama, der selbst ihm viel zu groß war.

Edouard erzählte seinem Vater von seinen Plänen und verdrückte sich dann. Ich setzte mich zu ihnen. Es war mir schleierhaft, wie zwei Männer, die sich jahrelang bekämpft hatten, so gute Freunde sein konnten. Aus dem Radio erklang nun Um Kultoums hypnotisierende Stimme, die einen Vers aus Omar Khayyams *Rubbaiyat* sang:

Ich wurde in die Gewänder des Lebens gehüllt,
Ohne daß man mich fragte,
Und erst, wenn mich das Gewand des Todes bedeckt,
Werde ich wissen, warum.

Der Taubenzüchter lehnte sich zurück, holte tief Luft, wischte sich seine ständig triefende Nase ab und legte die Hand dann auf sein gespreiztes Bein. Mein Vater zog ein Päckchen Craven As aus der Tasche. Darauf hatte Abu Edouard nur gewartet. Er nahm zwei von den Zigaretten meines Vaters, steckte sich eine in den Mund und die andere hinters Ohr, zündete die erste an und inhalierte mit geschlossenen Augen genußvoll den süßen, aromatischen Rauch. Dann nahm er sein Glas Arrak, hielt es an die Nase, roch daran, trank vorsichtig einen Schluck, als habe er Angst, daß es zu schnell leer sein könnte, leckte sich die Lippen, griff nach einer Knoblauchzehe, die auf einer Platte mit Appetithäppchen lag, und aß sie schmatzend.

»Arrak und Knoblauch!« Mein Vater verzog das Gesicht. »Das brennt doch wie Feuer!«

»Nur der Tod vermag die Gewohnheiten eines Mannes zu ändern«, bemerkte Abu Edouard.

Mein Vater bestellte eine weitere Flasche besten libanesischen Arrak und gab dem Kellner ein Zeichen, daß er mir nichts einschenken solle. Abu Edouard leerte sein Glas auf einen Zug, steckte sich rasch noch eine Knoblauchzehe in den Mund und kippte ein zweites Glas hinunter, als wäre es seine Flasche. Dann beugte er sich zu meinem Vater und erzählte ihm einen Witz, dessen Komik mir jedoch entging. Es ärgerte mich, daß er meinen Vater so ausnutzte.

Abu Edouard gab mehrere Knoblauchrülpser von sich, woraufhin mein Vater eine Grimasse zog und sich am Schnupftabak seines Freunds bediente, um den Geruch zu neutralisieren. Beide Männer niesten mehrmals kräftig. Abu Edouard schenkte sich noch ein Glas Arrak ein und sagte mit einer Handbewegung in meine Richtung:

»Auf deinen Kabi und meine Amira! Dieses Mädchen ist mein ganzer Stolz und meine ganze Freude; sie ist Klassenbeste. Nicht wie Edouard, was, Kabi?«

»Edouard ist ein guter Junge«, sagte mein Vater. »Gott wacht über sie beide.«

»Wenn ich es mir nur leisten könnte, sie auf eine Technische Hochschule nach Amerika zu schicken«, sagte Abu Edouard seufzend. Nach einer kurzen Pause fuhr er fort: »Abu Kabi, ich will reich werden, und diesmal weiß ich auch, wie. Ich werde alte Reifen sammeln und Schuhsohlen daraus schneiden. Es wird bestimmt ein Bombenerfolg.« Er breitete die Arme aus, um zu zeigen, wie grandios seine Idee war.

»Wunderbar«, sagte mein Vater, der sich in der Vergangenheit schon diverse lukrative Pläne des Taubenzüchters hatte anhören müssen. »Diesmal ziehst du bestimmt das große Los.«

»Du glaubst mir wohl nicht, was?« sagte Abu Edouard, dem die Spur von Sarkasmus nicht entgangen war.

»Es ist eine gute Idee«, sagte mein Vater im selben Ton.

»Alle haben sie nach der Farhud ein Vermögen gemacht, nur ich nicht. Mein Glück ist so schwarz wie Kohle. Wenn ich anfangen würde, Leichentücher zu verkaufen, würden die Leute nicht mehr sterben.«

Mein Vater lachte.

»Hast du etwa bessere Ideen?« fragte Abu Edouard.

»Nur eine«, sagte mein Vater und drehte die Handflächen nach oben. »Jerusalem!«

»Verschon mich damit!« brüllte Abu Edouard. »Mein kleiner Laden ist mir hundertmal lieber als dein Jerusalem.« Er wandte sich an den moslemischen Besitzer. »Bei Gott, Abu Ednan, sei unser Schiedsrichter!«

»Bist du verrückt geworden, Mann?« schimpfte mein Vater. »Warum mußt du ihn da mit reinziehen?«

»Schuhe aus Reifen oder Jerusalem, was soll's sein?« rief Abu Edouard wie ein Straßenhändler.

»Sei still, du Idiot!« fuhr ihn mein Vater an, um ihn zum Schweigen zu bringen. »So wird dir nur einer deine Idee klauen.«

»Du hast recht. Oh Gott, wie gern wär ich reich! Wie lange muß ein Mann warten, bis er an die Reihe kommt? *A-na ado-o-nai, ho-shiya na* ...« Daß er dieses Bittgebet anstimmte, war ein sicheres Zeichen dafür, daß der Arrak zu wirken begann.

Abu Edouard hatte schon immer davon geträumt, einmal reich zu sein. Sein Geschäft, das gegenüber dem meines Vaters und neben

Hajj Yahyas lag, war ein düsterer Ramschladen voller Gerümpel: Dutzende von unverkäuflichen Schlössern hingen neben Schlüsseln in allen Formen und Größen und einzelnen Kettengliedern an Nägeln an der Wand, auf dem Boden standen verrostete Bügeleisen mit verkohlten Holzgriffen und ein kaputter Kompaß in einem Glasbehälter, daneben lagen Rundeisen und Berge von nutzlosen Dingen, in denen er endlos herumwühlte, die er auseinandernahm, zurechtfeilte und anschließend wieder zusammenlötete. Im Laufe der Jahre war diese bizarre Sammlung derart angewachsen, daß sich Abu Edouard kaum noch irgendwo hinsetzen konnte. Hier kamen ihm seine Geistesblitze, wie er die Einfälle nannte, die ihn zum reichen Mann machen würden.

Kinder und ab und zu auch Passanten, die nichts Besseres zu tun hatten, blieben stehen und sahen ihm zu. Manchmal, wenn Abu Edouard nicht an seinem Trödel oder seinen Erfindungen herumbastelte, stand er in der Tür seines Ladens und hielt Reden. Diese waren bei seinem Publikum äußerst beliebt. Besessen von der illegalen Auswanderung nach Israel, verkündete er dann:

»Jetzt hört gut zu, ihr Juden! Das Exil ist der einzige Ort für uns. Es ist kein Zufall, daß unser erster und zweiter Tempel zerstört wurden. Das Exil ist unser Los, denn wenn es das nicht wäre, hätte uns Allah schon vor langer Zeit in unser Land zurückgeführt. Warum sonst hätte er damit zweitausend Jahre gewartet? Die zionistischen Ketzer, die zionistischen Heiden spielen euch einen bösen Streich. Israel ist nicht unsere Heimat. Es ist die Heimat Allahs, in der wir nur in unseren Träumen sein dürfen. Seid auf der Hut, ihr Juden! Hütet euch vor dem Zorn Allahs und jener, die sein Werk ausführen.«

Aus dem Augenwinkel sah Abu Edouard zu Hajj Yahya hinüber, der seinen Tiraden jedoch keine Beachtung schenkte. Seine Zuschauer grölten und applaudierten dieser Gratisvorstellung. Manchmal wurde er ausgepfiffen, und dann wetterte Abu Edouard wie ein Prediger in einer Moschee, bis der Zwischenrufer aufgab und weiterging. Abu Edouard plusterte sich auf wie eine stolze Taube, schlug sich auf die Brust und betrachtete sich im Spiegel an der Wand.

Die Essensverkäufer aus der Nachbarschaft kannten seine Schwäche für alles Eßbare. Schon am frühen Morgen, noch vor seiner ersten öffentlichen Ansprache, verdrückte er eine rote Lammzungensuppe. Danach folgte ein Gericht aus Augenbohnen und Zwiebeln, das ihm Ibrahim Maslawi brachte, und eine Kubba mit Bulgur, die ihm Baruch, der Kurde, verkaufte, gefolgt von einem Mittagessen, das ihm seine Frau schickte. Inzwischen war sein Bauch so voll – wenngleich seine Augen immer noch gierig blickten –, daß er sich mit großen Schlucken Wasser aus dem *ibrik*, dem Kupferkrug mit der langen, gebogenen Tülle, begnügen mußte, mit denen er erst gurgelte und die er dann in hohem Bogen über die Köpfe seiner Zuschauer hinweg in eine nahegelegene Gasse spuckte. So verstrich der Tag, bis die Läden schlossen, er die Münzen in seiner Kasse zählte und nach Hause ging, um sich zu waschen und seinen gestreiften Pyjama anzuziehen, bevor er sich zu Abu Ednans Café aufmachte. Dort schimpfte er auf sich selbst, während er darauf wartete, daß ihm der Arrak zu Kopf stieg:

»Was bin ich doch für ein Dummkopf! Wann kommt endlich meine Glückszahl? Sag mir, Abu Kabi, wie kann ich meine Tochter nach Amerika schicken?«

Mein Vater sah ihn nachdenklich an, als würde er die Sache überdenken, und murmelte dann halb zu sich selbst:

»Israel, nicht Amerika.«

Edouard fing mich am Schultor ab. Er nahm mich am Arm und führte mich zu den Tennisplätzen. Dort wartete Salim Effendi, blaß und ausgemergelt, mit einer kalten Pfeife in der Hand.

»Ich habe gehört, daß du unseren armenischen Genossen gesehen hast«, sagte er unumwunden.

»Ich hab gedacht, er wäre euer Führer«, antwortete ich.

»Das ist er auch. Aber in der neuen Welt, die wir erschaffen, wird es auch eine Revolution in den zwischenmenschlichen Beziehungen geben. Unsere Führer werden unsere Freunde sein. Wie geht's ihm? Wie sieht er aus? Erzähl mir von ihm.«

»Er hat rote Haare«, witzelte ich. Aber da Salim Effendi offenbar nicht zum Scherzen aufgelegt war, beschrieb ich ihn näher. Er nahm begierig jedes einzelne Wort auf.

»Ich hab gehört, wie der Gefängniswärter gesagt hat, daß sie ihn am nächsten Tag hängen würden, aber sie haben es wohl verschoben«, sagte ich.

»Das würden sie nicht wagen. Die gesamte zivilisierte Welt würde protestieren. Die Sowjetunion würde das nie zulassen.« Es hörte sich an wie eine Beschwörung.

»Er hat die Kleidung eines Todeskandidaten an.«

»Das heißt gar nichts. Wie bist du ins Gefängnis reingekommen?« Er legte eine Hand auf meine Schulter.

»Tut mir leid«, sagte ich. »Das kann ich dir nicht sagen.«

»Ein Junge wie du gehört zu uns.«

»Das hab ich ihm schon gesagt«, warf Edouard ein.

»Ich muß meinen Vater fragen«, sagte ich mit Nachdruck. »Und bitte, Stad Salim, das muß zwischen uns dreien bleiben.«

»Natürlich. Wir Untergrundkämpfer müssen zusammenhalten.«

Es läutete. Wir rannten zur Morgenversammlung, die von Salim Effendi abgehalten wurde.

Die erste Stunde hatten wir bei Rabbi Shuwa, der sich abmühte, uns ein Kapitel aus den Psalmen beizubringen. Ich aber mußte ständig daran denken, daß ich von meinem Besuch im Gefängnis erzählt hatte. Mein Vater hatte mich schwören lassen, Stillschweigen darüber zu bewahren, und jetzt hatte ich meinen Eid gebrochen.

Später zu Hause wagte ich es nicht, ihn zu fragen, ob ich bei den Kommunisten mitmachen dürfe. Er hatte mir unmißverständlich zu verstehen gegeben, daß niemand außer unserer Familie und Abu Saleh erfahren dürfe, daß ich Hizkel besucht hatte. Und schon gar nicht Salim Effendi, der seit dem Gerichtsverfahren damals mit meinem Vater zerstritten war. Dem alten Hiyawi zufolge hatten die beiden damals beschlossen, gemeinsam den Großen Imari zu verklagen, aber Salim Effendi hatte im letzten Moment gekniffen und versucht, sich außergerichtlich zu einigen. Trotz der Fürsprache meiner Mutter, nach deren Meinung der Cousin meines Vaters vernünftig gehandelt hatte, fühlte sich mein Vater hintergangen. »Den Großen Imari muß man mit Vorsicht behandeln«, hatte meine Mutter gesagt. »Er will Senator werden, und er kann es sich nicht leisten, gegen dich vor Gericht zu verlieren. Außerdem seid ihr Blutsverwandte: Heute bekämpft ihr euch, morgen seid ihr wieder die besten Freunde. Familienstreitigkeiten gehören nicht vor Gericht. Und schon gar nicht vor ein moslemisches.«

Mein Vater und Hizkel weigerten sich jedoch einzulenken. Schließlich trieb der Große Imari einen Keil zwischen alle drei und stellte sie kalt. Mein Vater und Salim Effendi legten ihren Streit nie bei und fanden sich schon bald in entgegengesetzten politischen Lagern wieder, als sowohl die Zionisten als auch die Kommunisten begannen, die jüdische Jugend der Stadt zu umwerben. Nur meine Mutter versuchte, die Verbindung aufrechtzuerhalten, und drängte meinen Vater, auch weiterhin seinen Cousin am Sabbat und zu Familienfesten einzuladen. »Er ist eine arme Waise und braucht eine Familie«, sagte sie. »Außerdem muß schließlich jemand die Imaris zusammenhalten.«

Und so kam Salim Effendi auch weiterhin ab und zu in unser Haus, vor allem zum Seder. Obwohl meine Mutter in den meisten Dingen anderer Ansicht war als er, vor allem was Gott und Religion anging, bemerkte ich, daß ihr seine Anwesenheit Freude bereitete und daß sie mit ihrer Schwäche für Bildung seine großen Worte bewunderte, ohne sie zu verstehen. Am besten gefiel es ihr, wenn er mit Hizkel diskutierte.

Ab und zu begegnete er Hizkel und meinem Vater in Hiyawis Tabakladen, wo er immer einen bestimmten Pfeifentabak kaufte, den ihm der alte Mann zusammenmischte. Mein Vater ärgerte sich, daß Salim nicht viel Interesse an Hizkels Verhaftung gezeigt hatte, aber meine Mutter meinte, daß er panische Angst davor habe, selbst verhaftet und gefoltert zu werden.

Salim Effendi gab mir sechsunddreißig Stunden Zeit, um meinen Vater zu fragen, und kam dann unerwartet am nächsten Abend zu uns. Schweigend und mit eiskaltem Blick setzte sich mein Vater mit ihm ins Besucherzimmer, zog seine Uhr aus der Tasche seiner Hausjacke und wischte mit dem Zipfel seines blauen Seidenhemds darüber. Salim Effendi plauderte mit meiner Mutter, die versuchte, ihm seine Befangenheit zu nehmen. Bevor sie sich niedergelassen hatte, hatte sie mir zugeflüstert: »Hol etwas Arrak und ein paar Häppchen. Ich bleibe hier, damit sie sich nicht streiten.«

Als ich mit dem Arrak und dem Essen zurückkam, trank ich heimlich einen kleinen Schluck, um mich zu stärken. Ich wußte, daß sie irgendwann auf mich zu sprechen kommen würden. Die beiden Männer tranken schweigend ihren Arrak. Salim Effendis Pfeife klemmte zwischen seinen Zähnen. Schließlich sagte er:

»Ich habe Kabi um etwas gebeten, und er sagte mir, das müßtest du entscheiden.«

»Baba«, platzte ich heraus und schlug die Augen nieder, »ich hab Salim Effendi erzählt, daß ich Hizkel besucht habe. Er will wissen, ob ich dem Roten Armenier eine Nachricht überbringen kann.«

»Warum hast du ihm das erzählt?« fragte mein Vater wütend. »Ich hab dir gesagt, daß es gefährlich ist!«

»Denkst du vielleicht, ich würde deine Familie in Gefahr bringen?« verteidigte sich Salim Effendi.

»Genau das würdest du tun. Du würdest meinen Sohn wegen deinem Armenier gefährden!«

»Wenn wir dem Armenier helfen, nützt es uns allen. Es nützt dem Irak.«

»Ich glaube weder an ihn noch an das Gute, das er tut. Wann wirst du endlich begreifen, daß Israel deine einzige Hoffnung ist?«

»Abu Kabi, dies ist nicht der Moment für eine weitere Diskussion. Der Hals unseres großen Führers steckt schon in der Schlinge des Henkers. Du kannst uns helfen, ihn zu retten.«

»Besuch ihn doch selbst im Gefängnis«, entgegnete mein Vater.

»Abu Kabi, du weißt genau, daß sie mir spätestens nach einem solchen Besuch auf der Spur wären – wenn sie es nicht schon sind und es mir überhaupt gelingen würde, hineinzukommen. Man würde mich sofort verhaften. Deshalb komme ich ja zu dir. Ich bin sicher, daß weder Kabi noch irgend jemand sonst ins Gefängnis hineingekommen wäre ohne die Hilfe von Karim Abd el-Hak und seinem Bruder, dem Oberst.«

Mein Vater sagte nichts dazu, blickte Salim jedoch besorgt an, als dieser die Namen von Hajj Yahyas Söhnen erwähnte.

»Kabi braucht die Nachricht nur Hizkel zu geben. Er wird schon eine Möglichkeit finden, sie an den Armenier weiterzuleiten. Die Hälfte der Gefangenen sind Kommunisten.«

»Du weißt, daß sie Hizkel hängen werden, wenn sie rausfinden, daß er mit dem Armenier in Kontakt steht. Man wirft ihm schon vor, Zionist und Waffenschmuggler zu sein – und du willst, daß er auch noch als kommunistischer Agent angeklagt wird? Wo bleibt dein Verstand, Mann?«

»Es wird Zeit, daß Kommunisten und Zionisten zusammenarbeiten. Wir können sie beide retten.«

»Das könnte das Ende nicht nur von Hizkel sondern auch von anderen Führern der Bewegung sein. Das Risiko ist einfach zu groß. Der Armenier sitzt bereits in der Todeszelle. Selbst Allah kann ihn nicht mehr retten.«

»Der Armenier ist ein großer Mann. Er ist für die Juden, für Israel. Er hat Demonstrationen gegen anti-jüdische Gewaltaktionen organisiert.«

»Es tut mir leid.« Die Stimme meines Vaters klang jetzt etwas milder. »Mein Bruder und mein Sohn gehen vor.«

»Abu Kabi, ich bin als Familienmitglied zu dir gekommen.«

»Ich kann das nicht entscheiden«, erwiderte mein Vater. »Ich kann dir keine endgültige Antwort geben.«

»Natürlich. Frag, wen auch immer du fragen mußt«, beeilte sich Salim Effendi zu sagen und schien etwas Hoffnung zu schöpfen. Mein Vater war sichtlich unglücklich über die Wende, die die Dinge nahmen, und meine Mutter wechselte rasch das Thema, um einen Streit zu vermeiden.

»Salim Effendi, wann wirst du uns die gute Nachricht überbringen, daß du heiratest und der Name deiner Eltern nicht ausstirbt?«

»Wer hat schon Zeit für so etwas, Um Kabi? Ich kann nicht mal an Heirat denken. Ich kann jeden Tag verhaftet und getötet werden. Wer braucht noch mehr Waisen und Witwen?«

Mein Vater erhob sich.

»Bitte, bleib doch zum Essen«, sagte meine Mutter. »Ich habe eine köstliche *selowna* zubereitet.«

»Vielleicht ein andermal, danke, Um Kabi«, sagte Salim Effendi, der sich bewußt war, daß mein Vater nur darauf wartete, daß er endlich ging.

Als er gegangen war, ergriff ich die Hand meines Vaters und sagte: »Es tut mir leid, Baba. Das hätte ich nicht tun sollen. Es wird nicht wieder vorkommen.« Da fiel mir etwas ein: »Aber weißt du, ich hab auch Stad Nawi erzählt, daß ich Hizkel besucht habe, und er hat gesagt, das wüßte er schon.«

»Wie konnte er das wissen?« wunderte sich mein Vater und verfiel in nachdenkliches Schweigen. Nach einer Weile zuckte er die Achseln und sagte: »Du hättest auch Stad Nawi nichts davon erzählen dürfen, auch wenn er pro-zionistisch eingestellt ist und uns zu helfen versucht. Aber Salim Effendi ist ein verwirrter und gefährlicher Mann. Ich kannte ihn schon, da hatte er noch Windeln an. Man muß ihn mit Vorsicht genießen. Als Junge wollte er Rabbi werden; dann bezeichnete er sich als jüdischen Araber, und jetzt ist er Kommunist. Und glaub nur nicht, daß es dabei bleibt. Wenn er mal richtig in der Tinte steckt, kommt er bestimmt zu uns gerannt und fleht um Hilfe.« Mein Vater hatte vergessen, daß er von meinem geschätzten Lehrer und stellvertretenden Direktor sprach, für den er in meiner Gegenwart bisher immer Respekt gezeigt hatte.

»Was seid ihr bloß für eine Familie!« schimpfte meine Mutter. »Ist das die richtige Art, einen Cousin und Gast zu behandeln? Ich würde nicht mal mit einem Fremden so umgehen. Du hast ihn aus dem Haus getrieben ... Sag mir«, fragte sie nach einer kurzen Pause, »war es wirklich Hajj Yahyas Sohn, der Oberst, der Kabi ins Gefängnis geschleust hat?«

»Salim Effendi kann man kein Wort glauben«, gab mein Vater zurück. »Und jetzt bringt er Hizkel wegen dem Armenier in noch größere Schwierigkeiten! Du weißt ja nicht, was für ein Dummkopf er ist.«

»Dann ist es um so dringender, daß du sofort zum Großen Imari gehst.«

»Da wär ich mir nicht so sicher«, sagte ich.

»Du hältst dich da raus!« rief meine Mutter. »Weißt du denn überhaupt, wer der Große Imari ist?«

»Natürlich weiß ich das. Ich war schon in seinem Haus und bin ihm begegnet.« Bevor ich mich versah, waren mir die Worte rausgerutscht.

»Wie oft hab ich dir schon gesagt, daß du da nicht hingehen sollst!« schnauzte mich mein Vater an.

»Müssen denn deine Kinder in all deine Streitigkeiten hineingezogen werden?« fragte meine Mutter. »Wer sind wir denn? Moslems, die Blutfehden austragen?«

»Es tut mir leid, Baba. Ich konnte nicht nein sagen. George hat mich praktisch mitgeschleppt.«

»Jetzt kann ich noch nicht mal mehr meinem eigenen Sohn trauen«, klagte mein Vater und klang verzweifelt.

»Ich hab von George die Redaktion der Schülerzeitung übernommen.«

»Wir sind im Begriff, den Irak zu verlassen. Dies ist kaum der rechte Moment, um neue Verantwortungen zu übernehmen.«

»Willst du mir denn nicht mal gratulieren?« Ich konnte nicht verhindern, daß meine Stimme zitterte. »Weißt du, wieviel Jahre ich schon davon geträumt habe?«

»*Mabruk*, mein Sohn, ich wünsche dir Erfolg«, sagte meine Mutter. »Wie sieht das Haus des Großen Imari aus? Und seine Frau? Erzähl mal! Wußte er, wer du bist?«

»Er tat so, als wüßte er es nicht.« Ich sah meinen Vater an. »Vielleicht sind wir ja gar nicht miteinander verwandt.«

»Du redest Blödsinn«, sagte mein Vater. »Er ist eine richtige Schlange.«

»Jedenfalls hat er durch nichts zu erkennen gegeben, daß er uns kennt, obwohl er ein Porträt von Urgroßvater an der Wand hängen hat.«

»Hast du mit ihm über Hizkel gesprochen?« fragte meine Mutter.

»Nein. Ich hatte keine Gelegenheit dazu. Er erwartete den Regenten und den Pascha zum Abendessen.«

»Siehst du?« Meine Mutter sprang auf. »Ein Wort von ihm, und Hizkel wäre frei!«

»Warum hörst du immer nur, was du hören willst? Hast du denn nicht gehört, daß Kabi gesagt hat, er hätte so getan, als würde er uns nicht kennen?«

Selbst wenn mein Vater seine Hilfe zugesagt hätte, wäre es zu spät gewesen. »Armenier gehängt«, verkündete am nächsten Tag eine Sonderausgabe der Zeitung *El-Istiklal* in riesigen Lettern. Wie um jeden noch verbliebenen Zweifel auszuräumen, waren drei große Photos von der Hinrichtung dem Artikel beigefügt. Ich war erschüttert. Den ganzen Morgen über stellte ich mir den Mann vor, so, wie ich ihn in Erinnerung hatte, wie er ein letztes Mal mit zitternder Hand seine Anhänger grüßte. Der Regent Abd Allah, dessen Bild in Hiyawis Laden an der Wand hing, hatte sich geweigert, ihn zu begnadigen oder seine Hinrichtung noch weiter aufzuschieben. Mehr als einmal hatte ich mit diesem Bild in Gedanken gesprochen, es angefleht, den Juden zu helfen. Jetzt kam mir sein Schweigen düster vor.

»Diese Mörder! Möge Gottes Fluch sie treffen!« rief Hiyawi aus, der in der Tür seines Ladens stand. Gerade in diesem Moment kam Abu Saleh vorbei und gab mir ein Zeichen, ihm zu folgen. Ich ging bis zur El-Rashid-Straße hinter ihm her. Sein kräftiger Körper mit dem Stiernacken erinnerte mich an den Armenier, und es überlief mich eiskalt, als ich mir vorstellte, daß ihm vielleicht ein ähnliches Schicksal bevorstand.

Ich ging schneller, um mit ihm Schritt zu halten. Als wir uns der El-Rashid-Straße näherten, ging er langsamer, ohne jedoch stehenzubleiben, und flüsterte mir zu: »Heute nachmittag wirst du Hizkel besuchen. Find heraus, ob er in einen anderen Flügel verlegt worden ist. Sei vorsichtig.«

Er verschwand in der Hurengasse, und ich gab dem Drang nach, den Platz vor dem Gefängnis aufzusuchen und dem Toten die letzte Ehre zu erweisen. Obwohl ich schon früher gehängte Männer gesehen hatte, war mir noch nie so übel gewesen. Selbst aus der Ferne sah der Tote auf dem Schafott riesig aus. Die Hunderte von Menschen, die sich hier versammelt hatten, waren nicht die üblichen Schaulustigen. Es waren überwiegend junge, westlich gekleidete Leute, die andächtig schwiegen, als hätten sie Angst, die Ruhe des Toten zu stören. Er war wohl ohne große Ankündigung hingerichtet worden, denn die Menschenmenge, die üblicherweise an solchen Schauspielen teilnahm, fehlte. Diejenigen, die gekommen waren, waren Kommunisten, die die Nachricht im Radio gehört oder in der Zeitung gelesen hatten.

Da kein lärmender Pöbel da war, den sie zurückhalten mußten, standen die Soldaten und die Polizei müßig herum. Salim Effendi war ebenfalls gekommen, in Begleitung von Miss Sylvia und Edouard. Ich nickte grüßend und gesellte mich zu ihnen. Salim Effendi starrte stur geradeaus. Er hatte die Lippen zusammengekniffen, in seinen Augen standen Tränen. Miss Sylvia hatte den Bräuchen zum Trotz ihren Arm um seine Taille gelegt und scherte sich offenbar nicht darum, ob jemand daran Anstoß nahm. Edouards Hand lag auf seiner Schulter, und alle drei umarmten sich und weinten wie eine trauernde Familie. Auch ich war zu Tränen gerührt.

Miss Sylvia fing sich zuerst wieder. »Wenn die Polizei nur einen Funken Verstand hätte«, sagte sie und wandte sich zum Gehen, »dann würde sie alle diese Leute verhaften und mit einem Schlag die gesamte irakische kommunistische Partei auslöschen.« Während wir den Platz verließen, fiel mir auf, wie dumm es von mir gewesen war, herzukommen; wenn ein Polizist in Zivil mich erkannte, säße ich ganz schön in der Klemme.

Salim Effendi winkte einem Taxi, um Miss Sylvia nach Hause bringen zu lassen, und dann stiegen wir drei in eine Pferdekutsche. Ich merkte, daß er trotz seiner Enttäuschung über mich und meinen Vater für meine Anwesenheit dankbar war. Höchstwahrscheinlich wußte er, daß es nichts gab, was wir hätten tun können.

Im Laufe des Nachmittags fanden sich die üblichen Neugierigen, *Allah-akbar* rufend, auf dem Platz ein. Ich hatte zwar Angst, daß mich irgendwer sehen könnte, aber Abu Saleh hatte mir einen Auftrag erteilt, und ich konnte mich nicht einfach drücken. Der pickelige Gefängniswärter schien sich zu freuen, mich zu sehen. »Erzähl mir, was du auf dem Platz gesehen hast«, drängte er mich. »Keiner der Gefangenen glaubt es. Sie haben es gerade erfahren.«

Es stimmte: Die Gesichter der Gefangenen drückten Ungläubigkeit aus. Selbst als sie mich fragten, was passiert sei, starrten sie unverwandt auf die Tür des Zellentrakts, als erwarteten sie, daß sie sich öffnete und ihr gefesselter Führer mit einem Lied auf den Lippen hereinkäme und ihnen Mut machte. »Diese Schweine!« schimpfte Hizkel. »Heute morgen sind sie gekommen, um ihn zu holen, als handele es sich nur um ein weiteres Verhör. Sie hatten Angst, daß wir einen Aufstand machen würden.«

Allmählich wurde ihnen bewußt, daß sie den Armenier nie wieder sehen würden. Ein paar Häftlinge fingen an, mit den Fäusten auf ihre Zellentüren einzuhämmern und wütend an den Gittern zu rütteln; schon bald fielen andere mit ein: Kommunisten und Zionisten, politische Gefangene und Kriminelle, Moslems und Juden, Diebe und Mörder, Vergewaltiger und Zuhälter. Ich sah, wie Hizkel an den Stäben rüttelte, mit den anderen brüllte, und alles andere um sich herum vergaß. Seine Wunden waren verheilt, er stand aufrecht da und war wieder ganz der alte. »Nieder mit dem korrupten Regime!« rief er heiser, von seinen Zellenkameraden unterstützt. »Nieder mit dem Verbrecherpack!«

»Du verdammter Jude!« schrie der pickelige Gefängniswärter. »Willst du vielleicht lieber da draußen mit dem Armenier baumeln? Haltet's Maul, ihr Scheißkerle!« Er eilte zurück zu seinem Kabuff und drückte auf den Alarmknopf.

»Sieh zu, daß du hier rauskommst«, sagte Hizkel zu mir.

»Was werden sie mit dir machen?«

»Nichts. Sieh nur zu, daß du hier rauskommst.«

Auf dem Weg nach draußen sah ich das Einsatzkommando mit Gewehren mit aufgesetzten Bajonetten zum Gefängnisgebäude rennen.

Am nächsten Tag kam Salim Effendi nicht in die Schule.

Salim Effendi lag zusammengekrümmt wie ein Embryo in seinem dunklen Zimmer. Aus der Morgenzeitung hatte er erfahren, daß die berühmte Bauchtänzerin Bahia mit dem ägyptischen Sänger Abd el-Mutallib nach Ägypten gegangen war. Zwei furchtbare Ereignisse in achtundvierzig Stunden war mehr, als er verkraften konnte.

Zunächst hatte er nur allein sein wollen, und er brauchte eine Weile, um zu begreifen, daß er in Selbstmitleid versank. »Was für ein Revolutionär bist du eigentlich?« schalt er sich. Er hatte das Gefühl, daß sich alle Welt gegen ihn verschworen hatte. Aber im Grunde verdiente er sein Schicksal, denn er hatte nicht genug um Bahia geworben, sondern sie einfach diesem verdammten Ägypter überlassen. Obwohl er doppelt Grund für seinen Schmerz hatte – schließlich hatte er eine Vaterfigur verloren und trauerte einer unglücklichen Liebe hinterher –, wurde er das Gefühl nicht los, daß sich beides gegenseitig abschwächte und ihn davon abhielt, sich ganz seinem Schmerz zu überlassen. Trotzdem war er zutiefst betrübt. Nicht einmal in den Armen der liebreizenden Hure Lutfiya, in denen er schon so oft Trost gefunden hatte, vermochte er Erleichterung zu empfinden.

Es war schon Nachmittag, als er unten ein Klopfen hörte. Je mehr er versuchte, es zu ignorieren, desto hartnäckiger wurde es, und da er sich nach menschlicher Gesellschaft sehnte, ging er hinunter und öffnete das Tor. Miss Sylvia stand mit einem Strauß Spanischem Flieder in der einen und einem Einkaufskorb in der anderen Hand davor.

»Sylvia!« Er war verblüfft.

»Großbritannien läßt seine Freunde nicht im Stich«, sagte sie und grinste verschmitzt. Er versuchte, sein unrasiertes Kinn mit der

Hand zu verbergen, aber sein ungekämmtes Haar und der schmuddelige Pyjama waren nicht zu übersehen.

»Wollen Sie mich nicht hereinbitten?« fragte Miss Sylvia, als er weiterhin den Eingang blockierte.

»Bitte«, sagte er und verfluchte sich insgeheim. Nachdem er ihr soviel von der Gastfreundschaft des Orients vorgeschwärmt hatte, konnte er sie wohl kaum abweisen. Sie folgte ihm in sein schmutziges, verrauchtes Zimmer hinauf, das einem Schlachtfeld glich. Er riß die Fenster auf, zog die Vorhänge zurück und versuchte, ein bißchen Ordnung zu schaffen.

»Lassen Sie nur«, sagte Miss Sylvia, während sie hinter ihm das Zimmer betrat. »Hier sieht's auch nicht schlimmer aus als in den Studentenbuden in Huddersfield. Und außerdem mag ich den Geruch nach kaltem Pfeifenrauch.«

Salim Effendi nahm ein sauberes Hemd und eine Hose aus dem Wandschrank und ging nach unten, um sich zu waschen und zu rasieren. Als er zurückkam, sah sich Miss Sylvia gerade eins seiner Bücher an. Da er sich durch ihren amüsierten Blick irgendwie ertappt fühlte, ordnete er, so gut es ging, die Papierstapel auf dem Tisch, wischte mit einem Lappen über den freigeräumten Platz und die Schreibtischlampe, machte das Bett und zog den verblichenen, an den Ecken ausgefransten Teppich glatt. Wie ein ungehorsamer Schüler, der von seinem Lehrer zur Rede gestellt wird, wand er sich und versuchte, die Berge von toten Motten in den Ecken zu ignorieren. »Meine Putzfrau ist krank«, entschuldigte er sich und wurde rot. »Und ich war nicht in der Stimmung für Gäste.«

»Soll ich wieder gehen?«

»Oh, nein ... nein, keineswegs ...«

»Ich hab mir Sorgen um Sie gemacht. Es hat Gerüchte gegeben, daß Kommunisten verhaftet wurden.«

»Wie Sie sehen, stehe ich bloß unter Hausarrest«, scherzte er.

»Nun, davon wird der Armenier auch nicht wieder lebendig. Sie sollten sich lieber um sich kümmern.«

»Ach, das ist ja nicht alles«, entfuhr es Salim Effendi. Miss Sylvia wartete, daß er fortfuhr, aber als er schwieg, wechselte sie das Thema und sagte:

»Das jüdische Viertel ist so lebendig und farbenfroh. Es gefällt mir.«

»Es ist ein armes, überfülltes Ghetto. Seit dem Krieg in Palästina sind die Juden hier sicherer.«

Und als er ihren Blick durch sein Quartier schweifen sah, fügte er entschuldigend hinzu:

»Es ist nur eine Einzimmerwohnung mit Kochnische und Bad.«

»Ich finde, es sieht aus wie ein Studio«, sagte sie.

Sie war eine seltsame Frau, diese Englischlehrerin. Je mehr etwas stank, desto wohlriechender fand sie es; je häßlicher es war, desto bezaubernder und exotischer erschien es ihr. Ihr gefiel alles, was ihn in die Flucht trieb, und sie wollte Dinge bewahren, auf die er gut und gern verzichten konnte. Aber obwohl sie Bagdad mit den Augen einer Touristin sah, fühlte er sich ihr irgendwie geistesverwandt. Sie hatten denselben Geschmack, was Literatur, Kunst und Musik anging, und waren auch sonst in den meisten Dingen einer Meinung. Vor allem jedoch gefiel ihm ihre Unabhängigkeit, diese innere Sicherheit, einem Mann ebenbürtig zu sein, die so wenige jüdische Frauen in Bagdad hatten, ganz zu schweigen von ihren verschleierten, demütigen moslemischen Schwestern.

»Wer sind denn diese aufgedonnerten Frauen, die vor dem Haus nebenan sitzen?«

»Oh, die …« Er wurde wieder rot. »Sagen wir, sie sind die Opfer eines traurigen Schicksals …«

»Sie meinen, es sind Nutten.«

»Ja und nein«, sagte Salem Effendi lachend. »Lassen Sie mich Ihnen von Lutfiya, der hübschesten, erzählen. Ich hab ihr lesen und schreiben beigebracht. Damals war gerade ein moslemischer Künstler, ein Freund von mir, von seinen Studien in Paris nach Bagdad zurückgekehrt und suchte ein Modell. Ich brachte ihn zu ihr. Er bat sie, nackt für ihn zu sitzen, und bot ihr viermal soviel, wie sie an einem ganzen Tag verdiente – und sie hat beleidigt abgelehnt. Als er sie fragte, warum, schließlich, na ja, schließlich sei sie ja nur eine Nutte, sagte sie: ›Was ich mit einem Mann hinter verschlossenen Türen mache, bleibt zwischen Allah und mir. Aber du willst, daß alle Welt meine Titten und meinen Hintern sieht!‹«

»Fabelhaft«, sagte Miss Sylvia lachend und steckte ihn mit ihrer guten Laune an.

»Solche Orte werden regelmäßig inspiziert. Wir nennen sie *karhanas.*«

Jetzt war er es, der lachen mußte, denn sie sprach das Wort allzu komisch nach.

»Wo ist die Küche?« fragte sie und erhob sich mit ihrem Einkaufskorb. »Ich hab Ihnen ein paar Sachen mitgebracht.«

»Vielen Dank, aber lassen Sie nur. Ich mach uns was zu essen.«

»Ich denke, Sie sollten lieber eine Frau ihre orientalischen Pflichten erfüllen lassen«, sagte Miss Sylvia mit einem Zwinkern. Gemeinsam gingen sie hinunter in die kleine Küche im Hof. Dort standen ein leerer Kühlschrank, ein verrußter Petroleumkocher und ein paar alte Küchenutensilien.

»Jetzt ab nach oben mit Ihnen, und lassen Sie mich arbeiten!« befahl sie ihm. In seinem Zimmer legte Salim Effendi eine Platte von Brahms auf, zündete seine Pfeife an und streckte sich auf dem Bett aus. Bald darauf kehrte Miss Sylvia mit einer Platte voll Sandwiches zurück, die mit importierten britischen Sardinen und Wurst belegt und mit Petersilie garniert waren. Obwohl Salim Effendi Kebab und *amba* in einem Stück Pitta vorgezogen hätte, was ihm gewöhnlich der Laufbursche des Bordells brachte, waren die Sandwiches eine schmackhafte und willkommene Abwechslung. Er holte eine Flasche Scotch aus seiner kleinen Vorratskammer, aber Miss Sylvia wollte lieber libanesischen Arrak.

»Ich habe heute in der Zeitung gelesen, daß Bahia mit Abd el-Mutallib nach Ägypten gegangen ist«, sagte Salim Effendi und versuchte, es wie eine beiläufige Bemerkung klingen zu lassen.

»Ach ja!« Miss Sylvia tat so, als wäre sie überrascht. Seit dem Abend von Bahias Auftritt im Hotel Semiramis wußte sie, daß Salim Effendi in diese verliebt war. Als sie anschließend am Fluß entlanggeschlendert waren, hatte er die ganze Zeit nur von der Bauchtänzerin geredet, und Sylvia war klargeworden, daß sie Geduld haben mußte. Sie hatte ebenfalls am Morgen aus der englischen Tageszeitung von Bahias Abreise erfahren, und als Salim Effendi nicht in der Schule erschienen war, wußte sie, daß es an der Zeit war, ihn davon zu überzeugen, daß es Alternativen zu seinem hoffnungslosen Traum gab.

Miss Sylvia schenkte sich noch etwas Arrak ein, trug ein englisches Gedicht über unglückliche Liebe vor und nahm zärtlich die Hand, mit der Salim Effendi seine Tränen zu verbergen suchte. Daraufhin zog er sie an sich, verbarg das Gesicht in ihrem schulterlangen Haar, während sie ihm über den Rücken und den Hals strich. Dann schob sie ihn sanft von sich, fuhr ihm mit ihren anmutigen Fingern übers Gesicht und wischte ihm die Tränen weg. Ihre Hände wanderten zu seiner Brust und weiter nach unten, und kurz darauf lag sie unter ihm auf dem Bett.

Sie standen zwei Tage und zwei Nächte nicht wieder auf. Fat'hi, der Laufbursche des Bordells, brachte ihnen jeden Morgen frische Milch und im Laufe des Tages Kebab und *amba*, und wenn sie sich nicht gerade liebten, tranken sie Scotch und Arrak, lauschten Brahms und Mozart und lasen englische Gedichte. Davon hatte Miss Sylvia geträumt, als sie ihm zum ersten Mal begegnet war. Ihre weibliche Intuition hatte sie nicht getrogen: Selbst in Momenten größter Leidenschaft war er noch ein zärtlicher Liebhaber. Nachdem sich ihre erste Verliebtheit gelegt hatte, hatte sie seine Fassade aus männlichem Gehabe und Autorität durchschaut und darunter eine sensible Seele entdeckt; und sie wußte, daß trotz des entrückten Ausdrucks, der sich gelegentlich noch in seine Augen stahl, die Tage seiner Genesung von Bahia ihn auch immer an die leidenschaftliche Zeit mit ihr erinnern würden. Sie wollte ihm vorschlagen, die Sommerferien in London zu verbringen, weit weg von möglichen Gefahren, aber sie beschloß, noch etwas zu warten. Sie hatte Zeit. Es war nicht nötig, etwas zu überstürzen.

KAPITEL XXIX

Miss Sylvias Fingerspitzen kamen auf ihrem Pult zur Ruhe. Ehrfürchtig neigte sie den Kopf, während sie die letzten Zeilen von Markus Antonius' Rede vorlas:

Mein Herz ist in dem Sarge hier beim Cäsar,
Und ich muß schweigen, bis es mir zurückkommt.

Sie behielt diese Pose bei, denn sie war Markus Antonius, und wir waren die schweigende Masse römischer Bürger, die ihr wallendes blondes Haar bestaunte. Von Shakespeares Brillanz mitgerissen, hatte sie uns weit hinter sich gelassen; während wir durch das unwegsame Gelände des elisabethanischen Englisch stolperten, stürmte sie voller Leidenschaft voraus. Aber wir wußten, daß sie zu uns zurückkehren würde, denn sie war die geborene Lehrerin und würde alle Einzelheiten des Texts erläutern, sobald sich die Schauspielerin in ihr ausgetobt hatte.

Und so war es auch: Sie erklärte die Wörter, die wir nicht verstanden hatten, ging auf das Thema Massenpsychologie ein und wies uns auf Markus Antonius' geschickten Umgang damit hin. Je mehr sie über das alte Forum in Rom erzählte, desto deutlicher stellten wir uns die Plätze Bagdads und die Menschenmassen vor, die aus den Moscheen strömten – leichte Beute für jeden Prediger und Demagogen.

»Eine der größten Herausforderungen für einen intelligenten Menschen«, sagte Miss Sylvia, »ist die Fähigkeit, auch angesichts einer leicht zu beeinflussenden Masse seinen Prinzipien treu zu bleiben. Sehen wir uns an, wie Markus Antonius die Menschen bearbeitet und manipuliert. Das ist ein sehr gutes Beispiel für Shakespeares Kunst.«

George reichte mir einen Zettel, auf dem stand: »Sehr verehrter Herr Chefredakteur, meine Reportage über die Dinnerparty zu Ehren des Paschas ist fertig, und es würde mich freuen, wenn Sie sie heute nach der Schule abholen könnten.«

Ich schüttelte den Kopf. Diesmal würde mir mein Vater nicht verzeihen. »Hochwohlgeborener Großer Imari Junior«, schrieb ich zurück, »ich wäre Ihnen äußerst verbunden, wenn Sie mir das Material in die Bibliothek bringen könnten.«

»Sehr verehrter Herr Chefredakteur«, lautete Georges Antwort, »falls Sie Bedenken bezüglich meines Vaters haben sollten, so ist es mir ein Vergnügen, Ihnen mitteilen zu können, daß er und seine Gattin gegenwärtig in unserem Sommerhaus im Libanon Urlaub machen. Und falls es Ihnen Sorgen macht, zu spät nach Hause zu kommen, und Ihr Telefon immer noch nicht funktioniert, so schlage ich vor, daß Sie Ihren Eltern durch Ihren Nachbarn, Herrn Edouard Miesepeter, eine Nachricht zukommen lassen. Sollte es irgendwelche anderen Hindernisse geben, die Sie davon abhalten zu kommen, so wäre ich gern bereit, sie aus dem Weg zu räumen.«

»Hochwohlgeborener Großer Imari Junior«, lautete meine nächste Nachricht. »Warum müssen Sie den verantwortlichen Redakteur dazu nötigen, Sie in Ihrer Residenz aufzusuchen, wann immer Sie seine Dienste benötigen?«

»Sehr verehrter Herr Chefredakteur, der Grund ist ganz einfach der, daß ich Ihnen gerne meine Gastfreundschaft anbiete. Vielleicht ist mir auch daran gelegen, das Rätsel unserer Blutsverwandtschaft zu lösen. Selbstverständlich handelt es sich um eine Einladung zum Lunch, und ich habe veranlaßt, daß Ihnen ein Krug Ihres bevorzugten Mangosafts serviert wird.«

»Hochwohlgeborener Großer Imari Junior, dieses letzte Detail hat mich bewogen, Ihnen eine positive Antwort auf Ihre Einladung zu geben.«

»Würden die Herren Imari so freundlich sein, ihre Korrespondenz einzustellen«, sagte Miss Sylvia. »Ich empfinde sie als höchst störend!« In diesem Moment läutete es. Ich bat Edouard, meinen

Eltern auszurichten, daß ich später kommen würde, weil ich noch mit der Zeitung zu tun hätte.

Die Villa der Imaris war verwaist bis auf ein paar Bedienstete und Georges alte Amme – ein Beruf, den ich nur aus Romanen kannte. Sie servierte uns den Lunch; anschließend brachte uns ein Diener den Kaffee ins Wohnzimmer. George sagte, daß man uns nicht stören solle, es sei denn, der Pascha höchstpersönlich sei am Telefon – ja, natürlich, auch seine Eltern im Libanon. Dann lehnte er sich in seinem Sessel zurück, schlug die Beine übereinander und sagte: »Laß es mich dir laut vorlesen. Dann kann ich beim Lesen gleich Korrekturen anbringen.« Und ohne eine Antwort abzuwarten, fing er an:

»Als erstes trafen die Mitglieder der jüdischen Gemeinde Bagdads ein, angeführt von Salem Shibbat, dem Lieblingssänger und -dichter des Paschas. Sie nahmen auf einem niedrigen Podest nahe des Durchgangs zum Salon Platz; ihnen folgte die hinreißende Salima Pasha, eine üppige Frau mit dunklem Haar, kohlschwarzen Augen, einem bezaubernden Lächeln und einem duftigen roten Seidenkleid, das sie mit einer charmanten Nonchalance trug. Sie probte ein paar Nummern mit dem Ensemble, und es war offensichtlich, daß sie eine anspruchsvolle Künstlerin ist, die sich nur mit Perfektion zufrieden gibt. Und tatsächlich reagierten die Musiker auf ihre leiseste Geste; sie harmonierten miteinander wie die Finger einer Hand.

Als nächstes traf die Bauchtänzerin Bahia ein, ein entzückendes junges Ding in einem purpurnen Kleid, mit einer Blume im Haar, auffallend langen Fingernägeln und unzähligen glitzernden Ringen an den Fingern. Als ich sie mit ihrem Trommler und ihrem Zimbelspieler üben hörte, fühlte ich mich in eine andere Welt versetzt. Möge ihr Hintern unsterblich sein und – gleich einer Schlange, die auch nach ihrem Tod noch zuckt – niemals aufhören zu wackeln. Bei Gott, was für ein Arsch! Dagegen ist Miss Sylvias eine Rosine …«

»George, George!« brüllte ich. »Jetzt weiß ich, daß wir wirklich Cousins sind. Herzlich willkommen im Schoß der Familie, du verlorener Sohn! Sag mir nur eins: Steht das wirklich in deinem Text?«

»Vielen Dank, Kabi, dir und diesem herrlichen Hintern, dem ich diese herzliche Aufnahme verdanke. Aber bitte, sehr verehrter Herr Chefredakteur, unterbrechen Sie mich nicht mit Ihren Fragen. Ich werde Ihnen das Manuskript geben, sobald ich fertig bin, und dann können Sie streichen, was immer Sie mögen.«

»Mein Herr, Sie haben meine ungeteilte Aufmerksamkeit.«

»Also, dann. Nach Bahia begannen die erlauchten Gäste einzutreffen: einige Minister, die Sprecher des Parlaments und des Senats, mehrere enge Freunde von Nuri Pascha. Unter ihnen war kein einziger Jude – und tatsächlich, sehr verehrter Herr Chefredakteur, gibt es nicht viele Juden, die bedeutend genug sind, um von meinem Vater eingeladen zu werden. Zuletzt kamen Arm in Arm unser Premierminister Tewfik el-Suweidi und der Pascha. Er ist – oder zumindest sah es von meiner bescheidenen Warte so aus – ein großer und äußerst gutaussehender Mann, hellhäutig, mit vollem Gesicht, dichten Brauen und zurechtgestutztem Schnurrbart, listigen blauen Augen, denen nichts zu entgehen scheint, und einem spöttischen Lächeln auf den Lippen.

Ich brauche wohl kaum zu erwähnen, daß die Tafel einem König alle Ehre gemacht hätte. Arrak, Whisky, Ouzo, Wodka, französische Weine … da es ihnen aufgrund ihrer Religion nicht erlaubt ist, Alkohol anzurühren, trinken unsere moslemischen Führer nur das Beste. Es scheint mir sowieso, daß die Gebote und Verbote des Koran nur für die unteren Klassen bestimmt sind, die von Allah ebenso schikaniert werden wie von ihren Herrschern.

Mein Vater servierte dem Pascha einen exquisiten Arrak, der von einem Juden extra für ihn hergestellt wird. Dann brachten die Dienstboten eine besondere Vorspeise nach einem Rezept des Paschas höchstpersönlich – nur wenige wissen, daß er auch ein talentierter Koch ist. Alle warteten auf den Regenten Abd Allah, und auf ein Zeichen des Lakais hin, daß er eingetroffen war, erhob sich mein Vater und verkündete seine Ankunft. Die Gäste sprangen auf, und Salima Pasha sang einen Vierzeiler, der wie folgt lautete:

Wir heißen den Regenten willkommen,
Es ist ihm eine Freude, uns zu führen,
Möge unser Abend jetzt, da er hier ist,
Ein voller Erfolg werden.

Der Regent stand am Durchgang zum Salon, den rechten Daumen in der linken Hand, und ließ den Blick mit einem kühlen Lächeln über die Gäste schweifen. Er hat ein langes, helles, feingeschnittenes Gesicht mit hoher Stirn und glattem, glänzendem Haar, in der Mitte gescheitelt und streng nach hinten gekämmt, und falls sein Rücken leicht gekrümmt ist, dann rührt das nicht, Gott sei Dank, von der Bürde seines hohen Amts her, sondern vielmehr von den übermäßig genossenen Freuden, die ihm Pferde, Frauen und kleine Jungen bereiten. Ich habe keine Ahnung, verehrter Herr Chefredakteur, wie Sie über ihn denken, ob Sie ihm schon persönlich begegnet sind, ihn bei seinen Auftritten bei Paraden in der El-Rashid-Straße oder in der Wochenschau gesehen haben, die ihn in seiner königlichen Loge auf der Pferderennbahn zeigte. Ich für meinen Teil mag ihn lieber als alle unsere bisherigen Premierminister zusammen, wenn ich auch um alles in der Welt nicht zu sagen vermag, warum. Vielleicht liegt es daran, daß er als Regent nur eine befristete Anstellung hat, ohne Zukunft oder irgendwelche Sicherheiten, also uns Juden in nichts nachsteht. In zwei Jahren wird er zugunsten seines Neffen zurücktreten, dem gegenwärtigen Kronprinz, der an seinem achtzehnten Geburtstag zum König gekrönt werden wird. Man kann nur vermuten, was ein solcher Mann empfinden mag, während seine glorreichen Tage vor seinen Augen dahinschwinden ... Was Faisal II. betrifft, so sind Sie sich sicher bewußt, daß er so alt ist wie wir. Können Sie sich als König vorstellen? Oder mich?

Aber möge dies sein, wie es wolle, mein erlauchter Herr Vater verbeugte sich jedenfalls tief vor dem Regenten – so tief, daß ich fürchtete, sein athletischer Körper könnte den Boden streifen. Als er sich wieder aufrichtete, strahlten seine Augen, als sei er gerade dem Messias vorgestellt worden. Dann führte er den Regenten in die Mitte des Raums und plazierte ihn zwischen dem Pascha und sich selbst. Wahrlich, die Anwesenheit Eurer Exzellenz erhellt die ganze Welt! verkündete er atemlos und beeilte sich, dem Regenten persönlich aufzutragen und ihn hinten und vorn zu bedienen.

Genau in diesem Augenblick stürmte Bahia mit ihren sieben hauchdünnen Schleiern herein, die sie im Verlauf ihres Tanzes nacheinander ablegte, den letzten direkt unter den hingerissenen Blicken des Regenten, den sie mit ihren mandelförmigen Augen unverwandt ansah. Jede Arabeske, jede Pirouette, jedes Wackeln ihrer Brüste und Zittern ihrer Schenkel schien ihn zu reizen wie das Feuer die Motte. Inzwischen war er etwas aufgetaut, wenn auch nicht so sehr wie der Pascha, dessen listiges Gesicht so rot wie eine gegrillte Tomate war. Bahia lachte ihn kokett an, und er schenkte ihr ein großes, warmes, leidenschaftliches Lächeln, das sein Gebiß entblößte.

›Wie höchst bedauerlich, daß sie uns verläßt‹, flüsterte mein Vater dem Regenten zu. ›Dies ist ihr letzter Auftritt.‹

›Wo geht sie denn hin?‹ fragte der Regent den Pascha.

›Dieser ägyptische Hund Muhammed Abd el-Mutallib hat sie überredet‹, erzählte der Pascha dem Regenten. ›Sie geht mit ihm nach Ägypten.‹

›Dann sollen sofort die Grenzen dichtgemacht werden!‹ befahl der Regent. ›Niemand darf ausreisen!‹

›Sie will dort nur einen Film drehen‹, beruhigte ihn der Pascha. ›Sie kommt zurück. Sie kommen alle irgendwann zurück. Die Wasser des Nils, Exzellenz, sind weniger süß als die des Tigris.‹

›Wenn es nach diesem Wüstling von Faruk geht, sehen wir sie nie wieder‹, schäumte der Regent.

›Dann sollten wir besser sofort die diplomatischen Beziehungen zu ihm abbrechen!‹

›Mit Ihrer Erlaubnis‹, sagte mein erlauchter Herr Vater schmeichlerisch, während er Salem Shibbat bedeutete, mit seiner Vorführung zu beginnen, ›bringe ich sie herüber.‹ Aber sowohl der Regent als auch der Pascha hatten die Bauchtänzerin bereits vergessen.

Sie wundern sich zweifellos, verehrter Herr Chefredakteur, wie es mir gelang, all dies mitanzuhören. Die Antwort lautet: Ich stand fast den ganzen Abend hinter diesen ehrenwerten Gästen. Ich bin schließlich nur ein schmächtiges Bürschchen, und manchmal ist das ein Vorteil. Ich habe die Ohren gespitzt, um jedes Wort mitzukriegen, vor allem, wenn es aus dem Mund meines erlauchten Herrn Vaters kam, der sich einbildet, der Hals zu sein, der die Köpfe unseres Staates dreht. Mein erlauchter Herr Vater füllte also das Glas des Regenten mit seinem Lieblingswhisky und drängte ihn zum Essen. Aber je mehr der Regent an dem Fisch roch, desto mehr trank er. Seine unergründlichen, wäßrigen Augen nahmen einen beängstigenden Ausdruck an, während er gedankenverloren mit seinem Ring an sein Glas schlug. Mein erlauchter Herr Vater sorgte sich, daß er an sein Pferd denken könnte, das an diesem Tag nach unserem nur den zweiten Platz belegt hatte. Der Regent jedoch schwieg sich aus, wie es das Privileg von königlichen Hoheiten ist. Vielleicht war es auch seine Absicht, die Nerven meines Vaters auf die Probe zu stellen.

›Ein paar gegrillte Tauben, etwas gebratene Gänseleber und gebackene Kalbsbrieschen!‹ befahl mein erlauchter Herr Vater dem Diener. Mit den Händen auf den Knien beugte er sich zu dem Regenten hinüber und sagte flehentlich wie ein gescholtenes Kind: ›Möchten Exzellenz nicht wenigstens etwas kosten?‹

Der Regent warf ihm einen kurzen Blick zu, sah dem Wels ins Auge, riß ihm ein Stück heraus und kaute es langsam. Mein Vater war so selig, als hätte er gerade einen Jungen zur Welt gebracht. Erfolg auf der ganzen Linie! Und es stimmt, wer weiß besser als er, wie man die animalischen Gelüste der Mächtigen befriedigt? Nichts, außer den Säften weiter unten, ist mächtiger als der Verdauungsapparat, der selbst Perlen und Diamanten aufzulösen vermag ... so lautete die Botschaft, die ihm unser Urgroßvater, der von der Wand unseres Wohnzimmers herabblickt, mitgegeben hatte. Sie selbst müssen zugeben, verehrter Herr Chefredakteur, daß es der Saft der Mango war, der Sie heute hierhergelockt hat. Möchten Sie nicht noch ein Glas? Falls Sie fürchten, meinen Vater dadurch zu schädigen, so lassen Sie mich Ihnen versichern, daß es sich bei diesem Mangosaft um ein Geschenk handelt, das ihm extra aus Indien geschickt wurde.

Aber lassen Sie uns zu unserer Geschichte zurückkehren. Das Ensemble spielte während des gesamten Mahls, wobei sich der Zitherspieler Ibrahim Zion Da'abul besonders hervortat. Seine Soli hielten die Gäste in ihrem Bann, und seine Musik belebte ihr dickflüssiges Blut wie alter, erlesener Wein.

Es mag Sie überraschen, verehrter Herr Chefredakteur, aber obwohl ich, wie Sie wissen, durchaus in der Lage bin, eine Sonate von Chopin zu spielen, rührten mich die Musiker zu Tränen: Man stelle sich bloß vor, daß sie zu all den göttlichen Düften spielen mußten, ohne daß man ihnen auch nur einen Bissen angeboten hätte! Ich fürchte, daß auch Ihnen bereits das Wasser im Mund zusammenläuft, obwohl Sie so vorzüglich zu Mittag gespeist haben. Wenn es Ihnen ein Trost ist, lassen Sie mich Ihnen versichern, daß ich, obwohl ich die gebratenen Tauben aus Herrn Edouard Miesepeters Taubenschlag sehnsüchtig beäugte, den ganzen Abend nichts verzehrte. Ich hielt mich Ihnen zuliebe zurück, denn ich wollte doch meine Sinne nicht betäuben, sondern soviel wie möglich in mich aufnehmen. Nein, bitte unterbrechen Sie mich nicht, um mir zu danken!

Als das Bankett vorüber war und die Diener die Fingerschalen brachten, lehnte sich der Regent zurück und erhob das Glas, woraufhin alles verstummte. ›Salima‹, befahl er, ›sing uns dein Lied.‹

›Ein einziges Lied ist eine zu bescheidene Bitte für jemanden, der an Gaben so reich ist wie Sie‹, antwortete Salima mit ihrem bezauberndsten Lächeln. ›An welches Lied denken Exzellenz?‹

›Sie wissen schon, welches‹, sagte der Regent mit einer kaum wahrnehmbaren Geste zum Pascha hin.

Nicht jeder sah sie, und manche dachten, daß ihm die Zunge vom Alkohol schwer sei. Dann kam ihm der Pascha höchstpersönlich zu Hilfe, indem er die ersten beiden Zeilen sang:

O Nuri es-Sa'id ist der Schuh
Und Saleh Jaber ist sein Senkel!

›Hut ab vor Nuri, dem Einzigartigen!‹ rief der Regent und fuchtelte mit dem Finger herum, als wolle er das Ensemble und seine Nachtigall vom Tigris höchstpersönlich dirigieren. Alle Augen waren auf den Pascha gerichtet, der aus voller Kehle sang und die Gäste zu einem Spottlied ermunterte, das ihn, den König des Dschungels irakischer Politik, aufs Korn nahm – ein Mann, der, sei er nun im Amt oder nicht, sämtliche Fäden in der Hand hielt und auch den letzten Winkel des Landes beherrschte, der Leute hängte und begnadigte, wie es ihm beliebte, und der seinen Willen mit der Schläue eines Fuchses und der Grausamkeit eines Tigers durchsetzte. Salima Pasha mußte jedes einzelne Wort davon singen, aber dann machte sie es durch eine Zugabe wieder wett, und mir wurde an diesem Abend bewußt, was für eine kluge Frau sie doch ist. Sie ließ ein Potpourri aus den satirischsten Balladen vom Stapel, die Bagdads Straßenmusikanten je über die Mächtigen, die um unseren Tisch versammelt waren, gedichtet haben. Und ich, verehrter Herr Chefredakteur, fragte mich in diesem Moment: Sind diese Hurensöhne, wie Salim Effendi sie gewöhnlich nennt, auch nur einen Bruchteil der Aufmerksamkeit wert, die ihnen mein erlauchter Herr Vater mit solcher Hingabe entgegenbringt? Denn, sehen Sie, dieser verwöhnte und arrogante Mann ist den ganzen Abend besagten Herrschaften so tief in den Arsch gekrochen, daß ihn nicht mal eine Kamelkarawane hätte rausziehen können. Selbst sein Traum, in den irakischen Senat gewählt zu werden, rechtfertigt doch wohl kaum ein solch kriecherisches Verhalten. Sie werden entschuldigen, verehrter Herr Chefredakteur, daß ich so unverblümt meine Meinung sage und Ihnen so deutlich meine verwandtschaftlichen Gefühle zeige. Ist es nicht weitaus besser, Tauben zu züchten oder Uhren zu verkaufen, als ein wohlhabender Mann zu sein, der auf die Gnade solch degenerierter Lackaffen angewiesen ist?

Ich frage Sie: Was wäre passiert, wenn eine kleine Handgranate in den Saal gerollt wäre, alle Anwesenden getötet und den Weg frei gemacht hätte für eine neue Generation von Machthabern – Salim Effendi und seine Leute zum Beispiel? Gestatten Sie mir, diese Frage selbst zu beantworten: Überhaupt nichts wäre passiert. Man muß sich nur ein bißchen mit der Geschichte beschäftigen, um zu wissen, daß Herrscher immer gleich sind: Wenn sie weniger gewieft und grausam wären, würden sie nicht nur ihre Macht, sondern auch ihren eigenen Kopf verlieren. All die schönen Reden der Revolutionäre gegen Tyrannei und Gewalt sind reines Geschwafel. Wenn Ihre Rebellen erst mal an der Macht Geschmack gefunden haben, dann werden sie das Volk zum Wohle des Volkes mit dem Fallbeil hinrichten, genauso wie die Männer, gegen die sie geputscht haben!

Aber kehren wir zu unserem Bericht über das Bankett zurück, der Sie – weit mehr noch als der Wunsch, einen Cousin zu besuchen, dessen erlauchter Herr Vater ihm jeglichen Kontakt mit seiner Familie verboten hat – heute hierhergeführt hat, mein lieber Herr Chefredakteur. Da die kleine Handgranate nicht explodiert ist und in dem Kaffee, der dem Regenten und dem Pascha serviert wurde, sich nicht ein Tropfen Gift befand, war es nun an mir, etwas darzubieten. Gewiß haben Sie nicht vergessen, daß ich gebeten worden war, zu Ehren des Regenten und des Paschas ein paar unterwürfige Verse zu dichten und vorzutragen. Und es wird Sie gewiß amüsieren zu hören, daß mir diese Aufgabe, so sehr ich sie haßte, auch Spaß machte. Das erwartungsvolle Schweigen, das mich empfing – alles harrte gebannt meiner Schöpfung –, gab mir ein Gefühl von Bedeutsamkeit, welches ich bewußt, wenn auch nicht ungebührlich auskostete, indem ich mir einen zusätzlichen Moment gönnte, um mich zu sammeln.

Ich kann mir nicht vorstellen, verehrter Herr Chefredakteur, daß Sie von mir erwarten, daß ich Ihnen diesen Mist vortrage – dieselben verlogenen, kriecherischen, schmeichlerischen, scheinheiligen Lügen, die mein Vater bereits von sich gegeben hatte, wenn auch nicht in Versform wie ich. Dichten ist nicht seine Stärke. Ich habe das Gedicht für Sie abgetippt, und Sie können es so gnadenlos redigieren, wie Sie möchten, jedem überflüssigen Wort den Garaus machen, solange Sie nicht meinen Ruf als vielversprechenden jungen Poeten beflecken … oder erschiene es Ihnen bescheidener, wenn ich von einem ›Poetennovizen‹ spräche?

Als ich meinen Vortrag beendet hatte, wandten die abgefüllten und in jeder Hinsicht übersättigten Gäste ihre Aufmerksamkeit der

Stimme Salem Shibbats zu, und der Regent bat Bahia, noch einmal zu tanzen.

Es wurde noch eine Runde Kaffee serviert, und der Pascha wandte sich an meinen Vater und fragte in tadellosem jüdischen Dialekt: ›Abu George, mein Freund, wie viele Ihrer Landsleute werden den Irak verlassen, wenn die Tore des Königreichs geöffnet werden?‹

Mein erlauchter Herr Vater runzelte die Stirn, räusperte sich und erwiderte: ›Mein geschätzter Pascha, was kann ich Ihnen sagen? Nur ein Esel würde das irakische Paradies verlassen wollen.‹

›Nun denn, lieber Freund, von wie vielen Eseln reden wir also?‹

›Vielleicht zweitausend‹, sagte mein Vater. ›Gewiß nicht mehr als drei.‹

›Zehn‹, korrigierte ihn Tewfik el-Suweidi, der Premierminister.

›Warum‹, fragte der Pascha, ›wurde mir dann von den Briten gesagt, daß die Zahl der Esel dreißigtausend betragen könnte?‹

›Wann haben die Briten je etwas Richtiges über den Orient gesagt?‹ erwiderte der Premierminister.

›Nun denn. Was meinen Sie, mein Bruder?‹ wandte sich der Pascha an meinen Vater. ›Sollen wir sie gehen lassen?‹

›Hochverehrter Pascha‹, sagte mein erlauchter Herr Vater, ›was soll ich Ihnen sagen? Den Juden muß man an den Geldbeutel gehen. Das ist das einzige, was ihnen weh tut.‹

›In diesem Fall, mein Bruder, wäre es das beste, wenn man sie an einen Ort gehen ließe, wo es keine Wohnungen, keine Arbeit, kein Heizmaterial und keine Industrie gibt, nichts als Flüchtlinge aus Nazi-Deutschland. Es leuchtet doch wohl ein, daß jeder Jude, der nach Israel geht, ein weiterer Nagel zu seinem Sarg ist. Würden Euer Exzellenz mir da nicht zustimmen?‹

Die beiden Männer lachten schallend, und die übrigen Gäste stimmten mit ein. Mein erlauchter Herr Vater, die anerkannte Autorität in jüdischen Angelegenheiten, genehmigte sich nur ein verlegenes Glucksen.

›Wir könnten sie durch palästinensische Flüchtlinge ersetzen‹, sagte der Pascha. ›Zeigen wir König Abd Allah, König Faruk und der Arabischen Liga doch mal die wahre Größe des irakischen Volkes und die Hilfe, die es der arabischen Sache zuteil werden läßt! Die Palästinenser werden mit dem, was die Juden zurücklassen, schon etwas anfangen können, und es kostet uns nicht einen Dinar, weil die Amerikaner die Rechnung bezahlen werden. Was sagen Sie dazu, Tewfik? Sie sind der Premierminister. Ohne Sie geht es nicht.‹

›Wir müssen darüber nachdenken, wie wir das durchs Parlament kriegen‹, sagte der Premierminister.

›Die Juden werden den Irak nicht verlassen‹, meldete sich mein Vater zu Wort.

›Mein lieber Freund‹, sagte der Pascha, ›der jüdische Untergrund, dessen einer Führer einen Namen trägt, der dem Ihren sehr ähnlich ist, arbeitet darauf hin, daß jeder einzelne Jude dieses Land verläßt.‹

Mein Vater ließ beinahe seine Kaffeetasse fallen. Und Sie auch, verehrter Herr Chefredakteur, werden höflich gebeten, auf Ihrem Stuhl sitzen zu bleiben, trotz der Anspielung auf Ihren Onkel Hizkel. Ich muß Sie bitten, all dies für sich zu behalten, da andernfalls mein Vater bald einen Kopf kürzer sein könnte. Es wäre schade, ihn zu verlieren; er ist schließlich der einzige Vater, den ich habe. Tatsächlich fing sich mein feiner Herr Vater wieder und sagte zum Pascha: ›Was kann ich Exzellenz schon sagen? Wenn Sie uns von den subversiven Elementen, den Kommunisten und den Zionisten, mit einem Schlag befreien könnten, um so besser. Sollen sie sich doch gegenseitig zugrunde richten. Es ist an der Zeit, den Stall auszumisten.‹

›Keiner soll gegen seinen Willen im Irak leben müssen‹, erklärte Tewfik el-Suweidi.

An dieser Stelle wandte sich der Pascha an mich. ›George, mein Sohn‹, sagte er, ›sag mir bei dem Propheten Moses: Bedeutet dir dieser jüdische Staat etwas?‹

Mein erlauchter Herr Vater warf mir einen flehentlichen Blick zu.

›Dieser jüdische Staat bedeutet mir eine ganze Menge‹, sagte ich und hielt inne. Mein Vater wurde kreidebleich, der Pascha runzelte die Stirn, und Tewfik el-Suweidi trommelte mit den Fingern auf dem Tisch. Nur der Regent war zu benebelt, um zu reagieren. ›Aber meine Heimat‹, fuhr ich fort, ›ist hier im Zweistromland.‹ Mein Vater klatschte in die Hände wie ein kleiner Junge und rief: ›Da sehen Sie es, Exzellenz. So denken die jungen Leute alle.‹

›Das mag sein, mein Bruder‹, sagte der Pascha. ›Aber diese Hundesöhne überqueren illegal die Grenze, ohne daß ihnen etwas geschieht. Wir machen uns beim Schah des Iran zum Gespött, der die Augen davor verschließt und sich weigert, sie uns zurückzuschicken.‹

›Exzellenz‹, sagte mein erlauchter Herr Vater, in dessen Wangen das Blut zurückgekehrt war, ›gewiß ist es nicht notwendig, daß ich Ihnen über die angemessene Behandlung von Flüchtlingen Ratschläge erteile.‹

›Mein Freund‹, sagte der Pascha, ›Euer Staat mag sehr klein sein, kaum mehr als ein Häufchen Fliegendreck auf der Landkarte, aber es ist ihm gelungen, unser Leben durcheinanderzubringen und die Welt zu verwirren. Und von wegen Sargnagel! Ganz im Gegenteil, jeder Jude, der aus dem Irak dorthin geht, hilft diesem Judenstaat auch noch dabei, seine Infrastruktur aufzubauen!‹ Zum ersten Mal wirkte er verärgert.

›Exzellenz übertreiben die Bedeutung des zionistischen Banditenstaats‹, wandte mein erlauchter Herr Vater vorsichtig ein.

Der Regent schüttelte sich und erhob sich, und die übrigen Gäste taten es ihm nach. Als alle gegangen waren, schlang mein Vater die Arme um mich und sagte: ›Was für eine Antwort! Was für eine brillante Erwiderung! Du kannst dir aussuchen, ob du nach London oder Paris fliegen willst. Nimm einen Freund mit, wenn du willst.‹«

»Also, verehrter Herr Chefredakteur«, sagte George und legte sein Manuskript hin, »was würde Ihnen mehr zusagen: London oder Paris?«

Bevor ich wußte, was ich tat, hatte ich ihn an mich gedrückt und ihn auf beide Wangen geküßt. »Was für ein Talent!« rief ich aus.

»Stad Nawi und Salim Effendi hatten recht. Du bist der geborene Geschichtenerzähler. Dein Auge, dein erzählerisches Können! Ich würde kein Wort daran ändern.« Ich streckte die Hand nach dem Manuskript aus.

»Bist du verrückt? Meinst du, ich würde dich das drucken lassen?«

»Aber du hast es mir versprochen!«

»Und wenn schon. Würdest du so etwas über deinen eigenen Vater veröffentlichen?«

»Aber es ist doch die poetische Wahrheit.« Diesen Begriff hatten wir in Stad Nawis Literaturunterricht gelernt. »Wir merzen alles aus, was ihm schaden könnte.«

»Dann wäre der ganze Saft raus.«

»Aber du haßt diese Typen doch. Und von deinem Vater hältst du ja auch nicht gerade viel.«

»Er ist das Opfer seines Reichtums. Er hat keine andere Wahl, als sich ihnen anzubiedern.«

Ich grinste. »Ich sehe schon, arm zu sein, hat seine Vorteile.«

»Du hast ja keine Ahnung. Was meinst du, würde mich Salim Effendi in die kommunistische Partei eintreten lassen?«

»Hast du nicht mehr alle Tassen im Schrank? Willst du deinen Vater und dich selbst ins Unglück stürzen? Und überhaupt, hast du nicht gerade gesagt, daß Revolutionäre auch nicht besser sind als die Regierungen, die sie stürzen?«

»Hab ich. Wir sind alle innerlich zerrissen. Nimm Miss Sylvia. Ein Teil von ihr ist pro-kommunistisch, und der andere ist für Humanismus und westliche Demokratie … und wie viele junge Europäer, die erlebt haben, daß die Sowjetunion mitgeholfen hat, den Faschismus zu bekämpfen, erkennt sie nicht die Widersprüche. Ich bin, glaube ich, wie sie. Und ich zweifle nicht daran, daß etwas geändert werden muß – alles ist besser als die korrupte Gesellschaft und Regierung, die wir jetzt haben.«

»Warum kommst du dann nicht zu uns, den zionistischen Eseln?«

Wir mußten so lachen, daß uns der Bauch weh tat.

»Glaub nur nicht, daß ich nicht schon daran gedacht hätte«, sagte George, als er wieder Luft bekam. »Aber im Moment such ich mir mein Paradies lieber woanders. Und außerdem wäre es eine Katastrophe für meine Familie. Ich werde auch noch nicht Kommunist. Im Moment spiele ich nur mit verschiedenen Ideen herum.«

Wir gingen in den Garten und saßen lange auf der weißen *jalala*. George war plötzlich ganz in sich gekehrt, wirkte erschöpft und ausgelaugt. Schweigend sahen wir zu, wie die Sonne – ein riesiger Pfirsich – unterging. Nur fernes Hundegebell störte die Stille. Ich hatte noch keine Lust heimzugehen, obwohl es Zeit war. Ich fühlte mich ihm sehr nahe.

Als der Fahrer mich nach Hause brachte, kam George noch mit. Diesmal war es mir nicht peinlich. Ich nahm ihn sogar zu einem Spaziergang durch das alte jüdische Viertel mit. Mit großen Augen, wie ein Tourist, bestaunte er den Suk. Beim Abschied umarmten wir uns.

KAPITEL XXX

Als der Bäcker Abu Saleh meinem Vater erzählte, daß sich niemand fand, der die tausend Dinar nehmen wollte, die die Bewegung für Hizkels Freilassung zu bezahlen bereit war, mußte sich mein Vater an der Stange des Backofens abstützen. »Was ist bloß mit den Moslems los?« fragte er und strich sich mit der einen Hand übers Kinn, während er mit der anderen die Gebetsperlen aus Bernstein an die Stirn preßte. »Lassen sie sich jetzt nicht mal mehr bestechen?«

»*Wallah*«, murmelte der Bäcker, »ich weiß nicht, was ich dir sagen soll. Alle meinen, daß es zu gefährlich ist.«

»Das sieht nicht gut aus«, erklärte mein Vater, während er die Perlen durch die Finger gleiten ließ.

»Abu Kabi«, sagte der Bäcker, und seine Stimme klang bittend und bestimmt zugleich. »Ich weiß, daß es nicht leicht für dich ist, aber du mußt den Großen Imari aufsuchen.«

»Ich wünschte, ich könnte ihm trauen. Gott weiß – und ich weiß es auch –, was für ein Schuft er ist.«

»Er ist immer noch unsere größte Chance.«

»Wo ist die Bewegung? Wo ist Israel?« rief mein Vater aus und klopfte sich so energisch das Mehl von der Jacke, als sei sie für seine Wut verantwortlich. »Haben sie Hizkel so schnell vergessen?«

»Wir haben drei verschiedene Fluchtpläne«, sagte Abu Saleh. »Aber es ist noch zu früh für extreme Maßnahmen.«

»Es ist immer zu früh, bis es dann zu spät ist«, brummte mein Vater und verließ die Bäckerei.

Am nächsten Tag kam er gegen Mittag von der Arbeit nach Hause und zog sich in den Keller zurück, um sich auszuruhen. Dann wusch und rasierte er sich, zog seinen blauen Anzug an, steckte sich die Krawattennadel mit der Perle an und forderte mich auf, mir ebenfalls etwas Ordentliches anzuziehen. Bevor wir loszogen, richtete er meinen Schlips und erinnerte mich daran, meine Schultern gerade zu halten.

»Wir haben keine andere Wahl, als mit dem Teufel zu paktieren«, sagte er. »Aber daß du es ja niemandem erzählst, nicht mal deiner Mutter. Ich hab keine Ahnung, was dabei herauskommt.«

Aber statt geradewegs zum Büro des Großen Imari in der Bank-Straße zu fahren, ließ mein Vater uns von dem Taxifahrer zum Fluß bringen. Er mietete ein Boot, das über die stillen, sommerlichen Gewässer des Tigris kreuzte, während er so starr im Heck kauerte, als wäre er von einem winterlichen Sturm überrascht worden. Ab und zu schüttelte er den Kopf, als wolle er einen lästigen Gedanken verscheuchen, steckte sich eine Zigarette in den Mund, die er anzuzünden vergaß, und starrte ins Nichts, während er seine Perlen befingerte oder sie sich an die Nase hielt.

»Baba, was ist zwischen euch beiden passiert?« Es hatte mich meinen ganzen Mut gekostet, diese Frage zu stellen. Ich wußte, daß das Thema als zu schmerzlich galt, als daß man darüber redete, aber da wir sowieso auf dem Weg zum Großen Imari waren, würde ich vielleicht diesmal eine Antwort bekommen.

»Das ist eine lange Geschichte, mein Sohn. Vielleicht ein andermal.«

Schon oft hatte ich versucht, mir auf das Wenige, das ich über ihren großen Krach wußte, einen Reim zu machen. Viele der Details kannte nur mein Vater, der niemals darüber sprach. Das meiste, was ich wußte, hatte ich von meiner Mutter oder vom alten Hiyawi. Die beiden Männer, hatte er mir erzählt, waren zusammen in Imara aufgewachsen, wo mein Urgroßvater lebte. Sie gehörten zu den wenigen jüdischen Familien in dieser Gegend, die hauptsächlich von Moslems bewohnt war. In deren Häusern war mein Vater ohne Furcht ein- und ausgegangen. Er wuchs mit ihnen zusammen auf, ging mit ihnen zur Schule, spielte auf den Feldwegen mit ihnen Versteck und verbrachte viel Zeit im Haus von Hadijja, dem Dienstmädchen meines Urgroßvaters, sah ihr dabei zu, wie sie das hauchdünne, fast durchsichtige Brot der Gegend buk, und war allem anderen gegenüber blind, so wie es mir später mit Hairiyya erging.

Mein Urgroßvater war Reispflanzer, der größte und mächtigste der ganzen Gegend. Als Hussein Sam'awi Gouverneur der Provinz wurde, kursierte das Gerücht, daß Salman Imari dabei die Finger im Spiel gehabt hätte. Alles gehörte ihm: die Läden, die Häuser, das große Gasthaus. Hunderte von kleinen Pächtern arbeiteten für ihn, gehorchten seinen Befehlen und genossen seinen Schutz. Es war kein geringes Privileg, sein Enkel zu sein, und mein Vater, der älteste von ihnen, war sein erklärter Liebling. Er wurde mit Liebe, Geschenken und Schmeicheleien überhäuft und verlebte eine glückliche Kindheit.

Als Kinder waren er und der Große Imari Freunde. Sie lernten zusammen, streiften oft barfuß durch die überfluteten Reisfelder und sahen interessiert zu, wie die nasse Erde durch ihre Zehen quoll. Gelegentlich lieferten sie sich Schlammschlachten, nach denen sie beide aussahen wie braune Säulen; anschließend wuschen sie sich dann im Rosengarten meines Urgroßvaters. Der alte Mann ließ sie auf seinen Knien sitzen und tätschelte ihnen den Kopf.

Als der Vater des Großen Imari umgebracht wurde, hatte mein Urgroßvater Mitleid mit dem Jungen und nahm ihn bei sich auf. Selbst damals schon, so heißt es, konnte der Große Imari meinen Urgroßvater um den kleinen Finger wickeln. Er war ein listiges, hinterhältiges Kind mit einer Vorliebe für Geld und der Gabe, aus einem Dinar zwei zu machen. Einmal, als sie beide in der sechsten Klasse waren, so erzählte mein Vater – und ich merkte, daß er immer noch wütend war –, wurden sie von einer Bande Moslems aus einer anderen Gegend angegriffen, als sie vom Spielen in den Reisfeldern zurückkamen. Obwohl der Große Imari, der damals überhaupt nicht groß war, entkommen konnte, hielt er es nicht für nötig, Hilfe zu holen, sondern überließ meinen Vater seinem Schicksal. Dieser wurde von seinen Peinigern verhöhnt und geschlagen, und als sie schließlich von ihm abließen, hatte er solche Angst, daß er vier Tage lang zu Hause blieb. Erst als sein

Vater ihm versprach, ihn im nächsten Jahr auf die Oberschule nach Bagdad zu schicken, willigte er ein, auch wieder in Imara zur Schule zu gehen.

Danach war die Freundschaft zwischen den beiden Jungen zu Ende. Ich hatte den Eindruck, daß, von den Erbangelegenheiten einmal abgesehen, mein Vater diese Begebenheit nie verwunden hatte, von der wohl auch seine panische Angst vor den Moslems herrührte. Wer weiß, vielleicht hatten seine peinigenden Schuldgefühle gegenüber Hizkel, weil er in der Nacht seiner Verhaftung nicht in den Hof hinuntergegangen war – das einzige Mal, wo Bestechung funktioniert haben könnte –, auch etwas mit dieser Angst zu tun und somit auch mit dem Großen Imari?

Wie dem auch sei, als viele Jahre später mein Urgroßvater starb und kein Testament hinterließ, riß der Große Imari das Anwesen an sich und vertrieb alle anderen Erben, die anschließend ohne einen Dinar oder Hektar des Familienvermögens dastanden. Alles – die Reisfelder, die modernen landwirtschaftlichen Maschinen, der Landbesitz in Palästina, alle anderen Ländereien, deren Wert niemand kannte – fiel ihm in die Hände. Er gewann einen Prozeß nach dem anderen, indem er die Richter bestach, schamlos log und abstritt, daß Hizkel oder meinem Vater irgend etwas zustand.

Selbst wenn mein Vater diesen enormen Verlust irgendwann verschmerzt hätte – eine Wunde, in die allein die Existenz des Großen Imari immer wieder Salz streute –, hätte es meine Mutter nicht zugelassen. Sie wurde nicht müde, sich über den Verrat des Großen Imari und die Geschichten, die er über sie verbreitete, aufzuregen. Für meinen Vater waren alle Imaris außer ihm Scharlatane und Betrüger. Im Gegensatz zu Hizkel, der in seinem Geschäft und im Schreiben, in seiner Zeitung, der Bewegung und bei Rashel Trost fand, konnte mein Vater keinen Frieden finden. Je mehr er versuchte, den Großen Imari zu vergessen, desto mehr mußte er an ihn denken. Eines wußte er ganz sicher: Wenn er je diesen Mann wieder treffen sollte, dann würde er ihm stolz und unerschrocken gegenübertreten – und jetzt war er dabei, auch noch diesen Schwur zu brechen, indem er mit dem Hut in der Hand zu ihm ging.

Während wir über den Fluß fuhren, zog er immer wieder seine goldene Taschenuhr hervor und umklammerte krampfhaft die Reling. Obwohl er diese Bootsfahrt unternommen hatte, um sich zu sammeln, merkte ich daran, wie nervös er war. Je weiter das feurige Rad der Sonne nach Westen wanderte, desto größer wurde es, bis es langsam versank und das Wasser mit orange-goldenen Funken besprühte. Der Himmel wechselte von tiefblau über dunkelgrau nach mattbraun. Eine leichte Brise strich über das Wasser, und allmählich wurde es dunkel. In einer kleinen, übelriechenden Bucht warf unser Kapitän den Anker.

»Weiß er, daß du kommst?« fragte ich meinen Vater, als wir im schwachen Lichtkegel vor der Eingangstür zum Büro des Großen Imari standen.

»Nein. Aber heute empfängt er.«

Wir gingen in den ersten Stock hinauf; die schwarzen und weißen Fliesen erinnerten mich an ein Schachbrett. Die Einrichtung, die aus ein paar verblichenen braunen Ledersofas und aus mehreren kleinen Tischchen bestand, deren einzige Funktion darin zu bestehen schien, den überquellenden Aschenbechern als Ablage zu dienen, war überraschend bescheiden, als wolle man sich nicht dem Vorwurf der Protzerei aussetzen oder – wie meine Mutter zweifellos gesagt hätte – um nicht den bösen Blick auf sich zu lenken. Ein krank aussehender, einarmiger Mann mit rotem Gesicht lief in angespanntem Schweigen – wie es im Wartezimmer eines Arztes herrscht – auf und ab. In einer Ecke stand ein Schreibtisch mit einer Schreibmaschine und einem Telefon darauf; dahinter saß ein schlanker Sekretär in einem grauen Anzug.

»Sagen Sie ihm, daß Salman Moshi Imari hier ist«, sagte mein Vater zu ihm.

»Ein Verwandter?« Der Adamsapfel des Sekretärs hüpfte auf und nieder.

»Ja.«

»Vielleicht kann ich Ihnen weiterhelfen?«

»Nein.«

Der Sekretär tauchte seinen Füllfederhalter in ein Tintenfaß und notierte etwas mit schwungvoller Geste. In dem Büro hinter ihm klingelte es. »Entschuldigen Sie mich«, sagte er. »Herr Imari ruft mich.« Er zog sein Jackett gerade, warf die Schultern zurück, hielt einen Moment vor der braunen Holztür inne und trat dann ein. Als er wieder herauskam, sagte er zu meinem Vater: »Bitte nehmen Sie doch Platz. Herr Imari wird Sie empfangen.«

Mein Vater wollte lieber stehen bleiben. Er atmete stoßweise, während er mit den Fingern auf seinen Oberschenkel trommelte und auf den stillstehenden Ventilator an der Decke starrte. Da er nicht recht glaubte, daß sein eleganter Anzug genügte, um ihn nicht als Bittsteller auszuweisen, versuchte er, ungeduldig und herausfordernd zu wirken. Ganz in der Nähe saß eine Frau mittleren Alters, die unentwegt seufzte und ihn anstarrte, selbst als er ihr schon den Rücken zukehrte. Nach einer Weile wurde sie ins Büro gerufen, und wir blieben mit dem Sekretär allein. Dann erhob sich dieser wieder, sagte etwas mit leiser Stimme zu seinem Arbeitgeber und führte uns hinein.

Georges Vater thronte auf einem hohen Lehnstuhl hinter seinem Schreibtisch am anderen Ende des riesigen Raums, von wo aus er meinen Vater einer sorgfältigen Prüfung unterzog, ohne ihm einen Stuhl anzubieten oder ihn auch nur zu begrüßen. Die beiden Männer starrten einander an, als wollten sie sehen, wer als erster blinzeln würde; ihre Blicke prallten aufeinander wie Schwerter. Hinter dem Schreibtisch hingen gerahmte Bilder des Regenten und des Paschas, die mit Widmungen versehen waren. Links davon hing eine Karte der Provinz Imara, auf der Reisfelder eingezeichnet waren, rechts davon eine Weltkarte, die mit bunten Reißnägeln bestückt war, von denen Linien ausgingen, die in Bagdad zusammenliefen – zweifellos die zahlreichen Orte, wo der Große Imari Geschäfte machte. Er trug einen leichten olivgrünen Anzug, und in dem elektrischen Licht, das von oben auf ihn fiel, sah seine Haut gelblich aus. Mein Vater, der nervös seine Gebetsperlen zwischen den Fingern rollte, hatte Schweißtropfen auf der Stirn. Einen Augenblick lang blickten beide Männer auf mich; dann bedeutete mir mein Vater, hinauszugehen – vielleicht lag es ja an meiner Anwesenheit, daß sie so steif waren. Er schob einen Stuhl nahe des Schreibtischs zurück und setzte sich.

»Ich höre«, sagte der Große Imari.

»Mein Bruder Hizkel, dein Cousin, sitzt im Gefängnis.«

»Weil er Waffen geschmuggelt hat.«

»Hast du ihn schon verurteilt? Woher weißt du, ob es stimmt?«

»Der Premierminister hat es mir gesagt.«

»Und das Wort des Premierministers ist für dich Gesetz?«

»Was willst du?«

»Ich will, daß du ihn rausholst.«

»Damit mein Name mit Waffenschmugglern in Verbindung gebracht wird und ich wie Shafik Addas ende?« fragte der Große Imari.

»Du bist der einzige, der ihn retten kann«, sagte mein Vater mit erstickter Stimme. »Sprich mit dem Pascha.«

»Denkst du vielleicht, das Parlament frißt mir aus der Hand? Und warum glaubst du, daß ich dir etwas schuldig bin?«

»Du schuldest mir jeden Pfennig, den du besitzt. Du hast uns um unser Erbe betrogen.«

»Das ist alles vor Gericht entschieden worden. Wenn es das ist, was dich hergeführt hat, dann kannst du sofort wieder gehen.«

»Ich bin hier, um dich zu bitten, das Leben meines Bruders zu retten.«

Es herrschte Schweigen. Mein Vater und der Große Imari zündeten sich Zigaretten an. Der Große Imari schlug mit dem Ring, den er am kleinen Finger trug, hart auf den Tisch und sagte:

»Ihr tut alles dafür, daß man euch aus dem Irak ausweist.«

»Willst du damit andeuten, daß man uns ausreisen läßt?« fragte mein Vater.

»Ich will gar nichts damit andeuten«, erwiderte der Große Imari, als bedaure er seine Worte bereits. »Aber was auch immer ich für euch tue, geschieht unter der Bedingung, daß ihr dieses Land verlaßt. Und daß dein Sohn sich inzwischen von meinem Sohn fernhält.«

»Laß unsere Kinder aus dem Spiel«, sagte mein Vater. »Sie haben nichts Böses getan.«

(»Hast du das wirklich gesagt, Baba?« fragte ich ihn später, als er mir von ihrem Gespräch erzählte.

»Ja, Kabi. Und vergib mir, daß ich mit dir geschimpft habe, weil du dich mit George getroffen hast. Der Junge kann nichts für seinen Vater.«

»Danke, Baba!« sagte ich. Das war eine große Erleichterung. Aber ich greife vor.)

»Und noch etwas«, fügte der Große Imari hinzu. »Keiner darf wissen, daß ich mit der Sache etwas zu tun habe. Auch nicht deine und Hizkels Frau.«

»Wann höre ich wieder von dir?«

»Wenn ich etwas Neues weiß.«

»Er verrottet da drin.«

»Das einzige Mittel gegen einen Skorpion ist, ihn zu zerquetschen.«

»Du haßt uns immer noch, stimmt's?«

»Warum sollte ich euch lieben? Einer von euch ist Zionist, der andere Kommunist, und allesamt seid ihr Blutsauger. Eure ganze Sippschaft soll sich doch zum Teufel scheren!«

»Nenne uns beide nicht in einem Atemzug. Salim Effendi ist ein Idiot.«

»Das stimmt.« Das war das erste, worin sie sich einig waren. »Aber ihr zerstört beide ein Paradies.«

»Ein Paradies? Du, dessen Vater vor deinen Augen ermordet wurde, nennst dieses Land ein Paradies?«

Er erhielt keine Antwort.

»Seine eigenen Arbeiter, für die er Häuser, Schulen und Krankenhäuser gebaut hatte, haben mit dem Messer auf ihn eingestochen!«

»Das genügt«, sagte der Große Imari und hielt sich die Hand vor die Augen.

»Irgendwann werden sie dich auch kriegen, diese ganzen wichtigen Männer, mit denen du herumhängst.«

»Das sind meine Freunde.«

»Ich habe das Thema nicht angeschnitten. Shafik Addas dachte auch, daß er Freunde hätte. Weißt du nicht mehr, wie Großvater uns immer erzählt hat, daß die, die uns am nächsten sind, auch diejenigen sind, die mit Steinen werfen? Glaubst du wirklich, daß du dir einen Weg aus allem heraus erkaufen kannst?«

»Und glaubst du wirklich, daß es in Israel sicherer ist? Hast du nicht vor einiger Zeit die Titelüberschrift in *El-Zeman* gelesen? ›Israel feiert seinen ersten und letzten Jahrestag‹, lautete sie.«

»Israel wird es immer geben, *inshallah*.«

»Wer wird dort leben wollen? Juden aus Amerika? Aus England? Aus Frankreich? Nein, keiner außer den Flüchtlingen, Flüchtlinge aus allen Ländern der Erde: die Überlebenden von Hitlers Regime, die Armen aus Nordafrika, die Bettler aus dem Jemen, die Elenden aus Bagdad, Mädchen ohne Mitgift, Männer ohne Arbeit, nur Versager! Alles ist gegen sie: die Sprache, die Wirtschaft, die Geographie, die Politik, der Krieg. Ich wünschte, ich könnte dir von den Geheimdossiers über Israel erzählen, die ich vom Pascha und vom britischen Botschafter bekomme; die Prognosen sind furchtbar. Ich wünschte, ich könnte dir von den Plänen erzählen, die gerade im Moment in arabischen Hauptstädten geschmiedet werden, um Israel zu vernichten. Aber das brauche ich gar nicht. Du liest ja Zeitung und hörst Radio, nicht wahr? Sie haben Israel einen heiligen Krieg erklärt! Weißt du nicht, wie viele Generationen eine arabische Blutfehde dauert? Sie kämpfen, bis Israel ausgelöscht ist. Was ein Mann wie Hizkel nicht versteht, ist, daß ein winziges Volk, umgeben von Millionen von Feinden, die entschlossen sind, es ins Meer zu treiben, keine Zukunft hat. Was für eine Chance hat es denn? Großmächte sind im arabischen Osten gescheitert. Die Kreuzfahrer wurden von Saladdin vertrieben, die Briten und Amerikaner sind ebenfalls weg, und nur die Moslems sind noch da ... Ja, wir Juden sind ebenfalls noch hier – aber nur, weil wir sie als Beschützer hatten. Und jetzt will sich Hizkel über die Geschichte hinwegsetzen! Ich frage dich, ist er wirklich so naiv oder nur dumm? Ich habe von euch Imaris nie viel gehalten, aber an eurer Intelligenz habe ich bislang nicht gezweifelt. Versteht ihr denn nicht, daß Israel ein permanenter Belagerungszustand bevorsteht? Wie lange wird es durchhalten können? Wie kann ein solches Land überleben? Es wird eine solche Bürde für die Juden wie auch für die ganze Welt werden, daß alle froh sein werden, wenn es zerstört wird! Und was dann? Wieder der Wanderstab? Zurück nach Mesopotamien? Aber die Tore werden nicht mehr offen sein.

Glaub mir, die Juden in Israel sind schlauer als du und dein Bruder. Sie hatten schon immer ihre Fluchtwege für den Ernstfall: nach USA, Frankreich, Südamerika. Aber wo gehen wir hin? Dein Bruder will eine Krise herbeiführen, und du willst, daß ich ihn, den neuen Moses aus Taht-el-Takya, befreie! Wir haben zweitausendvierhundert Jahre gebraucht, um dahin zu kommen, wo wir jetzt im Irak sind, und er denkt nur daran, alles zu zerstören. Und das in einer Zeit, in der König Faisal, der Vater dieses Landes, erklärt hat, daß wir alle Semiten sind und daß es keinen Unterschied gibt zwischen einem Moslem und einem Juden!

Wir Juden waren schon immer die treibende Kraft im Irak. Was wollen wir mehr? Der erste Finanzminister nach der Unabhängigkeit war ein Jude, der erste Ölminister, der erste Richter am Hohen Gerichtshof, Parlamentsabgeordnete, Senatoren, Geschäftsführer, Kaufleute, Künstler, Schriftsteller, Musiker – willst du das alles mit einem Schlag zunichte machen? Willst du, daß ich meine Position aufs Spiel setze, die Zukunft meines Sohnes George, den Sitz, der mich im Senat erwartet?

Es waren Zionisten aus Palästina, die den Geist deines Bruders vergiftet haben. Ich habe ein paar von ihnen kennengelernt, auch diesen Italiener Enzo Sowieso. Er war ein noch gefährlicherer falscher Messias als Sabbetai Zevi. Eine Bande von verrückten Abenteurern, das ist alles, die uns in Kanonenfutter und unsere Brücke zu den Moslems in eine Mauer verwandeln wollen! Sie verstehen die Araber nicht, sie verstehen kein einziges arabisches Wort. Und jetzt haben sie Hizkel zu fassen gekriegt, und wir müssen uns ihre idiotischen Ideen anhören. Welches Recht hat er, mit dem Leben und dem Schicksal von unschuldigen, leidgeplagten Juden zu spielen?

Und wenn er sie dazu überredet, Bagdad zu verlassen, kann er sie auch dazu überreden, es zu vergessen? Wir sind die Söhne eines arabischen Landes; seine Kultur ist unsere Kultur. Warum die Eile? Warum können wir nicht noch eine Generation abwarten oder auch zwei oder drei und dann entscheiden, ob es dort für uns eine Zukunft gibt? Aber jetzt? Kaum ein Jahr nach dem Krieg mit Palästina? Wir müssen aus den Erfahrungen der Juden in Amerika, in Frankreich lernen. Ihr müßt verrückt sein, wenn ihr glaubt, Waffen ins Land schmuggeln zu können. Ihr müßt verrückt sein, uns und unsere Kinder derart in Gefahr zu bringen. Und das ist der Mann, dessen Leben du mich bittest zu retten?«

»Ich dachte, du wolltest uns aus dem Irak raushaben?« sagte mein Vater.

»Euch schon, ja! Ich will euch ein für allemal los sein. Aber doch nicht alle Juden. Nur diese verdammten Zionisten mit ihrer Bewegung, von der jeder weiß, daß sie nichts weiter ist als ein Reisebüro, das unsere besten jungen Leute verschickt und die Alten, die Frauen und die Kinder zurückläßt. Und wer wird den Preis dafür bezahlen? Unverantwortliche Leute, eine ruinöse Bewegung! Aber du wirst sehen, das jüdische Leben hier wird weitergehen. Neben Jerusalem gab es immer auch Babylon.«

»Merkst du denn nicht, daß alles anders geworden ist?« fragte mein Vater. »Daß die Errichtung des israelischen Staates jede Hoffnung zerstört hat, daß wir je wieder mit ihnen in Frieden zusammenleben können?«

»Der Pascha hat mir versprochen, daß den Juden, die loyal bleiben, nichts geschehen wird.«

»Den Juden wurden immer schon solche Versprechungen gemacht, bevor man sie abgeschlachtet hat.«

»Ohne uns würden sie nie zurechtkommen. Die Wirtschaft würde zusammenbrechen, Unternehmen würden Pleite machen. Wo würden sie ihre Intellektuellen hernehmen? Ihre Ärzte, Rechtsanwälte, Apotheker?«

»Sie haben genug junge Leute, die froh wären, unseren Platz einzunehmen.«

»Sie wollen nicht, daß wir gehen.«

»Ist das der Grund, warum der Pascha vorhat, uns gegen die palästinensischen Flüchtlinge auszutauschen?«

»Das ist doch nur Taktik, um auf die Arabische Liga Eindruck zu machen.«

»Gut, bleib hier, wenn du willst. Es ist schließlich deine Sache. Unternimm nur etwas, um Hizkel zu helfen. Er wird sonst gehängt.«

»Ich verspreche dir nichts.«

KAPITEL XXXI

Vom Großen Imari gingen wir direkt in Abu Ednans Café. Mein Vater nahm mit Besitzermiene Platz, lockerte seinen Schlips und streckte sich, als wolle er sich ausdehnen, nachdem er Ewigkeiten in einem engen Raum eingesperrt gewesen war. Während er ein Glas Arrak trank und mit einem Ohr einer Schallplatte von Salima Pasha lauschte, erzählte er mir von seiner Unterredung mit dem Großen Imari. Er wirkte gutgelaunt und entspannt, und diese Stimmung sollte auch in den folgenden Tagen noch anhalten. Nachdem er so lange allein und ohne die geringste Hoffnung um seinen Bruder gebangt hatte, war er jetzt erleichtert, daß er einen Teil der Verantwortung abgeben und wieder einmal an sich und seine Familie denken, ja vielleicht endlich etwas unternehmen konnte. Für ihn stand schon seit langem fest, daß er den Irak verlassen wollte, und jetzt hatte er das Gefühl, daß keine Zeit mehr zu verlieren sei. Nichts würde ihn daran hindern, nach Israel auszuwandern, weder die Schreckensvisionen des Großen Imari noch die Gerüchte, die meine Mutter von den Nachbarn hörte. Sie hatten Briefe aus dem jüdischen Staat erhalten, in denen von Hunger, ärmlichen Behausungen und der Angst vor bewaffneten Überfällen von jenseits der Grenze die Rede war. Diese Briefe, erklärte mein Vater – vielleicht auch um sich selbst zu beruhigen –, seien ironische Episteln, um die irakische Zensur zu passieren. Ungläubige habe es schon immer in der jüdischen Geschichte gegeben. Wieso könne eine gläubige Frau wie meine Mutter nicht verstehen, daß dies messianische Zeiten seien?

Am Tag nach dem Treffen mit dem Großen Imari bat er Abu Saleh, ihn mit jemandem zusammenzubringen, der innerhalb der Bewegung für illegale Auswanderung zuständig war. Abu Saleh warnte davor, etwas zu überstürzen. Zwei junge Männer waren erst kürzlich in der Wüste umgekommen, als sie versucht hatten, die Grenze zu überqueren; eine zweite Gruppe wurde ausgeraubt und gezwungen, nach Bagdad zurückzukehren; und wieder andere waren gefaßt und ins Gefängnis gesteckt worden. Die Polizei war in erhöhte Alarmbereitschaft versetzt, und die Fluchthelfer waren auch nicht gerade erpicht darauf, eine Familie mit kleinen Kindern über die Grenze zu schmuggeln, auch nicht für eine Mütze voller Dinar. Die Wege, die sie nahmen, waren für Leute gedacht, die gut zu Fuß waren: junge, unverheiratete Männer mit kräftigen Beinen und wenig Gepäck oder bestenfalls noch junge Eltern, die zur Not ihre Kinder tragen konnten.

Mein Vater ärgerte sich darüber, daß man ihm das nicht zutraute. Da er noch nie in seinem Leben eine so beschwerliche Reise unternommen oder sich körperlich angestrengt hatte, weigerte er sich zu glauben, daß er nicht wie ein Beduine durch die Wüste rennen konnte, vor allem, wenn Abed dabei war. Und obwohl es Abu Saleh – ein kräftiger Mann, der daran gewöhnt war, schwere Säcke zu schleppen und lange Strecken in der grausamen irakischen Sonne zurückzulegen – bestimmt besser wußte, verstand mein Vater nicht, warum der Freund und Nachfolger seines Bruders ihm nicht dabei helfen wollte, das oberste Gebot des Zionismus zu befolgen.

Enttäuscht versuchte er auf eigene Faust jemanden zu finden, der uns über die Grenze bringen würde, wurde aber schon bald vom Bäcker ins Gebet genommen. Was dachte er sich eigentlich dabei, tadelte ihn Abu Saleh, sich wie ein blutiger Anfänger aufzuführen und sich selbst und andere in Gefahr zu bringen? Wußte er denn nicht, daß er unter Beobachtung stand und daß, selbst wenn ihm die Flucht gelang, die Geheimpolizei damit neue Beweismittel gegen Hizkel und den zionistischen Untergrund in der Hand hätte? Mein Vater starrte ihn an wie ein abgewiesener Liebhaber. Er war sicher, daß Hizkel verurteilt würde, wenn sie ihn nicht freibekämen, und daß er selbst verhaftet würde, wenn er im Irak blieb. An jenem Abend kam er ganz niedergeschlagen nach Hause und saß dann wie ein trotziges kleines Kind auf der *jalala* und rauchte. Als ihm meine

Mutter eine Schale mit *bajili* hinstellte, sein Lieblingsbohnengericht, stocherte er nur geistesabwesend darin herum.

»Was ist los?« fragte meine Mutter.

»Die Bewegung will uns nicht aus dem Irak herausschmuggeln, das ist los.«

»Ach«, sagte sie, als ginge sie das Ganze nichts an.

»Sie behaupten, es wäre zu gefährlich.«

»Sie haben recht.«

»Meinst du?«

»Wenn einer behauptet, daß du Eselsohren hast, ignorier ihn. Wenn es zwei sagen, kauf dir einen Sattel für deinen Rücken.« Das war ein altes Sprichwort.

»Gut, dann bin ich eben ein Esel.« Er stand ärgerlich von der *jalala* auf und durchquerte den Hof. »Von dir krieg ich ja viel Unterstützung!«

»Ich bin dir mein ganzes Leben lang blind gefolgt«, sagte meine Mutter, nahm eine Zigarette mit Goldfilter aus dem Lederetui und zündete sie an. »Du hättest besser deine Sängerin geheiratet.«

»Was hat sie damit zu tun?« Verzweifelt mit den Armen rudernd, stolzierte er davon.

Meine Mutter erwähnte Salima Pasha ganz selten, gewöhnlich nur, wenn mein Vater irgend etwas gesagt hatte, was darauf schließen ließ, daß seine Ehe ein Fehler war. Dann wurde er blaß und sagte nichts mehr und verließ bald darauf das Haus, als fürchte er, ein abgeschlossenes, mysteriöses Kapitel wieder zu öffnen. Aus demselben Grund hatte er vielleicht auch so vehement Hiyawis Vorschlag abgelehnt, Salima zu bitten, beim Pascha für Hizkel ein gutes Wort einzulegen.

Wer war sie? Was war zwischen ihnen passiert? Als ich meine Mutter einmal danach gefragt hatte, hatte sie mich nur kalt angeblickt, so daß ich es nicht wagte, das Thema noch einmal anzuschneiden.

Am nächsten Morgen erspähte ich Abu Saleh in der Tür seiner Bäckerei; er starrte Fathiya hinterher und sang mit schmachtender Stimme:

Dein Schoß allein kann mich vor dem Tod bewahren.
Aber wenn der Tod kommt und mich von ihm reißt,
Würde ich gern in einem Leichentuch aus deinen Zöpfen begraben,
Die Süße deines Mundes sei mein ewiger Friede.

Er bedeutete mir, zu warten, bis das Lied zu Ende war, und sagte mir dann, daß er meinen Vater sprechen wolle. Als mein Vater abends heimkam, war er sichtlich erregt und leicht angetrunken. Die nächsten zwei Wochen schien er mit seinen Gedanken weit weg zu sein. Jeden Morgen lief er los und kaufte die Zeitungen, und jeden Tag lauschte er dem irakischen Radiosender und den Übertragungen der »Stimme Israels«. Bagdad war voll von Gerüchten über mysteriöse israelische Gesandte, geheime Debatten im Senat und im Parlament, selbst von einer Einigung zwischen dem allmächtigen Pascha und seinem Premierminister Tewfik el-Suweidi über jüdische Auswanderer war die Rede.

Ich selbst hatte soviel mit der Schülerzeitung zu tun, daß ich wenig davon mitbekam. Ich hatte kaum bemerkt, daß der Herbst Einzug gehalten hatte – wie stets in Bagdad eine kurze Übergangszeit zwischen Sommer und Winter – oder daß das Laubhüttenfest nicht mehr fern war, auf dessen letzten Tag mein sechzehnter Geburtstag fiel. Kaum war der berauschende Geruch der ersten Schauer der Regenzeit von der durstigen Erde aufgestiegen, als stürmische Winde schon die Blätter von den Bäumen peitschten und kaltes, trockenes Winterwetter brachten, das das Wasser in den Rohren gefrieren ließ und unser Haus mit den großen Zimmern und hohen Decken in einen riesigen Eisschrank verwandelte. Frierend drängten wir uns um die Petroleumöfen und Kohlenpfannen. Ich haßte den Winter mit seinen heftigen Hagelschauern und Wolkenbrüchen, die aus den Wegen und dem Suk des jüdischen Viertels einen einzigen Morast machten.

Meine Mutter hatte alle Hände voll zu tun. Es war bald Purim, und sie war damit beschäftigt, die traditionellen Gaben aus Süßigkeiten und Gebäck herzustellen: gezuckerte Sambusiks, Quitten-Erdnuß-Konfekt, Plätzchen mit Datteln und Kokosnüssen,

Pfefferkuchen mit Honig und Rosenwasser. Nur die kandierten Mandeln und das »Himmelsmanna« kaufte sie bei Abu Shimeil. Sie schichtete ihre Kreationen auf Porzellan- und Silbertabletts, dekorierte sie mit Rosenblättern, breitete selbstgehäkelte Spitzendeckchen darüber und schickte sie ihren Freundinnen und ihrer Familie. Etwa zwei Monate zuvor hatte sie meinem Vater eröffnet, daß sie schwanger sei. Er hatte sie glücklich umarmt und erwidert: »Ich hoffe, daß es ein Sohn wird und er in Israel zur Welt kommt.«

Eines Abends kam er früher nach Hause als sonst. Er war beladen mit Einkäufen und wirkte wie neugeboren. Ihm folgte Abed mit Körben voller Getränke. Mein Vater öffnete eine Flasche Wein, pries Gott dafür, daß er uns diesen Tag noch erleben ließ, umarmte und küßte meine Mutter und begann, im Zimmer herumzutanzen und zu singen, wie ich es noch nie an ihm erlebt hatte.

»Was ist der Anlaß?« fragte meine Mutter.

»Und er wird nun erhöhen mein Haupt über meine Feinde, ich will singen und lobsagen dem Herrn«, sang mein Vater, und wir fielen in das alte Lied ein.

»Abu Kabi«, versuchte es meine Mutter erneut, »hast du im Lotto gewonnen?«

»Viel besser.«

»Hat dir der Große Imari deinen Anteil am Erbe gegeben?«

»Noch besser.« Er trank einen Schluck Wein.

»Der Herr steh uns bei! Sag es uns endlich!«

»Rate«, sagte mein Vater.

»Hizkel ist frei«, rief meine Mutter und machte vor Freude einen Sprung.

»Leider nicht«, erwiderte mein Vater rasch und runzelte die Stirn, weil plötzlich ein Schatten auf seine Überraschung gefallen war. »Tewfik el-Suweidi ist verrückt geworden.«

»Psst!« rügte ihn meine Mutter. »So redet man doch nicht über den Premierminister!«

»Ich schwöre bei Gott! Alle sind sie verrückt geworden, Tewfik, der Pascha, Saleh Jaber, das Kabinett, das Parlament, der Senat, einfach alle!«

Er war so aufgeregt wie ein kleiner Junge.

»Abu Kabi, die Wände haben Ohren!« rief meine Mutter.

»Sie haben ein Gesetz erlassen, nach dem alle Juden, die ihre irakische Staatsbürgerschaft aufgeben, das Land verlassen dürfen. Es kam im Radio. Bald werden sie Anträge entgegennehmen.«

»Was?«

»Bukra el-Safr.« Mein Vater zitierte die Worte eines beliebten Lieds von Um Kultoum. »Es kann jeden Tag soweit sein!«

»Was ist mit unserem Haus?« jammerte meine Mutter. »Was ist mit unserem Grundstück?«

»Zum Teufel damit!«

»Ihr Juden, die ihr unbedingt wegwollt, seid die Verrückten«, sagte meine Mutter und wurde ganz blaß. »Oder ist es etwa nicht verrückt, wenn man seine Papiere und alles, was man hat, abgibt?«

»Frau, uns brennt der Boden unter den Füßen!«

»Aber warum müssen wir alles zurücklassen?«

Er nahm die Bibel aus dem Regal, legte sie auf den Tisch und sagte:

»Deshalb!«

Damit gab sie sich nicht zufrieden. »Und dein Bruder?« fragte sie und rang die Hände.

Mein Vater biß sich auf die Lippen und drehte sich um, um in sein Zimmer zu gehen.

»Wie kannst du uns nur in die Wildnis verschleppen?« rief sie ihm hinterher.

»Ich bringe euch in das Land, wo Milch und Honig fließen.«

»Willst du, daß Kabi Soldat wird und umkommt?« Sie zitterte am ganzen Körper.

»Gott behüte! Warum mußt du immer das Schlimmste befürchten?«

Sie sank auf den Diwan und ergriff hilflos meine Hand. »Kabi, was sollen wir nur tun?«

»Halt ihn da raus«, sagte mein Vater wütend. Etwas versöhnlicher fügte er hinzu: »Frau, warum verstehst du denn nicht, daß das unsere Chance ist, ein neues Leben zu beginnen?«

»Ich will kein neues Leben. Ich will keine neuen Leute. Ich will mein altes Haus in el-Me'azzam.«

»Dieses Haus existiert nicht mehr für uns! Diese Zeiten sind endgültig vorbei!«

»Dann geh allein, und laß uns hier! Ich komme nicht mit.« Sie drehte ihm den Rücken zu.

Er zog sich in sein Zimmer zurück, während sie langsam zur *jalala* hinüberging, sich erschöpft darauf niederließ und den Kopf senkte. Ich setzte mich zu ihr und legte den Arm um sie. Sie zündete sich eine Zigarette an und lehnte sich an mich.

»Warum muß er mir das antun? Vor wem rennt er davon?«

»Es hat nichts mit dir zu tun«, sagte ich. »Das ist seine Natur.«

»Aber ich bin glücklich hier. Das ist mein Zuhause. Ich will kein anderes.«

Während mein Vater mit der Geschichte Schritt hielt, verlief das Leben meiner Mutter weiterhin in seinen gewohnten Bahnen. Sie ging jeden Tag in den Suk, blieb an den Fleischständen, den Geflügelständen, den Fisch- und Gemüseständen stehen, wählte aus und handelte. Alle vierzehn Tage suchte sie die Gasse der Stoffhändler auf und kehrte mit Ballen von Material zurück. Sie nähte daraus Kleider, Bettüberwürfe, Vorhänge und Tischtücher, bestickte sie und schenkte sie ihren Freundinnen und Bekannten. Mit ihnen teilte sie die Fertigkeiten, die sie als Mädchen in der Handarbeitsschule erworben und immer weiter perfektioniert hatte. Sie freute sich, daß ihre Stickereien so bewundert wurden, hatte aber keine Ahnung von ihrem künstlerischen Wert.

Sie verließ nur selten das jüdische Viertel. Sie ging nicht in die Innenstadt, fuhr nie in Urlaub, gönnte sich keinerlei Vergnügungen und weigerte sich, meinen Vater in Nachtclubs oder an andere Orte zu begleiten, wo Frauen erlaubt waren. Allein der Gedanke, sich zu amüsieren statt zu arbeiten, erschien ihr sündig. Ihr ganzes Leben hatte sie sich um uns und den Haushalt gekümmert, aufgeräumt, geputzt, gekocht, gewaschen, gebügelt, war morgens als erste aufgestanden, hatte ihren langen, schweren Tag begonnen und uns immer das Gefühl gegeben, daß sie jede Minute davon genoß.

Am meisten lag ihr der kleine Garten am Herzen, den sie auf dem Dach angelegt hatte, mit seinen Blumentöpfen mit Rosen, Lilien, Nelken und verschiedenen Kletterpflanzen, die in den Innenhof hinabrankten. Hier saß sie, wenn die Arbeit des Tages getan war, und ruhte sich aus. Sie legte die Füße auf den Diwan und rauchte ihre Zigaretten mit Goldfilter, während sie dem Gurren der Tauben lauschte oder sich eine alte Platte von Um Kultoum anhörte. Sie ging abends als letzte schlafen, aber zuvor ging sie noch von Bett zu Bett, umarmte und streichelte ihre schlafenden Kinder, die Liebe ihres Lebens und der Mittelpunkt ihres kleinen Reichs, deren Wohlergehen und Ruf sie hartnäckig verteidigte.

Die einzigen Tage, an denen sie sich ausruhen konnte, waren der Sabbat und jüdische Feiertage. Dann ging sie in die Synagoge und lauschte selig entrückt dem Gebetsgottesdienst. Einmal im Jahr pilgerte sie zum Grab des Propheten Hesekiel. Sie freute sich das ganze Jahr auf diese Reise und verbrachte mehrere Tage an der heiligen Stätte, betete, zündete Kerzen an, badete in der heiligen Quelle und bat um Gesundheit und Wohlstand für ihre Familie und das jüdische Volk. Nachdem sie sich jahrelang nach ihrem ehemaligen Haus in el-Me'azzam verzehrt hatte, von dem sie immer noch wie besessen sprach, wenn sie mit meinem Vater stritt, hatte sie widerstrebend mit Taht-el-Takya Frieden geschlossen. Sie haßte Veränderungen und wollte bleiben, wo sie war, verwurzelt wie ein Obstbaum in der Routine ihres Alltags.

Mein Vater war genau das Gegenteil. Er war immer woanders; er lebte in seinen Träumen. Da ich mich nicht entscheiden konnte, ergriff ich für keinen von beiden Partei. Mein Vater hatte sich etwas in den Kopf gesetzt und war entschlossen, es durchzuziehen; aber die quälenden Zweifel und das instinktive Mißtrauen meiner Mutter gegenüber jeglichen Abenteuern konnte er nicht einfach ignorieren. Sie ergriff meinen Arm, und wir saßen schweigend da. Nach einer Weile merkte ich, daß sie weinte.

»Was habe ich ihm getan?« fragte sie schließlich. »Warum denkt er denn nie an mich? Ich weiß nie, was in ihm vorgeht. Er behält alles für sich, bis er einen Entschluß gefaßt hat und ihn mir aufzwingt. So war es, als er sein Anwaltsbüro aufgab und dann seine Stelle als Lehrer, um ein Uhrengeschäft aufzumachen. Und so war es auch, als wir aus el-Me'azzam weg sind. Du warst noch zu klein, um dich daran zu erinnern, aber er hat mich nie danach gefragt, wo ich gerne leben würde. Er hat bloß einen Laster gemietet und den ganzen Haushalt aufgeladen ... Es stimmt, daß kurz danach die Farhud kam, genau wie er es prophezeit hatte. Aber er hat sich geweigert, zurückzugehen, als sie vorüber war, und als alle Juden am Krieg Geld verdienten, dachte er an alle, nur nicht an uns. Er arbeitete für die Gemeinde, organisierte das Viertel, sammelte Geld für die Juden in Israel, diskutierte und hielt Reden – er und Hizkel. Und jetzt will er all das zurücklassen! Warum? Warum hört er denn nie auf mich?«

Sie schwieg. Ich fühlte mich unbehaglich. Ich werde mal nicht so, nahm ich mir vor. Ich werde der Frau, die ich heirate, alles erzählen, jede Entscheidung mit ihr bereden. Ich küßte meine Mutter auf die Stirn und ging hinaus, um etwas frische Luft zu schnappen.

KAPITEL XXXII

Als mein Großvater Moshi seinen Sohn Salman von Imara nach Bagdad auf die Schule schickte, zog der zukünftige Abu Kabi zum Bruder seiner Mutter, seinem Onkel Shak. Der Onkel spielte Laute und Zither, und Salman machte es Spaß, ihm zuzuhören, wie er den beiden Instrumenten ihre magischen Klänge entlockte. Onkel Shak besaß Aufnahmen des Schlagersängers und Filmstars Abd el-Wihab und sang immer mit, wenn er sie abspielte. Einmal kam er heim und überraschte den beschämten Salman dabei, wie er seine große Laute umarmte, die Saiten mit einer Feder zupfte und vorgab, Abd el-Wihab zu sein. Onkel Shak lächelte, sagte, daß sein Neffe wohl sein musikalisches Talent geerbt habe, und bot Salman an, ihm Unterricht zu geben.

Wann immer mein Vater jetzt Heimweh hatte, suchte er Zuflucht in der Musik. Jeden Tag beeilte er sich mit seinen Hausaufgaben, damit er Zeit hatte, um mit Onkel Shak zu üben. Diese Stunden waren für ihn das Schönste auf der Welt. Er wurde Solist im Schulchor, und man sagte ihm eine große Zukunft voraus. Anläßlich der Abschlußfeier der Mittelschule bat man ihn, etwas zu Ehren König Faisals zu singen, der anwesend sein würde. In der Nacht vor der Feier träumte er, daß er auf der Bühne stand und in einen Zuschauerraum blickte, in dem nur der König saß. Er war so entsetzt, daß seine Kehle wie zugeschnürt war und er seiner Laute keinerlei Töne entlocken konnte. Schweißgebadet wachte er auf.

Sein Onkel Shak und sein Vater Moshi, der zu diesem großen Ereignis eigens aus Imara gekommen war, versuchten ihn zu beruhigen. An jenem Abend stellte ihn Tewfik Thabit, der Rektor der Schule, auf der Bühne dem König und seinen Ministern vor, seinen

Beratern und der königlichen Garde in ihren schneidigen Uniformen ebenso wie den versammelten Eltern, Lehrern und Schülern. Mein Vater zitterte vor Aufregung. Das einzige Gesicht, das er erkennen konnte, war Onkel Shaks, mit dem er dieses Stück viele Male geübt hatte. Als er geendet hatte, erhielt er begeisterten Applaus, in den selbst der König einfiel. Am nächsten Tag kam ein Telefonanruf aus dem Palast, und er wurde zu einer Audienz bei König Faisal gebeten.

Meinem Großvater gefiel das gar nicht. Arabische Könige und ihre Ratgeber, so warnte er, seien alle berüchtigte Päderasten. Er willigte erst ein, als sich Tewfik Thabit, der moslemische Rektor, bereit erklärte, mitzugehen. Beim Anblick des prächtigen königlichen Gemachs verschlug es meinem Vater den Atem, aber der König lächelte freundlich und sagte, daß er meinen Urgroßvater gekannt habe und daß sein Sohn, mein Großvater, gut daran getan habe, seinen Sohn nach Bagdad auf die Schule zu schicken. Mein Vater, erklärte der König, habe eine herrliche Stimme, und er drängte ihn, seine Musikstudien fortzusetzen. Ob er irgendeinen besonderen Wunsch habe?

Salman Imari war völlig überrascht, dankte dem König und antwortete, es fehle ihm an nichts. Noch am selben Tag traf ein Bote bei Onkel Shak ein mit einer mit Intarsien verzierten Damaszener Laute und einer Grußkarte des Königs.

Salman glaubte zu träumen. Aber obwohl er auch weiterhin spielte und sang und mit jüdischen Künstlern wie Dahud Akram und Saleh el-Kuwaiti befreundet war, schrieb er sich, nachdem er die Oberschule beendet hatte und von der juristischen Fakultät abgelehnt worden war, an einem Lehrerkolleg ein. Seine erste Stelle bekam er an der El-Wataniyeh-Grundschule unter dem berühmten Pädagogen Ezra Haddad.

Als er sein erstes Gehalt erhielt, zog er bei Onkel Shak aus, mietete sich ein Dachzimmer und begann, neben seiner Lehrerausbildung Jura zu studieren.

Zur Einweihung seines neuen Domizils schickte ihm sein Vater eine Flasche teuren Wein. Es war Freitagabend, und mein Vater mußte das Sabbatgebet allein sprechen. »Ich war hungrig, traurig und fühlte mich einsam«, erzählte er mir Jahre später. »Irgend etwas zog mich aus dem Haus, was, das wußte ich selber nicht.«

Schließlich stand er vor dem El-Jawahiri-Hotel, in dem an diesem Abend eine Veranstaltung stattfand. Er hatte noch nie eine Vorführung in einem Hotel besucht, aber jetzt trat er mit seinem selbstverdienten Geld ein, wählte einen Platz in einer Loge in der Nähe der Bühne und bestellte Arrak. Bald darauf erschien die Sängerin Salima Pasha auf der Bühne – auch damals schon die Königin des Bagdader Theaters – und musterte mit ihren feurigen Augen die Zuschauer, die hauptsächlich aus bekannten Gesichtern bestanden. Auf Salman Imari verweilten sie.

Mein Vater hatte Salima schon früher singen gehört, weil es kein Haus oder Café gab, wo sie nicht aus dem Radio tönte, aber in natura war sie noch betörender. »Ich hatte keine Ahnung, warum sie mich angestarrt hat«, sagte er zu mir. »Ich dachte, ich würde es mir nur einbilden, weil ich zuviel Arrak getrunken hatte.« Um Mitternacht riß er sich los, ging widerstrebend nach Hause und schlief in seinen Kleidern ein.

Am nächsten Abend traf er schon lange vor der Vorstellung ein, die er von derselben Loge aus verfolgte. Als Salima Pasha auf die Bühne stürmte, suchten ihre Augen ihn wieder. In der Pause brachte ihm ein Kellner ein Tablett mit Arrak und einem kleinen Imbiß. »Das ist von Salima Pasha«, sagte er.

Danach erschien mein Vater jeden Abend und das Tablett ebenfalls. Er war zu jung und unerfahren, um zu wissen, wie er sich zu verhalten hatte. Eines Abends betrat Abu Sadun, der beleibte Besitzer des Hotels, seine Loge, setzte sich neben ihn und sagte nach ein paar höflichen Bemerkungen:

»Sie sind doch Lehrer, oder?«

»Woher wissen Sie das?« fragte mein Vater.

»Mein Freund«, erwiderte Abu Sadun, »wir leben in einer kleinen Stadt. In Bagdad weiß jeder alles.« Er stieß auf die Gesundheit meines Vaters an und sagte: »Ich suche einen Privatlehrer, und ich bin bereit, fünfmal soviel zu bezahlen wie üblich.«

»Warum?« fragte mein Vater.

Abu Sadun grinste und lehnte sich vor, damit Salima nicht sah, daß er auf sie zeigte. »Sie kann weder lesen noch schreiben.«

»Das hat mir angst gemacht«, sagte mein Vater zu mir. Er bat um Bedenkzeit und konsultierte am nächsten Tag im Lehrerzimmer Abu Brahim, den Spracherzieher. »Das ist doch nicht dein Ernst«, sagte Abu Brahim. »Es gibt Männer, die geben ein Vermögen dafür aus, um mit ihr zusammenzusein. Sie wird dir die Tore zum Paradies öffnen. Warum empfiehlst du mich nicht auch?«

Am nächsten Abend sagte mein Vater Abu Sadun, daß er einverstanden sei, und sie vereinbarten einen Termin für die erste Stunde. Salman zog seinen einzigen Anzug, einen weißen Sommeranzug, an, wählte einen roten Schlips, überschüttete sich mit Eau de Cologne, kämmte sich die Haare glatt zurück und nahm eine Kutsche nach Bab-esh-Shargi. Vor Salimas Haus ging ein grauhaariger Mann in schäbigen Kleidern wie ein Geist auf und ab. Als mein Vater sich dem Tor näherte, schien er ihm mit seinen Blicken den Weg zu versperren.

Ein paar Mitglieder der Familie Sofer, die meinen Vater kannten, saßen auf der Veranda des Nachbarhauses und sahen ihn mitleidig an, als wäre er ein Lamm, das zum Schlachter geführt wird. Sängerinnen galten als Huren, als unzüchtige, gefallene Frauen. Man durfte sich an ihrem Gesang und ihrem Auftritt erfreuen, aber niemand, der etwas auf sich hielt, durfte sich mit ihnen sehen lassen. Und da Salima berühmt war, galt sie als besonders gefährlich. Dutzende von Verehrern hatte sie angeblich schon in den Tod getrieben.

Ein moslemisches Dienstmädchen öffnete die Tür, und ihre Freundlichkeit beruhigte meinen Vater. Sie führte ihn in den Salon, stellte einen Krug mit kaltem Wasser auf den Tisch und sagte: »Madame Salima wird jeden Augenblick hiersein.« Eine Minute später erschien sie mit einem strahlenden Lächeln. Sie setzte sich neben ihn und fing an, mit ihm wie mit einem alten Freund zu plaudern, so daß sich mein Vater sofort wohl fühlte. Als sie mit dem

Unterricht begannen, stellte er zu seinem Erstaunen fest, daß sie tatsächlich Analphabetin war.

Trotz der Pockennarben in ihrem Gesicht war Salima eine attraktive, charmante Frau von sprühendem Geist und erlesenem Geschmack, und es war ein Genuß, mit ihr zusammenzusein. Mein Vater wußte nicht mehr, wie lange der Unterricht gedauert hatte, aber im Nu war es Abend, und Salima Pasha lud ihn ein, sie zum Hotel zu begleiten.

Er lehnte ab. Er wußte, daß mehr als ein Scheich und ein Minister in sie verliebt waren und daß sein Leben nicht mehr viel wert wäre, wenn sie in ihm einen Rivalen sähen. Außerdem war es ihm peinlich, denn schließlich war er Lehrer; Eltern vertrauten ihm ihre Kinder an, ihren kostbarsten Besitz; man erwartete von ihm, daß er nicht mit Frauen wie Salima verkehrte.

Der grauhaarige Mann war immer noch draußen, als er das Haus verließ. »Salima, Salima, ich gäbe meine Seele für dich«, klagte er.

»Was soll ich mit ihm machen?« sagte Salima Pasha entschuldigend, während ihr Fahrer versuchte, den Mann zu verscheuchen.

»Ich habe mein Leben für dich gegeben, mein Vermögen!« rief der Mann ihr nach, während sie in ihrer Limousine verschwand und mit einem Winken davonfuhr.

»Paß auf«, zischte er meinem Vater zu und spuckte ihm das Feuer der Eifersucht ins Gesicht. »Sie wird dir dasselbe antun. Du bist noch jung, laß nicht zu, daß sie dein Leben ruiniert.«

Mein Vater flüchtete in das erstbeste Taxi, das vorbeikam, und ließ sich, von einem unwiderstehlichen Drang getrieben, zum Hotel bringen. Bevor Salima auch nur auf der Bühne erschien, schickte sie ihm schon eine Flasche französischen Cognac, zusammen mit türkischen Zigaretten und anderen Genüssen. Als sie »Hab Mitleid mit mir, du Herz aus Stein« sang, mußte er an das Gesicht dieses Gespensts von einem Mann vor ihrem Haus denken.

Nach drei Monaten hatte er ihr lesen, schreiben, rechnen und ein bißchen Geschichte beigebracht. Sie hatte eine rasche Auffassungsgabe und ein gutes Gedächtnis und war ganz begierig, alles, was sie in ihrem bisherigen Leben versäumt hatte, nachzuholen. Schon nach kurzer Zeit sagte sie lange Gedichte auswendig auf, um ihrem Lehrer eine Freude zu machen. Wenn er sie ihr erklärte, saß sie aufmerksam auf ihrem persischen Teppich und hörte ihm zu.

Ein paar Wochen, nachdem sie mit dem Unterricht begonnen hatten, waren sie »Feuer und Flamme«, wie es mein Vater ausdrückte. Wenn sie nicht lernten oder sich liebten, tranken und sangen sie zusammen. Wenn er schmachtend sang: »Ich bin dein Sklave«, traten ihr die Tränen in die Augen. Sie rollte sich auf seinem Schoß zusammen wie ein herrenloses Kätzchen, erzählte ihm von ihrer einsamen Kindheit und ihrer gescheiterten Ehe: Ihr Mann hatte sie hinausgeworfen, weil sich ihre Familie vor der Mitgift gedrückt hatte. Damals fing sie an, bei privaten Feiern zu tanzen und zu singen. Mit ihrer Stimme und ihrer Ausstrahlung machte sie sich rasch einen Namen, und schon bald war sie umgeben von Künstlern, Schauspielern, Scheichs, wohlhabenden Geschäftsleuten und Politikern. Selbst mit Nuri es-Sa'id, dem Pascha, war sie befreundet und bat ihn in seinem Haus um Gefälligkeiten für ihre Bekannten und befreundete Juden. Ihre Fans belagerten sie, wohin sie auch ging. Sie war ein Star, trat in Aleppo auf, in Beirut, in Jerusalem, ja sogar in Paris. Schriftsteller priesen sie, Dichter widmeten ihr ihre Verse. Als schlaue Geschäftsfrau achtete sie darauf, daß sie gut bezahlt wurde. Jetzt wollte ihr Mann sie zurückhaben, aber es war zu spät. Wenn sie ihn auch immer noch liebte, so verbat es ihr doch ihr Stolz.

Mein Vater war sich bewußt, daß Salimas Gefühle für ihn eine Mischung waren aus Schwärmerei, wie sie eine Schülerin für ihren Lehrer empfindet, und dem Bedürfnis, ihren Verehrern zu entfliehen, die alle dasselbe wollten. Deshalb wurde er von Zweifeln geplagt, ob sie ihn wirklich liebte. Vielleicht war er auch nur zu wenig von sich selbst überzeugt. Sie lasen zusammen Geschichten und traurige, romantische Gedichte und sahen sich Filme mit Greta Garbo an. Wenn die Lichter ausgegangen waren, gab ihnen Salimas

Fahrer ein Zeichen, und sie schlüpften ins Kino, sie verschleiert und er mit dunkler Sonnenbrille. Manchmal besuchten sie Pferderennen oder machten eine Bootsfahrt, und um Mitternacht, wenn ihre Vorstellung zu Ende war, gingen sie in die Stadt und hatten das Gefühl, daß Bagdad ihnen allein gehöre.

Salima wollte, daß mein Vater sie überallhin begleitete, aber er weigerte sich. Selbst als er so sehr in ihrem Bann stand, daß sich sein ganzes Leben nur noch um sie drehte, hielt er an seiner Stelle als Lehrer fest, behielt seine Dachkammer und betrieb auch weiterhin seine juristischen Studien, in denen er sich sehr hervortat.

Einmal lud sie ihn zu einem Fest beim Pascha ein. Er hatte keine Lust mitzugehen. Es war allgemein bekannt, daß der Pascha in sie verliebt war, und ein Araber war und blieb nun einmal ein Araber; wer weiß, vielleicht würde man ihn dort vergiften oder ihm ein Messer in den Rücken stoßen. Salima blieb jedoch hartnäckig. Sie schwor, daß ihm nichts geschehen würde, und besorgte ihm sogar einen eleganten grauen Anzug aus dem Nobelkaufhaus Orozdi, dazu ein hellblaues Hemd und einen passenden Schlips. Bei ihrer Ankunft im Palast verbeugten sich die Leibwächter des Paschas tief vor ihr und führten sie in den riesigen Salon, wo meinem Vater ein Platz an einem Tisch zugewiesen wurde, während Salima zu den Musikern hinüberging, um ein paar Worte mit ihnen zu wechseln. Sofort wurde sie von Verehrern umringt, und mein Vater goß sich einen Whisky ein, um sich Mut anzutrinken. Aber bevor er auch nur einen Schluck nehmen konnte, kam der Pascha auf ihn zu, und mein Vater hielt den Atem an.

»Friede sei mit Ihnen, *ya Bek*«, sagte Nuri es-Sa'id.

»Und mit Ihnen, Herr Premierminister«, erwiderte mein Vater und erhob sich.

»Bitte, bleiben Sie ruhig sitzen«, sagte der Pascha.

Mein Vater blieb stehen.

»Und wie heißen Sie?« fragte der Pascha. Mein Vater stellte sich vor.

»Ah, ein Cousin aus dem Haus der Imaris!« sagte der Pascha in jüdischem Dialekt. »Sind Sie auch mit Salima verwandt?«

»Nein«, erwiderte mein Vater. »Ich bin nur ihr Lehrer.«

»Ich dachte nicht, daß sie noch irgend etwas lernen müßte«, sagte der Pascha mit einem Zwinkern.

»Ich helfe ihr dabei, ihr literarisches Arabisch aufzupolieren.«

»Sehr interessant«, sagte der Pascha. »Bitte fühlen Sie sich ganz wie zu Hause.« Dann winkte er seinem persönlichen Diener, flüsterte ihm etwas ins Ohr und ging davon. Mein Vater spürte die Augen von Männern, die er nur aus der Zeitung kannte, auf sich ruhen und trommelte auf seinem Stuhl herum, versuchte seine Nervosität zu verbergen. Der Diener kehrte mit einem Tablett zurück, arrangierte die einzelnen Schalen auf dem Tisch und sagte:

»Diese Speisen stammen aus der persönlichen Küche des Paschas.«

Sie sahen köstlich aus. Aber obwohl mein Vater keine Angst mehr hatte, vergiftet zu werden, war er zu angespannt, um etwas zu essen. Hin und wieder warf ihm der Pascha von seinem Platz in der Nähe der Bühne einen Blick zu, und in der Pause kam Salima und setzte sich zu ihm. Alle starrten sie an.

»Warum ißt du denn nichts?« fragte sie. »Das Essen des Paschas ist berühmt.«

»Siehst du denn nicht, daß alle zu uns herüberstarren? Wer kann da schon was essen? Außerdem habe ich auf dich gewartet.«

»Gut«, sagte Salima, tätschelte seine Hand und machte sich über das Essen her. Ein General mit der Brust voller Medaillen kam zu ihnen herübergeschlendert, lobte Salimas Vorstellung und fragte, wer ihr Begleiter sei. Als er die Antwort hörte, strich er sich über seinen großen Schnurrbart und lud sie beide nach dem Fest zu einer Spritztour in seinem Privatflugzeug ein. »Ich verspreche Ihnen eine wunderschöne Zeit oben in der Luft«, sagte er zu Salima. »Schließlich sind Sie der Traum all unserer Nächte.«

Salima bedankte sich überschwenglich, entschuldigte sich aber und erklärte, sie sei müde und müsse am nächsten Morgen früh aufstehen. Der General warf Salman einen langen, hochmütigen Blick zu, verbeugte sich und ging davon.

Plötzlich erkannte ihn mein Vater mit einem Schaudern: Der Mann war Muhammed el-Tiyyar, Kommandeur der irakischen Luftwaffe, ein Offizier von notorischer Brutalität.

»Nimm dich vor ihm in acht«, sagte Salima und blickte ihm nach. Er sah, daß sie beunruhigt war.

Aber auf der Bühne setzte sie wieder ihr lieblichstes Lächeln auf und sang ein Potpourri, in das sie die Namen zahlreicher Gäste einfließen ließ. Mit ihren geschmeidigen Bewegungen hielt sie das Publikum in Bann und brachte es sogar dazu mitzusingen. Ihre letzte Nummer widmete sie dem Pascha. Es folgte donnernder Applaus. Als sie von der Bühne herunterkam, wurde sie von einer begeisterten Menschenmenge umringt. Der Pascha küßte sie auf beide Wangen.

Als sie gingen, saß Muhammed el-Tiyyar in seiner Limousine am Eingang des Palasts. Er sah sie in Salimas Wagen einsteigen und davonfahren.

Sie verbrachten drei Jahre miteinander. Salima verwöhnte meinen Vater, lieh ihm ihren Wagen und ihren Fahrer, ließ ein Telefon in seinem Haus installieren, gab Unsummen für ihn aus und kaufte ihm eine noch schönere Damaszener Laute als die Faisals, die in der Nacht von Hizkels Verhaftung von den Soldaten zertrümmert wurde. (Da meine Mutter die Geschichte nicht kannte, versuchte er seine Trauer zu verbergen.) Gegen Ende des dritten Jahres begleitete er Salima in den Libanon, wo sie im Land der Zedern einen geruhsamen Urlaub verbrachten.

Als er zurückkehrte, wartete sein Onkel Shak bereits auf ihn, ebenso wie sein Vater und seine Mutter, die den ganzen weiten Weg aus Imara gekommen waren. Seine Mutter brach in bittere Tränen aus. Ganz Imara, schluchzte sie, klatsche schon. Keiner wolle wegen seiner Affäre seine Schwestern heiraten. Sie selbst faste zweimal die Woche und pilgere zu den Gräbern der Propheten Hesekiel und Ezra in der Hoffnung, den Fluch abzuwenden.

Mein Vater versuchte zu erklären, daß Salima eine gute Frau sei, die großzügig spendete, Sabbatkerzen anzündete, an Jom Kippur fastete und alles tat, um den Juden zu helfen. Onkel Shak lief im Hof herum wie ein eingesperrter Löwe, bis er schließlich ausrief: »Habe ich dich dafür in meinem Haus großgezogen? Ich hoffe, daß sie dich ihretwegen umbringen, diese ganzen Generäle und hohen Tiere, von denen es in den Zeitungen heißt, daß sie mit ihr rumziehen, heute der eine und morgen der nächste!« Mein Großvater saß mit aschfahlem Gesicht da und wirkte niedergeschmettert. Er sagte nur: »Wenn sie genug von dir hat, wird sie dich einfach fallenlassen.«

Wenn sie beabsichtigt hatten, ihm angst zu machen, dann war es ihnen gelungen.

Der Druck war zu groß. Er trennte sich von Salima.

KAPITEL XXXIII

Die Sandstürme, die meine Mutter so fürchtete, suchten uns wieder einmal heim. Diesmal kamen sie ganz unerwartet. Ein apokalyptischer heißer Wüstenwind, der Sandkörner wie roten Hagel vor sich hertrieb, rüttelte an den Bäumen, brach Zweige ab, verhedderte Wäscheleinen, wirbelte Staubwolken auf, die einem Atem und Sicht nahmen. Sand, Wind und Feuer wüteten gemeinsam wie am Jüngsten Tag. Verängstigte Bewohner suchten in Kellern und Schutzräumen Zuflucht und blieben zwei Nächte und einen Tag dort, bis der Wind sich gelegt hatte. Den ganzen nächsten Tag war Abed mit Putzen beschäftigt. Wir legten uns alle tüchtig ins Zeug, wischten und schrubbten, aber der Sand, der in jedem Winkel und Spalt des Hauses, des Gartens, der Bäume und Büsche saß, wollte kein Ende nehmen.

In jener Nacht regte sich kein Lüftchen. Schwerfällig krabbelte ich unter mein weißes Moskitonetz auf dem Dach. Über mir ging, von einem diesigen Kranz umgeben, der Mond auf. Ich schloß die Augen und versuchte zu schlafen. Aber das Netz war den Schwärmen von Moskitos nicht gewachsen, die durch jeden noch so kleinen Riß im Stoff drangen. Ohne mich gegen die verhaßten Liliputaner wehren zu können, schlief ich schließlich vor lauter Erschöpfung ein und lag wie leblos da, bis Ismail in einem weißen Seidenkaftan auftauchte und mir ein strahlendes Lächeln schenkte. Hand in Hand spazierten wir durch einen Hain aus duftenden Zitronenbäumen und gelangten zum Ufer eines Flusses. Wir ruderten auf dem stillen Gewässer dahin, als wir plötzlich in Stromschnellen gerieten. Das Boot kenterte, und ich paddelte im Wasser herum, während er versuchte, mich herauszuziehen, und rief: »Steh auf, Kabi, steh auf!«

Ich schreckte hoch. Mein Vater stand vor mir und schüttelte mich.

»Was ist passiert?«

»Wir gehen in die Synagoge.«

»Jetzt?«

»Komm schon, mein Junge, beeil dich!«

Ich zog mich schnell an und ging in den Hof hinunter. Mein Vater stand in der Küchentür; das Licht der Glühbirne spiegelte sich in seinem pomadisierten Haar. Warum war er so früh schon geschniegelt und gestriegelt, und was hatte das mit der Synagoge zu tun? »Warum die Eile?« hörte ich meine Mutter fragen. »Es ist vier Uhr morgens!«

»Ich will unter den ersten sein.«

»Hast du Angst, Israel könnte den Tag nicht überleben?«

»Schon gut, Frau. Das langt.«

»Trink doch wenigstens etwas.« Sie stellte ein Tablett mit Teegläsern hin.

»Später. Später.«

»Was ist mit Kabi?«

Sie nahm mich am Arm und zog mich auf einen Hocker. Ich konnte die Augen kaum offenhalten und verbrannte mir die Zunge an dem heißen Tee, während mir mein Vater ungeduldig zusah.

Mein Bruder Moshi wachte auf und rief mit ängstlicher Stimme nach meiner Mutter. Sie drückte mir eine Tüte Kekse in die Hand und stieg aufs Dach hinauf.

Ich ließ die Kekse in der Küche liegen, und wir machten uns auf den Weg, gingen durch die dunklen, engen Gassen des Viertels. Als wir den Platz erreichten, wo Taht-el-Takya an Kuchit-an-Bahr angrenzt und Ismail uns zu Gürtelkämpfen herausgefordert hatte, sahen wir das gelbe Licht einer schwankenden Straßenlaterne über das Pflaster huschen und riesige Schatten von Dschinns über die Mauern geistern. Ich steckte die Hand in die Tasche und packte mein Messer, um sie jederzeit abwehren zu können. Unbewußt drückte ich mich an meinen Vater.

»Hast du Angst vor Gespenstern?« fragte er scherzend und nahm mich wie einen kleinen Jungen an der Hand.

»Natürlich nicht.«

»Das hatte ich auch als Kind.«

»Ich bin kein Kind mehr.« Ich ließ seine Hand los. Als wir uns dem Licht näherten, rief eine Stimme:

»Halt! Wer ist da?«

»Abu Kabi«, sagte mein Vater und blieb sicherheitshalber stehen.

»Was gibt's?« fragte Abu Jassem, der Nachtwächter des Viertels, der immer betrunken war.

»Wir sind auf dem Weg in die Synagoge.«

»Mitten in der Nacht?«

»Es findet ein besonderer Gebetsgottesdienst statt«, antwortete mein Vater und drückte ihm eine Münze in die Hand.

»Gott segne dich, Abu Kabi«, sagte Abu Jassem. Er ging ein Stück mit und leuchtete uns.

»Was für ein Schwachkopf«, sagte mein Vater, als wir wieder allein waren. »Wenn er seine Arbeit ordentlich machen würde, gäbe es nicht so viele Diebe.«

»Wahrscheinlich stecken sie alle unter einer Decke.«

»Darauf kannst du Gift nehmen.«

Wir kamen zur Hauptstraße; auf den beleuchteten Abschnitten waren noch Reste von Sandwehen zu erkennen. Ein Wagen raste vorbei und blendete uns mit seinen Scheinwerfern. Weit und breit war keine Droschke zu sehen. Eine frische, frühmorgendliche Brise ließ uns schneller gehen. Vor der Mas'udah-Shem-Tob-Synagoge, die zum Auswanderungszentrum bestimmt worden war, glühten Zigaretten wie Leuchtkäfer. Mein Vater zog ebenfalls eine Zigarette aus der Tasche und sagte:

»Also sind wir doch nicht die ersten.«

»Schade.« Ich versuchte, meiner Stimme einen mitfühlenden Klang zu geben.

»Diese Frau! Nie läßt sie mich etwas rechtzeitig machen. Als ich vor neun Jahren direkt nach der Farhud weggehen wollte, hat sie es nicht zugelassen, weil sie meinte, es würde besser werden. Als ich vor zwei Jahren weg wollte, ging es nicht, weil in Palästina Krieg war. Vor einem Jahr war es das Militärregime im Irak. Dann wollte ich über die Grenze in den Iran, und sie ließ mich nicht, weil es angeblich zu gefährlich war.« Nervös zog er an seiner Zigarette. »Nehmen sie schon Anträge entgegen?« fragte er den ersten Mann, der uns über den Weg lief.

»Noch nicht. Nach dem Morgengebet.«

»Warum fangen sie dann nicht an zu beten?« fragte er barsch und durchforschte die Dunkelheit nach bekannten Gesichtern. Schließlich blieb er, wo er war, und befingerte seine Gebetsperlen hinter seinem Rücken. Ihr monotones Klicken schien den Takt der Minuten zu schlagen, die wir noch bis zu unserer Erlösung warten mußten.

»Baba, was macht Abu Edouard denn hier?«

Die massige Silhouette von Edouards Vater hob sich deutlich von einer Gruppe wartender Männer ab.

Wir gingen zu ihm hinüber. »Herzlichen Glückwunsch!« sagte mein Vater. »Bist du also doch noch zum Zionisten geworden!«

»Gott bewahre«, sagte Abu Edouard. »Ich war nur neugierig auf die Geisteskranken, die sich hier melden. Ehrlich gesagt, versteh ich die Moslems genausowenig. Wegen der Zionisten sind Juden entlassen, festgenommen, mißhandelt und aufgehängt worden – und jetzt werden sie auch noch dafür belohnt! Was verspricht sich die Regierung davon, daß sie sie gehen läßt?«

»Was hat sie davon, wenn sie sie zwingt zu bleiben? Die Regierung hat genug Probleme mit den Sunniten und den Schiiten und den Kommunisten und den Kurden. Warum sollte sie sich auch noch mit den Zionisten herumschlagen?«

»Wahrscheinlich ist es eine Falle. Wenn sie erstmal die Liste der Antragsteller haben, können sie mit Leichtigkeit sämtliche Mitglieder der Bewegung verhaften.«

»Warum hast du dann keine Angst, daß man dich hier sehen könnte?« stichelte mein Vater.

»Jeder weiß, was ich denke«, sagte Abu Edouard. Trotzdem wirkte er etwas verunsichert. Ohne die Juden wäre das irakische Paradies weniger paradiesisch.

»Nuri es-Sa'id will uns vielleicht einfach nur loswerden«, wiederholte mein Vater eine Bemerkung, die der Große Imari fallengelassen hatte, als wäre es seine eigene Idee.

»Im Gegenteil«, konterte Abu Edouard, »er will uns als Geiseln behalten.«

»Großer Gott, du redest ja schon wie ein Zionist! Ich dachte, das hier wär unsere Heimat.«

»Das war es, Abu Kabi. Ihr habt sie zerstört.«

Ich hatte all diese Argumente schon hundertmal gehört und hatte die Nase voll. Am Horizont tauchte zögernd das erste Licht auf. Minarette durchbohrten langsam den Dunst, und kurz darauf waren die vielen nackten Hälse der Hauptstadt der Kalifen den goldenen Strahlen der Sonne ausgesetzt, die durch die Palmblätter schien. Die Stadt legte die blaue Tunika der Morgendämmerung ab und streifte die strahlendschöne Robe des Tages über. Scharen von Juden strömten auf den Synagogenplatz und drängten sich um den Eingang des Gebäudes. Die Menge gab ihnen Zuversicht, die aber nicht frei von Furcht war. Alle Ohren lauschten auf den Tritt genagelter Armeestiefel. Die Männer redeten mit gedämpfter Stimme und wurden noch leiser, wenn sie den Namen des Landes erwähnten, in das sie ausreisen wollten.

»Abu Kabi«, hörte ich Abu Edouard sagen, »hast du schon mal überlegt, wovon du dort leben willst? Was werdet ihr machen, du und deine Familie?«

»Wenn's sein muß, schiebe ich einen Petroleumkarren.«

»Warum wartest du nicht noch ein paar Tage? Warum die Eile?« In seiner Stimme lag etwas Bittendes. Plötzlich wurde mir bewußt, daß Abu Edouard, abgesehen von seinen Überzeugungen, einfach Angst hatte, einen Freund zu verlieren.

Vielleicht merkte mein Vater das auch. »Du kommst auch eines Tages«, sagte er. »Und wenn wir uns in Israel treffen, gebe ich einen aus.«

»Da kannst du lange warten!« erwiderte Abu Edouard. »Ich geh zurück zu meinen Tauben. Ich laß' sie mit einem Gebet für deine geistige Gesundheit in den Himmel aufsteigen.«

In der Synagoge fing der Kantor mit dem Morgengebet an. Die Gedanken meines Vaters drehten sich so ausschließlich um Israel, daß wir vergessen hatten, unsere Gebetsschals und Gebetsriemen mitzubringen, aber niemand schien sich daran zu stören, nicht an einem solchen Tag. Der Gesang der Gemeinde hatte einen ergreifenderen Klang als gewöhnlich. Die Gesichter der Gläubigen strahlten. Das Gebet löste ihre innere Anspannung und gab ihnen Halt.

Doch sobald das Morgengebet zu Ende war, kehrte die Angst vor dem Unbekannten zurück. Niemand wußte eine Antwort auf all die beunruhigenden Fragen, die mit diesem Schritt zusammenhingen. Wenn sie sich für die Auswanderung entschieden, bedeutete das, daß sie die irakische Staatsbürgerschaft für immer aufgaben. Schlagartig wären siebzig Generationen jüdischen Lebens im Irak zu Ende.

Ein unbehagliches Schweigen senkte sich über die Synagoge. Ich betrachtete die Gedächtnislampen an den Wänden mit den Namen der Toten in Goldbuchstaben. Die Gebeine meines Urgroßvaters, seiner Vorfahren, der großen Zahl unserer Ahnen in der weiten Ebene von Babylon – waren bei uns. Aber was rieten sie uns? Wegzugehen oder zu bleiben?

In diesem Moment ging Abu Saleh el-Hibaz, der Bäcker, nach vorn. Wie Samson stieg er zum Lesepult hinauf und las aus einer Bibel vor, die er in den Händen hielt, betonte jedes Wort mit derselben natürlichen Würde, die er bereits in seinem ersten Jahr in Hizkels Abendschule ausgestrahlt hatte:

»Und der Herr sprach zu Abraham: ›Geh aus deinem Vaterland und von deiner Verwandtschaft und aus deines Vaters Haus in ein Land, das ich dir zeigen will‹.«

Er blickte von dem Buch auf und las von einem Notizzettel ab:

»Denn der Herr erwählte den Berg Zion, welchen er liebte.«

Und dann breitete er die Arme aus und begann mit der alten Psalmodie:

»Mein Bruder, woher kommst du?«

Wieder herrschte Stille. Dann erhoben sich zwei Stimmen und riefen fast gemeinsam aus verschiedenen Ecken der Synagoge:

»Aus Gottes schönem Land!«

Ein Zittern ging durch die Gemeinde.
»Mein Bruder, woher kommst du?«
Diesmal antwortete die ganze Gemeinde mit mächtiger Stimme:
»Aus Gottes schönem Land!«
»Mein Bruder, wohin gehst du?«
»In Gottes schönes Land!«
»Mein Bruder, was sagt der Messias?«
»Geh in Gottes schönes Land!«
»Mein Bruder, wo finden wir die Erlösung?«
»In Gottes schönem Land!«

Seine Augen leuchteten. Es erstaunte mich, daß sein Bariton eine solche Sehnsucht nach einem Ort auszudrücken vermochte, den er nie gesehen hatte, und wie er mit dieser alten Weise die Herzen der Menschen ansprach. Es war wie ein Feuer, das durch dürres Gras züngelt. Wir legten uns gegenseitig die Hände auf die Schultern und wiegten uns vor und zurück.

Abu Salehs junge Männer verteilten sich in der Menge. Auf ein Zeichen hin hielt einer seinen Ausweis hoch, wartete, bis alle ihn gesehen hatten, und marschierte dann zur Anmeldung hinüber.

»Moshi ben Abraham H'baza ist der erste!« rief Abu Saleh. »Was sagt ihr dazu, ihr Frauen!« In seinem Eifer hatte er ganz vergessen, daß es ein Wochentag und die Frauengalerie fast leer war. Als hätten sie nur auf diesen Moment gewartet, brach eine Handvoll Frauen in schrilles Geheul aus.

Man brachte Abu Saleh einen Kelch Wein; er sagte den traditionellen Segensspruch und fügte hinzu: »Gepriesen seist du, Herr unser Gott, König der Welt, der du uns bewahret und am Leben erhalten und es uns hast wohlergehen lassen bis zum heutigen Tag.«

Als würden sie einen flüchtigen Blick vom Gelobten Land erhaschen, riefen die Männer in der Synagoge im Chor: »Amen« und umringten das Lesepult. Immer mehr Männer drängten in das Gebäude, füllten die Gänge und zogen in einer einzigen langen Prozession durch die Synagoge. Ich mußte unwillkürlich an die Bilder vom Auszug aus Ägypten im Passah-Haggada denken.

Abu Saleh legte meinem Vater die Hände auf die Schultern. »In jedem Juden steckt ein Funken«, sagte er grinsend, von seinem Erfolg sichtbar beflügelt. »Wir müssen ihm nur Leben einhauchen.«

»Wenn Hizkel das nur miterleben könnte«, antwortete mein Vater mit Tränen in den Augen.

»Heute entzünden wir die Späne. Hizkel wird dann das lodernde Feuer sehen. Wir werden ihn da rausholen. Ich verspreche es dir.«

»Du solltest jetzt besser gehen«, sagte mein Vater. »Es würde mich nicht wundern, wenn Geheimpolizisten hier wären.« Aber Abu Saleh schien das nicht zu kümmern, und er wanderte von einem zum anderen wie eine Biene, die Blüten bestäubt.

Es dauerte den ganzen Vormittag. Die Schlange der Antragsteller bewegte sich nur langsam vorwärts, und die Anmeldung erwies sich als aufwendige Schreibarbeit. In der Synagoge war es heiß und laut; es wimmelte von Menschen, und der Zigarettenrauch ließ einen kaum atmen. Die Augen verloren ihren Glanz, die feierliche Stimmung war dahin. Ich hatte einen trockenen Mund, und mir lief der Schweiß in Strömen herunter. Ich wollte mir ein Eis kaufen gehen, aber mein Vater bestand darauf, daß ich bei ihm blieb. Von der leicht verwelkten roten Nelke an seinem Revers abgesehen, wirkte er vollkommen frisch. »Wir sind gleich dran, mein Junge«, murmelte er, aber es dauerte eine weitere Stunde, bis wir den Tisch erreicht hatten. Man gab uns Formulare zum Ausfüllen und forderte meinen Vater auf, seine Papiere abzugeben. Plötzlich zögerte er.

Es war nicht das erste Mal, daß der Sachbearbeiter so etwas erlebte, und er zeigte nur auf mehrere Kästen hinter sich, die mit Ausweisen gefüllt waren.

»Wann können wir nach Israel ausreisen?« fragte mein Vater.

»Sie müssen Geduld haben«, antwortete der Sachbearbeiter.

Der Mann hinter uns war dabei, sie zu verlieren. Mein Vater überreichte seine Papiere.

Es war Mittag. Wir trennten uns, und er eilte in seinen Laden, während er den Ruf des Muezzin zum Gebet: *Inna lillah, wa'inna ilayhi raji'ur.* »Von Gott kommen wir und zu ihm kehren wir zurück« mitsummte.

Den Straßenhändlern waren Eiscreme und kalte Getränke ausgegangen. Eine weiße Sonne schleuderte mir ihre blendenden Strahlen wie Speere in die Augen. Wie in einer Fata Morgana tanzte Ismail in einem langen Seidenkaftan vor ihnen herum. »Raus mit dir, Fremder!« hörte ich ihn sagen. »Das ist nicht dein Land.«

Aber es war das einzige Land, das ich kannte. Ich hatte mich hier immer heimisch gefühlt. Ich liebte die Flüsse, die Palmen, den Oleander, der die Straßen säumte. Ich gehörte nach Taht-el-Takya und war noch nicht bereit, mich von Bagdad zu verabschieden. Ich betrachtete die kleinen, dicht gedrängten Läden, den geschäftigen Markt, von dem Frauen mit ihren Einkäufen zurückkehrten, und fühlte einen Stich. Vor Hiyawis Tabakladen standen sich Abu Saleh und Salim Effendi wie zwei Kampfhähne gegenüber. Salim Effendi nahm sich von dem Tabak, der auf Hiyawis Arbeitstisch lag, und stopfte seine Pfeife damit. »He, der ist für eine Wasserpfeife«, sagte der alte Mann. Das schien Salim Effendi nicht weiter zu stören; er zündete seine Pfeife an und fing dann an zu husten wie ein Lungenkranker.

»Ihr seid wie kleine Kinder, ich schwör's«, sagte Hiyawi lachend und brachte ihm einen Krug kaltes Wasser. »Ihr hört nie zu, wenn irgend jemand was sagt.«

»Bekennt euch zu Israel!« rief Abu Saleh den Passanten zu. »Das ist eure Chance! Tut es, solange das Auswanderungszentrum noch offen ist!«

»Du führst sie ins Unglück«, protestierte Salim Effendi. »Ohne ihre Papiere sind sie nackt, heimatlos und ohne Rechte. Man kann sie schikanieren, deportieren, ihnen ihren ganzen Besitz abnehmen.«

»Ihre Heimat ist da, wo ich sie hinschicke«, sagte Abu Saleh.

»Was für eine Heimat ist das?« höhnte der Kommunist.

»Eine, die selbst euer Stalin anerkannt hat.«

»Das hat er getan, um die Imperialisten aus Palästina zu vertreiben. Hier ist unsere Heimat. Hier sind unsere Wurzeln, unsere Sprache, unsere Kultur, einfach alles.«

»All das kommt aus Israel«, sagte Abu Saleh. »Besuch die Gräber der Opfer der Farhud, und dann sag mir, daß dies unsere Heimat ist! Ihr Auserwählten«, rief er und wandte sich wieder der Straße zu, »euer Platz ist im Gelobten Land! Hört, ihr Juden, der Messias ist da!«

»Hast du die Auswanderung schon beantragt?« fragte Abu Saleh den vorübergehenden Abu Edouard und hielt ihn an seinem dicken Bauch fest.

»Laß mich los«, brummte Abu Edouard. Er packte den Kommunisten am Revers und fauchte: »Und laß ja meinen Sohn in Ruhe! Du hast seinen Geist vergiftet.«

Als Salim Effendi den Fleck sah, den Abu Edouards schmutzige Finger auf seinem leichten Anzug hinterlassen hatten, verzog er das Gesicht. »Edouard ist kein kleiner Junge mehr«, sagte er mit einem herablassenden Blick auf den Taubenzüchter.

»Laß ihn zufrieden, oder ich verpfeif dich bei der Geheimpolizei, das schwör ich dir«, sagte Abu Edouard hitzig.

»Pfui, schäm dich!« rief Hiyawi aus. »Es ist eine Sünde, einen Juden bei der Polizei anzuzeigen, selbst wenn er etwas verbrochen hat. ›Und die Informanten werden keine Hoffnung haben‹ – so heißt es in unseren Gebeten.«

»Recht hast du«, sagte Abu Saleh und drohte Abu Edouard scherzhaft mit dem Finger.

»Ich brauche mich nicht von Zionisten verteidigen zu lassen«, sagte Salim Effendi.

»Da wär ich mir nicht so sicher. Eines Tages vielleicht schon. Ich wünschte, ich könnte so gekonnt aus der Heiligen Schrift zitieren wie du«, sagte Abu Saleh halb im Spaß. »Was für eine Verschwendung! In Israel könntest du dein Wissen so sinnvoll einsetzen.«

Salim Effendi warf Abu Saleh einen seltsamen Blick zu, der auszudrücken schien, daß ihm dieser Gedanke auch schon gekommen war.

KAPITEL XXXIV

Jetzt, da unsere Ausreise feststand, war mein Vater sichtbar ruhiger. Es gab kein Zurück mehr, und so nahm er die notwendigen Schritte in Angriff, beglich seine Steuerschulden bei der Stadt und beantragte ein Führungszeugnis bei der Polizei. Er kaufte Stoff und bat Chiflawi, den Schneider, ihm daraus ein paar elegante Anzüge zu nähen. Er legte sich sogar einen kleinen Handkoffer zu. Einmal kam ich dazu, als er gerade an seinem Ladentisch saß, umgeben von Büchern und Zeitschriften, und etwas in winziger Schrift in ein dickes Buch eintrug.

»Was machst du denn da?« fragte ich

Er klappte das Notizbuch zu und deutete auf das einzige Wort, das auf dem Umschlag stand.

»Reis?«

»Wenn ich Israels größter Reisbauer werden will, muß ich etwas dafür tun«, sagte er augenzwinkernd und wies mit dem Arm auf Bücher und Zeitschriften, die, wie ich jetzt sah, alle mit Reis und Landwirtschaft zu tun hatten.

»Ich werde Bauer.«

»Du?«

»Ja. Wie alle Imaris.«

Bauer? Dieser verwöhnte Mann, der stets in Anzug und Schlips herumlief, geplättet, gebügelt und parfümiert, mit Pomade im Haar und einer roten Nelke im Knopfloch? Er hatte mir zwar erzählt, daß er in seiner Kindheit in Imara in den Reisfeldern gespielt hatte, aber zwischen Kinderspiel und ernsthaftem Reisanbau bestand doch ein erheblicher Unterschied. Ich versuchte ihn mir als einen der Pioniere vorzustellen, wie sie in der Literatur der Bewegung beschrieben wurden: robuste, sonnengebräunte, entschlossene Männer mit hohen

Stiefeln, kurzen Hosen und Hacken über der Schulter, die pflügten, säten und Dung verteilten. Aber selbst für meine lebhafte Phantasie war das zuviel.

»Ich werde Reis anbauen, soweit das Auge reicht«, sagte mein Vater. Und als würde er aus einem Traum aufwachen, fügte er hinzu: »Aber erzähl's keinem, mein Junge. Es soll eine Überraschung werden. Für deine Mutter. Für den Großen Imari. Für alle.«

Zu allem Überfluß hatte ich jetzt auch noch einen Vater, der an Halluzinationen litt!

Hätte Hizkel nicht im Gefängnis gesessen, wäre mein Vater jetzt ein glücklicher Mann gewesen. Aber so fand er keinen Frieden. Jeden Tag wartete er darauf, etwas vom Großen Imari zu hören, und einmal schickte er ihm sogar mutig einen Brief, in dem er ihn bat, meiner Mutter und Rashel von ihrem Treffen erzählen zu dürfen. Die vorwurfsvolle Art, mit der die beiden Frauen ihn behandelten, weil er in ihren Augen seinen Stolz über das Leben seines Bruders stellte, demütigte ihn. Rashel traute ihm nicht mehr und redete kaum noch ein Wort mit ihm, beriet sich statt dessen mit ihrem moslemischen Anwalt. Er schlief schlecht und hatte Alpträume.

In solchen Nächten stand mein Vater auf, ging in den dunklen Hof hinunter, lief dort stundenlang auf und ab und rauchte eine Zigarette nach der anderen bis zum Morgengrauen. Der Strohhalm, an den er sich klammerte, war eine Bemerkung Karim Abd el-Haks, daß Hizkel frei sein würde, sobald die Juden den Irak verlassen hatten, da keine Regierung Zionisten einsperren würde und Juden andererseits nach Israel ausreisen ließe. Der Pascha, hatte Rashels Anwalt gesagt, sei froh, subversive Elemente loszuwerden.

Aber das Zweistromland, so mußte mein Vater erfahren, wurde nicht nach logischen Grundsätzen regiert. Er war innerlich zerrissen: Sein Körper war im Irak, sein Geist in Israel. Er überließ es Abed, Uhren zu reparieren und zu verkaufen, weil ihm die Geduld dazu fehlte, und hätte sofort seinen Laden und alles, was er besaß, verkauft, wenn meine Mutter nicht gewesen wäre.

Die Tage vergingen, und noch immer kamen keine Flugzeuge aus Israel. Hizkel saß noch immer im Gefängnis, und meine Mutter maulte die ganze Zeit. Wie konnte mein Vater nur zulassen, daß wir staatenlos wurden? Ihre Nörgelei ärgerte ihn, erschütterte ihn aber nicht in seinem Glauben. Zweitausend Jahre lang hatten die Juden gesagt: »Nächstes Jahr in Jerusalem.« Erwartete sie wirklich von ihm, daß er im Irak blieb, jetzt, da die Schritte des Messias schon zu hören waren? Wenn der Strom der Antragsteller zu einem Rinnsal verebbt war, dann lag das nur daran, daß Iraks Juden nicht befreit werden wollten oder daß sie die historische Bedeutung des Moments nicht begriffen.

»Denn er trägt den Duft meiner Mutter«, rezitierte mein Vater und seufzte. Wäre Hizkel frei, würden sein Glaube und seine Redegewandtheit die Juden mitreißen und ihren vertrockneten Knochen Leben einhauchen. Und er würde vielleicht auch denjenigen, die sich in Israel mit den Flugzeugen so lange Zeit ließen, Dampf machen!

Jeder Tag brachte aufs neue enttäuschte Hoffnungen mit sich, und abends wanderte mein Vater, von seinen Ängsten zermürbt, durch die Nachbarschaft, machte bei Hiyawi halt, dann bei Abu Saleh und schließlich in Abu Ednans Café, wo er schnell sein altes Ritual hinter sich brachte – ein Glas Arrak hinunterstürzte und ein paar Züge von der Wasserpfeife nahm, bevor er davoneilte, ohne sich Zeit für ein Backgammonspiel mit Abu Edouard zu nehmen. Wenn er wieder heimkam, sahen wir an seinem zusammengekniffenen Mund, daß es keine Neuigkeiten gab.

Insgeheim hoffte meine Mutter immer noch, daß alles nur eine vorübergehende geistige Verirrung sei und daß das Auswanderungsgesetz aufgehoben würde, wir unsere Staatsbürgerschaft zurückbekämen und alles wieder zur Normalität zurückkehrte, wie nach der Farhud auch. Sie versuchte, gelassen zu bleiben und meinen Vater aufzumuntern, servierte ihm seine Lieblingsgerichte, in denen er jedoch nur höflich herumstocherte.

Als er ihren Safranreis mit gerösteten Mandeln und Rosinen stehenließ, begann sie sich ernsthaft Sorgen zu machen. Er hatte immer feierlich den Reis mit den Fingern aus der Schüssel geschöpft, ihn in Kugeln am Rand seines Tellers arrangiert – wie die

Zahlen auf einer Uhr – und sich diese dann nacheinander in den Mund gesteckt, während er über meine Versuche grinste, es ihm nachzumachen, ich aber den Reis ungeschickt gegen meine Zähne klatschte. Jetzt bereitete ihm selbst das keine Freude mehr.

»Mach dir nicht so viele Sorgen«, versuchte meine Mutter ihn zu beruhigen, nachdem sie ihn erst bis zur Weißglut getrieben hatte. »Wir sitzen alle im selben Boot.«

»Wer macht sich Sorgen?« antwortete er dann so gereizt, daß eine Auseinandersetzung unvermeidbar war.

»Man hat dich wieder betrogen, wie damals der Große Imari. Die Flugzeuge werden nie kommen. Und wenn, dann werden dich die Moslems nicht einsteigen lassen.«

»Dann gehen wir eben illegal über die Grenze. Ich lasse mich nicht aufhalten.«

»Ich bin schwanger. Willst du mein Leben und das des Babys aufs Spiel setzen?«

»Tausende von Juden haben es überlebt.« Mein Vater runzelte die Stirn, wohl weil er an Abu Salehs Warnung dachte.

Wenige Tage später nahm die Polizei ihre nächtlichen Razzien wieder auf. Das Heulen der Sirenen hielt uns wach und machte uns angst. Die Erklärung meines Vaters lautete, daß sich die Araber rächen mußten, da sie von den Juden auf dem Schlachtfeld geschlagen worden waren, und daß ihre Rachegelüste um so größer waren, je mehr sie sich gedemütigt fühlten. Hiyawi und Salim Effendi täuschten sich, wenn sie dachten, daß die Iraker zwischen Zionisten und anderen Juden einen Unterschied machten; nicht einmal die angepaßtesten Juden, nicht einmal die, die als Moslems durchgingen, würden verschont werden. Ein Jude war und blieb ein Jude – was soviel hieß wie ein Verräter – und würde als solcher behandelt werden. Nahm man noch die Unfähigkeit des Irak hinzu, die illegale Auswanderung zu unterbinden, die von der Bewegung organisiert worden war, dann waren die Massenverhaftungen nicht schwer zu verstehen.

Bagdads Juden lebten nun in ständiger Angst. Die Gefahr einer zweiten Farhud schwebte wie ein Damoklesschwert über ihnen.

Viele zogen aus gemischten Wohngegenden nach Taht-el-Takya, und die Mietpreise in dem schon überfüllten jüdischen Viertel stiegen kometenhaft an. Auch das kleinste Zimmer, der letzte leere Innenhof wurden von Juden in Beschlag genommen, die hier Zuflucht suchten. Aber wenngleich sie sich in Taht-el-Takya sicherer fühlten, gab es doch keine Möglichkeit, den Polizeirazzien zu entgehen. Und immer noch kamen keine Flugzeuge aus Israel.

Eines Nachts kam die Polizei, um meinen Vater abzuholen.

»Reicht euch sein Bruder denn nicht? Warum müßt ihr ihn denn auch noch mitnehmen?« schrie meine Mutter und schlug die Hände vors Gesicht. »Habt ihr denn überhaupt kein Mitleid?« Der Polizist versuchte sie zu beruhigen, erklärte, daß mein Vater nur verhört werden würde, aber niemand glaubte ihm.

Mein Vater schwieg. Gerade weil er diesen Moment immer gefürchtet hatte, wirkte er irgendwie erleichtert. Er konnte zwar jetzt seine Hoffnungen begraben, aber seine Alpträume hatten auch ein Ende. Er holte das Bündel, das er für diesen Zweck gepackt hatte, aus seinem Versteck und ging zu dem wartenden Jeep. Am Tor flüsterte er mir zu:

»Paß gut auf sie auf, mein Sohn. Jetzt bist du der einzige Mann im Haus.«

Meine Mutter jammerte und klagte wie bei einer Beerdigung und versuchte, hinter dem Jeep herzulaufen. Sie fluchte und spuckte und stampfte mit den Füßen, und Rashel hatte Mühe, sie zu bändigen. Sie packte sie bei den Schultern und zog sie ins Haus zurück, wo sie ihr etwas Zuckerwasser gab und sich zu ihr auf den Boden setzte. Sie redeten, weinten, schwiegen, weinten wieder und starrten schließlich stumm vor sich hin, während sie wie in Trance vor und zurück schaukelten. Ich selbst stand Todesängste aus, war so gelähmt vor Angst, daß ich kaum atmen, geschweige denn reden konnte. Was wäre, wenn mein Vater nicht freigelassen oder an einen fernen Ort verbannt würde? Wer würde für uns sorgen, uns sagen, was wir zu tun hätten, uns Mut machen? Hizkel hatte mir leid getan, aber hier ging es um unser eigenes Leben. Ich hatte mir eine solche Situation schon unzählige Male vorgestellt, aber jetzt, da sie eingetreten war, kam mir die Last zu schwer für meine schmalen Schultern vor. Jede Stunde, die ohne meinen Vater verging, erschien mir wie eine Ewigkeit. Das erste Mal in meinem Leben war es nicht selbstverständlich, daß er da war.

Wenigstens gab es noch Abu Saleh. Mein Vater hatte mir in der Nacht von Hizkels Verhaftung gesagt, daß ich mich in einem Notfall immer an ihn wenden könne, und dieser Gedanke erleichterte mich so, daß ich einschlief. Ich schlief sogar sehr gut – vielleicht um allem zu entfliehen – und wurde von den frohen Rufen meiner Mutter geweckt. Draußen war es hell. Ich sprang aus dem Bett und sah, wie sich meine Eltern umarmten; Rashel stand schluchzend daneben.

»Du bist ja frei!« rief ich.

»Ja, Sohn«, sagte mein Vater und drückte mich an sich. Ich hatte vor lauter Glück einen Kloß im Hals.

»Du bist als nächste an der Reihe, meine Schwester«, versicherte meine Mutter Rashel und ging rasch zu ihr, legte den Arm um sie und führte sie ins Haus, wo sie offensichtlich lieber war.

Mein Vater weigerte sich, meine Fragen über seine Verhaftung zu beantworten, und sagte nur, daß er über Hizkel befragt worden sei. »Sie haben versucht, mich dazu zu bringen, daß ich ihn belaste«, erzählte er. »Gegen ihn wurden schwere Anklagen erhoben.«

Nachdem er etwas gegessen und getrunken hatte, sagte er zu mir: »Kabi, komm mit mir ins Badehaus. Ich fühle mich schmutzig und verlaust.«

»Jetzt? Um diese Zeit?«

»Ja, Junge. Ich muß mir die letzte Nacht abwaschen.«

Er war äußerst guter Laune. Die Nachbarn, die die Nachricht von seiner Verhaftung über die Dächer weitergegeben hatten, kamen und schüttelten ihm die Hand. Aber obwohl ihm sein neuer Status als Mann, der den Klauen des Löwen entkommen war, sichtlich Genugtuung bereitete, blieb er zurückhaltend.

Die rostigen Angeln des schweren Tors quietschten, als ich ihm einen Stoß gab. Ein dösender Wärter erhob sich schwerfällig von einer Bank neben dem Eingang des Badehauses.

»Gott segne euren Morgen«, begrüßte er uns und schob sein Lendentuch zurecht.

»Und Gott segne den deinen mit seinem Licht«, antworteten wir.

Wir zogen uns aus und betraten das Labyrinth aus Gewölben und Nischen. Ich ging in eine der ersten Kabinen, drehte den Hahn auf und ließ das heiße Wasser in einem kräftigen Strahl über uns laufen. Sofort waren wir von heißem Dampf eingenebelt. Mein Vater tauchte den Schwamm in eine tiefe Schale mit grüner Wassermelonenseife, seifte sich ein, bis er eine einzige schaumige Masse war, und brauste sich anschließend ab. Es war mir schleierhaft, wie er so heißes Wasser vertragen konnte. Selbst nachdem seine Haut so rot war wie rohes Fleisch und sich Schweißperlen auf seinen Brusthaaren bildeten, atmete er noch immer die schwüle, stickige Luft ein. Dann wickelte er, grunzend vor Vergnügen, ein großes Handtuch um sich. Mit seinen roten Wangen, dem glänzenden Gesicht und dem unter einem schwarzen Netz verborgenen glatten schwarzen Haar war er ein äußerst gutaussehender Mann. Er hatte immer gesagt, daß ich ihm später einmal ähnlich sehen würde – so wie er meinem Urgroßvater ähnlich sah –, aber als ich so neben ihm stand, klein, dünn, pickelig und jungenhaft mager, konnte ich keinerlei Anzeichen dafür erkennen.

Ein stämmiger Masseur betrat unsere Kabine, breitete ein weißes Handtuch über die Marmorbank, forderte meinen Vater auf, sich auf den Bauch zu legen, und begann die Muskeln an seinem Nacken, den Schultern, dem Rücken und den Hüften mit langsamen, kreisenden Bewegungen zu kneten. Mein Vater stöhnte laut auf und zeigte dadurch seine Anerkennung: Wenn sich ein Mann solche Mühe gab, wäre alles andere undankbar gewesen. Die halb schmerzvolle, halb angenehme Massage bereitete ihm sichtlich Wohlbehagen, und sein Stöhnen verebbte zu kurzen Seufzern. Nach einer Weile drehte er sich auf den Rücken und bedeckte seine Genitalien mit einem roten Handtuch. Bald darauf schlief er ein, erschöpft vom Badehaus, vom Gefängnis oder auch von beidem.

Inzwischen füllten sich die Kabinen mit Moslems. Schmutziges Wasser gurgelte durch die offenen Abflußrinnen, führte Haarbüschel mit sich, an denen die weiße Creme klebte, die sie benutzten, um sich die Schamhaare abzurasieren. Es herrschte ein schrecklicher Lärm. Ich betrachtete meine eigenen Geschlechtsteile und stellte fest, daß mir das Dreieck aus schwarzem Haar, das sehr männlich wirkte, gefiel. Im Grunde hätte ich mir natürlich noch mehr davon gewünscht. Warum würde irgendwer es abrasieren wollen? Vielleicht dachten sie, daß ein haarloser Penis imposanter sei. Mein Vater rasierte sich da ebenfalls. Warum?

Der Dampf und die Hitze waren zuviel für mich, und ich beschloß, etwas frische Luft zu schnappen. »Entschuldigung«, sagte ich zu ein paar Männern, die mir den Weg versperrten, vergaß allerdings, in moslemischem Dialekt zu sprechen. Sie bildeten einen Kreis um mich, lachten und grinsten sich an.

»Bist du allein hier, kleiner Spatz?« fragte irgend jemand. Ich sah die Lust in ihren Augen und stand wie angewurzelt da, obwohl ich wußte, daß ich meine Scham überwinden und laut schreien mußte, oder sie würden mich im Nu vergewaltigt haben. Mein ganzes Leben lang hatte ich schon solche Geschichten gehört.

Ein dünner Mann riß mir das Handtuch von den Hüften, packte meine Eier, drückte mir sein steifes Glied gegen den Hintern und bewegte ihn schnell vor und zurück. Ich stieß mit beiden Ellbogen zu und wirbelte herum, wobei er mir fast die Hoden abriß.

»Verstehst du denn keinen Spaß, Judenjunge?« fragte jemand, während alles vor Lachen brüllte.

Ich ging nackt und ohne mein Handtuch zur Kabine zurück. Mein Vater schlief noch immer tief und fest. Ich war wie betäubt. Ich ließ mich auf den Boden fallen, krabbelte zur Seifenschale hinüber, drehte den Wasserhahn auf, seifte mich mehrmals ein und brauste mich wieder ab und zitterte trotz des heißen Wassers. Dann wickelte ich ein Handtuch um mich und kauerte mich auf die Steinbank in der Ecke, versuchte die alptraumartige Erinnerung an das steife Glied, das sich gegen mich drückte, zu vergessen.

Ich konnte nicht mehr aufhören zu zittern. Mit Tränen der Wut und Demütigung in den Augen schluchzte ich leise vor mich hin, um meinen Vater nicht zu wecken. Ich haßte ihn, vielleicht weil ich wußte, daß ich ihm nicht erzählen konnte, was passiert war, genausowenig wie ich um Hilfe hatte schreien können. Was hätte er auch tun können? Es waren sieben oder acht Männer gewesen, und in der Nähe hatten noch mehr herumgestanden. Sie hätten ihn umgebracht oder sich zumindest über ihn lustig gemacht, und irgendwie wußte ich, daß ich ihn nicht auf die Probe stellen sollte. Vielleicht wollte ich auch nur nicht erleben, daß er Angst hatte und nicht bereit war, sein Schicksal herauszufordern. Je weniger er wußte, desto besser, vor allem nach der Nacht, die er hinter sich hatte. Und jetzt war der denkbar ungünstigste Moment, um mit dem Gesetz in Konflikt zu kommen.

Bei diesem Gedanken fühlte ich mich ein bißchen besser. Ich stand auf und ging mir das Gesicht waschen.

Mein Vater wachte auf und erhob sich langsam. »Du hast ja ganz blutunterlaufene Augen«, sagte er.

»Ist bestimmt Seife reingekommen.«

Wir zogen uns an. Die Vorhalle des Badehauses war mit Lichtpunkten übersät, die durch die gewölbten Buntglasscheiben fielen. Mein Vater setzte sich auf einen Stuhl und winkte einem Schuhputzer, der sogleich mit seinem Kasten herbeigeeilt kam. Während er arbeitete, brachte uns ein anderer Mann Tee mit Kardamom. Mein Vater stellte sein leeres Glas auf das Messingtablett, und sofort wurde es wieder gefüllt.

»Willst du denn keinen Tee, mein Sohn?«

»Nein«, sagte ich.

Er öffnete sein Lederetui, bot beiden Männern eine Zigarette an und gab ihnen ein Trinkgeld. Sie verbeugten sich tief und segneten ihn. Wie stets verließ er das Badehaus langsam und gemächlich, um sich an die Temperatur draußen zu gewöhnen. Auf der Straße zog er wichtigtuerisch seine Taschenuhr mit der Goldkette hervor, die an einem Knopfloch in seiner Weste befestigt war, machte sich an dem Deckel zu schaffen, öffnete ihn schließlich, indem er auf eine Feder drückte, und blickte lange aufs Zifferblatt.

»Baba, wann gehen wir endlich fort von hier?«

»Bald«, sagte er. »*Inshallah,* bald.«

Das Hochgefühl meines Vaters am Morgen nach seiner Verhaftung hielt nicht lange an; schon am nächsten Tag kehrte er gedrückter Stimmung in seinen Uhrenladen zurück. Selbst sein Gang war anders. Er schien vor jedem Schritt den Boden zu studieren, nach links und rechts und über die Schulter zu blicken, um nachzusehen, ob ihm jemand folgte. Der Mann, der von einer Schlange gebissen wurde, so besagt ein arabisches Sprichwort, fürchtet selbst den Strang. Obwohl er nicht über sein Verhör oder die Umstände seiner Freilassung sprach, schien er darauf bedacht zu sein, sich von der Bewegung fernzuhalten. Das war auch Abu Salehs Rat, der in Vaters Festnahme eine Warnung für sich selbst sah und befürchtete, jeden Moment von der Geheimpolizei verhaftet zu werden. Die Tatsache, daß er direkt wieder zur Arbeit ging, so glaubte mein Vater, würde die Geheimpolizei eher von seiner Unschuld überzeugen. Er trennte sich von seinem Reisbuch, in dem das Wort Israel mehrmals auftauchte, und versuchte sein flaues Geschäft wieder anzukurbeln. Bald würde er es allein betreiben müssen, da er seine Einwilligung gegeben hatte, daß Abed illegal nach Israel auswanderte. Eines Abends, als er sich gerade bei einem Glas Tee mit frischem Basilikum entspannte, bemerkte er beiläufig zu meiner Mutter:

»Übrigens, ich kenne jemand, der gern ein Zimmer bei uns mieten würde. Aus Angst vor den Moslems kommen ja jetzt so viele Juden hierher.«

»Das hätte mir gerade noch gefehlt«, schimpfte meine Mutter. »Ein Untermieter!«

»Ich hab ja nur gefragt«, sagte er kleinlaut.

In den Augen meiner Mutter war es schon schlimm genug, daß die Häuser von Taht-el-Takya alle so gebaut waren, daß man von ihren Dächern die Innenhöfe der Nachbarn einsehen konnte. Sie hatte überhaupt keine Privatsphäre. Waren die Kinder denn nicht Zeugen genug für ihren Kummer und die ständigen Streitereien mit ihrem Mann? Vor allem seit Hizkels Verhaftung schienen die Wände Ohren zu haben.

Wieder einmal sehnte sie sich nach ihrem kleinen Haus in el-Me'azzam zurück, nach den moslemischen Nachbarn, die keine Fragen stellten und sich im Gegensatz zu den Juden um ihre eigenen Angelegenheiten kümmerten.

Mein Vater hatte das Haus auch sehr gemocht. Es hatte etwas von der Abgeschiedenheit Imaras gehabt, weshalb meine Mutter zunächst auch nicht begriff, warum er einen Untermieter ins Haus nehmen wollte. Erst als sie von dem ahnungslosen Abed erfuhr, wie schlecht das Geschäft ging, verstand sie, daß seine Beweggründe nicht selbstlos waren. »Der Mann, der seine Kuh nicht melkt, hat auch keine Butter«, zitierte sie das bekannte Sprichwort und drängte ihn, mehr Zeit auf seine Arbeit zu verwenden. Sie entließ unsere kurdische Waschfrau und verbrachte nun jeden Mittwoch, unseren Waschtag, auf den Knien im Hof, inmitten von Bergen schmutziger Wäsche, während neben ihr der Petroleumkocher laut zischte. Donnerstags füllte sie das Eisen mit glühenden Kohlen und stand stundenlang über das Bügelbrett gebeugt in der sengenden Hitze. Als mein Vater merkte, daß die Waschfrau nicht mehr kam, fragte er ärgerlich:

»Warum meinst du, daß ich sie mir nicht mehr leisten kann?«

»Das ist meine Sache«, sagte meine Mutter.

»Um Kabi«, sagte er, »du trägst ein Kind unter dem Herzen. Du mußt dich mehr schonen.«

Aber sie weigerte sich, die Waschfrau wieder einzustellen. Sie stritten sich den ganzen Nachmittag, bis ich genug hatte und meinem Vater sagte, daß gleich die Fünf-Uhr-Nachrichten aus Israel kämen. Er hörte mitten im Satz auf zu argumentieren und ging in sein Zimmer, wo er die weiße Standuhr betrachtete, die in der Nacht von Hizkels Verhaftung von den Soldaten zerstört worden war, und murmelte: »Es wird Zeit, daß ich sie wieder repariere« (Ich hatte schon geglaubt, daß er sie aus reinem Aberglauben so lassen wollte). Dann rückte er das Porträt meines Urgroßvaters an der Wand gerade und blätterte ungeduldig einen Stapel Zeitungen aus Ägypten, Syrien und dem Libanon durch, bevor er sie mir in die Hand drückte, damit ich sie Abu Saleh brachte. Anschließend stellte er das Radio an und suchte den Sender, während er mich aufs Dach hinaufschickte.

»Es ist gleich soweit«, sagte er.

Es war verboten, die »Stimme Israels« zu hören. Aber obwohl meine Mutter ihn immer davor warnte, vor allem nach seiner Verhaftung, kaufte mein Vater, dickköpfig wie er war, einen neuen »Zenith«, stellte eine große Antenne auf und erzählte jedem, der ihn fragte, er wolle die göttliche Um Kultoum besser empfangen können, »die Stimme des arabischen Herzens«, deren Sendung am ersten Freitagabend jeden Monats sich großer Beliebtheit erfreute. Er lud sogar Abu Edouard, Abu Saleh und den alten Hiyawi ein, die gebannt zuhörten, während sie Arrak tranken, die Speisen meiner Mutter aßen und ihre Sorgen bis zum nächsten Morgen vergaßen.

Jetzt jedoch erklang aus dem »Zenith« das Thema von *Samson und Dalila*, mein Zeichen, das Zimmer abzuschließen, meiner Mutter zu sagen, daß sie das Tor nicht öffnen solle, und zu meinem Ausguck auf dem Dach zu rennen. Ich blieb eine halbe Stunde dort, bis die Nachrichten und Kommentare vorbei waren, klopfte dann einen bestimmten Kode an die Dachtür und kam wieder herunter. Inzwischen – wie um sich seine tägliche Ration an Haß einzuverleiben – hatte mein Vater nach Damaskus umgeschaltet und lauschte gebannt den Militärmärschen und hysterischen Ansagern, die schrien, man müsse diese zionistischen Banditen ins Meer treiben. Ich haßte und fürchtete diese Sendungen, die eine so aufpeitschende Wirkung hatten, daß ich, wäre ich Moslem gewesen, hinausgerannt wäre und den Juden die Kehlen aufgeschlitzt hätte. Auch so schon hatte ich Lust, ein paar Kehlen aufzuschlitzen, aber da fielen mir Miss Sylvias Bemerkungen über Massenpsychologie ein, und ich beruhigte mich wieder.

Obwohl mein Vater behauptete, daß diese Übertragungen ihn nicht berührten, wurde er immer puterrot, bevor er das Radio abschaltete und einen Schluck von dem starken Tee trank, den ihm meine Mutter gekocht hatte. Danach ging er gedankenverloren, den Blick auf den Boden gerichtet, im Hof auf und ab und befingerte seine Gebetsperlen.

»Abu Kabi, was haben sie heute in den Nachrichten erzählt?« fragte meine Mutter dann.

»Nichts Neues«, antwortete er, weil er Angst hatte, daß sie ihn verraten würde, wenn sie den Nachbarn etwas erzählte, was sie gar nicht wissen konnte.

»Was denn dann?« hakte sie nach.

»Nichts. Das ist es ja, was mir Sorgen macht.« Und dann fügte er hinzu, indem er geschickt das Thema wechselte: »Sie sprechen von einem steten Strom von Palästinensern, der in den Irak kommt. Es sieht so aus, als wäre es dem Pascha ernst mit seinem Bevölkerungstransfer. Aber da die Flugzeuge nicht kommen, sitzen wir hier fest.« Er blieb stehen. »Kabi, mein Junge, geh und sieh nach, was es im Auswanderungszentrum Neues gibt.«

Ich trödelte noch etwas herum. Ich mochte diese Stunde des Tages, die etwas Abwechslung in unseren Alltag brachte. Meine Mutter erzählte meinem Vater den neuesten Klatsch aus der Nachbarschaft – wer wen heiraten wollte, wer ein Kind gekriegt, wer von wem Grüße geschickt bekommen hatte – und wollte ihm damit auch ein paar Neuigkeiten entlocken, die sie in der Synagoge ihren Freundinnen weitererzählen konnte, nicht ohne sie zuvor schwören zu lassen, sie für sich zu behalten.

Im Auswanderungszentrum gab es nichts Neues; es lagen weder Passagierlisten aus, noch waren Flugzeuge eingetroffen, und die Enttäuschung unter den Männern, die jeden Tag voller Hoffnung herkamen, war groß. Obwohl bisher kein einziger Jude legal nach Israel ausgewandert war, spürte man in unserer Nachbarschaft schon etwas von dem bevorstehenden Aufbruch. Hier und da tauchten fremde Moslems auf, steckten überall ihre Nase hinein, starrten wie die Geier in Häuser und Innenhöfe und beäugten neugierig

Terrassen und Balkone. Hiyawi zufolge sprachen sie das Arabisch der Palästinenser. »Sie haben ihre Häuser verloren«, sagte er, »und wir werden diejenigen sein, die dafür bezahlen. Die nächsten Flüchtlinge sind wir.«

Tatsächlich, als ich eines Tages nach Hause kam, standen zwei Fremde in unserem Hof. Ich machte einen Bogen um sie, um ihnen den Zugang zum Haus zu versperren.

»Wir wollen kaufen«, sagten sie in einem seltsamen Singsang und grinsten einander an, als würden sie die Beute bereits unter sich aufteilen.

»Wir verkaufen nicht«, rief meine Mutter vom obersten Balkon herunter.

»Geht ihr nicht weg?«

»Nein.« Sie sprach ruhig und gelassen, mit dem speziellen Lächeln, das sie für Moslems bereithielt. Aber als sie weg waren, sagte sie mit einer Sicherheit, die mir angst machte, daß unser Haus schon bald Fremde bewohnen würden, die jegliche Spur unserer Existenz auslöschen würden.

Dann würde Ismails Traum Wirklichkeit werden.

Ich hatte das dringende Bedürfnis, einen Spaziergang zu machen, und mußte daran denken, wie ich damals, in den ersten Wochen nach Hizkels Verhaftung, mit Rashel so oft spazierengegangen war. Als ich an ihre Tür klopfte, war sie jedoch nicht da, und so schlenderte ich allein an den prunkvollen Villen Neu-Bagdads vorbei und anschließend durch den El-Sa'adun-Park. Plötzlich stand ich vor meiner Schule. Kassem, der einäugige Wachmann, spähte überrascht aus seinem Häuschen, als ich ihm sagte, daß ich in der Klasse etwas vergessen hätte.

Der Schulhof war verlassen, ebenso wie die Gänge und Klassenzimmer, über denen tiefe Stille lag. Ich betrat meine Klasse, stellte mich auf das Lehrerpodest und blickte auf die Pulte und meinen eigenen leeren Stuhl hinunter, während ich mich fragte, wie ich wohl von hier oben aussah.

Am schwarzen Brett neben der abgeschlossenen Bücherei hing die zweite Ausgabe meiner Zeitung. Hübsch bebildert, prangte dort als

Leitartikel mein Essay über Patriotismus. Zum hundersten Mal blieb ich stehen und las, was ich geschrieben hatte. Es wirkte so leblos und weit weg. Was für ein Witz, wenn ich dafür den ersten Preis bekäme!

Neben dem Büro des Direktors hingen Fotos von den Abschlußklassen der Schule. Ich wußte, daß ich nie auf einem sein würde. Ich ging die Treppe hinunter, strich über das glänzende Holzgeländer, das ich schon so oft hinuntergerutscht war, und schlenderte etwas wehmütig über den verlassenen Schulhof. Beim Hinausgehen sagte der alte Kassem: »Ohne dich wird es nicht dasselbe sein.« Seine Worte sollten mir lange im Gedächtnis bleiben.

Ich öffnete die Augen und machte sie gleich wieder zu, weil mich das Licht zu sehr blendete, aber die heiße orangefarbene Sonne drang durch meine Lider. Die Hauptstadt der Kalifen war im Sommer wie ein Backofen, und wenn man auf dem Dach schlief, wurde es nach Sonnenaufgang ungemütlich.

Ich warf einen Blick auf meine Uhr. Es war schon zu spät für die Schule. Da ich keinen Grund mehr hatte, mich zu beeilen, zog ich mir das weiße Laken über den Kopf und versuchte, noch etwas zu schlafen und von Rashels Reizen zu träumen. In meinem Traum hatte sie mir gehört, mir ganz allein.

Aus dem Hof hörte ich das Geräusch des Stößels. Demnach war heute Donnerstag, und meine Mutter zerstampfte den Reis für die Okra-Kubba am Freitag, obwohl mein Vater immer wieder versucht hatte, sie davon zu überzeugen, daß der gemahlene Reis aus dem Laden genausogut war. Das Laken hielt weder das Licht noch den Lärm ab. Es war hoffnungslos. Ich stand auf.

Mit halbgeschlossenen Augen tastete ich mich zu der kalten Wassermelone vor, die mich jeden Morgen auf einem Tablett auf der Brüstung erwartete, und stopfte mir eine Scheibe davon in den Mund. In der Sonne war die süße Schale weich und warm geworden. Ich hielt meinen Kopf unter den Wasserhahn und drehte ihn auf, aber nichts passierte. Was war Bagdad bloß für eine Stadt! Man hätte meinen können, der Tigris wäre ausgetrocknet!

Ich lehnte mich gegen das Geländer und beobachtete Abu Edouards Tauben, die wie kleine Wolken am blauen Firmament schwebten. Dann legte ich meine Laken zusammen, wobei ich mir Mühe gab, die verräterischen Flecken zu verbergen, sammelte die restliche Bettwäsche ein – was meine Aufgabe war, solange ich denken konnte – und trug sie nach unten zu dem weißen Berg im Hof.

»Kabi, bist du das?« fragte meine Mutter und hielt einen Moment inne. »Möge der böse Blick dich vergessen, wie ich vergessen habe, daß du noch auf dem Dach bist!« Sie erhob sich, streckte sich, strich ihr Kleid glatt und ging in die Küche. Kurz darauf kehrte sie mit einem Porzellankessel auf einem Tablett zurück. Während sie mit einem Lappen die Tropfen von der gesprungenen Tülle wischte, rief sie aus: »Verflucht! Nicht mal die Kesselflicker kommen noch nach Taht-el-Takya.«

»Alle gehen weg. Wer läßt denn noch was reparieren?«

»Geh und wasch dein Gesicht. In dem Krug da ist Wasser. Von mir aus können sie sich alle zum Teufel scheren! Ständig stellen sie einem das Wasser ab!«

Ich setzte mich auf einen Hocker neben sie und trank ein Glas starken Tee, den ich mit selbstgemachter Feigenmarmelade süßte. Als ich fertig war, rannte ich, zwei Stufen auf einmal nehmend, in mein Zimmer hinauf und zog mich schnell an, weil hier unter dem Dach eine fürchterliche Hitze herrschte.

»Wohin gehst du?« fragte meine Mutter. »Bleib doch ein bißchen bei mir.«

»Ich hab was zu erledigen.«

»Genau wie dein Vater! Ihr Imaris habt Ameisen im Hintern. Besorg mir eine Rolle weißen Zwirn.«

»Mach ich, Mama.«

»Und eine mit schwarzem.«

»Wird gemacht, Mama.«

»Und knöpf dein Hemd zu.«

»Ja, Mama. Gibst du mir zwanzig Fils?«

»Die gibst du nur aus.« Sie gab mir zehn.

Auf der Straße wimmelte es von moslemischen Kaufleuten und Händlern, die auf der Suche nach Schnäppchen durch unser Viertel zogen. An ihrem Äußeren konnte man deutlich ihren Status ablesen. Da waren zunächst einmal die »Chefs« mit ihren pomadisierten Haaren, den dunklen Anzügen und Krawatten und den weißen

Taschentüchern im Jackett. Sie interessierten sich für Häuser, persische Teppiche, Antiquitäten, Schmuck und andere Wertsachen, schritten würdevoll und gelassen einher und trugen Gebetsperlen aus Bernstein bei sich, mit denen sie rechneten und Allah priesen. Ihnen folgte in respektvollem Abstand die Schar jener Händler, die auf der Suche nach Schränken, Tischen, Kommoden und alten Betten war. Den Schluß bildeten kleine Trödler, die morgens als erste auftauchten, schüchtern herumschnüffelten und bei Einbruch der Dunkelheit zurückkamen, um alles Übriggebliebene einzusammeln: alte Betten, geflickte Kleider, Stühle und Hocker, Küchengeschirr und Plunder, den niemand wollte.

Sie alle hatten nur den einen Wunsch, uns alles, was wir besaßen, möglichst billig abzukaufen. Ich haßte sie, hatte jedoch keine andere Wahl, als ihre Unterhaltungen mitanzuhören und sie durch die engen Gassen zu führen. Sie schienen ganz versessen darauf zu sein, zu erfahren, wie wir Juden lebten, und es gab nichts, was sie nicht sehen wollten. Niemand mochte sie; niemand grüßte sie oder lud sie zu sich ein.

Aber obwohl sie sich nicht von ihren Häusern und Besitztümern trennen wollten, blieb vielen Juden nichts anderes übrig als zu verkaufen, da sie ihre Arbeit verloren hatten und dringend Geld brauchten. Sie waren es, die jetzt ihr Hab und Gut verkauften, obwohl sie nicht sicher waren, ob die Flugzeuge je kommen würden. Zögernd öffneten sie den Händlern ihre Türen, servierten ihnen Kaffee, handelten mit ihnen und schüttelten ihnen die Hand, nachdem sie ihren gesamten Besitz gegen ein paar Münzen eingetauscht hatten.

Anschließend kamen die kurdischen Möbelträger, ruhige, muskulöse Männer mit kräftigen bloßen Füßen und Filzmützen auf den rasierten Köpfen. Sie gingen breitbeinig wie Ringer, schwankten unter ihrer schweren Last und setzten vorsichtig die Füße auf; ihre Fußsohlen, die in der Luft klein aussahen, spreizten sich auf dem Boden wie die von Kamelen. Auf dem Rücken trugen sie große Polster, auf denen sie die sperrigen Möbel, die sie jeden Moment zu zerquetschen schienen, transportierten. Obwohl ich ihre Sprache nicht verstand, faszinierten sie mich, und ich verfolgte interessiert ihr Kommen und Gehen. Ich beneidete sie um ihre Kraft. Wenn wir Juden so stark wären, hätten Ismail und seine Bande es nie gewagt, in unser Viertel einzufallen.

Tatsächlich war Ismail schon länger nicht mehr nach Taht-el-Takya gekommen. Vielleicht war er zu beschäftigt mit seinen palästinensischen Freiwilligen. Amira zufolge war er in einem Geheimbund aktiv, der davon träumte, die Monarchie zu stürzen und eine irakische Republik zu gründen.

Aber andere moslemische Jungen, die sich einen Spaß daraus machten, Juden und Fremde zu drangsalieren, tauchten jetzt in unserem Viertel auf und forderten auch die Kurden heraus. »*Kurdi raso be'tizo*«, höhnten sie. »Der Verstand eines Kurden sitzt in seinem Hintern.« Es wurmte mich, daß sich die Kurden nicht wehrten. Offenbar hatten sie sich bereits an derartige Beleidigungen gewöhnt. Mit Fäusten und Muskeln wie den ihren hätte ich dem ersten Moslem, der mir dumm gekommen wäre, den Schädel eingeschlagen. Aber sie ertrugen es schweigend, von ihrem Anführer Mullah Mustafa Baban dazu angehalten, die andere Wange hinzuhalten und weiterzuarbeiten.

Baban, der selbst wie ein Schrank gebaut war, konnte mühelos einen ganzen Kleiderschrank hochheben, ihn sich auf den Rücken laden und mit zwei Riemen tragen – den einen schlang er sich um den Kopf, den anderen hielt er in der Hand. Obwohl selbst ein Riese wie er unter dem Schrank klein aussah, schaffte er es, ihn ohne fremde Hilfe quer durch den Suk zu schleppen bis zu den Lastwagen, die in der Razi-Straße geparkt waren. Abgesehen von ein paar Schweißtropfen, war ihm seine Anstrengung nicht anzumerken.

Die anderen Möbelträger waren fast ebenso stark. Meiner Mutter und ein paar Nachbarinnen taten sie leid, und sie gaben ihnen heißen Tee und sogar alte Kleider und Hausrat.

Mittags, wenn die Sonne am höchsten stand, rief Mullah Mustafa Baban zur Mittagspause und führte seine Männer in eine Ecke des Suks. Hier legte er sein Polster und seine Mütze ab, wischte sich den Schweiß von der Stirn, steckte sich die Tülle eines großen Krugs in den Mund und füllte sich den Bauch mit kaltem Wasser. Dann ging er zu dem Stand mit kurdischem Essen hinüber, wo in einem riesigen Bottich ein Schafskopfeintopf brodelte. Er hob den Deckel hoch, steckte den Kopf in die aromatischen Dämpfe, atmete glückselig den Duft von Knoblauch und Safran ein und sprach das moslemische Tischgebet: »Im Namen Allahs, des Barmherzigen und Großmütigen.«

Nachdem er zufrieden genickt hatte, machte sich der Koch an die Arbeit, tauchte die Schöpfkelle in den Bottich und fischte Stückchen vom Kopf, der Zunge, den Ohren, ganze Zwiebeln und Knoblauchzehen heraus und übergoß sie anschließend mit der rötlich-gelben Brühe. Mullah Mustafa griff nach einem Stück Pitta, riß es entzwei, tunkte es in seine Schale, schlürfte die restliche Soße und machte sich dann über das Fleisch her. Eine Schicht von gelbem Fett klebte an seinem Schnurrbart, den er am Ende seines Mahls ableckte und zurechtzwirbelte. Dann rülpste er laut und rief in einem starken kurdischen Akzent: »Allah, dem Allmächtigen, sei Lob und Dank«, streckte sich auf dem Boden aus, kratzte sich genüßlich an seinen Geschlechtsteilen, legte den Kopf auf seine Mütze, verschränkte die Arme vor der Brust und machte ein Nickerchen. Nach einer Weile wachte er unvermittelt auf, sprang auf die Füße und befahl seinen Männern, sich wieder an die Arbeit zu machen.

Nach ihrem langen, beschwerlichen Tag zogen die Kurden immer zum moslemischen Markt des Suk el-Sharja. Einmal, als mich Mullah Mustafa als den Jungen wiedererkannte, der seinen Arbeitern in Taht-el-Takya Tee und Wasser brachte, dabei ertappte, wie ich sie beobachtete, lud er mich mit einer würdevollen Geste ein, mich zu ihnen zu setzen.

Ich konnte schlecht ablehnen. Nach dem Tee stimmten die Männer ihre traurigen Lieder an, die voller Sehnsucht und gedämpftem Leid waren. Ich konnte beim Schein des Feuers nicht erkennen, ob in ihren Augen Tränen glänzten oder das Feuer der Rebellion loderte, die damals in den Bergen im Norden ausgebrochen war. Vielleicht rührte mich am meisten, daß ich an das Lied des Armeniers im Gefängnis denken mußte. Mullah Mustafa, der offenbar meine Ergriffenheit bemerkt hatte, legte seine Pranke auf meine Schulter und sagte: »Wir haben genausoviel mitgemacht wie ihr Juden. Aber ihr seid besser dran, denn ihr habt ein Land, und wir haben gar nichts.«

Ich wußte, daß in den letzten Jahren die Armee gegen kurdische Rebellen gekämpft hatte, die sie in ihre Stützpunkte in den hohen, kalten Bergen gelockt und niedergemetzelt hatten. Bei unseren Sabbatspaziergängen im El-Sa'adun-Park gingen mein Vater und ich manchmal noch ein Stück weiter bis zur Kaserne, wo oft Lastwagen voller Soldaten standen, die auf dem Weg zur Front waren. Einmal sahen wir, wie schwarzumhüllte Särge abgeladen wurden. Sie mußten meinen Vater an die irakischen Freiwilligen in Palästina erinnert haben, weil er sagte: »Mein Sohn, jedes Volk, das die Juden bekämpft hat, ist letztlich untergegangen.«

Ich fühlte mich den stämmigen Möbelträgern irgendwie verbunden und stellte mir vor, wie sie sich nach ihren Familien in den fernen Dörfern sehnten. Sie konnten weder lesen noch schreiben, erzählte mir Mullah Mustafa, arbeiteten manchmal als Gepäckträger oder putzten Latrinen und Abwässerkanäle, kehrten die Straßen, spülten Geschirr und verrichteten andere schlecht bezahlte Arbeiten, für die sich Juden und Araber »zu fein waren«. Sobald er etwas Geld gespart habe, sagte Mullah Mustafa, werde er in die Berge zurückkehren. Ich war mir sicher, daß er sich den Rebellen seines legendären Namensvetters Mullah Mustafa Barazani anschließen würde, dessen Name allein schon den irakischen Soldaten Furcht einflößte.

Eines Tages zeigte jemand meinem Vater eine Ausgabe der Zeitung *El-Husun*, worin die Moslems aufgefordert wurden, keine gebrauchten jüdischen Gegenstände zu kaufen und jeden zu boykottieren, der es tat. »Wenn ihr von Juden kauft«, so lautete die Anzeige, »unterbietet ihr die Araber und sabotiert die Wirtschaft.« An jenem Abend sagte er zu meiner Mutter, daß es an der Zeit sei, zu verkaufen. Sie wollte nichts davon wissen. »Lieber schließ ich das Haus ab mit allem, was drin ist«, sagte sie.

Sie hatte sich noch nicht damit abgefunden, daß wir weggehen würden, und solange das Haus noch ihr gehörte, schien sich dieses

Schicksal noch abwenden zu lassen. Warum sollte sie das Gewissen der Araber dadurch erleichtern, daß sie ihnen zu einem Spottpreis alles verkaufte, was sie besaß? Hiyawi, der besorgt die kurdischen Möbelträger beobachtete, stimmte ihr zu. »Vielleicht ändert die Regierung ja ihre Meinung und hebt dieses blödsinnige Auswanderungsgesetz auf«, sagte er. Im Grunde glaubte er jedoch nicht daran. »Allmächtiger«, klagte er, »warum hast du uns das angetan? Erst zwingst du uns, das Heilige Land als Flüchtlinge zu verlassen, und jetzt sollen wir als solche dorthin zurückkehren!«

Er trauerte um das jüdische Viertel, das er ebensowenig retten konnte, wie er die Juden von dem Wahnsinn zu heilen vermochte, dem sie verfallen waren. »Allah hat ihren Geist verwirrt«, brummte er. »Seit wann verkauft ein Mann sein Haus oder eine Frau ihren Goldschmuck? Herr, was hast du deiner Herde angetan!« Dann nahm er seinen Spazierstock und ging, um die Toten auf dem Friedhof zu bewachen. »Wenigstens sie werden auf die wahre Erlösung warten!«

KAPITEL XXXVII

Abu Saleh holte die letzten Pittas aus dem Ofen, wickelte sie noch dampfend in ein altes Tuch und schickte seinen Gehilfen Sami damit zum Kebabverkäufer. Trotz seines vielgerühmten Muts war er ein vorsichtiger Mann, der sich seine Freunde sorgfältig aussuchte, unter dem Deckmantel der Verschwiegenheit operierte und nie ein überflüssiges Wort über die Bewegung verlor. Aber gleichzeitig machte er kein Hehl aus seinem Engagement für die zionistische Sache. Es war, als würde er den Behörden sagen: »Wie ihr seht, halte ich mit meiner Überzeugung nicht hinter dem Berg, aber das ist auch alles, was ihr mir vorwerfen könnt.«

Er besaß ein ausgezeichnetes Gespür für den richtigen Zeitpunkt. »Er hat den Instinkt eines Tiers«, hatte Hizkel, der ihm blind vertraute, einmal zu mir gesagt. Seit der Verhaftung meines Onkels und vor allem auch seit meinen Besuchen im Gefängnis hatte mich Abu Saleh nicht mehr gebeten, irgendwelche Botengänge für ihn zu machen. Als mein Vater mir sagte, daß der Bäcker mich sprechen wolle, nahm ich an, daß ich Hizkel eine Nachricht überbringen sollte, und war stolz, aber auch ein bißchen ängstlich, wenn ich an das bevorstehende Abenteuer dachte.

Ich wartete, bis Abu Saleh mit seiner Arbeit fertig war. »Dreh eine Runde um den Block und sag mir, ob du Polizei oder irgend jemand Verdächtiges gesehen hast«, sagte er, als er schließlich Zeit für mich hatte.

Nach einem geschäftigen Tag leerte sich jetzt der Suk. Aus der Gasse der Fischer kam ein merkwürdiges, klopfendes Geräusch, und ich ging hin, um nachzusehen.

Ein Bettler kam auf Krücken die Gasse entlang. Mit erstaunlicher Schnelligkeit, als hätte er Angst, erwischt zu werden, ging er von

Stand zu Stand und durchstöberte die Abfälle. Aus seinem Korb ragten mehrere von Fliegen umschwärmte Fischköpfe. Als er mich sah, steuerte er geradewegs auf mich zu, drängte mich in eine Ecke und kam mir so nahe, daß ich seinen Atem auf meinem Gesicht spürte. Seine verfilzten Haare hingen wirr herunter, und seine milchigen Augen blickten mich drohend an. Langsam drehte er sein Handgelenk, bis der Handteller nach oben zeigte und sein mit einem schmutzigen Lappen umwickelter Daumen fast meine Brust berührte. Er bettelte nicht, klagte nicht über seine armen, hungernden Kinder, wie es Bettler gewöhnlich tun. Er sagte kein Wort. Er hielt nur die Hand hin.

Ich zog eine Münze aus der Tasche, ließ sie in seine Hand fallen, ohne diese zu berühren, und ergriff die Flucht.

Dankbar atmete ich wieder die belebenden Gerüche der Bäckerei ein. Ein frischer Schub duftender Gerstenpittas lag auf einem Bambustablett. Ich nahm eine davon und verschlang sie gierig; sie schmeckte köstlich. Was war Abu Saleh doch für ein Künstler! Mit einem amüsierten Blick stellte er seine Öfen aus und lauschte in die plötzlich eingetretene Stille. Dann sah er auf, ohne ein Wort zu sagen, und bedeutete mir mit einem Nicken, ihm zu folgen. Wir überquerten den Hinterhof, gingen durch ein Zimmer, in dem ein Bett und ein Hocker standen, und gelangten zu einem Holzlager. Abu Saleh klopfte an ein Regal. Als hätte er: »Sesam öffne dich« gesagt, öffnete sich eine Tür, und wir standen vor einer Treppe, die in einen großen Keller hinunterführte.

Es roch nach verkohltem Holz. Der vordere Teil des Kellers lag im Dunkeln, während der hintere erleuchtet war. Dort stand ein Pappmann mit einer Keffiyeh, auf dessen Brust eine Zielscheibe aufgemalt war, mit einem Kreuz in der Mitte. Ein mir unbekannter junger Mann zielte mit einer Pistole darauf und schoß. Der Knall war so laut, daß ich zusammenfuhr. Ich hatte noch nie zuvor einen Schießstand gesehen.

»Hört man das nicht auf der Straße?« flüsterte ich Abu Saleh zu.

»Keine Bange«, sagte er.

Der junge Mann schoß noch einmal und legte die Pistole dann auf einen Tisch. »Ich hoffe nicht, daß es noch eine Farhud gibt«, sagte Abu Saleh zu mir, »aber wir müssen bereit sein. Die Moslems sind auf dem Kriegspfad. Wir müssen jeden Burschen, dem wir trauen können, ausbilden.« Er wandte sich an den Schützen und sagte: »Das ist Kabi Salman Imari, Hizkels Neffe. Geh mit ihm die verschiedenen Modelle durch, erklär ihm ihre Bestandteile und welche Funktion sie haben. Zeig ihm, wie man lädt, schießt und mögliche Ladehemmungen beseitigt. Laß ihn ein paar Schießübungen machen, und zum Schluß kann er lernen, wie man eine Waffe reinigt und einfettet. In zweieinhalb Stunden bin ich zurück.« Damit ließ er uns allein und verschloß die Tür hinter sich.

Der junge Mann, dessen Namen ich nie erfuhr, sicherte die Pistole und legte sie auf ein Regal. »Wenn wir fertig sind, kannst du sie reinigen«, sagte er zu mir. Er nahm eine andere Waffe, prüfte sie, spannte sie, legte sie vor mir auf den Tisch und sagte: »Das ist eine deutsche Neun-Millimeter-Parabellum.«

Ich war ungeheuer stolz.

KAPITEL XXXVIII

Vier Tage lang brütete Bagdad in einer Gluthitze, die wie eine gelbe Wolke über der Stadt hing, die Straßen leer fegte und sogar die Badenden im Fluß in ihre kühlen Keller trieb. Selbst die alten Leute konnten sich nicht erinnern, je zuvor eine solche Hitze erlebt zu haben.

Und es war just in dieser lähmenden Hitze, daß sich das jüdische Viertel zu Israel bekannte. Eine Familie nach der anderen stürmte auf die Straße. Mein Vater erschien in einem eleganten weißen Anzug mit blauer Krawatte und einer welken roten Blume im Knopfloch. Er packte mich am Arm und eilte mit mir in die Synagoge. Er rannte, als wollte er wie damals während der Farhud den Randalierern entkommen. Obwohl er diesmal keinen Sack mit Lebensmitteln trug, japste er nach Luft – die zehn Jahre, die inzwischen vergangen waren, hatten ihre Spuren hinterlassen. Denn wie jeder Iraker, der etwas auf sich hielt, hatte er nicht viel übrig für körperliche Ertüchtigung. Er war hochrot im Gesicht und schwitzte so sehr, daß ich ihn bat, langsamer zu gehen, aber wie ein eigensinniges Kind war er nicht zu bremsen.

Aus der Synagoge erklang der Schall des Schofars und freudiger Gesang:

Gott des Elias, Gott des Elias,
Um Elias' willen
Schick uns deinen Messias!

Es war kaum zu glauben. Nach all den widersprüchlichen Gerüchten und enttäuschten Hoffnungen jetzt dieses optimistische Lied! Die Augen meines Vaters leuchteten, und er bedeckte mich mit Küssen.

»Wir gehen fort, mein Junge. Endlich ist es soweit! Die Flugzeuge sind schon unterwegs!« sagte er und umarmte und küßte jeden, der uns begegnete. Wie am ersten Tag der Registrierung drängten Hunderte von Menschen in die Synagoge, und noch mehr standen davor. Flaschen mit Wein tauchten auf und wurden weitergereicht. Mein Vater trank mit schnellen Schlucken und bekleckerte dabei sein Hemd. Eine Gruppe junger Burschen, von Abu Saleh el-Hibaz angeführt, fing an, eine israelische Hora zu tanzen. Sie packten meinen Vater am Arm, der es jedoch nach ein paar unbeholfenen Schritten aufgab, mit den Jungen mitzuhalten, und sich in die Mitte des Kreises stellte, wo er sich vor und zurück wiegte und klatschte. Neben ihm vollführte Abu Saleh Freudentänze und schwenkte seine Keffiyeh.

»Gott des Elias, Gott des Elias!« Das Lesepult wackelte. Die Synagoge bebte. Unter dem Gestampfe der Tanzenden schien der Marmorboden zu zerbersten und die Decke sich von den Säulen zu heben. »Gott des Elias!« In den Worten dieses alten Lieds drückte sich die Sehnsucht aller aus. Abu Saleh versuchte, die Menge dazu zu bringen, gemeinsam zu singen, aber seine Worte gingen in dem Getöse unter.

Es nahm kein Ende, Beine und Kehlen hielten durch, trotz der enormen Hitze und des Schweißes, der in Strömen floß. »In dem Land, das unsere Vorväter bestellten/Dort, wo all unsre Hoffnungen erfüllt werden«, sangen Abu Salehs junge Leute auf hebräisch.

Der alte Hiyawi stand ganz hinten in der Synagoge und beobachtete stumm das ausgelassene Treiben.

»Hiyawi, ein Lächeln für den Messias!« rief Abu Saleh.

»Ich seh noch nicht mal den Esel des Messias«, spottete Hiyawi. »Das ist Götzenanbetung, Abu Saleh, *ya ibni*, nichts als Götzenanbetung. Wo bleibt er denn, der Messias? Und wo bleibt die Auferstehung?«

»Bedeutet dir das Heilige Land denn gar nichts?«

»Es ist mein Traum, mein Sohn. In all meinen Gebeten bin ich dort, immer, wenn ich faste oder ein Kapitel aus den Psalmen lese.«

»Aber willst du es nicht mal sehen, riechen, berühren?« fragte Abu Saleh.

»Mein Sohn, der Traum und das Mysterium sind mir mehr wert. Das ist etwas, was du nicht verstehst, nicht verstehen kannst.«

Hiyawi verfiel in Schweigen.

Abu Saleh trat an das Lesepult. »Ihr Juden, dürfte ich um etwas Ruhe bitten!« rief er. Als sie eingetreten war, fuhr er fort: »Laßt uns ›Der Herr hat seinen Knecht Jakob erlöset‹ singen!«

Die riesige Menge wiederholte die Worte. Mein Vater wurde zum Lesepult hinaufgebeten. Die Menschen machten ihm Platz. Er blickte auf die strahlenden Gesichter, die zu ihm aufsahen, und rezitierte:

»Gepriesen seist du, Herr unser Gott, König der Welt, der du uns bewahret und beim Leben erhalten und uns beigestanden hast bis zum heutigen Tag.«

»Amen! Amen!« erwiderte die Gemeinde.

»Und möge er geben, daß wir unseren glorreichen Führer, meinen Bruder Hizkel, bald wieder in unserer Mitte begrüßen dürfen.«

»Amen! Amen!«

Abu Saleh umarmte meinen Vater. Man brachte ihnen Gläser mit Wein, und beide tranken. »An den Wassern zu Babylon saßen wir und weinten, wenn wir Zions gedachten«, sang Abu Saleh. Der Kantor begann mit dem Nachmittagsgebet, aber die allgemeine Euphorie wollte sich nicht legen. Immer wieder gingen Juden zu den Passagierlisten hinüber und standen reglos davor. Mein Vater gratulierte den Glücklichen, die zuerst fliegen durften.

»Wann kommen wir dran, Baba?«

»Wer weiß?« sagte er. »Wenn das erste Flugzeug raus ist, werden bald weitere folgen.«

Auf dem Heimweg legte er den Arm um mich und summte fröhlich vor sich hin. Er war wie ausgewechselt. Zu Hause sprach er sonst kaum ein Wort, ging Unterhaltungen mit meiner Mutter aus dem Weg und zog sich, sobald es ging, in seinen Sessel im Wohnzimmer zurück. Sobald wir zu Hause waren, erzählte er ihr begeistert, daß die Flugzeuge endlich eingetroffen waren. Sie kehrte ihm den Rücken zu und ging in die Küche, wo sie ihn wie eine lästige Fliege wegscheuchte, als er hinter ihr hergerannt kam und versuchte, sie in den Arm zu nehmen. Wie ein gescholtenes Kind folgte er ihr in den Hof zurück. Wenn sie nur ein einziges Mal seine Begeisterung teilen würde!

»Du stinkst nach Wein«, sagte sie mit eisiger Stimme.

Er ließ den Kopf hängen, zog seine weiße Jacke aus, lockerte seinen Schlips und ging in den Keller hinunter, wo er sich auf eine Matte legte. Warum mußte sie ihm immer die Stimmung verderben und ihn dem Würgegriff seiner Angst überlassen? Nicht mal einen einzigen Tag lang gönnte sie ihm seine Freude. Da ich keine Lust hatte, mich mit ihr zu streiten, rannte ich hinaus in die dunstige Dämmerung und blieb erst stehen, als ich bei Rashels Haus angekommen war.

Ich hatte Rashel eine ganze Weile nicht gesehen. Ich ärgerte mich immer noch darüber, wie sie sich vor ein paar Wochen benommen hatte, als ich sie zu Karim Abd el-Hak begleitet hatte. Was für Pläne hatte ich damals für uns gehabt! Nach einer Sitzung beim Anwalt würden wir ins Kasino gehen und Tango tanzen, und ich würde ihren Körper berühren, ihre Taille unter meiner Hand spüren, ihren Kopf auf meiner Schulter, ihren Duft nach Rosenwasser riechen. Die ganze Welt würde mir gehören … Als wir jedoch bei der Anwaltskanzlei ankamen, schloß sie hinter sich die Tür und ließ mich wie ihren Diener draußen warten. Es hätte nicht viel gefehlt und ich wäre aufgestanden und gegangen. Nicht einmal Abed, der Gehilfe meines Vaters, wurde so behandelt. Ich saß da wie ein Idiot, kochte innerlich vor Wut, und meine Gedanken waren in Aufruhr. Was machten sie wohl da drin?

Als sie endlich herauskam, war sie ganz aufgedreht und lächelte, als hätte sie den Herrgott persönlich gesehen. Ohne meine Wut zu bemerken, winkte sie einer Droschke, die uns direkt nach Hause brachte. Und obwohl ich mir damals schwor, nie mehr etwas mit ihr zu tun haben zu wollen, stand ich jetzt vor ihrer Tür, deren taubenförmiger Türklopfer mich unwiderstehlich anzog.

»Du hast mir gefehlt«, sagte sie, und ihre Augen glänzten. Mein ganzer Ärger war verflogen.

»Wir gehen nach Israel.«

»Wann?« Verblüfft knöpfte sie ihr Hauskleid zu.

»Die Flugzeuge werden bald hiersein.«

»Alle verlaßt ihr mich.«

»Komm doch mit. Wie oft sollen wir dich denn noch fragen?«

»Die Iraker würden das nie zulassen.«

»Wer sagt das?«

»Karim.«

»Karim, Karim. Für wen hält er sich eigentlich? Für einen Propheten? Natürlich will er nicht, daß du weggehst.«

»Was willst du damit sagen?«

»Nichts«, sagte ich. Doch im nächsten Augenblick platzte ich heraus: »Warum läßt du dich denn nicht scheiden und heiratest ihn? Dann könntest du den Irak jederzeit verlassen.« Sogleich bereute ich meinen Ausbruch und versuchte einzulenken. »Ich meine, du könntest eine Pro-forma-Ehe eingehen, um eine Ausreisegenehmigung zu bekommen. Das machen andere auch. Hizkel könnte sich vom Gefängnis aus scheiden lassen.«

»Alle verlaßt ihr mich«, wiederholte sie, brach in Tränen aus und zog mich an sich. Ihr Duft machte mich ganz benommen. Aber selbst als mich eine Welle der Begierde durchflutete, war ich mir meiner Pickel bewußt, die sie mit ihrer nassen Wange gerade berührte. Und wie um mir zu bestätigen, daß ich noch ein halbes Kind war, ließ sie mich los und trat einen Schritt zurück. »Ich muß gehen«, murmelte ich und schlüpfte hinaus, bevor sie mich zurückrufen konnte.

Lieber Gott, dachte ich, warum hilfst du mir denn nicht? Letztendlich blieb sie wirklich ganz allein zurück und wartete auf einen Mann, der niemals zurückkommen würde. Diese Scheißkerle würden ihn nie freilassen.

Liebte ich sie? Warum sonst sagte ich mir ständig, daß sie kaum älter war als ich? Ich war keine zwanzig Schritte gegangen, da sehnte ich mich schon wieder nach ihr. Warum wollte sie mit ihrem moslemischen Anwalt im Irak bleiben? War sie bereits seine Geliebte?

Ich drehte mich um und ging zu ihrem Haus zurück. Aber was konnte ich ihr sagen? Was bist du nur für ein Schwein, schalt ich mich, als ich an Hizkel dachte. Die Frau deines Onkels!

Ich machte wieder kehrt und schlenderte durch die Gassen des Suks. Als ich heimkam, stand mein Vater im Hof. In seinem blauen Anzug, dem gestärkten Hemd und der weißen Krawatte mit der funkelnden Krawattennadel sah er aus wie ein Bräutigam.

»Kabi, wo bist du gewesen?« fragte er.

»Spazieren.«

»Komm mit in die Stadt«, sagte er.

»Ich hab keine Lust«, antwortete ich.

»Komm schon, mein Sohn. Dies ist der Tag, auf den wir gewartet haben.«

»Warum gehst du denn nicht mit Mutter?«

»Sie will nicht. Ich hab sie schon hundertmal gefragt. Um Kabi«, rief er, »sei kein Spielverderber, komm mit.«

»Sein Bruder verrottet im Gefängnis, und er will feiern«, antwortete meine Mutter aus der Küche.

»Und wenn ich zu Hause bleibe, kommt er frei? Komm mit ins Kasino!«

»Ich soll ins Kasino gehen? Nimm Kabi mit.«

»Wie wär's, mein Sohn? Sie will nicht mitkommen.« Er sagte es ein bißchen vorschnell, so, als wäre er erleichtert darüber.

»Ich auch nicht.«

Er kam etwas näher. »Wenn sie nicht mitkommt«, flüsterte er mit einem Grinsen und einem Nicken in Richtung Küche, »können wir uns Salima Pasha anhören.«

»Versprochen?« flüsterte ich zurück. Ich wußte, daß ich ihren Namen besser nicht in Gegenwart meiner Mutter erwähnte.

»Natürlich. Sie gibt für die, die nach Israel gehen, eine Abschiedsvorstellung. Alle werden dasein.«

KAPITEL XXXIX

»Du lieber Himmel! Das ist ja Abu Kabi! Ich hab dich jahrelang nicht gesehen!« rief Abu Sadun aus, der Besitzer des El-Jawahiri-Hotels, in dem Salima an diesem Abend auftrat, wie auch damals, als mein Vater sie zum ersten Mal gesehen hatte. Die beiden Männer umarmten sich wie lange verschollene Brüder.

»Ist das Kabi? *Mashallah*, du bist ja schon ein richtiger Mann!« sagte Abu Sadun und ergriff meinen Arm mit derselben Herzlichkeit, mit der er meinen Vater begrüßt hatte. Wir gingen durch einen erleuchteten Bogengang und betraten einen Garten voller Menschen.

Es roch nach frisch gewässerter Erde, und an den Grashalmen und Myrtenblättern hafteten noch Wassertropfen, die auf meinen neuen Schuhen feuchte Spuren hinterließen und der heißen Nacht einen Hauch von Kühle verliehen. Abu Sadun führte uns an einen Tisch direkt vor der Bühne, der den Ehrengästen vorbehalten war. Mein Vater zögerte. »Vielleicht gibt es auch Plätze etwas weiter hinten«, sagte er.

»Dein Platz ist hier«, erklärte Abu Sadun mit Bestimmtheit. Er winkte einem Kellner und sagte: »Abu Kabi ist Gast des Hauses.«

Der Kellner verbeugte sich. »*Min eini*, ich werde mich um ihn kümmern.«

»Also dann, vielen Dank, Abu Sadun«, sagte mein Vater. »Vielen herzlichen Dank. Jetzt laß dich nicht länger aufhalten.«

»*Ya alf marbara*, sei tausendmal willkommen, Abu Kabi. Ich komme später wieder.«

In dem Garten wimmelte es von Menschen, fast alles Juden, die aßen, tranken und sich lautstark unterhielten. Eine junge Sängerin betrat die Bühne und sang ein paar Lieder, aber ihre Stimme ging in dem Lärm unter, selbst als sie »Lustige Wiener Nächte« des großen Ismahan vortrug. Alles wartete auf Salima, die in einer Welt, wo Frauen das Eigentum von Männern waren, all die Jahre eine Pasha geblieben war. Für sie allein breiteten die Dichter ihre Wortteppiche aus; nur ihretwegen, der Nachtigall des Paradieses, waren all diese Menschen heute abend gekommen; sie wollten sie noch ein letztes Mal hören.

Als Salima voller Schwung die Bühne betrat, erhob sich das Publikum und spendete stürmischen Applaus. Sie trug ein ärmelloses blaues Kleid, ein Perlendiadem, Ohrgehänge und eine Halskette mit einem funkelnden Stein. Mit einem Lächeln blickte sie in die Runde; dann, als ihr Charme die Menge verzaubert hatte, fiel ihr Blick auf uns. Das Lächeln gefror ihr auf den Lippen, und sie wurde blaß; ihr Blick wanderte von mir zu meinem Vater, der matt lächelte und ihrem bohrenden Blick auswich. Einen Augenblick lang, der ewig zu währen schien, saß er da wie ein Tier, das von den Scheinwerfern eines Autos geblendet wird. Dann gab sie der Kapelle ein Zeichen:

Ya hala bihbab galbi,
Ihr alle, denen mein Herz gehört,
Wie hüpft es vor Freude,
Euch hier zu sehen.

Die Welt ist voller Licht!
Ihr Männer, erhebt die Becher,
Füllt sie, füllt sie voll!

Die Zuschauer applaudierten wieder und hoben auf ihre Bitte hin die Gläser. Sie tranken den milchigen Arrak, seufzten vor Wohlbehagen und schwankten verzückt vor und zurück.

Mein Vater füllte mein Glas, und ich befeuchtete meine Lippen mit der vertrauten Flüssigkeit, die mir immer noch nicht schmecken wollte. Er stellte sein Glas ab, trank einen Schluck kaltes Wasser und sagte:

»Sie hat sich kein bißchen verändert. Wenn überhaupt, dann ist sie noch besser als früher. Ihre Stimme hat mehr Tiefe.«

Ich sah sie an, diese Person, die meine Mutter hätte sein können – oder vielmehr, die es nicht hätte sein können, denn dann wäre ich nicht ich. Vielleicht beging sie ja denselben Fehler und dachte, daß ich ihr Sohn hätte sein können. Sie war eine schlanke, stolze Frau mit dunklem Haar, einem länglichen Gesicht, einer Stupsnase und hohen Wangenknochen. Sie strahlte Wärme und Vertrauenswürdigkeit aus. In ihren Bewegungen lag eine natürliche Anmut, die das Publikum mit einer subtilen Geste beruhigen oder auch mitreißen konnte.

Während der Pause kam Abu Sadun an unseren Tisch. »Ist alles in Ordnung, Abu Kabi?«

»*Tislam eydak*, Gott segne dich«, sagte mein Vater und prostete ihm zu.

»Salima erwartet dich nach der Vorstellung in ihrer Garderobe«, sagte Abu Sadun zu ihm. Und als er den Gesichtsausdruck meines Vaters sah, fügte er hinzu: »Bitte enttäusche sie diesmal nicht.«

Als Salima wieder auf die Bühne kam, war ihr erstes Lied:

Hada mu insaf minnak,
Es war nicht nett, mein Liebling,
Daß du mich so lange allein gelassen hast.
Als man mich fragte, wo du bist,
Wußte ich keine Antwort.

Dann sang sie ein paar beliebte alte Lieder. Langsam hellte sich das Gesicht meines Vaters wieder auf, und er bewegte die Lippen zu ihrem Gesang, nickte mit dem Kopf und schlug den Takt mit den Fingern. Auf seinem Gesicht lag ein zärtlicher, etwas versonnener Ausdruck, der ihn jünger und trauriger aussehen ließ. Das Ensemble spielte jetzt eine alte, getragene Weise. Salimas Stimme klang erstickt. Der von ihr improvisierte Text schien aus ihrem tiefsten Innern zu kommen:

Wer kennt die Pfade, die nicht zurückführen?
Möge die Reise eine gute sein.
Weit ist der Weg ins Gelobte Land.
Schnell sind die Flugzeuge, die morgen abfliegen.
Wer kennt die Pfade, die nicht zurückführen?
Möge die Reise eine gute sein.

Auf dieses Lied hatte die Menge gewartet. Endlich hörten sie aus ihrem Mund, von ihr, die ihnen Mutter und Schwester war, daß es wirklich wahr war. Geschlossen und wie zum Gebet erhoben sich alle, Köpfe nickten in Ekstase, Münder sangen lautlos den Refrain mit. Salimas Stimme drückte das aus, was sie alle fühlten. Die Menge brachte ihr und Bagdad, das die meisten von ihnen nie wiedersehen würden, ihre Huldigung dar. Sie sang mit leiser, kummervoller Stimme, und ihre Augen glänzten feucht.

»Lieber Gott im Himmel!« sagte jemand am Nebentisch. »Wie sollen wir Juden denn all das zurücklassen?«

Selbst als das letzte »Bravo« verklungen war, blieb die Luft voller Musik. Keiner ging, obwohl niemand wußte, weshalb er noch blieb. Es dauerte lange, bis sich der erste erhob und anschickte, zu gehen.

Mein Vater richtete seinen Schlips, strich sein Jackett glatt und fuhr sich mit einem Kamm durchs Haar. »Warte hier auf mich«, sagte er.

»Ich will sie kennenlernen«, sagte ich.

»Nein, mein Sohn«, erwiderte er und klopfte mir auf die Schulter, als wolle er sichergehen, daß ich blieb, wo ich war.

Und so ging Salman Moshi Imari, auch Abu Kabi genannt, zu Salima Pasha, um sich von ihr zu verabschieden, bevor er nach Israel aufbrach.

Als er ihre Garderobe betrat, erhob sie sich und wandte sich ihm zu. Lange Zeit starrten sie einander wortlos an. Dann setzte sie sich und bedeutete ihm, sich ebenfalls zu setzen.

»Du hast dich nicht verändert«, sagte er.

»Achtzehn Jahre. Jeden Abend habe ich dich im Publikum gesucht.«

Er schwieg.

»Was hat dich heute abend hierhergeführt?«

»Ich wollte dich ein letztes Mal hören. Und mich verabschieden.«

»Du gehst auch?« Sie zog eine türkische Zigarette aus ihrem Goldetui und wartete. Er saß eine Weile verständnislos da, bis er begriff und ihr Feuer gab.

»Ich konnte nicht früher kommen«, sagte er und blickte zu Boden. »Nicht, nachdem ich wie eine Ratte davongelaufen bin.«

»Wie eine Ratte«, wiederholte sie mit einem melancholischen Lächeln. »Du hättest zumindest meine Briefe beantworten können. Du hättest Abu Sadun etwas sagen können, als ich ihn zu dir geschickt habe.«

Sie hielt den Kopf gesenkt.

»Ich kam gegen meine Familie nicht an. Ich habe das Unterrichten aufgegeben. Ich habe die Juristerei aufgegeben. Ich habe das Singen aufgegeben. Ich habe das Lautespielen aufgegeben. Ich habe die Tochter eines Rabbiners geheiratet und ein Uhrengeschäft eröffnet.«

Eine Zeitlang sprach keiner von beiden.

»Was habe ich dir nicht geben können?«

»Daran lag es nicht. Ich hatte Angst. Ich war nicht stark genug, um dein Mann zu sein.«

»Du hast dich meiner geschämt. Du dachtest, ich sei eine Hure.«

»Mein Gott, nein ...«

»Oder vielleicht hast du es ja auch nicht gedacht. Aber du konntest jenen nicht ins Gesicht sehen, die es glaubten, was noch schlimmer ist.«

»Ich habe dich geliebt.«

»Warum dann?« rief sie. Mit Mühe riß sie sich zusammen. »Es ist auch egal. War der Junge, der neben dir saß, dein Sohn?«

»Ja.«

»Kabi.«

»Ja.«

»Als ich seinen Namen hörte, wußte ich, daß du noch immer mir gehörst. Ich hätte nie gedacht, daß du dich daran erinnern würdest, daß ich unseren Sohn Kabi nennen wollte. Er sieht aus wie du.«

»Das Licht blendet mich«, sagte mein Vater und stand auf, um die Tischlampe mit einer geübten Handbewegung zu löschen. Seine Hand, die Salima wie in alten Zeiten ergriff, als er sich wieder setzte, hatte sich daran erinnert, wo der Schalter war.

»Warum hast du nie geheiratet?«

»Wen denn? Du hast mich nicht gewollt. Kein Jude wollte mich. Niemand außer den Moslems wollte mich. Und jetzt, da die Juden fortgehen, für wen soll ich da singen?«

»Komm mit nach Israel. Jetzt ist der Zeitpunkt gekommen, um etwas zu verändern.«

»Es ist zu spät.« In ihren Mundwinkeln waren kleine Fältchen. »Und wer würde mich gehen lassen? Der Pascha? Weißt du denn nicht mehr, wie er Bürgen verlangte, als ich in den Libanon wollte?«

Der Anflug eines Lächelns huschte über ihr Gesicht.

»Hat er immer noch Angst, dich zu verlieren?«

»Mehr denn je.«

»Du bist eine Königin. Der ganze Irak liegt dir zu Füßen.«

»Eine Königin! Ohne ein Volk. Ohne eine Heimat. Ohne einen Erben.« In ihren Augen standen Tränen. »Nichts davon ist auch nur einen Pfifferling wert. Aber das hast du noch nie verstanden.«

»Du bist mir immer noch böse.«

»Ich hadere höchstens mit meinem Schicksal.«

Er entzog ihr seine Hand. »Ich muß gehen.«

»Du rennst schon wieder davon.«

»Es ist schwer für mich.«

»Du warst noch nie ein richtiger Mann.«

Er antwortete nicht. Überrascht hörte er sich selbst sagen: »Wer weiß? Vielleicht waren ja mein ganzer Zionismus und meine Arbeit im Untergrund nur dazu da, das wettzumachen ...«

Seine Stimme verlor sich. »Kabi wartet auf mich.«

»Bitte ihn, hereinzukommen«, sagte sie heiser. »Ich will ihn kennenlernen.«

Er erhob sich. »Nein.«

Er stand eine Zeitlang vor ihrer Tür. Du bist wirklich kein richtiger Mann, dachte er.

KAPITEL XL

Es dauerte nicht mehr lange bis zu den Sommerferien, und Miss Sylvia freute sich schon auf die Vergnügungen, die sie dann erwarteten. Sie hatte im letzten Jahr zwar schon das eine oder andere unternommen, aber es gab soviel zu sehen, und mit Salim Effendi zusammen würde es bestimmt noch mehr Spaß machen: das tägliche Bad im Fluß, die Bootsfahrten von einer Insel zur anderen, Ausflüge in die weiße Stadt Mosul, Spazierfahrten, Tanzveranstaltungen und Feste, die endlosen Tage süßen Nichtstuns. Ihr Herz schlug schneller, wenn sie daran dachte, daß der Tag ihres Abflugs nach London Ende des Sommers ebenfalls näherrückte. Stad Nawi hatte ihr gesagt, daß die Schulkommission mit ihrer Arbeit zufrieden sei, ihren Vertrag aber nicht verlängern könne, weil wegen der Auswanderung der Juden nach Israel die Zukunft der Schule ungewiß sei. Möglicherweise würde sie geschlossen. »Ich weiß nicht einmal, ob ich noch hiersein werde«, hatte er entschuldigend hinzugefügt.

Sie wartete immer noch darauf, daß Salim Effendi auf die Zukunft zu sprechen kam. Er war der einzige Grund, warum sie nicht sofort nach England zurückkehrte zu ihrer Familie, ihren Freunden und ihrer Doktorarbeit. Sie träumte davon, ihn mitzunehmen, aber als sie einmal davon gesprochen hatte, hatte er nur ausweichend gemurmelt: »Ich muß die Partei fragen.«

So oder so waren es ihre letzten Tage in Bagdad, und sie wollte sie bis zur Neige genießen; sie wollte alles, was die Stadt zu bieten hatte, in sich aufnehmen, die vielfältigen Gerüche, alles Neue und Alte, von den menschenunwürdigen Elendsvierteln bis zu den prächtigen Palästen. Vielleicht wäre dies auch eine Möglichkeit, Salim Effendi näherzukommen. Am glücklichsten war sie, wenn er sie begleitete. Zusammen unternahmen sie ausgedehnte Spazierfahrten kreuz und quer durch die Stadt, sie stets auf der Kante des Sitzes, den Hals nach vorn gereckt, als sehe sie die Welt zum erstenmal. Salim Effendi fand ihre unersättliche Neugier beneidenswert. Ein simpler Abendspaziergang mit ihr konnte zu einem faszinierenden Ausflug in Bagdads buntes Gemisch aus sunnitischen und schiitischen Moslems, Christen, Juden, Armeniern, Kurden, Iranern und anderen Nationalitäten werden. Obwohl er manchmal wünschte, sie würde nicht so viele Fragen stellen, fühlte er sich dadurch angestachelt, die Stadt besser kennenzulernen. Zu seiner Überraschung entdeckte er, daß Bagdad auch für ihn noch viel Unbekanntes und Reizvolles bereithielt, obwohl er dachte, jede Straße und jeden Park zu kennen.

An diesem speziellen Abend war Miss Sylvia entschlossen, im El-Pachachi, dem berühmten moslemischen Restaurant, *pacha* zu essen.

»Sollen wir nicht besser in ein jüdisches Restaurant gehen?« fragte Salim Effendi mit seinem Clark-Gable-Lächeln.

»Nein, nein, moslemisch ist mir lieber«, erklärte Miss Sylvia entschieden und strich zärtlich über seine rote Narbe. In den letzten Tagen hatte er öfter das Bedürfnis verspürt, allein zu sein, mit seinen Schuhen auf dem Bett zu liegen, ohne dafür gerügt zu werden, und Miss Sylvia in unvergeßlicher Erinnerung zu behalten. Wurde er ihrer allmählich überdrüssig? Wie war es sonst zu erklären, daß er, nachdem er jeden Abend ungeduldig auf sie gewartet hatte, jetzt die Gesellschaft von Brahms und einem Glas Scotch vorzog? Oder daß sie nicht mehr die Macht besaß, seine Gedanken von IHR abzulenken? Obwohl mehrere Monate seit Bahias Abreise nach Kairo vergangen waren, stellte er fest, daß sie ihm sehr oft in den Sinn kam, selbst während er mit der Engländerin schlief.

Sein Antrag auf Genehmigung einer Reise nach Kairo war von der Partei abgelehnt worden. Sein Freund Tarik hatte, zumindest schien es so, die Parteiführung dazu überredet, ihr Veto einzulegen, obwohl er von Salim Effendis Interesse an Bahia wußte und seiner Hoffnung, sie, weit weg von Bagdad und diesem geisteskranken Scheich Jassem, für sich gewinnen zu können. Wenn er nur irgendwohin fahren könnte, wo es ruhig war, sei es auch nur nach Imara, wo er ausgedehnte Spaziergänge durch die Reisfelder machen, dem Gurren der Tauben und dem Rascheln der Halme zuhören und seinen Geist von allem freimachen könnte, selbst von Bahia … Andererseits wünschte er, er könnte auf alles pfeifen, die Partei eingeschlossen, und ihr bis ans Ende der Welt folgen wie der Held in einem Roman! In seiner gegenwärtigen Stimmung schienen ihm beide Alternativen reizvoller als Miss Sylvia. Es lag ihm nun so wenig an dieser Affäre, daß er nicht einmal mehr Lust zu einem Kurzurlaub in London hatte.

Ihr Arm lag auf seinem, sie drückte kurz seine Hand und winkte einer Droschke, erklärte dem Kutscher ihr Ziel, halb in moslemischem, halb in jüdischem Dialekt, aber hauptsächlich auf englisch. Der Fahrer warf Salim Effendi einen hilfesuchenden Blick zu, der sich jedoch Zeit damit ließ, ihn aufzuklären. Es amüsierte ihn, wenn Miss Sylvia die Einheimische spielte. Sie war wirklich eine bezaubernde Frau und ihm kein bißchen unterlegen. Was ihre intellektuellen Bedürfnisse und Ansichten anging, so paßten sie wunderbar zusammen. Konnte der wahre Grund für sein abnehmendes Interesse an ihr sein, daß er Angst vor ihrer Unabhängigkeit hatte, er, der immer behauptet hatte, daß er nie mit einer unterwürfigen irakischen Frau zusammenleben könnte?

Da er keine Lust hatte, diesen Gedanken weiterzuverfolgen, schob er ihn beiseite und sagte dem Fahrer, er solle sie zum Markt der Schmiede fahren. Sie stiegen in einem nahegelegenen moslemischen Viertel aus, und Miss Sylvia hängte sich bei ihm ein. Als sie gerade die Straße zum El-Pachachi überqueren wollten, sah Salim Effendi zwei Männer in Anzügen aus einer Droschke hinter ihnen steigen. Er hatte die beiden Geheimpolizisten bereits vor seinem Haus herumlungern sehen und gewußt, daß er verfolgt wurde. Daraufhin hatte er seine Aktivitäten in der Partei auf ein Minimum reduziert und den lebenslustigen Junggesellen gespielt, der sich die Nächte um die Ohren schlug und kein Vergnügen ausließ. Warum verhafteten sie ihn nicht endlich und setzten seinen Alpträumen ein Ende?

Er brütete noch darüber nach, als sie bereits von einer Gruppe Moslems umringt waren, die unverwandt auf Miss Sylvias enge Hose und hauchdünne Bluse stierten.

»*Inglizziya*«, sagte irgend jemand.

»Ein Filmstar«, schlug ein anderer Mann vor.

»*Shlon tiz, yiswa addam*«, schwärmte ein dritter. »Was für ein Hintern! Dafür würd ich mich glatt aufhängen lassen!«

»*Ya hmar, hada tiz kulla halwa*! Das ist kein Hintern, das ist ein Stück Halva, du Esel!«

Miss Sylvia errötete, genoß aber ganz offensichtlich die Aufmerksamkeit, die sie erregte, und drückte sich enger an ihren allgemein beneideten Begleiter. »Viel Spaß!« rief jemand. Salim Effendi lächelte verlegen und täuschte Unverständnis vor.

»Schämt ihr euch denn nicht?« fragte ein dicker junger Mann die Menge. »Man könnte ja meinen, ihr hättet noch nie eine Frau in Hosen gesehen.«

»So wie deine Schwester?« höhnte ein anderer.

»Wenn dieses Weibsstück denkt, es wär ein Mann, dann soll es doch sein Ding rausholen und pissen!«

Lautes Gelächter ertönte. Mit einem Seitenblick auf die Umstehenden beschloß Salim Effendi, daß jetzt nicht der rechte Moment war für einen Vortrag über die Rechte der Frau. Schließlich mußte man den lokalen Gebräuchen Rechnung tragen.

Für einen Revolutionär war das Ketzerei. Aber wäre es nicht besser, wenn die Kommunisten weniger dogmatisch wären und es weniger eilig hätten, altehrwürdige Bräuche und Traditionen abzuschaffen? Wenn er mit einer jüdischen Frau aus Bagdad verheiratet wäre, würde er es gutheißen, wenn sie in Hosen herumliefe? Von seinem Verstand her schon, aber emotional … also, vielleicht zu Hause … aber auf der Straße? Aber wie ernst gemeint waren dann seine leidenschaftlichen Reden, die er Tarik über die Gleichstellung der Frau hielt und die direkt aus dem Mund des toten Armeniers hätten kommen können?

Sie hatten die Tür des Restaurants erreicht. Wäre Miss Sylvia nicht so eigensinnig, hätte er sie viel lieber ins Hotel Semiramis geführt oder an irgendeinen anderen Ort, wo europäische Frauen willkommen waren und akzeptiert wurden. Aber würde das nicht bedeuten, daß er es aufgab, den Irak zu verändern und ihn aus den Klauen seiner Vergangenheit zu befreien? War nicht eine neue Haltung gegenüber Frauen dringend erforderlich?

Er wechselte mit dem Kellner ein paar Worte auf englisch und führte dann Miss Sylvia zu einem Tisch in einer Ecke, von dem aus sie in die Runde lächelte. Er hatte das Gefühl, daß sich zwischen ihnen eine Kluft auftat.

»Wie oft soll ich dir noch sagen, daß so ein Lächeln hier nicht das bedeutet, was du denkst?«

»Und wie oft soll ich dir noch sagen, daß du mich nicht ändern kannst?« erwiderte sie und lachte so laut, daß alle Gäste sich zu ihnen umdrehten. Wie zum Dank schüttelte sie ihr langes Haar. In dem Restaurant roch es intensiv nach gebratenem Lamm, und der laute Ventilator an der Decke vermochte wenig gegen die drückende Hitze auszurichten. Salim Effendi zog sein Jackett aus, lockerte seinen Schlips und schlug seine Hemdsärmel zweimal um. Der Kellner starrte Miss Sylvia stumm an, als sie versuchte, etwas auf arabisch zu bestellen, während sein Blick zu ihrer Brust hinunterwanderte. Schließlich übernahm Salim Effendi die Bestellung.

Der Kellner legte Miss Sylvia Messer, Gabel und Löffel hin, Salim Effendi jedoch nur einen Löffel, kehrte dann mit einer rötlichen Zungensuppe, einer Lammkeule und einer Platte mit Kutteln zurück. Obwohl der aromatische Geruch nach Safran und Knoblauch äußerst verlockend war, schickte ihn Salim Effendi wieder weg, damit er ihm Messer und Gabel brachte, legte diese nach dem ersten Bissen hin und sagte zu Miss Sylvia: »Man ißt die *pacha* mit den Händen und die Kutteln mit einem Löffel, so.« Er packte die Lammkeule, biß ein Stück davon ab, legte sie wieder auf die Platte, riß ein Stück Brot ab, fischte damit ein Stück Zunge aus der fetten Suppe und stopfte sich beides in den Mund.

Er aß wie ein Iraker, schmatzend und sich die Lippen leckend. Es war ein barbarisches Schauspiel, das Miss Sylvia faszinierte und zugleich abstieß. Obwohl es nicht leicht war, sich den lokalen Tischsitten anzupassen, legte sie ebenfalls ihr Besteck hin und aß mit den Händen, während die anderen Gäste sie verblüfft anstarrten. Lachend packte sie mit ihren langen, manikürten Fingern die Lammkeule, scherte sich nicht darum, daß die rote Suppe auf ihre Bluse tropfte, und wischte sich die Hände an der Serviette ab, während ihr Liebhaber das Essen in sich hineinschaufelte, als wolle er ihr mit seinem Appetit ein Geschenk machen.

Plötzlich ließ sie die Schultern hängen, und ein Zittern durchlief ihren Körper – ein Zeichen der Leidenschaft, die sie manchmal wie ein Krampf packte. Sie rückte mit ihrem Stuhl näher an den Tisch heran und rieb mit ihrem Fuß über Salim Effendis. Obwohl ihn diese Geste normalerweise erregt hätte, wich er jetzt erschrocken zurück, wies mit dem Kopf auf die lüsternen Blicke, die auf sie gerichtet waren, und sah sie tadelnd an. Miss Sylvia tat so, als verstünde sie ihn nicht, schlang ihre Beine um seine und betrachtete ihn belustigt, als er seinen Stuhl wegrückte und sich zur Seite drehte. Plötzlich erfaßte ihn heftige Begierde für diese schamlose Frau, die ihm gegenübersaß, und er griff nach der Keule und saugte das Knochenmark aus, als wäre es Türkischer Honig.

Waren die Geheimpolizisten immer noch draußen? Was wäre wohl sein letzter Wunsch, bevor man ihn zum Galgen führte? Eine *pacha!* Diesmal würde er sie jedoch allein essen, mitten in diesem Restaurant, langsam und genüßlich. Und zum Nachtisch würde er sich Bahia wünschen. Wenn er sie nur einmal ficken könnte! Dafür würde er sich sogar aufhängen lassen.

Er betrachtete die Engländerin. Ob Bahia wohl genauso leidenschaftlich im Bett war? Trotz ihrer Redseligkeit war Miss Sylvia für ihn eine rätselhafte Frau geblieben. Er hatte sie bis auf die Haut entkleidet, aber ihre Seele blieb ihm fremd. Einmal hatte sie ihm erzählt, daß ihr Vater ihr während des Kriegs in London eine Banane mitgebracht hatte, über die sie sich riesig gefreut habe. Der lukullische Überfluß Bagdads begeisterte sie; sie konnte nicht aufhören zu essen und hatte schon etwas zugenommen.

Miss Sylvia löffelte die Kutteln und ließ Reiskörner auf ihre Hose fallen. Sie beendeten ihr Mahl mit einem Glas Tee für sie und einer

Tasse bitteren Kaffee für Salim Effendi, nach der er sich zurücklehnte und sich eine Pfeife anzündete.

Vor dem Restaurant winkten sie einer Droschke. Jetzt sah er auch die beiden Männer in Anzügen wieder, die auf ihn warteten. Wer waren sie? Wenn sie wirklich von der Geheimpolizei waren, worauf warteten sie dann, verdammt nochmal! Letztendlich hängen sie mich ja doch, sagte er sich und beschloß, sie zu ignorieren. »Nach Taht-el-Takya«, sagte er zu dem Kutscher. Zu Hause würde er das Feuer löschen, das das gute Essen und die Engländerin entfacht hatten. Er legte die Beine auf die Fußbank, lehnte den Kopf an Miss Sylvias Schulter und schloß die Augen. Als er sie beim jüdischen Viertel wieder öffnete, sah er noch mehr Männer in Anzügen. Er bat den Kutscher, weiterzufahren.

»Fahren wir zu mir?« fragte Miss Sylvia und schmiegte sich an ihn. Sie fühlte sich schläfrig und hatte Lust auf Sex.

»Ja«, sagte er und lächelte, um sie nicht zu beunruhigen. Auf der König-Faisal-Brücke bat er den Kutscher umzukehren und durch die Razi-Straße am jüdischen Suk vorbeizufahren. Dort standen ebenfalls Männer in Zivil herum, woraufhin er den Kutscher aufforderte, sie nach El-Kark, hinunter zum Fluß zu bringen.

»Hast du dich jetzt entschieden?« Miss Sylvia strich ihm über den Rücken.

Er rollte das Verdeck der Droschke zurück und sah sich um. Hinter ihnen fuhr eine offene Kutsche mit zwei Männern in Anzügen darin.

»Ich glaube, wir werden verfolgt«, sagte Salim Effendi. Seine ganze Heimatstadt hatte sich gegen ihn verschworen!

»Wirklich! Dann komm mit zu mir.« Sie drückte ihn an sich.

»Es wäre nicht gut für dich, wenn man mich dort finden würde.«

»Ich habe keine Angst. Ich bin britische Staatsbürgerin.«

»Das würde es für mich höchstens noch schlimmer machen, ohne daß es dir hilft.«

»Meinst du, sie wissen über uns Bescheid?«

»Man sollte sie nie unterschätzen. Die erste Regel des Untergrundkämpfers lautet, den Feind ernst zu nehmen.«

»Aber was sollen wir jetzt machen? Wo willst du hin?«

»Mach dir keine Gedanken. Ein Untergrundkämpfer hat zwar kein Zuhause, aber viele Adressen.«

»Wie finde ich dich?«

»Warte einfach ab. Ich setze mich mit dir in Verbindung, sobald ich kann.«

»Wir hätten nach London gehen sollen«, sagte Miss Sylvia.

Aber Salim Effendi konzentrierte sich auf Bagdad. »Mein Gott!« rief er aus und war so angewidert, daß er sich an die Stirn schlug. »Bei mir zu Hause liegt ein Flugblatt der Partei.«

»Himmel! Warum hast du es mit nach Hause genommen?«

»Um es zu überarbeiten. Und ich war der Meinung, nie einen Fehler zu machen!« Er lachte nervös.

»Versprich mir, daß du nicht nach Hause gehst. Sie werden dich verhaften.«

Sie teilten sich eine Zigarette. Jedesmal, wenn sich einer von ihnen vorsichtig umdrehte, sahen sie hinter sich ihre Verfolger. »Warum haben sie dich nicht längst festgenommen?« fragte Miss Sylvia. »Ist es wegen mir?«

»Nein, sie wollen sehen, wo ich hingehe, wo ich mich verstecke. Sie benutzen mich vielleicht als Köder für eine große Razzia. Das kann noch tagelang so weitergehen.« Er versuchte sich selbst und sie zu beruhigen.

Sie drückte ihre Lippen auf seine. »Ich liebe dich.«

»Ich will nicht, daß du auch noch in Schwierigkeiten gerätst. Ich hänge sie schon irgendwie ab.«

»Sei bloß vorsichtig«, sagte sie mit belegter Stimme, als er sie in der Nähe ihrer Wohnung absetzte, unweit der Statue von Frederick Stanley Maude, eines britischen Generals aus dem Ersten Weltkrieg.

»Mach dir keine Gedanken«, sagte er. Er bat den Kutscher, ihn nach Neu-Bagdad zu fahren, lehnte sich in seinem Sitz zurück, zündete seine Pfeife an und versuchte seinen nächsten Schritt zu planen. Daß er bei einem Parteimitglied untertauchte, kam nicht in Frage. Er ging alle seine Bekannten durch, zog kurz sogar den Großen Imari in Erwägung, an dessen Villa sie gerade vorbeifuhren.

Aber nein, sein Cousin würde ihn sofort verhaften lassen, um seine Loyalität gegenüber dem Pascha zu demonstrieren.

»Wohin jetzt?« fragte der Kutscher.

»Fahr um die Villen von diesen Bonzen herum. Und laß dir Zeit. Uns gehören zwar die Häuser nicht, aber die Luft ist frei.« Er bot dem Kutscher eine teure Zigarette an.

»Gott möge Sie dafür belohnen«, sagte der Mann, als er sie entgegennahm.

Sollte er es bei Abu Kabi versuchen? Nein, das konnte er wegen Hizkel nicht machen. Er war ratlos. Was war das für Musik, die ihm durch den Kopf ging? Plötzlich wußte er, was es war: Haydns Abschieds-Sinfonie, die – wie ihm Miss Sylvia einmal erklärt hatte – damit endete, daß ein Instrument nach dem anderen verklang, bis keins mehr übrig war und Stille herrschte. Lieber Gott, dachte er, hier bin ich in meiner Heimatstadt und habe nicht mal einen Strohhalm, an den ich mich klammern kann. In meinem ganzen Leben war ich noch nie so allein. Es ist gut, daß meine arme Mutter nicht mitansehen muß, wie tief ich in der Scheiße stecke. Aber Selbstmitleid war das letzte, was er jetzt gebrauchen konnte. Du bist ein Revolutionär, sagte er sich. Reiß dich zusammen! Konzentrier dich lieber auf deine Flucht!

»Also gut, Meister, fahren wir zurück«, sagte er zu dem Kutscher. Er ließ den Mann auf dem großen Bab-el-Sheikh-Platz halten und warf ihm eine 100-Fils-Münze hin. Als er sah, daß seine Verfolger im Verkehr steckenblieben, sprang er schnell aus der gegenüberliegenden Tür, rannte über die Straße und verschwand in einem geparkten Taxi. »Zur König-Faisal-Brücke, schnell«, rief er.

Das Taxi raste los. Durch das Rückfenster sah er, wie die beiden Agenten versuchten, ein vorbeifahrendes Auto anzuhalten, aber sein Vorsprung war groß genug. An der Brücke wechselte er das Taxi, bat den Fahrer, auf der El-Rashid-Straße eine Kehrtwendung zu machen, und als er sicher war, daß ihm niemand mehr folgte, ließ er sich am anderen Ende von Taht-el-Takya, unweit des jüdischen Suks, absetzen.

KAPITEL XLI

Als er anklopfte, schwang das Holztor auf, und dahinter stand Abu Saleh el-Hibaz in voller Größe.

»Ah, Salim Effendi«, sagte der Bäcker und verbeugte sich scherzhaft. »Was führt den Ketzer in den Tempel?«

»Sie sind hinter mir her«, flüsterte Salim Effendi.

»Ich habe immer gewußt, daß du eines Tages hier aufkreuzen würdest«, sagte der Bäcker und blickte vorsichtig die Straße hinauf und hinunter.

»Ich habe sie abgehängt«, sagte Salim Effendi. »Ich habe zwei Stunden lang da draußen in der Dunkelheit gewartet, um sicherzugehen, daß sie weg sind, bevor ich bei dir geklopft habe.«

Abu Saleh verschwand im Hof und kam mit einem geflochtenen Korb zurück. Schweigend gingen sie durch die dunklen Straßen. Unweit der Bäckerei drückten sie sich an eine Mauer und lauschten in die Stille. Als Abu Saleh sicher war, daß die Luft rein war, öffnete er ein Tor, und sie stiegen in einen kleinen Keller hinab, in dem ein Bett und ein Hocker standen. Als er Salim Effendi den Korb mit Lebensmitteln gab, fragte er:

»Was kann ich sonst noch für dich tun?«

»Du hast schon genug getan«, murmelte Salim Effendi. »Ich danke dir. Wir Waisen müssen schließlich zusammenhalten. Wie lange kann ich hierbleiben?«

»Je kürzer desto besser. Ich brauche das Bett. Wenn ich nicht zweimal am Tag bumse, steigt mir das Blut in den Kopf.«

»Du riskierst dein Leben für mich«, sagte der Kommunist.

»Du bist Jude, oder etwa nicht? Ich bin in einer Stunde zurück.«

»Paß auf und sieh nach,ob sie vor meinem Haus stehen.«

Als der Bäcker weg war, zog Salim Effendi seine Schuhe aus, lief auf und ab und lachte wie ein Irrer. Der Pascha konnte ihn mal! Die Geheimpolizei genauso! Er hatte sie alle verarscht. Aus seinem tiefsten Innern kam ein Gebet, das er irgendwann einmal in seiner Jugend gelernt hatte: »Gepriesen seist du, o Herr unser Gott, König der Welt, der du selbst armen Sündern Gutes tust.« Und da es keine Gemeinde gab, die ihm antwortete, sagte er selbst: »Amen!«

Jetzt, da seine innere Anspannung etwas nachließ, hatte er Hunger. Er setzte sich aufs Bett, durchsuchte den Korb und verschlang dann ein Kebab mit *amba*, als hätte er den ganzen Tag noch nichts gegessen. Er dankte dem Zionisten aus tiefstem Herzen und zündete sich eine Pfeife an. Die beiden Untergrundbewegungen könnten wahre Wunder vollbringen, dachte er, wenn sie nur zusammenarbeiten würden. Jetzt, da die Geheimpolizei bald zuschlagen würde, war der Zeitpunkt für gemeinsame Aktionen gekommen. Die Geheimpolizei betrachtete beide Gruppen als gleichermaßen subversiv. Und es stimmte, beide waren am Sturz des Regimes interessiert, und der Pascha war zu dumm, um sie auseinanderzuhalten.

Wie waren sie ihm auf die Schliche gekommen? Jahrelang hatte er sie getäuscht, hatte keinerlei Spuren hinterlassen. War es möglich, daß ihn jemand denunziert hatte, gerade als er nach Moskau geschickt werden sollte, um einen Kurs zu absolvieren und einen hohen Posten innerhalb der Partei zu übernehmen? Bei ihrer letzten Versammlung hatte Tarik, sein Mitbewerber für diese Position, argumentiert, daß Bagdad eine moslemische Stadt sei und deshalb eine von Moslems geführte kommunistische Partei haben sollte. Nicht, daß ihn das nach ihrem nächtlichen Ausflug mit Bahia besonders überrascht hätte … aber trotzdem … sich vorzustellen, daß sein bester Freund für eine jüdische Quote eintrat!

Statt wie abgemacht nach der Versammlung auf Tarik zu warten, um dann gemeinsam ins El-Jawahiri zu gehen, war er direkt zu Sylvia gefahren. Sie hatte ihm etwas Gutes zu essen gekocht – sofern man bei der englischen Küche überhaupt von gut sprechen konnte –, ihm einen großen Scotch eingeschenkt – zumindest davon verstanden die Engländer etwas – und war mit ihm ins Bett gegangen, während er sich gefragt hatte, seit wann die Juden in der kommunistischen Partei Menschen zweiter Klasse waren.

Nach dem Tod des Armeniers hatte er nicht viele neue jüdische Parteimitglieder gesehen und dies zunächst auf die Auswanderungswelle nach Israel geschoben. Erst jetzt kam ihm der Gedanke, daß dahinter die Politik stecken könnte, keine Juden aufzunehmen.

Er rief sich den Fall des Parteimitglieds Sa'ad el-Din in Erinnerung, der mit seiner jüdischen Freundin Miriam Cohen verhaftet worden war und der seinen im Gefängnis geborenen Sohn nicht anerkennen wollte, wenn sie nicht zum Islam übertrat. In einem Brief, den sie der Parteiführung heimlich zukommen ließ, hieß es:

»Ihr wart es, die mich gelehrt habt, ohne Religion und ohne Gott zu leben. Wenn ich jetzt den moslemischen Glauben annähme, wäre das, als würde ich Euch ins Gesicht spucken. Ich habe mir nicht ausgesucht, Jüdin zu sein. Ich wurde als eine geboren, weil meine Vorfahren Juden waren. Werde ich jetzt dafür bestraft, daß ich zu einem Volk gehöre, das älter ist als der Islam? Wie könnte ich Moslemin werden und trotzdem eine gute Kommunistin bleiben?«

Etwa um diese Zeit begannen die Leute zu munkeln, daß Juden aus der Partei ausgeschlossen werden sollten. Ihm riet man, sein Judentum herunterzuspielen, wenn er es zu etwas bringen wollte. Obwohl er sich das ohnehin zum Prinzip gemacht hatte, ärgerte er sich darüber. Nur weil die Juden ihre Rabbi Bashis und Großen Imaris hatten, bedeutete das noch lange nicht, daß sie nicht gegen das Regime kämpfen würden. Hatte er sich wieder falsch entschieden?

Der einzige Mensch, der ihm je geholfen hatte, war der moslemische Anwalt Saadun Razari gewesen, durch dessen Verbindungen er in einer moslemischen Oberschule für unterprivilegierte Jungen aufgenommen wurde. Er schloß sie mit Auszeichnung ab und wurde auf der Universität angenommen, obwohl er Jude war. Er zeigte große Begabung für Sprachen und Literatur, und wenn die Partei nicht gewesen wäre, die seine ganze freie Zeit in Anspruch nahm, wäre ihm vielleicht eine erfolgreiche akademische Karriere beschieden gewesen.

Jetzt erschien ihm sein ganzes Leben als einziger großer Mißerfolg. Seine Familie hatte ihn verstoßen. Er würde nie seinen Doktortitel erhalten. Er hatte kein Geld und keine Frau. Bahia hatte ihn verschmäht. Der Irak hatte sich kein bißchen verändert. Aber was am schlimmsten war: Er verdächtigte seinen besten Freund, ihn bei der Polizei angezeigt zu haben.

Trotzdem ergab es keinen Sinn. Für einen Kommunisten bedeutete ein solcher Verrat, daß er sich selbst verriet – es sei denn natürlich, diese Person wäre ein Doppelagent. Aber in diesem Fall wäre inzwischen die gesamte Parteispitze verhaftet worden. Vielleicht waren es auch nur seine Reden in der Schule, die die Aufmerksamkeit der Geheimpolizei erregt hatten.

Wohin sollte er gehen? Er konnte nicht in sein Zimmer zurückkehren. Schlimmer noch, er hatte dort belastendes Material herumliegen lassen – er, der immer jedes Dokument zerstört und neue Mitglieder über Sicherheit belehrt hatte! Er malte sich aus, wie die Polizei seine Sachen durchsuchte. Sie würden auch seine Gedichte finden, einschließlich seines letzten Zyklus' an Bahia.

Sein ganzes Geld war ebenfalls in diesem Zimmer, die 120 Dinar, die er dort für den Notfall aufbewahrte. Er hätte sich einen weißen Sommeranzug davon kaufen sollen oder den senffarbenen Tweedblazer, von dem er immer geträumt hatte. Oder er hätte es für Bauchtänzerinnen ausgeben sollen wie dieser verrückte Scheich. Ach, Bahia, Bahia! Was würde er für eine Nacht mit ihr geben! Wenn er nur so reich wäre wie der Große Imari, dann würde er sie in Gold aufwiegen lassen. Welche Frau konnte einer solchen Versuchung widerstehen?

Es ging ihm der ketzerische Gedanke durch den Kopf, daß er nie Kommunist geworden wäre, hätte man ihn nicht um sein Erbe betrogen. »Das Sein bestimmt das Bewußtsein.« Er selbst hatte diesen Satz aus dem Kommunistischen Manifest übersetzt! Lieber Gott, was war das alles doch so sinnlos! Das Leben eines Mannes war wie das Gras, wie ein flüchtiger Traum. Sie würden ihn erwischen und hängen – und es gäbe keinen Salim Effendi mehr. Und er war müde, so schrecklich müde. Er griff nach der Flasche Arrak, nahm einen kräftigen Schluck und kaute etwas Petersilie, um das Brennen in seiner Kehle abzumildern. Möge Allah der Mutter, die dich geboren hat, gnädig sein, Abu Saleh, dachte er. Was für ein Jammer, daß wir nicht auf derselben Seite sind!

Die Tür öffnete sich. Salim sprang vom Bett auf.

Es war Abu Saleh. »Es stimmt, sie stehen vor deinem Haus«, sagte er.

»Bist du sicher?«

»Du vergißt, mein Freund, daß sie auch hinter uns her sind. Wir müssen uns beeilen. Ich kann nicht alle Kommunisten im Irak retten, aber ich kann zumindest versuchen, einen Juden wie dich zu retten. Wir sind bereit, dich mit ein paar von unseren Leuten in den Iran zu schmuggeln. Schließlich bist du unser Geheimagent.«

»Euer Geheimagent?«

»Deine Partei, mein lieber Genosse, ist der beste Beweis dafür, daß ein Jude immer ein Jude bleibt. Und eure Demonstrationen haben die Grausamkeit des Paschas offengelegt und all jenen Juden, die noch unentschlossen waren, gezeigt, daß sie Farbe bekennen müssen. Dafür schulden wir euch Dank.«

»Eine solche Dialektik kann auch nur dem verqueren Geist eines Zionisten entspringen«, sagte Salim Effendi lachend. Hatte Abu Saleh vielleicht recht? Blieben deshalb junge Juden der Partei fern? »Und der Iran ist keine schlechte Idee. Dort gibt es auch eine starke Partei.«

»Du Idiot! Denkst du vielleicht, ich rette dir das Leben, damit du es der kommunistischen Sache opfern kannst? Wie lange muß sich ein Jude wie du noch sämtliche Probleme dieser Welt aufladen?«

»Wenn ich mir sämtliche Probleme dieser Welt auflade, dann auch die der Juden.«

»Du bist unverbesserlich. Dein Hemd sollte dir näher sein als dein Rock.«

KAPITEL XLII

Diesmal kam das Geschrei aus Abu Edouards Haus.

In unserer Nachbarschaft hörte man ständig irgendwo Gezeter, das regelmäßig in lautstarke Auseinandersetzungen oder gar Handgreiflichkeiten ausartete. So waren wir stets darüber informiert, worüber man sich in den anderen Familien stritt. Diesmal allerdings waren die Schreie und das Klirren von Geschirr so laut, daß wir alle auf unsere Dächer liefen und sahen, wie Amira Teller und Krüge zerschlug, während ihr Vater ihr die erste Tracht Prügel ihres Lebens verpaßte.

»Ich geh auch nach Israel!« schrie sie. »Du kannst mir keine Vorschriften machen!«

Abu Edouards Antwort war nicht zu verstehen, aber dafür hörte man deutlich ein dumpfes Klatschen.

»Mach nur! Schlag mich! So wie du Mama immer schlägst. Ich geh trotzdem nach Israel. Du kannst mich nicht daran hindern. Da mußt du mich schon anketten. Dieses beschissene Land kann mich mal! Du mußt bescheuert sein, wenn du hierbleibst. Jawohl, bescheuert! Bescheuert!«

Dann folgte ein Klirren und Scheppern, als würde ein ganzes Regal voller Geschirr leergefegt.

»Wir sind hier Bürger zweiter Klasse!« schrie Amira.

»Du dachtest wohl, deinem Vater würde ganz Bagdad gehören!« Diesmal war Abu Edouard gut zu verstehen. »Was glaubst du wohl, was dich in Israel erwartet? Krieg und Hunger, mehr nicht!«

»Glaubst du, ich hab die besten Noten im Irak bekommen, nur damit du in Abu Ednans Café damit angeben kannst? Merkst du denn nicht, daß sie dich verarschen?«

Dann waren nur noch Amiras Schluchzer zu hören.

Das Unbegreifliche an diesem Vorfall war weniger, daß Abu Edouard seine Tochter schlug – was allerdings noch nie vorgekommen war –, sondern daß Amira sich plötzlich zum Zionismus bekannte.

Am selben Abend stattete uns Amiras Mutter einen Besuch ab. Und bald kannten wir die ganze Geschichte.

Meine Mutter redete nicht lange um den heißen Brei herum. »Sag mal, Um Edouard, will Amira denn nicht mehr nach Amerika gehen?« fragte sie.

»Genau das ist es ja. Das ist ja das Problem!« antwortete Amiras Mutter und schlug traurig die Hände zusammen. »Du weißt ja, Um Kabi, wie fleißig das arme Kind in der Schule war. Sie hat zweimal eine Klasse übersprungen, und nachdem sie sich in den Kopf gesetzt hatte, ein Stipendium für Amerika zu bekommen, hat sie nur noch über ihren Büchern gesessen. Ich hatte wirklich Angst, daß sie sich die Augen ruiniert. Wer will denn schon ein Mädchen mit Brille heiraten?

Na ja, und dann hat sie die Oberschule mit lauter Einsen abgeschlossen. Sie hatte das beste Abschlußzeugnis des Irak, Jungen eingeschlossen.

Und dann sind wir zur Unterrichtsbehörde gegangen, um die Bewerbungsbögen auszufüllen. Ein fetter Moslem mit dicken Brillengläsern wollte fünf Dinar für die Formulare. Das ist mehr, als Abu Edouard in einem Monat verdient, aber wir waren einverstanden und haben die Gebühr bezahlt. Und dann hat Amira, die Gute, die Formulare ausgefüllt, während dieser Moslem sie mit seinen Augen förmlich verschlungen hat. Aber erst als er aufgestanden ist und die Tür abgeschlossen hat, war ich wirklich beunruhigt. Um eine alte Frau wie mich hatte ich keine Angst, aber du weißt ja, ich würde für Amira mein Leben hergeben.

Dieser Moslem war so versessen darauf, uns etwas zu erzählen, daß sein Schnurrbart zitterte. Schließlich mußten wir beim Propheten Moses schwören, ihn nicht zu verraten, und dann hat er uns eine geheime Dienstanweisung gezeigt, in der stand, daß an Juden keine Stipendien vergeben werden dürften. Er meinte, daß die fünf Dinar rausgeworfenes Geld wären.

Ehrlich gesagt, war ich erleichtert, als ich das gehört habe, Um Kabi. Wer weiß, was dem Kind in Amerika alles passiert wäre, unter so vielen Christen. Sie wollte Ingenieur werden und einen reichen Mann heiraten, und ich hatte schreckliche Angst, sie zu verlieren. Aber wenn sie nicht in Amerika heiraten würde, wer würde sie dann in Bagdad nehmen? Wer will denn schon eine studierte Frau mit einem Ingenieursdiplom?

Und so hab ich mich bei dem Moslem dafür bedankt, daß er uns davor bewahrt hat, unser Geld zu vergeuden. (Und das war ehrlich gemeint.) Aber Amira war alles andere als dankbar. Es ist mir wirklich peinlich, dir zu erzählen, was sie für eine Szene gemacht hat. Sie hat den Mann böse angefunkelt, die Formulare zerrissen und ihm die Schnipsel ins Gesicht geworfen. Dann ist sie hinausgelaufen, ohne auf mich zu warten. Frag mich nicht, was ich seitdem mit ihr durchgemacht habe! Zwei Tage lang hat sie sich im Keller bei den Fledermäusen eingeschlossen und nur geweint. Sie hat keinen Bissen angerührt, auch nicht, als Abu Edouard sie bekniet hat, doch etwas zu essen. Immerhin konnten wir sie dazu bringen, etwas Wasser zu trinken. Ich sage dir, als sie endlich wieder herauskam, sah sie aus wie eine verwelkte Blume. *Waweli*, warum muß mir so etwas passieren?

Und dann hat sie wahrscheinlich beschlossen, nach Israel zu gehen, aber das haben wir erst heute erfahren. Abu Edouard hat sie dabei ertappt, wie sie über einem hebräischen Lehrbuch saß – keine Ahnung, woher sie das hatte … und wenn dieses Mädchen lernt, dann ist es nicht zu halten! Einer ihrer Lehrer hat einmal zu mir gesagt, daß sie einen Kopf wie ein Fischernetz hätte. Es bleibt einfach alles hängen.

Na ja, und dann hat Abu Edouard das Buch genommen und im Hof verbrannt, und Amira hat einen Tobsuchtsanfall gekriegt. Du hast die beiden ja gehört. Und dann hat er sie wirklich geschlagen. Daß ich das noch einmal erleben muß! Er hat sie gefragt, von wem sie das Buch hat. Wenn es Abu Saleh wäre, würde er ihn umbringen, hat er gesagt. Noch nie hat er die Hand gegen das Kind erhoben!

Um Kabi, du bist wie eine Schwester für mich. Ich muß dir nicht erzählen, daß mich dieser Mann schon halbtot geschlagen hat. Er schlägt mich grün und blau, besonders an den Tagen, an denen er nicht zu seinem schielenden Flittchen geht. Dachtest du, ich wüßte das alles nicht? Meinetwegen soll er mit ihr durchbrennen und mich in Ruhe lassen. Er schlägt auch den armen Edouard. Er muß für jeden Pfennig, den er von seinem Vater bekommt, bitter bezahlen. Aber das Mädchen ... das hat er noch nie angerührt. Er hat ihr nie etwas abgeschlagen. Er hätte sich seinen rechten Arm für sie abhacken lassen.

Waweli, was für ein Unglück! Erst hat sie geweint und geweint, aber jetzt sitzt sie nur da und starrt vor sich hin ... und diese Augen, Um Kabi, sie erschrecken mich. Und was sie heute alles zerschlagen hat! Die Krüge, die Kannen, die Glasscheiben in den Schränken, alles! Ich hab sie in meinem ganzen Leben noch nicht so erlebt. Sie hat das hitzige Temperament ihres Vaters – und er hat es von der moslemischen Amme, die ihn gestillt hat. Oh Allah, womit hab ich das nur verdient?« Sie schlug sich auf die Brust wie ein Klageweib und brach in Tränen aus.

Meine Mutter drückte sie kurz an sich. »Amira braucht einen Ehemann«, sagte sie. »Und zwar schnell.«

»Gott segne deine Worte. Eine Frau ohne Mann ist eine Frau ohne Leben. Weißt du, wer sich für sie interessiert? Shak Attar, der Sohn des Parfümhändlers.«

»Dieser Taugenichts?«

»Ich würde sie sogar ihm geben, wenn wir damit unsere Probleme los wären«, sagte Amiras Mutter seufzend und warf meiner Mutter einen resignierten Blick zu.

»Tu das bloß nicht! Amira ist wie eine Blume. Sie braucht liebevolle Pflege«, sagte meine Mutter mit einem Seitenblick auf mich.

»Gott segne dich, Um Kabi. Aber was soll ich denn machen, wenn die jungen Männer nicht heiraten wollen? Sie bilden sich alle ein, daß in Israel irgendeine blonde Schönheit auf sie wartet. Und die, die sich darauf einlassen wollen, verlangen ein viel zu hohes Brautgeld. Sie haben gehört, daß es in Israel keine Mitgift gibt, und wollen dehalb, solange sie noch hier sind, möglichst viel herausschlagen. Man könnte meinen, sie hätten reinstes Gold zwischen den Beinen.«

Meine Mutter lachte und deutete warnend auf mich.

»Kabi ist ein erwachsener Mann«, sagte Um Edouard mit einem anerkennenden, nicht ganz mütterlichen Blick.

»Fordere das Schicksal nicht heraus, Um Edouard«, riet ihr meine Mutter. »Ich kann deine Gedanken lesen.«

»Das arme Kind! So hübsch wie Königin Esther und weit und breit kein Verehrer«, seufzte Um Edouard.

»Mach dir keine Sorgen. Jeder Topf findet seinen Deckel. Du weißt doch, wie man bei uns sagt: Wenn ein Mädchen nicht mit ihrem Aussehen einen Mann für sich gewinnen kann, überlaß es ihren Eltern, und wenn die Eltern keinen finden, überlaß es ihrem Geld.«

»Und wenn kein Geld da ist? Ich würde ja mit ihr nach Israel gehen, wie die andern auch, aber wie soll ich nur Abu Edouard dazu überreden?«

Amiras Mutter stand auf, um zu gehen. Meine Mutter begleitete sie zum Tor und kehrte nachdenklich zurück. »Weißt du, warum sie gekommen ist?«

»Um ihr Herz auszuschütten.«

»Nein, Kabi. Sie ist wegen dir gekommen.«

»Wegen mir?«

»Ja, mein Sohn. Wenn ihr Vater nicht wäre, würde ich dich mit ihr verheiraten.«

Einen Moment lang war ich sprachlos. Auch wenn sie mich für jung und unerfahren hielt, so hätte ich doch erwartet, daß sie mich zuerst fragen würde! Doch eigentlich fand ich die Idee gar nicht so schlecht. Aber in meinem Alter war man für vieles zu begeistern. Ich hätte ebensogern Rashel geheiratet.

»Was hast du gegen ihren Vater?«

»Er ist ein Dornbusch, der eine Rose hervorgebracht hat.«

»Aber dafür kann Amira doch nichts.«

»Ich finde, man sollte unter seinesgleichen bleiben.«

»Man könnte meinen, daß Baba der Große Imari ist und du die Tochter Gottes«, spottete ich.

»Stimmt, Kabi«, sagte meine Mutter stolz. »Wir sind ja auch Imaris.«

»Aber Mama, Amira ist noch keine sechzehn und hat das beste Abschlußzeugnis im Irak bekommen. Ist das für die Imaris nicht gut genug?«

Sie sah mich überrascht an, als sei ihr dieser Gedanke noch nie gekommen. Obwohl sie selbst kaum lesen und schreiben konnte, hatte ihr Vater Rabbi Moshi sie großen Respekt vor Bildung gelehrt.

»Was hältst du denn nun davon?« fragte sie mit leuchtenden Augen. »Ich habe gehört, daß verheiratete Männer in Israel nicht zur Armee müssen.«

»Ich will aber zur Armee.«

»*Waweli*, willst du mich ins Grab bringen?«

Ich beschloß, einen Spaziergang zu machen, und schaute beim *zingula*-Verkäufer vorbei. Ich sah ihm gern bei der Arbeit zu. Mit Hilfe eines großen Trichters mit einer gebogenen Tülle formte er kreisrunde Teigkringel und ließ sie in eine Pfanne mit brodelndem Öl gleiten. Einer sah aus wie ein Hund, der einer Katze nachjagt. Er wartete, bis sich die Kringel aufblähten und braun wurden, fischte sie dann geschickt aus dem Öl, tunkte sie in eine Schale mit Honig und Rosenwasser und rief aus vollem Halse:

»Kommt her, ihr Juden! Holt euch *zingulas* mit Honig! Ihr kriegt sie fast umsonst!«

Ich leckte mir gerade den Honig von den Fingern, als ich einen Schlag auf dem Rücken verspürte. Kampfbereit fuhr ich herum und starrte verblüfft in Amiras grinsendes Gesicht. Ritterlich zückte ich meinen Geldbeutel, kaufte ihr einen Kringel und gab das Wechselgeld großmütig einem verkrüppelten Bettler.

»Na, war deine Mutter einverstanden?« fragte sie.

»Womit?«

»Tu nicht so, als wüßtest du nicht, daß sie mich an den Meistbietenden verschachern will!«

»Ich habe keine Ahnung, wovon du redest.«

»Du Lügner!«

Ich mußte lachen. Sie aß ihre *zingula* auf, wusch sich im Laden ihre klebrigen Finger und nahm mich bei der Hand, als sei ich ihr kleiner Bruder, auf den sie aufpassen müßte. Ich hatte noch nie ein Mädchen bei der Hand gehalten und hatte Mühe, meine Verlegenheit zu verbergen. Aber wenn es ihr egal war, was die Leute dachten, dann sollte es mir natürlich auch egal sein. Trotzdem blickte ich starr zu Boden, während wir nebeneinander hergingen.

Zu beiden Seiten der El-Rashid-Straße, die vom Verkehr leergefegt war, hatte sich eine große Menschenmenge versammelt. Behelmte Polizisten drängten die Schaulustigen auf die Bürgersteige zurück. Polizisten auf Pferden riegelten die Seitenstraßen ab. In der Ferne hörte man Trommelwirbel.

»Was ist denn hier los?« fragte ich.

»Das ist die jährliche Parade der Pfadfinder«, erklärte uns eine Frau.

»Das ist eine antisemitische Organisation«, flüsterte ich Amira zu. »Die Anführer sind Nazis, die in Deutschland geschult wurden.«

Aber sie wollte unbedingt den Umzug sehen. Es herrschte Festtagsstimmung, und eine bunte Menschenmenge säumte die Straßen. Nicht weit von uns stand eine Gruppe von Frauen mit schwarzen Schleiern und Gewändern, die an einen Schwarm Krähen erinnerten. Amira trug ihre Schuluniform, ein blaues Kleid mit einem runden weißen Kragen und einem langen weißen Streifen. Mit ihrem dunklen Teint, ihren rabenschwarzen Haaren und ihren tiefbraunen leuchtenden Augen sah sie wie eine Moslemin aus und konnte es sich leisten, unerschrocken und selbstsicher aufzutreten.

Ich warf einen verstohlenen Blick auf ihre Brüste. Das tat ich jedesmal, wenn ich auf dem Heimweg von der Schule in der Bäckerei hereinschaute und auch bei jeder anderen sich bietenden Gelegenheit; und so hatte ich sie im Laufe der Zeit heranreifen sehen:

Anfangs waren sie so groß wie Aprikosen, dann wie Birnen, wie Äpfel, wie Granatäpfel und jetzt wie köstliche pralle Melonen. Mit einem so atemberaubenden Mädchen an meiner Seite hatte ich eigentlich allen Grund, so selbstbewußt zu sein wie sie.

Die Trommelwirbel kamen näher. Ich ertappte mich dabei, daß ich mit dem Fuß im Takt wippte. Die Männer in den Cafés brachten ihre Stühle heraus, stellten sich auf sie und klatschten mit. Frauen heulten auf und warfen Blumen und Süßigkeiten in die Menge, als wären sie bei einer Bar-Mizwa-Feier in der Synagoge. Ausgelassene Araber umringten uns von allen Seiten.

Ich fühlte mich fehl am Platz, wie ein Fremder. Die wogende Menge schob uns vom Bürgersteig auf die Straße, und als uns die Polizei zurückdrängte, wurde ich gegen einen Strommast gedrückt.

Eine Frau kletterte am sprossenartigen Unterbau des Mastes hoch und schrie: »Nieder mit den Kommunisten! Nieder mit den Zionisten!«

Ihr breites, unter einem weiten Kleid verborgenes Hinterteil schwebte direkt über mir. Ich kämpfte mich zu Amira zurück.

»Guck mal«, sagte sie und deutete auf die Pfadfinderführer in der vordersten Reihe der khakibraunen Formation. Hinter ihnen marschierten zwei Kolonnen stämmiger junger Fahnenträger. Amira stellte sich auf die Zehenspitzen, konnte aber immer noch nicht genug sehen und zog mich hinter sich her, bis wir in der vordersten Reihe der Schaulustigen standen.

»Wo ist Ismail?« fragte sie besorgt.

Das war es also! Dieses Luder war nur hierhergekommen, um ihren großen, starken Moslem zu sehen, den sie bei unseren Gürtelkämpfen immer anfeuerte! Wenn ich der erwachsene Mann gewesen wäre, für den mich ihre Mutter hielt, hätte ich sie hier und jetzt stehenlassen … allerdings hätte kein Mann ein jüdisches Mädchen unter lauter Moslems allein gelassen.

»Da kommen sie!« rief sie, ergriff meine Hand und hüpfte vor Aufregung auf der Stelle. Ihre Brust streifte meinen Arm. Je mehr ich ihr auszuweichen versuchte, desto fester preßte sie ihren üppigen

Busen an mich. Tat sie vielleicht nur so, als sei sie von der Parade ganz gefesselt? »Ismail, Ismail!« brüllte sie, winkte mit ihrer freien Hand, während sie mich mit der anderen noch fester hielt. Sie schien ihn in einiger Entfernung entdeckt zu haben, aber ich konnte ihn nicht erkennen.

Sie roch nach Seife und Wassermelone. Ein köstlicher Schauer überlief mich. Hatte Amiras Mutter vielleicht recht? Ich wußte von meinem Vater, daß mein Großvater mit fünfzehn geheiratet hatte und daß meine Großmutter erst dreizehn gewesen war.

Dann erspähte ich Ismail in der ersten Reihe des Jugendkorps – groß und stattlich. Er marschierte auf der rechten Flanke und schwang energisch die Arme. Er trug ein braunes Halstuch, hatte die Brust herausgestreckt, das Kinn emporgereckt und den Blick starr nach vorn gerichtet, als gehörte ihm die Welt. Und er hatte keine Pickel.

»Ismail! Ismail!« Amiras Schenkel rieb sich an meinem, aber als ihr Held an uns vorbeilief, sprang sie auf die Straße. »*Nahnu ibna'a el-watn, nasunuhu tul el-zeman*« sang sie aus voller Kehle mit den Vorbeimarschierenden. »Wir sind die Söhne des Vaterlands, allzeit bereit, es zu verteidigen.« Amiras und Ismails Blicke trafen sich, und er lächelte ihr zu, während ich ihn in Gedanken verfluchte. Wie Romeo und Julia!

Als ein Ordner auf Amira zutrat, um sie wegzuführen, gab Ismail ihm ein Zeichen, behutsam mit ihr umzugehen, während er in majestätischer Haltung weiterschritt. Als Amira zu mir zurückkam, ergriff sie wieder meine Hand und zog mich hinter sich her wie ein Hündchen.

»Wo willst du hin?«

»Zum Festakt.«

»Wozu?«

Sie sah mich scharf an. »Willst du mich etwa allein lassen?«

Ich trottete widerstrebend hinter ihr her, umringt von einer dichten Menschenmenge, die dem Zug begeistert folgte. Die Euphorie, die Amiras Gegenwart in mir ausgelöst hatte, begann zu verfliegen.

»Sag mal, spinnst du? Ich dachte, du wolltest nach Israel gehen«, zischte ich sie wütend an.

»Was ist los mit dir, Kabi? Warum singst du nicht mit?«

Ich schwieg beharrlich.

Einen Moment lang verschwamm die Parade vor meinen Augen, und ich stand in Gedanken plötzlich wieder vor dem Verteidigungsministerium, auf dem großen Platz mit dem Schafott ... Dann nahm ich wieder die Pfadfinder wahr, die sich im Halbkreis auf einer mit Fahnen geschmückten Bühne aufgestellt hatten. Auf ein Signal hin verstummten die Trommler und Bläser.

»Die Nationalhymne!« rief der Ansager.

Es wurde ganz still, und dann schmetterten Tausende von Arabern »Friede unsrem König«. Obwohl es dasselbe Lied war, das wir immer beim Morgenappell sangen, klang der Text jetzt anders; es war nicht mehr derselbe, weil sie ihn sangen.

Amira sang voller Inbrunst mit. Die Moslems hatten ihr vielleicht ein Stipendium für Amerika verweigert, aber die Jahre auf der moslemischen Schule hatten sie zu einer der ihren gemacht. Oder war das alles nur gespielt? »Es ist das Schicksal der Juden, sich zu verstellen«, hatte mir Hiyawi mehr als einmal gesagt.

Aber dieses eine Mal hatte ich nicht die geringste Lust dazu. Obwohl ich wie die anderen stillstand, sang ich nicht mit. Die untergehende Sonne überzog den Himmel mit ihrem blutroten Schein. Dann senkte sich die Dunkelheit herab, nur von den flammenden Worten der Redner durchzuckt.

»Tod den Kommunisten! Tod den Zionisten!« schrie die Menge. Hatte diese Szene nicht Ähnlichkeit mit einer öffentlichen Hinrichtung? Zum Schluß würden alle *Allah akbar* rufen und nach dem Blut der Juden lechzen, die man für alles verantwortlich machte, für jeden Fehlschlag, für jede gescheiterte Hoffnung. Während mir die Angst die Kehle zuschnürte, dachte ich an die Farhud, stellte mir vor, wie die Juden hastig ihre Rolläden herunterließen und sich in den Schutz ihrer Häuser flüchteten. Die fanatischen Rufe wurden immer lauter, klangen wie die Schreie in einem uralten Ritual, das die Jahrhunderte überdauert. Nach einer Weile bat der Ansager um

Ruhe und kündigte einen jungen Redner an. Es war Ismail. Mit leidenschaftlicher, stolzer Stimme begann er:

»Brüder und Schwestern! Wir, die Söhne der moslemischen Nation, die Kinder des ruhmreichen irakischen Volkes, geloben unserer Fahne ewige Treue. Wir geloben, den Irak in ein neues Zeitalter zu führen! Wir geloben, die Feinde unseres Landes zu bekämpfen, alle zersetzenden Elemente in seinem Innern auszurotten und alle fremden Kräfte, die unser Land gefährden, fortzujagen – die blutsaugenden Lakaien der Engländer und die treulosen Speichellecker der Russen, die jüdischen Kommunisten und Zionisten! Es gibt keinen bösartigeren und gefährlicheren Feind des Islam. Wir sind die Generation der Zukunft, mit dem Auftrag, den alten Ruhm des Landes der Kalifen wiederherzustellen. Der Irak wird wieder der Führer der moslemischen Welt und der Stolz aller Araber sein!«

Es folgte donnernder Applaus. »Tod den Kommunisten! Tod den Zionisten!« brüllte die Menge.

Amira sah Ismail hingerissen an. »Er kann wunderbar reden.«

»Wie kann man nur so naiv sein«, flüsterte ich. »Hast du nicht gehört, was er gesagt hat?«

»Du kennst doch die Moslems. Das ist nur Gerede.«

»Komm, wir verdrücken uns«, sagte ich. »Die Stimmung heizt sich langsam auf. Bald fangen sie an, nach Juden zu suchen.«

Sie nickte und warf Ismail, der sich wieder in seine Kolonne eingereiht hatte, einen letzten Blick zu. Langsam, um keine Aufmerksamkeit zu erregen, bahnten wir uns einen Weg durch die aufgepeitschte Menge und gingen zurück zur El-Rashid-Straße. Amira nahm wieder meine Hand. Ich konnte spüren, daß sie sich nach Nähe, vielleicht sogar nach mir sehnte. In der ersten Seitenstraße lotste ich sie in eine dunkle Ecke und blieb schwer atmend vor ihr stehen, mein Herz klopfte im Takt mit dem schrillen Zirpen der Grillen. Ihre Augen glänzten in der Dunkelheit, und wir fielen einander in die Arme. Meine Lippen streiften ihr Gesicht, spürten ihren warmen Atem und suchten ihren Mund. Dann fanden sie ihn und saugten sich gierig an ihm fest. Ich schob meine Zunge in ihren

Mund und spielte mit ihrer; sie schmeckte nach Quittenmarmelade und Salz. Es war mein erster Kuß, und noch während ich seine Wonnen auskostete, fragte ich mich, ob er wohl an den Kuß zwischen Gary Cooper und Ingrid Bergman in *Wem die Stunde schlägt* heranreichte. Immer noch trank ich aus Amiras Mund. Meine Hand umfaßte ihren Po, mein steifes Glied stieß gegen ihren Bauch. Sie muß es gespürt haben.

Dann umkrallten ihre Finger meinen Nacken. Sie stieß mich weg und rief: »Hör auf! Ich kann nicht!« Doch kaum hatten wir uns voneinander gelöst, warf sie sich plötzlich wie eine Wildkatze auf mich, fuhr mit den Fingern durch mein Haar, küßte meine Lippen, mein Gesicht, meine Stirn mit verzweifelter Gier. Und genauso unvermittelt hielt sie inne und ließ die Arme fallen, während sich ihre Augen mit Tränen füllten.

»Was ist los?«

»Ich kann nicht. Du würdest es nicht verstehen.«

Ich hielt ihre Hände, und wir standen stumm voreinander, während ihr die Tränen über die Wangen liefen. Am Ende der Straße tauchten ein paar Leute auf.

»Araber!« rief sie und ließ mich los. Sie schlüpfte aus ihren Holzschuhen und rannte los. Ich folgte ihr. Wir rannten, bis wir völlig außer Atem den Fluß erreichten. Amira warf sich auf den weichen Boden, und ich streckte mich neben ihr aus. Wir lagen auf dem Rücken und sahen dem Mond dabei zu, wie er sein silbernes Zelt entfaltete. Dann drehten wir uns auf die Seite und blickten uns an. Ich streichelte ihr sanft über die Wange und beobachtete, wie sie sich langsam wieder beruhigte. Sie legte einen Arm um mich und drückte mich so fest an sich, daß ich die Feuchtigkeit auf ihrer Wange spürte. Ich stützte mich auf den Ellbogen.

»Bist du in ihn verliebt?«

Sie antwortete nicht.

»Er ist ein Moslem, der Juden haßt.«

»Ich weiß. Es war nur so ein Traum. Ich bin heute nur hingegangen, um ihm Lebwohl zu sagen. Danke, daß du mitgekommen bist.«

Alles war vergeben und vergessen.

»Abu Saleh will dich heiraten«, sagte ich.

»Er ist ohne mich besser dran. Wir würden zusammen nie glücklich werden. Er ist ein einfacher Mann mit einem goldenen Herzen, und ich, ich bin nicht nur gebildet, sondern auch ehrgeizig und eigensinnig. Ich will Ingenieur werden. Ich würde ihm nur Kummer machen.«

Ich war verblüfft. Obwohl ich älter war als sie, kam ich mir plötzlich zehn Jahre jünger vor. Sie hatte bereits über alles nachgedacht. Und sie wußte, was sie wollte.

»Er weiß, wie ich darüber denke. Er hat mir einen Antrag gemacht.«

»Abu Saleh? Wann?«

»Vor einer Weile. Ich hab ihm gesagt, daß er mich vergessen soll.«

»Dann wirst du wohl den Sohn des Gewürzhändlers heiraten müssen.«

»Von wegen. Ich laß mich nicht mit irgendwem verheiraten. Ich heirate nur aus Liebe.«

Sie stand auf und blickte auf den silbrig glänzenden Fluß und die goldenen Pinselstriche der Straßenlaternen. »Es ist schwer, das alles aufzugeben«, sagte sie und schloß mit einer Armbewegung das Wasser und den sternenübersäten Himmel ein. »Wir gehen besser heim. Es ist schon spät.«

Wir liefen am Ufer entlang, während Hunde verloren hinter uns herbellten.

»Und du?« fragte sie.

»Ich?«

»Würdest du mich heiraten?«

Ich wußte, daß das nur mädchenhafte Neugier war. »Komm erst mal nach Israel«, antwortete ich. »Dann können wir drüber reden.«

Wir prusteten beide los. Es war ein wunderbarer Moment der Freundschaft und Nähe.

Wir überquerten die El-Rashid-Straße und gingen Hand in Hand die Seitenstraßen entlang.

Edouard wartete am Eingang zu unserem Viertel. Wie ein Boxer versetzte er Amira mit einer einzigen Bewegung einen Schlag auf die Wange und dann gegen die Stirn.

»Hör auf, du Blödmann!« schrie ich ihn an.

»Sie ist meine Schwester, du Arschloch. Wo warst du, Amira?«

»Das geht dich nichts an«, sagte Amira ruhig. »Und wag es nicht, mich noch mal anzufassen.«

»Du Hure!« brüllte er. »Was fällt dir ein, dich nachts auf der Straße herumzutreiben?«

»Sprich nicht so mit ihr, verdammt noch mal«, knurrte ich.

»Schon gut, Kabi, geh heim«, sagte Amira. »So was wird nicht wieder vorkommen. Danke für alles.«

KAPITEL XLIII

»Diese verdammte Hure!« schrie Abu Edouard.

»*Waweli*, Hilfe! Er hat ein Messer!« kreischte Amiras Mutter.

Ich fuhr jäh aus dem Schlaf und blinzelte ins Morgenlicht. Mir klopfte das Herz bis zum Hals. Er würde Amira wegen mir umbringen. Edouard mußte ihm alles erzählt haben.

»Ich bring dich um, ich schwör's bei Gott! Ich bin entehrt! Ich hab keine Tochter mehr!«

»Kabi!« rief meine Mutter. »Hol deinen Vater. Er wird sie umbringen!«

Ich sprang aus dem Bett und rannte in Unterhosen zu meiner Mutter aufs Dach hinaus. Im benachbarten Hof stand Abu Edouard und zerrte seine Frau an den Haaren, während er ihr ein Messer an die Kehle hielt.

»Diese verdammte Hure!« brüllte er wieder. »Du hast diese Schlampe zur Welt gebracht! Warum hast du nicht besser auf sie aufgepaßt? Sag mir, wer sie aus dem Land geschmuggelt hat, oder ich schlitze dir auf der Stelle die Kehle durch!«

»Ich weiß es nicht«, jammerte Um Edouard, die vor Angst keuchte. »Vielleicht war es die Bewegung. Vielleicht war es Abu Saleh.«

Eine unbeschreibliche Erleichterung durchströmte mich. Also war es nur Um Edouard, die er umbringen wollte, nicht Amira. Abu Edouard warf das Messer hin, gab seiner Frau einen heftigen Schubs, riß sich einen Schuh vom Fuß und schlug ihr damit auf den Kopf und ins Gesicht, dann warf er sie zu Boden und bespuckte sie. Doch sein Zorn war noch immer nicht verraucht. Er rannte wie ein Besessener durch den Hof, blieb schließlich vor einer Säule stehen und stieß immer wieder den Kopf dagegen, während er im selben Rhythmus brüllte: »Kei-ne Toch-ter! Kei-ne Eh-re! Kei-ne Toch-ter!«

Nach einer Weile hielt er inne und erstarrte. »Abu Saleh«, murmelte er mit einem drohenden Unterton, als sei ihm der Name eben erst eingefallen. Er hob das Messer auf, lief aus dem Hof und stieß beinah mit Edouard zusammen, der nichtsahnend mit einem Stapel frischer Pittas vom Bäcker zurückkehrte.

»Kabi, schnell«, rief meine Mutter. »Du mußt Abu Saleh warnen!«

Das mußte sie mir nicht zweimal sagen. Ich fuhr hastig in meine Kleider, schlüpfte in meine Sandalen und stürmte die Treppe hinunter, während ich mir die Hose zuknöpfte. Eine Nacht, ein Tag und eine weitere Nacht waren seit dem aufregenden Abend mit Amira vergangen, und noch immer schmeckte ich ihre Küsse, roch ich ihren Duft, spürte ich ihre erregende Umarmung. Den ganzen nächsten Tag hatte ich mich nach ihr gesehnt und gehofft, ihr zu begegnen. Ob sie genauso empfand wie ich? Selbst wenn ich nicht der Mann ihrer Träume war, so konnten sich ihre Gefühle doch seit jenem Abend verändert haben. Wie würde sie mich ansehen, wenn wir uns wieder begegneten?

Den ganzen Tag hatte ich mich in der Nähe ihres Hauses herumgedrückt und war regelmäßig auf unser Dach gestiegen. Doch es war nichts von ihr zu sehen gewesen. Und jetzt verstand ich auch, warum.

Als sie zu mir gesagt hatte »So was wird nicht mehr vorkommen«, hatte sie bereits gewußt, daß Abu Saleh sie aus dem Land schleusen würde. Vielleicht hatten sie sogar schon einen Zeitpunkt verabredet. Möglicherweise hatten sie ihn an jenem Tag vereinbart, an dem sie seinen Heiratsantrag abgelehnt hatte. Vielleicht hatte er aber auch nur deshalb den Mut gefunden, ihr einen Antrag zu machen, weil sie ihm zuvor erzählt hatte, daß sie ihr Elternhaus verlassen wolle. Er hatte genau gewußt, daß ihr Vater niemals in eine Heirat einwilligen würde.

Trotz meiner Angst, sie zu verlieren, fühlte ich mich nun weniger schuldig. Was zwischen uns vorgefallen war, war in Bagdad eine

Ungeheuerlichkeit – oder zumindest in den Augen meiner Mutter, der ich unter keinen Umständen davon erzählt hätte; und obwohl ich ihre Moralvorstellungen nicht teilte, war ich offenbar nicht völlig frei von ihnen. Eine anständige junge Frau ließ sich vor der Hochzeit von niemandem anfassen, und ein anständiger junger Mann achtete sie dafür, was nicht zuletzt einer speziellen Klasse von Frauen zu verdanken war, die man Huren nannte. Und trotz meiner wundervollen Begegnung mit Amira – dem ersten Erlebnis dieser Art für mich – übte meine traditionelle Erziehung immer noch ihren heimtückischen Einfluß auf mich aus, so daß ich mich fragte, ob Amira nicht doch irgendwie eine Hure sei. Zugegeben, ich war alt genug, um zu begreifen, daß ein unkonventioneller Mensch wie Amira eine Bedrohung für das männliche Überlegenheitsgefühl darstellte, das man in unserem Land so kultivierte, und ich hatte genügend Bücher gelesen, Filme gesehen und Diskussionen in der Schule miterlebt, um zu wissen, daß sie mehr wert war als alle Freudenmädchen Bagdads. Und doch steckte noch soviel von Bagdad in mir, daß ich beschämt und verwirrt war.

So nüchtern und logisch dachte ich natürlich nicht, als ich versuchte, Abu Edouard auf dem Weg zur Bäckerei einzuholen, und würde es auch lange Zeit noch nicht können. In mir kämpften widerstreitende Gefühle, die sich von denen Abu Edouards gar nicht so sehr unterschieden, aber im Gegensatz zu ihm stellte ich mir zumindest die richtigen Fragen.

Ich holte Abu Edouard vor der Bäckerei ein.

»Willst du meine Tochter heiraten?« fragte er Abu Saleh keuchend von der Türschwelle aus.

»Und ob ich das will!« Der Bäcker sprang entzückt auf. »So bist du also endlich einverstanden?«

Er spielte nur Theater. Er wußte, daß Amira nicht mehr im Irak war und ihn auch nicht heiraten wollte.

»Erst wenn du tot bist und ich auf deinem Grab tanze!« rief Abu Edouard und zog blitzschnell sein Messer. Mit der andern Hand riß er ruckartig das sackleinene Tuch vom Tisch, so daß die heißen Pittas durch die Luft flogen.

»Was ist denn los?« fragte der Bäcker.

»Das fragst du mich noch, du Hurensohn?«

»Laß meine Mutter aus dem Spiel. Sie ist tot und begraben.«

»So wie du bald«, knurrte Abu Edouard und schwang drohend sein Messer.

Straßenhändler und Passanten begannen sich vor dem Laden anzusammeln.

»Seid ihr beiden Juden verrückt geworden?« fragte der Sambusik-Verkäufer. »Hört sofort auf!«

»Erst legst du sie aufs Kreuz und jetzt mich, hab ich recht?« rief Amiras Vater, in dessen Augen der Wahnsinn flackerte.

»Du bist doch verrückt. Wie kannst du so über deine Tochter reden?« fragte der Bäcker.

Abu Edouard duckte sich ein wenig, als setze er zum Sprung an. Zuerst versuchte er, den schweren Tisch zwischen ihnen umzukippen, dann wollte er ihn seitlich wegschieben, aber Abu Saleh, der jünger und schneller war, hielt den Tisch fest, und so zerrten beide an ihm herum, bis der ältere Mann erschöpft war.

»Warum hast du das getan? Glaubst du etwa, daß sie dich dort heiratet?«

»Glaubst du, ich würde ein kleines Mädchen nach Israel schmuggeln?«

»Wer zum Teufel war es dann?«

»Woher weißt du überhaupt, daß sie dort ist?«

»Lies!« Abu Edouard warf ihm ein zerknülltes Stück Papier hin. Der Bäcker würdigte es keines Blickes. Mit gekränkter Stimme las Abu Edouard vor:

»›Baba, ich gehe nach Israel. Bis irgendwann, Amira.‹«

»Also, was willst du von mir?« fragte Abu Saleh.

»Ich werde dich anzeigen, *wihyat Allah!*«

»Wenn du das tust, wirst du's bereuen!«

»Sie wird dir niemals gehören. Nicht, solange ich lebe. Eher sehen wir uns in der Hölle wieder!« Er schleuderte dem Bäcker seine Brotzange entgegen.

»Jetzt reicht's aber, Abu Edouard. Ich warne dich.«

»Wie konntest du mir das antun? Ich werde dein Blut trinken! Wer will denn was von deiner verfluchten Bewegung wissen? Du hast unsere Töchter verdorben. Du hast sie vergiftet.«

Der Taubenzüchter sprang erst nach links, dann nach rechts und ließ sein Messer durch die Luft sausen.

»Ruft die Polizei!« rief jemand.

»Bist du verrückt?« sagte der Sambusik-Verkäufer. »Sie werden sie beide einsperren.«

»Also gut, genug jetzt«, befahl der alte Hiyawi, der wie aus dem Nichts aufgetaucht war. »Abu Edouard, gib mir das Messer. Die Polizei ist unterwegs. Du hast noch mehr Kinder, um die du dich kümmern mußt.« Er legte den Arm um den Taubenzüchter, nahm ihm das Messer ab und warf es in den brennenden Ofen. Dann lotste er Abu Edouard zu seinem Tabakladen.

Der Anblick des gebrechlichen alten Mannes, der seinen stämmigen Nachbarn wie einen Esel neben sich herführte, hatte etwas Rührendes, ja Mitleiderregendes an sich. Als sie im Laden waren, drückte er Abu Edouard auf einen Schemel und goß ihm einen Krug kaltes Wasser über den Kopf. Abu Edouard ließ das Wasser ungerührt an sich herunterlaufen und wischte sich seine ständig triefende Nase.

»Es gab Zeiten, da hörten Männer noch auf die Gemeindeältesten, und Rabbi Bashis Worte waren Gesetz«, sagte der alte Hiyawi seufzend. »Ein Sohn gehorchte seinem Vater, und eine Tochter gab ihrer Mutter keine Widerworte. Das ist nun alles vorbei. Die Eltern wissen nicht einmal, wo ihre Kinder überhaupt sind.«

Abu Edouard starrte ins Leere. Sein fleischiges Gesicht wirkte schlaff und eingefallen. Nach einer Weile rührte er sich endlich, wankte hinaus und ging heim.

Drei Tage lang zog Abu Edouard von einer Kneipe zur andern und betrank sich sinnlos. Doch selbst in seinem benebelten Zustand sah er ständig seine geliebte Tochter vor sich.

Als die drei Tage um waren, ging er mit einem Strohkorb, in dem sich ein paar Flaschen Arrak und einige Knollen Knoblauch befanden, hinunter ans Flußufer. Dort griff er in die weiche Erde, als wolle er seinen Schmerz darin vergraben, und legte sich nieder, um am Wasser wehzuklagen. Die Sonne ging auf und wieder unter, ging wieder auf und unter, und Abu Edouard rührte sich nicht von der Stelle.

Er verbrachte die Tage im Wasser und die Nächte am Ufer, immer eine Flasche in der Hand. Benebelt vom Arrak und eingehüllt von Knoblauchdunst bot sich ihm plötzlich ein seltsamer Anblick: Koffer. Dutzende, Hunderte, Tausende von Koffern – der ganze Fluß war voller Koffer. Blaue, grüne, graue und braune Koffer. Aus Metall, Holz, Leder und Leinen. Alle trieben sie auf dem Tigris an ihm vorbei. Und in jedem einzelnen von ihnen würde er seine Prinzessin finden. Ja, er brauchte sie nur alle zu öffnen, und die Welt wäre voller Amiras.

Als Abu Edouard die Augen öffnete, waren die Koffer verschwunden. Er sah nichts als Wasser, sah, wie es gegen die Steine einer nahegelegenen Brücke schlug. Und in diesem kurzen Augenblick der Erleuchtung kam Abu Edouard die grandiose Idee, nach der er sein Leben lang gesucht hatte. Er würde den Narren, die in dieses verdammte Israel auswanderten, Koffer verkaufen! Er würde aus ihrem Unglück Kapital schlagen, und mit dem Geld, das er verdiente, würde er Abu Saleh vernichten. Zuerst würde er ihm die Bäckerei abjagen. Dann würde er ihn umbringen, sein Blut trinken, sein Fleisch rösten, seine Knochen verbrennen und die Asche in den Fluß streuen.

Sobald er nüchtern war, ging Abu Edouard zur Hütte des Schwimmlehrers Iwa, lieh sich ein sauberes Gewand, warf seine schmutzigen Kleider in den Fluß und sprang hinterher, um sich zu waschen. Geläutert wie nach einer einwöchigen Trauerzeit, entstieg er schließlich dem Wasser, fest entschlossen, ein neues Leben zu beginnen. Zuerst mietete er sich einen großen hölzernen Müllkarren, rollte ihn zu seinem Laden und leerte all den Trödel hinein, den er im Laufe seines Lebens angesammelt hatte, auch den gebrauchten Kampfanzug von der britischen Armee. Dann strich er den Laden in einem leuchtenden Blau und bestellte beim Schildermaler Salumi ein großes Ladenschild, auf dem eine weiße Taube mit goldenen Streifen abgebildet war, die einen Koffer in den Krallen trug. Der begabte Salumi bemalte auch die Wände mit Tauben: braunen, weißen, grauen, schwarzen, sogar einer roten, die größte und hübscheste von allen, die ganz allein über die Wand gegenüber dem Eingang hüpfte.

Dann kaufte sich Abu Edouard einen englischen Safarianzug, stapelte seinen Laden mit Koffern voll und lockte seine Kundschaft mit einem Sonderpreis, einem Gratisschloß und Lieferung frei Haus. Für diesen Service stellte er seinen Sohn Edouard an. Das Geschäft blühte. Innerhalb kürzester Zeit standen die Kunden vor seinem Laden Schlange. Nie war das Sprichwort so zutreffend gewesen: Wem Allah etwas nimmt, dem gibt er auch etwas.

Abu Edouard war nun viel zu beschäftigt, um noch Reden über den drohenden Untergang des jüdischen Staates zu schwingen und über jene herzuziehen, die die törichte Idee hatten, sich dort niederzulassen. Im Gegenteil, er eiferte sogar seinem erbitterten Feind Abu Saleh nach, indem er zahlreiche Juden dazu ermutigte, einen Auswanderungsantrag zu stellen. »So wird die Spreu vom Weizen getrennt«, sagte er sich, denn er war überzeugt davon, daß die Moslems Patrioten wie ihn, die der zionistischen Irrlehre widerstanden hatten, besser behandeln würden, sobald die Verräter verschwunden waren. Sollten die Abu Salehs und das ganze Pack nur verschwinden, dann würde das Leben wieder seinen gewohnten ruhigen Gang gehen, so wie nach der Farhud und all den anderen Katastrophen.

Abu Edouard hielt seinen Laden bis spät abends geöffnet und blieb sogar nach Geschäftsschluß noch da, um die Ausbeute des Tages zu zählen und an den Geldscheinen, die in Bündeln vor ihm lagen, zu schnuppern wie an Jasminblüten. Jedesmal, wenn er an seine Tochter Amira dachte, stöhnte er und murmelte unter Tränen:

»Was hätte ich nicht alles für dich getan! Ich hätte dich mit Gold überschüttet, dich nach Amerika geschickt. Warum hast du mich verlassen? Allah, vierzig Jahre lang läßt du mich wie einen Bettler leben, und wenn ich endlich zu Geld komme, nimmst du mir meine Tochter weg! Was ist das für eine absurde Art, die Welt zu lenken?«

KAPITEL XLIV

Als Abu Saleh meinem Vater erzählte, wie er Salim Effendi versteckt hatte, grinsten sich die beiden Männer an. Innerhalb von einer Stunde hatten sie einen Plan ausgeheckt. Am selben Abend besuchte mein Vater den Großen Imari in seinem Büro.

»Ich dachte, ich hätte dir gesagt, daß du nicht hierherkommen sollst«, sagte der Große Imari, während er sich hinter seinem Schreibtisch erhob. »Damit tust du deinem Bruder keinen Gefallen.«

»Hast du mit dem Pascha gesprochen?«

»Nein. Und die Tatsache, daß du meine Anweisungen mißachtest, erleichtert die Sache nicht gerade. Es ist nicht sehr klug, auch noch Aufmerksamkeit auf unsere Beziehung zu lenken.«

»Es freut mich, daß du eine Beziehung zwischen uns überhaupt zugibst. Aber ich habe Neuigkeiten für dich. Die Geheimpolizei sucht nach einem gewissen Rahamim Imari alias Salim Effendi. Wenn ich mich nicht irre, besteht zwischen euch ebenfalls eine gewisse Beziehung.«

»Und wenn schon, was hat das mit mir zu tun?«

»Gar nichts, abgesehen davon, daß deine beiden Cousins zufällig einiges über dich wissen.«

»Sie wissen gar nichts über mich!«

»Salim Effendi hat der Bewegung berichtet, daß du große Geldsummen nach Israel geschickt hast.«

»Du machst wohl Witze! Was hat denn dieser miese Kommunist mit der Bewegung zu tun?«

»Du mußt mir schon glauben.«

»Kommunisten tun sich nicht mit Zionisten zusammen«, hielt ihm der Große Imari entgegen.

»Wenn sie Juden sind, schon.«

»Sollte ich dich richtig verstanden haben, dann sage ich dir gleich, daß du bei mir an der falschen Adresse bist. Dieser Verrückte hat für seine Behauptungen nicht die geringsten Beweise.«

»Seit wann kommt es in diesem Land auf Beweise an?«

»Es kommt allein darauf an, wem man glaubt.«

»Genau«, sagte mein Vater wie zu sich selbst. »Und auch darauf, was man glaubt. Kein Mensch käme auf die Idee, zu behaupten, daß du Geld nach Israel schickst, wenn es nicht wahr wäre. Der Gedanke ist einfach zu absurd. Shafik Addas hatte es auch nicht für möglich gehalten, daß man den Anschuldigungen gegen ihn Glauben schenkt. ›Verkauf von Waffen an die zionistische Bewegung‹ – das klang für ihn wie ein schlechter Scherz. Bald darauf spielte eine Militärkapelle zu seiner Hinrichtung, und danach wurde sein gesamtes Eigentum beschlagnahmt. Fünf Millionen Dinar, heißt es. Das ist eine sehr verlockende Summe, findest du nicht?«

»Du willst mich erpressen!«

»Ich? Gott bewahre! Aber dein geschätzter Cousin und Privatlehrer deines Sohnes behauptet, daß er noch eine offene Rechnung mit dir hat.«

Der Große Imari setzte sich und wischte sich den Schweiß vom blassen Gesicht.

»Was verlangt er?«

»Daß man ihn in den Iran ausreisen läßt«, sagte mein Vater gelassen.

»Was?«

»Natürlich erwartet die Bewegung, daß du dafür sorgst, daß Hizkel ihn begleitet.«

»Du hast wohl den Verstand verloren!«

»Bleib doch sitzen! Was regst du dich so auf? Du solltest besser auf deine Gesundheit achten. Salim Effendi meint, daß es mit deinem Herzen nicht zum besten steht.«

»Es ist alles Georges Schuld. Ich habe ihm gesagt, daß er sich von diesem Kommunisten fernhalten soll.«

»Wann sprichst du mit dem Pascha?«

»Ich fliege morgen nach London«, antwortete der Große Imari nach kurzem Schweigen. »Wenn ich wieder zurück bin, werde ich mich um die Angelegenheit kümmern.«

»Du sprichst noch vor deiner Abreise mit ihm. Es steht ein Menschenleben auf dem Spiel.«

»Das ist unmöglich. Ich mache schließlich keine Vergnügungsreise. Es geht um meine Gesundheit«, sagte der Große Imari plötzlich mit gepreßter Stimme. Als sich mein Vater zum Gehen wandte, fügte er hinzu: »Wie kann ich sicher sein, daß dieser Irre seine verrückten Geschichten nicht auch im Iran herumerzählt?«

»Laß das nur unsere Sorge sein«, antwortete mein Vater, der wußte, daß Salim Effendi bereits auf dem Weg in den Iran war und nicht im Traum daran dachte, seinen Cousin anzuschwärzen.

Lange danach erfuhr ich von George, daß der Große Imari auf seinem Flug nach London hin und her überlegt hatte, wie er sich verhalten solle, und daß er schließlich entschied, nicht zum Pascha zu gehen. Er hielt es für klüger, ihn mit so einer Sache nicht zu behelligen. Wenn der Pascha ihm sein Anliegen abschlug, hätte er außerdem niemanden mehr, an den er sich wenden konnte.

Nachdem er mit neuen Medikamenten aus London zurückgekehrt war, gab Georges Vater für den Innenminister eine Abendgesellschaft. Als sich die Gäste verabschiedet hatten und die beiden Männer unter sich waren, überreichte er dem Minister zwölf Seidenschlipse und eine Kiste »Roten Arrak«, wie der Minister seinen russischen Lieblingswodka nannte. Dann gingen sie auf die Veranda und schaukelten eine Weile auf der weißen *jalala*, während der Große Imari seinen Gast mit Geschichten über die erotischen Eskapaden einiger gemeinsamer Bekannter in Großbritannien unterhielt. Nachdem er dem Minister einen Wodka nach dem andern eingeschenkt hatte, sagte er zu ihm:

»Es gibt da einen kleinen Gefallen, um den ich Sie bitten möchte.«

»Nur zu, mein Freund. Die Schlüssel zum Königreich gehören Ihnen.«

»Ich möchte, daß zwei junge Männer aus dem Irak ausgewiesen werden. Meine Eltern schulden ihren Eltern einen Gefallen. Sie sind ziemliche Hitzköpfe, die beiden.«

»Eine bescheidene Bitte von einem großen Mann«, sagte der Minister. »Schreiben Sie mir ihre Namen auf.«

Als er jedoch einen Blick auf den Zettel warf, den der Große Imari ihm reichte, war er auf einen Schlag nüchtern. »Hitzköpfe nennen Sie die? Den einen haben wir noch nicht zu fassen gekriegt. Aber der andere ist uns ins Netz gegangen, ein dicker Fisch, dem wir den Prozeß machen werden.«

»Sie könnten doch statt dessen einen anderen Fisch fangen?« schlug der Große Imari vor.

»Ich schwöre Ihnen bei Ihrem Sohn George und bei meinem Sohn Jamal, daß mir das nicht möglich ist. Sie müssen mit dem Pascha reden. Sind die beiden jungen Männer nicht mit Ihnen verwandt?«

»Ja, entfernt«, murmelte der Große Imari, während sich Schweißperlen auf seiner Stirn bildeten.

Er begleitete seinen Freund zum Tor. Als sie dort ankamen, legte ihm der Minister die Hand auf die Schulter und sagte:

»Übrigens, Ihr Sohn wird auch noch Ärger bekommen, wenn er so weitermacht. Sie sollten ein Auge auf ihn haben.«

»Mein Sohn?« Der Große Imari erbleichte.

»Warum schicken Sie ihn nicht nach Eton? Es ist eine der besten Schulen Englands. Mein Sohn ist auch dort.«

Der Große Imari wankte in den Garten zurück und stürzte gegen den Rat seines Arztes ein Glas Wodka hinunter. Dann setzte er sich für eine Weile auf die *jalala.* Ein Gespräch mit dem Pascha war unausweichlich.

Georges Mutter brachte ihm zwei Tabletten, eine weiße und eine rote.

»Frau«, sagte der Große Imari, »pack für George einen Koffer.«

»Warum?«

»Ich habe beschlossen, ihn nach England auf die Schule zu schicken.«

KAPITEL XLV

Nach einer langen, anstrengenden Fahrt stieg Salim Effendi mit mehlbestäubten Kleidern vom Lastwagen. Er hatte so viele Stunden zwischen Mehlsäcken gekauert, daß er seine Glieder kaum bewegen konnte.

Er befand sich in der nordirakischen Stadt Kirkuk, wo ihn – wie Abu Saleh ihm vorhergesagt hatte – ein stämmiger junger Mann namens Baruch lächelnd empfing, ihn mit nach Hause nahm und in einem kahlen Zimmer mit einem niedrigen Holzbett unterbrachte. Selbst in seinen schlimmsten Träumen hatte er sich nicht ausgemalt, daß er einmal wie ein Dieb in der Nacht den Irak verlassen müßte – ohne Papiere, sogar ohne einen Namen, nur mit einem Bündel Kleider unter dem Arm.

Baruch zeigte ihm, wo er sich waschen konnte, brachte ihm eine kurdische saure Kubba-Suppe und starken, süßen Tee und sagte ihm, daß er einige Tage auf den Rest der Gruppe warten müsse. Mehr brachte Salim Effendi nicht aus ihm heraus. Selbst als sie zusammen Backgammon spielten, gab Baruch keine weiteren Informationen preis.

Es dauerte zehn Tage, bis sich die Gruppe zusammengefunden hatte; dann marschierten die Männer nachts mit zwei Eseln los, einer hinter dem andern, bis sie im Morgengrauen eine Höhle erreichten, in der sie Unterschlupf suchten. Ihr Führer, der stotterte und ein aufbrausendes Temperament hatte, gab ihnen zwei rußige Blechkannen, suchte etwas Holz zusammen, das noch vom Tau feucht war, und half ihnen, ein Feuer zu entzünden; dann ging er. Nach einer Weile kehrte er mit einem Strohkorb zurück, in dem sich Pittas und hartgekochte Eier befanden, verschwand wieder und tauchte bis zur Abenddämmerung nicht mehr auf.

Salim Effendi spürte, wie Furcht in ihm aufstieg. Ein Weggefährte hatte ihm erzählt, daß auf dieser Route bereits fünf Juden umgebracht worden seien. Was für ein Ort, um zu sterben! Und seine Familie würde mit ihm sterben, denn er war der letzte Nachkomme. Er hätte schon lange eine Familie gründen und seinen Kindern die Namen seiner verstorbenen Eltern geben sollen.

Aber war das wirklich so wichtig? Warum sollte sich jemand, der die Welt verändern und Millionen von Menschen befreien wollte, überhaupt Kinder wünschen? Aber vielleicht war er ja auch nur Revolutionär geworden, weil er nicht zum Ehemann und Vater taugte?

Wenn er wirklich hätte heiraten wollen, warum hatte er Bahia, die niemals seine Frau werden konnte, nicht einfach vergessen und war mit der Engländerin mit ihrem britischen Paß zusammengeblieben? Er konnte sie immer noch bitten, mit ihm nach Israel zu gehen oder mit ihm in London ein sorgenfreies Leben zu führen.

Ach, er besaß ja noch nicht einmal das Geld für die Reise. In seiner Hosentasche befanden sich ganze zehn Dinar, die ihm Abu Saleh geliehen hatte. Er hatte ihm versprechen müssen, das Geld sobald wie möglich an die Bewegung zurückzuzahlen.

Was war an dem rauhbeinigen Bäcker eigentlich so sympathisch und vertrauenerweckend gewesen? Jetzt hatte er niemanden mehr, mit dem er reden konnte. Die anderen Männer in der Gruppe, die sich kaum kannten und schon miteinander angefreundet hatten, waren jung genug, um seine Schüler zu sein. Es waren zwanzig Männer, alle zionistische Aktivisten, die von der Geheimpolizei gesucht wurden. Er hatte Mühe, mit ihrem Tempo mitzuhalten, und war froh, daß Abu Kabis kurdischer Gehilfe Abed in der Gruppe war, der bei ihren Fußmärschen immer hinten ging und den Nachzüglern auf beschwerlichen Strecken half. In seiner zupackenden, hilfsbereiten Art war ihm im Nu die Rolle eines Anführers zugefallen. Wer hätte gedacht, daß der unterwürfige Gehilfe aus dem Uhrenladen in der Lage sein würde, für andere Verantwortung zu übernehmen?

Sie waren eine Woche lang unterwegs. Tagsüber verbargen sie sich in Höhlen, und nachts stiegen sie dichtbewachsene Hügel hinauf – ihr Schicksal in der Hand ihres namenlosen Führers. Eines Morgens, als es bereits dämmerte, deutete er auf eine Polizeiwache, die die iranische Flagge führte. Dann sammelte er von jedem drei Dinar ein, zeigte ihnen die Stelle, wo sie warten sollten, und verschwand für immer.

Kurz darauf tauchte wie aus dem Nichts ein Bus auf. Ein junger Mann mit einem Bürstenschnitt begrüßte sie auf hebräisch und arabisch, verteilte Hühnchen-Sandwiches und Limonade mit Zitronengeschmack und erklärte ihnen die letzte Etappe ihrer Reise. Bald darauf fuhren sie durch ein großes Tor neben dem jüdischen Friedhof von Teheran und fanden sich in einem eingezäunten Lager mit Zelten und Ziegelsteinbaracken wieder. Man händigte ihnen Lagergutscheine aus und führte sie zu einer großen Baracke, in der dicht gedrängt Etagenbetten standen.

Salim Effendi lag lange in seiner klebrigen Unterwäsche auf dem Bett; seine Beine und sein Rücken schmerzten. Statt erleichtert darüber zu sein, daß er sich endlich in Sicherheit befand, war er niedergeschlagen und desillusioniert. Er, ein Enkel des alten Imari, lief vor seinem Vaterland davon, um sein Leben zu retten!

Vor der Baracke hatten die Zionisten ein Lagerfeuer errichtet und sich darum versammelt. Sie umarmten und küßten sich, sangen, tanzten und johlten vor Freude. Er hatte nicht das geringste Bedürfnis, sich zu ihnen zu gesellen. Vielleicht hatten ihn der strapaziöse Fußmarsch und die zermürbende Anspannung zu sehr ausgelaugt. Die anderen allerdings, die dasselbe durchgemacht hatten wie er, sprangen umher wie junge Ziegenböcke. Nun ja, ihr Leben lag eben noch vor ihnen. Aber wie würde seines aussehen?

Als er am nächsten Morgen erwachte, ging er hinaus, um sich am Wasserbecken im Freien zu waschen. Ein großes junges Mädchen in einem weißen Trainingsanzug machte mit der Gruppe Gymnastik. Als sie ihn zum Mitmachen ermunterte, lehnte er lächelnd ab. Nach einem faden Frühstück bat er um eine Sondererlaubnis, das Lager für ein paar Stunden verlassen zu dürfen.

Da er sich die Adresse gut eingeprägt hatte, fand er bald seinen Freund Mas'ud, den Verbindungsmann zur kommunistischen Partei in Teheran. Mas'ud war überrascht, ihn wiederzusehen, und lud ihn zum Essen ein. Es war seit langem die erste richtige Mahlzeit für Salim Effendi, und er ließ es sich schmecken: ein köstlicher Kebab mit Butterreis und kaltem Joghurt; dazu trank er Bier, und zum Abschluß knabberte er Pistazienkerne. Doch dann eröffnete Mas'ud ihm, daß er keine Möglichkeit sehe, ihm Arbeit in der Parteizentrale in Teheran zu beschaffen. Wenn ihn die Polizei verhaftete, würde man ihn sofort in den Irak ausweisen, außerdem erwarte ihn im Iran kaum ein besseres Schicksal als im Irak. Je eher er nach Israel weiterreiste, desto besser für ihn, vor allem, da die kommunistische Partei dort nicht im Untergrund arbeiten müsse, sondern sogar im Parlament vertreten sei.

Auf seinem Rückweg zum Lager ging Salim Effendi in ein Badehaus und schrubbte sich fieberhaft ab, als wolle er sich von seiner Reise und von Mas'uds schlechten Nachrichten reinwaschen. Also führten alle Wege nach Israel! Es war das Schicksal eines Revolutionärs, nie zu wissen, welche Überraschungen das Leben für ihn bereithielt. Vielleicht konnte er von Israel irgendwie nach Moskau gelangen. Oder vielleicht würde er ja auch in die Parteipolitik einsteigen, aber diesmal ohne um sein Leben fürchten zu müssen. Von einer Demokratie hatte Mas'ud gesprochen. Einer bürgerlichen natürlich – aber die Juden waren ein gutmütiges Volk, oder wenigstens sagte man ihnen das nach. Wer weiß, wie sie sich verhalten würden, wenn sie erst einmal die Oberhand gewännen?

Ja, wir Juden, dachte Salim Effendi und war selber von dem »wir« überrascht, wir sind das einzige Volk auf der Welt, das niemanden abgeschlachtet oder unterdrückt hat, aber das liegt vielleicht nur daran, daß wir noch nie Gelegenheit dazu hatten. Und jetzt wird es sich zeigen, ob wir auch nur ein Jota besser sind als die anderen.

Zugegeben, Israel war immerhin ein Land, in dem man ihn wegen seines Judentums nicht diskriminieren würde. Aber dafür würde sich dort ein anderes Problem stellen, sagte sich Salim Effendi und dachte an die jungen Burschen, die um ihr Freudenfeuer herumgetanzt waren: Wie konnte es die kommunistische Revolution je mit der zionistischen aufnehmen?

Er war nie hinter das Geheimnis des zionistischen Erfolgs gekommen. Warum schien ihnen immer alles zu gelingen? Und warum hatten sie solche Risiken auf sich genommen, um im Irak Waffen zu horten, wenn sie kein anderes Ziel verfolgten, als die Juden aus dem Land zu schleusen? Bessere Reiseveranstalter waren sie, weiter nichts! Sie hatten kein übergreifendes Konzept, keine historische Basis, lediglich sehr schlichte, mittelmäßige Antworten. Aus den Juden ein geeintes Volk machen – das war ihr großer Traum. Er würde sich seine zukünftige Heimat wohl anderswo suchen müssen.

Als er ins Lager zurückkehrte, war es bereits Nacht. Der iranische Jude im Nachbarbett war gestorben, man ließ ihn bis zum Morgen liegen. Die Juden aus dem Iran, die ebenfalls nach Israel unterwegs waren, litten unter allen möglichen Infektionskrankheiten. Draußen miauten Katzen kläglich, als forderten sie seine Leiche. Salim Effendi saß die Angst in den Gliedern. Er vermißte Sylvia. Mit Ungeduld erwartete er den nächsten Tag, an dem er mit einem israelischen Funktionär zusammentreffen würde.

Der Israeli war ein beeindruckender Mann in den Vierzigern, eine elegante Erscheinung mit Schlips und Anzug. Er hatte nicht die geringste Ähnlichkeit mit den Pionieren in ihren khakifarbenen Shorts, wie Salim Effendi sie aus Fotoalben der Zionisten kannte.

»Sind Sie mit Hizkel Imari verwandt?« fragte der Mann.

»Ich bin sein Cousin. Aber ich bin Kommunist.«

»Gut.«

»Ich war für die Jugendorganisation der kommunistischen Partei und die Agitprop-Abteilungen in Bagdad zuständig.«

»Gut.«

»Ich hätte bis an die Spitze aufsteigen können.«

»Gut«, erwiderte der Israeli.

»Ich möchte nach Moskau. Oder Prag.«

»Gut. Haben Sie einen Paß?«

»Nein. Aber ...«

»Haben Sie irgendwelche Papiere?«

»Nein. Aber vielleicht ...« Salim Effendi verstummte.

»Gut«, sagte der Israeli und ließ die Liste, die er durchgesehen hatte, sinken. »Wann möchten Sie abreisen?«

»Wohin?«

»Nach Israel.«

»Aber ich sagte Ihnen doch gerade, daß ich Kommunist bin.«

»Sind Sie nicht Jude?«

»Ja, schon ...«

»Gut«, sagte der Israeli wieder und reichte Salim Effendi einige Papiere. »Der Bus zum Flughafen fährt am Mittwoch nachmittag um drei Uhr am Haupttor des Lagers ab. Wir sehen uns in Israel wieder.«

Die Juden, die am 10. Mai 1950 das erste Flugzeug nach Israel bestiegen, waren der Schuster S'haik mit seinen Zwillingsjungen und Mas'udah, eine Frau, die von ihrem Mann verlassen worden war. Abu Saleh el-Hibaz tanzte um sie herum und sang: »Und ich werde euch auf Adlerschwingen zu mir tragen!« Mein Vater war ganz aus dem Häuschen. Er bat mich, ins Gefängnis zu gehen und Hizkel die Neuigkeiten zu überbringen.

»Wir haben gewonnen«, sagte Hizkel, als ich es ihm erzählte, und in seinen Augen glitzerten Tränen. Er fragte mich, wie die Stimmung im jüdischen Viertel sei, wieviel Auswanderungswillige sich hatten registrieren lassen und ob ihre Zahl ansteige. Dann bat er mich, Abu Saleh auszurichten, daß er das Eisen schmieden solle, solange es noch heiß sei. Es sei Zeit für die Operation »Vergesse ich dich, Jerusalem«.

Mehr brauchte man Abu Saleh nicht zu sagen.

Am selben Abend rief der Bäcker die Gruppenleiter der Bewegung zusammen, gab Hizkels Anweisungen an sie weiter und schickte sie zu den Synagogen, Schulen, Kaffeehäusern, Märkten und Privathäusern der Juden Bagdads. »Fleht sie an«, sagte er. »Droht ihnen. Erzählt ihnen, daß die Moslems nicht zwischen einem Zionisten und einem Juden unterscheiden können. Erzählt ihnen, daß der Pascha es auf sie abgesehen hat.«

Abu Saleh war in kämpferischer Stimmung. Bisher hatten sich nur wenige zur Auswanderung entschlossen. Die Juden baten in ihren täglichen Gebeten um Erlösung, hatten aber nicht den Mut, ihr Schicksal selbst in die Hand zu nehmen und in Israel einen neuen Anfang zu machen. Hätte Abu Saleh Hizkel nicht versprochen, im Irak zu bleiben, bis der letzte Jude abgereist war, hätte er das Land bereits verlassen. In Gedanken war er schon in Israel. Nur Fathiya, die Kemar-Verkäuferin, vermochte seinen Groll über die Kleinmütigkeit der Juden zu dämpfen.

Seit Amira seinen Heiratsantrag abgelehnt hatte, hatte er versucht, sie in den Armen der schönen Beduinin zu vergessen, und mittlerweile war ihm Fathiya sehr ans Herz gewachsen.

Er hatte sie vor drei Jahren, kurz nach ihrer Ankunft in Bagdad, kennengelernt. Nachdem sie in dreizehn Ehejahren kinderlos geblieben war, hatten die beiden gebärfreudigeren Nebenfrauen ihres Mannes diesen dazu überredet, sich von ihr scheiden zu lassen. Statt mit siebenundzwanzig Jahren zu ihren Eltern zurückzukehren, die sie nicht gerade begeistert aufgenommen hätten, verließ sie ihr Dorf und machte sich auf den Weg nach Bagdad.

Eines Tages betrat sie Abu Salehs Bäckerei und fragte ihn, ob sie in einer Ecke seines Ladens ihre Ware verkaufen dürfe. Ein paar Wochen später gab sie sich ihm hin. Die reife, sinnliche Frau wusch seine Kleider, fütterte ihn mit honiggesüßtem Kemar, flüsterte ihm beduinische Koseworte ins Ohr, unterhielt ihn mit Geschichten und Sprichwörtern und liebte ihn mit der gleichen Hingabe wie den Sohn, den sie nie geboren hatte.

Abu Saleh wußte, daß er seine Liebe zu Amira mit falschen Hoffnungen genährt hatte; aber seit er diese hatte begraben müssen, verblaßte »die Prinzessin«, wie er sie immer genannt hatte, so schnell in seiner Erinnerung, daß er sich kaum noch an ihr Aussehen erinnern konnte. Und gleichzeitig nahm seine Sorge um Fathiya von Tag zu Tag zu. Was sollte aus ihr werden, wenn er fortging? Er erzählte meinem Vater, daß er sie vielleicht nach Israel mitnehmen oder sie gar auf illegalem Wege vorausschicken wolle; vielleicht würde sie ja konvertieren und sie könnten dort heiraten, und wenn nicht, könne sie später seiner jüdischen Frau bei der Betreuung der Kinder und im Haushalt zur Hand gehen. Vielleicht waren das nur Hirngespinste, aber er hing wirklich sehr an ihr.

Abu Saleh erzählte Fathiya nichts von seinen Plänen, und sie bemerkte auch nichts von den Veränderungen um sie herum. Sie verstand nichts vom Zionismus. Wer sollte Abu Salehs Platz einnehmen, wenn er fortging? Sie hatte sich so an diesen liebevollen Mann gewöhnt, der sie nie schlug – ein Vorzug, der in ihrem Dorf erhebliche Zweifel an seiner Männlichkeit hätte aufkommen lassen. Wer würde sie verwöhnen, ihr Schmuck kaufen, ihr beduinische Liebeslieder vorsingen, mit ihr herumalbern und sie schon allein mit dem warmen Klang seiner Stimme zum Lachen bringen, auch wenn sie seine Witze nicht verstand? Obwohl sie eine geschiedene Frau war, mußte sie fürchten, daß ihre Familie sie umbrachte, wenn sie von ihrem Verhältnis mit Abu Saleh erfuhr.

Nicht zuletzt, um diese Gedanken zu verdrängen, stürzte sich Abu Saleh mehr denn je in seine Aufgabe, Juden nach Israel zu bringen – egal, mit welchen Mitteln. Seine Mitstreiter arbeiteten ebenfalls mit fieberhaftem Einsatz.

Als ich eines Tages den alten Hiyawi in seinem Laden besuchte, saß er starr auf seinem Stuhl, ächzte leise, und auf seinem gelblichen Gesicht stand der Schweiß. Ich benetzte sein Gesicht mit kaltem Wasser aus einem Krug, tupfte es trocken, stopfte ihm ein Kissen in den Nacken und fächelte ihm mit einem Bambusfächer Luft zu. »Wo will sie um diese Zeit noch hin?« fragte er plötzlich.

»Wer?« fragte ich ihn.

Genau in diesem Moment wandte ich mich um und sah Rashel am Laden vorbeigehen. »Laß dich doch mal wieder blicken«, sagte sie zu mir und war verschwunden, ehe ich etwas erwidern konnte.

Ich hatte sie eine Zeitlang nicht gesehen. Ich hatte ihr nicht einmal von meinem letzten Besuch bei Hizkel erzählt. Nach dem wunderbaren Abend mit Amira war ich noch immer von glühender Sehnsucht nach ihr erfüllt. Das wahllose Begehren, das Frauen in mir auslösten, begann sich zu ordnen, und ich begriff, daß nicht jedes Pochen in meinen Leisten auf mein pochendes Herz zurückzuführen war. Es vergingen jetzt Tage, ohne daß ich ein einziges Mal an Rashel dachte. Deshalb waren ihre leichthin gesagten Worte, die mein altes Verlangen weckten, sofort vergessen, als ich mich wieder zu Hiyawi umdrehte.

Hiyawi sah gar nicht gut aus. Sein Gesicht war aschfahl. »Ich hole Doktor Mrad«, sagte ich zu ihm.

»Nicht nötig«, murmelte er und hielt mich mit seiner sehnigen Hand fest. »Das ist nur Geldverschwendung.«

Dr. Mrad war sofort da, untersuchte den alten Mann und versicherte uns beiden, daß es nur »ein Anfall von Altersschwäche« sei. Er gab Hiyawi einige Tabletten und verordnete ihm Bettruhe. Ich brachte den alten Mann nach Hause, half ihm ins Bett und ging in die Küche, um ihm einen Tee zu kochen.

Als ich mit dem Tee in sein Zimmer zurückkehrte, schlief er tief und fest. Ich setzte mich neben ihn und trank den Tee selbst. Hiyawis Schnarchen hatte etwas Beruhigendes an sich. Wenigstens hatte er noch eine kräftige Lunge! Ich ließ das Licht brennen und ging heim.

Als ich zu Hause eintraf, fiel mir mein Bruder Nuri erleichtert in die Arme. Er erzählte mir, daß auf die Synagoge ein Bombenanschlag verübt worden sei und daß unsere Eltern außer sich vor Sorge um mich seien.

Ich rannte zur Bäckerei. Sie war geschlossen – das bedeutete nichts Gutes. Ich raste zur Synagoge. Auf dem Platz davor hatte sich eine große Menschenmenge versammelt. Einzelne Grüppchen unterhielten sich leise.

»Wer hat die Bomben geworfen?« fragte ich jemanden.

»Die verdammten Moslems.«

»Sei doch nicht so naiv«, sagte ein bärtiger Jude. »Das war die Bewegung.«

Er zitterte.

»Willst du damit sagen, daß Juden versucht haben, Juden umzubringen?«

»Warum sollten Moslems Bomben auf uns werfen, wenn wir doch sowieso weggehen?«

»Aber das ist es doch gerade! Sie wollen uns umbringen, solange wir noch hier sind. An wem sollen sie denn ihre Wut auslassen, wenn wir nicht mehr da sind?«

»Ist jemand verletzt worden?« fragte ich.

»Viele. Einer ist tot.«

Ich kletterte an einem Fallrohr hoch und blickte auf Hunderte von Köpfen hinunter. Ich entdeckte meine Mutter, die sich die Hand vor den Mund hielt, als wolle sie einen Schrei ersticken. Ich rief sie, aber meine Stimme ging im Lärm unter. Ich kletterte wieder hinunter und bahnte mir einen Weg zu ihr. Als sie mich sah, schrie sie »Kabi, Kabi« und warf sich mir in die Arme. Ihr war ganz schwach vor Erleichterung.

»Wo ist Baba?« fragte ich.

»Er kümmert sich mit Abu Saleh um die Verwundeten.«

»Wer hat die Bomben geworfen?«

»Abu Saleh und seine Leute«, antwortete sie. »Das behaupten jedenfalls alle.«

»Paß auf, wen du da beschuldigst. Baba gehört auch zu ihnen.«

»Dein Vater würde so etwas niemals tun. Er hätte nicht den Mumm dazu. Aber einige von ihnen schrecken nicht davor zurück, Juden zu töten, nur um die andern dazu zu bewegen, vor lauter Angst das Land zu verlassen. Wo warst du nur, Kabi? Ich hab dich überall gesucht. Ich war halb wahnsinnig vor Sorge.«

Ich erzählte ihr von Hiyawi.

»Gott segne dich, mein Junge. Deine gute Tat hat dich gerettet. Möge Allah dir und dem alten Mann ein langes Leben bescheren.«

Am nächsten Morgen stand sie früh auf, kochte für Hiyawi Reis und bat mich, ihn dem alten Mann zu bringen. Aber er war nicht zu Hause.

Ich ging zur Synagoge, um mich nach ihm zu erkundigen, und dort fand ich ihn schließlich auch. Er war wieder ganz der alte Hitzkopf. Es freute mich, ihn so munter zu sehen, obwohl mich seine Worte weniger begeisterten.

»Diese Zionisten!« knurrte er. »Nichts ist ihnen heilig. Sie haben die Gemeinde gespalten, unsere hoffnungsvolle Jugend aus dem Land geschmuggelt, und jetzt versuchen sie auch noch, Panik zu verbreiten, um eine Massenflucht zu erzwingen. Sie scheuen vor nichts zurück, nicht einmal vor Mord. Sie haben Rabbi Bashi schikaniert und unsere geistigen Führer lächerlich gemacht. Sie haben die Bomben geworfen! Sie würden alles tun, um ihren Willen durchzusetzen. Sie wollen die älteste jüdische Gemeinde der Welt zerstören. Sie sind schlimmer als die Kommunisten!«

»Ich glaub es nicht«, sagte ich.

»Du bist jung und unerfahren, mein Sohn. Mein Gott, wie weit ist es nur mit uns gekommen? Verflucht seien die Augen, die mitansehen müssen, wie Juden eine jüdische Synagoge mit Bomben bewerfen! Herr, bring das Licht in ihnen zum Erlöschen und hol meine Seele zu dir zurück!«

Seine Augen waren blutunterlaufen. Er sah aus, als wolle er auf der Stelle sterben.

Die Auseinandersetzung um die Frage, wer nun die Bomben geworfen hatte, sollte noch Jahre andauern, aber eines stand fest: Das Auswanderungszentrum war zu neuem Leben erwacht. Es tauchten dort ganz neue Gesichter auf: Eltern und Geschwister junger Männer, die bereits auf illegalem Wege nach Israel ausgewandert waren, erfolgreiche Geschäftsleute und Ladenbesitzer, Bewohner wohlhabender Viertel wie Kerada, Bab-esh-Shargi, Ilwi und Neu-Bagdad und sogar jene, die der Bewegung bisher mit größter Skepsis begegnet waren.

Die Schlangen wurden von Tag zu Tag länger. Miesmacher wie Abu Edouard krittelten zwar weiterhin an allem herum, aber selbst sie schienen einzusehen, daß die Entwicklung nicht mehr aufzuhalten war. Ein ganzer Volksstamm war auf dem Weg zu seinem »endgültigen Bestimmungsort«, wie mein Vater zu sagen pflegte; für Abu Edouard hingegen war es »wieder nur eine Zwischenstation«.

Immer mehr Juden verließen Taht-el-Takya. Selbst die schielende Witwe Farha, die einmal gehofft hatte, Abu Edouard werde sie heiraten, stellte einen Auswanderungsantrag. Jeden Tag fehlte ein weiteres Kind in der Schule. Die Klassenzimmer leerten sich. Der Unterricht fiel aus. Lehrer verschwanden. Man munkelte, daß Moslems eingestellt werden müßten, um sie zu ersetzen, und es hieß sogar, daß es bald keine rein jüdische Schule mehr geben würde. Kassem, der einäugige moslemische Wachmann, war in düsterer Stimmung.

Die Läden auf dem jüdischen Markt boten jetzt hauptsächlich Kleidung an, und Abu Edouard machte mit seinem Koffergeschäft horrende Umsätze. Mein Vater erzählte mir, daß Abu Edouard mittlerweile von Amira Nachricht erhalten hatte. Sie lebte in einem

Kibbuz namens Kiryat Oranim, und Abu Edouard hatte gescherzt, daß er mit dem Geld, das er jetzt verdiene, Amira den ganzen Kibbuz kaufen könne. Er reichte meinem Vater die Hand und versprach ihm halb im Scherz, halb im Ernst, daß Amira und ich in Israel heiraten würden und daß er uns über London eine großzügige Mitgift zukommen lassen werde.

Mein Vater spielte mit und sagte: »Das junge Paar erwartet natürlich, daß du bei der Trauung in Jerusalem persönlich anwesend bist.«

In Taht-el-Takya tauchten immer mehr Männer mit leuchtenden Gewändern und Keffiyehs auf. Zuerst übernahmen sie Läden und Stände auf dem jüdischen Markt. Dann zogen sie nach und nach in verlassene Häuser ein und nahmen jedes leere Zimmer, jedes freie Fleckchen in Besitz. Das geschah so schnell, daß kaum jemand richtig merkte, wie sich Taht-el-Takya in ein gemischtes Wohnviertel verwandelte.

Mit den Moslems kam auch eine Welle palästinensischer Flüchtlinge. Sie waren tüchtige, aber rachsüchtige Leute. Ich lauschte gerne ihrem arabischen Singsang, der so anders klang als die steife, hölzerne Sprache des Irak. Wären sie weniger haßerfüllt gewesen, hätte man ihnen mehr Mitgefühl entgegengebracht. Hier und dort versuchte ein Jude, ihnen zu helfen. Anfangs bemühten sich die Palästinenser noch, ihre Gehässigkeit zu verbergen, doch man sah sie ihnen an. Sie stolzierten durch Taht-el-Takya, als wären sie die rechtmäßigen Erben unseres Viertels, und schienen es kaum erwarten zu können, daß es endgültig in ihren Besitz überging.

Die vielen Händler und Kaufleute Taht-el-Takyas waren beinahe alle verschwunden. Die Preise waren rapide gefallen, und die Juden, die ihre Sachen für ein Butterbrot zum Kauf anboten, fanden keine Interessenten. Warum für etwas Geld bezahlen, das einem über kurz oder lang sowieso gehören würde? Möbel, Haushaltsutensilien, Bücher und andere Gegenstände, die laut Gesetz nicht ausgeführt werden durften, wurden einfach auf die Straße geworfen. Es war ein Jammer; aber das einzige, was man mitnehmen durfte, waren Kleidung und persönliche Gegenstände.

Die bettelarmen, hungrigen Palästinenser stürzten sich auf die Berge zurückgelassener Sachen und schleppten sie weg. Der alte Hiyawi beobachtete sie mit zusammengekniffenen Augen und murmelte: »Sie werden sich stürzen auf die Stadt und die Mauern erstürmen, in die Häuser steigen sie ein, wie ein Dieb kommen sie durch die Fenster.«

Ich verstand nicht, was er damit meinte. »Was brummelst du da, Hiyawi?« fragte ich.

Er öffnete das Buch Joel und zeigte mir den Vers. »Sie sind wie die Heuschrecken, mein Junge.«

»Dann komm doch mit uns. Warum willst du allein zurückbleiben?«

»Einen alten Baum kann man nicht verpflanzen.«

»Aber die Heuschrecken können über ihn herfallen.«

»Nicht, wenn er tot ist. Und ich werde da sterben, wo ich geboren bin.«

Ich dachte bei mir, daß es ein Gesetz geben müßte, das es gestattet, für einen alten Mann die Auswanderung zu beantragen, wenn er nicht mehr in der Lage ist, für sich selbst zu entscheiden.

»Und außerdem«, fügte Hiyawi hinzu, »will uns Israel ja gar nicht.«

Dem war schwerlich etwas entgegenzusetzen.

Nachdem die ausreisewilligen Bewohner von Taht-el-Takya ihre Häuser verkauft, ihre Pachtverträge gekündigt und ihre Arbeit aufgegeben hatten, zogen sie mit ihren Koffern von Haus zu Haus; manche kamen bei Freunden oder Verwandten unter, andere mußten in der Synagoge oder anderen öffentlichen Gebäuden übernachten. Trotzdem kamen die Flugzeuge aus Israel nur spärlich. Es traf höchstens eine Maschine pro Tag ein, und für die Juden Bagdads, die in ihren neuen Kleidern wie Bräutigame aussahen, die vergeblich auf ihre Auserwählten warteten, geriet die Welt aus den Fugen.

Gerüchte breiteten sich seuchenartig aus und zehrten an ihren Kräften. Jeden Tag klammerten sie sich an einen neuen Strohhalm und debattierten hitzig darüber, wer denn nun an dem ganzen Dilemma schuld sei: Israel, weil es nicht mehr Flugzeuge schicke, oder der Irak, weil er nicht mehr hereinlasse. Über diese Frage wurde immer noch heftig diskutiert, als uns ein neues Gerücht zu Ohren kam: Die Regierung habe vor, sämtliches jüdisches Eigentum zu konfiszieren. Der Pascha beabsichtige insgeheim, die Juden zu Flüchtlingen zu machen, zu staatenlosen Schattenwesen, wie die Palästinenser es waren – zu Geiseln der Moslems.

Aus Bagdad, der Stadt der Rosen, war die Stadt der Dornen geworden. Und als wäre unser Leben nicht schon schwer genug, fielen noch mehr Juden in unser Viertel ein, ganze Karawanen aus Arbil, Mosul und Zaku, viele von ihnen stämmige, farbenfroh gekleidete Kurden mit Schwertern und Turbanen, so rauh wie die Landschaft, aus der das rebellische Bergvolk stammte. Da sie unterwegs von Straßenräubern und Wegelagerern überfallen worden waren, kamen sie mit leeren Händen und wurden in bereits überfüllten Herbergen untergebracht. Kinder erkrankten, alte Menschen starben. Mein Vater und Abu Saleh gründeten eine Hilfsorganisation. Um sie zu finanzieren, verlangten sie den jüdischen Ladenbesitzern eine Steuer ab. Auch wir Jüngeren packten mit an.

Die kurdischen Juden mit ihrer fremdartigen Kleidung waren wunderlich anzusehen, aber sie strahlten Würde und Stolz aus. Sie hatten etwas Kraftvolles, Heiteres und Unabhängiges an sich. Sie saßen ums Lagerfeuer, buken dünnes, knuspriges Brot und unterhielten sich laut in einer Sprache, die niemand verstand. Aber davon abgesehen, waren sie wie wir: Sie hatten ihre Vergangenheit hinter sich gelassen, ihre Gegenwart in ein paar armselige Bündel gepackt und sahen einer ungewissen Zukunft entgegen.

Das jüdische Viertel hatte sich in ein riesiges Durchgangslager verwandelt, in dem einheimische Juden, arme Moslems, Kurden und palästinensische Flüchtlinge auf engstem Raum lebten. Da niemand Arbeit hatte, lebten alle von der Hand in den Mund. Die Kinder spielten zwischen Abfallhaufen, weil es für sie kein Zuhause und keine Schule mehr gab.

Ich hatte bald genug von der Arbeit im Hilfsdienst und hätte sie bestimmt hingeworfen, wenn ich nicht meinen Eltern gegenüber ein schlechtes Gewissen gehabt hätte. Sie arbeiteten rund um die Uhr und lernten sogar ein paar Sätze Kurdisch. Aber ich konnte es kaum erwarten, daß uns endlich ein Flugzeug aus diesem Alptraum befreite und in das Land unserer Träume brachte – das Land, wo alle Juden gut und weise waren wie die Engel im Paradies und wo mein Vater bei strahlendem Sonnenschein auf riesigen Feldern Reis anbauen würde.

KAPITEL XLVIII

Abu Edouard wurde immer schwermütiger und begann unter Verfolgungswahn zu leiden. Als ein Araber, der ebenfalls Tauben züchtete, das Haus seines Nachbarn S'haik kaufte, war er davon überzeugt, daß dies kein Zufall war. Der Mann hatte sich absichtlich neben ihm einquartiert und aus reiner Bosheit einen großen Taubenschlag errichtet.

Zunächst war Abu Edouard seinem neuen Nachbarn namens Abdel Majid Abu Hamid noch wohlgesinnt gewesen. Der große, schnauzbärtige Moslem hatte ein Hinkebein sowie zwei Frauen und dreizehn Kinder, die ihm alle aufs Wort gehorchten. Als Abu Edouard ihm überschwenglich erklärte, daß Juden und Zionisten völlig unterschiedliche Spezies seien und daß er für seinen Teil nicht die Absicht habe, seinen Taubenschlag im Stich zu lassen und nach Palästina auszuwandern, stieß er bei Abu Hamid auf wenig Verständnis. Ein Jude sei nun einmal ein Jude, und kein Mensch könne im Ernst glauben, daß es Juden gebe, die keine Zionisten seien.

Abu Hamid lächelte und ließ seine Goldzähne aufblitzen, während seine Frauen und Kinder auf dem Dach kochten, das Küchenfeuer mit getrocknetem Vogelkot speisten, dessen Gestank unser Haus durchzog. Abu Edouard hielt es anfangs sogar für einen Glücksfall, daß sein Nachbar ebenfalls Tauben züchtete und er jemanden hatte, mit dem er sich besser über sein Hobby austauschen konnte als mit Abu Kabi. Sicher, Abu Hamids Taubenschlag war viel größer als seiner, und das beunruhigte ihn ein wenig, aber warum sollte er gleich mißtrauisch sein?

Doch schon bald stellte sich heraus, daß Abu Hamid seine Tauben genau zur selben Zeit fliegen ließ wie Abu Edouard und daß die jüdischen Vögel sich den zahlreicheren moslemischen anschlossen.

Als sein Schwarm zu schrumpfen begann, versuchte Abu Edouard seinen Zeitplan umzustellen, aber daraufhin änderte der Moslem seinen ebenfalls und machte ihm noch mehr Tauben abspenstig. Schließlich warf Abu Edouard die Arme in die Luft und ergab sich mit einem kläglichen Lächeln seinem Schicksal. Er dachte an die Zeit zurück, als er breitbeinig auf der Schwelle seines Trödelladens gestanden oder in Abu Ednans Café gesessen und seinen Nachbarn grinsend von den Eroberungen seines Schwarms erzählt hatte. Der alte Hiyawi hatte ihm vorgeworfen, daß das Diebstahl sei und daß Rabbi Bashi keine Taubenzüchter als Zeugen vor dem Rabbinergericht zuließe, weil er sie für Schlitzohren und Schwindler hielt. »Wart's nur ab«, hatte der alte Mann gesagt. »Eines Tages wirst du am eigenen Leib spüren, wie das ist.«

Abu Edouard entwickelte einen heftigen Groll auf den Moslem, der sich jedesmal, wenn er seinen Schwarm mit einem gellenden Pfiff herbeirief, vergnügt die Hände rieb. Er fing sogar an, dessen Tauben zu hassen. Von nun an waren ihm seine Tage vergällt. Nur sein blühendes Koffergeschäft hielt ihn davon ab, seinen Kummer in Abu Ednans Café im Arrak zu ertränken. Sein altes Selbstvertrauen schwand dahin, und er wurde schweigsam und schüchtern. »Der Himmel hat sich gegen mich verschworen«, sagte er zu seinem Sohn Edouard, als sich sein Schwarm weiter dezimierte.

Edouard kümmerte sich nun um die Tauben, während sein Vater, der nur noch ein Nervenbündel war, unten im Hof stand und ihm zusah. Edouard mochte die Arbeit nicht und betrachtete die Taubenzucht auch nicht als eine Kunst wie sein Vater. Er war in Gedanken bei der Partei, die ihm kürzlich seine erste selbständige Aufgabe übertragen hatte, und bei seiner Freundin Gloria, einer Christin. Er war in den letzten Monaten noch ein gutes Stück gewachsen und wirkte schon sehr männlich. Während er an die Massenverhaftungen von Kommunisten dachte, besonders seit Salim Effendis Verschwinden, versorgte er halbherzig die Tauben. Von Abu Edouards Schwarm – einst der Stolz von Taht-el-Takya – war nur noch eine Handvoll Vögel übriggeblieben. Die Juden wurden aus dem Himmel ebenso vertrieben wie von der Erde.

Mein Vater, den die Niedergeschlagenheit seines Freundes bedrückte, mochte unseren neuen Nachbarn auch nicht. Seit er seinetwegen nicht mehr die arabischen Nachrichten aus Israel hören konnte, war es, als drücke man ihm die Luft ab; schlimmer noch, da er nur ungern unsere Antenne abbauen wollte – die größte im jüdischen Viertel –, blieb ihm nichts anderes übrig, als Abu Hamid zu seinen Um Kultoum-Abenden einzuladen.

Der Moslem saß in unserem Hof und benahm sich, als gehöre er ihm. Er zwirbelte seinen Schnurrbart wie ein Scheich, während er Rashel, die meiner Mutter beim Auftragen der Erfrischungen half, mit den Augen verschlang. Sein Appetit auf eine junge Frau, die er für leichte Beute hielt, steigerte sich noch, als er erfuhr, daß ihr Mann im Gefängnis saß. »Es ist eine Beleidigung Allahs, wenn so eine Frau alleine bleibt«, tönte er. Nicht einmal die Tatsache, daß Rashel die Schwägerin meines Vaters war, schreckte ihn ab.

Abu Hamid lobte überschwenglich Rashels Schönheit, während sie auf einem Tablett Tee und Kaffee servierte. Sie bedankte sich für seine Komplimente und nickte sogar höflich, als er ihr einen Heiratsantrag machte. Ich mußte sie unbedingt von ihm befreien, aber ehe mir einfiel, wie ich das anstellen könnte, trat Edouard auf sie zu und sagte: »Um Kabi braucht dich in der Küche«. Sie stürzte sofort hinein.

»Du hast aber schnell geschaltet«, sagte ich zu Edouard.

»Ich hoffe, du läßt sie mir hier«, erwiderte er.

»Witzbold!« Ich lachte übertrieben laut. Wieder einmal fühlte ich mich zu Rashel hingezogen wie eine Motte zum Licht.

»Mal im Ernst«, sagte Edouard. »Ihr müßt sie mitnehmen. Ihr könnt sie unmöglich allein in einem nichtjüdischen Viertel zurücklassen.«

»Sag ihr das mal. Sie ist stur wie ein Maulesel.«

»Übrigens, hast du eine Ahnung, was mit Salim Effendi passiert ist?«

»Die Zionisten haben ihn aus dem Land geschleust«, flüsterte ich.

»Alle Achtung!« Er pfiff durch die Zähne und schien zu meiner Überraschung den Tränen nahe zu sein.

Auch Miss Sylvia waren Tränen in die Augen gestiegen, als ich ihr in Abu Salehs Auftrag in sorgfältig einstudiertem Englisch Nachrichten von Salim Effendi überbracht hatte: »Man hat mich gebeten, Sie darüber zu informieren, daß Stad Salim bis nach Israel gekommen ist. Mehr kann ich Ihnen nicht sagen.«

Sie sah mich überrascht an, legte die Hand auf meine Schulter und sagte: »Danke, Kabi.«

Das war das erste und letzte Mal, daß sie mich so nannte. Normalerweise redete sie mich mit »Mr. Kabi Imari« an.

Edouard knuffte mich am Arm und sagte: »Du wirst mir fehlen. Falls dir Amira über den Weg läuft, sag ihr, daß sie mir auch fehlt. Und daß es mir leid tut.«

Jetzt war ich es, der beinahe in Tränen ausgebrochen wäre. Ich gab ihm einen freundschaftlichen Schubs, stand auf und ging in die Küche. Rashel war in Tränen aufgelöst.

»Und mit solchen Leuten laßt ihr mich allein«, schluchzte sie mit bebenden Schultern.

»Dann komm doch mit. Was kannst du Hizkel denn nützen, wenn du hierbleibst? Du darfst ihn ja noch nicht mal besuchen.«

»Ich soll ihn hier allein lassen? Was wäre ich dann für eine Ehefrau? Ich werde ihn nie im Stich lassen, im Gegensatz zu deinem Vater.«

»Wenn du mit meinem Vater ein Hühnchen zu rupfen hast, dann wende dich an ihn«, gab ich zurück.

»Wo war die Bewegung, als sie Hizkel geholt haben? Wo war Israel? Sie haben ihn schmählich im Stich gelassen.« Sie fing wieder an zu weinen.

»Abu Saleh plant seine Befreiung. Er tut alles, was in seiner Macht steht.«

»Erzähl mir nichts von Abu Saleh. Was für ein Held! Ich könnte den Tigris mit seinen Versprechungen füllen. Er ist doch nur froh, daß Hizkel ihm aus dem Weg ist, damit er jetzt die Bewegung selber anführen kann. Seit der Verhaftung geht er mir aus dem Weg. Er hat solche Angst vor mir, daß er noch nicht mal mehr zu euren Um Kultoum-Abenden kommt.«

»Er muß eben vorsichtig sein.«

»Warum war dein Vater nicht beim Großen Imari?«

»Wie kommst du darauf, daß er nicht da war?«

Es war mir einfach so herausgerutscht. Mein Vater hätte sein blödes Versprechen dem Großen Imari gegenüber brechen und es ihr sagen sollen! Sie hatte ein Recht darauf, es zu wissen.

»Warum hat er es mir dann nicht erzählt? Bin ich ihm so egal? Oh, ich weiß schon, was er denkt. Ich bin nur eine Frau, die den Mund nicht halten kann.« Sie stand auf, um zu gehen. »Es ist Zeit zu schlafen. Ich habe letzte Nacht kein Auge zugetan. Ich weiß wirklich nicht, warum ich überhaupt hierhergekommen bin. Solche Feste sind nichts für mich.«

Ich folgte ihr bis ans Tor. »Du brauchst nicht mitzukommen«, sagte sie und drückte meinen Arm. »Ich möchte allein sein.«

Mein Vater war nicht in seinem Laden; er war weder bei Hiyawi noch beim Bäcker noch in Abu Ednans Café. Ich lief nach Hause.

»Mama, wo ist Baba?«

»Psst. Er macht im Keller ein Nickerchen.«

»Wir stehen auf der Abflugliste!«

»Na und?«

Warum zeigte sie nicht die geringste Freude? Plötzlich war die ganze Euphorie verflogen, die mich erfaßt hatte, nachdem ich den Namen Salman Moshi Imari auf der Anschlagtafel entdeckt hatte. Alles schien wieder in Frage gestellt zu sein. Ich war das ewige Tauziehen zwischen meinen Eltern leid.

»Laß ihn schlafen«, sagte meine Mutter. »Er ist erschöpft.«

Ich streifte im Hof umher, bis meine Mutter wieder in die Küche ging. Dann stieg ich in den düsteren Keller hinab. Mein Vater lag in seiner Unterwäsche auf einer Matte. Ich betrachtete ihn. Selbst im Schlaf wirkten seine Züge angespannt. Hin und wieder lief ein Zittern über sein Gesicht. Seine Haut war faltig geworden, besonders auf der Stirn und in den Augenwinkeln. Ab und zu zuckte er, als träume er schlecht. Sein Atem ging schwer und unregelmäßig.

Meine Mutter und Rashel hatten ihm das Leben in letzter Zeit nicht gerade leichtgemacht. Beide jammerten ständig und hielten ihm vor, daß er seinen Bruder im Stich lasse. Beide wollten nicht nach Israel auswandern. Meine Mutter brachte ihre Meinung darüber immer deutlicher zum Ausdruck, sei es durch eine beiläufige Bemerkung, eine hochgezogene Augenbraue oder eine wegwerfende Handbewegung. Mein Vater war diese Art von Auflehnung nicht gewöhnt. Meine Eltern hatten sich früher zwar auch gestritten, aber bei diesen Auseinandersetzungen hatte meine Mutter stets irgendwann nachgegeben und sich meinem Vater, dem natürlichen Oberhaupt der Familie, untergeordnet. Nun allerdings verrieten nicht nur ihre Blicke und Bemerkungen, sondern auch ihr Schweigen, daß sie ihn nicht mehr als oberste Autorität anerkannte, daß es Dinge gab, über die es sich nicht zu streiten lohnte, weil sie sie allein entscheiden würde.

Er warf sich wieder auf der Matte herum, stöhnte, lag einen Moment lang still und öffnete dann die Augen, als spüre er meine Gegenwart. Als er mich sah, hob er den Kopf. »Was ist los, Junge?« fragte er. »Was ist passiert?«

»Wir stehen auf der Abflugliste.«

»Was?« Er rieb sich schläfrig die Augen. »Bist du sicher?«

»Ja.«

Er stand auf, legte den Arm um mich, drückte seine Wange an meine und wiegte sich mit mir wortlos vor und zurück. Mit Tränen in den Augen nahm er mich bei der Hand und führte mich die Stufen zum Hof hinauf.

»Hast du's gehört, Um Kabi?« Er breitete die Arme aus, um meine Mutter zu umarmen. »Es geht los!«

Sie sah ihn herausfordernd an, die Lippen geschürzt, das Kinn gesenkt, die Arme vor der Brust verschränkt. »Sieh dich bloß an«, schimpfte sie.

Er beschrieb mit den Händen einen Kreis. »Frau«, sagte er, »die schlimmen Zeiten sind vorbei.«

»Die fangen gerade erst an«, erwiderte meine Mutter.

Mein Vater ließ die Arme sinken, drehte sich um und ging sich duschen.

Als er in den Hof zurückkam, trug er einen schicken weißen Anzug und einen blauen Schlips, war frisch rasiert, duftete nach Kölnisch Wasser und hatte sich das pomadisierte Haar glatt zurückgekämmt. »Heute abend wird gefeiert«, verkündete er und rieb sich die Hände, während er mit verträumter Miene im Hof umherging.

Ich half ihm, eine Kiste libanesischen Arrak aus dem Keller heraufzutragen, den er für besondere Anlässe dort aufbewahrt hatte.

Dann ging ich zu unseren Nachbarn, um sie einzuladen und zu bitten, es den andern weiterzusagen. Seit Araber in unserer Nachbarschaft wohnten, konnte man nicht mehr einfach eine Einladung vom Dach herunterrufen. Keiner von uns wollte, daß bei unseren Festen irgendwelche Moslems hereinplatzten und schon gar nicht Abu Hamid, der, seit er Rashel so bedrängt hatte, in unserem Haus nicht mehr willkommen war.

Rashel gehörte allerdings nicht zu den Gästen, die mein Vater persönlich einlud. Das überließ er mir.

Sie sagte, daß sie nicht käme. Ich war enttäuscht, versuchte aber nicht, sie umzustimmen.

Mein Vater engagierte ein paar Musiker. Er erzählte mir, daß Abu Saleh nicht kommen könne, weil er etwas vorhätte.

Obwohl ich wußte, daß er damit irgendwelche Untergrundaktivitäten meinte, hatte ich den Verdacht, daß es nur eine Ausrede war, da sich Abu Saleh seit Hizkels Verhaftung bei uns nicht mehr sehen ließ. Doch selbst wenn Rashels Vermutung stimmte und er ihr aus dem Weg ging, war dies sicher nicht der einzige Grund.

Als ich heimkam, hatte sich meine Mutter die Haare gerichtet und ein weißes Kleid mit einer Goldbrosche angezogen. Was immer sie von unseren Auswanderungsplänen halten mochte, sie würde ihre Pflichten als Gastgeberin erfüllen. Man würde ihr niemals offene Auflehnung vorwerfen können. Mit stolzer, aufrechter Haltung, die die ersten Rundungen ihrer Schwangerschaft betonte, überwachte sie die Vorbereitungen für das Fest.

Unser Hof füllte sich mit Gästen. Bald waren meine Eltern von Menschen umringt, die ihnen Zettel und Briefe für ihre Verwandten in Israel in die Hand drückten oder auch nur ein paar Grüße auftrugen. »Wir werden auf dem Flughafen gründlich durchsucht. Wir dürfen keine Briefe mitnehmen«, erklärte ihnen mein Vater. Er machte langsam die Runde und begrüßte seine Gäste, schüttelte ihnen die Hände, umarmte sie, küßte sie, lachte nervös.

Abu Edouard trug einen eleganten Anzug, den ich noch nie an ihm gesehen hatte, und trank eine Menge Arrak. »Bist du sicher, daß sie euch auch rauslassen?« fragte er meinen Vater scherzhaft und umarmte ihn.

»Trau niemals einem Goi«, konterte mein Vater lachend.

Die Nacht brach herein und überzog den Himmel mit einem perlenbesetzten Schleier, der sich bis zum Horizont hin erstreckte. Es wehte eine leichte Brise. Die Musiker trafen ein und spielten Abschiedslieder, die umherziehende Dichter vor langer Zeit verfaßt hatten. Gefühlvolle Melodien schwebten durch die Nachtluft, während Allah einen tiefblauen, geheimnisvollen Himmel über sein Reich breitete.

Fast jeden Abend fanden jetzt in Bagdad Abschiedsfeste statt, und jedesmal wurden dieselben Lieder mit derselben sehnsuchtsvollen Glut gesungen.

Mein Vater blickte auf seine Gäste, als wären sie Traumgestalten. Falls er je daran gezweifelt hatte, daß seine Prüfungen einmal ein Ende hätten, so brachte ihm dieser Abend endgültige Gewißheit.

Und doch war sein Glück nicht vollkommen. Er ging zur *jalala*, zündete sich eine von Hiyawis Zabanas am Stummel einer anderen an und setzte sich. Als ich ihn mit einer so traurigen, verlorenen Miene dasitzen sah, mußte ich einfach zu ihm hingehen. »Mein Sohn«, sagte er, »vielleicht denkst du, ich bin verrückt, aber ich warte immer noch darauf, daß im letzten Moment noch ein Wunder geschieht und Hizkel freikommt.«

Ich konnte es nicht mehr hören. Ich wollte Hizkel endlich vergessen. Ich fand es unerträglich, daß mein Vater mich wie einen Erwachsenen behandelte. »Baba«, hätte ich am liebsten gerufen, »hör auf damit, ich bin doch noch ein Junge!« Seine Ängste und seine Unentschlossenheit beunruhigten mich; ich fürchtete, daß sie unsere Abreise in letzter Minute verhindern könnten. Sein Gesicht war so runzlig wie die Haut eingetrockneter Milch. Er hatte offenbar zuviel getrunken. Als ich ihm eine Schale mit kaltem Joghurt brachte, schob er sie beiseite und sagte:

»Geh und sieh nach, warum Hiyawi nicht gekommen ist.«

Ich trat auf die Straße. Die Lichtbalken, die von den Fenstern der Häuser herabfielen, erinnerten mich an die Streifen eines Gewands.

Das Tor zu Hiyawis Hof war angelehnt. Dahinter saß der alte Mann zusammengesunken auf einem Stuhl.

»Warum sitzt du denn noch so spät abends hier draußen?« fragte ich ihn.

»Wegen einer Handvoll Bohnen«, antwortete er.

Dieser Ausspruch stammte aus einer alten Geschichte über einen Bohnenhändler, der seinen jungen Gehilfen umbrachte, weil er mit seiner Frau geschlafen hatte. Die Kaufleute auf dem Markt, die nichts von der Liebesaffäre wußten, glaubten jedoch, der junge Mann hätte ihm eine Handvoll Bohnen gestohlen. Das gelbe Licht der rußigen Straßenlaterne fiel durch das Tor und ließ Hiyawis tiefe Falten hervortreten.

»Komm mit auf unser Fest«, sagte ich zu ihm.

»Was soll ich denn auf eurem Fest?« fragte er und wischte sich die Stirn mit einem schmutzigen Taschentuch ab. »Hol dir einen Stuhl und setz dich zu mir.«

Ich hatte das Gefühl, daß er mir irgend etwas zeigen wollte. Vielleicht würde uns seine verstorbene Frau erscheinen. Der Gedanke faszinierte und erschreckte mich zugleich.

Ich zog einen Stuhl zu ihm heran. Wir schwiegen eine Weile.

Die Gäste meines Vaters brachen langsam auf. Die Laterne flackerte und erlosch. Die Straßen leerten sich. Und obwohl ich ständig gähnte und mich nach meinem Bett sehnte, brachte ich es nicht fertig, zu gehen.

In einiger Entfernung tauchte der schemenhafte Umriß eines Mannes auf, der sich mit selbstbewußtem Gang näherte. Ich erkannte ihn sofort und erhob mich, um ihn zu fragen, ob er gute Nachrichten bringe, aber Hiyawis zittrige Hand auf meiner Schulter hielt mich zurück.

»Kommt er von unserem Fest?«

Hiyawi hielt mir mit der anderen Hand den Mund zu. Karim Abd el-Hak bog um die Straßenecke und verschwand in Richtung El-Rashid-Straße. Der alte Mann starrte ihm nach, bis er verschwunden war. Mit einer schrecklich krächzenden Stimme sagte er schließlich:

»Die Moslems zeigen es Hizkel, und er zeigt es Hizkels Frau.«

»Vielleicht hatte er eine dringende Nachricht für sie.«

»Er kommt seit Wochen jeden Abend hier vorbei. Wieviel dringende Nachrichten kann der denn noch haben?«

Meine Ohren fühlten sich an, als hätte man sie mit dem Brenneisen versengt. »Wie kann er es wagen?« fragte ich, nur um irgend etwas zu sagen. Mein Kopf drehte sich.

Hiyawi spuckte aus. »Sie tragen Wollust im Herzen und nicht Gott. Und wer Gott nicht fürchtet, fürchtet auch Gottes Geschöpfe nicht.«

»Aber wie kann sie es wagen?« schrie ich fast.

»Wie? Weißt du nicht, daß ein Mann vieles im Leben braucht, eine Frau aber nur eines?«

Ich sprang auf und rannte hinaus auf die menschenleere Straße, die zum Suk führte. Ich hatte keine Angst mehr vor Dschinns, denn jetzt war ich selbst von einem besessen.

Ich rannte durch Taht-el-Takya, blieb jedoch abrupt stehen, als ich die El-Rashid-Straße erreichte. Was fiel mir eigentlich ein, einem Mann nachzujagen, der gerade aus Rashels Bett gestiegen war? Was würde ich denn zu ihm sagen, wenn ich ihn einholte? Ich drehte mich um und ging kleinlaut zurück, bis ich vor Rashels Haus stand.

Diese Hure! Der Tod war noch zu milde für sie. Die Moslems hatten recht. Eine Frau, die ihren Mann betrog, verdiente den Tod. Deshalb hatte sie also an unserem Um-Kultoum-Abend zu mir gesagt, ich brauche sie nicht nach Hause zu begleiten!

Ich hob die Hand, um an ihr Tor zu klopfen, und ließ sie wieder sinken. In unserem Hof war es dunkel, aber meine Mutter war noch in der Küche mit Geschirrspülen beschäftigt. Ich stieg aufs Dach und spähte in Rashels Hof hinunter. Sie war nicht da. Natürlich nicht. Sie lag sicher in ihrem dunklen Zimmer und schlief. Hatte ich etwa erwartet, daß sie es mit dem Moslem unter freiem Himmel treiben und dort einschlafen würde?

Mein Vater schnarchte laut auf dem Dach. Dieser elende Säufer! Ich legte mich ins Bett und schloß die Augen, aber ich war zu aufgewühlt, um einzuschlafen. Ich konnte Rashels Rosenwasserduft riechen, als läge sie neben mir. Sie und ihre verfluchten Düfte! Ich wünschte, ich wäre ihr nie begegnet. Ein Stück Dreck war sie, mehr nicht ... und ich hatte Angst gehabt, mit ihr etwas anzufangen. Ich hätte sie vergewaltigen sollen. Jawohl, vergewaltigen, ohne mich darum zu scheren, was andere sagen würden. Jedesmal, wenn ich mir gewünscht hatte, mit ihr zu schlafen, hatte ich meine Mutter vor Augen gehabt, ganz in Schwarz gekleidet. Und in der Zwischenzeit war dieser Moslem dahergekommen und hatte sie einfach genommen. Die Moslems benahmen sich, als gehörte alles ihnen.

Aber hätte ich in ihren Armen meine Unschuld verloren, hätte ich ihr dann auch den Tod einer Ehebrecherin gewünscht? Natürlich nicht, das wußte ich. Gib's doch zu, du Esel, sagte ich zu mir. Du bist nur eifersüchtig. Und es gab nichts Quälenderes als Eifersucht. Es war wie damals, als mich mit sieben Jahren ein Skorpion gebissen hatte. Anfangs hatte ich nur einen leichten Stich gespürt, aber kurz darauf wanderten glühendheiße Nadeln von meinem Daumen zu meinen Fingern, dann meinen Arm hinauf bis zu meiner Schulter und breiteten sich schließlich in meinem ganzen Körper aus, als würde Gift durch meine Adern strömen.

Ich lag fast bis zur Morgendämmerung wach, stellte mir vor, wie es der Moslem mit Rashel in all den Stellungen trieb, die ich mir immer ausgemalt hatte. Nicht einmal der Höhepunkt, mit dem meine Phantasien endeten, brachte mir den erlösenden Schlaf. Mein Glied führte ein Eigenleben, richtete sich auf, sobald ich mir – wie von einem morbiden Fieber getrieben – vorstellte, wie die beiden sich liebten.

Irgendwann muß ich schließlich in einen unruhigen Schlaf gefallen sein, denn es war bereits hell, als ich mit rasenden Kopfschmerzen erwachte und entdeckte, daß sich mein Auge wieder entzündet hatte. Das Gesicht, das mir im Spiegel in der Dusche entgegensah, war verquollen und voller Pickel. Das Muttermal unter meinem linken Auge, von dem meine Mutter sagte, daß es Glück bringe, sah häßlicher aus denn je. Ich ging in die Küche und machte mir einen Tee, um mein Auge zu spülen.

Danach ging ich zum Fluß und schlenderte am Ufer entlang. Das Wasser lag ruhig und friedlich da. Hatte ich mir alles vielleicht nur eingebildet? War alles nur ein schlechter Traum gewesen, die Wahnidee eines verrückten alten Mannes, der glaubte, seine ertrunkene Frau sei in Rashel wiedergeboren worden? Hatte er sich vielleicht nur dafür rächen wollen, daß sie sein Geld und seine Hilfe ausgeschlagen hatte?

Doch nein, sie selbst hatte mir ja einmal erzählt, daß sie sich seit dem gewaltsamen Tod ihrer Eltern während der Farhud so verloren fühlte, daß sie jede Hand ergreifen würde, die sich ihr entgegenstreckte. Ich hatte mir gewünscht, daß diese Hand meine wäre, aber nun war es Karims, obwohl wir alles menschenmögliche für sie und Hizkel getan hatten.

Die fahle Morgensonne spiegelte sich im Wasser des Tigris, das plätschernd ans Ufer schlug. Ich stand an genau derselben Stelle, an der ich an jenem Abend mit Amira gestanden hatte. Hatten mich meine Beine ohne mein Wissen dorthin getragen? Was war nur los mit mir, daß ich so durcheinander war? In Büchern und Filmen war alles so einfach: Ein Junge liebte ein Mädchen, das Mädchen liebte ihn – Schnitt. Warum konnte ich mich nicht entscheiden? Vielleicht war das, was ich für Liebe hielt, nur Begierde? Dann sollte ich besser zu einer Hure gehen und die Sache hinter mich bringen. Es würde keine Mißverständnisse geben, keine falschen Hoffnungen, keine Enttäuschungen, keine Eifersucht. Abgesehen davon natürlich, daß sich ein romantischer Kerl wie ich sogar in eine Hure verlieben konnte! Vielleicht griff ich ja auch nach der erstbesten Hand, die sich mir entgegenstreckte, vielleicht war ich ja auch eine Waise, obwohl ich noch Eltern hatte.

Ich atmete die frische Luft am Fluß tief ein und fühlte mich etwas besser. Ich sah Hizkel vor mir, mit ausgerenktem Kiefer und blaugeschlagenem Gesicht in der Nacht seiner Verhaftung. War wirklich er der Grund, weshalb sie unbedingt hierbleiben wollte? Würde sie zu ihm zurückkehren, wenn er freikam? Seltsamerweise glaubte ich, daß sie es tun würde. Aber wie brachte sie das nur fertig? Und wie sollte ich ihm je wieder in die Augen sehen oder gar offen mit ihm reden? Manchmal, wenn ich nachts wach im Bett lag, sah ich ihn am Galgen auf dem Armeeplatz baumeln …

Ich schämte mich meiner selbst und meiner Gedanken. Karim Abd el-Hak war ein Fremder, aber ich war Hizkels Neffe – und wenn ich von solchen Dingen träumte, wie konnte ich da Karim etwas vorwerfen? Mir blieb nichts anderes übrig, als mit dem Geheimnis zu leben. Hiyawi hatte es getan, und er erwartete dasselbe von mir. Manche Dinge waren zu schmerzlich, um über sie zu sprechen, wie der Zwischenfall im Badehaus am Tag nach der Verhaftung meines Vaters. Jedesmal, wenn ich daran dachte, überkam mich eine hilflose, blinde Wut. Nun hatte meine junge Seele wieder etwas zu begraben.

KAPITEL L

Taht-el-Takya stand unter Schock. Abu Saleh el-Hibaz, der Bäcker, war auf dem Armeeplatz gehenkt worden.

Am Vortag hatte die Polizei in unserem Viertel eine Razzia durchgeführt und es nach allen Seiten hin abgeriegelt. Eine Sondereinheit stürmte die Bäckerei, während eine weitere zielsicher in den Keller vordrang, wo sie den Schießstand entdeckte. Ladenbesitzer und Passanten sahen sprachlos zu, wie die Waffen hinausgetragen und in einen bereitstehenden Lastwagen verladen wurden. Es war ein beeindruckendes Arsenal: Berettas, Brownings, Parabellums, leichte Maschinengewehre, Maschinenpistolen und Schmeisser-Maschinenpistolen, englische Gewehre und kanadische Karabiner, ein Bren-Maschinengewehr, mehrere Kisten mit Handgranaten und einige Kartons mit Munition.

Abu Saleh stand wortlos neben seinem Ofen, die kräftigen Arme vor der Brust verschränkt, das Leuchten in seinen Augen war erloschen.

Auch die Polizisten schwiegen; sie waren so freundlich, daß es einen Moment lang schien, als wollten sie lediglich die Waffen abholen und dann wieder abziehen. Doch als das geheime Waffenlager ausgeräumt war, legten sie ihm Handschellen an und führten ihn ab.

Mein Vater, der von Hiyawis Tabakladen aus zusah, war starr vor Angst. Ganz Taht-el-Takya war fassungslos. Viele Ladenbesitzer schlossen vorzeitig ihre Geschäfte und gingen nach Hause. Jene, die zurückblieben, unternahmen keinerlei Anstalten, wieder an ihre Arbeit zu gehen. Wie Schlafwandler streiften sie ziellos durch die Straßen des Suk und unterhielten sich flüsternd über den schrecklichen Vorfall.

Es war schwer zu glauben, daß der temperamentvolle Bäcker, der während seiner Arbeit Liebeslieder und jüdische Hymnen sang, inmitten des Suk ein Waffenlager angelegt hatte. Es war genauso schwer zu fassen, daß man den Helden unseres Viertels, diesen unbescholtenen Bürger, abgeführt und eingesperrt hatte – ein bezwungener Titan. Alle waren ratlos. Es schien nur eine Frage der Zeit zu sein, bis der nächste Schicksalsschlag über sie hereinbrach. Hätten Polizei und Armee das Viertel dem Erdboden gleichgemacht, hätte es niemanden gewundert.

Kurz nach Abu Salehs Verhaftung sah ich Stad Nawi in Begleitung einiger junger Männer in unserem Viertel und fragte mich, was er wohl hier zu suchen hatte. Erst Jahre später erfuhr ich zu meiner Überraschung, daß dieser schmächtige Mann, der wie ein Buchhalter aussah, aber ein bekannter Schriftsteller war und zudem Leiter einer Schule, die sich ihrer patriotischen Gesinnung rühmte, eine führende Rolle in der Untergrundbewegung spielte und zahlreiche illegale Aktionen koordinierte, wenn er nicht gerade auf einer literarischen Soiree war. Es war eines der bestgehütetsten Geheimnisse der Bewegung, eines, von dem sogar mein Vater nichts wußte. Selbst Hizkel, der von Stad Nawis italienischem Freund Enzo Sireni angeworben worden war, hatte es ihm nicht erzählt.

Es war Abu Salehs Verhaftung, die Stad Nawi nach Taht-el-Takya führte, wo er die Bewegung neu organisieren, ihren Kampfgeist stärken und dafür sorgen sollte, daß die Auswanderungswelle nicht abebbte. Nachdem er die verschlüsselte telefonische Nachricht erhalten hatte, daß die Waffen beschlagnahmt worden waren, veröffentlichte er in der Untergrundpresse einen Artikel, in dem es hieß, daß die Waffen ausschließlich zur Selbstverteidigung und nicht für den Einsatz gegen das Regime bestimmt gewesen seien. Die abgebildeten Fotos zeigten antijüdische Greueltaten während der Farhud.

Abu Saleh war instruiert worden, beim Verhör auf dieser Version zu beharren. Die Justizbehörden, die diese Version offensichtlich glaubten, beschlossen daraufhin, sowohl dem lautstarken Ruf nach Vergeltung im Irak als auch der projüdischen öffentlichen Meinung im Ausland gerecht zu werden, indem sie dem Bäcker als Einzeltäter unverzüglich den Prozeß machten. Man stellte ihn noch am selben Abend wegen illegalem Waffenbesitz und dem Bombenanschlag auf die Mas'uda Shemtob-Synagoge vor Gericht.

Der Richter folgte dem Präzedenzfall des Prozesses gegen Shafik Addas und begnügte sich mit der Zeugenaussage eines einzigen Informanten, eines verängstigten jungen Juden, den man beim Verhör derart eingeschüchtert hatte, daß er mit schamerfüllter Miene und Tränen in den Augen gegen Abu Saleh aussagte. Es wurden keinerlei Entlastungszeugen gehört, und der Verteidiger leierte schließlich lustlos sein Schlußplädoyer herunter. Um Mitternacht führte man Abu Saleh in die Todeszelle, und am Morgen wurde er gehenkt.

Ich ging nicht zum Armeeplatz. Ich wollte nicht das Idol meiner Jugend an einem Strick baumeln sehen. Mittags nahm man seine Leiche vom Galgen. Der Spuk war vorüber, ehe die Journalisten überhaupt am Ort des Geschehens eintrafen oder irgend jemand einen Versuch zu Abu Salehs Rettung unternehmen konnte.

Hiyawi sagte den Leichenbestattern, daß sie Abu Saleh neben dem Massengrab der Farhud-Opfer beerdigen sollten. Diesen Wunsch hatte der Bäcker einmal während einer Auseinandersetzung mit Hiyawi geäußert. Damals war es allerdings eher eine sarkastische Bemerkung gewesen, mit der er dem alten Tabakhändler klarmachen wollte, daß alle Juden, die im Irak blieben, eines Tages in einem Massengrab enden würden, aber nun glaubte Hiyawi – vielleicht zu Recht –, daß dies tatsächlich Abu Salehs letzter Wille war.

Das gesamte Viertel kam zur Beerdigung. Selbst die ältesten Juden Bagdads konnten sich nicht an eine derart große Trauergemeinde erinnern. Obwohl wegen der Anwesenheit von Geheimpolizisten keine Trauerreden gehalten wurden, konnte niemand die Tränen zurückhalten, als Hiyawi mit rauher Stimme das Totengebet sang und Gott bat, sich des Märtyrers David ben-Yosel, auch Abu Saleh el-Hibaz genannt, anzunehmen: »Zum Paradiese mögen Engel dich geleiten, bei deiner Ankunft die Märtyrer dich begrüßen und dich führen in die heilige Stadt Jerusalem.«

Danach saß Abu Salehs trauernde Familie in der Bäckerei, und sämtliche Bewohner Taht-el-Takyas und des Suk kamen vorbei, um ihr ihr Mitgefühl auszudrücken. Der Markt war geschlossen. In den Schulen fiel der Unterricht aus. Meine Mutter und die anderen Frauen aus der Nachbarschaft brachten Beigel für die Segnung des Brotes; Datteln, Mandeln, Rosinen und Äpfel für die Segnung der Früchte; geschälte Gurken für die Segnung des Blattgemüses sowie Tee und Kaffee für die Segnung verschiedener anderer Dinge.

Nur Rashel ließ sich nicht blicken. Meine Mutter erzählte, daß sie im Bett liege und sich die Augen ausweine, als habe Gott sie mit Abu Salehs Tod persönlich strafen wollen.

Noch vor Ablauf der Woche hatten Zehntausende weiterer Juden einen Auswanderungsantrag gestellt. Viele gingen von der Bäckerei direkt zur Meldestelle. Der tote Abu Saleh bewegte mehr Juden zur Auswanderung, als es der lebende je vermocht hatte.

Fathiya, die beduinische Kemar-Verkäuferin, saß leise weinend mit ihren Töpfen in einer Ecke der Bäckerei und stach mit ihrer langen Nadel Portionen geronnener Milch für ihre Kunden aus. Sie kam vor der Morgendämmerung und ging erst nach Einbruch der Dunkelheit wieder; sie konnte einfach nicht glauben, daß ein so lebendiger Mann wirklich tot war. Hin und wieder wandte sie sich um und starrte den kalten Ofen an, als könne sie Abu Salehs Potpourris aus religiösen Melodien und anzüglichen Liedern hören.

Am siebten Tag erhoben sich die Trauernden und verließen die Bäckerei. Nach Einbruch der Dunkelheit war das Wehklagen der Kemar-Verkäuferin im ganzen Viertel zu hören.

KAPITEL LI

Mein lieber Bruder,
Ich weiß nicht, wie ich mir meine verbesserten Haftbedingungen erklären soll. Ganz plötzlich hat man mich in eine geräumigere Zelle in einem neuen Trakt verlegt, die ich mit einigen anderen, ebenfalls privilegierten Gefangenen teile. Es gibt so gut wie nichts, was wir uns nicht gegen Bestechungsgeld beschaffen könnten – außer unserer Freiheit natürlich; daher auch der Stift und das Papier für den Brief, den ich Dir jetzt schreibe.

Rückblickend kommt es mir so vor, als würde mein Fall völlig willkürlich gehandhabt. Nachdem man mich nach meiner Verhaftung tagelang gefoltert hatte, ließ man plötzlich von mir ab … und jetzt, nachdem ich fast ein ganzes Jahr in einer überfüllten, stinkenden Zelle verbracht habe, tritt wieder eine unerklärliche Wende ein.

Ich kann es kaum erwarten, Kabi wiederzusehen, nicht nur, weil er meine einzige Verbindung zur Außenwelt darstellt, durch die Dich dieser Brief erreichen wird, sondern auch, weil ich mir Sorgen um ihn mache. Bei seinem letzten Besuch war er so erschüttert über den Tod unseres großartigen Abu Saleh, daß er in Tränen ausbrach und mich ebenfalls um meine Fassung brachte. Wir haben gemeinsam um ihn geweint.

Normalerweise weine ich nur nachts. Tagsüber versuche ich, tapfer zu sein. Obwohl ich nicht weiß, warum, habe ich das Gefühl, daß die Verbesserung meiner Lage etwas mit Abu Saleh zu tun hat. Hat er die Schlinge um meinen Hals gelockert, indem er die ganze Schuld auf sich genommen hat? Bei diesem Gedanken fühle ich mich so schuldig, daß ich beinahe wünsche, man hätte mich an seiner Stelle gehenkt. Aber vielleicht hängen sie mich ja trotzdem noch auf. Vielleicht werde ich nur deshalb so bevorzugt behandelt, weil ich sowieso schon ein toter Mann bin.

Ich weiß, daß ein Untergrundführer darauf vorbereitet sein muß, seine Leute in den Tod zu schicken. Das ist der schreckliche Preis für so eine Position. Und doch quält mich die Frage, ob ich nicht für Abu Salehs Schicksal verantwortlich bin. Schließlich war ich es, der den Standort für das geheime Waffenlager ausgesucht hat. Und es ist kein Trost, mir immer wieder zu sagen, daß ich schließlich auch mein Leben aufs Spiel gesetzt habe und daß unsere zionistische Revolution, wie jede andere Revolution auch, mit Blut erkauft werden muß. Man mag sich innerlich noch so stählen, es bricht einem doch das Herz, wenn man mit so etwas konfrontiert wird. Und das Schlimmste daran ist, daß er starb, als der Kampf bereits gewonnen war und Ausreisegenehmigungen für Israel problemlos zu bekommen waren.

Bis zu meiner letzten Stunde, sei sie nah oder fern, werde ich nicht das vertraute Kettenrasseln vergessen, als man eines Nachts einen Gefangenen in die Todeszelle am hinteren Ende unseres Zellentrakts führte und wir, wie jedesmal, unter Protestgeschrei aufsprangen. Als ich den Mann sah, traute ich meinen Augen kaum. Es war Abu Saleh el-Hibaz! Hände und Füße waren in Ketten gelegt, und er trug die Kleidung eines zum Tode Verurteilten. Er kam langsam den Gang herauf, umringt von Wachen, die mit Bajonetten bewaffnet waren. »Abu Saleh!« brüllte ich wie ein Wahnsinniger, um den Lärm der anderen zu übertönen.

Er drehte sich um, und als er mich sah, verzog er das Gesicht zu demselben scheuen, respektvollen Lächeln, das ich von der Abendschule kannte. Doch im nächsten Augenblick wurde ihm bewußt, wo er war, und er wandte sich mit ausdrucksloser Miene ab. Vielleicht glaubte er, es sei besser für mich, wenn er sich nicht anmerken ließe, daß er mich kannte. Wie oft habe ich seither an diese Szene gedacht und jede Sekunde neu durchlebt!

Ich beobachtete beklommen, wie sich sein breiter Rücken immer weiter entfernte. Er erinnerte mich an den Roten Armenier – Gott erbarme sich seiner Seele –, der von einer beeindruckenden menschlichen Größe und körperlichen Stärke war. Und genau wie er sang Abu Saleh die ganze Nacht hindurch. Ich brauche Dir nicht zu sagen, wie sehr er Hymnen liebte. Der nächtliche Gesang steigerte meine schlimmen Vorahnungen noch. Ob er wußte, was ihn am Morgen erwartete? Seine kräftige, traurige Stimme hallte in unserem Zellentrakt wider: »Tag und Nacht harre ich Deiner Erlösung, oh Herr, erlöse Dein gedemütigtes Volk, oh Herr ...«

Ich tat kein Auge zu. Gegen Morgen, noch ehe die Sonne aufging, holten ihn die Wachen. Als er in Ketten an uns lärmenden Gefangenen vorbeiging, hörte ich, daß er die Hatikwah sang. Wie viele unserer Märtyrer waren mit diesem hoffnungsvollen Lied auf den Lippen in den Tod gegangen! Allein im Irak waren es Anwar Efrayim Diba, Baruch Tsiyyon Shlomo, Yosef Hai ben David Ovadiah, Tsiyyon Abo und Daniel Nuriel Dischi.

Man mag von solchen Szenen schon oft gehört haben, aber sie selbst mitzuerleben, ist etwas völlig anderes. Hier war ein Mann, der im Angesicht des Todes nicht nur stolz und aufrecht voranschritt, sondern der auch noch mit lauter Stimme sang – dabei hatte ich schon Mühe, mir vorzustellen, erhobenen Hauptes vor einem Exekutionskommando zu stehen. Wollte er mir zu verstehen geben, daß seine letzte Stunde nahte? Aus jeder Zelle schallten ihm die Stimmen der zionistischen Häftlinge entgegen, die ebenfalls die Hatikwah sangen und mit aller Macht versuchten, ihre brüllenden, stampfenden und gegen die Zellengitter trommelnden Mithäftlinge zu übertönen – auch ich sang voller Inbrunst mit. Als Abu Saleh an mir vorbeiging, sah er mich direkt an, schüttelte den Kopf und schloß ein Auge halb, als zwinkere er. Ich fühlte, daß er mir sagen wollte: »Mach dir keine Sorgen, ich werde stark sein.«

Und jetzt sehe ich ihn und diesen letzten Blick Nacht für Nacht vor mir. Da fällt das Einschlafen schwer. Und obwohl es sinnlos ist, frage ich mich: Was hat er empfunden, als er die letzte Zelle passiert hatte, den Zellentrakt verließ und unseren Gesang und unsere Rufe nicht mehr hören konnte? Überwältigte ihn da nicht die Einsamkeit des Todgeweihten? Was hat es denn für einen Sinn, ein hoffnungsvolles Lied zu singen, wenn man eine halbe Stunde später nie mehr wird hoffen können? Wollte er, dem seine Stärke nichts mehr nützte, mir vielleicht sagen, daß ich stark sein soll? Vielleicht stelle ich diese Fragen nur, weil auch auf mich der Galgen wartet, aber ich kann nicht aufhören, an ihn zu denken. Er war so gut, so stark, so unkompliziert. Es war sein Traum, einmal Offizier in der jüdischen Armee zu werden, und nun ging er in den Tod wie Samson.

Mein lieber Bruder, ich weiß, daß auch Dich der Tod von Abu Saleh tief erschüttert hat. Selbst wenn Kabi mir nicht erzählt hätte, wie fassungslos Du bist, hätte ich es gewußt. Auch Du mußt viele Fragen haben, die wir uns immer wieder stellen, auch wenn es keine Antworten gibt. Bitte geh zu Abu Salehs Schwester und sprich seiner Familie mein Beileid aus. Ich kann nur beten und hoffen, daß sie mir nicht böse sind. Er war ein Mann, der genau wußte, was er wollte, und deshalb sollten wir den Weg, den er gewählt hat, respektieren. (Wenn solche Platitüden nur mein Gewissen beruhigen könnten!) Möge Gott seine Familie und alle Trauernden in Zion trösten und sie vor weiterem Kummer bewahren.

Nach allem, was ich höre, halten mich manche Juden für einen Helden, während andere meinen, ich sei ein verantwortungsloser Abenteurer. In Wirklichkeit bin ich keines von beiden. In den schlimmen Tagen, als man mich folterte, griff ich nach jedem Strohhalm, nur um nicht den Verstand zu verlieren. Ich betete sogar zum Propheten Hesekiel. Ja, lach nur, wenn Du willst. Ich lache selber über mich: Der revolutionäre Verfechter neuer Werte, der gegen unsere Religion und ihre Rabbis rebelliert, glaubt plötzlich an Propheten und die Märchen unserer armen toten Mutter! Na ja, vielleicht ist das ja der Unterschied zwischen mir und unserem kommunistischen Cousin. Ich glaube, daß die neue Welt auf der Grundlage der alten errichtet werden sollte. Was für ein seltsamer Kerl er doch ist, unser Salim Effendi – ein Mann, der so von der jüdischen Kultur durchdrungen ist und doch keine Vergangenheit haben will.

Ich habe auch an den Aufstand im Warschauer Ghetto gedacht, dessen Beispiel mir soviel Kraft gibt. Wir dürfen uns niemals wieder in eine Situation bringen lassen, die so hoffnungslos ist, daß wir mit dem Rücken zur Wand stehen. Nicht nur die Farhud, sondern auch der Holocaust hat uns gelehrt, daß wir Mördern und Vergewaltigern nie mehr unbewaffnet gegenübertreten dürfen. Ich erinnere mich noch an die Worte meines Vaters, als man den Vater des Großen Imari umbrachte: »Möge Gott seinen Tod rächen.« Ich will aber nicht auf die Vergeltung Gottes warten. Ich will überhaupt nicht auf Vergeltung warten. Ich will zuerst zuschlagen und töten, bevor man mich tötet.

Als wir uns zu organisieren und bewaffnen begannen, warf Rabbi Bashi uns vor, daß wir die ganze Gemeinde gefährdeten. Für die Sünden einiger weniger, wie er sich ausdrückte, würden viele andere bezahlen müssen. Leute wie er behaupten auch, daß es zu Zeiten der Farhud ein noch viel größeres Blutbad gegeben hätte, wenn die Juden bewaffnet gewesen wären. Da bin ich anderer Meinung: Wenn wir Waffen gehabt und sie einzusetzen gewußt hätten, hätten wir den Pöbel in Schach halten und die Armee zwingen können, schneller einzugreifen. Nenne mir einen Menschen, dessen Leben dadurch gerettet wurde, daß wir unbewaffnet waren. Und wen haben wir Zionisten eigentlich mit unseren Waffen gefährdet außer uns selbst? Wer außer uns mußte Folterungen über sich ergehen lassen, die zu schrecklich sind, um sie zu beschreiben? Ich habe anfangs nur deshalb keine größere Angst vor dem Galgen gehabt, weil ich nicht glaubte, daß ich jemals unter ihm stehen würde.

Ich erinnere mich noch an ein Gespräch, das wir beide nach der Farhud führten, als wir unsere erste Selbstverteidigungsgruppe in Taht-el-Takya aufbauten. Ich sagte damals zu Dir, daß jede historische Epoche durch bestimmte Menschen geprägt würde und daß die Zeiten von Leuten wie Rabbi Bashi vorüber seien. Du widersprachst mir. Du meintest, daß Rabbi Bashi vielleicht nicht auf alles eine Antwort habe, daß wir aber den Irak nicht mit einer Handvoll Gewehre verändern könnten. Es sei am klügsten, beide Vorgehensweisen miteinander zu verbinden.

Ich dachte lange über unser Gespräch nach, und eines Tages, gegen Ende des Krieges, etwa vier Jahre nach der Farhud, traf ich zufällig Rabbi Bashi selbst. Zu meiner Überraschung attackierte er mich heftig, schimpfte auf die Bewegung, warf uns vor, die Gemeinde ins Verderben zu stürzen und die Moral unserer Jugend zu untergraben. (Übrigens beneidete auch Rashel uns um den ungezwungenen Umgang zwischen Männern und Frauen in der Bewegung.) Plötzlich zog er ein Bündel Einladungen hervor, die ihm diverse Scheichs und Wesire, darunter auch der Pascha selbst, geschickt hatten, beugte sich zu mir vor und raunte mir zu, daß ihm die Moslems aus der Hand fräßen. »Hizkel Imari, mein Sohn«, sagte er zu mir, »überlaß sie mir und meinen Leuten. Wir wissen schon, wie wir mit ihnen umgehen müssen.«

Das gab den Ausschlag. Mir wurde klar, daß wir unser Schicksal nicht eher in die Hand nehmen konnten, ehe wir es ihm entrissen hatten. Aber Du, mein großer Bruder, der Du seit dem Tod unseres Vaters wie ein Vater für mich gewesen bist, hast zu mir gesagt: »Laß ihm seinen Titel und seine Ehrungen. Kümmere dich weiter um die Jugend und ignoriere ihn einfach.«

Und genau das habe ich getan, obwohl es ihn und seine Kumpane nicht daran hinderte, uns immer mehr mit Schmutz zu bewerfen. An dem Tod jedes Juden, der gehenkt wurde, waren wir schuld. Sie hätten es lieber gesehen, wenn Hunderte von uns niedergemetzelt worden wären, als daß man nur einen einzigen Zionisten henkte – so verworren und pervertiert war ihre Denkweise. Wie konnten sie Abu Salehs Bereitschaft, sein Leben zu riskieren, je mit der Blutrünstigkeit eines arabischen Judenhassers vergleichen? Welches Volk hat je seine Unabhängigkeit oder auch nur die Verbesserung seiner Lage ohne Opfer erreicht?

Wir waren aber auch nicht wie die Kommunisten. Ich habe einmal eine ihrer Demonstrationen miterlebt. (Das war an dem Tag, als sie Salim Effendi den Kiefer einschlugen.) Sie endete in einem Blutbad, worauf wir von der Bewegung beschlossen, keine öffentlichen Protestveranstaltungen mehr durchzuführen, um nicht unnötig Menschenleben zu riskieren. Von da an arbeiteten wir still und unauffällig im Untergrund. Wir waren weder auf öffentliches Aufsehen noch auf Ruhm aus. Wir brauchten keine Träger des Amtsstabs, die vor uns herliefen, oder ehrfürchtige Bewunderer, die uns die Hände küßten. Wir finanzierten alles aus der eigenen Tasche und schmuggelten unsere Leute beim geringsten Anzeichen einer Gefahr über die Grenze. (Ich fand es übrigens völlig richtig, daß Abu Saleh dasselbe für Salim Effendi getan hat. Jetzt kann er irgendwo an einem sicheren Ort sitzen und sich weiter darüber mokieren, daß wir nur bessere Reiseveranstalter sind.)

Ich liebe Bagdad nicht weniger als andere Juden. Ich weiß so gut wie sie, daß meine Vorfahren hier begraben sind und daß die jüdische Geschichte hier ihren Anfang nahm. Es gab eine Zeit, da wollte auch ich hierbleiben. Ich hoffte, daß Juden, Christen und Moslems in Frieden miteinander leben könnten. Erinnerst Du Dich noch daran, mein Bruder, daß uns die moslemische Schule, die wir besuchten, vom Koranunterricht befreite? Und ich wollte doch so gern dabeisein! Neugier und die kindliche Faszination für alles Verbotene waren wohl der Grund dafür. Jedenfalls bedrängte ich Scheich Abbas so lange, bis er mir schließlich erlaubte, mich einmal dazuzusetzen. Ich weiß noch, es ging um Josef, und ich durfte aus dem Koran vorlesen. Darin war ich nicht nur besser als die anderen Jungen, sondern ich konnte sogar einige Verse erklären, die sonst keiner verstand. Der Scheich war sehr beeindruckt von meinem Können, aber nach dem Unterricht verdroschen mich meine moslemischen Freunde. Ich hatte mich mit meiner Begeisterung für den Koran bei meinen Schulkameraden nicht gerade beliebter gemacht …

Du weißt auch, wie sehr es mich traf, als ich nach dem Schulabschluß nicht zum Medizinstudium zugelassen wurde. Du versuchtest mich zu trösten, indem Du sagtest, daß es einem Armenier oder Christen genauso ergangen wäre, aber das tröstete mich nicht. Damals begriff ich, daß wir immer Bürger zweiter Klasse bleiben würden, Außenseiter im eigenen Land. Und ich schwor mir damals, daß ich, falls wir Juden jemals unser eigenes Land hätten und ich dort lebte, für die Gleichbehandlung von Moslems und anderen Minderheiten eintreten würde. Ich wollte nie anderen dasselbe antun, was man uns angetan hat.

Obwohl diese Zelle eine echte Verbesserung ist, kann ich nach wie vor nicht hinaussehen: keine Blume, kein Baum, kein Horizont, kein Sonnenuntergang. Manchmal höre ich Tauben im Gefängnishof gurren und denke an daheim und an Rashel. Aber es schmerzt zu sehr, um darüber zu schreiben.

Als ich mich das zweite Mal mit Enzo Sireni traf, nahm ich ihn mit an den Fluß, um mit ihm Fisch zu essen. (Ich kann mich noch an den Duft des Essens erinnern. Wie ich eine richtige Mahlzeit vermisse! Kabi bringt mir wenigstens ab und zu etwas Leckeres.) Dieser Jude war ein außergewöhnlicher Mensch. Seine Herzlichkeit gab mir das Gefühl, ihm brüderlich verbunden zu sein, trotz der großen Entfernung zwischen Tiber und Tigris. Danach gingen wir oft stundenlang am Fluß spazieren und wurden schließlich gute Freunde. Eines Tages konnte ich nicht der Versuchung widerstehen, ihn zu fragen, was er denn von uns irakischen Juden hielte. Ich sah ihm an, daß er mir nur ungern antwortete. Schließlich fixierte er mich durch seine Brillengläser und sagte: »Also gut, wenn du es unbedingt wissen willst.«

Was er nicht alles über uns sagte! Daß wir degeneriert und rückständig seien, daß wir genauso schlimm wie die Moslems seien, daß selbst unser Judentum oberflächlich sei! Was ihn am meisten schockierte, war unsere Einstellung zu Frauen. Sie würden ein Sklavendasein führen, während die Männer Arrak tränken und sich mit Huren vergnügten. (Soviel zu meinen Plänen, ihn zu einem Besuch in einem echten Bagdader Bordell einzuladen. Allerdings weiß ich, daß es in Italien solche Etablissements auch gibt!) Er erzählte mir, daß er eine Fünfzehnjährige kennengelernt habe, die Tolstoi auf französisch lese, von ihren Eltern aber mit einem dreißig Jahre älteren Mann verlobt worden sei. Ohne ihn wäre ihr nicht einmal der Gedanke gekommen, sich gegen eine solche Unmenschlichkeit aufzulehnen. (Übrigens haben wir dafür gesorgt, daß sie dieses Jahr mit dem ersten Flugzeug nach Israel flog.)

Ich war, ehrlich gesagt, ziemlich gekränkt. Obwohl ich tief in meinem Innern wußte, daß er recht hatte, war es nicht sehr angenehm, sich so etwas von einem Fremden sagen zu lassen. Was fiel diesem Europäer ein, ein solches Urteil über uns zu fällen, ohne uns überhaupt zu kennen?

Nun, vor etwa drei Jahren war ich in der Hesekiel-Synagoge und hörte mir eine Predigt Rabbi Bashis an. Du weißt ja, daß ich seine hermeneutischen Fähigkeiten immer sehr bewundert habe. Aber diesmal, vielleicht weil Geheimpolizisten unter den Zuhörern waren, sprach er von nichts anderem als von dem wunderbaren Leben der Juden im Irak, von den vielen Schulen, die er gegründet hätte, von den Waisenhäusern, den Armenküchen, den wohltätigen Einrichtungen und so weiter. »Welche Schulen?« hätte ich ihm am liebsten entgegengeschleudert. »Welche Waisenhäuser? Überall wird Unsinn gelehrt, und unsere Frauen werden erbarmungslos unterdrückt!« Aber dann besann ich mich und dachte: »*Waweli,* ich denke ja schon genauso wie Enzo Sireni!«

Ich hätte ihn gerne gefragt, wie er und seine Rabbis es verantworten könnten, einfach nur zuzusehen und auf den Messias zu warten. Und nun war der Messias gekommen, und sie hatten es nicht einmal gemerkt! Der Messias waren die sechstausend Israelis, die für den jüdischen Staat ihr Leben geopfert hatten. Der Messias war Abu Saleh und unsere Märtyrer. Der Messias war der Zionismus, in Israel und auf der ganzen Welt.

Sie werden uns das nie verzeihen. Sie werden nie aufhören, uns falsche Propheten, Rebellen gegen Gott und Verbündete des Satans zu schimpfen. Aber Rabbi Bashi, der sich mit der Aura eines türkischen Sultans umgibt, ist ein Anachronismus, ein Relikt der Vergangenheit. (Erzähle Deiner Frau bloß nicht, daß ich das geschrieben habe. Sie verehrt den Rabbi doch so und wird mir sonst nie mehr einen ihrer köstlichen Sabbateintöpfe schicken!) Er und seinesgleichen haben nie begriffen, daß wir in einer Zeit der persönlichen und nationalen Befreiung leben und nicht mehr im Zeitalter des Osmanischen Reichs. Sie sind alle Sklaven, die nicht befreit werden wollen. Sollen sie doch um die Mächtigen herumscharwenzeln und ihnen Geschenke machen, sollen sie doch fasten und beten, soviel sie wollen, aber ohne mich.

Ich will kein demütiger Jude sein. Ich will mich nicht verstecken und mit zwei Namen und einer doppelten Identität herumlaufen, einer jüdischen und einer arabischen. Wenn Du Abu Saleh auf dem

Weg zum Galgen die Hatikwah hättest singen hören, dann wüßtest Du, daß selbst tausend Rabbi Bashis den Gang der Geschichte nicht aufhalten können. Ich muß an die Zeilen von Hannah Seneh denken, einer Freundin von Enzo: »Gepriesen sei der Funke, der eine Flamme entfacht, gepriesen sei die Flamme, die im Herzen brennt.« Unser Funke hat ein großes Feuer entfacht, das in der gesamten jüdischen Welt zu sehen ist.

Ich war ganz aus dem Häuschen, als Kabi mir von dem neuen Auswanderungsgesetz erzählte und von den Flugzeugen, die täglich nach Israel abfliegen. Was würde ich darum geben, um an Bord einer dieser Maschinen zu sein! Aber wenn ich nachts auf meiner Pritsche liege und mir voller Angst ausmale, daß Ihr mich allein hier zurücklaßt, weine ich um mich und um Abu Saleh. Die einfachsten Dinge im Leben sind so wunderbar – ein leichter Wind, der einem übers Gesicht streicht, der Geschmack von kaltem Wasser, der Duft von frischgebackenem Brot, das Gurren einer Taube, die eigene innere Stimme. Aber abgesehen von meiner heimlichen Angst, all dies zu verlieren, plagen mich manchmal auch Zweifel. »Wer hat euch dazu ermächtigt?« höre ich dann Rabbi Bashi bei unserem letzten Gespräch fragen. »Wer hat euch das Recht gegeben, all die Juden in den Krieg zu schicken, sie zu Hunger und Entbehrung zu verdammen und zu einem Leben in Zelten und Durchgangslagern?« Angenommen, er hat recht? Was ist, wenn Israel uns nicht alle aufnehmen kann? Ein jüdischer Staat braucht Arbeiter, Bauern, Handwerker. Werden die verwöhnten Bagdader Kaufleute, die es gewohnt sind, daß ihnen ihre kurdischen Gehilfen jeden Handgriff abnehmen, diesen Herausforderungen gewachsen sein?

Machen wir uns nichts vor, Abu Kabi. Wer sind wir denn eigentlich, Du und ich? Wir sind die Söhne von Moshe Imari, einem ziemlich kauzigen Juden (möge er mir diesen Satz vergeben und Du auch, mein Bruder, der Du ihn so geliebt hast), der uns von unseren Reisfeldern und unserem Gut nach Bagdad schickte, damit wir eine höhere Schule besuchten, und den wir beide enttäuscht haben. Du gabst Deinen Lehrerberuf und Dein Jurastudium auf, während ich weder Arzt noch Dichter wurde, wie wir es erträumt hatten. Werden wir beide die Kraft haben, in einem neuen Land noch einmal ganz von vorn anzufangen, in einer Sprache, die wir vielleicht lieben, aber kaum beherrschen?

Wenn mich die Selbstzweifel besonders quälen, denke ich wieder an Sireni. Wenn dieser rundliche, nicht mehr ganz junge Professor mit dem schütteren Haar, der dicken Brille und dem komischen Akzent in einem Kibbuz Bauer werden konnte, warum nicht ich? Je mehr ich nach seinem Tod über ihn erfuhr, desto klarer wurde mir, daß es möglich ist. Ich will damit nicht sagen, daß uns alles gelingen muß. Vielleicht wird aus Dir ja kein großer Reisbauer. Aus jetziger Sicht kommt mir die Idee ein bißchen verrückt vor, wie viele unserer Kindheitsträume. Aber selbst wenn unsere Vorstellungen unrealistisch sein sollten, so ist doch allein die Tatsache, daß wir träumen können, unser größter Triumph. Denk nicht, du wärst ein Versager, wenn es nicht klappt. Was Du nicht schaffst, wird Kabi schaffen. (Er ist übrigens zu einem richtigen Mann herangewachsen – na ja, er ist ja auch schon fast siebzehn!) Und was er nicht erreicht, werden seine Kinder erreichen.

Rabbi Bashi und seine Anhänger haben solche Träume nicht, und deshalb glaube ich letztlich, daß der Zionismus der richtige, der siegreiche Weg ist. Wir Juden im Irak haben ihn nicht erfunden, aber unsere Sehnsucht nach Zion war groß genug, um der Vision zu folgen. Wir haben die richtige Wahl getroffen. Wir haben dem jüdischen Volk seinen Stolz zurückgegeben. Selbst Nichtjuden respektieren uns jetzt und sehen uns in einem anderen Licht. Man könnte uns eigentlich mit Taubenzüchtern wie Abu Edouard vergleichen: Wir haben uns einfach hingestellt und laut gepfiffen, und unser Schwarm wurde größer und größer; und er wächst noch immer. Wenn man bedenkt, wie wenige wir einmal waren und was für eine riesige Schar nun von Babylon nach Israel zieht!

Ich bedaure nur, daß ich keine Kinder habe. Rashel wollte so gerne ein Kind, und ich habe sie immer vertröstet. Ich erklärte ihr, daß unser Erstgeborenes in Israel zur Welt kommen solle und nicht im Exil.

Das erscheint mir jetzt töricht. Wenn ich einen Sohn hätte, könnte er jetzt mit Euch gehen. Ich könnte mir in meiner dunklen Zelle ausmalen, wie die israelische Sonne mit den hübschen Locken spielt, die er von seiner Mutter geerbt hat. Wieviel leichter wäre es dann für mich, zu sterben, falls mich dieses Schicksal erwartet. Bitte versucht Rashel dazu zu überreden, daß sie sich Euch anschließt. Ich werde ihr auch schreiben und versuchen, sie umzustimmen.

In Liebe
Dein Bruder Hizkel

P.S. Ich habe gehört, daß Ezra Haddad, der die hebräischen Geschichten von Mendele und die Gedichte von Bailik ins Arabische übertragen hat, einen Roman von Yosef Haim Brenner übersetzt hat. Könntest Du Kabi ein Exemplar mitgeben?

KAPITEL LII

Obwohl es mitten in der Nacht war, war ganz Taht-el-Takya auf den Beinen. Männer, Frauen und Kinder waren mit den letzten Vorbereitungen für ihre Abreise beschäftigt, rüsteten sich für den Flug in den Fängen eines großen Adlers, der sich bald in die Lüfte erheben und sie in ein fernes Land entführen würde. Im Suk herrschte ein geschäftiges Treiben wie sonst nur am Abend vor einem Feiertag: In den Läden brannte das Licht, und die Handwerker erledigten eilig letzte Aufträge.

Nur die Bäckerei war geschlossen. Kein Geruch nach frischem Brot, kein Gesang, kein Gelächter von Kunden. Mir krampfte sich das Herz zusammen, als ich an dem Metallrolladen vorbeiging. Ich wandte den Blick ab und beschleunigte meinen Schritt.

Aber Ezra, der Schuster, war noch immer an seinem gewohnten Platz. Er zog sich die Nägel aus dem Mund und klopfte sie mit seinem Hammer flink ins Leder, als fürchte er, sie könnten ihm davonlaufen. Ich nahm die zwei Paar glänzender neuer Schuhe, die mein Vater für mich bestellt hatte, band sie an den Schnürsenkeln zusammen und hängte sie mir über die Schulter, während ich den frischen Ledergeruch einsog.

Dann ging ich zu Chiflawi, dem alten Schneider. »Na, wird ja langsam Zeit!« sagte er und machte mit seiner Nadel eine kreisende Bewegung. Ich stellte mich vor ihn hin, er bog behutsam meine Schultern zurecht und zog mir ein halbfertiges Tweedjackett über. Er ermahnte mich, mich geradezuhalten, drückte und zupfte an dem Jackett herum, steckte hier und da ein paar Nadeln fest, malte mir einen Kreidestrich auf die Brust, trat zwei Schritte zurück, gab ein zufriedenes Brummen von sich, trat wieder auf mich zu und schob die Hände unter meine Achseln, so daß ich anfing zu kichern.

»So Gott will, werde ich dir auch deinen Hochzeitsanzug schneidern«, sagte Chiflawi. »Deinem Vater hab ich ihn auch gemacht.«

»Kommst du mit nach Israel?« fragte ich ihn.

»Sobald hier jeder Jude sein neues Jackett hat.«

Auch Hiyawis Tabakladen war rund um die Uhr geöffnet, wenn auch weniger wegen der regen Nachfrage als wegen seiner Schlaflosigkeit. Seit Abu Salehs Tod wirkte er ein wenig verstört und schien senil zu werden. Er rauchte jetzt ununterbrochen, und jeder Hustenanfall, den ihm seine verstopfte Lunge abnötigte, hörte sich an wie sein letzter.

Der nahende Tod zehrte seinen hageren Körper auf. Sein Gang war unsicher geworden, sein Gesicht schmal und abgehärmt, seine Lippen welk. Seine pergamentene, mit Leberflecken übersäte Haut hing schlaff von seinen Wangen. Das einst halb schelmische, halb feurige Funkeln in seinen Augen war erloschen, und jetzt schien es, als blicke man in zwei dunkle Löcher.

Eines Sabbats kam er nicht in die Synagoge. Mitten im Gottesdienst, den wir während unserer letzten Wochen im Irak regelmäßig besuchten, weil meine Mutter darauf bestand, flüsterte ich meinem Vater zu, daß ich nach Hiyawi sehen wolle, und schlüpfte hinaus. Er lag im Bett, das Gesicht aschfahl.

»Was ist los?« fragte ich ihn.

»Ich sterbe.«

»Mach mir keine Angst, Hiyawi«, rief ich. »Du bist verrückt.«

»Kabi, mein Junge, die Zeit ist gekommen, daß ich den Weg allen Fleisches gehe. Ich kann nicht mehr sehen, nicht mehr hören, nicht mehr kauen, nicht mehr riechen, ich schaffe es kaum noch aufs Klo. Ich habe keine Kinder, und meine Familie wird mit mir zu Ende gehen. Wofür soll ich noch leben? Ich habe nur noch den Tod vor mir, während du ein langes Leben vor dir hast. Aber du sollst wissen, mein Sohn, daß der Tod zum Leben gehört. Ohne ihn wäre das Leben kein Leben. Ich weiß jetzt, daß ich einen großen Fehler gemacht habe.«

»Wirklich?«

»Ja, mein Sohn. Das Leben ist wie eine Zigarette – ein leuchtender Funke, ein paar gute Züge und dann Asche –, und am Ende wartet der Tod. Wir sollten uns erst gar nicht mit ihm aufhalten, denn zum Schluß kriegt er uns ja doch. Und das war mein Fehler. Ich habe mich in den Tod verliebt, als meine arme Frau gestorben ist. Ich war wie besessen von ihm. Ich habe einer toten Frau die Treue gehalten, statt mit einer anderen Kinder zu bekommen, und heute bin ich ein einsamer alter Mann, der sein Leben mit Geistern verbracht hat. Erst als wir Abu Saleh beerdigten, habe ich begriffen, daß das Leben den Lebenden gehört und der Tod den Toten und daß sie sich niemals begegnen sollten! Meine arme Frau ist nicht mehr da, und dieses Teufelsweib ist eben nur ein Teufelsweib, und es gibt nicht die geringste Verbindung zwischen ihnen.«

Hiyawi ging mit sich ins Gericht.

»Hiyawi«, sagte ich mit einem Kloß im Hals.

»Weine nicht, Kabi, mein Junge. Wenigstens hast du mich noch ein letztes Mal bei klarem Verstand erlebt. Du hast gesagt, ich sei verrückt, und das war ich lange Zeit wirklich, aber ich war noch nie klarsichtiger als jetzt.«

»So darfst du nicht reden, Hiyawi«, sagte ich, während mir die Tränen über die Wangen liefen.

»Es gibt keinen Grund zu weinen, Kabi, mein Junge. Seit der Farhud habe ich die Toten begraben. Ich habe mich um sie gekümmert, um jede jüdische Beerdigung. Ich hätte mich mehr um die Lebenden kümmern sollen. Das haben sie allerdings begriffen.«

»Wer?«

»Die Zionisten. Hizkel und Abu Saleh. Kabi, mein Junge, erst jetzt, wo er tot ist, erkenne ich, daß unser Abu Saleh das Leben selbst war. Er hatte recht, und ich hatte unrecht. Ich habe den Weg des Todes gewählt.«

»Dann komm doch mit uns nach Israel«, rief ich verzweifelt.

»Dafür ist es zu spät, mein Sohn. Ich bin … ich bin …« Im nächsten Moment war er wieder ein vergeßlicher alter Mann. Er holte eine Zabana aus seiner Tasche, steckte sie sich in den Mund und tastete nach einer Streichholzschachtel.

»Hiyawi, es ist Sabbat!« rief ich entsetzt.

Seine Hand erstarrte, und dann warf er das Streichholz weg wie ein verängstigtes Kind, das nicht versteht, warum man mit ihm schimpft. Seine trüben Augen blickten ins Leere.

Ich lief zur Synagoge zurück und traf auf halber Strecke auf meine Eltern, die auf dem Heimweg waren. »Baba«, stammelte ich zusammenhanglos, »Hiyawi stirbt. Er wollte rauchen.«

Mein Vater saß den restlichen Tag an Hiyawis Bett. Er konnte ihn nur mit Mühe dazu bewegen, ein paar Schlucke von der Suppe zu trinken, die meine Mutter ihm geschickt hatte. Wir riefen Dr. Mrad, der uns nur noch erklärte, wie wir ihm die letzten Stunden erleichtern konnten.

Hiyawis Geist trübte sich und klarte wieder kurz auf. Dann döste er schließlich ein und schlief ruhig und entspannt. Als er aufwachte, war er bei so klarem Verstand, daß er sich mit meinem Vater unterhalten konnte. Erst später erfuhr ich, daß er zwei Wochen zuvor meinen Vater und Baruch, den Kubba-Verkäufer, gebeten hatte, bei der Unterzeichnung seines Testaments anwesend zu sein.

Er hinterließ an die neunhundert Dinar. Sein Geschäft hatte im Laufe der Jahre einiges abgeworfen, und er hatte nur wenig Ausgaben gehabt. (Später stellte sich heraus, daß er zu Lebzeiten viele Tausend Dinar für wohltätige Zwecke gespendet hatte, vor allem für Frauen und Waisenkinder, die die Farhud überlebt hatten.) Die Hälfte der Summe vermachte er mir, »Ya'akov Kabi Sa'id Salman Imari, der für mich wie ein Enkel ist«, die andere Hälfte sollten mein Vater und Baruch der Bewegung spenden.

Bald verlor er das Bewußtsein, sein Atem ging schwerer, und um ein Uhr nachts starb er.

Es rührte mich tief, daß er mich in seinem Testament bedacht hatte. Mein Vater erinnerte mich jedoch daran, daß wir nicht mehr als fünfzig Dinar pro Person nach Israel mitnehmen durften, und schlug vor, daß ich den Rest dem Rechtshilfefond der Bewegung stiftete. Obwohl ich mich nur äußerst widerwillig von dem kleinen Vermögen trennte, das mir in den Schoß gefallen war, wußte ich, daß mir nichts anderes übrigblieb.

Hiyawi hatte sein Haus an einen Immobilienmakler verkauft unter der Bedingung, daß er dort bis an sein Lebensende wohnen konnte. Nachdem seine Leiche von der Beerdigungsbruderschaft abgeholt worden war, sahen wir uns nach Wertgegenständen um. Die beiden Zimmer verströmten den muffigen Geruch des Alters und waren mit abgetragenen Kleidern und alten Schuhen, verstaubten Turbanen und Dutzenden von Kartons für die Lagerung von Tabak vollgestapelt. Eine Standuhr, die mein Vater mehr als einmal repariert hatte, tickte noch hinter der zerbrochenen Glasscheibe.

Unter den Gegenständen, die wir mitnahmen, befand sich auch Hiyawis Hochzeitsfoto. Es zeigte ihn in der türkischen Offiziersuniform neben seiner Frau, die ein weißes Brautkleid und einen weißen Schleier trug. Er war stolz auf das Bild gewesen. Vergeblich suchte ich nach einer Ähnlichkeit zwischen ihr und dem Teufelsweib. Ich nahm auch sein dickes Tagebuch und sein zerfleddertes altes Psalmenbuch an mich.

Es war ein stilles Begräbnis. Nur wenige Trauergäste folgten der Bahre, und es kamen auch keine Klageweiber oder Frauen, die sich an die Brust schlugen und die Gesichter zerkratzten. Der einzige, der feuchte Augen hatte, war ich.

Eine Kutsche hielt vor dem Grab, das sich Hiyawi ausgesucht hatte, und ein Mann mit langem Bart stieg aus und kam auf uns zu. Wir erkannten ihn nicht gleich ohne sein Gewand und seinen Turban. Erst als er näherkam, sahen wir, daß es Rabbi Bashi war. Sein Bart war grauer und sein Gesicht faltiger geworden. Wir alle verstummten ehrfürchtig, Gemeindeälteste wie Zionisten. Als der Rabbi ein Gebet sprach und dann eine kurze Trauerrede hielt, in der er Hiyawi als einen Mann bezeichnete, der »niemals den Glauben an die göttliche Vorsehung verloren hat und der wußte, daß sein Ende kommen würde, sobald seine Zeit um war«, warfen sich mein Vater und ich einen Blick zu. Trotz allem glaubte ich, daß sich Hiyawi gefreut hätte, wenn er gewußt hätte, daß Rabbi Bashi bei seiner Beerdigung sprechen würde.

Jahre später, als in Israel meine älteste Tochter zur Welt kam, ließ ich Hiyawis zerfleddertes altes Psalmenbuch neu binden. Auf meine

Bitte hin fügte der Buchbinder noch einige leere Seiten hinzu, auf die ich unseren Familienstammbaum eintrug. Zum Schluß schrieb ich den Namen unserer Tochter darunter. Seitdem habe ich die Namen weiterer Kinder eingetragen, und ich hoffe, daß eines Tages noch mehr Seiten hinzugefügt werden, damit die Namen ihrer Kinder und Kindeskinder dort ihren Platz finden.

Ich trug alle Vorfahren ein, an die ich mich noch erinnern konnte, und schrieb den Namen Shmuel Yosef Avraham Hiyawi mit seinem Todesdatum neben den meiner Großeltern. Niemand wußte, wann er geboren worden war. Obwohl er allein und kinderlos starb, bekam er so zum Schluß doch noch eine Familie.

KAPITEL LIII

Der Große Imari sah seiner Unterredung mit dem Pascha mit Unbehagen entgegen. Er hätte sie lieber umgangen, denn er wußte, daß danach nichts mehr so sein würde wie früher. Viele Jahre waren vergangen, seit sie sich zum ersten Mal bei einem Besuch des Paschas auf dem Gut seiner Eltern begegnet waren. Mein Urgroßvater, der damals schon ein sehr alter Mann war, hatte seinem Sohn erzählt, daß der Besucher ein Cousin König Faisals und ein einflußreicher Mann sei.

Als der Große Imari später nach Bagdad ging und sich in der jüdischen Gemeinde engagierte, heckte Rabbi Bashi den Plan aus, jedem hohen irakischen Politiker einen wohlhabenden Juden zur Seite zu stellen, der zu diesem engen persönlichen Kontakt herstellen und pflegen sollte. Sasson Abed wurde dem schiitischen Führer Saleh Jaber zugeteilt, Hizkel Shemtob dem sunnitischen Politiker Tewfik el-Suweidi und der Große Imari dem Pascha. Alle drei irakischen Führer wurden irgendwann einmal Premierminister, so wie es Rabbi Bashi vorausgesehen hatte.

Aus den persönlichen Beziehungen zwischen dem Großen Imari und dem Pascha entwickelten sich im Laufe der Zeit auch geschäftliche Kontakte, von denen einige der Öffentlichkeit bekannt waren und andere nicht. Er kümmerte sich um die finanziellen Belange des Paschas und beriet ihn in wirtschaftlichen und sogar politischen Fragen, vor allem, wenn es um die Juden ging, und so stützte sich der Pascha immer mehr auf ihn. Als schließlich Sabah, der einzige Sohn des Paschas, zur Welt kam, nahm sich der Große Imari auch seiner an.

Die beiden wurden gute Freunde, und auch ihre Frauen Na'ima und Flora freundeten sich an. Der Große Imari war ein regelmäßiger Gast auf den Gesellschaften des Paschas, begleitete Vertreter der jüdischen Gemeinde, wenn sie beim Pascha vorsprachen, besuchte ihn gemeinsam mit Rabbi Bashi und setzte sich auch persönlich bei ihm für die Belange der Juden ein. Da er wußte, daß er auf das Wohlwollen der Moslems angewiesen war, schlug er dem Pascha nie eine Bitte ab, wofür sich dieser im allgemeinen entsprechend revanchierte. Außerdem vermied er es sorgfältig, den Pascha mit irgendwelchen Bagatellen zu behelligen.

Obwohl er von Natur aus ein mißtrauischer Mensch war, begann der Große Imari den Pascha ins Herz zu schließen, denn dieser hatte ein einnehmendes Wesen, war außerordentlich gebildet, verfügte über vielerlei Talente und war darüber hinaus äußerst gerissen. Der clevere Staatsmann verstand sich glänzend darauf, hinter den Kulissen die Fäden zu ziehen, besaß einen sicheren politischen Instinkt und war seinem Gönner König Faisal treu ergeben. Außerdem war er ein großer Bewunderer der Briten, ohne die, wie er es gerne ausdrückte, »wir immer noch im selben alten Morast stecken würden.« Bei gesellschaftlichen Anlässen, Familienzusammenkünften und Festen, auf denen Salima Pasha Lieder sang und Salim Shibat Gedichte vortrug, begegnete der Große Imari dem Pascha mit einer an Unterwürfigkeit grenzenden Ehrerbietung. Wenn sie aber unter sich waren, sprach der Pascha mit seinem jüdischen Freund freimütig über alles, was ihn bewegte, selbst über seine Probleme mit Sabah – ein Thema, für das der Große Imari, der selbst auch nur einen einzigen Sohn hatte, größtes Verständnis hegte. Im Gegensatz zu seinem würdevollen, manchmal etwas steifen Auftreten entpuppte sich der private Pascha als emotional, aufbrausend und unberechenbar. Der Große Imari mußte sich in Gelassenheit üben und ein Gespür dafür entwickeln, welche Gesprächsthemen streng vertraulicher Natur waren.

Trotz seiner langen Bekanntschaft mit dem Pascha wurde er nicht schlau aus ihm. Er war großmütig und grausam, aufrichtig und verschlagen und stets von maßlosem Ehrgeiz getrieben. Nach all den Jahren wußte der Große Imari immer noch nicht, wie der Pascha wirklich über die Juden dachte. War er ihnen so wohlgesinnt, wie er vorgab, oder war er – was viele der jüngeren Juden glaubten – ein arabischer Nationalist, der fest entschlossen war, den Irak von seinen Minderheiten zu befreien? Wie dem auch sei, er vermochte den Pascha nicht zu ergründen. Als der Große Imari im Büro des Paschas anrief und erfuhr, daß er nicht anwesend sei und niemanden mehr empfangen würde, hielt er das für ein schlechtes Omen. Eine Stunde später jedoch rief der Sekretär des Paschas zurück, um ihm mitzuteilen, daß der Pascha seinen Freund gern um vier Uhr in seinem Haus empfangen würde.

In Hausmantel und Pantoffeln erwartete ihn der Pascha in seinem Lieblingsfauteuil im großen Empfangszimmer und spielte nervös mit seinen Gebetsperlen aus Bernstein. Er sah blaß aus und hatte abgenommen. »Oh, Abu George«, sagte er heiser, nachdem ein Diener Minztee gebracht hatte, und starrte den Großen Imari mit seinen blauen Augen an, als hätte er ihn seit Jahren nicht mehr gesehen, »Sie bekommen ja graue Haare!«

»Das würden Sie auch, wenn Sie nur vierundzwanzig Stunden lang ein Jude wären«, entgegnete der Große Imari.

»Was ist denn so schlimm daran, ein Jude zu sein? Sie sind doch besser dran als die Moslems. Wenn ein Moslem aus der Reihe tanzt, hänge ich ihn auf. Wenn ich versuche, einen Juden aufzuhängen, gerät die ganze Welt in Aufruhr.«

»Das hat Sie nicht davon abgehalten, diesen Bäcker hängen zu lassen.«

»Das ließ sich nun einmal nicht vermeiden, nachdem diese ganzen Waffen bei ihm gefunden wurden. Ich hielt es für besser, die Sache möglichst schnell über die Bühne zu bringen. Ich für meinen Teil habe den Zionisten übrigens geglaubt, daß sie sich die Waffen nur zur Selbstverteidigung beschafft haben. Es wäre absurd, anzunehmen, daß sie die Regierung stürzen wollten. Aber genau das haben viele Leute gedacht.«

»Und es hat Sie auch nicht davon abgehalten, Shafik Addas aufzuhängen, obwohl ich Sie beschworen habe, ihn zu schonen.«

»Sein Fall war nicht ganz einfach. Die Briten hatten es auf ihn abgesehen. Hören Sie, ich erzähle Ihnen jetzt etwas, was Sie noch nicht wissen: Als Rommel in El-Alamein war, haben die Deutschen – das behaupten die Briten jedenfalls – Millionen englischer Pfund gefälscht und mit Hilfe von türkischen Agenten und von Addas, dem man einen Anteil von zehn Prozent versprach, im Nahen Osten in Umlauf gebracht. Fragen Sie mich nicht, ob die Geschichte stimmt, denn ich bin ihr nie nachgegangen und konnte auch beim Geheimdienst nichts Eindeutiges in Erfahrung bringen. Addas selbst leugnete die Sache und behauptete, er hätte weder gewußt, daß das Geld gefälscht sei, noch, daß es von den Deutschen stamme. Er sagte, man habe ihn in dem Glauben gelassen, die Transaktion sei Teil einer geheimen Kriegsstrategie der Alliierten; man habe britische Gelder Leuten zukommen lassen wollen, die nicht wissen sollten, woher sie stammten.

Es ist schwer zu sagen, was nun stimmt. Die Briten jedenfalls waren hinter Addas her, vielleicht, weil er zuviel wußte. Deshalb haben sie ihn in illegale Waffengeschäfte mit Palästina verwickelt und die Sache dann an die Presse durchsickern lassen. Selbst wenn er dem Journalisten, der die Geschichte veröffentlichen wollte, die tausend Dinar Schmiergeld gezahlt hätte, wäre sein Schicksal besiegelt gewesen. Ich kann Ihnen versichern, daß der Artikel in jedem Fall erschienen wäre und daß das Geld in irgend jemandes Taschen gelandet wäre.

Und als der Pöbel die Straßen unsicher machte und das Leben des Juden Addas forderte, geriet die Sache außer Kontrolle. Selbst der Regent hätte ihn zu diesem Zeitpunkt nicht mehr retten können, obwohl Sie sich vielleicht daran erinnern werden, daß er drei Tage zögerte, ehe er den Hinrichtungsbefehl unterzeichnete. Er rief sogar sein Kabinett zusammen und sagte zu ihm: ›Wir führen mit den Zionisten in Palästina Krieg und nicht mit unschuldigen Juden im Irak.‹ Und wissen Sie, was man ihm geantwortet hat? ›Entweder Sie hängen den Juden, oder diese Regierung ist am Ende und Sie auch.‹

Aber alles Schlimme hat auch sein Gutes. Es ist nur dem armen Addas zu verdanken, daß es nicht wieder zu neuen Ausschreitungen kam, als die irakischen Särge aus eurem jüdischen Staat eintrafen.

Sie wissen, daß ich damals Verteidigungsminister war. Obwohl ich unsere Verluste hätte geringhalten können, indem ich Berufssoldaten in den Krieg schickte und König Faruks Vorschlag zu einem gemeinsamen Oberkommando annahm, gab ich dem Pöbel nach und schickte eine Horde unerfahrener, fanatischer Freiwilliger hin, die ich allerdings ganz gerne los war. Sie bildeten sich ein, der Krieg gegen die Juden sei ein Kinderspiel, eine Art Vergnügungsreise, von der jeder eine blonde Sklavin mitbringen würde. Als sie dann in Särgen zurückkehrten, waren der Pöbel und die Presse nicht mehr zu halten; man wollte jüdische Köpfe rollen sehen, und die *Allah akbar*-Rufe verstummten nicht. Sie empfanden die Niederlage durch einen Haufen Juden als ungeheure Demütigung.

Es gab keinen anderen Ausweg. Addas mußte als Sündenbock herhalten. Sie müssen zugeben, Abu George, daß er der einzige Jude ist, dem wir ein Haar gekrümmt haben.

Ich habe gesehen, wie Sie zusammengezuckt sind, als ich vorhin von ›eurem jüdischen Staat‹ gesprochen habe. Mal ganz unter uns: Welcher Jude identifiziert sich denn nicht mit ihm? Das wäre doch unnatürlich, ja sogar unmenschlich! Ich werde Sie nicht auf die Probe stellen, indem ich Sie frage, was Sie sagen würden, wenn die Araber Israel zerstörten … nein, versuchen Sie nicht, mir zu antworten. Das würde zu nichts führen.

Soll ich Ihnen mal sagen, wann mir klargeworden ist, daß der Irak nicht eure wirkliche Heimat ist? Das war, als wir unser Sonderabkommen mit Großbritannien unterzeichneten. Ich erfuhr von Bahjat Attiya, dem Chef der Geheimpolizei, daß sich Rabbi Bashi und einige andere führende jüdische Persönlichkeiten – Sie waren, Gott sei Dank, nicht unter ihnen – einem anti-britischen Protest angeschlossen hatten, der sich gegen mich und Salah Jaber richtete. Zuerst konnte ich es nicht glauben, aber ich ging der Sache nach und fand heraus, daß es stimmte. Tja, und da dachte ich mir: Wenn selbst Leute wie Rabbi Bashi und seine engsten Freunde so denken, dann ist es höchste Zeit, daß ihr Juden nach Palästina geht.

Sie wissen besser als irgend jemand sonst, daß ich die Juden immer unterstützt habe, auch Rabbi Bashi. Bin ich nicht damals,

1931, mitten in der Nacht zu ihm gegangen, um ihn vor einem Aufstand der Rabbiner gegen ihn zu warnen? Ich schlug ihm vor, zurückzutreten, auch wenn er im Recht war, denn ich wußte aus eigener Erfahrung, daß man manchmal mit dem Strom schwimmen muß. Ich versprach ihm, ihn wieder einzusetzen, sobald sich die Wogen geglättet hätten. Und das habe ich auch getan … und nun demonstrierte er gegen mich! Man hätte erwarten können, daß ein intelligenter Mann wie er, der als Moslem eine steile Karriere gemacht hätte, einsah, daß wir ohne die Engländer verloren waren! Die Russen machten Schwierigkeiten, die Iraner drohten, einen schiitischen Aufstand anzuzetteln, die Kommunisten gewannen an Boden, die Kurden hatten sich im Norden erhoben – und nun spielten auch noch die Juden verrückt! Man muß nicht viel über Politik wissen, um zu verstehen, daß wir uns in einer Welt, die in Ost und West aufgeteilt war, auf eine Seite schlagen mußten. Bildete sich Rabbi Bashi wirklich ein, daß wir ohne die Unterstützung Englands einen unabhängigen Weg gehen konnten, indem wir uns nur auf unsere glorreiche Armee stützten, die ihre Schlagkraft gerade in Palästina unter Beweis gestellt hatte?«

»Abu Sabah«, unterbrach ihn der Große Imari schließlich, »Sie wissen, wie loyal sich Rabbi Bashi Ihnen gegenüber immer verhalten hat, wieviel er sich Ihretwegen gefallen ließ, besonders von der jüngeren Generation. Er muß sich vor einer Öffentlichkeit verantworten, genau wie Sie. Und angenommen, er hat sich geirrt. Müssen deswegen alle Juden dafür büßen? Müssen diejenigen von uns, die in all den Jahren der irakischen Krone treu geblieben sind, nun auch nach Palästina fliehen?«

Obwohl er mit ruhiger Stimme sprach, klangen seine Worte so eindringlich, als hätte er sie herausgeschrien.

»Es hat sich alles geändert«, erwiderte der Pascha. »Ich weiß nicht, was die Zukunft bringen wird. Die Iraker sind Wachs in den Händen ihrer Führer – man kann sie zu allem bewegen, zu Gutem wie zu Schlechtem. Deshalb halte ich es für ratsam, wenn Sie das Land verlassen. Wenn Sie alle es verlassen. Hören Sie mal, Abu George, Bahjat Attiya hat mir vor einer Weile von einer Versammlung einer profaschistischen Jugendorganisation hier in Bagdad berichtet. Einer ihrer Anführer – ein Metzgerssohn namens Ismail, wenn ich mich nicht irre – hielt eine Rede, in der er gegen alles und jeden hetzte – gegen die Briten, die Juden, das Regime, die ganze Welt. Und die Menge hat wie wild applaudiert. Es heißt, daß er davon träumt, ein neuer Harun al-Rashid zu werden, der Führer aller Araber. Wer weiß, ob nicht eines Tages irgend so ein Fanatiker den Regenten und mich ermordet und die Macht an sich reißt?«

»Gott behüte«, sagte der Große Imari. »Kein Mensch denkt daran, Sie umzubringen.«

»Das habe ich auch einmal geglaubt. Aber seit auf den Straßen der Mob regiert, bin ich mir nicht mehr so sicher. Sehen Sie sich doch an, was passierte, als sich die Briten aus Palästina zurückzogen und die Franzosen aus Syrien, wo jetzt fast jeden Monat ein neuer Putsch stattfindet. Und dieser degenerierte Trunkenbold Faruk in Ägypten wird sich auch nicht mehr lange halten. (Übrigens, ist Bahia je zurückgekehrt? ... Nein? ... Ach, schade!) Wieso glauben Sie eigentlich, daß wir seit dem Abzug der Briten gegen ein solches Schicksal eher gefeit sind als unsere Nachbarn? Hier ist alles möglich. Diese Ismails hetzen das Volk auf, die Kommunisten sind auf dem Vormarsch, und überall ballen sich Gewitterwolken zusammen. Ich weiß nicht, ob das Königshaus und ich das überleben werden. Und wer ist schuld daran? Euer kleiner Staat, der auf der Landkarte nicht größer ist als ein Häufchen Fliegenschiß! Er hat den Nahen Osten verändert, er hat die ganze Welt auf den Kopf gestellt.«

Der Pascha verfiel in nachdenkliches Schweigen. Der Große Imari machte keinerlei Anstalten, etwas zu erwidern. »Kann ich irgend etwas für Sie tun?« fragte der Pascha schließlich.

»Ich wollte Sie nur besuchen, Abu Sabah. Ich wußte nicht, daß Sie sich nicht wohl fühlen. Möge Gott Ihnen Gesundheit und ein langes Leben bescheren. Aber da ich schon einmal hier bin, erlauben Sie mir, ein gutes Wort für all die Juden einzulegen, die im Irak geblieben sind, mich eingeschlossen. Wenn es nicht Ihr neues Auswanderungsgesetz gäbe, wäre die große Mehrheit der Juden noch hier.«

»Da täuschen Sie sich, Abu George. Achtzigtausend von einhundertdreißigtausend irakischen Juden haben bereits die Ausreise nach Israel beantragt, und man hat mir gesagt, daß es immer mehr werden.«

»Was erwarten Sie denn anderes von Menschen, die ihre Arbeit verlieren, die man von den Universitäten wirft, die von der Polizei schikaniert und ohne ersichtlichen Grund verhaftet werden und die man in aller Öffentlichkeit verunglimpft?«

»Und die Israel nicht will! Das ist die einzige plausible Erklärung dafür, daß sie nicht genug Flugzeuge schicken. Ja, ich weiß: Das Land erstickt in Einwanderern. Es kann sie nicht alle aufnehmen. Es wäre ihnen lieber, sie würden nach und nach kommen. Ich habe gehört, daß ihr Finanzminister dort drüben nicht genügend Arbeit und Wohnraum für sie organisieren kann. Aber ihnen brennt der Boden unter den Füßen. Warum also noch länger warten? Erst kürzlich habe ich einen geheimen Unterhändler hingeschickt, der herausfinden sollte, ob man die Sache dort nicht irgendwie vorantreiben kann, damit den verzweifelten Menschen, die hier ohne Papiere, ohne Arbeit, ohne ein Dach über dem Kopf festsitzen, endlich geholfen wird. Er überbrachte ihnen die Nachricht, daß die Maschinen in Zukunft direkt nach Israel fliegen dürften und nicht mehr über Zypern, wie es bisher vorgeschrieben war. Bisher kam keine Reaktion.

Ich war auch in Jordanien. Ich habe mit dem Premierminister gesprochen und ihn um sicheres Geleit für fünftausend irakische Juden bis zur israelischen Grenze gebeten. Ich sagte ihm, daß mein Sohn Sabah, der Pilot ist, sie nach Irbid fliegen würde, von wo sie nur noch den Jordan nach Israel überqueren müßten. Er lehnte meine Bitte ab, obwohl ich ihm zwanzigtausend Tonnen Weizen anbot, zwanzig Dinar für jedes Transitvisum und zwei weitere Dinar für jedes Einreisevisum.

Ich habe mich außerdem mit dem britischen Botschafter Kirkbride in Amman getroffen und habe auch bei ihm nichts erreicht. Ich habe mich derart aufgeregt, daß es beinah zu Handgreiflichkeiten gekommen wäre. Er weigerte sich, für die Sicherheit auch nur eines einzigen Juden zu garantieren, und sagte, daß die palästinensischen Flüchtlinge in Jordanien sie sowieso alle umbringen würden. Als ich ihm vorschlug, daß das irakische Militär ihnen Geleitschutz geben könnte, brüllte er, ich sei wohl verrückt. Er warf mir vor, daß ich wegen der Juden einen neuen Krieg zwischen den Moslems anzetteln wolle.

Ich habe mich auch an die Amerikaner gewandt und sie gebeten, Druck auf Israel auszuüben. Es ist noch nichts entschieden, aber vielleicht kommen die Flugzeuge jetzt schneller. Ein irakischstämmiger Freund von mir mit Beziehungen zu amerikanischen Juden erzählte mir gestern am Telefon, daß das Gerücht umgeht, Ben Gurion habe angeordnet, euch alle unverzüglich nach Israel zu holen, und daß man sich später Gedanken über euer weiteres Schicksal machen wolle. Ein großer Mann, dieser Ben Gurion! Ich würde ihn gern einmal kennenlernen, aber ich fürchte, daß er unsere Abendgesellschaften für Zeitverschwendung hält. Aber wenn sich die Gerüchte als falsch herausstellen und die Amerikaner nicht helfen, muß ich alle staatenlosen Juden in unsrem Land in ein Internierungslager stecken.«

Der Pascha sprach die letzten Worte voller Erbitterung aus.

»Abu Sabah«, sagte nun der Große Imari entschieden, »ich vertraue darauf, daß meine Freundschaft und Loyalität für mich sprechen, und bitte tausendmal um Entschuldigung, wenn ich etwas sage, was ich vielleicht nicht sagen sollte, aber Ihre ganze Haltung uns gegenüber hat sich verändert. Sie werfen uns alle, ohne Unterschied, aus dem Land.«

»Ich versuche nur, armen Juden zu helfen, die alles verloren haben, nicht nur rechtlich, sondern auch wirtschaflich. Wollen Sie mir etwa erzählen, daß das falsch ist? Daß ich mich damit gegen Sie stelle? Meiner Ansicht nach ist der Irak ein gefährliches Pflaster für Juden geworden. Wollen Sie für immer Geiseln in der Hand des Pöbels und seiner Ismails werden? Und wenn ich Ihnen nicht versprechen kann, daß es keine Ausschreitungen mehr gibt, dann kann es niemand. Sehen Sie nicht, Abu George, welche ungeheuren Ausmaße der Haß zwischen Arabern und Juden angenommen hat?

Verstehen Sie denn nicht, daß der alte Krieg zwischen Judentum und Islam wieder aufgeflammt ist? Nur Gott allein weiß, wann er enden wird, falls er je enden wird. Macht mich das zum Judenhasser? Eines Tages, wenn wir beide unter der Erde liegen, wird in Tel Aviv ein Denkmal von mir stehen. Man wird mich als Helden verehren, der Juden gerettet hat, so wie einst Mordechai, dessen Andenken ihr an eurem Feiertag Purim ehrt.«

»Mögen Sie noch viele Jahre leben, Abu Sabah! Aber wenn Sie mich fragen, dann wird die Geschichte ein anderes Urteil über Sie fällen. Sie wird Sie als den Mann in Erinnerung behalten, der die Juden aus dem Irak vertrieben hat, nachdem sie Jahrtausende lang dort gelebt haben.«

»Im Gegenteil, König Faisal – Friede seiner Seele –, mein verstorbener Schwager Ja'afar el-Askari, der Regent Abd Allah, Tewfik el-Suweidi und selbst der schiitische Salah Jaber und ich werden als Freunde und Verbündete der Juden in die Geschichte eingehen, weil wir sie in ihr Land zurückgeführt haben, als wir sie in unserem eigenen nicht mehr schützen konnten. Der Tag wird kommen, an dem Sie das Ihrem Sohn George erzählen werden. Er ist ein begabter Dichter, und vielleicht wird er sogar eines Tages ein Heldenepos darüber schreiben … Sagen Sie mir, Abu George, wieviel Juden haben bis zum heutigen Tag im Irak ihr Leben verloren? Sie können sogar die Farhud mitzählen, auch wenn sie unter der Herrschaft Rashid Alis und des Muftis stattfand, als der Regent und ich im Exil waren. Auf Zahlen verstehen Sie sich doch. Das ist doch Ihr Beruf.« Der Pascha war nun sehr erregt. »Vergleichen Sie die Zahlen mit denen im christlichen Europa, selbst bevor Hitler an die Macht kam.«

»Da Sie die Farhud erwähnen, mein lieber Abu Sabah, erlauben Sie mir, Ihnen eine Frage zu stellen, die die Zionisten immer wieder beschäftigt. Der Regent kehrte bereits im Juni 1941 aus dem Exil zurück, während die Ausschreitungen noch in vollem Gange waren. Warum ließ er die Anführer nicht auf der Stelle erschießen? Warum unternahm er nichts?«

»Abu George, mein lieber Freund, Sie sagen doch selbst, daß er gerade erst in den Irak zurückgekehrt war. Er hatte noch nicht die

Zügel in der Hand. Sie wissen genausogut wie ich, daß ich kurz nach meiner Wiedereinsetzung zum Premierminister von der iranischen Regierung die Auslieferung dieses Verbrechers Yunis Sab'awi verlangt habe, einem der Anführer der Farhud. Und Sie wissen auch, daß ich ihn hängen ließ.«

»Gott segne Sie dafür! Es ist ein Jammer, daß solche Männer meist viel zu spät sterben. Was mich wieder auf den Regenten zu sprechen bringt, wenn Sie gestatten. Er hielt am Tag nach seiner Rückkehr, dem 2. Juni, eine Antrittsrede, in der er die jüngsten Ereignisse nicht einmal erwähnte. Juden wurden auf offener Straße umgebracht, und er ging einfach zur Tagesordnung über. Ich muß natürlich einräumen, daß es sich bei den Todesopfern nur um ganz gewöhnliche Leute handelte und nicht um Wirtschaftskapitäne wie Shafik Addas, für den es sich einzusetzen lohnte ...«

»Das sind harte Worte, Abu George«, unterbrach ihn der Pascha streng.

»Glauben Sie mir, mein lieber Pascha, ich spreche aus tiefer Überzeugung. Was soll ich unseren jungen Leuten sagen, wenn sie sich darüber beklagen, daß unsere Regierung von Judenhaß vergiftet ist? Was soll ich ihnen antworten, wenn sie sagen, daß die ältere Generation jämmerlich versagt hat, weil sie sie nicht hat schützen können, und daß sie deshalb einer neuen Führung Platz machen muß? Hätte man uns während der Farhud nicht so schmählich im Stich gelassen, wäre erst gar keine zionistische Bewegung entstanden!«

»Sie werfen mir vor, daß ich sie im Stich gelassen habe, während mir die arabischen Führer vorhalten, daß ich sie an Israel verrate, und mich als Handlanger der Zionisten bezeichnen! Begreifen Sie denn nicht, daß sich meine Angriffe gegen die Zionisten in Israel richten und nicht gegen die Juden im allgemeinen? Wollen Sie mir das etwa auch verbieten? Als die Juden aus Ägypten auszogen, trieb der Pharao sie ins Meer, und was tue ich? Ich rolle einen roten Teppich für euch aus, auf dem ihr nach Israel fliegen könnt! Wer hätte gedacht, daß dieses Land, das noch nicht einmal einen Waffenstillstand mit Israel unterzeichnet hat, ihnen so viele potentielle Soldaten schickt – und auch noch welche, die man in Israel besser einzusetzen weiß als hier … Warum antworten Sie nicht? Sie wissen doch, daß Tewfik el-Suweidi und ich Verräter genannt werden, oder? Und man behauptet, daß wir uns an den Juden bereichern wollen, daß wir die Juden nur vertreiben, um uns an ihrem Geld zu vergreifen.«

»Und uns durch Palästinenser zu ersetzen, wie ich gehört habe.«

»Sie also auch, Abu George? Ich kann Ihnen gar nicht sagen, wie sehr ich Rabbi Bashi vermisse – das war ein kluger Mann! Ich wünschte, er würde sein Amt wieder übernehmen. Als ob ich palästinensische Flüchtlinge in unsrem Land haben wollte! Mit denen hat man nichts als Ärger. Ein durchtriebenes, gefährliches, heimtückisches Volk sind sie, und undankbar dazu! Glauben Sie etwa, ich hätte unter dem Mufti und seinen Männern nicht meine Lektion gelernt? Er hat aus uns beinahe einen Marionettenstaat der Nazis gemacht. Und ich versichere Ihnen, er wußte ganz genau, daß man Hitlers Rassentheorien ebensogut gegen uns Araber hätte einsetzen können. Waren wir nicht Semiten wie ihr, Affen in Menschenkleidung, die nur die Sprache der Peitsche verstanden und dazu da waren, den arischen Herren zu dienen? Ich schwöre Ihnen, der Mufti hätte mich nicht anders behandelt als die Juden in Palästina, wenn er gekonnt hätte.

Die Palästinenser werden jedes arabische Land, nein, die ganze Welt, gegen euch aufhetzen. Sie werden euch überall verfolgen. Sie werden euch mit Gewehren bekämpfen, mit Messern, mit Stöcken, mit Steinen, mit ihren Fingernägeln, mit ihren Zähnen. Sie werden euch in der Spucke ihrer Flüche ertränken. Und solche Leute soll ich mir ins Land holen?« Dann fügte er auf hebräisch hinzu: »Habe ich nicht schon genug Narren im Land?« und fuhr auf arabisch fort: »Machen Sie nicht solche großen Augen, Abu George. Den Satz hat mir Rabbi Bashi beigebracht. Er hat ihn mir übersetzt und mir von dem König in der Bibel erzählt, von dem er stammt. Der Satz hat mir so gut gefallen, daß ich ihn auswendig gelernt habe. Ich habe ihn auch meinem Sohn beigebracht. Ich finde ihn ausgesprochen nützlich … Wissen Sie übrigens, wieviel arabische Führer mir vorgeschlagen haben, euch Juden als Geiseln hierzubehalten? Das wäre eigentlich keine schlechte Idee, wissen Sie. Ich könnte die Juden dazu benutzen, um sowohl die Amerikaner als auch die Israelis regelmäßig zu erpressen. Aber das Dumme ist, daß Sie schon recht haben: Wir sind schließlich eine große Familie. Ihr wart jahrhundertelang treue Untertanen und habt Besseres verdient. Deshalb möchte ich dieses lange Kapitel unserer Geschichte auch friedlich beenden. Der Herr wird es mir lohnen.«

»Mein lieber Pascha«, sagte der Große Imari, »verzeihen Sie mir, wenn ich Sie brüskiere, aber ich habe nicht jeden Tag Gelegenheit zu einem so aufrichtigen Gespräch mit Ihnen. Ich habe gerade an das neue Gesetz gedacht, das Sie erlassen wollen, wie ich gehört habe, und das Sie dazu ermächtigt, das Vermögen und den Besitz aller Auswanderer zu beschlagnahmen.«

»Wenn Sie wüßten, wie mir die Offiziere und Senatoren deswegen in den Ohren liegen – übrigens werde ich bald dafür sorgen, daß man Sie in den Senat wählt, und dann werden wir etwas zu feiern haben. Man wirft mir vor, daß ich die Juden mit all dem Silber und Gold entkommen lasse, das sie auf unsere Kosten angehäuft haben. Ich weiß nicht, wie ich anders mit diesem Problem fertig werden soll. Ich habe die Angelegenheit mit Tewfik el-Suweidi besprochen, und er hat vorgeschlagen, daß das Eigentum von Juden, die ihre Staatsbürgerschaft aufgegeben haben, noch ein Jahr lang, also bis zum März 1951, in ihrem Besitz bleiben soll. Ich war mit dem Vorschlag einverstanden. Ihr Juden habt doch einen guten Geschäftssinn. Muß ich euch noch sagen, wie ihr es anstellen müßt? Wer zu dämlich ist, um seinen Besitz innerhalb eines Jahres zu liquidieren, verdient es nicht besser! Und vergessen Sie nicht, daß Israel den Besitz sämtlicher palästinensischer Flüchtlinge beschlagnahmt hat – oder besser, aller ›abwesenden Eigentümer‹, wie sie es meines Wissens ausdrücken.«

»Abu Sabah, lieber Freund, ich sehe, daß ich einen ungünstigen Tag für diese Unterredung gewählt habe. Ich führe Ihre Gemütsverfassung und alles, was Sie heute gesagt haben, auf Ihre angegriffene Gesundheit zurück. Aber um eines möchte ich Sie noch bitten: Lassen Sie meinen Cousin Hizkel Imari frei und lassen Sie ihn mit einem anderen Narren aus meiner Familie, dem Kommunisten Salim Effendi, in den Iran ausreisen. Meine Verwandten liegen mir deswegen ständig in den Ohren.«

»Wenn ich nicht wüßte, daß Hizkel Imari Ihr Cousin ist, wäre er heute nicht mehr am Leben. Aber, um ehrlich zu sein, Sie sollten sich lieber bei Salima Pasha bedanken. Sie wissen ja, daß ich eine Schwäche für diese bezaubernde Jüdin habe, die Sie netterweise zu jeder Gesellschaft einladen, die Sie mir zu Ehren geben. Als sie von Hizkels Verhaftung erfuhr, kam sie zu mir und bat mich, sein Leben zu schonen. Das muß wohl mit seinem Bruder Salman Imari zusammenhängen, mit dem sie einmal ein Verhältnis hatte. Es ist mir unbegreiflich, was sie an diesem Uhrmacher gefunden hat, wo doch so viele gestandene Männer verrückt nach ihr waren; aber ich habe es schon lange aufgegeben, Frauen verstehen zu wollen … und besonders Frauen wie sie. Auf alle Fälle nahm sie mir das Versprechen ab, daß ich Salman Imari nichts davon erzähle, und ich wäre Ihnen dankbar, wenn Sie sich auch daran hielten.

Bahjat Attiya und ich befassen uns mit seinem Fall. Ihm ist es zu verdanken, daß man Ihren Cousin bis jetzt noch nicht vor Gericht gestellt hat, und er war es auch, der angeordnet hat, daß man seinen Bruder Salman bei seiner Verhaftung mit Samthandschuhen anfaßt und ihn am nächsten Morgen wieder laufen läßt. Ich hätte Hizkel liebend gern begnadigt, wenn es nur um seine zionistischen Aktivitäten ginge, aber daß er direkt vor unserer Nase Waffen in die Stadt geschmuggelt hat, kompliziert die Sache natürlich. Ich konnte mit Müh und Not verhindern, daß man ihn gleich aufknüpfte.

Ich will Ihnen keine falschen Hoffnungen machen, denn ich bin mir nicht sicher, ob ich Ihnen helfen kann. Es beruhigt mich allerdings, daß offenbar nicht nur wir böse Gojim um betuchte Juden besorgter sind als um weniger betuchte. Vielleicht gelingt es uns, die Sache dem Bäcker anzuhängen, Ihren Cousin freizusprechen und ihn abzuschieben, sobald Gras über die Sache gewachsen ist, aber ich würde mich nicht darauf verlassen. Bahjat konnte für den Moment nicht mehr erreichen, als seine Haftbedingungen zu verbessern.

Was Ihren Kommunisten angeht, so würde ich ihn mit Freuden am Galgen baumeln sehen. Sie wissen ja, wie ich über Kommunisten denke. Sie sind schlimmer als Götzenanbeter. Sie wollen die menschliche Natur verändern. Sie rebellieren gegen die Welt, so wie sie Gott erschaffen hat. Glücklicherweise befindet er sich nicht in unserer Gewalt, wie Ihnen der Innenminister ja bereits mitgeteilt hat. So können wir beide also weiterhin Freunde bleiben.«

Die Ironie dieser letzten Worte war nicht zu überhören.

»Mein lieber Abu Sabah«, sagte der Große Imari. »Ich möchte Sie nicht ermüden. Sie müssen sich schonen und gut erholen. Werden Sie bald gesund, damit Sie noch viele Jahre unser Land führen können. Sie haben den Irak zu einem Ort gemacht, an dem man sich zuhause fühlen kann. Für einen Mann wie mich gibt es keine andere Heimat. Möge Allah über Sie wachen! Wenn man Ihre Krankheit nicht geheimhielte, würde ich öffentliche Gebete für Sie abhalten lassen.«

»Wir sind alle in Allahs Hand«, antwortete der Pascha. Ihm war bewußt, daß der Große Imari seinen ernsten Zustand erahnte.

Als der Große Imari das Haus des Paschas verließ, stand ihm der Schweiß auf der Stirn, und er spürte ein Stechen in der Brust. Dieser verdammte Innenminister, dachte er. Erst erzählt er mir, daß ich mit dem Pascha sprechen soll, und dann tut er es selbst. Traue niemals einem Goi!

Er bat seinen Chauffeur, langsam am Tigris entlangzufahren, und öffnete ein Fenster, um ein wenig frische Luft hereinzulassen. Aber er hatte noch immer das Gefühl, zu ersticken. Er wußte jetzt, daß sich sein Traum nicht erfüllen würde, daß er in einem Land, in dem sich selbst der Pascha nicht mehr sicher fühlte, niemals Senator werden würde. Vielleicht sollte er nach London gehen, wo er seinem Sohn näher sein konnte. Und wo es die allerbesten Ärzte gab.

Die Passagiere entfernten sich ein paar Schritte vom Flugzeug, knieten auf dem Rollfeld nieder und küßten den Boden, ohne sich daran zu stören, daß sie ihre Kleider beschmutzten. Dann richteten sie den Blick gen Himmel und dankten dem Allmächtigen dafür, daß er sie ins Heilige Land zurückgeführt hatte. Der Lärm startender Maschinen über ihnen übertönte ihre gemurmelten Gebete.

Mein Vater löste sich aus der Menge und betrachtete begierig die neue Umgebung. »Gepriesen seist du, Herr unser Gott, König der Welt, der du uns bewahret und am Leben erhalten hast und es uns hast wohl ergehen lassen bis zum heutigen Tag!« rief er laut. Voller jugendlichem Elan richtete er sich auf, und seine Augen glänzten beim Anblick der grauen Bäume, die den Flughafen einfaßten. »Hier, im Land unsrer Väter, wird alles wahr, wie es geplant«, verhieß der Text des alten Liedes. Hier würde er seinen Palast errichten, seine Reisplantagen anlegen und sein landwirtschaftliches Imperium »Imari-Israel« aufbauen. Und er würde erfolgreicher sein als sein Cousin.

Er tänzelte weiter und schmetterte die Psalmen wie ein Häftling, den man aus seiner Zelle entlassen hat. Die Juden, die aus dem Flugzeug stiegen, folgten seinem Beispiel – als sei er der Kantor und sie seine Gemeinde. Männer und Jungen in sommerlichen Nadelstreifenanzügen, Frauen und Mädchen in geblümten Kleidern, Kinder in farbenfrohen Hemden – sie alle faßten sich unter dem schützenden Flügel der Maschine an den Armen und sangen und tanzten. Sie bemerkten nicht, daß sich ihnen zwei Lastwagen mit Planverdeck hupend näherten und die Fahrer ihre Motoren aufheulen ließen.

Schließlich machten sie den Lastwagen Platz. Arbeiter in blauen Overalls kletterten heraus, um das Gepäck aus dem Rumpf des Flugzeugs zu laden und auf die Lastwagen zu stapeln. In der Zwischenzeit bereitete eine Gruppe von Mechanikern die Maschine für ihre Rückkehr nach Bagdad vor.

»Sind das Juden?« fragte eine alte Frau.

»Hier ist jeder Jude«, antwortete man ihr.

Um sich zu vergewissern, ging sie mit watschelndem Gang auf zwei Polizisten zu, die neben ihren Motorrädern standen. »*Intum yahud?*« fragte sie auf arabisch.

Einer von ihnen nickte lächelnd. Sie waren solche Fragen offenbar gewöhnt. Die alte Frau packte die beiden Männer mit ihren knöchernen Händen und versuchte sie, wie zwei Kinder, in die tanzende Menge hineinzuziehen. Die Polizisten grinsten und machten sich behutsam von ihr los.

»Lang lebe der Staat Israel!« rief jemand.

»Der Messias ist gekommen, der Messias!« rief ein anderer.

»Wo bringen sie unser Gepäck hin?« fragte ein Mann, als die Lastwagen langsam auf eine Ansammlung von Baracken zufuhren.

»Zum Einwanderungsbüro da hinten«, erklärte ihm einer der Arbeiter auf arabisch. »Machen Sie sich keine Sorgen.«

Vor dem Büro standen einige junge Beamte. Mit ihren Khakihemden mit offenem Kragen sahen sie stattlich und verwegen aus, wie die Israelis, die wir im Irak auf Fotos gesehen hatten. Einer von ihnen erklärte uns, daß wir uns mit unseren Papieren in einer Reihe aufstellen sollten.

»Schalom!« begrüßte mein Vater ihn mit einem strahlenden Lächeln.

Der Beamte sah ihn mit ausdrucksloser Miene an und antwortete: »Schalom. Bitte stellen Sie sich wieder in die Reihe.«

Die ausgestreckte Hand meines Vaters erstarrte in der Luft. Ein zweiter Beamter mit einem Khakihut mit Krempe stieg auf den Lastwagen, kontrollierte das Gepäck und sagte dem Fahrer, daß er losfahren könne.

»Nach Jerusalem!« rief die alte Frau. »Nach Jerusalem!«

»Abu Kabi«, schrie meine Mutter, »tu doch was! Siehst du nicht, daß sie mit unsern Koffern davonfahren?«

»Mach dir keine Sorgen. In Israel gibt's keine Diebe«, antwortete mein Vater im Brustton der Überzeugung.

»Aber das ist alles, was wir besitzen«, protestierte meine Mutter.

»Kabi, behalte die Koffer im Auge«, sagte mein Vater, um sie zu beruhigen. Er schlug die hintere Plane des Lastwagens zurück und half mir in den dunklen Laderaum. Als der Fahrer zurückkam, um die Plane festzuschnüren, hielt ich den Atem an. Aber er bemerkte mich nicht.

Der Lastwagen fuhr mit einem solchen Ruck los, daß die Koffer von einer Seite zur anderen rutschten. Ich klammerte mich an den Metallstangen des Wagens fest, um nicht zwischen ihnen eingeklemmt zu werden. Die Plane verströmte einen heißen, unangenehmen Geruch. In meinem Anzug und mit meiner enganliegenden Mütze war ich bald schweißgebadet. Die Plane flatterte heftig im Fahrtwind, blähte sich und schlug knallend zusammen, so daß es mir vorkam, als würden wir gleich abheben. Wo fuhren wir hin? Was war, wenn die anderen an einen ganz andern Ort gebracht würden? Durch einen Schlitz in der Plane sah ich gelbe Erde vorbeisausen, nackt und öd. Wir fuhren weiter und weiter, ohne daß ich auch nur ein einziges der großen Häuser mit Gärten und Rasenflächen entdeckte, die wir in den Broschüren der Zionisten in Bagdad gesehen hatten. Es tauchte noch nicht einmal eins der kleinen, quadratischen, grabsteinähnlichen Häuser auf, die wir aus der Luft erspäht hatten.

Der Himmel war bedeckt. Verdammt, warum mußte ich meine erste Fahrt in Israel ausgerechnet als blinder Passagier machen? Wir fuhren an einem langen Gebäude mit einer hohen Mauer und Wachtürmen vorbei, das mich an das Hauptgefängnis in Bagdad erinnerte. Gab es im Heiligen Land etwa auch Kriminelle? Oder hatten die Briten hier die Zionisten eingesperrt? Wenn ich nur meinen engen Anzug ausziehen und pinkeln könnte!

Die Fahrt erschien mir endlos. Ich saß auf einem Koffer und klammerte mich an der Rückseite des Lastwagens fest. Plötzlich merkte ich, daß ich eingedöst war und von Bagdad geträumt haben mußte, denn ich hatte gerade blühenden Oleander vor mir gesehen. Ich zog den Schlitz in der Plane auseinander und spähte hindurch. Ein undefinierbarer Geruch stieg mir in die Nase – dumpf, schwer und salzig. Hinter dem goldgelben Sand, der die Straße säumte, erstreckte sich bis zum Horizont eine glitzernde Fläche – ein gewaltiger blauer Fluß, breiter als Tigris und Euphrat zusammen. Das muß der Jordan sein, sagte ich mir.

Doch im nächsten Moment merkte ich, was ich für ein Esel war. Ich muß wohl noch halb geschlafen haben. Es war das Meer, das Mittelmeer! Der Anblick war faszinierend und für jemanden, der so viel Wasser bisher nur im Kino gesehen hatte, auch ein wenig beängstigend. Ich hätte mich an den weißen Kräuseln auf den heranrollenden Wellen mehr erfreut, wenn ich nicht so dringend auf die Toilette gemußt hätte.

Bald bog der Lastwagen nach rechts ab, verlangsamte sein Tempo und blieb stehen. Während ich noch hin und her überlegte, ob wir unser Ziel erreicht hatten und ich vom Wagen herunterklettern sollte, schlug der Fahrer die hintere Plane zur Seite und entdeckte mich. Es schien ihn zu belustigen, daß ich bei der glühenden Hitze Anzug und Mütze trug. Ich grinste ihn verlegen an, verwirrt über das Gelächter der Mannschaft, die zum Abladen kam.

Er half mir herunter und sagte etwas auf hebräisch, das sich überhaupt nicht wie die Sprache anhörte, die ich aus dem Gebetbuch und der Schule kannte. Hätte ich nach Hizkels Verhaftung bloß nicht mit dem Hebräischunterricht aufgehört, den die Bewegung organisiert hatte! Wie sagte man zum Beispiel: »Ich muß mal pinkeln«? Sicherlich mußte doch schon irgend jemand auf die Idee gekommen sein, daß das einer der ersten Sätze ist, die ein Anfänger lernen sollte! Nicht, daß ich es auf englisch hätte sagen können. In *Hamlet, Julius Cäsar* und den anderen Lieblingsstücken von Miss Sylvia ging nie jemand auf die Toilette.

Mir blieb also nichts anderes übrig, als auf arabisch nach einer Toilette zu fragen. Schließlich siegte männliche Solidarität über die allgemeine Belustigung, und man zeigte mir eine schmale Wellblechhütte gleich neben einem Zaun. Während die Männer die Koffer abluden und sie in der bereits überquellende Lagerhalle stapelten, eilte ich dem rettenden Örtchen entgegen. Nachdem ich mich erleichtert hatte, beschloß ich, den Ort unserer Zuflucht näher zu erkunden.

Ich befand mich in einer riesigen Zeltstadt voller Menschen, die Hemden, Hosen und Kopfbedeckungen in jeder erdenklichen Form und Farbe trugen – ein exotisches Gemisch. Manche waren wie Israelis gekleidet, trugen Stiefel, breitkrempige Hüte und kurze Hosen. Ich fragte jemanden, wo wir seien, und bekam eine Antwort in einer unverständlichen Sprache, die eher wie eine Frage klang. Vielleicht hatte die alte Frau beim Flugzeug ja recht gehabt, und meine Eltern waren nach Jerusalem unterwegs. Es war wohl besser, wenn ich mich in Sichtweite des Lastwagens aufhielt, um mich nicht zu verirren.

Ich verfluchte meinen Vater, der sich offenbar einbildete, ich würde mich hier genausogut zurechtfinden wie in Bagdad. Ich ging zur Lagerhalle zurück, deren Türen jetzt verschlossen waren. Davor befand sich eine große freie Fläche, an die ein Stacheldrahtzaun grenzte. Und hinter dem Zaun waren Sand und Wasser. Das Meer! Ich wäre am liebsten hingelaufen. Ob man darin baden konnte? Allein der Gedanke machte mir angst. Schließlich hatte das Meer kein Ufer wie der Tigris, zu dem man einfach hinschwimmen konnte.

Ich blickte in die entgegengesetzte Richtung und sah in der Ferne bläuliche, mit grünen Wäldern bedeckte Berggipfel, die zum Horizont hin immer höher wurden. Der höchste von ihnen schien den Himmel zu berühren. Berge, direkt vor mir! Vielleicht war einer davon der Garizim oder der Moriah, von denen ich in der Bibelstunde gehört hatte. Allah! Selbst auf unserem Schulausflug nach Ninive, der Hauptstadt des Königreichs Sanherib, hatte ich nicht so etwas Beeindruckendes gesehen.

Ich mußte herausfinden, wo ich war. Irgend jemand mußte doch Arabisch sprechen. Wo waren die ganzen Juden aus dem Irak? Am Strand hinter dem Zaun schlenderten ein Junge und ein Mädchen meines Alters Arm in Arm vorbei. Ich konnte nicht den Blick von ihnen wenden. Sah so das Leben im Heiligen Land aus? Das Mädchen wirkte hell und strahlend vor dem Hintergrund des Meers. Bei diesem Anblick wäre Edouard sofort Zionist geworden. Warum sollte er sich mit seiner christlichen Freundin heimlich treffen, wenn er das hier in Israel am hellichten Tag mit einem jüdischen Mädchen tun konnte?

Ich fragte mich, ob Amiras Familie wohl schon etwas von ihr gehört hatte. Ich würde sie bitten, ihnen über George in London eine Nachricht zukommen zu lassen. Sie lebte in einem Kibbuz namens Kiryat Oranim, aber wo war der? Ich würde ihn finden und sie dort besuchen.

Ich schlenderte zwischen den Zelten hindurch. Ringsherum hörte ich ein buntes Sprachengemisch, lauter seltsam schnarrende, zwitschernde Laute – wie ein Grillenkonzert. Noch nie hatte ich mich an einem Ort so fremd gefühlt. Neben einem übelriechenden Gebäude mit Tonnendach standen schwarze überquellende Mülleimer, um die riesige Fliegen herumschwirrten und sich über weiße, madenähnliche Nudeln hermachten. Angeekelt wandte ich mich ab und ging zurück zum Meer, das von einem tiefroten Horizont gesäumt wurde, an dem die größte Sonne prangte, die ich je gesehen hatte.

Drei Lastwagen fuhren schwungvoll durch das Haupttor und blieben vor der Lagerhalle stehen.

»Kabi!« rief mein Bruder Nuri, der als erster heraussprang. Ich umarmte ihn, als hätte ich ihn seit Jahren nicht gesehen. Auf meinen Vater gestützt, erhob sich meine schwangere Mutter mühsam vom Boden des Lastwagens und stieg vorsichtig herunter.

»Wo hast du mich nur hingebracht?« fragte sie und musterte müde ihre Umgebung.

»Frau«, sagte mein Vater, »wir sind eben erst angekommen. Gönn deinem Mann eine Verschnaufpause.«

»Wo ist das Haus, das du mir versprochen hast?«

»Es reicht jetzt, Frau!«

»Da geht mein Leben dahin«, sagte meine Mutter und schlug die Hände zusammen. »Das war mir sofort klar, als ich auf dem Flughafen die Farbe des Tees gesehen habe. Sieh dir doch bloß die Müllhalde an, in der sie uns abgeladen haben.«

Je mehr sie herumnörgelte, desto schneller verflog mein Zorn auf meinen Vater.

Plötzlich waren wir von einer Menschenmenge umringt – lauter Iraker, die ihre Angehörigen und Freunde suchten. Männer und Frauen gingen aufeinander zu, umarmten und küßten sich.

»Abu Kabi! Abu Kabi!«

Es war Abed, der kurdische Gehilfe meines Vaters. Die beiden Männer fielen sich in die Arme. In Bagdad hätte Abed das niemals gewagt. Zum ersten Mal seit unserer Ankunft leuchteten die Augen meiner Mutter auf. Abed schüttelte ihr die Hand, umarmte jeden von uns und hob Moshi in die Luft, wie er es früher mit mir gemacht hatte. »Haben Sie es also geschafft!« sagte er, während er uns eingehend musterte. »Na, ruhen Sie sich erst mal ein bißchen aus. Dann ziehen Sie sich ein paar Arbeitssachen an und krempeln die Ärmel hoch. Das Leben hier ist kein Zuckerschlecken.«

»Hast du das gehört?« sagte meine Mutter triumphierend.

»Schon gut, schon gut«, erwiderte mein Vater beinah flehentlich. »Ich bin völlig kaputt.«

»Wie heißt der Ort hier?« erkundigte sich meine Mutter.

»Sha'ar Ha-Aliyah. Das bedeutet ›Einwanderungstor‹.«

»Und wo sind die ganzen Häuser und Gärten?«

»Sehen Sie sie denn nicht?« fragte Abed und wies mit dem Arm auf den Wald aus Zelten. »All die Herrenhäuser, die prächtigen Parkanlagen!«

»Und das soll euer israelisches Paradies sein?«

»Soweit es so was gibt.«

»Man hat uns gesagt, daß das nur ein Übergangslager ist«, schaltete sich mein Vater ein und wandte sich um, um das Meer zu betrachten.

»Abu Kabi«, sagte Abed energisch, »das Meer läuft Ihnen nicht davon. Wir sollten jetzt besser für Sie einen Platz zum Schlafen suchen. Sie brauchen ein Zelt.«

»Geh mit ihm, Kabi«, sagte mein Vater zu mir.

»Du gehst«, mischte sich meine Mutter ein. »Siehst du nicht, wie erschlagen der Junge ist?«

Aber Abed wollte lieber mich mitnehmen. Mein Vater blinzelte nervös.

»Vergiß die Koffer nicht«, ermahnte mich meine Mutter. »Da sind Sachen drin, die ich dringend brauche.«

»Die werden Ihnen bald gebracht«, erwiderte Abed. »Und lassen Sie sie nicht aus den Augen. Hier wimmelt's von Dieben.«

»*Waweli*, das fehlt uns noch!« jammerte meine Mutter. »Diebe im Heiligen Land!«

»Nimm diese alberne Mütze ab«, sagte Abed zu mir. »Und zieh dein Jackett aus.«

Das ließ ich mir nicht zweimal sagen.

Es fiel mir schwer, mit ihm Schritt zu halten. Unterwegs erzählte er mir, daß er nicht mehr im Lager wohne, sondern in einem nahegelegenen Ort namens Pardes Hanna. Er hatte unsere Namen auf der Liste der Neuankömmlinge entdeckt und sich zwei Tage freigenommen, um uns am Anfang ein wenig unter die Arme zu greifen.

Als wir das »Irakerdorf«, wie er es nannte, erreicht hatten, steckte Abed den Kopf in jedes Zelt, bis er ein leeres entdeckte. »Gut, Kabi«, sagte er. »Das ist euer neues Zuhause.«

»Wir alle in einem Zelt?«

»Ihr seid hier nicht in Bagdad.« Ob er wohl an unser großes Haus in Taht-el-Takya dachte, wo ich mein eigenes Dachzimmer gehabt hatte? »Du solltest mal die anderen Zelte sehen. Ihr habt Glück, daß ihr nur zu fünft seid. Hoffen wir, daß ihr es nicht noch mit einer anderen Familie teilen müßt.«

Ich folgte ihm zu einem großen, vollgestopften Zelt, das als Lager diente. Er suchte fünf zusammenklappbare Feldbetten und fünf schmutzige Matratzen heraus, legte alles auf ein Feldbett und hob es an einer Seite hoch. Ich schaffte es kaum, das andere Ende anzuheben.

»Daran wirst du dich schon noch gewöhnen, Junge«, sagte er.

Wir nahmen zwei Feldbetten und zwei Matratzen herunter und ließen sie am Wegrand liegen. Als wir sie später holen wollten, waren sie verschwunden.

»Verdammt!« rief Abed. »Hier kann man nicht mal eine Stecknadel herumliegen lassen.«

»Im Irakerdorf gibt's also auch Diebe.«

Er lachte und sagte: »Komm, deine Familie wartet.«

Wir holten uns neue Feldbetten und Matratzen und trugen sie zum Zelt. Abed verschnürte die Plane fest, um ungebetene Besucher abzuhalten. Ich hatte Hunger und Durst. Seit dem Sandwich im Flugzeug hatte ich keinen Bissen mehr zu mir genommen.

Wir fanden meine Familie neben der Lagerhalle: Meine Mutter saß auf einem Koffer; neben ihr lag Moshi ebenfalls auf einem Koffer und schlief, den Kopf auf ihren Schoß gebettet. Nuri wirkte müde und in sich gekehrt. Mein Vater rauchte und starrte aufs Meer, in dem die Sonne zu ertrinken schien. Blitzschnell zogen die Fluten sie hinab.

»*Yallah*, auf geht's zum Palast der Imaris«, verkündete Abed. »Passen Sie auf Ihre Sachen auf. Auch auf Ihre Zigaretten«, warnte er meinen Vater in herrischem Ton. »Großzügigkeit ist hier fehl am Platz. So, los jetzt.«

Meine Mutter schlug wieder die Hände zusammen und rührte sich nicht von der Stelle.

»Könnten wir nicht einen Träger rufen?« fragte mein Vater.

»Einen Träger?« sagte Abed lachend. »Die einzigen Träger, die es hier gibt, sind Ihre Hände.«

Er lud sich schwungvoll einen Koffer auf die Schulter, während sich mein Vater mit dem zweiten abmühte und Nuri und ich den dritten hochhoben. Moshi wachte auf und fing an zu weinen. Seine Schluchzer trieben uns an, aber auf halbem Weg zu unserem Zelt mußten wir verschnaufen.

»Sie sind jetzt in Israel«, sagte Abed. »Sie müssen sich abhärten. Hier gibt es keine Moslems oder Kurden, die Ihnen die Arbeit abnehmen.«

Da riß meinem Vater die Geduld. »Ich glaube, ich habe für heute genug Belehrungen gehört.«

»Schön. Dann wird sich jemand anderes Ihr Zelt unter den Nagel reißen. Möchten Sie heute nacht draußen schlafen?«

Moshi hörte auf zu weinen und sah auf die sich verdunkelnden Berge. »Gibt's da draußen Löwen, Abed?« fragte er.

»Klar, und Leoparden und Wölfe auch«, antwortete Abed mit schauriger Stimme.

»Das reicht jetzt, Abed«, wies mein Vater seinen ehemaligen Gehilfen zurecht.

»Wären wir nur in Bagdad geblieben«, stöhnte meine Mutter, die kaum mit uns Schritt halten konnte.

Als wir mit letzter Kraft unser Zelt erreichten, schallte eine Stimme vom Himmel auf uns herab. Meine Mutter sah sich hektisch um und spuckte aus, um den bösen Blick abzuwehren.

»Das ist die Stimme Gottes vom Berg Sinai«, erklärte Abed. »Sie werden sie morgens, nachmittags und abends hören.« Er deutete auf ein paar Lautsprecher in den hohen Bäumen über uns. »Der Herr verkündet hier seine Botschaft in zehn Sprachen.«

Eine Frau mittleren Alters kam an uns vorbei. Als sie uns Arabisch sprechen hörte, blieb sie stehen und sagte im Mosuler Dialekt:

»Willkommen. Sind Sie gerade erst angekommen?«

»Ja, danke«, erwiderte meine Mutter. »Sind Sie schon lange hier?«

»Seit einer Woche. Sie haben unseren Ältesten schon eingezogen. Ich frage mich, was das für Juden sind. Die haben doch kein Herz.«

»*Waweli*, was haben wir nur gemacht?« jammerte meine Mutter. Sie flüsterte der Frau aus Mosul etwas ins Ohr.

»Kommen Sie, Schwester, ich zeig's Ihnen«, sagte die Frau und führte meine Mutter zur Frauentoilette.

»*Yallah*, kommen Sie, Abu Kabi«, sagte Abed. »Kabi, Nuri, ihr auch. Es ist Zeit zum essen. Schischkebab, gegrillter Fisch, gefüllte Tauben auf Reis!«

»Wir gehen ins Restaurant, wenn Um Kabi zurückkommt«, erwiderte mein Vater.

Abed krümmte sich fast vor Lachen. »Restaurant? Sie werden sich erst mal nach Essensmarken anstellen und dann hübsch in eine Schlange einreihen, die so lang ist wie die vor der Arche Noah.«

»Ich verstehe nicht. Soll das heißen, daß wir unser Essen umsonst kriegen?«

»Aber sicher!« antwortete Abed glucksend. »Ganze Lammkeulen, wie im El-Pachachi.«

»Ich hab Hunger«, heulte Moshi und stampfte mit dem Fuß auf.

»Du bleibst hier sitzen und paßt auf das Zelt auf, bis deine Mutter wiederkommt«, sagte Abed streng.

Zu unserer Überraschung verstummte Moshi augenblicklich, vielleicht weil er spürte, daß nun endlich jemand die Dinge in die Hand nahm.

Die Dunkelheit brach herein. Vor den Zelten flackerte das trübe Licht von Petroleumlampen. Abed summte vor sich hin, während er uns zu der Schlange führte, die sich an den Verwaltungsgebäuden des Lagers entlangzog. Dann setzte er eine ernste Miene auf, sagte in einwandfreiem Hebräisch »Entschuldigung« und zerrte meinen Vater wie einen Blinden hinter sich her, bis wir am Anfang der Warteschlange standen. Ich weiß nicht, ob es an seinem selbstbewußten Auftreten lag oder an seiner Khakikleidung, die an die Uniformen der Beamten erinnerte, jedenfalls machten die Leute Platz.

Als man meinem Vater durch ein kleines Fenster einige Papiere reichte, erklärte Abed ihm, wo er sie unterschreiben mußte, und kurz darauf waren wir stolze Besitzer von Eßgeschirr, Eimer und Besen, einigen warmen grauen Decken, die nach Mottenkugeln rochen, und einer Petroleumlampe. Dann bahnten wir uns unseren Weg zurück durch die Wartenden.

»Was fällt Ihnen ein, sich einfach vorzudrängeln!« rief ein Mann und packte meinen Vater am Arm. Der konnte sich nicht wehren, weil er mit unserer neuen Ausrüstung beladen war.

»Er ist ein Imari. Er gehört zur Bewegung. Er hat eben Anspruch auf Privilegien«, höhnte ein anderer.

»Es tut mir schrecklich leid«, entschuldigte sich mein Vater. »Das wollte ich nicht. Wir sind neu hier.« Und zu Abed sagte er: »Mach so was bitte nicht noch mal.«

»Wir hätten sonst die ganze Nacht angestanden«, antwortete Abed ohne die geringste Zerknirschung. »Geben Sie mir das Eßgeschirr. Ich nehme Nuri mit. Gehen Sie mit Kabi schon mal zum Zelt zurück.«

Wir warteten lange auf die beiden. Als sie schließlich zurückkehrten, nahm Nuri ein Tablett von der Schulter und zeigte uns unser Abendessen. »Guckt mal, Würmer!« sagte er und deutete angewidert auf Nudeln, die genauso aussahen wie die, die ich heute in den Mülleimern gesehen hatte. Mir wurde übel.

Meine Mutter und ich teilten das Essen auf und reichten die Teller herum.

»Ich will *bajele* mit *ful*«, rief Moshi und fing wieder an zu weinen.

»Wo soll ich denn *bajele* herkriegen?« fragte ihn meine Mutter, die meinem kleinen Bruder in Bagdad jeden Tag sein liebstes Bohnengericht gekocht hatte.

Moshi warf seinen Teller auf den Boden und lief davon.

»Abed«, schrie meine Mutter, »hol ihn zurück!«

»Keine Sorge, Um Kabi. Das Lager ist ringsum mit Stacheldraht eingezäunt. Er wird nicht weit kommen. Und ich verspreche Ihnen, daß er in zwei Tagen ißt, was auf den Tisch kommt. Lassen Sie ihn ruhig ein bißchen hungern. Das kann ihm nicht schaden.«

Ich ging trotzdem los, um nach ihm zu sehen. Er stand nicht weit von unsrem Zelt im Dunkeln und weinte sich die Augen aus. Es bedurfte all meiner Überredungskunst, um ihn dazu zu bewegen, wieder zum Zelt zurückzukommen, wo er sich auf ein Feldbett legte und in seinen Kleidern einschlief. Auch Nuri konnte kaum noch die Augen offenhalten und döste bald ein.

»Kabi, nimm noch etwas Schokoladenkuchen von El-Afrahs Bäckerei«, sagte Abed und reichte mir die Hälfte eines runden Roggenbrots vom Tablett. »Das ist zionistisches Brot. Erwarte keine Pitta.«

Ich schnitt mir eine Scheibe ab. Es schmeckte seltsam und klebte am Gaumen und an den Zähnen fest.

Dann machte sich Abed auf den Heimweg. Mein Vater lehnte an einer Zeltstange und rauchte seine wohlriechenden Craven As aus Bagdad. Meine völlig erschöpfte Mutter lag dösend auf einem Feldbett. Wir machten uns nicht die Mühe, unsere Schlafplätze herzurichten oder unsere neuen Schlafanzüge auszupacken. Es schien, als hätten wir auf unserer Reise nur kurz haltgemacht.

KAPITEL LV

Obwohl ich todmüde war, konnte ich nicht einschlafen. Ich trat aus dem Zelt, atmete tief die frische Seeluft ein und spürte ein träges Kribbeln in meinen Gliedern. Das Meer toste, und die dicht aufeinanderfolgenden Wellen wälzten sich auf den Strand zu, als wollten sie das Zeltlager überfluten. War das denn möglich? Ich erinnerte mich an das eine Mal, als der Tigris über die Ufer getreten war. Mein Vater hatte sich freiwillig gemeldet, um Sandsäcke für den Bau von Schutzdämmen herbeizuschleppen, die verhindern sollten, daß das lehmrote Wasser Bagdad überschwemmte. Aber das Meer ist kein Fluß, sagte ich mir.

Hier und da trat jemand aus einem Zelt ins helle Mondlicht, das das Lager überflutete. Am fernen Horizont stießen die Sterne mit den dunklen Schatten der bewaldeten Berge zusammen, die ich tagsüber bestaunt hatte. Ihre Silhouette – hier kuppelförmig gewölbt, dort spitz zulaufend – erinnerte mich an eine Stadt voller Moscheen. Was wohl dahinterlag? Ob es dort Dschinns gab? Es hieß, daß es im Heiligen Land keine Dämonen gebe. Glaubte ein Revolutionär wie Salim Effendi wirklich nicht an sie? Obwohl auch ich Dschinns für Aberglauben hielt, fürchtete ich mich in irgendeinem Winkel meines Herzens doch vor ihnen. Wo war Salim Effendi jetzt? Vielleicht war er ja sogar in unserem Lager.

Ich ging zu unserem Zelt zurück. Die Petroleumlampe spie einen beißenden, rußigen Qualm aus. Moshi murmelte etwas im Schlaf. Ich legte eine Decke über ihn, aber er warf sie auf den sandigen Boden. Trotz des vielen Wassers gab es fast keine Moskitos. Ich beschloß, an der frischen Luft zu schlafen und mein Bett vor das Zelt zu stellen, überlegte es mir aber anders und zog nur die vordere Hälfte heraus. Ich hatte immer noch kein Auge zugetan.

Der Himmel wirkte hier blauer und höher. Ich suchte nach dem Großen Wagen und dem Polarstern. Was würde Edouard wohl morgen tun? Zwischen uns lag nicht mehr als eine Stunde Zeitverschiebung, und doch gab es kein Zurück. Ich würde Bagdad nie mehr wiedersehen, nicht einmal für einen kurzen Besuch. Ich war jetzt Bürger eines feindlichen Staates. Ich – der Feind meines Vaterlandes und der Stadt, die ich liebte!

Eine Katze miaute neben unserem Zelt – ein sehnsuchtsvoller, klagender Laut. Wer wohl jetzt auf meiner geborstenen alten *jalala* schaukelte? Als es Zeit zum Packen gewesen war, hatte ich mich nicht entscheiden können, was ich mitnehmen sollte. Auf meinem Bett lagen Geschenke, die ich bekommen hatte, Bücher, die ich besonders liebte, Texte, die ich verfaßt hatte – darunter der Aufsatz über Patriotismus, für den ich einen Preis bekommen hatte. »Kabi«, sagte meine Mutter lächelnd, als sie den Berg auf meinem Bett sah, »wir dürfen nur drei Koffer mitnehmen.« Ich ließ alles liegen und flüchtete mich, wie immer, auf meine Schaukel, die ich bei unserem Umzug vor dem Ausbruch der Farhud vor Ismail gerettet hatte.

Als ich mir ausmalte, wie sich Abu Hamids Kinder darum balgten, stiegen mir Tränen des Selbstmitleids in die Augen. Und wie ging es wohl Rashel? Am Tag von Abu Salehs Hinrichtung war meine ganze Eifersucht wie durch ein Wunder verflogen; plötzlich gab es wichtigere Probleme ... Und als ich jetzt in einem Zelt in Israel lag, weit weg von unsrer kleinen Straße in Bagdad, betete ich tatsächlich darum, daß Karim Abd el-Hak Rashel vor Leuten wie Abu Hamid schützen möge. Sie war bis zum Schluß stur geblieben und hatte sich geweigert, ihre Staatsbürgerschaft aufzugeben, selbst als die Bewegung ihr in letzter Minute anbot, sie zu uns ins Flugzeug zu setzen.

Ich erwachte in der kühlen Morgendämmerung aus einem tiefen Schlaf. Ich stand auf, legte meine graue Decke wie einen Gebetsschal um mich und betrachtete den türkisfarben schimmernden Morgenhimmel. Glitzernde Tauperlen hatten sich auf dem Zeltdach gebildet und tropften in einem dunklen Rinnsal auf den sandigen

Boden. Hinter den Bergen verriet ein Leuchten, daß die Sonne in einen neuen Tag aufstieg. Kinder traten auf die schmalen Durchgänge zwischen den Zelten und gingen zum Zaun, wo sie ihr Geschäft erledigten und ihre Exkremente mit Sand bedeckten wie Katzen.

Das Lager erwachte. Männer gingen mit Eimern und Töpfen zu den Wasserzapfstellen, und überall bildeten sich lange Schlangen. Meine Mutter lugte ungekämmt und mit zerknittertem Gesicht durch die Zeltöffnung, und als sie die Schlange vor den Toiletten sah, murmelte sie:

»Und dafür haben wir unser Haus in Bagdad aufgegeben.«

Die Männer standen in einer langen Reihe vor der Toilette, einige hatten einen Wasserkessel in der Hand. Ein junger Mann im Schlafanzug hielt sich den Bauch und wirbelte im Kreis herum. Dann blieb er stehen, wandte die Augen zum Himmel und sagte: »Allah, was haben wir nur verbrochen, daß wir sogar zum Scheißen anstehen müssen?«

»Diese verdammte Bewegung«, sagte ein Mann. »Die haben uns ganz schön verarscht, als sie uns hierhergebracht haben.«

»Oh, Bagdad«, rief ein dandyhafter Bursche, der immer noch seine besten Kleider trug, »was würde ich darum geben, dich wiederzusehen!«

»Hört euch den an! Kaum, daß er fort ist, schreit er schon nach den Fleischtöpfen Ägyptens«, spottete ein alter Mann mit einem Wasserkessel in der Hand.

»Ist das eine hebräische Zeitung? Darf ich mal einen Blick reinwerfen?« fragte einer seinen Vordermann. »Das ist die erste, die ich zu Gesicht bekomme.«

»Die ist zum Hintern abwischen und nicht zum Lesen«, belehrte der Besitzer der Zeitung den Neuling.

»Mit einer Zeitung?«

»So machen es die Zionisten, Kumpel.«

»Hier, nehmen Sie von mir eine Seite«, erbot sich ein anderer.

Da Abed mich vorgewarnt und uns eine Zeitung dagelassen hatte, war ich ausreichend mit Papier ausgerüstet.

»Aber das kann man doch nicht mit der heiligen Sprache machen«, protestierte der Mann mit dem Kessel.

»Scheiße!« rief der Dandy. »Scheiße! Scheiße! Scheiße!«

Und ein ganzer Männerchor fiel in den Kehrreim ein.

Schließlich kam ich an die Reihe. Die Toiletten bestanden aus offenen Kabinen mit einem runden Loch im erhöhten Betonboden. Eine frische Ladung schlecht plazierter, immer noch dampfender Exkremente lag neben dem Loch, über das ich mich hockte. Ich blickte in den Abgrund unter mir. Wenn ich den Halt verlor, na, dann gute Nacht. *Waweli*, was für eine absurde Art zu sterben!

Für Kinder war das wirklich gefährlich. Da war es doch viel sinnvoller, sich neben den Lagerzaun zu setzen, auch wenn sie dort jeder sehen konnte.

»*Yallah*, vielleicht geht's hier mal voran«, sagte der Mann, der als nächster an die Reihe kam. »Oder sollen wir hier vielleicht Wurzeln schlagen?«

Trübes Wasser, auf dem schmutziger, mit Bartstoppeln gesprenkelter Schaum schwamm, floß durch Betonrinnen im Waschraum, der brechend voll war wie das Badehaus in Bagdad. Ich bahnte mir einen Weg zu einem Wasserhahn, wusch mir die Hände, spritzte mir Wasser ins Gesicht und flüchtete nach draußen.

Frauen und Jungen schüttelten Decken, klopften Matratzen aus und hängten an Zeltschnüren Wäsche auf. Vor unserem Zelt stand Abed, frisch gewaschen, rasiert und sorgfältig gekämmt. Mein Vater stand neben ihm und rauchte seine Morgenzigarette. Sein Gesicht sah müde und faltig aus und war mit Bartstoppeln übersät. »Wie heißt die nächste Stadt?« fragte er stockend.

»Haifa«, antwortete Abed.

»Warum fahren wir nicht mal hin?«

»Es lohnt sich nicht, deswegen das Frühstück zu verpassen. Es gibt Eier, Kakao, Roggenbrot, Marmelade und *mangerine.*«

»Was ist denn *mangerine*?« wollte Nuri wissen.

»Kemar.«

»Kemar?« fragte Moshi begierig.

»Kemar, das nicht wie Kemar schmeckt, weil es aus Gras gemacht wird. Unglaublich, was?«

»*Ya Allah!* Hast du das gehört, Um Kabi? Sie machen hier sogar Kemar aus Gras«, schwärmte mein Vater.

Meine Mutter ließ sich zu keiner Antwort herab.

Als wir mit den Frühstücktabletts zurückkehrten, hatte sie sich gewaschen, ihr neues blaues Kleid angezogen und sich das Haar mit einem braunen Kamm nach hinten gesteckt. Sie schnitt das Roggenbrot in Scheiben und teilte das Essen aus, peinlich darauf bedacht, daß wir alle gleich viel bekamen. Mein Vater rührte sein Essen nicht an. Er trank eine Tasse Tee und rauchte noch eine Zigarette. »Um Kabi«, sagte er schließlich, »hättest du Lust, nach Haifa zu fahren?«

»Was soll ich denn in Haifa? Und wer soll auf unsere Sachen aufpassen, wenn ich mitgehe? Lieber versuche ich mich auf dieser Müllhalde zurechtzufinden, in die du mich gebracht hast.«

»Die läuft Ihnen nicht weg«, sagte Abed.

»Haifa auch nicht«, gab meine Mutter zurück.

Bevor wir aufbrachen, hatten mein Vater und Abed einen längeren Disput. Mein Vater wollte das Lager durch das Haupttor verlassen, während Abed meinte, daß wir durch den Zaun kriechen sollten. »Wissen Sie denn nicht, daß Sie unter Quarantäne stehen? Sie schleppen alle möglichen ansteckenden Krankheiten ein, und Flöhe, Läuse, die zehn Plagen Ägyptens und ...«

»Ich will nichts davon hören!« brüllte mein Vater. »Selbst in Bagdad habe ich niemals gegen das Gesetz verstoßen. Hast du denn kein Schamgefühl?«

»Schamgefühl? So was gibt's hier nicht«, erwiderte Abed. »*Yallah*, kommen Sie jetzt mit oder nicht? Ich muß nicht nach Haifa fahren. Ich kenne die Stadt.«

Nuri und Moshi schubsten und zerrten meinen Vater zum Zaun. Abed steuerte auf eine eingerissene Stelle zu, kniete nieder und hielt die Stränge hoch, damit wir hindurchkriechen konnten. Mein Vater blieb auf der anderen Seite stehen.

»Kommen Sie schon. Sie wollen doch frei sein«, lockte ihn Abed. »Sind Sie nicht deshalb nach Israel gekommen? Machen Sie sich keine Gedanken wegen Ihrer Sachen. Schlips und Anzug sind ideal, um unter einem Zaun hindurchzukriechen.«

»Jetzt will er mir auch noch erzählen, was ich anzuziehen habe«, beschwerte sich mein Vater. »Bilde dir bloß nicht ein, du wärst ein großer Held, nur weil du drei Monate vor uns angekommen bist.«

»Zum Meer!« brüllten Nuri und Moshi ausgelassen und rannten zum Strand.

Zwischen dem goldgelben Sand und dem blauen Wasser erstreckte sich ein breiter Streifen aus weißem Schaum. In der Ferne war keine Küste zu entdecken. Die Wellen hämmerten auf den Strand zu unseren Füßen ein wie Bagdader Kupferschmiede auf ein Tablett. Das grün schimmernde Wasser hatte nicht die geringste Ähnlichkeit mit dem hellbraunen Tigris. Mein Vater nahm eine Handvoll hellen Sand und tollte herum wie ein kleiner Junge. Er zog seine Schuhe aus, rollte sich die Hosenbeine hoch und lief mit einem Freudenschrei ins Wasser.

»Guckt ihn euch an«, sagte Abed. »Benimmt sich wie ein Kleinkind.«

»Red nicht so über meinen Vater!« rief Nuri und boxte mit seinen kleinen Fäusten gegen Abeds Bauch.

Eine hohe, schaumgekrönte Welle wälzte sich auf uns zu.

»Baba, Baba, du ertrinkst!« schrie Moshi, der wie hypnotisiert auf das heranrollende Wasser starrte.

»Weißt du denn nicht, daß ich schwimmen kann?« rief mein Vater.

Er wirkte jung und gelöst, wie er da im strahlenden Sonnenlicht stand. Bald würde er das Zeltlager verlassen, seine Reisfelder anlegen und sich seinen Palast bauen. Er hatte sich ihn schon so oft ausgemalt, daß er genau wußte, wie er aussehen würde. Er sehnte den Moment herbei, in dem er ihn meiner Mutter, die ihn vor seinem ehemaligen Gehilfen so gedemütigt hatte, endlich zeigen konnte … Weder sie noch Abed noch irgendeiner der Schwarzmaler und Meckerer begriff, daß unsere Zeltstadt ein billiger und mobiler, wenn auch unkomfortabler Notbehelf war – genau wie die Lager, die die Israeliten einst in der Wüste errichtet hatten –, der Ausgangspunkt für einen Neuanfang, ein zionistischer Geniestreich!

Erst als Nuris und Moshis Geduld erschöpft war (und meine auch, obwohl ich es mir nicht anmerken ließ), konnten wir unseren Vater dazu überreden, seine Wasserspiele zu beenden und an Land zu kommen.

Vom Busfenster aus blickten wir auf Haifa mit seinen hängenden Gärten, die sich den Karmel hinaufzogen – so prächtig wie einst die von König Hammurabi. Wir sahen Häuser, die sich an den Berghang schmiegten, den imposanten Bahai-Tempel mit seiner goldenen Kuppel, den Hafen voller Schiffe. Und – oh weh! – Araber mit ihren Keffiyehs, als wir schließlich am Busbahnhof eintrafen.

»Müssen die denn überall sein?« flüsterte Moshi und umklammerte die Hand meines Vaters.

»Hab keine Angst«, beruhigte ihn mein Vater und griff nach seinen Gebetsperlen. »Diese Araber gehören zu uns.« Als er Moshis skeptische Miene sah, rief er ihnen zu: »*Marhaba ya ihwan!*«

»*Ahlan wa-sahlan*«, antworteten sie in einem Arabisch, das fremd in unseren Ohren klang.

Mein Vater blieb an einem Zeitungsstand stehen und las uns die hebräischen Schlagzeilen vor, stockend wie ein Erstkläßler. Im Weitergehen fiel mein Blick auf ein Titelblatt mit einem mir vertrauten Gesicht. Ich beschloß, noch einmal umzukehren und mir das Bild genauer anzusehen. Dann rief ich erstaunt:

»He, seht euch das an! Das ist Salim Effendi!«

Mein ehemaliger Lehrer blickte mir von einer arabischen Zeitung namens *El-Ittihad* entgegen. Mein Vater, der genauso überrascht war wie ich, holte einen Dinar aus seiner Brieftasche.

»Was machen Sie denn da?« sagte Abed zu meinem Vater und gab dem Zeitungsverkäufer eine Münze. »Das ist irakisches Geld.«

»Ist das hier nichts wert?« fragte meine Vater verwundert.

»Im Gegenteil, es ist zuviel wert. Deshalb bekommen Sie von der Bank nur halb soviel israelische Pfund dafür.«

»Das glaub ich nicht.«

»Sie kennen dieses Land nicht. Sie können Ihre Dinar mir geben. Ich kenne ein paar ehrliche Leute, die sie Ihnen zum vollen Gegenwert umtauschen.«

Ich war zu aufgeregt wegen Salim Effendis Foto, um zu begreifen, daß mit den »ehrlichen Leuten« Schwarzhändler gemeint waren. Nach dem Streit wegen des Zauns wollte Abed meinem Vater wohl nichts Gesetzeswidriges mehr vorschlagen. Mein Vater las laut vor:

»Nach seiner beherzten Flucht vor der irakischen Geheimpolizei und seiner abenteuerlichen Reise nach Israel hat sich Genosse Rahamim Imari, auch unter dem Namen Salim Effendi bekannt, der Kommunistischen Partei Israels angeschlossen. Wir freuen uns, seine Mitarbeit in unserer Redaktion bekanntgeben zu dürfen. Er wird außerdem eine führende Rolle im Kampf unserer Partei gegen die israelische Militärregierung im galilä ...«

»Was für eine Militärregierung?« fragte mein Vater verblüfft. »Ist Israel denn keine Demokratie?«

»Für die Araber nicht. Solange wir Krieg mit ihnen führen, müssen wir dafür sorgen, daß sie nicht unverschämt werden«, sagte Abed mit einer patriotischen Glut, die in einem merkwürdigen Gegensatz zu seinem bisherigen Zynismus stand. »Man muß ihnen klarmachen, wer hier das Sagen hat. Besser wär's allerdings, wenn wir sie alle rausschmeißen würden ...«

»Aber das wäre genau dasselbe, was die Moslems mit uns gemacht haben«, hielt ihm mein Vater entgegen.

»Kaum ist dieser Kommunist aus Bagdad hier, kriecht er den Arabern in den Arsch«, fuhr Abed hitzig fort. »Das ist eine rote Zeitung. Die sollte man verbieten. Wir sollten sie alle ins Gefängnis werfen.«

»Nein, das sollten wir nicht. Ich hatte während des Studiums einen britischen Dozenten, der uns erklärte, daß der Prüfstein für eine Demokratie die Bereitschaft jedes einzelnen sei, für die Redefreiheit seiner Gegner einzutreten. Ich will ja nicht behaupten, daß Salim Effendi keinen Mut bewiesen hätte, aber ohne die Bewegung und Abu Saleh wäre er nicht hier.«

»Wem sagen Sie das. Ich bin mit ihm den ganzen Weg vom Irak bis hierher zusammengewesen. Abu Saleh hatte mich gebeten, ein Auge auf ihn zu haben und ihm, falls nötig, unter die Arme zu greifen. Der Herr war sich zu fein, um sich mit uns abzugeben. Ein hohes Tier! Und kaum ist er in Israel, reißt er sich doch gleich ein nettes Pöstchen unter den Nagel. Er war keine zwei Tage im Einwandererlager, da haben ihn die Kommunisten ruckzuck rausgeholt. Dieser Hund weiß, wie man auf die Füße fällt!«

»Baba, ich hab Hunger«, jammerte Moshi.

Abed führte uns in ein kleines Restaurant mit drei Tischen und ein paar Klappstühlen. An der kahlen Wand hing verloren eine Fotografie. Mein Vater salutierte vor dem Bild und fingerte an dem Glasrahmen herum. »Jungs, seht ihn euch genau an«, sagte er. »Das ist Ben Gurion, König David von Israel!«

»Gibt's denn hier auch Könige?« fragte Moshi.

»*Yallah*, was wollt ihr essen, Jungs?« schaltete sich Abed ein.

»Kebab«, riefen wir wie aus einem Mund.

»Zehn Kebab-Spieße, bitte«, sagte mein Vater zu der Kellnerin. »Vom Lamm.«

Die Kellnerin lächelte und schüttelte den Kopf.

Abed lächelte auch. »Hier gibt's kein Fleisch, Abu Kabi«, sagte er.

»Dann laß uns woanders hingehen.«

»Woanders gibt es auch keins. Fleisch ist rationiert.«

»Dann essen wir eben Huhn. Oder Fisch.«

»Es gibt kein Huhn, und Fisch gibt's auch keinen.«

»Warum sind wir dann überhaupt in ein Restaurant gegangen?«

»Um zu essen, was da ist.« Abed wechselte mit der Kellnerin ein paar Worte auf hebräisch und sagte: »Es gibt Gemüsesuppe, Salat ...«

»Nein danke«, riefen Nuri und Moshi.

Abed sprach noch einmal leise mit der Kellnerin und verkündete: »Wenn ihr euch benehmt, bekommt ihr einen ganz speziellen Fisch.«

»Wie in Bagdad«, jauchzte Moshi und klatschte in die Hände. Nach einer Weile brachte uns die Kellnerin ein paar Scheiben panierte Kabeljaufilets. Nuri beäugte sie mißtrauisch, probierte ein Stück und brummte widerwillig: »Kann man essen.«

Abed und mein Vater nahmen die Brötchen, die die Kellnerin uns hinstellte, schnitten sie längs auf, belegten sie mit einem Stück

Fisch und etwas Salat und verschlangen sie heißhungrig. Moshi und ich sahen ihnen schweigend zu.

»Bestellt euch was zu trinken«, sagte mein Vater.

»Coca Cola!« rief Moshi sofort.

Abed lachte. »So was gibt's hier nicht.«

»Was gibt's denn hier überhaupt?« fragte Moshi schluchzend.

Die Kellnerin brachte ihm etwas Selters mit Himbeer- und Zitronensirup. Selbst Moshi schmeckte es nicht schlecht. Wenigstens war es kalt und süß.

Nach dem Essen bat Abed die Kellnerin, ihm die Reste einzupacken.

»Wie kannst du nur Essen aus einem Restaurant mitnehmen?« fragte mein Vater mißbilligend.

»Warum soll ich mein Geld verschwenden?« gab Abed zurück. »Sehen Sie sich an, was Ihre verwöhnten Bengel auf ihren Tellern übriggelassen haben. Meine rumänische Freundin wird mir um den Hals fallen, wenn ich ihr die Reste mitbringe. Die Aschkenasim würden niemals Essen wegwerfen. Sie haben zu viele Jahre in Europa Hunger leiden müssen. Das ganze Essen, das im Lager aus den Mülleimern quillt, haben Iraker und Marokkaner weggeworfen.«

Mein Vater machte eine betretene Miene. »Das stimmt«, murmelte er. »Wir vergessen so leicht, was da drüben passiert ist. Es geht einfach über unsere Vorstellungskraft ...«

Ich sah, daß ihm Tränen in den Augen standen, und wandte mich ab.

Aus einem arabischen Café ertönten die Laute eines Ud. Mein Vater ging hinein und bestellte zwei Wasserpfeifen. Um Nuri und Moshi zu beschäftigen, steckte Abed ihnen ein paar Münzen zu, damit sie sich ein Eis kaufen konnten. Er und mein Vater saugten genüßlich an ihren Wasserpfeifen und lauschten mit geschlossenen Augen den Klängen des Ud.

»Erzähl mir von deiner rumänischen Freundin«, sagte mein Vater. Ein Thema, das ich niemals anzusprechen gewagt hätte.

»Ich habe sie im Lager kennengelernt. Sie teilte sich mit ein paar Mädchen aus Rumänien, Ungarn und Polen ein Zelt. Sie hatten alle im Krieg ihre Familien verloren und waren Waisen. Ich habe ihnen am ersten Abend geholfen, ihre Feldbetten und Matratzen zum Zelt zu tragen. Es war kalt und dunkel; kein Mond, nicht mal ein Stern am Himmel. Man konnte nicht mal sehen, wo man hinpinkelte. Die Männer fluchten, die Frauen und Kinder weinten. Es ist mir schleierhaft, warum sie das Lager nicht ans Stromnetz anschließen.

Na, jedenfalls habe ich ihnen geholfen, sich einzurichten. Am nächsten Tag ist sie dann zu meinem Zelt gekommen, um sich zu bedanken. Ich habe gleich gemerkt, daß sie ein Auge auf mich geworfen hatte. Manche von ihnen stehen auf dunkelhäutige Typen wie mich. Das Komische war, daß wir uns erst unterhalten konnten, als wir zusammen in den Hebräischunterricht gingen, denn Nadia sprach nur Rumänisch und Jiddisch und ich nur Arabisch. Zwei Wochen später habe ich mich dann nach einer Arbeit umgesehen und als Bauarbeiter angefangen, denn die wurden dringend gebraucht. Mit siebenundzwanzig bin ich ja schon zu alt für die Armee. Ich muß nur einmal im Jahr für vier Wochen auf eine Reserveübung.

Was soll ich Ihnen sagen, Abu Kabi? Wenn ich schon jeden Morgen aufstehen muß, dann weiß ich doch jetzt wenigstens, für wen. Ich bin glücklich mit ihr. Ich sorge mich um sie und helfe ihr. Das ist etwas ganz anderes, als nur Gehilfe zu sein. Jetzt fühle ich mich wie ein richtiger Mann. Ich würde später gern Vorarbeiter werden oder mich vielleicht sogar selbständig machen. Nadia mag mich zwar so, wie ich bin, aber ich werde ihr einen Palast bauen, das schwör ich Ihnen.«

Ich sah den Ex-Gehilfen meines Vaters an und hatte nicht den geringsten Zweifel, daß er seinen Palast zuerst bauen würde.

»Nachts haben wir hinter dem Zaun am Strand geschlafen. Wir haben unsere Decken mitgenommen und unseren Spaß gehabt.«

»Aber …« Mein Vater warf mir einen forschenden Blick zu, kam zu dem Schluß, daß ich alt genug sei, und fragte: »Haben die Leute im Lager nicht über euch geredet?«

»Abu Kabi, das ist eine andere Welt hier. Das ist nicht Bagdad. Wer soll mir hier denn Vorschriften machen? Zwei Wochen später sind wir nach Pardes Hanna gezogen, wo wir eine kleine Hütte gefunden haben. Wenn wir etwas Besseres zum Wohnen finden, *inschallah*, dann heiraten wir.«

Auf der Heimfahrt wirkte mein Vater bedrückt und nachdenklich. Als wir ins Lager zurückkehrten, war das Zelt saubergefegt, die Betten waren gemacht und die Koffer ordentlich in einer Ecke aufgestellt. Die Petroleumlampe war auf Hochglanz poliert. Meine Mutter hatte ganze Arbeit geleistet.

Wir gingen zur Lagerverwaltung. Vor den Türen standen lange Schlangen. Mein Vater, der einen blauen Anzug, ein gestärktes blaues Hemd und einen weißen Schlips mit blauen Punkten trug, reihte sich ein. Er hatte sich das pomadisierte Haar glatt zurückgekämmt, als wolle er Salima Pasha einen Besuch machen. Als wir an die Reihe kamen, betraten wir das Büro eines hemdsärmeligen Mannes in Khakikleidung. Neben ihm saß ein ebenfalls in Khaki gekleideter Dolmetscher.

»Ich heiße Salman Moshi Imari und bin der Bruder von Hizkel Imari. Er ist einer der Führer der Bewegung in Bagdad und befindet sich zur Zeit in Haft«, stellte sich mein Vater vor.

»Willkommen«, erwiderte der Beamte. »Was kann ich für Sie tun?«

»Ich möchte Reis anbauen«, erklärte ihm mein Vater.

»Reis? In Israel?«

»Ja.«

»Ich dachte, Reis wächst nur in China«, sagte der Mann lächelnd.

»Und im Irak. Und in Asien, Afrika und Brasilien. Man kann ihn auch in Israel anbauen.«

»Wie ich sehe, verstehen Sie offenbar etwas davon, aber ...«

»Die größten Reisplantagen im Irak haben meiner Familie gehört. Wir arbeiteten mit modernsten Geräten. Wir hatten Traktoren, Mähdrescher ...« Mein Vater sprach schnell, als wolle er in einem Satz alles Wichtige unterbringen. Als er sah, daß der Beamte den Mund öffnete, sprach er noch hastiger.

»Ich brauche Land, Wasser und einen Kredit. Alles, was ich will, ist eine Starthilfe.«

»Wir haben nicht genug Wasser.«

»Und was ist mit dem Jordan?«

Der Mann fing an zu lachen. »Der Fluß ist zum Beten da und nicht zum Reis anbauen.«

»Ich scheine Sie zu erheitern«, sagte mein Vater, dem der Schweiß auf der Stirn stand.

»Ganz und gar nicht, Genosse. Aber wir haben wirklich nicht genug Wasser in diesem Land, um Reis anzubauen.«

»Wie wäre es mit einem kleinen Hof in einer landwirtschaftlichen Gemeinde?« schlug Abed vor, der pragmatischer an die Sache heranging. Nicht, daß er dies für eine realistischere Lösung gehalten hätte.

Der Beamte sah sich die Papiere meines Vaters an und sagte auf hebräisch:

»Er ist zu alt.«

»Sie sind nicht jung genug«, übersetzte der Dolmetscher.

»Alt?« murmelte mein Vater. »Ich?«

»Ich sagte: nicht jung genug.« Der Beamte legte seinen Stift hin und fügte hinzu: »Lassen Sie mich ein paar Tage darüber nachdenken.«

»Was gibt es da nachzudenken?« fragte mein Vater nervös blinzelnd.

»Sie brauchen mehr Geduld«, sagte der Beamte. »Geduld ist es, worauf es hier ankommt. Es wird sich für alles eine Lösung finden.«

Vor dem Büro verabschiedete sich Abed von uns. Er mußte nach Pardes Hanna zur Arbeit. Wir dankten ihm für seine Hilfe und begleiteten ihn zum Bus. Auf dem Weg zu unserem Zelt räusperte sich mein Vater ständig, aber er brachte kein Wort heraus.

Drei Wochen lang ging er täglich zur Lagerverwaltung; er trug stets seinen besten Anzug und ein feines Hemd, das meine Mutter mit einem geborgten Kohlebügeleisen sorgfältig geplättet hatte. Man hätte meinen können, er wolle dem Pascha einen Besuch abstatten. Es fehlte nur noch die Blume im Knopfloch, aber im Einwandererlager gab es keine Blumen.

Er war entsetzt über das saloppe Aussehen der israelischen Beamten, die Khakihosen mit breiten Gürteln, kurzärmlige Hemden mit offenem Kragen, Sandalen oder staubige Stiefel trugen. Anfangs faßte er das als Mißachtung seiner Person auf; aber als er sah, daß sie jeden Besucher in diesem Aufzug empfingen, kam er zu dem Schluß, daß sie selbst es waren, vor denen sie keine Achtung hatten. In Bagdad trug jeder Beamte Anzug und Schlips. Liefen die israelischen Diplomaten im Ausland etwa auch so herum?

Und nun wartete er mit Ungeduld auf eine Unterredung mit dem Leiter der Einwanderungsbehörde, die man ihm fest zugesagt hatte. In diesen Wochen des Hoffens und Bangens fand er nicht die Zeit, sich des Schicksals seines Bruders Hizkel anzunehmen. Obwohl er sich in Bagdad geschworen hatte, Himmel und Hölle in Bewegung zu setzen, um Hizkel zu retten, hatte er noch nichts unternommen. Er fürchtete, er könne womöglich genau am selben Tag nach Tel Aviv fahren, an dem der Amtsleiter ihn empfangen würde. Außerdem konnte der ja vielleicht auch für Hizkel etwas tun.

In dieser Hinsicht unterschied sich Israel kein bißchen vom Irak: Man mußte sich an die übergeordneten Leute halten, weil die untergeordneten Beamten nichts zu sagen hatten. Als sein Großvater Imari eine Genehmigung für die Einfuhr von landwirtschaftlichen Maschinen brauchte, mußte er für den Handelsminister eine

Abendgesellschaft geben, ihn fürstlich bewirten und mit Schmeicheleien und Geschenken gnädig stimmen. Man mußte also irgendwie an die Wesire Israels herankommen.

Natürlich hielt mein Vater es für ausgeschlossen, daß hohe Beamte in Israel Schmiergeld annahmen. Und selbst wenn er anders gedacht hätte, hätte er ihnen keines angeboten. Er hielt Männer, die ständig in Khakikleidung herumliefen, für unbestechlich; vielleicht war das ja genau der Eindruck, den sie erwecken wollten. In einem jüdischen Land mußte man deshalb anders vorgehen.

Nachdem mein Vater den Untergebenen des Amtsleiters so lange auf die Nerven gegangen war, bis sie ihm endlich einen Termin gegeben hatten, versuchte er mehr über ihn in Erfahrung zu bringen. Er war enttäuscht, ja fast beleidigt, als er herausfand, daß er kein Englisch sprach. Wie konnte jemand ohne Englischkenntnisse eine so hohe Funktion ausüben? Ihm wurde klar, daß er schleunigst Hebräisch lernen mußte, da über einen Dolmetscher ein direktes Gespräch ja kaum möglich war.

Hizkel hatte recht gehabt. Er hätte schon im Irak anfangen sollen, Hebräisch zu lernen. Na, dann würde er es eben jetzt nachholen. Aber nicht sofort. Er würde warten, bis er sich besser konzentrieren konnte. Aber er würde es lernen. Seine Schlagfertigkeit war alles, worauf er im Moment zurückgreifen konnte. Abed sagte ihm zwar immer wieder, daß man in Israel seine Beziehungen spielen lassen müsse, aber er hatte keine Ahnung, wo er die hernehmen sollte. Er konnte nur reden, fordern, erklären, schmeicheln, betteln und sich gedulden. Geduld war alles, eine starke, aber bittere Medizin, die man täglich einnehmen mußte.

Und doch war jede Unterredung mit den Beamten ermüdend und ließ ihn verwirrt und sprachlos zurück. Was verlangte er denn schon? Ein bißchen Land, ein bißchen Wasser und einen bescheidenen Kredit. Aber selbst dafür mußte er sein Schamgefühl und seinen Stolz ablegen – das Letzte, was ihm noch geblieben war.

Die Entscheidungsprozesse im Lager hatten etwas Unmenschliches an sich. Vielleicht lag es daran, daß es keine Privatsphäre gab. Jeder wußte, was dem einen gewährt und dem anderen abgeschlagen wurde. Es war, als lebte man in einer großen Familie, in der sich doch alle fremd waren. Manchmal war es mein Vater so leid, daß er kurz davor war, seinen Plan aufzugeben. Dann würden sie eben kein neues Leben anfangen, und sein Traum würde sich nicht erfüllen. Er würde sich eine feste Arbeit suchen. Er würde wieder als Lehrer arbeiten. Er würde anfangs in einem arabischen Dorf unterrichten und später, wenn er Hebräisch gelernt hätte, an eine jüdische Schule wechseln.

Aber war er deswegen hierhergekommen? Irgend etwas war falsch gelaufen. Er war sich sicher gewesen, daß man ihn in Israel mit offenen Armen empfangen würde und daß alle über ihn und seinen Bruder, über das geheime Waffenlager und Abu Saleh, über all die Zeit und das Geld, das sie in die Bewegung investiert hatten, bestens informiert seien – aber nun stellte sich heraus, daß diese Tatsachen nie bis nach Israel durchgedrungen waren und daß jeder zweite Einwanderer aus Bagdad von sich behauptete, in der Bewegung aktiv gewesen zu sein. Wie sollten sie da wissen, wer die Wahrheit sagte und wer nicht? Die meisten Israelis konnten nicht einmal den Namen Imari, der jedem Iraker ein Begriff war, richtig aussprechen. Ein Beamter nannte ihn Amuri, ein anderer Emori, wieder ein anderer Amrani. Wenn nur Hizkel mit seinem Hebräisch, seinen Beziehungen und seiner Überzeugungskraft hier wäre! In ihm hätte er einen Halt gefunden. Hizkel hätte auch in Israel eine führende Rolle spielen können. Er hätte sie überall spielen können.

Zugegeben, nicht einmal Hizkel hatte sich für die Reisplantagenträume meines Vaters besonders begeistert. »In Israel sollten wir etwas anderes machen. Wir sollten ein ganz neues Leben anfangen«, hatte er gesagt. Hatte er meinem Vater damit andeuten wollen, daß seine neuesten Pläne doch wieder nur ein Vorwand waren, um den aussichtslosen Kampf um das Erbe seines Großvaters weiterzuführen? Und doch träumte er vom Reisanbau, seit er ein kleiner Junge war. Eines Tages würde er ihnen schon zeigen, was in dem Enkel des erfolgreichen Imari steckte! Sein Großvater hatte sogar irgendwann in Palästina Land gekauft, das sich vielleicht für den Reisanbau eignete. Wie konnte man darüber etwas in Erfahrung bringen?

Oh, Bruder, der du den Duft meiner Mutter trägst, warum habe ich dich verlassen? fragte er sich in einem erschreckenden Moment des Selbstzweifels. Er fühlte sich so allein in diesem Land. Bis jetzt hatte er immer Hizkel, Abu Saleh, seine Freunde aus der Bewegung, ja sogar Abu Edouard um sich gehabt. Freunde waren eine wichtige Unterstützung, wenn ein Mann schwere Zeiten durchlebte.

Er fragte sich, ob er sich in letzter Zeit nicht zu sehr auf seinen Sohn Kabi stützte. Aber nein, diese Angst war übertrieben. Er war immer noch ein verantwortungsvoller Vater, den seine Kinder brauchten, und nicht umgekehrt. Er war einfach nur so isoliert; er verstand so wenig von der Sprache, daß er ebensogut hätte taub sein können. Und Kabi konnte noch nicht genügend Hebräisch, um ihm eine echte Hilfe sein zu können. Aber offenbar kam es hier auf etwas ganz anderes an, etwas Undefinierbares, eine bestimmte Einstellung. So ungern er es auch zugab: Abed hatte diese Einstellung.

Abed hatte versucht, meinen Vater dazu zu überreden, nach Pardes Hanna zu ziehen. »Ich kann Ihnen dort besser helfen«, hatte er gesagt. Aber mein Vater wollte beweisen, daß er auch alleine zurechtkam.

Für Abed war alles einfacher. Was immer ihn in Israel erwartete, es konnte nur besser sein als das Leben, das er in Bagdad hinter sich gelassen hatte. Er und seine rumänische Freundin Nadia, die wirklich sehr nett war, wohnten in ihrer Hütte und fuhren jeden Tag mit dem Bus nach Hadera, wo er auf einer Baustelle und sie in einem Restaurant als Küchenhilfe arbeiteten. Da Nadia immer Essensreste mitnahm und Abed wegen der schweren körperlichen Arbeit zusätzliche Lebensmittelkarten bekam, fiel oft auch für uns etwas ab. Irgendwie erreichte Abed immer, was er wollte, und es war nicht zu übersehen, daß er und Nadia glücklich miteinander waren. Sie hatten sogar noch die Energie, um an drei Abenden die Woche einen Hebräischkurs zu besuchen und an einem vierten ins Einwandererlager zu fahren und meinen Vater dazu zu ermuntern, doch mit uns nach Pardes Hanna zu ziehen.

Ich mochte Nadia, obwohl ich nicht wußte, ob ich sie hübsch finden sollte; ich hatte Frauen wie sie in Bagdad nie gesehen. Sie hatte ein langes Gesicht, sehr glattes Haar, das ihr manchmal ins Gesicht fiel, und viele Grübchen, wenn sie lachte. Anfangs verhielt sich meine Mutter ihr gegenüber sehr reserviert. Sie verstand nicht, wie unverheiratete Leute zusammenleben konnten, und warum Abed sich eine Rumänin und keine Irakerin ausgesucht hatte. Wie konnte er sicher sein, daß sie kein Flittchen war?

Abed nahm es gelassen hin; er wußte, daß meine Mutter ihm zugetan war, und hörte ihr geduldig zu. Er erklärte ihr, daß in Israel nun einmal andere Gepflogenheiten herrschten und daß das auch gut so sei. Wie sollten die Israelis je ein Volk werden, fragte er listig, wenn sie nicht nur aus tausend verschiedenen Orten kämen, sondern sich auch noch nach tausend verschiedenen Gebräuchen richteten? Er wußte, daß er mit meiner Mutter nicht so offen sprechen konnte wie mit meinem Vater, dem er ohne Umschweife erklärte, daß die Moralvorstellungen im Irak überholt seien.

Nach und nach erkannte meine Mutter Nadias Vorzüge und die Liebe und Achtung, die sie Abed entgegenbrachte. Als sie sich davon überzeugt hatte, daß die beiden ehrliche Absichten hatten, rückte sie von ihren strengen Maßstäben ab – oder tat zumindest so – und empfing die beiden jedesmal herzlich, wenn sie uns besuchten.

Mein Vater, der uns immer wieder versicherte, daß »unsere nächste Station die Reisfelder« seien, wußte, daß meine Mutter das Leben im Lager haßte und hoffte, daß Abed und Nadia uns von dort fortholten. Er verbrachte seine Zeit damit, in seinem Anzug und mit seinen Gebetsperlen im Lager umherzustreifen und sich innerlich für sein Gespräch mit dem Leiter der Einwanderungsbehörde zu wappnen, indem er sich den einzigen hebräischen Satz, den er konnte, immer wieder vorsagte: »Zionismus bedeutet Pioniergeist.« Vielleicht würde er den Satz erst einmal an den Lagerverwaltern ausprobieren, die er mittlerweile bestens verstand, wenn sie scherzten: »Da kommt ja wieder unser Reisbauer im blauen Anzug.« Als ob man nur in Khakikleidung irgend etwas ausrichten könnte!

Mein Vater liebte das hebräische Wort *halutz* – »Pionier« – und erwog sogar, es zu unserem neuen Familiennamen zu machen. Der übereifrige Abed hatte bereitwillig den Vorschlag seines Hebräischlehrers aufgegriffen und sich in Oved umbenannt – nach dem Großvater des biblischen David. Nachdem mein Vater ihn um Nachforschungen gebeten hatte, kehrte er eine Woche später mit dem Vorschlag seines Lehrers zurück, Salman Imari in Shlomo Amir umzuwandeln. Das Wort *amir*, hatte Abeds Lehrer ihm erklärt, bedeute Korngarbe – der ideale Name für einen Reisbauern. Mein Vater konnte sich am Ende jedoch nicht dazu entschließen, den Namen Imari aufzugeben. Wie konnte er mit dieser altehrwürdigen Tradition brechen?

Am langersehnten Tag seiner Unterredung mit dem Leiter der Einwanderungsbehörde stand er früh auf, kleidete sich mit größter Sorgfalt und legte sogar seine silbernen Manschettenknöpfe an. Ohne einen Bissen gefrühstückt zu haben, verließ er das Zelt und lief steifbeinig über den Sandboden, als übe er den aufrechten Gang. Als der Amtsleiter verspätet eintraf, war sein Büro bereits von einem Pulk von Einwanderern belagert. Mein Vater rauchte eine Zigarette nach der anderen und lief nervös auf und ab, während er auf seinen Termin wartete. Nach einer Stunde kam eine Sekretärin aus dem Büro und sagte: »Es tut mir sehr leid, aber der Amtsleiter kann heute leider niemanden mehr empfangen. In Haifa gibt es Probleme mit einer Schiffsladung Einwanderer. Er wird dort dringend gebraucht.«

Die Männer murrten und fluchten. Salman Imari preßte seine ineinander verschränkten Finger zusammen und blieb vor der geschlossenen Tür stehen, bis alle gegangen waren, dann drehte er sich um und irrte ziellos durch das Lager. Er murmelte unentwegt etwas vor sich hin und gestikulierte lebhaft, als lege er einen förmlichen Protest ein. Als er niedergeschlagen und atemlos zu unserem Zelt zurückkehrte, begrüßte ihn meine Mutter nicht einmal.

Sie hatte das Lager und seine Bewohner gründlich satt. Selbst das rhythmische Rauschen der Brandung, das uns Kinder abends in den Schlaf wiegte, ärgerte sie, weil es sie am Einschlafen hinderte. Sie hatte Angst, daß wir unter dem Zaun hindurchkriechen und zum Meer laufen könnten wie die anderen Kinder, von denen eines in der Woche zuvor ertrunken war. Sie hatte genug von unserem improvisierten Leben; von den im Zelt bunt verstreuten Sachen, den Koffern, die als Schränke herhalten mußten, von dem ungenießbaren Essen, von dem Mangel an Privatsphäre; sie hatte genug von diesem »verdammten Bahnhof«, wie sie das Lager nannte. »Alles, was man mit einem Zelt anfangen kann, ist hinein- und wieder herausgehen«, sagte sie.

Selbst Mas'uda, die Frau aus Mosul, war mittlerweile abgereist und hatte sie mit meinem verrückten Vater allein gelassen. Sie wollte ein Heim, einen Platz, der ihr gehörte, und eine Schule für ihre Kinder, die den ganzen Tag nur herumlungerten. Sie würde sie nicht mehr lange im Zaum halten können.

Die Beamten der Einwanderungsbehörde hatten Abu Kabi eine Bleibe in Herya angeboten, dann in Zakkiya, in Pardes Katz und schließlich in ... na ja, irgendwo im Norden nicht weit von den Bergen, sie konnte sich nicht mehr an den Namen erinnern. Und er hatte jedesmal abgelehnt, während sie sich mit ihrem anschwellenden Bauch im Lager herumschleppte, sich umhörte, dem Klatsch in der Synagoge lauschte und ihm erzählte, wo sie sich am besten niederlassen könnten, aber er wollte von all dem nichts wissen. In den wenigen Wochen seit unserer Ankunft hatte die gesamte Bewohnerschaft des Lagers gewechselt – nur wir waren noch da.

Viele Frauen fanden in der Umgebung des Lagers und sogar in der Lagerküche eine Arbeit, aber meine hochschwangere Mutter mußte sich schonen. »Kabi«, sagte sie zu mir, »wir müssen irgendwie Geld auftreiben. Vielleicht solltest du dich nach einer Arbeit umsehen.« Sie brachte mich sogar dazu, mich nach einem Job in einer Straßenbaukolonne zu erkundigen. Um meinen Vater dazu zu bringen, sich ebenfalls eine Stelle zu suchen, erzählte sie ihm, daß nun jeden Tag das Kind kommen könne. »Ich mache mir Sorgen um das Baby«, sagte sie drohend. »Du bringst deinen eigenen Nachwuchs um.«

Schließlich war er wirklich beunruhigt. Er sehnte dieses Kind herbei, das »im Exil gezeugt wurde und im Gelobten Land zur Welt kommen wird«, wie er zu sagen pflegte. Er hatte sogar beschlossen, seinen Sohn Abu Saleh und Ben Gurion zu Ehren David zu nennen. Meine Mutter hingegen betete um eine Tochter.

In seiner Not bat mich mein Vater, ihn in einen Ort namens Zichron Ya'akov zu begleiten. Er hatte gehört, daß es dort Land gab, das er vielleicht mit Hilfe eines staatlichen Kredits kaufen könnte.

Mittlerweile konnten wir das Lager durch das Haupttor verlassen; die Wachleute wären sicher froh gewesen, wenn sie meinen Vater nie wiedergesehen hätten. Als wir aus dem Bus stiegen, steuerte mein Vater geradewegs auf die Felder zwischen der Ortschaft und dem Meer zu. Wir verbrachten Stunden damit, zwischen ihnen herumzulaufen, während mein Vater das Gelände begutachtete, die Felder vermaß und nach Wasserquellen Ausschau hielt. Schwärme von Silberreihern kreisten über unseren Köpfen, und er sah lächelnd zu ihnen hinauf. »Vögel sind Allah nah«, sagte er zu mir. »Sie wissen eine Menge. Silberreiher halten sich immer in der Nähe von Reisfeldern auf.«

Aber er fand kein Wasser, auch nicht, als er ein zweites und ein drittes Mal zurückkehrte. Es muß ein seltsamer Anblick gewesen sein: Dieser Mann im Anzug, der zwischen den Feldern hin und her lief, hier und da eine Handvoll Erde nahm, während er immer wieder in einem dicken Buch nachschlug, dessen Seiten mit arabischen und englischen Notizen eng beschrieben waren. (Ich hatte mittlerweile meine unbequeme Kleidung gegen Shorts und feste Schuhe eingetauscht – eine Veränderung, die mein Vater geflissentlich übersah. Vielleicht wollte er die Anzeichen meiner Auflehnung einfach nicht wahrhaben; aber da er so verletzlich war, gab ich mir alle Mühe, mich sonst in allem seinen Wünschen zu fügen.) Abends kehrte er schweigend und mit leeren Händen zu unserem Zelt zurück.

Der Groll meiner Mutter schlug in Depression um. Vielleicht war sie auch nur gespielt. Wie dem auch sei, jedenfalls legte sie sich ins Bett und starrte wortlos an die Decke. Der Staub sammelte sich in den Ecken, die Fliegen ließen sich auf den Essensresten nieder, und es herrschte ein heilloses Durcheinander im Zelt. Meine Mutter, die vorbildliche Hausfrau, schien es nicht zu bemerken. Nicht einmal Abed und Nadia, mit denen sie am offensten über ihre Probleme sprach, konnten sie zum Reden bringen.

Mein Vater war so bestürzt, daß er zur Lagerverwaltung ging und den Leiter zu sprechen verlangte. Zu seiner Überraschung wurde er umgehend und überaus freundlich empfangen. Der Lagerleiter ging um seinen Schreibtisch herum, setzte sich neben meinen Vater, nahm seine Hand, tätschelte sie und sagte:

»Ich habe eine hervorragende Lösung für Sie gefunden, Genosse Amiri.«

»Imari, Imari! Wie oft muß ich Ihnen das noch sagen?«

»Verzeihen Sie. Ich wette, Sie können meinen Namen auch nicht aussprechen. Ich heiße Zalman Szczechowilski.«

»Salman Stosh … Stu …«

Mein Vater mußte gegen seinen Willen lachen, und auch der Dolmetscher konnte sich ein Grinsen nicht verkneifen.

»Sehen Sie? Also, Genosse Am … Imari. Ich möchte Sie an einen schönen Ort schicken, ein Einwandererheim in Pardes Hanna. Vielleicht kann ich Ihnen sogar ein Leinwandhaus besorgen. Ich kann nichts versprechen, aber ich will sehen, was ich für Sie tun kann.«

»Was ist ein Leinwandhaus?«

»Das ist ein kleines Haus mit einem Leinwanddach.«

»Meinen Sie etwa wieder ein Zelt?« fragte mein Vater verzweifelt und zog seine Gebetsperlen aus der Tasche. »Hast du das gehört, Kabi? Er tut ja gerade so, als wäre es die Villa vom Großen Imari. Das kommt überhaupt nicht in Frage. Ich möchte den Leiter der Einwanderungsbehörde sprechen.«

»Alle, die mit Ihnen hier angekommen sind, haben mittlerweile das Lager verlassen. Sie haben alle auf mich gehört und es nicht bereut. Sie sind der einzige, der noch hier ist. Ihre Frau wird bald niederkommen. Hier ist sie nicht gut aufgehoben. Es gibt noch nicht einmal ein Krankenhaus in der Nähe. Wo soll sie das Kind zur Welt bringen? Und was ist, wenn das Baby krank wird? Sie wissen ja, welche Krankheiten die Flüchtlinge aus Europa in das Lager einschleppen. Tuberkulose, Polio, Ruhr und noch schlimmer …«

»Es freut mich, daß Sie so besorgt um meine Frau sind. Glauben Sie etwa, ich nicht?«

»Genosse Imari, Sie sollten außerdem bedenken, daß Sie in Pardes Hanna weit größere Chancen haben, mit dem Amtsleiter zu sprechen. Er ist oft geschäftlich dort.«

Der Widerstand meines Vaters schwand dahin, und er suchte nach einem ehrenvollen Rückzug. »Gibt es dort eine Schule?« fragte er.

»Natürlich«, antwortete der Lagerleiter, der seine Erleichterung kaum verbergen konnte. »Natürlich.«

Erst später fand ich heraus, daß er, Abed und meine Mutter das Ganze hinter dem Rücken meines Vaters ausgeheckt hatten. Genosse Szczechowilski hatte Abed anvertraut, daß es der Amtsleiter abgelehnt hatte, meinen Vater zu empfangen, mit der Begründung, daß er keine Zeit für Geisteskranke habe. Genausowenig wußte mein Vater, daß Tausende von Einwanderern bereits in Pardes Hanna gestrandet waren, ohne zu wissen, wohin.

Am Tag unserer Abreise nahm sich Abed wieder frei. Ich sah, wie er meine Mutter angrinste, als ihre Lebensgeister plötzlich wieder erwachten. Er half ihr in das Führerhaus des Kleinlasters und stieg mit uns auf die Ladefläche. »Denken Sie daran, daß Sie eine Schwangere bei sich haben«, rief mein Vater dem Fahrer zu. Dann drehte er sich um, legte die Wange in die Hand und starrte auf die Landschaft wie ein General auf eine Schlacht. Der Anblick soviel sandigen, felsigen, öden Geländes muß ihn deprimiert haben. Nach einer ermüdenden Fahrt bogen wir endlich in eine Nebenstraße ein: Vor uns erstreckte sich ein Wald aus Zelten, so weit das Auge reichte.

»Wenigstens gibt's hier eine Straße«, sagte Nuri und deutete auf einen unebenen Asphaltstreifen, der durch den Zeltwald hindurchführte.

Man fuhr uns zu Lager Nr. 3, wo Abed uns ein Leinwandhaus organisiert hatte. Die Lagerverwaltung war also offenbar auch an dem Komplott beteiligt.

»Hier gibt's noch nicht mal ein Meer«, sagte Moshi, den Tränen nahe. Obwohl meine Mutter so tat, als seien wir am Ort ihrer Träume angekommen, konnte sie ihr Entsetzen kaum verbergen. Sie würde Monate brauchen, um sich an den Schmutz, die Verwahrlosung, den Lärm, die Tausende von untätigen Einwanderern zu gewöhnen, die in einer Dunstwolke der Hoffnungslosigkeit lebten.

Und doch stand sie am nächsten Morgen entschlossen auf, als sei dies Teil eines vorbereiteten Plans, und ging mit Abed und uns nach Hadera, um von dem israelischen Geld, das Abed gegen die Dinar meines Vaters eingetauscht hatte, einen Eimer, einen Besen, eine Waschschüssel, einen Petroleumkocher und eine Backform zu kaufen. Außerdem besorgte sie für Nuri und Moshi Khakikleidung.

Mein Vater und ich gingen die Hauptstraße entlang und sahen uns die Läden an, die so anders waren als in Bagdad. Ich kaufte mir eine *kova tembel*, die typische israelische Kopfbedeckung, die wie eine Narrenkappe aussah. Als ich sie gegen meine Mütze eintauschte, wandte sich mein Vater ab und tat so, als hätte er es nicht gesehen. Er kaufte sich ein paar einheimische Zigaretten und erstickte fast am ersten Zug. Hiyawi – Gott hab ihn selig – hätte so einen Tabak auf den Müll geworfen, war sein Kommentar.

Wir blieben auch vor einem Uhrenladen stehen, dessen Auslage mein Vater eingehend inspizierte: Die Uhren, die er in Bagdad verkauft hatte, waren von weit besserer Qualität gewesen. Der Besitzer, ein rundlicher Mann mit Brille, stand im Eingang und bat uns lächelnd, doch einzutreten. Mein Vater versuchte Englisch mit ihm zu sprechen, während der Uhrmacher, ein polnischer Jude, ihm auf jiddisch und französisch zu antworten versuchte; schließlich einigten sie sich mit Hilfe meiner kläglichen Bemühungen auf gebrochenes Hebräisch. Wie sich herausstellte, war der Uhrmacher seit drei Jahren in Israel und freute sich, einen Kollegen aus Bagdad zu treffen. Er zeigte meinem Vater sein Angebot und sprach mit ihm die Preise durch. Dann reichte er ihm eine Uhr und sagte: »Die hier bekomme ich einfach nicht mehr hin. Die Marke ist mir in Warschau nie begegnet.«

Mein Vater nahm die Uhr und setzte sich damit an den Werktisch. Er klemmte sich eine Lupe ins Auge, hantierte mit einer winzigen Zange herum, drehte an einem Schräubchen, säuberte das

Uhrwerk mit einem Pinsel, richtete es neu ein und reichte dem Uhrmacher lächelnd die tickende Uhr zurück.

Der Uhrmacher nahm fünf Piaster aus seiner Hosentasche. Immer noch lächelnd hob mein Vater abwehrend die Hand.

»Wenn Sie Arbeit suchen«, sagte der Mann, »hätte ich welche für Sie.«

»Ich will Reis anbauen«, erwiderte mein Vater.

»Ach, vergessen Sie den Reis. Arbeiten Sie lieber für mich.«

Das Gesicht meines Vaters färbte sich unmerklich dunkler. Es wäre niemandem aufgefallen, aber ich kannte jede Nuance seiner Gesichtsfarbe. Er stand auf und verabschiedete sich frostig von dem Uhrmacher, dem gar nicht bewußt war, daß er ihn gekränkt hatte.

Am nächsten Morgen sagte meine Mutter zu ihm:

»Alle Männer arbeiten im Straßenbau. Warum nicht du?«

»Ich soll in einer Straßenbaukolonne arbeiten?«

»Warum nicht? Hast du mir nicht in Bagdad erzählt, daß du in Israel sogar Petroleum von einem Straßenkarren verkaufen würdest, wenn es sein müßte?«

»In Hadera hat ihm ein Uhrmacher Arbeit angeboten«, platzte ich heraus. Mein Vater sah mich an, als wolle er mir den Hals umdrehen.

»Und du hast abgelehnt?« fragte meine Mutter. »Aber so könntest du doch anfangen. Und in einem Jahr könntest du deinen eigenen Laden aufmachen.«

»Ich stamme von einer langen Linie von Bauern ab. In mir schlägt das Herz eines Bauern.«

»Abu Kabi, siehst du denn nicht, was los ist? Die Leute lachen hinter deinem Rücken über dich. In diesem Land gibt es kein Wasser. Es kommt ja kaum ein Tropfen aus dem Wasserhahn. Und du träumst immer noch von Reisfeldern?«

»Sollen sie doch über mich lachen«, entgegnete mein Vater und spielte nervös mit seinen Gebetsperlen.

»Wie lange willst du noch so weitermachen? Bald haben wir unser letztes Geld aufgebraucht. Ist das das neue Leben, das du mir versprochen hast? Es ist höchste Zeit, daß du aufhörst zu träumen und anfängst, für deine Familie zu sorgen. Oder erwartest du, daß ich es tue?« Ihre Stimme wurde hart. »Ich werde Kabi und Nuri arbeiten schicken.«

»Das wirst du nicht tun. Sie werden mit mir zusammen Reis anbauen.«

»Und ich werde mir auch eine Arbeit suchen.«

»Was denn für eine?«

»Ich könnte putzen gehen, Näharbeiten annehmen, bei der Obsternte helfen, Fußböden wischen – was es eben so gibt. Ich hätte schon längst damit angefangen, wenn ich nicht schwanger wäre. In diesem Land arbeiten alle Frauen.«

»Aber nicht in unserer Familie«, erwiderte mein Vater, der seinen Ohren nicht zu trauen schien. »Ich laß es nicht zu, daß mich eine Frau ernährt.«

»Hört ihn euch an! Der Große Imari läßt sich nicht von seiner Frau ernähren. Das ist unter der Würde des großen Herrn.« Meine Mutter war außer sich. »Als hättest du nicht drei volle Jahre auf Kosten dieser Sängerin gelebt! Erzähl mir nicht, du hättest dir dieses teure Flittchen von deinem mickrigen Lehrergehalt leisten können. Ich werde arbeiten gehen. Ich werde einen Beruf erlernen. Ich werde Geld verdienen und es behalten, und wenn du das schändlich findest, dann kannst du ja aufhören, von Reisfeldern zu träumen und dir eine Stelle suchen wie andere Männer auch. Und was ist überhaupt so schändlich daran? Wir sind nicht mehr in Bagdad, wo du mir Vorschriften machen kannst. Damit wirst du dich abfinden müssen. Seit ich hierhergekommen bin, war ich keine Sekunde glücklich. Was war ich nur für eine verdammte Närrin, daß ich mit dir mitgekommen bin!«

Sie setzte sich aufs Bett, schlug die Hände vors Gesicht und brach in Tränen aus, offenbar ebenso fassungslos über ihren Ausbruch wie wir. Uns war allen klar, daß in unserer Familie von nun an nichts mehr so sein würde wie vorher.

»Weißt du, wer es in diesem Land zu etwas bringen wird?« fuhr sie schluchzend fort. »Wer sich nicht scheut, sich die Hände schmutzig zu machen. Abed.«

»Abed!« rief mein Vater, immer noch ganz schockiert. »Von morgens bis abends höre ich nichts anderes als Abed, Abed, Abed! Warum mußt du ihn mir bei jeder Gelegenheit vorhalten?«

»Damit du endlich kapierst, was es heißt, Verantwortung zu tragen«, schrie meine Mutter.

Mein Vater stolzierte aus dem Zelt, setzte sich auf eine leere Gemüsekiste und steckte sich eine Zigarette in den Mund, vergaß jedoch, sie anzuzünden. Ich spürte, wie Selbstmitleid in ihm aufstieg. Man hatte ihm Unrecht getan, und wie ein Junge trat er wütend nach einer alten Blechbüchse. Bei Einbruch der Dunkelheit saß er noch immer dort und machte ein unglückliches Gesicht.

Am nächsten Morgen stand er früh auf und verkündete, daß er wegfahren und vielleicht über Nacht fortbleiben werde. Wir hofften alle, daß das ein gutes Zeichen war. Ich nutzte die Gelegenheit und meldete mich bei einer Straßenbaukolonne. Wenn er zurückkehrte, würde er sich mit den Tatsachen abfinden müssen.

Die Arbeit war hart, schlimmer als ich es mir vorgestellt hatte. Ich hätte nicht lange durchgehalten, wenn ich nicht gefürchtet hätte, mich vor Abed zu blamieren und meine Mutter zu enttäuschen. Sie erwartete mich am ersten Abend, als ich mit eingestaubten, teerbeschmierten Kleidern völlig erschöpft nach Hause kam. Sie strich mir über die Wange und sagte mit Tränen in den Augen: »In Bagdad wäre es eine Schande gewesen, wie ein Moslem oder ein Kurde zu schuften. Aber hier? Du kannst stolz auf dich sein. Jeder kann zu Boden gehen, aber ein echter Mann steht wieder auf.«

Abed begutachtete meine Blasen und sagte zu meiner Mutter, daß ich in ein paar Tagen sicher Schwielen hätte. »Nadia und ich wollen uns in Jaffa oder Ramleh ein altes arabisches Haus kaufen, da wird er uns bei der Renovierung helfen können.« Zum ersten Mal, seit wir in Israel waren, sah ich sie lächeln.

Sie war den ganzen Tag in unserem neuen Heim herumgewirbelt, hatte gekocht und das Zelt weiter eingerichtet. Sie hatte ein paar von Moshis Zeichnungen an den Zeltwänden festgesteckt und einige Kisten zu einer Schrankwand zusammengestellt. Mit Hilfe meiner beiden Brüder, die sie mit ihrem Eifer angesteckt hatte, hatte sie einen kleinen Zaun um unser Zelt gezogen und Gemüse und Petersilie gepflanzt. Außerdem hatte sie eine Plane als Sonnenschutz aufgehängt, einige Konservendosen zu Blumentöpfen umfunktioniert und ein paar Schnüre zu einer Art Rankgitter für eine Kletterpflanze zusammengebunden. »Es ist nicht gerade mein Gewächshaus in Bagdad«, sagte sie, »aber es ist besser als gar nichts.«

Meine Mutter hatte Nadia und Abed gebeten, ihr aus Jaffa, wo sie sich verlassene Häuser angesehen hatten, Stoffreste mitzubringen, die sie mit wunderschönen Stickereien versah – eine Kunst, die sie bereits als Mädchen erlernt hatte. Abed brachte ihre Arbeiten nach Haifa in einen Laden für Touristen. Die Sachen verkauften sich so gut, daß sich der Besitzer bei meiner Mutter erkundigte, ob sie Interesse hätte, einige Mädchen für eine kleine Nähwerkstatt anzulernen.

Meine Mutter lachte und sagte: »Zuerst muß ich mal mein Baby zur Welt bringen.« Aber Abed schmiedete schon Pläne für unseren eigenen Laden in Jaffa. Nadia machte mittlerweile eine Ausbildung als Köchin. Abed meinte, daß sie sich seit den Hungerjahren in Europa am liebsten mit Essen beschäftigte.

Trotz ihrer beschränkten Hebräischkenntnisse wurden meine Mutter und Nadia bald gute Freundinnen. Sie konnten sich gegenseitig etwas geben. Nadia sehnte sich nach einer mütterlichen Freundin, während meine Mutter ihre fürsorgliche Seite ausleben konnte, was ihr bei Rashel nie möglich gewesen war. Es verblüffte mich, wie schnell sie Nadias Beziehung zu Abed akzeptierte. Vielleicht begrüßte sie ja sogar die neue Moral des Vielvölkergemischs in Israel, denn sie machte sie unabhängig von dem Mann, der sie gezwungen hatte, in dieses Land zu kommen.

Ein Erlebnis führte mir ihre Veränderung besonders deutlich vor Augen: Wir saßen eines Abends vor unserem Zelt, als uns zwei junge Soldatinnen einen Besuch abstatteten. Sie waren die ersten gebürtigen Israelis, denen meine Mutter begegnete, und ich glaube, es war Liebe auf den ersten Blick.

Die eine, Leutnant Naomi Ozeri, war eine schlanke, dunkle, äußerst attraktive Jemenitin mit einem strahlenden Lächeln und einem ruhigen, selbstsicheren Wesen. Die andere, Sergeant Noa Veingarten (Vangarter, Ventagren? – es war schwierig, ihren Namen richtig auszusprechen), war ein temperamentvoller Rotschopf mit einem sommersprossigen Gesicht und einer phantastischen Figur. In meinen nächtlichen Phantasien war ich zwischen ihnen hin und hergerissen und entschied mich schließlich für beide.

»Sie haben es aber nett hier, Frau Imari«, sagte Leutnant Ozeri. »Wie schön Sie Ihr Zelt und das Grundstück hergerichtet haben.«

Es war der Beginn einer langen Freundschaft zwischen den jungen Frauen und unserer Familie. Es stellte sich heraus, daß Leutnant Ozeri abkommandiert worden war, um sich über die sozialen Verhältnisse im Lager zu informieren, während Sergeant Veingarten die Aufgabe hatte, »Ihnen, Frau Imari, einen Hebräischkurs für vielbeschäftigte Mütter schmackhaft zu machen. Er findet an zwei Abenden in der Woche statt. Ich bin Ihre Lehrerin.«

»Sie müssen mir nichts schmackhaft machen«, erwiderte meine Mutter, deren Gesicht sich aufhellte, als ich ihr das Angebot von Sergeant Veingarten übersetzte. »Ich komme gern.«

Die beiden Soldatinnen applaudierten begeistert, und wir klatschten mit. Als sie gegangen waren, klopfte sich meine Mutter auf ihren runden Bauch, lächelte dem Kind darin zu und sagte: »Ich werde auch bald einen kleinen Israeli bekommen.«

Es dauerte nicht lange, bis mir klar wurde, daß mir die Arbeit im Straßenbau nicht lag. Es war zwar schön, meiner Mutter meinen Lohn zu geben, auch weil ich hoffte, sie würde meinen Vater nicht mehr so unter Druck setzen, aber ich wußte, daß ich mir eine andere Beschäftigung suchen mußte. Ich konnte nicht genug Hebräisch, um wieder auf die Oberschule zu gehen, jedenfalls nicht genug, um gute Noten zu bekommen, und ich hatte auch nicht die Energie, um nach einem harten Arbeitstag noch einen Abendkurs zu besuchen. Das einzige, was mich daran gereizt hätte, waren die vielen polnischen und rumänischen Mädchen, die ich dort treffen würde und die das Blut eines Siebzehnjährigen in Wallung bringen konnten.

In dieser Hinsicht hatte die anstrengende Arbeit auf der Baustelle eine heilsame Wirkung auf mich. Was war ich nur für ein Idiot gewesen, daß ich im Irak keine Bordelle besucht hatte, wo man sie wenigstens regelmäßig inspizierte. Hatte es Abed denn geschadet, sich ein paar Jahre lang mit Fauzia zu vergnügen? Im Gegenteil, was er von ihr gelernt hatte, mußte ihm bei Nadia doch nützlich sein.

Eine Zeitlang überlegte ich, ob ich nicht in einen Kibbuz gehen sollte. Ich wollte endlich einmal Amira besuchen. Sie hatte mir auf meinen Brief herzlich geantwortet; sie erkundigte sich rührend nach unserer Familie und schien uns alle sehr zu vermissen. Vielleicht hatte sie beim Schreiben an ihre eigene Familie denken müssen. Ihren alten Traum, in Amerika zu studieren, erwähnte sie mit keinem Wort.

Ich überlegte auch, ob ich nicht meine vorzeitige Einberufung beantragen sollte. Ich würde ja sowieso eingezogen werden.

Aber zuerst mußte ich mich um meinen Vater kümmern. Ich machte mir Sorgen um ihn. Er hatte in den drei Tagen, die er fort gewesen war, offenbar nichts erreicht. Er war wegen Hizkel in Tel Aviv gewesen, hatte mit einigen Leuten gesprochen, die sich Notizen gemacht, Fragen gestellt und versprochen hatten, ihr Bestes zu tun. Als er zurückkam, wirkte er müde und dumpf; meine Mutter wich ihm nicht von der Seite, wußte aber nicht, wie sie zu ihm durchdringen sollte. Als ich abends heimkam, schien er sich nicht einmal darüber zu wundern, daß ich arbeiten ging.

Am nächsten Morgen allerdings überraschte er uns mit der Ankündigung, daß er mich zur Baustelle begleiten würde. Er zog ein graues Hemd und eine gestreifte Anzughose an, nahm die Leinentasche, in die meine Mutter einige hastig geschmierte Marmeladenbrote gesteckt hatte, und ging mit mir zur Baustelle auf der Straße zwischen Binyamina und Pardes Hanna. Einige Arbeiter kannten ihn offenbar, darunter auch mein ehemaliger Zeichenlehrer Stad Anwar, der einige Zeit später einen Nervenzusammenbruch erlitt und ins Krankenhaus eingeliefert werden mußte. Ich suchte mir eine andere Kolonne aus als mein Vater, um ihm die Peinlichkeit meiner Gegenwart zu ersparen. Nachdem der Untergrund mit grobem Kies aufgeschüttet und festgestampft worden war, luden die Kipper Berge von Schotter ab, den wir in Körbe luden, auf den heißen Asphalt kippten und unter den Augen des Vorarbeiters mit dem Rechen gleichmäßig verteilten, bevor die Walze darüberfuhr.

Hin und wieder sah ich zu meinem Vater hinüber. Seine Kleider waren mit schwarzem Teer beschmiert. Er hatte sich ein an den Ecken verknotetes Taschentuch auf den Kopf gelegt und schlurfte in seinen eleganten Schuhen unbeholfen am Rand des feuchten Asphalts entlang und schien nicht zu wissen, was er mit seinem Rechen anfangen sollte. Ab und zu hielt er inne, um auf die Uhr zu schauen und sich den Schweiß vom Gesicht zu wischen, wonach er sich jedesmal in eine hektische, planlose Betriebsamkeit stürzte, als wolle er die verlorene Zeit wieder aufholen. Der Vorarbeiter beobachtete ihn, sagte aber nichts. Es brach mir fast das Herz, ihn so zu sehen. Als wir Mittagspause machten, saß er geistesabwesend bei seiner Truppe im Schatten eines Lastwagens und schien kaum einen Bissen Brot hinunterzubekommen. Nach der Mittagspause bewegte er sich noch schwerfälliger als zuvor.

Am Ende unseres Arbeitstages, der sich schier endlos in die Länge zog, machten sich alle auf den Heimweg – wir beide das Schlußlicht der Kolonne. Mein Vater konnte sich kaum noch auf den Beinen halten und war sogar zum Sprechen zu erschöpft. Auf meine Schulter gestützt, schleppte er sich langsam voran, richtete sich hin und wieder auf, um tief einzuatmen und seinen gebeugten Rücken zu strecken. Sein Gesicht war völlig verbrannt, seine großen Hände mit schwarzem Teer verschmiert. Hin und wieder blickte er auf seine schmutzigen Fingernägel, die er immer so gewissenhaft gepflegt hatte. Ich wollte ihn nicht kränken, sonst hätte ich ihm angeboten, sich doch fester aufzustützen.

Meine Mutter war beim Anblick meines Vaters entsetzt. Als er ihr Essen nicht anrührte, kochte sie ihm eine Tasse starken Tee und sagte:

»Abu Kabi, warum bleibst du nicht ein paar Tage zu Hause und denkst noch einmal in Ruhe über alles nach? Geh nicht wieder zur Baustelle. Die Arbeit ist nichts für dich. Du mußt auf dich achtgeben. Du bist alles, was ich habe.«

Eine Träne rann ihr über die Wange. Mein Vater schloß die Augen und tätschelte die Hand, mit der sie seine Schulter streichelte. Er verbrachte die nächsten beiden Tage im Bett, erholte sich von seinen Blessuren, und dann begab er sich wieder auf Reisen. Aber jedesmal, wenn er in unsere Zeltsiedlung zurückkehrte, war er schweigsam und in sich gekehrt. Manchmal machte er einen Spaziergang durch das Eukalyptuswäldchen hinter der Siedlung, an dem ein übelriechender Abwasserkanal vorbeilief. Er streifte stundenlang zwischen dürrem Gestrüpp, rostigen Dosen und Bergen von Müll umher, die gierige Fliegen umschwärmten. Er störte sich nicht einmal an dem Qualm, den das Feuer auf der Müllhalde verursachte. Vielleicht war er zu dem Schluß gekommen, daß ihm nichts mehr etwas anhaben konnte, aber vielleicht machte es ihm auch Spaß, das Schicksal herauszufordern.

Als ich ihn so sah, mußte ich an den großen, stattlichen Mann denken, den ich in Bagdad erlebt hatte. Ich erinnerte mich an einen unserer Sabbat-Spaziergänge, der uns an einer Baustelle vorbeigeführt hatte, wo eine prächtige Villa entstand. Meinen Vater faszinierte es, solche Häuser in die Höhe wachsen zu sehen. Die meisten Bauarbeiter waren barfüßige, braunhäutige arabische Jungen, die vom Morgengrauen bis zur Dämmerung in der mörderischen Hitze schwitzten, durch Sand und Schlamm stapften, um sich ein paar Fils zu verdienen. An sie hatte Salim Effendi gedacht, als er von Klassenkampf gesprochen hatte, und man konnte ihm schwerlich widersprechen.

Wir kamen an einer langen Reihe von Oleanderbüschen vorbei. Ein leichter Wind kräuselte ihre rosa und weißen Blüten und trug ihren intensiven, süßen Duft zu uns herüber. Vögel zwitscherten und hüpften auf ihren Zweigen herum, die auf und abwippten, als tanzten sie einen Reigen.

Am Eingang zum El-Sa'adun-Park führte ein Akrobat Kunststücke vor. Straßenverkäufer hatten ihre Stände aufgebaut und lockten mit Süßigkeiten, Brötchen und Beigel, glasierten Äpfeln, Körnern und Nüssen, mit Eiern belegten Broten, Augenbohnen, sauer eingelegten Mango- und Tomatenscheiben und Früchten der

Saison. Samstags, wenn die Juden aus den Synagogen strömten und unter Bäumen und geblümten Sonnenschirmen nach einem schattigen Plätzchen Ausschau hielten, gehörte der Park ihnen. Zu Hunderten schlenderten sie darin umher, bewunderten die Villen der Reichen und träumten von dem Tag, an dem sie das heruntergekommene jüdische Viertel verlassen und ebenfalls hier leben würden. Ohne den Ermahnungen der moslemischen Parkarbeiter die geringste Beachtung zu schenken, verstreuten sie überall Obst- und Nußschalen und scharten sich um die Verkaufsstände, um das Geld auszugeben, das sie am Sabbat eigentlich nicht bei sich tragen durften.

Mein Vater trat auf einen Limonenstand zu, hielt sich eine Frucht unter die geweiteten Nasenflügel und sog tief ihren Duft ein. Während seine leuchtenden Augen über die weiß-rosa Markise glitten, die im Wind flatterte, legte er die Limone wieder zurück, atmete noch einmal tief ein, straffte die Schultern und sagte:

»Welch ein Paradies der Düfte uns dort erwartet!«

»Wo?« fragte ich verdutzt.

»In Israel«, antwortete er emphatisch. »Ein Paradies der Düfte.«

Wieviel Hoffnung und Optimismus er damals ausstrahlte! Und nun ging er, in halblaute Selbstgespräche vertieft, an stinkenden Müllbergen vorbei, den stumpfen Blick auf den Boden gerichtet, ungepflegt, mit fahlem Gesicht, hängenden Schultern und schlaff herabbaumelnden Armen. Ich versuchte, ihm aus dem Weg zu gehen.

Wenn ich manchmal von der Arbeit heimkam, nahm ich seine Hand und versuchte ihn für das, was im Land passierte, zu interessieren. Ich erzählte ihm, daß abends kostenlose Hebräischkurse stattfänden, und schlug ihm vor, gemeinsam mit ihm einen zu besuchen. »Ich habe im Moment keinen Kopf dafür, mein Sohn«, war seine Antwort. Obwohl er lächelte, stand in seinen Augen die blanke Verzweiflung. Als ich ihn eines Abends wieder darauf ansprach, überlegte er einen Moment und sagte: »Bald, Kabi. Wenn ich mit dem Amtsleiter gesprochen habe.«

Zu guter Letzt kam der Amtsleiter wirklich. Er war ein großer, stämmiger Mann mit Brille, dünnem, angegrautem Haar und einem freundlichen Gesicht. Er empfing meinen Vater herzlich, bot ihm einen Platz an und stand auf, um ihm über den Schreibtisch hinweg die Hand zu reichen.

»Ich heiße Giora.«

Dann fragte er mit Hilfe des Dolmetschers:

»Was kann ich für Sie tun, Herr Imari?«

Mein Vater, der mittlerweile begriffen hatte, daß israelische Beamte von ihm erwarteten, daß er schnell sprach, erzählte in abgehackten Sätzen von sich, der Bewegung und Hizkel und fragte, warum sein Bruder noch immer nicht frei sei. Giora hörte ihm geduldig zu und nickte sogar ermutigend. Er machte einige anerkennende Bemerkungen über Hizkel, erklärte bedauernd, daß er für diese Angelegenheit nicht zuständig sei, und verwies meinen Vater an eine Adresse in Tel Aviv, wo er allerdings bereits gewesen war.

»Und welche Pläne haben Sie denn?« fragte er.

»Ich möchte Reis anbauen«, erwiderte mein Vater.

»Ach«, sagte Giora. Das ist also der Mann mit dem Reis-Tick, muß er gedacht haben. Er schwieg einen Moment und sagte dann: »Ich will ganz offen zu Ihnen sein, Herr Imari. Das ist völlig ausgeschlossen.«

»Aber warum denn?« fragte mein Vater und wurde blaß.

»Wir haben in diesem Land nicht die geeigneten Bedingungen. Es gibt kein Wasser.«

»Aber es gibt doch den Hula-Sumpf«, wandte mein Vater ein. »Sehen Sie mal.« Er reichte dem Direktor ein englisches Buch, das er auf einer seiner Reisen gekauft haben mußte. »Hier steht, daß im

Hula-Tal einmal Reis angebaut wurde, eine italienische Sorte namens Balila. Aber der japanische Nurin wäre besser geeignet. Er wäre ideal für die Gegend. Glauben Sie mir, ich bin Fachmann ...«

»Ich habe größten Respekt vor Ihrem Fachwissen, Herr Imari, und ich bedaure, daß wir es nicht einsetzen können. Aber Sie müssen wissen, daß der Hula-Sumpf entwässert werden soll. Im nächsten Frühjahr sollen die Arbeiten beginnen.«

Es bedurfte einiger Erklärungen durch den Dolmetscher, bis mein Vater verstand.

»Entwässert?« Er blinzelte nervös. »Wozu?«

»Es ist ein nutzloser Sumpf, in dem es von Moskitos nur so wimmelt, eine Brutstätte für Malaria und alle möglichen anderen Krankheiten, wie das bei stehenden Gewässern nun einmal der Fall ist. Wir legen ihn trocken, siedeln Menschen an, pflastern die Straßen und verwandeln ihn in ein grünes Paradies.«

»Aber der Sumpf ist doch schon ein Paradies, Herr Direktor. Es gibt dort Wasserbüffel, Fische, Vögel, eine reiche Pflanzenwelt ...«

»Wir werden ein kleines Naturschutzgebiet erhalten.«

»Aber es muß doch jemanden geben, mit dem ich sprechen kann ...«, murmelte mein Vater. »Jemand, dem ich begreiflich machen kann, daß ... daß der Hula-Sumpf nicht trockengelegt werden darf ...«

»Da müssen Sie schon mit Ben Gurion reden. Ich kann Ihnen leider nicht weiterhelfen. Ich glaube allerdings, daß Sie Ihre Zeit verschwenden. Die Regierung hat das Projekt schon lange abgesegnet, und die Vorarbeiten sind bereits in vollem Gange.«

Vor dem Büro bekam mein Vater einen seltsamen Niesanfall. Er rang nach Luft und keuchte. Ich hielt ängstlich seine Hand. Viele Iraker hatten in Israel Asthma bekommen. Ich überredete ihn dazu, sich auf die Stufen vor dem Büro zu setzen und sich ein wenig auszuruhen.

»Hältst du mich auch für verrückt?« fragte er mich, während er sein englisches Buch öffnete. »Sieh doch, mein Sohn!«

»Baba, du hast doch gehört, was er gesagt hat. Es ist ein Regierungsbeschluß.«

»Na und? Ist die Regierung etwa Gott? Regierungsbeschlüsse können rückgängig gemacht werden. Dein Urgroßvater hat das ständig gemacht. Er ist direkt zu den Ministern gegangen, ja sogar zum König. Und ich gehe zu Ben Gurion. Man muß doch verrückt sein, den Hula-Sumpf trockenzulegen. Er könnte Israels Reisschüssel werden. Ich werde dort den besten Reis der Welt anbauen. Und ich sage dir auch, wo wir leben werden. In Rosh Pinna. Ich habe mir die Karte angesehen und weiß schon genau, auf welchem Berg wir unseren Palast bauen werden. Er wird noch imposanter als die Villa des Großen Imari sein, wegen der Aussicht: eine goldene Sonne, türkisfarbener Himmel, gewaltige Berge, grüne Bäume, der Sumpf zu unseren Füßen, Reisfelder, so weit das Auge reicht. Allah, nichts als Reis! Eines Tages wird uns der Große Imari aus Bagdad oder London besuchen kommen, und ich werde ihm einen fürstlichen Empfang bereiten. Oh, er wird grün vor Neid werden ...«

Einige Männer, die in unserer Nähe standen, hatten seine flammende Rede gehört. Einer von ihnen schien meinen Vater zu kennen und sagte: »Dieses Land treibt uns noch alle in den Wahnsinn.«

An diesem Abend ging mein Vater in Abu Samirs improvisiertes Café und setzte sich wie immer an einen kleinen Tisch am Rand. Niemand gesellte sich zu ihm. Aus einem alten Radio ertönte Salima Pashas Stimme:

Oh, sing meinem Bruder ein Wiegenlied
denn er trägt den Duft meiner Mutter
Oh, erfreu meinen Bruder mit Gesang
denn er trägt den Duft meiner Mutter
Oh, wünsch meinem Bruder ein langes Leben
denn er trägt den Duft meiner Mutter.

Er bestellte sich ein Glas Arrak. Seit er nach Israel gekommen war, hatte er keinen Tropfen Alkohol angerührt, vielleicht weil es ihm peinlich war, sein Geld dafür auszugeben. »Zahl, wenn du es dir leisten kannst, Abu Kabi«, hatte Abu Samir, der ihn aus Bagdad kannte, immer zu ihm gesagt, aber er hatte sich trotzdem nur Kaffee bestellt. Jetzt aber stürzte er den Arrak hinunter, bestellte noch ein Glas und leerte auch dieses in einem Zug. Dann schloß er die Augen, stützte das Kinn in die Hände und ließ sich von den Gerüchen des Tigris und der Oleanderbüsche verzaubern.

Es verging kein Tag, an dem er nicht irgendwelche Erinnerungen an Bagdad beschwor. Diesmal war es der ölige Geschmack des Wintersalats, der Duft von Limonen, die frischen Datteln, die ihm auf der Zunge zergangen waren – all dies ließ er beim hellen Klang von Salima Pashas samtiger Stimme lebendig werden. Er dachte an El-Me'azzam und Hairiyya. Was hatte er dort für friedliche Stunden verlebt! Er vernahm wieder die Stimmen und Geräusche der beiden Abende, an denen sie Kabis und Ismails Geburt mit einem Festmahl gefeiert hatten. Jetzt war alles vorbei, nur noch Erinnerung.

Aber warum sehnte sich sein Herz immer wieder dorthin zurück? Kein Wunder, denn er hatte kein Heim, kein Einkommen, keine Kontakte, nichts klappte! Allah, warum war er bloß hierhergekommen? Warum hatte er alles aufgegeben und seinen Bruder im Stich gelassen? Oh, Bagdad, Bagdad! Nach der Farhud hatte er sich nichts sehnlicher gewünscht, als dieser Stadt zu entkommen, sie aus seinem Gedächtnis zu streichen, aus seinen Träumen zu verbannen … und nun verfolgte ihn dieses gottverdammte Luder, diese große Hure Babylons, überallhin, suchte ihn Tag und Nacht in seinen Träumen heim, ließ ihn seine Treulosigkeit büßen wie eine verlassene Geliebte. Wer hatte einmal zu ihm gesagt, daß die eigene Heimat kein Gasthaus am Wegrand sei, kein fauler Zahn, den man sich einfach ziehen lassen könne? Als könne man einem Mann die Erde, den Fluß, die Palmen, die Friedhöfe aus dem Herzen reißen … Ach ja, jetzt fiel es ihm wieder ein: Salim Effendi hatte es auf einem seiner Feste bei einem Streitgespräch mit Hizkel gesagt. Und nun war dieser Mistkerl hier und ließ es sich auf Kosten der Partei gutgehen!

»Oh, großer Allah«, seufzte mein Vater und leerte ein drittes Glas. Wenn der Zionismus der richtige Weg war, was war dann falsch gelaufen? Warum spürte er in diesem jüdischen Staat nichts von der Freiheit und der Unabhängigkeit, nach der er sich im Irak so gesehnt hatte? In Bagdad hatte er nicht alles sagen können, was er wollte, aber wenn er etwas gesagt hatte, hatte man ihm zugehört; aber hier, in dieser Demokratie, konnte er sich den Mund fusselig reden, ohne daß ihm auch nur ein einziger Mensch zuhörte. Und wenn es jemand tat, hielt man ihn für verrückt. Sie hatten flüssiges Gold im Hula-Sumpf und ließen es in der Erde versickern! Wie konnte man Wasser als unnütz ansehen! Und dann hielten sie ihn für verrückt?

Selbst die Nichtsnutze, von denen er umgeben war, lachten über ihn. Ja, sogar seine eigene Familie. Und selbst Kabi hielt ihn für verrückt. Er sagte es zwar nicht, aber es war ihm deutlich anzumerken. Und seine eigene Frau hatte sich ihm entfremdet. Er konnte ihre spitzen Bemerkungen nicht mehr ertragen, auch wenn sie hinterher versuchte, sie wieder gutzumachen. Er hatte sie seit ihrer Ankunft in Israel nicht angerührt. Im Zelt, umgeben von den Kindern, wäre das auch nicht möglich gewesen, aber er hatte nicht einmal Lust dazu verspürt. Irgend etwas in ihm war gestorben.

Vielleicht hätte er Salima Pasha heiraten sollen. Sie hätten ein Leben im Überfluß führen können – voller Geselligkeit, Geld und Gesang. Er hätte seine Reisanbaupläne begraben, den Großen Imari vergessen und aus dem aussichtslosen Konkurrenzkampf aussteigen können.

»Abu Kabi, ist dir nicht gut?« flüsterte Abu Samir und stellte ihm ein Glas Wasser hin.

»Doch, doch«, antwortete mein Vater und starrte auf den Boden.

Er mußte wenigstens Kabi gegenüber das Gesicht wahren. Vielleicht sollte er mit ihm zum Hula-Sumpf fahren. Er sollte mit eigenen Augen sehen, was aus dem verrückten Traum hätte werden können, wenn man es zugelassen hätte, daß …

Am nächsten Morgen weckte er mich, noch ehe es hell war.

»Was ist los?«

»Wir fahren zum Hula-Sumpf.«

»Ich verliere einen Arbeitstag«, brummte ich. Aber ich stand auf.

Der Bus war brechend voll. Mein Vater schloß die Augen und öffnete sie erst wieder, als wir in Haifa umsteigen mußten. Es war meine erste Fahrt in den Norden: gewaltige Berge, weite Täler, wie ich sie noch nie zuvor gesehen hatte, Städte, Dörfer und überall Baustellen und rege Betriebsamkeit.

»Baba, guck mal«, sagte ich immer wieder.

Er wandte jedesmal ein wenig den Kopf und lächelte mich matt an, ohne jedoch einen Blick aus dem Fenster zu werfen. Die Landschaft beeindruckte ihn nicht. Er war im grünen, blühenden Bagdad, seinem Paradies der Düfte, seinem Zion, das so anders war als diese Bergwelt. Ich wußte nicht, ob ich mich darüber ärgern sollte, daß er mit seinen Gedanken ständig um sich selbst kreiste, oder ob ich Mitleid mit diesem entwurzelten Mann haben sollte, den man ins Exil getrieben hatte. Schließlich flüchtete ich mich in den Schlaf.

»Wer wollte zum Hula-Sumpf?« rief der Fahrer.

»Ich!« Mein Vater wurde schlagartig munter und erhob sich mit erwartungsvoller Miene.

Wir stiegen aus. Ich blieb stehen und blickte staunend auf das viele Wasser. Überall herrschte geschäftiges Treiben. Landvermesser und Traktoren bereiteten das Entwässerungsprojekt vor, das im Frühjahr beginnen sollte. Mein Vater eilte los.

»Wo willst du hin, Baba?« rief ich ihm nach. Aber er marschierte weiter, als hätte er mich nicht gehört, ohne sich um die wütenden Rufe eines Landvermessers zu kümmern.

»Baba, wo gehst du hin?«

Er ging bis an den Rand des Wassers. Er bückte sich, griff nach einem Klumpen nasser Erde und drückte sie zwischen seinen Fingern hindurch. Dann hielt er sie vor Mund und Nase und roch daran wie am Haar einer Frau. Er war wieder bei seinen Reisfeldern in Imara, den Reihen aus Halmen mit grünen, gelben und lila Körnern, zwischen denen er einst mit dem Großen Imari Verstecken gespielt hatte.

Die aufgescheuchten Sumpfvögel, die zu ahnen schienen, daß die Traktoren sie aus ihrem Revier vertreiben würden, kreisten in farbenprächtigem Federschmuck über ihm und kreischten Verwünschungen auf sein ergrauendes Haupt. Ohne sie zu beachten, stieg er ins Wasser und setzte sich hin.

Zwei stämmige Traktorfahrer im Unterhemd stellten ihre Motoren ab, liefen herbei und halfen mir, ihn aus dem Sumpf zu ziehen. Er wehrte sich nicht, antwortete aber auch nicht auf ihre Fragen. Ich fühlte mich zu hilflos, um irgend etwas zu sagen. Sie schleiften ihn zu einem Leitungsrohr, schlossen einen Schlauch an einen Hahn an und spritzten ihn ab wie einen Traktor nach getaner Arbeit. Der Schlamm rann an seinem besten Sommeranzug herunter. Er sah alt und verloren aus.

»In einer halben Stunde ist er wieder trocken«, sagte einer der Fahrer. »Dann bringst du ihn am besten gleich nach Hause. Was ist nur in ihn gefahren?«

Ich antwortete nicht. Hätte ich genug Hebräisch gekonnt, hätte ich ihnen vielleicht geantwortet, daß eine Taube vom Himmel gefallen sei. Sollten sie mich doch auch für verrückt halten. Oder denken, daß mein Vater mitsamt seinem Traum vom Reisanbau untergehen wollte. Oder gar nichts.

Mein Vater sagte kein Wort und überließ sich willig meiner Führung.

Auf der langen Heimfahrt sah ich auch nicht mehr aus dem Fenster. Mein Vater schlief die meiste Zeit, grunzte und schnaufte und wurde nur ab und zu von einem Hustenanfall wachgerüttelt. Es war bereits Nacht, als wir vor unserer Zeltsiedlung eintrafen und in die Staubwolke hinaustraten, die der Bus aufgewirbelt hatte. Als wir auf unser Zelt zugingen, kam Abed aus der Dunkelheit zu uns und sagte: »Meinen Glückwunsch, Abu Kabi. Sie haben einen Sohn bekommen.«

Ich blickte meinen Vater an und glaubte ein Aufleuchten in seinen Augen zu sehen.

Abu	»Vater des«; ein Mann wird nach der Geburt eines Sohnes nicht mehr mit dem eigenen Namen angesprochen, sondern als Vater seines Stammhalters (deshalb ist z.B. von Salman Imari meist als Abu Kabi die Rede
Amba	Mangochutney
Baklava	feines Blätterteiggebäck in Honigsirup
Bar-Mizvah	Feier der Religionsmündigkeit der 13jährigen jüdischen Jungen
Dhimmi	»Der unter dem Schutz Stehende«. Anspruch der Juden (und Christen) auf den Schutz der Muslime und Glaubensfreiheit. Status einer tolerierten, jedoch nicht gleichberechtigten Minorität
Dschinn	Geist im islamischen Volksglauben
Ful	Getreidebrei
Goj, Gojim (pl.)	abfällige Bezeichnung für Nichtjuden
Hatikwah	jüdische Nationalhymne
Imama	Kopfbedeckung, die das Amt des Oberrabbiners symbolisiert
Jom Kippur	Versöhnungstag, strenger Fast- und Bußetag
Kabbala	stark mit Buchstaben- u. Zahlendeutung arbeitende jüdische Geheimlehre und Mystik
Kaddisch	jüdisches Gebet, das besonders um das Seelenheil Verstorbener während des Trauerjahres gesprochen wird
Keffiyeh	Kopftuch der Araber
Kemar	Butterschmalz
Kiddusch	Segensspruch über einem Becher Wein vor den Abend- und Mittagmahlzeiten an Samstagen und Feiertagen
Kodex Hammurapi	wichtigste Rechtssammlung des Alten Orients
Kubba	eine Art Suppe bzw. Eintopf mit Klößen aus Hammelfleisch, gemahlenem Reis oder Bulgur und Zwiebeln
Masel tow	»Glückauf!«, Wunsch bei freudigen Ereignissen
Mesusa *Mesusot* (pl.)	Holzkapsel mit einem Bibelspruch (5. Mose 6, 4–9; 11, 13–21), die am rechten Türpfosten jüdischer Häuser als Schutzsymbol angebracht wird

Minjan	die vorgeschriebene Mindestanzahl von zehn mündigen jüdischen Männern, die zur Abhaltung eines öffentlichen Gottesdienstes erforderlich ist
Muezzin	mohammedanischer Gebetsrufer, der die Gläubigen vom Minarett aus zum Gebet ruft
Mufti	islamischer Rechtsgelehrter
Pacha	Lammkeule
Passah	achttägiges Fest der ungesäuerten Brote zur Erinnerung an den Auszug von Ägypten; ihm entspricht das christliche Osterfest
Passah-Haggada	kleines Buch, das die dramatische Geschichte des Exodus erzählt, das am Seder-Abend vom Hausherrn vorgelesen wird
Purim	jüdisches Freudenfest
Sambusik	kleine gefüllte Pasteten
Schofar	aus einem Widderhorn gefertigtes Blasinstrument ohne Mundstück, das im jüd. Kult, z.B. zum Neujahrsfest geblasen wird
Seder-Abend	Bezeichnung der häuslichen Feier am 1. Passah-Abend
Selowna	Eintopfgericht
Shavuot	Wochenfest oder Pfingsten
Sohar	Hauptwerk der Kabbala; enthält mystische Ausdeutungen der Thora
Stad	jüdisch-arabische Variante von Ustad
Tehini	Sesampaste
Um	weibliches Pendant zu »Abu«
Ustad	höfliche Anrede eines männlichen Gesprächpartners (s.a. Stad)
Zingula	Gebäck aus flüssigem Teig, das in Fett schwimmend herausgebacken und mit Zimt und Zucker bestreut oder in Honigsirup getaucht wird